W0197657

Viktor Jerofejew

DIE AKIMUDEN

Ein nichtmenschlicher
Roman

Roman

Aus dem Russischen
von Beate Rausch

Hanser Berlin

Die russische Originalausgabe erschien 2013
unter dem Titel *Akimudy* bei Ripol Klassik in Moskau.

1 2 3 4 5   17 16 15 14 13

ISBN 978-3-446-24370-5
© Viktor Jerofejew 2013
Alle Rechte der deutschen Ausgabe
© Hanser Berlin im Carl Hanser Verlag München 2013
Satz: Greiner & Reichel, Köln
Druck und Bindung: CPI – Ebner & Spiegel, Ulm
Printed in Germany

»In unserer Geschichte gibt es viel Unzusammenhängendes und Ungereimtes, weil sie in einem [kranken] (durchgestrichen) großen unglücklichen Kopf mit verschiedenen, einander nicht ähnlichen Öffnungen vor sich geht.«

Aus den Aufzeichnungen eines unbekannten mongolischen Reisenden

INHALT

I

RUSSLAND DEN TOTEN

In Moskau glaubt keiner keinem was, und aus dem Grund kommt es öfter mal zu Handgreiflichkeiten. Da stehe ich also in der Schlange vor einem Schalter der Sparkasse in der guten alten schattigen Pljuschtschicha, auf der hundertjährige Fichten wachsen und alteingesessene Moskauer wie gehörnte Schnecken still auf und ab kriechen. In der Bank dichtes Gedränge wie zu Sowjetzeiten, und vor mir fragt ein Mann mittleren Alters im beigen Jackett die reizende junge Bankangestellte:

»Welches Datum haben wir heute?«

Sie antwortet:

»Den Fünfzehnten.«

»Und welchen Monat?«

Ohne jedes Anzeichen von Erstaunen, geradeso als sei niemand verpflichtet zu wissen, in welchem Monat wir uns momentan befinden, erklärt sie:

»November.«

»Sind Sie sicher?«

»Ja.«

»Und ich glaube, wir haben Oktober.«

»Nein, November.«

»Nein, Oktober. Ich weiß das besser. Oktober.«

»Selber Oktober!«, gibt sie bissig zurück. Gerade noch lieb und entzückend, ist sie nun sauer, verzieht das Gesicht zu einer Grimasse und ist ganz und gar nicht mehr reizend.

Doch der Mann mittleren Alters bemerkt ihren Zorn nicht und dreht sich zu mir um:

»Haben wir jetzt Oktober oder November?«

»Weiß nicht«, sage ich gleichgültig.

In Moskau gilt ›weiß nicht‹ als geschickteste Antwort. Man übernimmt keinerlei Verantwortung. Wir sind keine Deutschen, dass wir Verantwortung für das Wissen übernehmen würden, in welchem Monat wir uns befinden.

»Aber können Sie wenigstens sagen, ob wir Herbst oder Winter haben?«, bekniet mich der Mann im beigen Jackett traurig. Ich spüre, dass er langsam aufdringlich wird. Durchaus möglich, dass er ein Verrückter ist, von den Ärzten noch nicht als solcher erkannt. Oder soeben vor unseren Augen verrückt wird. Bei uns in Moskau gibt es nämlich reichlich Verrückte, und da heißt es vorsichtig sein.

»Für den einen ist es Herbst, für den anderen Winter«, antworte ich philosophisch, denn mir schwant, dass es zu Handgreiflichkeiten kommen kann, und ich sehe mich nach möglichen Fluchtwegen um.

Die Bankangestellte verliert endgültig die Geduld, verrenkt den Kopf so, als wollte sie ihn aus ihrer Schalteröffnung herausstecken, durch die selbst Geldscheine nur mit Mühe hindurchpassen, und schreit, an die Schlange der Wartenden gewandt:

»Was haben wir heute hier in Moskau, Oktober oder November?«

Da antwortet ein altes Männlein:

»Kommt drauf an, nach welchem Kalender, nach dem neuen oder nach dem alten?«

»Was?«

Die junge Frau ist verwirrt, sie weiß nichts über verschiedene Kalender, wann und warum es eine Revolution gegeben hat, sie erwartet Aufklärung. Der Mann mittleren Alters, mit seinem schönen Schal von durchaus intellektuellem Äußeren, sagt:

»Der alte Kalender galt bis zur Revolution, aber er wird jetzt von niemandem mehr benutzt. Sagen Sie mir lieber, was wir jetzt haben: Oktober oder November?«

Doch das alte Männlein schlägt die Augen nieder und antwortet nicht. Da sagt eine Frau mit karottenroten Haaren:

»Da hört sich doch alles auf! Ich komm gerade von draußen. Da ist es Oktober!«

Darauf der Opa:

»Ich guck mal nach.« Und begibt sich Richtung Tür.

Wenn das kein *Veteran* ist! Noch vor kurzem erschienen die Alten anlässlich hoher Feiertage in Moskau in altmodischen, bei uns im Land fabrizierten grünen Hüten oder Baretts und mit einer Unmenge blitzender Medaillen an den Jacken. Diese ruhmreichen Kämpfer, die Deutschland besiegt und halb Europa erobert haben, sind leider schon nahezu ausgestorben, aber die Dankbarkeit ihrer Enkel hat sie noch erreicht; die befestigen das Sankt-Georgs-Bändchen an ihren Autos und pappen Aufkleber mit der Herzenslosung an den Kofferraum: »*Spassibo dedu sa pobedu!*« – »Danke, Großvater, für den Sieg!«

Die Bankangestellte in der grünen Uniform mit weißem Krägelchen schlägt vor Wut mit der Faust gegen die Scheibe, die sie von uns trennt, und zwar so, dass das Glas von oben bis unten einen Sprung bekommt, und schreit los:

»Mir reicht's!«, brüllt sie. »Ich kündige! Ach was, ich wandere aus!«

Der Mann im beigen Anzug, der sieht, dass die Angestellte der Sparkasse drauf und dran ist, eine folgenschwere Entscheidung zu treffen, sagt mit einem unerwartet gutmütigen Lächeln:

»Machen Sie sich nichts draus. Wenn Sie möchten, dann ist es eben November. Mir ist das egal.«

Ich nicke ihm zu, und er nickt zurück, fragt mich aber trotzdem versuchshalber:

»November also?«

»Scheint so.«

Da schlägt die Eingangstür zu. Unser Opa, Veteran, wer weiß, kommt mit leuchtenden Augen zurück.

»Ich hab's überprüft!«, ruft er. »Draußen schneit es. Da, sehen Sie!« Er zeigt einen runden Schneeball vor; offenbar hat er eine Handvoll Schnee vom Boden aufgeklaubt. »Also Dezember. Bald ist Silvester!«

So ist es immer in Moskau. Man betritt eine Sparkasse im Oktober, wartet in der Schlange, bis man an der Reihe ist, und – hast du nicht gesehen – man verlässt sie im Dezember. Moskau ist eine Stadt mit Launen.

Wäre ich ein amerikanischer Spion und von der CIA nach Moskau geschickt, um herauszufinden, was die Leute hier so denken, bekäme ich eine schwere Depression. In Moskau lebt jeder für sich und denkt auf seine Weise. Alle haben ein großes Chaos im Kopf, aber jeder hat sein eigenes, und um sich in ihrem Chaos zurechtzufinden, sind die Leute hier entweder innigst miteinander befreundet, oder sie hauen sich gegenseitig die Köpfe ein. Mehr noch, im Laufe eines Tages können die Leute mehrmals ihre Meinung ändern. Morgens kann der Moskauer als Freund der Demokratie und »Spartak«-Fan aufwachen, tagsüber kann er nationalistische Gefühle entwickeln, will auf einmal die Sowjetunion zurückhaben und findet Europa zum Kotzen, und am Abend ist er von »Spartak« enttäuscht.

Alles hängt in Moskau von Koinzidenzen ab. Da läuft eine hübsche junge Frau durchs frühlingshafte Moskau und trägt einen so kurzen Rock, dass man sie auf der Metro-Rolltreppe besser nicht von unten her anguckt, und auf einmal trifft ihr Blick auf den eines vollbärtigen Priesters. Der sieht sie nicht einmal tadelnd an, eher entrückt, nicht wie ein Mann. Und plötzlich kehrt sich in ihrem Kopf das Unterste zuoberst, sie vergisst alles, rennt in die nächste Zwiebelturmkirche, wickelt sich einen staubigen Lappen um die miniberockten Hüften, steht sich beim Gottesdienst zwei Stunden die Beine in den Bauch und verlässt danach in Tränen aufgelöst und voller Ergriffenheit die Kirche. Oder dieselbe junge Frau im Minirock fährt die Rolltreppe hoch, und hinter ihr steht ein tschetschenischer Bergbewohner, guckt ihr hinterher, sieht den schmalen Streifen ihres roten Stringtangas und schnalzt mit der Zunge, und plötzlich wird sie zur Fremdenfeindin, sie kommt aus der Metrostation, geht auf die Straße und skandiert mit allen anderen im Chor: »Moskau den Moskauern!«

Was wohl aus der Schönen geworden wäre, hätte ihr der Kaukasier, anstatt mit der Zunge zu schnalzen, einen großen Blumenstrauß geschenkt? Wer weiß? Nun, und wenn dieser Blumenfreund aus dem Kaukasus ihr zuerst Blumen geschenkt hätte und danach, sagen wir, in einer dunklen Gasse über sie hergefallen wäre, ihren roten Stringtanga zerrissen hätte, der ihn auf traurige Gedanken gebracht hat, dann wäre sie echt in die Bredouille geraten. An wen sich jetzt wenden? Doch nicht an die Polizei? Denn da wird man über sie, ihren Minirock und ihren zerfetzten roten Stringtanga ausgiebig Witze reißen, und man könnte sie sogar in Wort und Tat beleidigen. Die junge Frau regt sich auf, beginnt die aufgedunsenen, selbstzufriedenen Gesichter der Gesetzeshüter zu hassen, und am folgenden Tag geht sie auf den Triumph-Platz, wo sie auf einer Demonstration der »Unzufriedenen« die Führer unserer systemfremden Opposition kennenlernt, die, falls sie nicht verhaftet werden, sie nach Hause einladen und ihr die Augen für das »blutige Regime« öffnen, während sie ihr das Knie tätscheln. Oder aber die Polizei nimmt alle fest, sie auch, schleift sie an Händen und Füßen in einen Bus, da wird sie gefilzt und schließlich in einen »Affenkäfig« gesperrt.

Derart machtbesessene Polizisten habe ich nirgendwo sonst gesehen, außer vielleicht in Afrika. Und da steht in den Polizistengesichtern geschrieben, dass ihnen alles erlaubt ist und sie alles Mögliche durchprobiert haben, was sie nur konnten, nachdem sie wie Adam vom Apfel der Erkenntnis abgebissen und ihn auf den Asphalt ausgespuckt hatten, da er sich als ungenießbar erwies.

Im »Affenkäfig« geben sie ihr den Rest, und danach kriegt sie psychische Probleme, hat Angst, mit dem Aufzug zu fahren oder Fisch zu essen, denn an Fisch kann man sich schrecklich vergiften.

Oder aber sie hat intimen Kontakt zu den Polizisten und auch zu den Führern unserer systemfremden Opposition und verliert danach schlagartig jegliche Illusionen, was Männer betrifft, und dann geht sie mit ihrer Freundin Tanjka oder Swetka oder mit beiden zusammen ins Bett. Mädchen flattern und vögeln fleißig ... Auf dem Höhepunkt ihrer Aktivitäten, die der *Laokoon*-Skulptur ähneln, betritt lautlos Tanjkas Vater, ein Major, die Wohnung. Mit einer Einkaufstasche voller Lebensmittel. Der Offizier ist verwirrt. Tanjka blinzelt ihm vom Sofa aus zu.

»Was willst du hier?«

»Was zu essen bringen.«

»Geh spazieren! Komm heute Abend wieder!«

»Ich setz mich ein bisschen in die Küche. Trinke einen Tee.«

»Was hab ich dir gesagt: Hau ab!«

Die nackten Mädels wiehern.

»Soll ich die Tasche dalassen?«, fragt der Major verlegen.

»Hau ab!«, brüllt Tanjka.

Tanjka geniert sich für ihren Vater. Die Zeit ist vorbei, als sowjetische Offiziere andauernd voreinander sorgenvoll salutierten, wenn sie sich auf der Straße begegneten. Man sah sie auf Schritt und Tritt, so dass man meinen konnte, Moskau sei eine Militärstadt und Leute in Zivil seien nur Gäste der Metropole. Heute sind die Offiziere unsichtbar und salutieren nicht mehr, und wenn man welchen begegnet, dann sind das vollkommen andere Menschen: Sie bewegen sich unauffällig und auf leisen Sohlen, als hätten sie irgendeinen Krieg verloren ...

»Pappnase!«, ruft Tanjka ihrem Vater hinterher.

Die Mädels wiehern erneut.

»Gut, dass mein Alter schon tot ist«, meint die *Unsrige* und zappelt mit den Beinen. »Der war auch Offizier!«

Und wieder Gelächter ... Jetzt werden sie um die Häuser ziehen und Jungs verachten. Sie übertreiben gern und werden nicht müde, einander vorzujammern, in Moskau hätten alle Mädchen irgendeine Krankheit, ein gesundes könne man lange suchen, alle hätten oben Flausen oder unten Filzläuse. Und dann flennen sie lange. Und sie prügeln sich sogar ein bisschen.

Doch dann ist Sonntag, und sie putzen sich heraus, verlassen ihren fünfstöckigen Plattenbau und fahren den weiten Weg von Mitino oder Süd-Butowo oder gar Mytischtschi, um in der Innenstadt an den Tschistye Prudy einen Cappuccino zu trinken. Tanjka, die Brünette, erscheint mit Armani-Sonnenbrille und Swetka in Netzstrümpfen, und die *Unsrige* schwebt per Vorortbahn auf einer Wolke romantischer Träume herbei.

Da stolzieren sie auf ihren appetitlichen Beinen daher. Die ganze Zeit sind sie um ihre Frisur besorgt, die vom rauen Moskauer Wind gezaust wird. Sie tragen ein besonders ausgefuchstes Lächeln im Gesicht, als wüssten sie schon, was ihnen heute Abend passieren wird. Ihre Körper sind angespannt wie Flitzebogen, und sie sind bereit, sich selbst als Pfeil abzuschießen. Das Einzige, was ihnen fehlt, ist christliche Demut, alles Übrige tragen sie in sich und bei sich. Aber einem Priester werden sie ja noch begegnen ...

Die Zeit vergeht, Tanjka, Swetka und die *Unsrige* werden zu Moskauer Großmüttern. Irgendwie unbemerkt und viel zu rasch haben sie ihr Leben gelebt und verwandeln sich im Alter in unsterbliche Gestalten, die ihre Ehemänner und alle russischen Regenten überdauert haben. In dieser Unsterblichkeit sind sie vor allem beschäftigt mit Gesprächen über die Nutzlosigkeit der Jugendzeit und gottgefälliges Auftreten. Im Gehen, leicht humpelnd, blicken sie sich ständig um, als ob ihnen jemand folgte, und wenn sie mit einem sprechen, dann schauen sie einem aufmerksam in die Augen, als witterten sie Ungutes.

Moskau ist nicht nur allen anderen Städten der Welt unähnlich, es ist auch sich selbst unähnlich. Je länger ich in Moskau lebe, desto weniger verstehe ich es. Sein Anschein wird zu seinem Wesen.

Dafür stehen überall Polypen, wohin das Auge blickt, sie beschützen Moskau vor Terroristen und haben ein scharfes Auge auf die *Unsrige*, auf unser Goldköpfchen, die Venus von Mytischtschi, mit ihren rasierten Achselhöhlen und ihrem Minirock – diesen Spitznamen haben die Mädels Katja gegeben.

Aufgewacht ist die Venus von Mytischtschi am Morgen in ihrem zerrissenen Nachthemd, das sie irgendwie nicht geflickt kriegt. Durch die Risse sieht man den roten Stringtanga – den zieht sie niemals aus, wenn sie schläft, denn sie hat Angst, in Mytischtschi ohne Slip zu schlafen. Katjka hat ein Foto von Mischa Chodorkowski, in den sie heimlich verliebt ist, unter ihrem Kopfkissen hervorgezogen und den Gefangenen des Gewissens innig geküsst. Früher lag Che Guevara unter dem Kissen, den sie »meinen stummen Helden« nannte. Aber Che Guevara ist mit der Zeit zerknittert und überhaupt öde geworden. Sie hat Chodorkowski noch einmal geküsst und ist dann aus dem Haus geeilt, um Brot zu kaufen.

Aber schon am Montag darauf begleiten Tanjka und Swetka die *Unsrige* zur Sparkasse, und sie wird, wie die beiden anderen, Bankangestellte in grüner Uniform mit weißem Krägelchen, und eines Tages kommt ein Kunde hereinspaziert und fragt:

»Haben wir jetzt Oktober oder November?«

In dem Jahr, als die Akimuden Krieg nach Russland brachten, herrschte wieder ein heißer Sommer, die Wälder brannten. Das russische Klima war müde. Unser Klima war nicht mehr wie früher. Das Wetter verwöhnte uns mit Katastrophen. Mal ging alles in Flammen auf, mal erstarrte alles zu Eis. Ein Eisregen verwandelte kurz vor Silvester unsere Wälder in tropischen Windbruch von polarer Schönheit. Besonders die jungen Birken mit ihren zarten Ästen und dem weiblichen Leib waren betroffen. Der Eisregen zog sie nach unten. Auch die Fliederbüsche in den Gärten fielen dem Frost zum Opfer. In der Wintersonne spielt der Wind mit dem Silber der Zweige wie mit dem offenen Haar amerikanischer Zeichentrickfeen. Gebt uns ein Märchen! Aber wir haben andere Sorgen. Fährt man durch die Landschaft vor Moskau, sieht man die Birken bis zum Boden geneigt stehen wie Torbögen. Schönheit der Folter. Kommt der Sommer, beginnt eine neue Heimsuchung. Übrigens war diesmal das Klima nicht schuld.

Die russischen Bürger erwarteten einen Angriff aus der Luft. Zur Mittagsstunde heulten die Sirenen. Die Moskauer tauchten nur langsam und laut fluchend in die Metro ab. Doch der Schlag kam aus der Erde. Die Erstürmung begann im Zentrum von Moskau, in meiner seit Kindertagen geliebten Metrostation »Majakowskaja«. Ich kann nicht behaupten, dass ich aus purem Zufall dort war. Meine Mutter wohnte in einem Haus in der Nähe des Tschaikowski-Konzertsaals. Dieses Fleckchen Moskau ist meine »kleine Heimat«, der Ort, wo ich aufgewachsen bin. Als über der Stadt die Sirenen losgingen, zuerst als Dauerton und dann als an- und abschwellender Heulton, und als Schwärme schwarzer Vögel den Himmel verdunkelten, flehte sie mich an, ich solle mich in der Metro verkriechen.

Mutter lief auf zwei Stöcke gestützt durch die Wohnung, den 90-jährigen Kopf mit der betont eleganten Frisur wiegend, nach vorn geneigt unter der Last des krummen Rückens, und bestand hartnäckig darauf, dass ich gehen sollte. Ich wollte Mutter in ihrer fliederfarbenen Bluse mit dem Umlegekrägelchen mitnehmen, sie auf den Armen wegtragen (obwohl ich sie noch nie auf die Arme genommen hatte), sie war im letzten Jahr stark abgemagert, nachdem sie eine qualvolle Lungenentzündung überstanden hatte, aber sie sagte, sie sei zu alt, um sich vor Flugzeugen zu verstecken. Ich protestierte, wollte sie nicht verlassen, versuchte sie mit Gesprächen abzulenken, von Zeit zu Zeit beunruhigt aus dem Fenster blickend, bis sie in der für sie typischen Art aufbrauste, mit den klugen, vom Sehen müden Augen funkelte und mich zornig anschrie: »Nun geh schon! Geh endlich!«

Ich trat auf sie zu, verstand nicht, was ihren Aufschrei hervorgerufen hatte, Altersgereiztheit oder die unerwartete Sorge um mich. Enkelin eines Nowgoroder Geistlichen, der sich vor den Bolschewiki in entlegenen Dörfern versteckt hatte, um seine Familie nicht durch sein Amt zu gefährden, alte Atheistin, verweigerte sie die Rettung und überließ sich der Willkür des Schicksals.

Aber war ich der Rettung würdig? Über viele Jahre verdächtigte Mutter mich einer gewissen *Perfidie*. In ihrer Vorstellung war ich moralisch total verkommen. Ich ging Kompromisse mit Lumpen ein, baute Häuser auf der Krim und trieb schamlos Unzucht. Ich versuchte, gegen dieses *perfide* Bild anzukämpfen, ich kroch zu Kreuze, schrie, rechtfertigte mich, knallte den Hörer auf – alles ohne Erfolg. Dieses Bild von mir steckte in ihrem Unterbewusstsein, und ich hatte nicht die Kraft, es da herauszureißen. An der Oberfläche war alles sehr viel kleinlicher. Ihr gefiel nicht, wie ich mich anzog und welchen Haarschnitt ich trug. Meine Geschenke lehnte sie demonstrativ ab, verschenkte sie weiter an die Haushaltshilfen oder gab sie mir empört zurück, da sie sie zu billig fand. Bedenkt man, dass meine Mutter eine belesene Frau war, die die Impressionisten liebte, sich mit dem diplomatischen Protokoll auskannte, Gattin eines sowjetischen Botschafters, die lange in Frankreich gelebt hatte, so grenzte das alles an Irrsinn. Mein jüngerer Bruder versuchte, das *Missverständnis* damit zu erklären, dass Mama in der Position einer Botschaftergattin daran gewöhnt war, das Kommando zu führen, und in dieser Rolle aufging.

Ich weiß nicht. Darf man seine Mutter einer Analyse unterziehen? Manchmal hielten Mama und ich inne und versuchten ächzend aus diesem Loch herauszukommen, sie rief mich an, nannte mich mit Kosenamen, fragte mich nach meinen Angelegenheiten, wir tauschten kulturelle Neuigkeiten aus. Wir gaben uns Mühe, uns auf dem Niveau einer aufgeklärten Vorstellung von den Beziehungen zwischen einer liebenden Mutter und einem liebenden Sohn zu bewegen, aber unausweichlich landeten wir wieder in einer Kloake. Als ich vor Weihnachten die Venus von Mytischtschi mitbrachte und sie ihr vorstellte, sagte Mutter spitz lächelnd:

»Wozu brauchen Sie diesen schlechten Menschen?«

Und Vater oder besser das, was von ihm übrig war, fragte Katja mit besorgtem Gesichtsausdruck:

»Ist es kalt dort?«

Und eine Minute später wieder:

»Ist es kalt dort?«

Und noch einmal, und wieder:

»Ist es kalt dort?«

»Wozu brauchen Sie diesen schlechten Menschen?«

Ich sagte mir: Lass sie reden.

»Ist es kalt dort?«

Ich dachte: Hier ist das beschämende Geheimnis meines Lebens begraben, Mutter hat mir verweigert zu existieren.

Unter dem Heulen der Sirenen beugte ich mich zu ihr hinunter, um sie zu küssen, doch ihre dürre Hand mit den großen Pigmentflecken wehrte mich irgendwie unwirsch ab, sie drehte sich weg, als wolle sie sich verstecken, und ich küsste schließlich die Luft der Wohnung, die nach meiner Kindheit und nach Verwelken roch.

Ich begab mich aus dem sechsten Stock des Stalinbaus nach unten, trat auf den Hof, blickte mich um nach dem unscheinbaren Garten mit den wild wuchernden Pappeln, wo mein Vater vor seinem Tod gern auf einer Bank gesessen und sich in der Sonne gewärmt hatte, mein Vater, der später mit erleuchtetem Gesicht im Sarg lag, befreit von der Bewusstlosigkeit:

»Ist es kalt dort?«

Ich trat unter den hohen Torbogen, lockerte die Schultern und fand mich auf der Twerskaja mit seltsam hin und her laufenden Menschen wieder. Am Eingang zur Metro befielen mich Zweifel.

Ich hatte keine Lust, mich unter die Erde zu begeben. Aber die Sirenen hörten nicht auf, die Stadt mit trauriger Hysterie zu überziehen, und ich ergab mich dem Angstgefühl. Die Leute strömten in die Metro, aber es waren nicht mehr Leute als sonst zur Hauptverkehrszeit. Vielleicht gab es in der Umgebung noch andere, mir nicht bekannte Luftschutzräume.

Eine Militärstreife mit Maschinenpistolen inspizierte mürrisch die Leute. Es schien, als seien wir schuldig und stünden bereits unter Beobachtung. Die Drehkreuze funktionierten nicht, die Rolltreppe auch nicht. Wie immer in diesem Fall kam ich mir, während ich die stehende Rolltreppe hinunterstieg, linkisch vor. Hände und Füße weigerten sich, die richtige Bewegung zu machen, ich stolperte, gegen fremde Rücken stoßend, mein Gehirn, an den Rhythmus der Rolltreppe gewöhnt, war verwirrt. Auf dem Bahnsteig sah ich eine Menschenansammlung. Sie ähnelten Teilnehmern an einem Meeting ohne sichtbaren Redner, als der, soweit ich mich erinnerte, in ebendieser Metrostation in den kritischen Tagen der Verteidigung Moskaus Stalin aufgetreten war.

Von Zeit zu Zeit ertönte aus den miserablen Lautsprechern knarzend eine matte Frauenstimme und rief dazu auf, die Ordnung zu wahren. Einige Erwachsene und ein Mädchen in orangefarbenem Kleid standen abseits und trugen Gasmasken. Ich ging in die hinterste Ecke des Bahnsteigs, wo der Tunnel anfing, steckte die Hände in die Hosentaschen, immer noch gleichsam verbrüht nach dem Abschied von meiner Mutter, und ließ meinen Blick über die silbrigen Bögen der schön ausgestalteten Metrostation schweifen. Unter diesen Bögen hatten wir Kinder aus unserem Hof Fünfkopekenstücke an der einen Seite hochgeworfen und an der anderen wieder aufgefangen. Unsere Eltern hatten uns grundsätzlich nicht erlaubt, in die Metro hinunterzufahren. Der Ort, an dem wir uns herumtrieben, beschränkte sich eigentlich auf den »Aquarium«-Garten in der Nachbarschaft, den man wegen des ungenierten Benehmens der Verliebten durchaus als abenteuerlich bezeichnen konnte, mit seinem billigen Kinosaal in einem Holzschuppen. Doch das Spiel mit den Fünfkopekenstücken war stärker als alle Verbote. Schon damals gefielen uns die Mosaikdeckenbilder mit den am Himmel fliegenden Turnern, den Apfelbaumzweigen und Matrosen, aber erst später konnte ich die Mosaiken von Dejneka wirklich gebührend schätzen. Wie selten ich in den letzten Jahren in dieser wunderschönen Metrostation gewesen war! Den Kopf in den Nacken gelegt, ohne Eile, die schlimmen Gedanken verscheuchend, überzeugte ich mich erneut von ihrer Großartigkeit.

Und plötzlich barst das Mosaik. Wie Regen prasselte es auf die Köpfe der Menschen. Vor meinen Augen platzten die Wände auf. Die Schutthaufen mit den Händen beiseiteschaufelnd, von der Decke springend, aus den Wänden herauskriechend, drangen *Tote* auf den Bahnsteig, einen fürchterlichen Gestank verbreitend. Zuerst erschien in einer Wandöffnung ein Schädel mit leeren Augenhöhlen. Dann drängte sich in voller Größe das ganze Skelett mit herabhängenden fauligen Fleischstücken und Kleiderfetzen durch die Öffnung. Der Tote sprang heraus, winkte seinen Kumpanen. Die Toten krochen aus allen Löchern, kamen unter dem Bahnsteig hervor. Jeder sah anders aus. Die einen waren einfach Skelette. Die anderen noch nicht vollständig verweste Leichen. Sie stürzten sich auf das in der Untergrundbahn versammelte Publikum.

Bis zum Moment der Attacke durch die Toten war das Publikum, das sich hinunter in die Metrostation »Majakowskaja« begeben hatte, nachdem über Moskau an einem Junisonntag die Sirenen zu heulen begonnen hatten, noch skeptisch eingestellt: Blöde Übung! Probealarm! Alles in allem hatte unser Volk von den Akimuden eine ziemlich vage Vorstellung. Verbreitet war die Ansicht, das sei ein unbedeutendes Land, über das man die Kontrolle verloren hatte, etwa so wie Georgien. Allerdings hatte bereits die schreckliche nächtliche Bombardierung von Sotschi stattgefunden, bei der mehr als zwanzigtausend Menschen umgekommen waren. Dieses Ereignis hatte die Bevölkerung sehr viel mehr verunsichert als seinerzeit die Explosionen in den Moskauer Wohnblocks, Ursache ungeklärt, aber in der letzten Zeit waren wir zu dressierten Opfern aller möglichen Tragödien geworden und lösten die konspirologischen Bilderrätsel selbständig. In der Bombardierung von Sotschi meinten wir allein schon von der Geographie her eine kaukasische Spur zu erkennen, von der im Übrigen alle längst die Nase voll hatten, und das Volksempfinden hatte es ungeachtet der mächtigen offiziellen Propaganda *oder* eben wegen derselben nicht eilig, das ungeheure Verbrechen den unbekannten Akimuden anzulasten. Die darauf folgenden Ereignisse hatten im Gegenteil offenbar siegreichen Charakter. Unsere heldenhaften Luftstreitkräfte führten bekanntlich einen Gegenschlag aus. Hunderte modernster Jagdbomber schwangen sich in die Lüfte und flogen bis ans Ende der Welt, um die Akimuden dem Erdboden gleichzumachen. Auf den wichtigsten Fernsehkanälen zeigte man uns apokalyptische Bilder von Explosionen und Zerstörungen. Das Volk war tief beeindruckt von den prachtvollen Kriegsvisionen. Wir alle stöhnten auf vor lauter Patriotismus. Gleichzeitig mit den Bombardierungen ereignete sich auf dem wichtigsten Platz unseres Landes etwas Bedeutsames. Wann hatte zum letzten Mal auf dem Roten Platz eine Hinrichtung stattgefunden? Und genau jetzt fand eine statt! Zum Klang der Glocken vom Spasski-Turm. Unter Trommelwirbeln. Wer damals auf dem Roten Platz war, wird dieses triumphale Ereignis, das die Seele gefrieren ließ, nicht vergessen. Ich war dort. Ich werde es nie vergessen.

Und schon in den Abendnachrichten wurde der Sieg verkündet, der Chef trat auf, gratulierte uns. An jenem Abend im Mai um elf Uhr gab es ein überwältigendes, nicht enden wollendes, wie es hieß, in Frankreich gekauftes Feuerwerk. Alle waren wie betrunken. Viele schwenkten Fahnen, auf Autodächern stehend. Wir lagen uns in den Armen und fühlten uns wieder als Großmacht. China und Amerika konnten uns kreuzweise!

Und dann das Unglück! Seit dem Sieg waren noch keine zwei

Wochen vergangen, als etwas Seltsames, Unausgesprochenes in der Luft hing. Als wäre man noch nicht zufrieden mit unserem siegreichen Patriotismus, dem Sprung unseres ganzen Volkes übers Feuer, wollte die Staatsmacht uns noch stärker zusammenschweißen, indem sie Andeutungen über eine mögliche Revanche der Akimuden in die Welt setzte. Vorsichtig, jeden Tag kamen neue Verlautbarungen über die Möglichkeit eines weiteren Luftschlages. Doch wer konnte uns Siegern schon etwas anhaben?

Banden junger Leute führten sich in der Metrostation »Majakowskaja« auf, als handele es sich nicht um die Metro, sondern um eine spontane Disko. Alle – von Studenten bis zu Hiphop-Fans und halbstarken Prolls – waren gut drauf, machten Witze, pfiffen, rochen nach Bier und Kartoffelchips. Einige Typen, Mädels in Flatterkleidern im Arm, hockten am Rand des Bahnsteigs, baumelten mit den Beinen, knutschten, rauchten sogar heimlich, obwohl das natürlich strengstens verboten war.

Die älteren Leute verhielten sich anders. Sie verband nichts außer einer diffusen Unruhe. Die Älteren zischten die Jungen an, aber man konnte sehen, dass ihnen wie übrigens auch den Diensthabenden der Station der Leichtsinn der Jugend gefiel, da er hoffen ließ, dass sich demnächst die Rolltreppe wieder in Bewegung setzen und uns nach oben bringen würde. Wenn die Staatsmacht mal wieder *ein bisschen Krieg* spielen will, dann heißt das noch lange nicht, dass man ihr glauben muss! Irgendwo im Gedränge klimperte eine Gitarre.

Im ersten Moment des Angriffs krähte laut eine junge Stimme:
»Geil!«

Es war sogar vorschneller Applaus zu hören. Mehr noch, eine altmodische, intelligente Stimme meldete sich krächzend und lautstark, so dass es auf dem ganzen Bahnsteig zu hören war:
»Ich glaub es nicht!«

Stanislawski lässt grüßen! Und da ertönte der markerschütternde Schrei eines Mädchens. Darauf folgten Dutzende von durchdringenden Schreien. Kreischen. Kollektives Geheul. Die Gesichter der Menschen wirkten schlagartig stupide. So verzerrt, verwandelten sie sich in ein Gemenge aus Angst. Das Publikum war nur noch ein Gedränge mit Hunderten von Beinen. Die Menge heulte wie ein Tier die aufgerissene Decke an, wich zurück und stürmte dann über den granitenen Bahnsteig Richtung Ausgang. Der eine fiel, der andere verlor seine Kinder. Die Menge stürmte vorwärts, über die Körper zertrampelter Menschen rutschend. Die Toten begannen die Menschen in Stücke zu reißen, sie aus den Waggons zu zerren – plötzlich war nämlich quietschend ein Zug mit leitenden Beamten des Ministeriums für Katastrophenschutz in die Station eingefahren.

Auf mich stürzten sich drei dralle tote Weiber, sie gingen mir an die Kehle, wirbelten mich in einem wilden, höhnischen Tanz umher und verlangten, dass ich sie auf der Stelle in ein schickes Restaurant ausführte.

»Wir haben lange nichts gegessen! Wir wollen Sushi!«, brüllten sie.

Ich konnte absolut nicht begreifen, wer sie waren und warum mir genau *diese* Strafe zuteilwurde. Vielleicht, schoss es mir durch den Kopf, sind das meine verblichenen Geliebten … denn einige von ihnen sind doch wohl schon tot? Sie sahen entsetzlich aus. Natürlich erkannte ich sie nicht. Wie sie hießen? Ich erkenne ja bisweilen meine noch lebenden Exfreundinnen nicht, aber diese toten Weiber, womit habe ich das verdient? Andere werden von den Außerirdischen in Stücke gerissen, und ich soll welche ins Restaurant einladen! Was tun?

»Gehen wir, meine Hübschen!«

Arm in Arm, unter Mordsgeschrei, bewegten wir uns auf den blutbespritzten Stufen der Rolltreppe nach oben, wir kletterten lange, traten auf den Platz hinaus.

»Majakowski!«, kreischten erfreut die Verstorbenen und zeigten mit dem Finger in Richtung des Denkmals.

»Genau, Majakowski«, stimmte ich zu, während ich darüber nachdachte, wie ich ihnen entkommen könnte.

»Gehen wir doch ins ›Peking‹!«, rief plötzlich eine meiner Begleiterinnen, die mit Resten von roten Haaren auf dem Schädel. »Ich erinnere mich dunkel, da konnte man Haifischflossen essen! Ein In-Lokal!«

»Wann soll denn das ›in‹ gewesen sein? Du bist doch doof, da gibt's kein Sushi!«, schrie die Zweite auf, eine Knochige mit schwarzer zerzauster Scham.

»Heutzutage gibt's bei uns überall Sushi«, beteuerte ich. »Moskau kann ohne Sushi nicht leben!«

»Aber ich will Rote-Bete-Salat!«, erklärte die Dritte, die am intelligentesten aussah.

»Rote-Bete-Salat! Rote-Bete-Salat!«, riefen die drei Weiber auf und ab hüpfend.

Überraschend erfasste mich ein Gefühl kostbaren russischen Leichtsinns. Wir liefen quer über den Platz, stürmten unter Gelächter in die riesige Eingangshalle des »Peking« und steuerten das Restaurant an. Alle wichen vor uns zurück. Der glatzköpfige Oberkellner rannte vor uns davon, wir ihm nach. Dabei schrien wir:

»Rote-Bete-Salat! Rote-Bete-Salat!«

Der Glatzkopf rannte immer schneller, aber wir hatten ihn schon fast eingeholt. Dieses Wettrennen hatte etwas von meiner Jugend, von meinen langhaarigen Wünschen, die Umgebung mit meiner Außergewöhnlichkeit zu beeindrucken.

»Was wollen Sie von mir?«, stammelte der Oberkellner, an die Wand gedrückt. »Ich geb alles!«

»Sushi!«, bellten die Mädels.

»Und Wodka!«, fügte die Rothaarige hinzu.

Der Oberkellner erkannte in mir den Lebenden:

»Wie soll man das verstehen? Maskerade?«

»Umsturz!«

»Verstehe … Ich bediene Sie selbst.«

Wir setzten uns an einen Tisch. Die Rothaarige und die Intelligenzlerin begaben sich zur Toilette. Die Knochige legte mir die Hand auf den Arm und fragte schmachtend:

»Weißt du wenigstens noch, wie ich heiße?«

»Bist du erst seit kurzem tot?«, fragte ich statt einer Antwort. Sie brach in Gelächter aus.

»Ich bin eine Selbstmörderin«, sagte sie stolz. »Ich hab mir die Pulsadern aufgeschnitten! Ein süßer Tod! Unten in der Metro hab ich dich zufällig gesehen und beschlossen, dir das Leben zu retten.«

Sie nahm dem Oberkellner, der an den Tisch getreten war, geschickt die Flasche »Beluga« aus der Hand, goss den Wodka ein und streckte mir die Hand mit dem Glas entgegen, um anzustoßen:

»Na dann, auf unser Wiedersehen!«

»Und die da, wer sind die?« Ich kippte den Wodka runter und stieß die Luft in Richtung Toilette aus.

»Niemand ... Freundinnen! Schenk nach!«

»Wir trinken *hier* nicht mehr so schnell ...«, sagte ich und griff nach der Flasche.

»Ach ja? Aber wie geht's dir so? Was gibt's Neues?«

»Ach, alles in Ordnung ...«

»Und deine Eltern?«

»Kanntest du sie denn?«

»Also weißt du! Wir haben doch mit deinem Vater ...«

»Er ist gestorben.«

»Das macht *überhaupt nichts*«, sagte sie in Kenntnis der Lage. »Na dann, prost!«

Wir tranken wieder. Die Mädels kamen lärmend von der Toilette zurück.

»Sie haben uns nicht verstanden!«, schrien sie. »Dabei haben wir ihnen gar nichts getan! Wir setzen uns ganz normal zum Pinkeln hin ... und die Weiber sind alle Hals über Kopf aus dem Klo geflüchtet ...«

Die Rothaarige lachte laut und zündete sich gierig eine Zigarette an.

»Ein bisschen Liebe wär jetzt schön!«, sagte die intelligente Verstorbene.

»Wir werden ab jetzt zusammenleben und uns niemals mehr trennen.« Die Selbstmörderin beugte sich zu mir herüber.

Aber da muss ich wohl ohnmächtig geworden sein, denn weiter kann ich mich an nichts erinnern. Was haben diese halbzerfallenen Luder mit mir gemacht?

»Er stirbt«, sagte jemand neben mir ganz deutlich.

»Leise! Sei still!«, zischte eine liebenswürdige Stimme.

Als ich wieder zu mir kam, lag ich ohne Schuhe quer auf dem Gartenring, mit ausgebreiteten Armen ... zerrissene Hose, blaue Flecken ... gegenüber dem Gebäude der Frunse-Militärakademie, und über den Gartenring donnerten bereits unsere Panzerfahrzeuge.

$$\diamond$$

Panik erfasste Moskau. Die Toten sammelten sich in Kolonnen am Ausgang von Wagankowo und auch auf anderen Friedhöfen und setzten zum Sturm auf die Hauptstadt an. Die in aller Eile gegen sie aufgestellten Polizeieinheiten, die Truppen des Innenministeriums und die OMON-Einheiten waren hilflos. Die Toten zündeten Autos an, schlugen die Absperrungen der Polizei kurz und klein, warfen Schaufensterscheiben ein, vergewaltigten Frauen auf eine den Lebenden unverständliche Weise und brieten über Lagerfeuern männliche Geschlechtsorgane wie Würstchen.

Ungefähr drei Stunden nach der Invasion erschien unser Chef mit finsterer Miene auf den Fernsehschirmen. Aus seinen Fischaugen guckend, erklärte er mit scharfer Stimme, die Stadtoberen hätten wohl im Katzenjammer irgendetwas nicht ganz richtig gesehen und die in unserer Stadt normalen Tiefbauarbeiten seien als Weltuntergang interpretiert worden. Er spottete über die Moskauer Panikmacher, versprach andererseits jedoch wider jede Logik, die Hauptstadt innerhalb kürzester Zeit von Banditen und Radaubrüdern zu säubern.

»Das sind keine Toten, sondern Kojoten!«, verkündete der Chef überraschend, verdrehte nach seiner Gewohnheit die Augen zur Seite und griff sich jähzornig an seinen sich lichtenden Schädel. Das Einzige, was unser Chef überzeugend tat, so fanden unsere schreibenden Kritikaster, war, dass er öffentlich im Laufe schon vieler Jahre eine ehrliche Glatze bekam. *Es war ein jahrelanges Regime des Kahlwerdens.* Mit jedem Erscheinen auf dem Bildschirm warteten wir gespannt auf neue Anzeichen für sein Kahlwerden, überzeugten uns davon, dass die Härchen dahinschwanden, und waren vom traurigen Gedanken erfüllt: Die Wissenschaft kennt kein wirkliches Mittel zur Bekämpfung des Kahlwerdens, andernfalls hätte der Chef es uns am eigenen Beispiel bewiesen.

Den Moment nutzend, bemerkte der Chef, dass an allem die Verkehrsstaus schuld seien, die bei einigen einen narkotischen Effekt hervorriefen. Ab sofort dürften nur noch Dienstfahrzeuge mit Sondererlaubnis ins Stadtzentrum hineinfahren. Der besseren Glaubwürdigkeit halber zauberte er aus der Seitentasche seines Jacketts sein Lieblingsspielzeug hervor: Ein Miniaturmännlein, das uns ganz putzig mit den lang bewimperten Augen anblinzelte. Irgendwann war er uns als echtes kleines Männchen mit dickem Knoten in der extravaganten Krawatte erschienen, wir hatten nicht schlecht gestaunt, als wir ihn zum ersten Mal sahen, und erst mit der Zeit begriffen wir, dass er zum Aufziehen war. Der Chef stellte ihn als Akkumulator der aufgeklärten öffentlichen Meinung vor, welche zu berücksichtigen er selbst bereit sei.

»Nun, was ist, JEMAND«, fragte er das Männlein, »was meinst du zu den heutigen Vorkommnissen?«

JEMAND hüpfte auf einem Beinchen zum Mikrofon:

»Irgendjemand will hier für uns anscheinend eine Parodie auf die illegalen Immigranten in Europa inszenieren. Aber wir werden diesen Beschiss abschmettern. Wir werden siegen!«, rief JEMAND aus. »Der Sieg wird unser sein!«

Der Chef verzog grinsend den rechten Mundwinkel, kraulte ihn hinterm Ohr und steckte ihn wieder in die Tasche. Ungeachtet dessen, dass JEMAND ein Spielzeug war, fanden einige unserer Mitbürger, dass er noch wachsen und mit der Faust auf den Tisch schlagen könnte.

»Der Sieg wird unser sein!«, zog der Chef Bilanz.

Während er im Fernsehen auftrat, nahmen die Toten Banken, Ministerien, Telegrafenamt, Telefonstationen, Internetfirmen ein, und vom Alexejewski-Friedhof rückten sie zum Fernsehturm von Ostankino vor. Sie drangen in Wohnungen ein, um mit denen abzurechnen, welche sie ins Jenseits geschickt hatten. Es ging nicht ohne Selbstjustiz ab. Nackte Menschen wurden lebendig von den Balkonen auf den Asphalt geworfen.

Die Aktionen von Selbstjustiz, die sich bis zum späten Sonntagabend fortsetzten, wurden in der Nacht gestoppt. In der Stadt tauchten merkwürdige menschenähnliche Wesen mit länglichen Schädeln schlauer Köter auf. Sie erinnerten an ägyptische Darstellungen. Sie waren schlank und gewandt im Kampf. Sie sprachen mit menschlichen Stimmen, bloß sehr abgehackt. Man konnte sehen, dass die Toten Angst vor ihnen hatten. Diese Leute mit den Hundeköpfen sahen nicht aus wie die Toten, aber mit den Lebenden hatten sie auch keine Ähnlichkeit. Über ihre Natur entstanden umgehend verschiedene Vermutungen. Wir waren der Meinung, das seien Geister, Kommissare der Toten, aber auch deren Verschlinger, Halbleiter unseres Schicksals, doch wir hatten keine Beweise dafür. Wir mussten ihnen zumindest dafür dankbar sein, dass sie die Zerstörung der Stadt und deren Verwandlung in traurige Ruinen gestoppt hatten. Dank ihnen wurde der Siegeszug der Toten empfindlich gestört.

In der ersten Nacht des Überfalls blieben ein paar Bezirke Moskaus, die in einiger Entfernung von Friedhöfen lagen, noch freie

Enklaven. Auf dem Arbat wurden wie gewöhnlich Matrjoschki verkauft, wenn auch zu Schleuderpreisen. Übrigens kam das Leben nicht einmal in den Bezirken, in denen die Toten triumphierten, gänzlich zum Erliegen. Während am Abend des ersten Kriegstages die Straßen wie leergefegt waren und auf den Trottoirs lediglich kopflose Überreste unserer Bürger herumlagen, öffneten schon am nächsten Morgen zaghaft einige Lebensmittelgeschäfte: Die lebenden Menschen wollten essen. Sie huschten durch die Straßen, sich immer wieder umblickend und sich bekreuzigend. Es wurden keine Glocken geläutet, aber auch in den Kirchen war Bewegung. Die Toten mischten sich unter die Einwohner der Stadt. Überall waren Schüsse zu hören.

Wie dem auch sei, die Polizeikugeln zeigten keinerlei Wirkung bei den Toten. Im Nahkampf waren sie aktiver als unsere Ordnungshüter. Sie rissen ihnen die Knüppel aus den Händen und schlugen der OMON die Köpfe ein. Man beschoss sie mit Wasserwerfern – aber sie führten nur irre Tänze auf. Die den Truppen zu Hilfe geeilten Panzerfahrzeuge und Panzer bekamen das Chaos ebenfalls nicht in den Griff. Die Toten waren gegenüber den Soldaten in der Mehrzahl. Allein der schon erwähnte Wagankowo-Friedhof konnte ein Aufgebot von hunderttausend Verstorbenen aufstellen. Anstelle der zermalmten Knochen dieser aktiven Skelette erschienen neue Bataillone. Die Toten marschierten in Kolonnen und sangen bedrohlich ein Marschlied:

Erheb dich, toter Bruder! Schnapp dir die Schippe!
Begrab die Lebenden, die besessene Sippe.
Erstich die Lebenden, Russlands Zorn.
Adam und Eva, zum Ursprung nach vorn!

Wer wohl diese untalentierten, miserablen Worte verbrochen hatte? Die Toten pickten sich die Polizeichefs heraus und bissen sie wie Hunde. Gegen Abend des zweiten Tages ergaben sich nach und nach viele Polizisten. Sie liefen auf die Seite der Toten über. Einige empfanden sie wegen des Stallgeruchs als ihresgleichen. Die Armee schwankte. Der eine oder andere erkannte seine verstorbenen Verwandten, Freunde, Mitarbeiter und erstarrte, konnte kein Wort herausbringen.

Erheb dich, toter Bruder! Schnapp dir die Schippe!

Der dritte und letzte Tag des Krieges der Akimuden mit Russland brach an. Die Rus verblasste innerhalb von drei Tagen, so wie einst vom Philosophen Wassili Rosanow vorhergesagt. Und übrigens, wie auch anders? Wir sind ein abergläubisches Volk. Wir machen einen Bogen um schwarze Katzen und fürchten zerbrochene Spiegel, aber das hier war was anderes als Katzen! Der Marxismus hat uns gelehrt, dass es keinen Tod gibt. Der Generalstab hat die Toten niemals als potentielle Feinde Russlands gesehen … Gegen neun Uhr abends hatten sie die letzten Absperrungen des Widerstands über den Haufen geworfen und sich auf dem Roten Platz versammelt. Sogar aus der Kremlmauer kamen einige Tote herausgekrochen. Die Toten verbrüderten sich. Die Toten skandierten: RUSSLAND DEN TOTEN! Und diese Losung erschallte im ganzen Land. Über den Roten Platz flogen die Schatten der Vergangenheit. Die Toten warteten auf ein Kommando. Die letzte Schlacht begann. Russlands Regierende verschanzten sich hinter den Kremlmauern. Die ihnen treu ergebenen Truppen übergossen die Toten von den Mauern herunter mit Benzin und versuchten sie anzuzünden. Einige Tote verbrannten zu Asche. Doch das machte ihrem Heer keine Angst. RUSSLAND DEN TOTEN!, skandierten die Toten. Unter ihnen tauchten bereits lebende Menschen mit schwarzem Stirnband auf – sie waren für die Toten. Ungeachtet des Terrors der Toten empfand ein gewisser Teil der Bürger Schadenfreude. Als die Obrigkeit sich hinter die Kremlmauern zurückzog, schwappte plötzlich revolutionärer Hass nach oben. Man wartete darauf, dass die Regierung auf den Platz herauskam und kapitulierte. Die Regierung erschien nicht. Die Erstürmung des Kremls sollte jeden Moment losgehen.

Das Fernsehen brachte schon den zweiten Tag keine menschlichen Sendungen mehr. Zuerst hatte es auf Musiksendungen umgeschaltet, sogar bis hin zur Klassik. Dann nur noch ein Flimmern. Als man wieder auf Sendung ging, verstanden wir sofort, Ostankino war besetzt. Einige Fernsehchefs wurden von den Toten live vor unseren Augen gegessen, andere mühelos gezwungen, für sie zu arbeiten. Auf allen Kanälen liefen Toten-Nachrichten. Die geschminkten Skelette, die sich in den Tagen des Blitzkriegs mit sumpfig glitschigem Fleisch bedeckt und ausreichend Blut getrunken hatten, gaben den Ton an. Bei ihnen entwickelten sich trübe, wässrige Augen. Sie waren nun deutlicher nach Männern und Frauen zu unterscheiden. Bei den toten Frauen bemerkten wir lange Haare und die Konturen von Brüsten. Die Toten hatten irgendwoher Sachen zum Anziehen bekommen; nackte Skelette sah man jetzt seltener.

Nacheinander gingen die russischen Städte in die Hände der Toten über. Als Erstes fiel St. Petersburg. Die Stadtoberen zeigten sich in der Glotze und ließen unisono die Sieger hochleben. RUSSLAND DEN TOTEN!, tönten sie. Möglicherweise waren in Piter die *überzeugendsten* Toten aufgetaucht. Dann ergaben sich die Wolga-Städte, weiterhin Jekaterinburg, Tscheljabinsk, Krasnojarsk. Nowosibirsk und Chabarowsk kapitulierten. Am längsten leisteten die Städte an den Rändern unseres Landes Widerstand: Kaliningrad und Wladiwostok. Aber auch sie hielten schließlich nicht stand. Im ganzen Land wurden die Lebenden aufgefordert, die Macht der Toten anzuerkennen. Es traten Leute auf, die von den Toten umgebracht worden waren – einige von ihnen wurden automatisch zu einem Teil der Toten-Macht. Es meldeten sich auch lebende Vertreter von Kunst und Literatur zu Wort, die die Macht der Toten begrüßt hatten. In aufrichtigen Worten priesen sie die Sieger, wobei sie für die neue Macht philosophische Begründungen fanden.

Ein bekannter Filmregisseur schaffte es sogar, in diesen Tagen einen Kurzfilm mit dem Titel »Meine teuren Toten« zu drehen. Über die Mattscheibe flimmerte ein Porträt von Nikolai Fjodorow, dem verrückten bärtigen Bibliothekar der Rumjanzew-Bibliothek. Sogleich erinnerte man sich seiner fast vergessenen Lehre der »Gemeinsamen Sache«, man erzählte, wie Fjodorow mit seinen Ideen die Zeitgenossen angesteckt hatte: Tolstoi, Dostojewski und Wladimir Solowjow. Außerdem begeisterten sich, so verbreiteten die Moderatoren, Majakowski und Andrej Platonow für Fjodorow! Und endlich hatte sich sein Traum erfüllt: Die Auferstehung der Väter fand statt!

Seit einiger Zeit ist das sogar für mich ein aktuelles Thema … Übrigens wurden unabhängig von der Fjodorow'schen Lehre auch Mütter wieder zum Leben erweckt! Man beeilte sich, uns zu erklären, an der Lehre Fjodorows sei nichts Mystisches: Er sei überzeugter Positivist gewesen, ein Sohn des Gusseisernen 19. Jahrhunderts, und nur bei uns in Russland habe eine so einzigartige Situation entstehen können, in der Tote wiederauferstehen wollten. Erneut roch es nach Patriotismus! Man erinnerte sich natürlich auch der uns eigenen jahrhundertealten Liebe zu den Toten, die wir sozusagen mehr lieben als die Lebenden und mit denen wir zu Ostern und am »Elterntag«, dem Gedenktag für die verstorbenen Eltern, stets Ostereier und Wodka teilen. Unpassenderweise erinnerte man an Tolstois »Lebenden Leichnam« und fand eine neue Lesart für die »Toten Seelen«. Man interviewte einige munter gewordene Gruftis, die, zusammen mit unseren Satanisten, bereit waren, sich bei den Toten anzubiedern, doch diese hatten es nicht eilig, sich mit ihnen zu verbrüdern.

Dann blieben die Fernsehsender in Mexiko hängen: Man beschäftigte sich mit den mexikanischen Totenfesten, den schokoladenbraunen Särgen mit Skeletten darin, den blutrünstigen Ritualen der Azteken. Voller Rührung erzählte man von der mexikanischen Totengöttin, zitierte die zärtlichen Worte des mexikanischen Nobelpreisträgers über den Tod, und man bedauerte sehr, dass wir keine Mexikaner sind. »*La mort n'est rien!*« – unter dem Motto stand ein optimistisches Interview mit einem Pariser Bestattungsunternehmer beim Friedhof Montparnasse. Versöhnung zwischen Tod und Marktwirtschaft. Alldem fügte man noch die Worte von Steve Jobs hinzu: »Der Tod ist die beste Erfindung des Lebens.« Damit wollte man das aufgeklärte Publikum erobern.

Aber die Intelligenzija war gespalten. Über den hauptstädtischen, reißerischen Radiosender »Aplomb«, den die Toten bisher noch verschonten, kamen kühne Worte, die Toten seien die Strafe für unsere ewige Stagnation. Übrigens begann man dort auch bald, die Toten ans Mikrofon zu lassen – im Namen der Objektivität. Und ein berühmter Journalist, eine der früheren TV-Größen, äußerte sich in unserer liberalen Zeitung dahingehend, dass die Einführung der Toten ihn nicht von seinem Atheismus abbringe und er zum Zeichen seines Protests in die innere Emigration gehe. Einige Künstler, notorische Lästermäuler, erklärten die Toten rundweg für pittoresk. Das russische PEN-Zentrum verlautbarte, das alles sei »zu erwarten« gewesen, und nannte die Ereignisse eine »nationale Tragödie«. Radio »Aplomb« verlangte auch von mir einen Kommentar, und ich sagte finster: »So weit haben wir's gebracht! Man hat uns das uralte Recht auf Angst vor den Verstorbenen genommen!« Aber das war ehrlich gesagt nur ein Teil der Wahrheit, die gegen Lermontows Land der Sklaven und Herren gerichtet war. Das war die *kleine* Wahrheit. Der andere, versteckte Teil der Wahrheit bestand für mich darin, dass eine uralte Mauer eingestürzt war und sich ungeahnte Horizonte auftaten.

Aber gab es hier meinerseits nicht ein Zugeständnis an *Obskurantismus*? An jenen Obskurantismus, dessen Ursprung unseren

Landsleuten so tief in den Knochen sitzt … Was denn für Horizonte?, rief ich mich selbst zur Ordnung. Im Gegenteil!

Im Fernsehen wurde verkündet, Reisen ins Ausland seien verboten und die Reisepässe abgeschafft. Die Flughäfen hätten den Betrieb eingestellt. Mobilfunk und der Zugang zum Internet seien blockiert.

Erheb dich, toter Bruder! Schnapp dir die Schippe!

Das Hauptthema der Okkupation waren die Beanstandungen der Toten. Die Toten suchten in allem den lebendigen Betrug. Sie erklärten sich offiziell zu »Erniedrigten und Beleidigten«. Ich hatte nicht gewusst, dass es in unserem Land so viele Millionen beleidigter Verstorbener gibt! Das heißt, natürlich hatte ich vermutet, dass wir mit dem Tod nie einig werden, aber ich hatte nicht gewusst, dass der russische Tod so voll von *ausgereifter Rache* ist.

Die Toten regelten eilends die eigene Infrastruktur. Die Außerordentliche Behörde (AB) für Beanstandungen gegenüber lebenden Menschen hatte bereits ihre Arbeit aufgenommen. In Anlehnung an das schon vorhandene Geburtstrauma erfanden die Toten das postmortale Trauma. Mal hatte man sie ohne den nötigen Respekt beigesetzt, ohne Sarg, in einer ausgehobenen Grube, ohne Totenmesse, mal wurden sie erschossen, erwürgt, vergiftet, abgemurkst, grundlos ertränkt. Der Tod als höchste Form der Geringschätzung! Wir verwandelten uns in einen großen umgepflügten Friedhofsacker.

Da streiften sich viele vor Angst weiße, knöchellange Nachthemden über. Das nannte sich Reue. Ich blickte aus dem Fenster. Selbst in meiner stillen Seitengasse der Pljuschtschicha tauchte eine Patrouille auf, bestehend aus drei Toten mit Maschinenpistole im Anschlag. Das Land der Toten! Wie hatte das passieren können?

◇

Der Chef wartete auf eine Entscheidung. In seinem Arbeitszimmer im Kreml waren alle Telefone abgestellt. Die Getreuen fast alle davongelaufen. Als Letzter verließ ihn der Schönredner und Strippenzieher Benckendorff. Er sagte noch, mit Toten könne man unmöglich fertigwerden.

»Konnte man sich denn wirklich nicht mit denen einigen?«, fragte der Chef und presste die Lippen zusammen.

Benckendorff zuckte nur mit den Schultern. Allein geblieben, kroch der Chef unter den Tisch, um den großen Hund zu streicheln.

»Sie werden jeden Moment hier sein.«

Mit sportlichem Schwung tauchte er aus dem Dunkeln wieder auf, zog JEMAND aus der Tasche und stellte ihn auf den Schreibtisch:

»Wird der Sieg unser sein?«

JEMAND wurde finster. Das Spielzeug wusste, dass sein Ende nahte, und es wollte seine Meinung sagen.

»Daran bist du schuld!«, rief das Spielzeug aus.

Der Chef sah JEMAND an und nahm die Batterie aus ihm heraus. JEMAND erschlaffte. Der Chef wollte ihn schon in den Mülleimer pfeffern, doch im letzten Moment überlegte er es sich anders, steckte ihn wieder in die Tasche und murmelte:

»Kann man noch brauchen.«

Der Chef dachte, dass er sich keine Vorwürfe machen mußte. Er hatte geschworen, das Land werde während seiner Regierungszeit nicht auseinanderbrechen, und es war nicht auseinandergebrochen.

Er hatte alles richtig gemacht. Von so einer glücklichen Regierung hatte unser Land nicht zu träumen gewagt. Nur er allein wusste, wie viele wunde Punkte und gefährliche Feinde das Land hatte. Er hätschelte Russland wie ein Kindermädchen, aber er war ein strenges Kindermädchen. Die Qual von Enttäuschung und Einsamkeit stand ihm ins Gesicht geschrieben.

Was wussten wir über ihn, den Verschlossenen? Seinem Schwur

treu, konnte er niemandem gestehen, dass er ein makellos ehrlicher Mensch geworden war, der die von ihm angehäuften Reichtümer verachtete. Er würde wohl zustimmen, dass Tote und Hunde reiner als die Lebenden waren. Der Chef bedauerte seinen Befehl, Bomben über den Akimuden abzuwerfen. Wo waren die eigentlich abgeworfen worden? Er hatte kein Vertrauen in seine Luftstreitkräfte. RUSSLAND DEN TOTEN – gar keine so schlechte Losung. Aber wer stand hinter den Toten? Ihr Aufstand hatte keine Ähnlichkeit mit irgendwelchen *idiotischen* Revolutionen. Er war eher nach russischem Geschmack.

Der Chef grinste, als er im Fernsehen ohne Ton das zu Tode erschrockene Gesicht des Direktors des Hauptfernsehsenders sah … Wenn die Toten mir erlauben würden zu emigrieren – ich würde nirgendwohin gehen! Ich habe, was die Akimuden angeht, den Bogen überspannt. Aber die Akimuden haben sich schließlich auch provozierend verhalten! Ich kann es nicht leiden, wenn man mich reizt. Ich bin keine Null. Wir sind selbst Tote, unseren Wurzeln nach. Wie den Draht zu den Akimuden wiederherstellen? Wenn wir uns mit den Toten vereinigen, werden wir unbesiegbar sein …

Mehr als einmal nach der Invasion hatte ich mich in die Lage des Chefs versetzt und gedacht: Wie würde ich mich verhalten? Würde ich unsere Staatsmacht rechtfertigen? Der Chef brachte die Kraft auf, das Land einzufrieren. Was hätte er sonst tun können? Wir haben verlernt, irgendetwas zu produzieren. Das ist sogar komisch geworden. Wir können überhaupt nichts. Also, wirklich nichts, null Komma null. JEMAND, das Spielzeug des Chefs, hatte allen gezeigt, was uns geblieben ist: schöne Phrasen dreschen. Die Toten sind gekommen, uns ihre Verachtung entgegenzuschleudern.

Als ich einmal, noch vor dem Krieg war das, die Rubljowka entlangfuhr, sah ich an den Laternenmasten große Tafeln mit dem Aufruf: »Ein gesundes Geistesleben – das ist der Glaube an Russland«. Anderthalb Jahrhunderte sind seit Tjutschews Zeiten vergangen, und nun sollen wir wieder an Russland glauben. Als sei

Russland das Leben im Jenseits, das Himmelreich, das uns erwartet oder auch nicht – weiß der Kuckuck! Und nun tat sich das Himmelreich auf. In seiner ganzen Pracht. Die Toten hatten Russland überwältigt, im Unterschied zu den Deutschen, die uns, nebenbei gesagt, auch im Juni überfielen. Damals war das ganze Land erwacht, jetzt kniff es den Schwanz ein. Immerhin wurden in Moskau anonyme Flugblätter verteilt, die zum Widerstand aufriefen. Aber die Aufrufe waren wirr, widersprüchlich. Die Nazis von 1941 waren Fremde, aber diese hier, das sind unsere Leute! Verwandte. Auferstandene Väter. Aber was heißt das – unsere Leute? Was wissen sie von unserem Leben? Eine gesichtslose Masse von Toten. Unter ihnen waren keine zum Leben erwachten Leichen von Feldherren, Politikern und Kunstschaffenden. Keine der Berühmtheiten war aus dem Grab erstanden. Mit den Toten war kein einziger Zar gekommen, weder Stolypin noch Stalin oder Schukow. Allerdings wurde gemunkelt, man habe bei den Tschistye Prudy eine Tote gesichtet, die Anna Andrejewna Achmatowa ähnlich sah, in weißer Stola, aber warum nur sie gekommen war, falls sie es überhaupt war …?

Der Chef zuckte unwillkürlich zusammen, griff nach der Pistole. Die Tür zu seinem Arbeitszimmer ging weit auf. Ohne Ankündigung trat leichten Schrittes, von weitem den Duft seines parfümierten Bartes verströmend, der Führer der siegreichen Akimuden ein. Im Unterschied zu seinem fauligen Heer sah er aus wie ein gesunder lebendiger Mensch. Leicht tänzelnd trat er an den Schreibtisch des Chefs. In seinem dunkelblauen Anzug und dem weißen Hemd ohne Krawatte setzte er sich auf den Rand des übertrieben inkrustierten Tischs und lächelte.

»Hände hoch!«

Der Chef zuckte zusammen. Legte die Pistole auf den Tisch. Schweigen trat ein. Der Chef hob langsam die Hände.

»Bedingungslose Kapitulation?«

Der Chef schluckte gequält. In seinen Augen blitzte Hoffnung auf. Sie blitzte auf und erlosch. Sein Gesprächspartner brach in Gelächter aus:

»Ruhig Blut!«

Der Chef ließ die Hände auf die Knie sinken. Er saß da wie ein Schulbub. Er hatte schon lange damit aufgehört, sich über irgendetwas zu wundern. Chef in Russland zu sein, das bedeutete, sich über nichts zu wundern. Der Chef sah den Gast ungläubig an. Dieser Mensch (wenn man sich so ausdrücken kann) war auf sein Kommando liquidiert und seine Asche in alle Winde verstreut worden. Und jetzt saß er auf seiner Schreibtischkante und wippte mit dem Bein, als wäre nichts gewesen.

Wie sie sich einigten, weiß niemand. Nur die Worte des Ankömmlings an den Chef sind überliefert:

»Sie sind ein Anhänger traditioneller Werte. Mag also Russland selbst über sein Schicksal entscheiden!«

Daraufhin schüttelte der Chef den Kopf und sprach Wort für Wort wie folgt:

»Gibt man dem russischen Volk die Entscheidung über sein Schicksal in die Hand, wird es Russland nicht mehr geben.« Er schwieg. »Sie wissen das.«

Indessen wurde am nächsten Tag angekündigt, eine Gründungsversammlung der Toten werde einberufen, die eine Regierungsordnung in unserem Land vorschlagen werde. Lebende konnten auch an den Wahlen teilnehmen, aber man braucht wohl nicht zu erwähnen, dass wir bereits in die Kategorie Untermensch fielen. Durch die Straßen der Stadt spazierten hochmütige Verstorbene. Der Chef war von der Gesellschaft isoliert, in milder Form à la Foros, nämlich unter Hausarrest in seiner Residenz bei Moskau.

◇

Solange die Toten Moskau erstürmten, waren sie eine geschlossene Armee. Wahrscheinlich hatte allein schon das Herauskommen aus den Gräbern sie stärker als alles andere vereint. Doch als sie mit uns fertig waren, teilten sie sich instinktiv in Schichten und Gruppen, die sich als Gegenspieler gegenüberstanden. Sie gehörten verschiedenen Generationen an und vertraten verschiedene Ansichten. Außerdem zankten sie über alltägliche Fragen. Sie quartierten sich in unseren Wohnungen ein, die einen mit der Begründung, sie seien gestorbene Verwandte, die anderen in ihrer Eigenschaft als ehemalige Wohnungsbesitzer. Moskau überzog sich schnell mit Kommunalwohnungen wie nach der Revolution. Auch in meiner Wohnung machten sich verschiedene Tote breit. Ein toter Arzt tauchte auf, der meine Wohnung im Jahre 1911 gekauft und sie im Jugendstil hergerichtet hatte. Dann kamen Sowjetfunktionäre. Ich warf sie raus, sie kamen wieder. Wir prügelten uns direkt im Flur. Sie behielten die Oberhand. Sie besetzten vier von fünf Zimmern. Ich zog mich ins kleine Schlafzimmer zurück, mit Fenster nach Norden.

Der Arzt belegte mein Arbeitszimmer. Die Sowjets nisteten sich mit ihrer ganzen Familie (einer kompletten, vielköpfigen Familie, inklusive toter Kinder und toter Babuschka) im großen rosa Zimmer ein und unterteilten es mit Hilfe großer Pappendeckel in drei Teile. Das grüne Zimmer mit zwei schönen großen Fenstern auf die Moskwa und den mit Ulmen bestandenen Hof stürmten ebenfalls Sowjets: ein am Suff gestorbener Exboxer, seine Frau im zerrissenen Kittel über ihrem nackten Körper, ein taubstummer Alter und ein schweigsamer Junge um die siebzehn. Den größeren Teil mit Blick auf die Moskwa nahm der Boxer in Beschlag. Der Junge verschanzte sich in der ehemaligen vorrevolutionären Garderobe, er wollte für sich sein.

Ich hauste also in meinem kleinen Schlafzimmer. Ich war mit meinen Nerven völlig runter: Meine Frau Katja war am Sonntag, dem Tag des Angriffs, auf unserer Datscha an der Istra gewesen. Was mit ihr war, wusste ich nicht. Das Zusammenleben mit den Toten war nicht zum Aushalten. Der Arzt hasste den sowjetischen

Teil der Wohnung wie die Pest. Die Sowjets hatten binnen kurzem die Toilette zugeschissen, sämtliche Glühbirnen herausgeschraubt und die Küche verdreckt sowie einen Haufen Kakerlaken eingeschleppt. Und jetzt prügelten sie sich untereinander, vorzugsweise zu nächtlicher Stunde. Ich rief die Polizei. Tote Polizisten kamen angefahren.

Abends kam Lanotschka aus dem Nachbarhaus, eine Freundin meiner Frau. Sie wohnte in einer so winzig kleinen Wohnung, dass die Toten dort nicht auftauchten und sie allein blieb, aber manchmal kamen ein paar tote Rüpel bei ihr vorbei, um Wodka zu trinken.

Lanotschka brachte mir eine Handvoll schwarzer Bohnen. Sie sagte mit verschwörerischer Stimme, nach einem alten römischen Brauch zum Kampf gegen kalte Geister müsse man schwarze Bohnen in den Mund nehmen, sie wieder ausspucken und in der Wohnung über die linke Schulter werfen – dann würden die Geister verschwinden. Zwecks vollkommener Reinigung müsse man danach auf ein Kupfergefäß schlagen und alles würde wieder in Ordnung kommen. Wir gingen zu ihr nach Hause, nahmen ein Kupfergefäß mit und kehrten zu mir zurück. Ich begann durch die Wohnung zu laufen und schwarze Bohnen über die linke Schulter zu werfen, zuerst im Flur, anschließend in der Küche. Dann wurde ich etwas mutiger und begann in Anwesenheit der Toten in ihren Zimmern mit schwarzen Bohnen um mich zu werfen, und sie guckten mich schweigend und befremdet an. Als meine Bohnen alle waren, stellte ich mich in die Mitte der Wohnung vor dem rosa Zimmer auf und schlug dreimal auf das Kupfergefäß. Der Klang war mächtig, grandios, er tönte durchs ganze Chamowniki-Viertel. Danach ging ich schlafen. Als ich wieder aufwachte, saßen die Toten in der Küche und stopften ihr Frühstück in sich hinein. Über den Fußboden krabbelten friedlich die Kakerlaken.

Ich beschloss, mich mit dem toten Arzt zu versöhnen und ihn zu fragen, was ihn jenseits des Grabes erwartet hatte. Doch ich begriff schnell, dass *sie* ein verändertes Bewusstsein haben, sie verstehen unsere Fragen nicht ... Aber es ist immer interessant zu erfahren, wie ein Mensch gestorben ist.

»Sind Sie eines natürlichen Todes gestorben?«

Der Arzt zuckte mit den Schultern.

»Wie denn sonst, eines unnatürlichen?«

»Und was ist – dort?«

»Ich bin Arzt, also Atheist.«

»Aber Sie sind ja wieder auferstanden?«

»Na und?«

»Wie, und?«

»Wir kennen einfach nicht alle Geheimnisse der Natur!«

»Hat man Sie erschossen?«

»Jetzt ist es aber genug! Wie kommen Sie denn darauf?«

Was für ein zugeknöpfter Verstorbener! Übrigens, vielleicht hat das mit der vorrevolutionären Erziehung zu tun?

»Sind Sie Moskauer?«

»Waschecht. In diesem Viertel, wie Sie schon vermuten, gab es viele Kliniken. Ich hatte außerdem eine Privatpraxis. Ich habe direkt hier, bei mir zu Hause, Sprechstunden abgehalten.«

»Wie haben Sie geheißen ... ich meine, wie heißen Sie?«

»Alexander Pawlowitsch. Ich habe denselben Vatersnamen wie Tschechow. Ich habe ihn noch nie gemocht.«

»Warum nicht? Möchten Sie was trinken? Ich habe Whisky.«

»Ich bemühe mich, nicht zu trinken. Das ist alles so überraschend: nach Hause zurückzukehren ...« Er hob den Blick zu der hohen, gewölbten Küchendecke, betrachtete die Einbauschränke, den goldenen phallischen Wasserhahn der Mischbatterie. »Wie sich alles verändert hat! Kurios. Hier hat der Kachelofen gestanden ...«

»Und was ist mit Tschechow?«

»Er hat die Grundlagen des Lebens untergraben. Das Leben war bedeutend besser, als er es beschrieben hat. Du gehst im Frühling nach draußen … *Alles* haben sie untergraben, den Frühling, den Winter und den Herbst. Alles, alles, alles. Und ich habe ihnen natürlich geglaubt. Habe auch einen Zwicker getragen! Sie haben das Land in die Revolution geführt. Selbst ich war im Grunde meines Herzens ein Revolutionär. Aber bereits im Februar 1917 habe ich alles begriffen. Ich habe diese ganze Künstlerbagage verflucht! Und Sie, sind Sie etwa auch Schriftsteller? Ein russischer Schriftsteller? Untergraben Sie auch die Grundlagen der Staatsmacht?«

»Was soll ich denn sonst tun?«, wunderte ich mich.

»Das Leben lieben!«, bellte der Doktor. »Da kommt eine Patientin zu dir. Ganz rosig vom Frost. Mit schwarzem Persianermuff. Und du siehst ihren schwarzen Muff an und hast verschiedene Bilder im Kopf. Ihre zarten Nerven spielen verrückt, wissen Sie. Und du sagst zu ihr: Dort drüben, gnädiges Fräulein, dort hinter dem Wandschirmchen ziehen Sie sich bitte aus. Und dein Herz hüpft geradezu vor Wollust. Hören Sie mir auf mit diesem Tschechow! Ein schlechter Arzt! Und sie sagt zu dir, ganz verlegen: Wie, Herr Doktor, ganz? Und an die Fensterscheiben hat der Frost Muster gezeichnet, in denen die Sonne funkelt!«

Ich ging rüber zu den sowjetischen Toten. Die kleinen Kinderskelette spielten, und die Erwachsenen saßen am Tisch. Der Vater bearbeitete mit einer Laubsäge umständlich ein Stück Sperrholz, und die Mutter bewunderte die Kunstfertigkeit ihres Mannes. Der Familienvater hob den Blick zu mir.

»Und, was ist, haben uns die Amerikaner erobert?«

»So was Ähnliches«, antwortete ich.

»Dann sind wir jetzt ein Teil von Amerika?«, fragte die Frau. »Ich hab's ja immer gewusst, dass die siegen werden!«

»Und so was war mal Komsomolzin …«, knurrte ihr Mann vorwurfsvoll.

»Ach was!« Sie winkte ab.

»Wie haben Sie Stalin überlebt?«

Sie blickten sich an und sagten nichts.

Aber als die interessanteste Person stellte sich der tote Siebzehnjährige heraus. In der Küche sagte er einmal zu mir, er könne sich nicht damit abfinden, dass ich lebendig sei und er tot. Er hatte etwas von einem *Volksrächer* an sich. Nach den Gesprächen mit ihm zu urteilen, war er erst seit kurzem ein Toter, liebte Sport, Waffen, Schokoladeneis, Manifeste. Solche Leute habe ich nie verstanden. Er sagte, er würde sich nicht beruhigen, solange er mir nicht den Garaus gemacht habe. Ich begann mich nachts einzuschließen. Doch eines Morgens erwachte ich davon, dass ich einen erstickenden Geruch wahrnahm. Ich öffnete die Augen. Der tote Junge stand vor mir mit einem Hackmesser. Ich brüllte wie am Spieß.

◇

Schließlich hielt ich es nicht mehr aus, ich ging zur Botschaft der Akimuden. Ich hatte vor dem Krieg persönliche Beziehungen zum Botschafter unterhalten. Niemand wusste mit Sicherheit, wie er wirklich hieß. Hierzu waren verschiedene Gerüchte in Umlauf. Er habe sich selbst, vermutlich nicht ohne Ironie, einen russischen Namen verpasst: Nikolai Iwanowitsch Popow, doch hinter seinem Rücken nannten ihn alle schon damals in Moskau einfach Akimud. Ursprünglich befand sich seine Botschaft in einer Stadtvilla auf der Pljuschtschicha nicht weit von meinem Haus, aber jetzt hatte sie sich erweitert und nahm das ganze Viertel ein, mit dem Zentrum im Hochhaus des ehemaligen Außenministeriums. In meinem Telefon hatte ich seine Handynummer gespeichert, da der Mobilfunk aber abgeschaltet war, wollte ich versuchen, mich direkt ans Vorzimmer des Botschafters zu wenden.

Als ich auf die Straße trat, entdeckte ich die aus alten Zeiten bekannten mürrischen Menschenschlangen vor den Geschäften. Die Leute standen stundenlang an, um die notwendigsten Waren zu ergattern, doch sie schimpften nicht, eher im Gegenteil: Sie fanden, dass es so sein muss, und der vorübergehende Überfluss vor dem

Krieg wurde als historische Eskapade betrachtet. Wenige Autos waren unterwegs. Benzin gab es nur gegen Bezugsmarken.

Das Außenministerium war von einem dreifachen Totenkordon umgeben, ausgerüstet mit Panzerfahrzeugen. Da hindurchzukommen war für einen lebenden Menschen unmöglich. Das Gebäude, an dessen Fassade wie zum Hohn noch das riesige Wappen der Sowjetunion prangte, spuckte akimudische Beamte aus, die in ihren Autos mit Blaulicht irgendwohin rasten. Inzwischen war es so weit gekommen, dass die Menschen einfach auf der Straße ihrem Leben durch Selbstmord ein Ende setzten, um sich nach ihrem Tod den Toten anzuschließen. Ich blieb eine ganze Woche am Eingang zum Gebäude stehen, bis mich einer von den Toten ansprach.

»Man hat hier Erkundigungen über Sie eingezogen«, raunte mir geheimnisvoll die Leiche dieses zappeligen Laufburschen ins Ohr.

Mit ihrer Hilfe gelangte ich in das Gebäude, in dem vor ewigen Zeiten bei der Ersten Europäischen Abteilung mein Vater gearbeitet hatte, immer zwischen seinen Dienstreisen ins Ausland. In der Archivverwaltung hatte viele Jahre meine Mutter geschuftet. Für meine Familie war das ein Kultgebäude, und der Minister galt als Gott auf Erden. Man stellte mir einen rosa Passierschein für den einmaligen Zutritt aus, ich ging an den gewissenhaften Wachtposten mit ihren Hundeköpfen vorbei durch das schwere Hauptportal gleichsam in eine andere Welt und fand mich hier einsam in einer Menge von geschäftigen Toten. Mein Begleiter stieg mit mir nach oben in die Chefetage. Dort führte man mich ins Vorzimmer, das mit demselben toten Volk vollgestopft war. Aber ich erblickte Natascha, die ehemalige Sekretärin des Botschafters, die schon vor dem Krieg in der Botschaft gearbeitet hatte. Sie war lebendig.

»Nikolai Iwanowitsch hat nach Ihnen gesucht«, sagte sie mit ruhiger, warmer Stimme. »Warten Sie einen Moment!«

Ich stand da und betrachtete die Fischchen im Aquarium. Je wichtiger der Vorgesetzte, desto mehr Fischchen tummeln sich im

Aquarium seines Vorzimmers. Mir fiel ein, auf welch merkwürdige Weise Nikolai Iwanowitsch in Moskau eingeflogen war. Winogradow trat auf mich zu, der ehemalige Außenminister, auch ein lebender Mensch und früherer Herr über diese Räume. In seinem Flugzeug war ich einmal nach Polen mitgereist.

»Wir haben es nicht zu schätzen gewusst, was wir hatten«, brachte er hervor.

»Und wie reagiert der Westen auf all das?«

Winogradow antwortete mir mit seinem einstudierten Lächeln, das an die Physiognomie von Pferden und Affen erinnerte:

»Sie glauben überhaupt nichts und wollen sich nicht einmischen. Sie tun so, als sei nichts. Viel Erfolg!«

Nach etwa dreißig Minuten ließ Natascha mich ins Arbeitszimmer eintreten. Akimud saß am Schreibtisch im Sessel und schrieb etwas mit der Hand. Er trug wie immer einen dunkelblauen Anzug und ein weißes Hemd ohne Krawatte. In seiner Nähe stand sein Lieblingsberater und Chefideologe, der feminine Iwan Pospelow, mit dem dunklen, mittelalterlichen Gesicht und einem Scheitel, der seinen Kopf in zwei Hälften teilte. Spitzname – Iwan der Treue.

»Das heißt, Schluss mit dem ganzen mystischen Theater?«, fragte Iwan zuckersüß.

»Geh schon!« Akimud winkte ihn hinaus.

Iwan sah mich schräg von der Seite an, verbeugte sich höflich, aber kühl, und trat ab. Akimud setzte ein breites Lächeln auf und streckte mir, sich langsam erhebend, beide Hände entgegen.

»Mein Lieber!«

Nach der Eroberung Moskaus durch die Toten, nach all dem, was sie mit uns gemacht hatten, wusste ich nicht, wie ich mich verhalten sollte. Vor dem Krieg waren wir tatsächlich befreundet gewesen, aber jetzt war alles anders. Er spürte das.

»Na!« Akimud lachte. »Hast du meine Toten noch nicht satt?«

»Wie soll ich sagen …«, erwiderte ich ausweichend.

»Aber das ist doch so was von russisch!«, rief Akimud. »Alle haben von der Auferstehung geträumt. Und ich habe sie eben einfach wiederauferstehen lassen!«

Er kam auf mich zu, legte den Arm um mich und fragte beflissen:

»Tee oder Kaffee?«

»Tee mit Kaffee.«

Akimud tat so, als verstünde er nicht.

»Verzeih. Tee«, sagte ich verlegen.

»Schwarz? Grün?«

»Schwarz. Mit Zitrone.«

Natascha brachte bereits den Tee.

»Sieh mal, lieber Freund«, sagte Akimud. »Nicht alles ist so schlecht. Du fragst: Warum solcher Terror? Woher diese Heugabeln und Äxte? Ich habe gehört, du schreibst bereits fleißig an deinen ›unzeitgemäßen Gedanken‹. Hör auf damit! Du bist doch nicht Gorki – du verstehst alles. Mit euch Russen geht es nicht anders.«

»Wer braucht ein totes Russland?« Ich zuckte vorsichtig mit den Schultern.

»Wieso ein totes? Ein großes!«

»Und diese Köterköpfe – wer sind die?«

»Was heißt hier Köter? Sie haben glatte Hundeschnäuzchen … Sie haben die totale Ausrottung der Russen nicht zugelassen. Du solltest dich bei ihnen bedanken!«

»Und was ist mit dem freien Willen?«

»Ich erkenne unsere alten Vorkriegsdebatten wieder … Zur Sache! Wir stecken mitten in den Vorbereitungen auf unsere Konstituierende Versammlung. Es gibt viele Parteien. Ich will ehrliche Wahlen durchführen. Ich finde ein richtiges Oberhaupt für euch! Dazu kommt: Es gibt etwas wenig Bevölkerung in Russland, du siehst doch, das hier ist nicht China, wir müssen Russland durch die Toten stärken. Sie durchlaufen eine Umschulung, eignen sich Computerkenntnisse an, sie werden dem Land helfen.«

»Von Computern waren die anscheinend nicht sonderlich beeindruckt.«

Akimud winkte bei diesem Thema ab.

»Hör zu! Ich möchte, dass du mir hilfst. Als Freund. Ich möchte, dass du die Verbindung zwischen Lebenden und Toten leitest. In der Funktion meines Beraters. Das ist eine wichtige Aufgabe. Ich hoffe, du lehnst nicht ab?«

Ich dachte nach.

»Du willst, dass ich über Vermögensstreitigkeiten entscheide?«

»Ich möchte, dass du ideologischer Mentor der Versöhnung wirst. Was hast du gegen die Toten?«

»Sie haben ihr Leben gelebt.«

»Sag so etwas nicht! Es sind interessante Prozesse im Gange«, erklärte mir Akimud. »Nehmen wir zum Beispiel Mischehen. Hier in Moskau haben wir den ersten Fall. Ein Toter hat ein lebendes Mädchen geheiratet. Er ist Unternehmer. Nun, ein früherer Kaufmann! Sie ist Schauspielerin. Toll, nicht? Sie haben mich eingeladen. Wir haben die ganze Nacht gefeiert! Gegen Morgen habe ich mich vor lauter Freude sogar übergeben …«

Das Telefon klingelte. Akimud nahm ab.

»Ja«, sagte er. »Nach Dagestan zusätzliche Tote schicken. Alles Heißsporne da unten …! Ich will den Kaukasus nicht abtreten«, erklärte er mir, nachdem er aufgelegt hatte. »Aber, weißt du, dort haben sich die auferstandenen Toten in ihrer Mehrzahl als Separatisten erwiesen. Die Situation muss korrigiert werden. Einige sagen, ich hätte die Geister der Vergangenheit unnötig heraufbeschworen. Aber in eurer Vergangenheit gibt es ja nicht nur Tyrannen!«

»Die Tyrannen hält man bei uns für die besten Söhne Russlands!«, konnte ich nicht an mich halten zu sagen.

Akimud sah mich ernst an.

»Die Toten kannst du nicht täuschen! Sie sind Opfer der russischen Tyrannen geworden. Sie werden nicht für sie stimmen.«

»Und wenn doch?«, fragte ich.

»Ihr traut euch ja selbst nicht über den Weg!«, sagte Akimud verärgert.

»Nikolai Iwanowitsch«, sagte ich, »Sie können Wunder vollbringen wie früher. Nach der Erstürmung Moskaus zu urteilen, können Sie große Wunder vollbringen. Ich schlage vor, Sie erschaffen Russland in einer Person und sprechen mit ihr.«

»Was meinst du?«, fragte Akimud verblüfft.

»Ganz einfach. Sie füllen Russland mit all den Bedeutungen, die es hat, und es tut Ihnen kund, was es will. Und die Wahlen, das ist einfach … fauler Zauber.«

»Ach so ist das! Fauler Zauber! Und das sagt mir ein Liberaler!«

»Kann ein russischer Schriftsteller etwa Liberaler sein?«

»So ein Russland habe ich. Das muss man nicht erschaffen. Es heißt Lisaweta.«

Ich bekam den Mund nicht mehr zu.

»Sie ist meine Frau!«, fügte Akimud hinzu.

»Wie? Sie haben sie geheiratet?«

»Wundert dich das?«

»Entschuldigen Sie, aber noch vor kurzem hat sie nicht geglaubt, dass Sie überhaupt existieren. Erinnern Sie sich an diese Szene? Auf der Datscha hat sie mir eine Szene gemacht und mich angeschrien, Sie seien meine bösartige Kopfgeburt, eine ausgemachte Halluzination …«

Akimud brach in Gelächter aus.

»Das war was! Genau da habe ich Lust bekommen, ihr zu beweisen, dass ich existiere – und wie ich existiere! Und nun haben wir geheiratet. Wann? Erst nach dem Krieg … Und wie geht es unserer Venus von Mytischtschi?«

Ich war immer schon dagegen gewesen, dass Akimud Katja *unsere* Venus nannte. Ja, es hatte so einen Ausrutscher gegeben.

»Sie sitzt auf der Datscha fest«, sagte ich.

»Alles in Ordnung bei euch?«

»Ja …«

»Und wo wohnst du im Moment?«

»Bei mir. Zusammen mit Toten.«

»Sind sie Freunde? Nein?« Er griff zum Telefon. »Warte mal! Man hat mir gesagt, bei dir wohnt ein toter Junge – ein *Volksrächer*.«

»Der hätte mich fast umgebracht!«

»Nicht so schlimm. Er hat eine große Zukunft. Ihr müsst euch zusammentun. Er heißt Slawa. Ich habe ihn bei dir einquartiert …« Akimud lachte schallend. »Dieser Junge ist Fußballfan und für seinen Lieblingsverein gestorben. Er hat bewiesen, dass Ideen wichtiger sind als der Mensch. Verstanden? Und du willst, dass die Idee für dich stirbt … Schon gut«, fügte er hinzu, als er sah, dass ich ihm widersprechen wollte. »Ich bin ja dort gewesen, vor dem Krieg, in deiner Wohnung. Schön, aber ein bisschen beengt. Nimm dir was Größeres. Nimm dir eine Stadtvilla!«

»Kein Geld.«

Er zögerte.

»Folgendes! Besuch mich zusammen mit Katja … Die beiden sind schließlich Schwestern. Kommt zu mir. Dann besprechen wir alles …«

»Aber Katja ist auf der Datscha …«

»Keine Sorge!«

Akimud griff sich an den Kopf.

»Weißt du noch, wie wir uns das erste Mal bei mir in der Botschaft begegnet sind? Du sagtest damals: Aufgabe der Kirche ist es, die Interessen Gottes zu vertreten. Und trotzdem wussten sie nicht, wo ich herkam! Vom Himmel gefallen bin ich!«

Er umarmte mich.

»Ich rechne auf deine Hilfe.« Er schwieg einen Moment. »Bedenke: Der Krieg hat in deinem Kopf begonnen!«

◇

Am nächsten Tag siedelte man mich in eine Stadtvilla gleich in meiner Gasse um: Das von Toten freie Haus irgendeines vorrevolutionären Künstlers, den man allem Anschein nach nicht hatte wiederauferstehen lassen. Geschnitzte Fenstereinfassungen. Russischer Stil. Auf der Schwelle erwartete mich meine junge Frau. Ich hatte gedacht, sie würde mir um den Hals fallen, doch sie verschränkte die Arme vor der Brust und fragte streng:

»Was hast du bloß angestellt?«

»Wie, angestellt?«

»Wieso dienst du dich den Toten an?«

Ich blickte mich um und sagte leise:

»Nur so kann ich mit ihnen kämpfen und erreichen, dass man sie in ihre Gräber zurückschickt.«

»So reden alle Kollaborateure!«

»Fink!« Ich hielt es nicht mehr aus. »Was sollen die Vorwürfe! Warst du in unserer Wohnung?«

Ich nickte zu dem sechsstöckigen Haus nebenan.

»Ich komme gerade von dort.«

»Mich haben sie dort beinahe umgebracht.«

»Dann bist du also noch lebendig.«

»Fink!«

»Iiih! Wage es nicht, mich anzufassen!«

»Komm, gehen wir ins Haus …«

»Ich will nicht in einer Stadtvilla wohnen!«

»Wo denn dann?«

»Ich … Ich gehe ins Kloster.«

»Gut«, sagte ich. »Lass uns was essen, und dann kannst du in dein Kloster gehen.«

»Sie haben mich auf der Datscha vergewaltigt.«

Sie setzte sich auf die Schwelle und bedeckte ihr Gesicht mit den Händen.

»Wer war das?!«

»Drei … Zwei Tote und ein offenbar Lebender.«

Ich ballte die Fäuste.

»Fink!«

Sie begann zu weinen. »Du konntest mich nicht schützen!«

»Ich werde dich rächen! Ich tue alles …«

In dem Moment kam ein Toter heraus und sagte mit einer kurzen Verbeugung:

»Herr, das Mittagessen ist serviert!«

Fink wandte sich dem weiß behandschuhten Lakaien zu.

»Und was gibt es zum Mittagessen?«

»Wild, gnädige Frau.«

Fink musste lachen.

»Erst ficken sie einen durch, und dann heißt man gnädige Frau! Haben der Herr gehört? Ich bin eine gnädige Frau!«

Fink stand entschlossen auf.

»Gehen wir! Ich will was essen. Ich habe abgenommen in diesen Tagen.«

Man hatte für uns im geräumigen Esszimmer gedeckt. Fink schnupperte misstrauisch an der Suppe in der Porzellanterrine.

»Was ist das?«

»Pilzsuppe. Ihre Lieblingssuppe«, sagte der tote Butler.

»Versprich mir, dass wir dieses gottverdammte Land verlassen!«, sagte Fink. »Sonst esse ich nichts!« Sie legte den Löffel weg.

»Sie lassen keinen raus.«

»Mit deinen Beziehungen doch!«

»Versprochen«, sagte ich schroff. »Iss!«

»Ich esse, mein Herr!«

»So sieht's aus. Immer drängeln die Ehefrauen ihre Männer in die Emigration. Denk nur an Axjonow. In die Staaten ausgereist sind sie. Und mit welchem Ergebnis? Die Familie ist zerstört!«

»Welcher Axjonow?«

»Schon gut, iss«, sagte ich stirnrunzelnd.

◇

Nach dem Essen kamen drei Personen zu mir ins Haus. So sieht meine Behörde aus: Zwei Beamte – ein lebender namens Tichon und ein toter namens Platon –, die mit ihren schwarzen Locken einander sehr ähnlich sahen, sowie meine neue Sekretärin, ein schönes totes Mädchen mit Namen Stella. Ich bin sozusagen Minister ohne Ministerium geworden oder, wie man sagt, Minister ohne Portefeuille.

Auf der ersten Sitzung stellte sich der lebende Tichon auf einen Stuhl und verkündete, die Leute seien es schon müde, Angst zu haben, und wären bereit, mit den Toten zu kooperieren. Sein toter Kollege stieg ebenfalls auf einen Stuhl.

»Die Gesellschaft verhält sich nicht eindeutig zu der Invasion.«

»Der liberale Flügel«, ergriff wiederum der Lebende das Wort, »mit traditionell westlicher Orientierung ist unzufrieden mit den Toten, dafür erkennen unsere konservativen ›Potschwenniki‹ den Nutzen der Invasion an.« Der Tote fügte hinzu:

»Wir schlagen vor, im Land die Olivenzeit einzuführen.«

»Wie bitte?«

»Die Olivenzeit!«, riefen meine Gehilfen im Chor.

»Vielleicht lieber die Sonnenblumenzeit? Das würde das russische Volk besser verstehen.«

»Nein, wir müssen die Olivenzeit einführen!«

»Zuerst müssen wir gemeinsam einen Zeitplan für die Rückkehr der Toten auf die Friedhöfe ausarbeiten«, schlug ich ruhig meinen gelockten Holzköpfen vor.

Meine Gehilfen sprangen von ihren Stühlen und sahen mich entsetzt an. In diesem Moment ging die Tür zum Arbeitszimmer weit auf, und Katja kam herein, um mein Team kennenzulernen.

»Tichon« – Tichon stand vor ihr stramm.

»Platon« – Platon machte einen Kratzfuß. »Kollegienrat.«

»Stella« – Stella winkte ihr freundlich zu.

Fink musterte alle drei ungläubig und lief plötzlich tiefrot an.

»Was ist los mit dir?« Ich eilte zu ihr.

»Das sind sie!«, sagte Fink und zeigte auf Platon und Tichon.

»Sie?« Ich verstand nicht.

»Meine Vergewaltiger.«

Mit diesen Worten wandte sich Fink zur Tür.

»Ich komme mit dir!« Ich sprang auf.

»Ich geh allein.« Sie lächelte unerwartet. »Frauen sind immer ein wenig theatralisch …«

»Ein Blackout«, fasste ich zusammen, als Katja gegangen war.

»Ihr Vater hat Sie grüßen lassen.« Der tote Gehilfe beugte sich zu mir herunter.

»Danke … Ich habe neulich von ihm geträumt. Papa hat sich umgedreht und mich kurz angesehen … Wie geht es ihm? Ist bei ihm alles in Ordnung? Kommt er zurück?«

»Haben Sie ihn einäschern lassen?«, fragte der lebendige Tichon.

»Ja. Wieso?«

»Zuerst müssen wir die Olivenzeit einführen«, sagte mein toter Gehilfe sanft.

»Ich denke darüber nach«, sagte ich.

»Soll ich den Café servieren?«, fragte Stella und trat auf mich zu.

»Stella, ich trinke keinen *Café*! Sagen Sie: Kaffee!«

»Was soll das sein?«

»Wie, was? Stella, aus welcher Zeit kommen Sie?«

»Ich? Ich bin ein Fräulein. *Je suis d'une famille noble, mais pauvre …*«

Ein Filou, dieser Akimud! Schickt mir eine tote Schönheit, bei deren Augenaufschlag mir nekrophile Gedanken kommen.

Hat der Krieg in meinem Kopf angefangen?

II
DAS NEUE TESTAMENT

Himmel. Feuerpunkt. Zarin mit Flügeln. Zug des Königs. Grüne, ohrenbetäubende Explosion. Pfeifen und Krachen eines berstenden Raums. Oranger Zickzack ... Der Apparat von unbekannter Konstruktion blendet das Empfangskomitee mit seinem Lichtstrom und schwebt bedrohlich über dem Flugplatz. Vom Rollfeld verschwinden wie auf Knopfdruck, sich in der erzitternden Luft auflösend, alle Flugzeuge samt Bodentechnik. Der Apparat landet in Wnukowo und rollt, einen orkanartigen Wirbelsturm entfachend, die fernen Wälder in heftiges Wogen versetzend, in Richtung Flughafengebäude. Kaum ist er zum Stillstand gekommen, kehrt die Flug- und sonstige Technik wieder auf ihre Plätze zurück.

Knistern im Kopfhörer.

»Genosse General! Die Krähen sind da!«

»Das sehe ich, bin ja nicht blind. Bereiten Sie ihnen einen VIP-Empfang. Unter strengsten Vorsichtsmaßnahmen!«

»Den roten Teppich ausrollen?«

»Na, meinetwegen ...«

Man rollte den roten Teppich aus und schob die Gangway heran. Eine Gruppe von Personen steigt die Gangway hinunter, einige Männer und eine Frau, gekleidet in russische Nationaltracht.

Monitor. Standbild.

»Lauter Verkleidete!«, ertönte die tiefe Stimme des Generals in Zivil, Konstantin Pawlowitsch Ryschow. »Ausländische Diplomaten, und angezogen wie ein Folkloreensemble ...! Schmierstiefel!

Und die dumme Gans da, die sieht aus wie eine Bäuerin, Kornblumenkranz auf dem Kopf und Zopf auf dem Rücken. Die reinste Volkstanztruppe! Zum Teufel mit dem Haufen!«, fuhr der General fort. »Und unsere ganzen Flieger, zack, einfach weg! Los, machen Sie Meldung wegen Diebstahls!«

»Dabei saßen in den Flugzeugen doch Hunderte von Menschen!«, warf einer der Anwesenden ein.

Der General blickte verdattert in die Runde.

»Zeigen Sie die Stelle noch mal!«

Wie ein Raubtier heftete Ryschow den Blick auf die Mattscheibe.

»In dem Moment, wo die Flugzeuge zerstört werden, verwandeln sich die Menschen – da, seht ihr? – in Kakerlaken, und die krabbeln in alle Himmelsrichtungen auseinander … Rote und schwarze Kakerlaken … Guckt doch mal! Sie rennen alle auseinander … Oder hab ich da was nicht verstanden?«

»Noch mal wiederholen?«

»Kakerlaken … Nein, es reicht! Vielleicht bin ich ja auch ein Kakerlak?«

»Ich will nicht unter lauter Verrückten leben!«, erregte sich Kurojedow. »Ich will nicht in einem schlechten Roman mitspielen. Diese Scheißschriftsteller haben uns mit ihren kleinen grünen Männchen überfüttert. Ich will nach Hause!«

General Rjabow kniff sich ins linke Ohr, runzelte die Brauen und schloss für einen Moment die Augen. In seinem Arbeitszimmer erhob sich unvorstellbares Stimmengewirr. Die Videoaufzeichnung von der Landung der »Krähen« schauten sich an: der jugendlich wirkende, zur neuen Generation *mit Durchblick* zählende Außenminister Winogradow, der oberste Untersuchungsrichter für besonders wichtige Angelegenheiten Surowzew, andere hochrangige Diplomaten und Offiziere sowie außerdem Ignat Kurojedow. Man konnte sehen, dass die anwesenden Männer ungeachtet der Rangunterschiede untereinander gute kollegiale Beziehungen pflegten, so wie es auf den ersten Blick in den elitären Unterabteilungen der Staatsmacht üblich ist. Ein Unterschied war lediglich im Verhältnis zum Lachen auszumachen. Die Älteren, wie Winogradow, garnierten ihre Äußerungen gern mit schallendem Gelächter. Die mittlere Abteilung lachte lebensfroh. Die Jungen lächelten viel und verständig. Aber jetzt nahmen sie sich alle zusammen.

»Und mir scheint, sie kommen im Smoking«, sagte Minister Winogradow.

»Guckt mal, sie sind ja ganz nackt!«, rief ein junger Offizier aufgeregt.

»Wo denn nackt? Was für Smokings? Sie sind verkleidet!« Der General zuckte ungeduldig mit den Schultern. »Und was meinst du?«, fragte er Kurojedow.

»Ich sehe, wie sie ihre Größe ändern. Mal wachsen sie, mal werden sie klein. Als ob sie sich der jeweiligen Situation anpassen würden. Aber wo ist ihr orangefarbenes Aggregat hingekommen?«

»Weggeflogen.« Surowzew nickte.

Wieder wurde es laut.

»Ruhe, Männer!«, verkündete General Ryschow. »Das Vaterland ist in Gefahr!«

Alle im Arbeitszimmer Versammelten waren still geworden. Außer Kurojedow.

»Sieht nicht danach aus«, sagte Ignat kopfschüttelnd.

»Und die Kakerlaken?«, fragte der General grimmig.

»Die Kakerlaken haben wir bloß geträumt«, sagte Kurojedow und nickte leicht mit dem Kopf, um überzeugender zu wirken.

Als der amerikanische Präsident Truman auf der Potsdamer Konferenz von 1945 Stalin vertraulich mitteilte, in den Vereinigten Staaten sei eine neue Waffe von unglaublicher Zerstörungskraft entwickelt worden, zuckte Stalin nicht mit der Wimper. Einen solchen Charakter besaß auch Ignat Wassiljewitsch Kurojedow. 42 Jahre alt. Wichtiger Geheimagent, quittierte den Dienst wegen seiner unabhängigen Ansichten. Verheiratet. Zwei Töchter. Lieblingssuppe: Nudelsuppe mit Fleischklößchen. War zweimal in Tibet. Interessiert sich für Pferdesport.

Kurojedow wunderte sich seit frühester Kindheit über nichts und glaubte an gar nichts. Das half ihm, zu leben und zu arbeiten. Die höhere Bildung Kurojedows bestand darin, grundlegend seine Beziehung zu Menschen zu ändern. Sein Lehrer, Lew Borissowitsch Wolkow, gab dem jungen Kadetten die Idee eines heilsamen *Totenismus* ein.

»Der Totenismus ist nicht nur für Geheimagenten nützlich, er ist für jeden nützlich, aber ohne ihn gibt es keinen Geheimagenten«, sagte Wolkow. »Sieh einfach die Menschen an, als wären sie schon tot, und du wirst keinen Finger für sie rühren. Die Worte, die du zu ihnen sagst, brauchen keinerlei Bedeutung zu haben. Du dienst niemandem, weder einer konkreten Obrigkeit noch einer abstrakten Heimat – an deinen Siegen berauschst du dich allein, mit kaltem Herzen, und teilst sie nur, sofern es in deinem eigenen Interesse liegt. Dann bist du unbesiegbar.«

»Und was ist mit der Liebe?«, staunte der junge Kurojedow.

»Liebe – das ist Kurzsichtigkeit«, suggerierte Wolkow.

Kurojedow saugte die Gedanken seines Lehrers in sich auf. Ihm war bewusst, dass der Große Terror das Fundament des Imperiums war, dass es ohne die Toten und Verhafteten des Jahres 1937 keinen großen Sieg gegeben hätte, er war überzeugt, dass die Demokratie nur eine der Gesellschaft geschickt aufgesetzte Maske ist, dass der Rassismus unausrottbar und die Aggression der Kern der reifen Persönlichkeit ist. Bei alldem verliebte er sich leicht, besaß Sinn für Humor, verehrte Amerika und bewahrte seine Ehre seit frühester Jugend. Er hatte Glück bei den Frauen, aber kein Glück in der Liebe.

»Zum Teufel!« Der Patriarch schlug in seiner Residenz mit der Faust auf den Tisch.

»Nur die Führer der Nation wollen die physische Unsterblichkeit!«, sagte Akademiemitglied Ljadow.

»Und Größenwahnsinnige«, fügte ich hinzu.

»Größenwahnsinnige wie du«, nickte Ljadow.

»Schauen wir weiter«, sagte Minister Winogradow.

Auf dem Bildschirm erscheint sein verblüfftes Gesicht. Mit seinen Beratern vom Außenministerium schreitet er in gewohnt offiziellem Gang der ausländischen Delegation entgegen.

Die Gruppe ausländischer Diplomaten lacht, hält sich die Bäuche, als sei sie in einen *komischen Raum* geraten.

Der routinierte Minister Winogradow wartet, bis ihr unangebrachtes Lachen verstummt ist, begrüßt ungerührt die Delegierten und lädt sie in den VIP-Saal ein. Im Russenhemd, fröhlich mit den Armen fuchtelnd, kommt der jugendlich wirkende ausländische Botschafter daher. Im Gleichschritt mit ihm Winogradow – ihnen nach die ganze Truppe.

»*Do you speak …?*«, fragt Winogradow mit starkem New Yorker Akzent.

»In Russland«, unterbricht ihn der Botschafter, »werden wir Russisch sprechen. So ist es bequemer für Sie und für uns auch.«

»Und wie war der Flug?«

»Danke. Ich sehe, wir haben uns nicht saisongemäß gekleidet.«

Der Botschafter macht eine kaum merkliche Geste. Die Ausländer lösen sich für einen Augenblick in Luft auf. Umgekleidet setzen sie ihren Gang fort, in Anzügen, welche aufs Haar genau die Anzüge des Empfangskomitees kopieren. Der Botschafter geht faktisch in der Kleidung Winogradows, sogar die »Gangster«-Schuhe von *John Lobb* sind die gleichen.

»Sie sind ohne Gepäck gekommen«, verkündete Winogradow im Arbeitszimmer des Generals.

»Wie ist der Name des Landes?« Der General riss sich vom Bildschirm los.

»AKIMUDEN.«

Der General wandte das ergrauende Haupt der Weltkarte zu, die an der Wand hing.

»A-KI-MU-DEN? Gott sei mir gnädig! Wo befindet sich dieser Staat?«

»Ich weiß es nicht«, sagte Winogradow.

»Sie belieben zu scherzen?«

»Mir ist nicht nach Scherzen.«

»Aber sie sind weiß«, sagte der Untersuchungsrichter Surowzew.

»Dass sie nicht grün sind, seh ich selbst!«, grummelte der General. »Wo haben sie noch Botschaften? In Paris? In Washington?«

»Nur bei uns«, sagte Winogradow.

Während des Gesprächs sahen sie sich die Videoaufzeichnung weiter an, in der der Botschafter des unbekannten Landes Winogradow in reinstem Russisch erklärte:

»Bei uns gibt es so einen Brauch. Wenn wir reisen, gibt man uns Vornamen und Namen aus dem Land, in das wir fahren. Ich heiße Nikolai Popow. Nikolai Iwanowitsch.«

»Haben Sie russische Wurzeln?«

»Wer hätte die nicht?«, bemerkte der Botschafter mit einem Lächeln. Er blickte sich um, sah in den klaren Himmel. »Russischer Herbst! Ich bin froh, dass ich hierher zurückgekehrt bin.«

Fische

VIP-Lounge. Auf dem Verhandlungstisch Mineralwasser aus Pjatigorsk. Junge und ältere Kellner mit Fliege stehen am Eingang, Tabletts mit Sektgläsern in der Hand.

»Bitte greifen Sie zu«, lädt Winogradow zuckersüß ein.

»Was haben wir denn hier?«

»Champagner«, souffliert Winogradow. »Abrau-Durso de Luxe. Unser bester!«

Winogradow war etwas aufgetaut. Unsere Beamten hatten gelernt, in allen erdenklichen Situationen zu handeln. Im Unterschied zu den Sowjets waren sie weltgewandt, kleideten sich stilbewusst, betrieben Netz-Diplomatie und warfen ihre Netze in jedem beliebigen Fluss aus. Nichts konnte sie in Verlegenheit bringen außer der notorischen Ebbe in der Kasse ihrer Staatsbetriebe.

»Immer her damit! Wie lange ich keinen Wein mehr getrunken habe!« Der Botschafter trinkt den Sekt auf einen Satz aus. Er dreht den leeren Kelch in der Hand. »Köstlich!«

»Willkommen in Russland!« Winogradow erhebt sein Glas.

Der Botschafter stürzt noch einen Schampus hinunter. Sie setzen sich an den Tisch. Die kleinwüchsige Ausländerin hält einen Strauß roter Rosen.

»Wie heißt die Hauptstadt Ihres Staates?«, möchte Winogradow wissen.

Der Botschafter wendet sich an seine Mitarbeiter.

»Wie heißt unsere Hauptstadt?«

Die Mitarbeiter drucksen herum.

»Sehen Sie sich diesen Hund mit Fischschuppen an«, sagte der Botschafter lachend, »mein Wissenschaftsberater, Herr Dubinin, kann sich nicht einmal an den Namen unserer Hauptstadt erinnern!«

»Jeder nennt sie anders«, sagt der Wissenschaftsberater. »Aber ungefähr heißt sie Viktoria.«

»Meinetwegen! Obwohl man sie auch Kukuj nennen könnte. Und das ist unser Generalkonsul«, sagte der Botschafter und deutete auf die einzige Frau. »Genauer gesagt, die *Konsulin des Todes.*«

»Wie, des Todes?« Winogradow zuckt zusammen: Als junger Mann ist er sowjetischer Presseattaché gewesen, der den westlichen Journalisten das Leben schwergemacht hat, dann ist er reifer geworden – und schließlich Liberaler. Und jetzt hat er den Glauben an die Menschheit verloren und verbringt seinen Urlaub auf dem Athos.

»Also«, erklärt der Botschafter. »Die Konsulin ist eine fesche, schlanke Zwergin. Aber einen Vor- und Vatersnamen hat sie noch nicht. Hat sie sich noch nicht ausgedacht. Und hier, das ist mein bestes Pferd im Stall. Ideologe. Iwan Pospelow. Iwan der Treue! Kulturattaché.«

»Ich unterstütze lediglich Schöpfertum durch menschliches Mitschöpfertum«, erklärt Iwan der Treue auf volksnahe Art und Weise dem Empfangskomitee.

»Komm mal her! Darf ich vorstellen? Mein politischer Berater Timofej Mescherow. Timoscha unterstreicht das Fiasko des Projekts Mensch. Sie wissen ja selbst, der Teufel ist nicht der, der uns versucht, sondern der, der auf die Unvollkommenheit der menschlichen Natur hinweist. Und das ist Jerschow. Gennadi Jerschow. Ein Wesen von unauffälligem Äußeren. Ein Geheimdienstler, maskiert als Wirtschaftsattaché. Jerschow wird euch nachspionieren.«

Die russischen Diplomaten halten die Pause aus.

»Und wie viele Menschen leben auf den Akimuden?«, fragt Winogradow.

»Oh, sehr viele!« Der Botschafter runzelt plötzlich die Brauen. »Wenn die Menschen sterben, verwandeln sich viele von ihnen in Fische. Im Ozean ist Platz genug für alle. Darüber sprechen wir noch.«

◇

»Fische!«, nickte der General.

»Er hat so ausweichend geantwortet. Da haben bei mir wieder die Alarmglocken geläutet«, sagte Winogradow. »Des Weiteren haben der Botschafter und ich ein Gespräch zwecks gegenseitigen Kennenlernens geführt. Der Botschafter äußerte die Meinung, er sei zuversichtlich, was die Zukunft Russlands angeht, und dann brach er plötzlich wieder in ohrenbetäubendes Gelächter aus. Zunächst dachte ich, er hat sich an einer Olive verschluckt.«

»Ihr seid vielleicht Schelme, ihr Russen!« Die Konsulin des Todes mit den roten Rosen schüttelte den Kopf.

»Gott mit Ihnen, Konsulin!«, sagte der Botschafter und äugte zu ihr hin. »Die Russen haben eine *Karte der Unsterblichkeit* erfunden! Ich hoffe«, fuhr er kaltblütig fort, »dass Russland bald wieder eine Supermacht sein wird, um das Gleichgewicht der Kräfte wiederherzustellen, das auf der Erde und im Weltall verlorengegangen ist.«

»Das Weltall hat er erwähnt«, sagte der General nachdenklich.

»Eine Karte der Unsterblichkeit«, bemerkte Kurojedow für sich.

»Kann ich dich eine Minute allein sprechen?« Winogradow nahm den General beiseite. »Konstantin Palytsch, ich habe lange in Amerika gearbeitet, glaub mir, das ist die Handschrift der Amerikaner.«

»Das heißt im Klartext: Der Krieg hat begonnen.« Konstantin Pawlowitsch blickte dem Minister in die Augen. »Ein Weltkrieg.«

»Und was muss Ihrer Meinung nach in erster Linie getan werden, damit Russland wieder eine Supermacht wird?«, fragte auf dem Bildschirm der Botschafter der Akimuden. »Wenn man, sagen wir mal, jedem Russen zweihunderttausend Dollar im Jahr gäbe, würde das helfen?«

»Wir haben hier unsere eigene Währung, wissen Sie: Rubel.« Winogradow kniff die Augen zusammen.

»Stopp! Und angenommen, unsere Botschaft begibt sich auf diese, wie heißen sie gleich ... Akimuden?«, fragte Ryschow laut in seinem Arbeitszimmer.

»Da ist noch keine Entscheidung gefallen«, Winogradow schaute geheimnisvoll. »Wir warten auf Anweisungen.«

»Wo werden sie in Moskau wohnen?«, fragte Kurojedow nebenbei.

»Sie haben eine Stadtvilla in Chamowniki gemietet ... Alles wird abgehört und überwacht.« Der General nahm wieder die Fernbedienung in die Hand.

»Ein Rätsel, wie sie in das Auto hineingekommen sind«, sagte der Untersuchungsrichter Surowzew. »Sehen Sie: Sie steigen durch geschlossene Türen ins Auto ein.«

Videoaufzeichnung. Das besorgte Affenpferdegesicht Winogradows.

»Ihre Bedingungen sind für uns ziemlich gewöhnungsbedürftig.« Der Botschafter lehnte sich verlegen aus dem Wagenfenster. »Entschuldigen Sie, wenn irgendetwas nicht recht war.«

»Na, glaubst du jetzt an eine Gefahr, Ignat?«, fragte der General.

»Wenn unklar ist, was man tun soll, muss man sich anfreunden«, sagte Kurojedow. »Im Interesse des Weltfriedens. Massenhypnose. Ich muss los.«

Hier beging er seinen ersten Fehler. Er sah sich das Video nicht bis zum Ende an. Er stand auf.

»Ignat«, sagte der General. »Das bedeutet Krieg, großen Krieg.«

»Warten wir ab«, sagte Kurojedow.

Sie schwiegen eine Weile.

»Es wäre nicht schlecht, Fink herzubestellen«, sagte Kurojedow leise zu General Ryschow, »sie kennt sich aus in diesen Dingen.«

»Bestell sie her«, sagte der General.

Der General nahm die DVD aus dem Laufwerk.

»Sieh sie dir nach Feierabend zu Ende an. Da gibt es Material zu allen Mitgliedern der Botschaft.«

»Achte besonders auf die Madame Konsul«, sagte Winogradow. »Das ist ein ganz besonderer Fall. Die Russen sind Schelme und so!«

Kurojedow verstaute die Scheibe in seinem Diplomatenköfferchen und stieg die Treppe hinunter, dem Wachtposten freundlich zuwinkend. Er verdiente sich jetzt als Privatdetektiv für bizarre Phänomene etwas dazu. Kurojedow stieg ins Auto. Und fuhr nach Hause. Moskau schwamm pittoresk an ihm vorbei.

»Das Vaterland ist in Gefahr!« Kurojedow verzog den Mund zu einem Lächeln.

Kurojedow war verwirrt. Er war weniger aufgeregt der Akimuden wegen als wegen seiner früheren Liebe, der Aussicht, mit Fink zusammenzuarbeiten.

Ljadow

Drei Akademiemitglieder zu Besuch bei einem berühmten Regisseur. An einem Tisch mit Blick auf den Neuen Arbat sitzend, versicherten sie wiederholt, in ohrenbetäubender Lautstärke, rasch ein Glas nach dem andern, erst Gurken- und dann Meerrettichwodka konsumierend, dass man mit Ljadow auf keinen Fall etwas zu tun haben sollte. Er habe vor Eitelkeit den Verstand verloren und schikaniere in den Restaurants die Kellner.

Ich wusste, dass Ljadow unglücklich war, wie jeder gescheite Mann: Voller partout nicht abzustellender Komplexe, schleppt er am Revers seinen französischen Orden überallhin mit und quält sich. Die Akademiemitglieder tranken in Anwesenheit ihrer Frauen, die, durch Erfahrung klug, nur ganz wenig über ihre Männer spöttelten. Ich fand es seltsam, dass der eitle Ljadow die Unsterblichkeit erfunden hatte.

◇

Exakt um elf Uhr Moskauer Zeit, als ich unter der Dusche stand, begann mein Handy zu vibrieren, auf dem Glasregal mit den verschiedenen Generationen gehörenden Zahnbürsten rutschte es hin und her, stieß gegen den silbernen indischen Becher und erfüllte schließlich das Badezimmer mit scheußlicher Sphärenmusik. Ljadow rief an. Seine gepflegte Stimme überfiel mich mit der Frage:

»Sag mal, Alter, hast du Angst vor dem Tod?«

Ich hasse es, wenn mich jemand »Alter« nennt. Außerdem bin ich frühmorgens sowieso schlecht drauf. Ljadow ist Zyniker aus Tradition, Wissenschaftler von Weltruf. Freund des Kremls, Berater des Präsidenten. Gutmütiger Familienmensch, Gourmand, Weiberheld. Kurzum, ein altmodisches Exemplar mit Seltenheitswert.

»Hm!«, sagte ich.

»Was, ›hm‹?«, hielt es Ljadow nicht aus. »Ja oder nein?«

»Nur auf dem Markt wird man mit ›ja oder nein?‹ überfallen.«

»Das ist Nietzsche!«, reagierte Ljadow fröhlich. »Gott ist tot. Mach auf, ich steh vor deiner Tür.«

Es ertönte ein sanftes Läuten. Außer mir war keiner zu Hause. Ich kletterte aus der Wanne und hüllte mich in ein oranges Handtuch.

»Heil Hitler!«

Ljadows Sohn kam, den Arm zum Gruß ausgestreckt, als Erster in meine Wohnung gestapft.

»Tach, *Nazilein.*« Ich nickte ihm zu.

»Mistkäfer!«, heulte der Vater auf.

»Das ist bei denen gerade angesagt«, sagte ich.

»Ja, ja. Er tut so, als sei er ein Faschist.«

»Ich bin Faschist!«, erklärte der Sohn.

»Mistkäfer!«

»Und meine Schwester ist bei der Antifa. Zu Hause leben wir friedlich zusammen, aber auf der Straße hauen wir uns die Köpfe ein!«, brüstete sich vor mir der junge Faschist.

»Guten Tag«, sagte die Antifaschistin.

»Tag, Rotfront«, sagte ich. »Kinder! Ab in die Küche mit euch«, sagte ich. »Da gibt's Süßigkeiten aus Marokko.«

»Ich liebe marokkanische Süßigkeiten«, sagte der kleine Faschist ernst.

»Natürlich sind mein Bruder und ich verschieden, aber wir haben beide einen tierischen Hass auf den Chef. Sonst würden wir uns wohl umbringen!«

»Die Wirklichkeit ist komplizierter, als ihr denkt«, sagte Ljadow zu seinen Kindern.

Allmählich beruhigte er sich. Ich zog den schwarzen, rot gefütterten Kimono an und führte ihn ins rosa Zimmer.

»Bist du allein? Wo sind deine Leute?«

»In Frankreich«, antwortete ich vage.

»Meine Frau ist in der Schweiz.«

»Deine hat es besser«, sagte ich.

Ljadow genoss es immer, den anderen zu übertrumpfen, Freundschaft hin oder her. Ich konnte es nicht leiden, wie er mit jeder Flasche protzte, die er auf den Tisch stellte, wie er bei jedem geringen Anlass auf Konfrontation aus war, bloß um dann Oberwasser zu haben, ich verstand überhaupt nicht, warum ich eigentlich mit ihm befreundet war, aber ich mochte ihn *an und für sich* und war eben mit ihm befreundet. Matt rechtfertigte ich mich damit, dass es mit anderen langweiliger sei.

»*Alter*, ich habe eine grandiose Entdeckung gemacht. Ich habe sie *Karte der Unsterblichkeit* genannt. Wenn man dieser Karte folgt, nachdem man die Kette des Lebens unterbrochen hat, kann man nicht nur 120 Jahre leben, was normalerweise als Höchstalter gilt, sondern praktisch endlos.« Er grinste. »Aber das ist langweilig!«

»Weißt du noch, bei Swift …«

»Nein. Die *Karte der Unsterblichkeit* – das ist ewige Jugend. Das Rundumpaket für den Genießer.«

»Gratuliere!«

Ich wusste nicht, was ich außerdem sagen sollte. Die Welt war so zielstrebig dieser Entdeckung entgegengegangen, wollte sie so schamlos haben, dass ich in meinem Seidenkimono, der meinen Körper sanft umspielte, bloß dasaß und nicht einmal irgendwelche starken Gefühle empfand.

»Möchtest du unsterblich werden?«, fragte Ljadow.

»Da muss ich drüber nachdenken«, antwortete ich.

»Stell dir vor, du wirst Millionen von Büchern schreiben. Du wirst tatsächlich ein unsterblicher Schriftsteller.«

»Und dann lassen wir unsere Väter wiederauferstehen. Tolstoi und Dostojewski.«

»Eine Frage der Zeit.« Ljadow nickte.

»Ist das auch nicht gelogen mit der Unsterblichkeit?«, wollte ich es plötzlich nicht mehr glauben.

»Hör mal, *Alter*! Sie haben mich in den Kreml gerufen. Sie knöpfen mir meine Entdeckung ab. Ich kenne die. Ich selbst will keine Unsterblichkeit, aber wir werden einen ewigen Zaren kriegen! Der Diktator erhält die Fähigkeit, an seine Beamten stückchenweise Unsterblichkeit zu verteilen. Er wird bestimmen, ob sie 100, 200 oder 300 Jahre leben.«

Er sah verängstigt aus. Er fürchtete um sein Leben.

»Ich habe ein krankes Herz ... Was soll ich machen?«

Es war wohl das erste Mal, dass er mir eine menschliche Frage stellte. Auch ich wollte keinen ewigen Zaren im Kreml haben. Ich stellte ihn mir vor, und mir wurde übel. Die Unsterblichkeit wird sein persönliches Privileg sein, das er und seine Bande dann unter sich aufteilen. Diese Verbrechervisagen werden die Herrscher der Welt sein, alle überleben und über alle triumphieren. Wir werden sterben, und sie werden lachen: Sollen doch die Toten ihre Toten begraben – sie werden in ihren MiGs durch die Gegend fliegen und auf die Sterblichen scheißen.

»Was *du* machen sollst?«, fragte ich zurück. »Als ob du das nicht wüsstest!«

»Hast du einen Kaffee für mich?«

»Da, mach dir einen.« Ich zeigte auf die Kaffeemaschine.

»Ich würde natürlich abhauen.« Das Akademiemitglied machte sich an der Kaffeemaschine zu schaffen. »Aber ich fürchte, sie schnappen mich an der Grenze.«

»Verschwinde so schnell wie möglich! Hock nicht rum und trink Kaffee – raus mit dir, und sieh zu, dass du Land gewinnst.«

»Die sind mir schon auf den Fersen.«

»Hör zu«, sagte ich, »überschätz nicht ihre Fähigkeiten. Tauch ab. Flieh über die Ukraine. Flieh, *Alter*, flieh!«

Ich bemerkte nicht einmal, dass ich ihn selbst *Alter* nannte. Ich war in Panik angesichts der Möglichkeit, die Unsterblichkeit könne in Russland entdeckt werden. Das hatte hier gerade noch gefehlt!

»Meinst du?«, fragte er zweifelnd. »Aber ich kann ihnen ja

auch Bedingungen stellen. Zum Beispiel könnte ich eine Liste mit den für die Unsterblichkeit ungeeigneten Personen zusammenstellen, ich könnte gewisse Garantien verlangen.«

»Du spinnst«, sagte ich. »Was denn für Garantien! Sie werden dich nach Strich und Faden bescheißen! Und dann werfen sie dich auf den Müll, sobald du ihnen deine Karte gegeben hast.«

»Du überschätzt sie.«

»Und du unterschätzt sie.«

»Du widersprichst dir selbst.«

Ich musste zugeben, dass er recht hatte. Wir saßen in meinem rosa Zimmer und wussten nicht, wie es weitergehen sollte. Nebenbei ging mir durch den Kopf: Ljadow verhält sich der Staatsmacht gegenüber ziemlich ambivalent. Er scharwenzelt dort herum, geht auf Empfänge, die Staatsmacht bedeutet für ihn Autorität, in seinen Handlungen eifert er ihr nach, ist stolz auf ihre Gunstbezeigungen. Und jetzt hat er Angst bekommen, seine Familie hat er in Sicherheit gebracht, aber im Zweifelsfall wird er kapitulieren und auf ihre Seite überlaufen. Er tut nur vor mir schön. Seltsam, dass wir uns, nachdem er genau das entdeckt hat, worauf die Menschen warten, seit ihre Ahnen aus dem Garten Eden vertrieben wurden, um die hiesigen, vorübergehend Mächtigen scheren sollen.

»Kostik«, sagte ich, »du kannst natürlich machen, was du willst, aber das sind doch *Schurken* …«

»Genauso leben wir: einerseits – Heimat, andererseits – Schurken.«

Ich sah wieder, dass er schöntat. Er war bereits ein Pfau. Mit der Karte der Unsterblichkeit im Schnabel.

»Und was rät deine Frau?«

»Die Worte einer Frau bedeuten nichts«, sagte das Akademiemitglied. »Man sollte eine Frau besser gar nicht erst dazu bringen, Worte zu machen.«

Er war berühmt für seine idiotischen Aphorismen.

»Und wie wär's mit ein paar Mädels?«, wechselte er das Thema. »Die beste Kombination: eins plus drei. Dann kann man auch mal kneifen!« Er lachte kurz auf. »Gott, was hab ich die Nase voll von hier! Ich sag dir: Ich hab so ein Gefühl, mir steht eine Affäre bevor. Und wie sieht's bei dir aus?«

Mediengeil

I'm fine. Ich hab alles verschissen. *Wer war ich vor dem Krieg?* Die ganze Welt hält mich für glücklich. Tausende von Leuten beneiden mich und können das nicht verhehlen. Die Lifestyle-Journaille bezeichnet mich als Star. Ich brauche bloß auf irgendeiner angesagten Szene-Party aufzutauchen, schon bauen sich die Paparazzi vor mir auf wie eine Wand. Ihr Erschießungskommando mit aufgesetztem Mona-Lisa-Lächeln durchlöchert mein Gesicht und treibt meine verblüffte Physiognomie mit dem gestrengen Blick und dem lasterhaften Mund in die Niederungen des Glamours, wechselweise mit gelockten Partylöwinnen, Couturiers oder Oligarchen. Auf diesen Fotos sehe ich aus wie eine aufgeschwemmte Wasserleiche, wie ein Vollidiot, aber ich bin daran gewöhnt: Ich bin nachsichtig, ein Allesfresser, wie ein wahrer Held unserer Zeit. Mich übersetzen verfeindete Nationen von New York bis Teheran, große und kleine Länder von Mazedonien bis Brasilien. Über mich werden Diplomarbeiten und Dissertationen geschrieben, einige ausländische Kritiker haben mich zum Genie erklärt. Auf wissenschaftlichen Konferenzen und in Nachtklubs flattert stets ein Schwarm Mädchen um mich herum, ich habe einen Haufen Freunde. Ich habe so viele Bekannte, dass ich sie nicht wiedererkenne, sie duzen, drücken, umarmen mich, aber ich rege mich schon lange in solchen Situationen nicht mehr auf, obwohl mir meine Vergesslichkeit peinlich ist.

Die Moskauer halten mich auf der Straße und in Geschäften an, um mit mir über meine allwöchentliche Fernsehsendung zu diskutieren. In der Provinz kommen massenhaft Leute zu meinen

Veranstaltungen, überschütten mich mit Fragen, und dann stehen alle Schlange für eine Widmung. Hübschen Mädchen schreibe ich unbedingt immer: »Für Glück in der Liebe« (sie werden rot und stammeln, das sei genau das, was sie brauchen), älteren Semestern:»Zur Erinnerung an unsere Begegnung«. Womit sie zufrieden sind; die Widmung ist doppeldeutig. Für Männer schreibe ich irgendeinen Käse. Wie viele Widmungen habe ich schon geschrieben? So viele, wie die Einwohner einer ganzen Stadt zählen.

Aber es existiert eine andere Stadt, die Stadt derjenigen, die mich nicht mögen. Eine Großstadt – da gibt es Prospekte, Boulevards und Gassen, Parks und Türme, turbulentes Leben, dort leben eine Menge Menschen.

Die Kommunisten mögen mich nicht, weil ich immer antisowjetisch war.

Patrioten, Potschwenniki, Eurasier, Slawophile und sonstige Oberrussen mögen mich nicht, weil ich Russland manchmal »dieses Land« nenne. Aber auch die eingefleischten Russophoben lehnen mich ab: Sie halten meine Kritik an »diesem Land« für inkonsequent und nicht weitsichtig.

Misstrauisch mir gegenüber verhält sich die Intelligenzija. Ihr, der Keuschen, gefällt nicht, dass ich ein Skandalmacher bin, der die französische Liebe besingt. Sie hasst mich dafür, dass ich Bulgakow nicht für einen großen Schriftsteller halte.

Die Faschisten hassen mich – in einem Internetvideo haben sie, hinter Masken verborgen, mit einer Kalaschnikow auf mein Porträt geballert. Das ist kein Scherz. Ich habe das Video nicht angeguckt; ich wühle nicht gern im Müll.

Die Liberalen mögen mich nicht. Sie finden, ich sei nicht liberal genug und glaube nicht genug an Reformen. Den Westlern gefällt es nicht, dass ich an Europa Mängel sehe.

Die systemfremde Opposition kann mich auch nicht besonders leiden, da sie mich für einen Feigling hält – ich gehe nicht zu ihren Meetings, auf denen die Polizei sie mit Schlagstöcken verprügelt und brutal in »Affenkäfige« sperrt. Außerdem war ich kein einziges Mal beim Chodorkowski-Prozess.

Die Humanisten aller Länder mögen mich nicht, sie finden, ich hasse Menschen.

Die Feministinnen mögen mich nicht: Sie sagen, ich sei ein altmodischer Macho.

Die Kirchenmänner mögen mich nicht – sie sagen, ich sei ein Feind der Kirche.

Die Moskauer Philologen von meiner eigenen Universität mögen mich nicht – sie finden, ich sei eine »schädliche Kreatur«.

Die Machthaber mögen mich nicht, weil ich *unberechenbar* sei, und sie wollen mit mir nichts zu tun haben. Zusammen mit den Machthabern mögen mich die Jugendbewegungen der konformistischen Richtung nicht, weil ich irgendetwas Respektloses über den Chef gesagt habe.

Wer mag mich dann also? Wem schreibe ich Widmungen?

◇

Ich habe beschlossen, einen Schelmenroman zu schreiben. Doch nicht der Mensch hat sich als Schelm herausgestellt, sondern ein überirdisches Wesen. Es hat angefangen, das Erscheinen dieses Romans zu torpedieren, Spuren zu verwischen, mich ständig auf Reisen zu schicken und die Karten durcheinanderzubringen. Und anstatt einen Schelmenroman über ein überirdisches Wesen zu schreiben, das seine Verpflichtungen verletzt oder auch nicht verletzt hat, sondern nur das Absurde der Existenz bis zu einem Zustand völliger Verzweiflung verschärft hat, habe ich begonnen, von Land zu Land zu vagabundieren, in der Familienhölle zu schmoren, gestraft für mein dreistes Projekt. Am eigenen Leib habe ich erfahren, dass ich selbst jener Schelmenroman bin, ausgestattet mit kurzen Flügelchen.

Die Konstellation in der Botschaft
der Akimuden

Auskunft: Die Akimuden – ein nicht existierendes Land mit enormen Vorräten an Treibstoff und Gewissen, das es sich zum Ziel gesetzt hat, Russland zu beglücken.

Der Botschafter. Ein kosmischer Idealist von etwa fünfundvierzig Jahren. Meint, derzeit sei Russland das »strategische Zentrum des Universums«, von dessen Erfolg oder Misserfolg die Zukunft der Zivilisation abhänge.

Dem Botschafter unterstellt sind drei Berater, die sich mit aller Kraft bemühen, wie Menschen auszusehen, äußerlich ähneln sie diesen reizenden Trotteln, die den Lieblingstyp der Einwohner des jeweiligen Aufenthaltslandes imitieren. Übrigens ist ihr Äußeres nicht genau getroffen.

Botschaftsrat für politische Angelegenheiten, Timofej Mescherow. Klugredner. Hüter der kosmischen Moral.

Botschaftsrat für kulturelle Angelegenheiten, Iwan Pospelow, Alias: Iwan der Treue. Laut eigener Definition der »letzte Gnostiker«, der von der Vereinigung von Glauben und Wissen träumt. Freund der Moskauer Boheme. Hat aus Liebe zur Kunst beinahe seine sexuelle Orientierung geändert.

Botschaftsrat für wissenschaftliche Angelegenheiten, Sergej Dubinin. Äußerlich ein träger Oblomow, in dessen Innerem ein Stolz lebt, sein deutschstämmiges Gegenstück. Skrupelloser Experimentierer, benötigt er – laut Geheimdienstinformationen – Lieferungen von Sperma und Eizellen russischer Menschen im Austausch gegen die Supermacht. Laut denselben Informationen träumt er von einer Selektion der Russen und deren Reinigung »von Amoralität«.

Durch Russland und den russischen Charakter will er das Rätsel Mensch verstehen. Kann bisweilen vollkommen unmenschlich sein.

Referent, Gennadi Jerschow. Ein schüchterner junger Mann.

Die Konsulin des Todes. Ohne Namen! Laut Geheimdienstinformationen ist geplant, sie demnächst Klara Karlowna zu nennen. Die einzige Frau in der Botschaft. Im Unterschied zu den anderen Botschaftsmitarbeitern hat sie einen schlimmen Charakter. Selbst der Botschafter hat Manschetten vor ihr. Möglicherweise ist ihr Benehmen durch ihren Defekt bestimmt: Sie ist eine Zwergin. Gewissen Informationen zufolge will die Zwergin, die künftige Klara Karlowna, die Friedensinitiative des Botschafters zunichtemachen, denn »es gibt nichts Gemeinsames zwischen ihnen und uns«. Unter anderem befasst sie sich mit der Verschickung russischer Bürger auf Urlaubsreisen zu den Akimuden. Eine Art kosmischer Tourismus. Auf den ersten Blick ein böses Weib mit starker Phantasie. In Wirklichkeit eine Bewahrerin des Gleichgewichts zwischen Gut und Böse. In den mystischen Kreisen Moskaus nennt man sie den Heiligen Geist, verehrt sie und schreibt Gedichte über sie.

Sweta

Meine Frau Sweta liebt mich schon einige Jahre nicht mehr. Sie findet mich sexuell unattraktiv und behauptet, ich würde banales Zeug reden. Ich – banales Zeug? Vor Entsetzen verschlägt es mir die Sprache. Ich bin eine sehr sensible Natur, ihre unglaublichen Gemeinheiten treffen mich tief. Sie liebt bissige Sticheleien; sie lacht grob und salvenartig. Muss ich sie zum Teufel jagen?

Ich habe zu schreiben aufgehört. Ich laufe herum und denke: Warum liebt sie mich nicht mehr? Ich bin durchaus charismatisch, aber ich habe eine Wampe. Ich trage schwarze Pullover, weil ich mich dafür geniere. Ich habe einen vorstehenden Nabel, wie eine schwangere Frau. Ich bin dünn und habe eine schlechte Haltung – die Wampe macht mich zur Karikatur. Ich bin das Nachkriegskind meiner Heimat, ich kann nicht aufhören zu fressen. Ich bin im mystischsten Sinne dieses Wortes übers Essen hergefallen.

Ich fresse viel qualitativ gutes Restaurantessen, trinke jeden Tag guten französischen Wein. Ich kenne mich sogar inzwischen mit Weinen aus. Da lädt mich zum Beispiel ein Weinjournal zu einer Weinprobe in der Nähe der Patriarchenteiche ein. Ich fahre hin, nichts Böses ahnend, vor mir auf dem Tisch stehen in hohen Weinkelchen sieben unbenannte Weine. Man fordert mich auf zu bestimmen, welche Weine aus dem Rhône-Gebiet stammen und welche Fälschungen aus anderen Ländern sind. Ich nehme den ersten Kelch. *Ich begreife, dass ich der einzige Held dieses Romans bin.* Davor bestelle ich warmen Ziegenkäse mit Salat und beäuge bang die Weingläser. Die Fotoapparate des Weinjournals und die Kamera des finnischen Fernsehens sind auf mich gerichtet, Fluchtwege keine in Sicht.

Ich trinke das erste Glas aus. Innerlich treffe ich die Entscheidung, die Weine nicht nach Farbe und Bukett zu unterscheiden, sondern nach mathematischen Proportionen, die sich nicht im Mund widerspiegeln, sondern im Gehirn. Der Mund ist viel zu subjektiv für eine derartige Aktion.

Der erste Wein kommt mir überzeugend ehrlich vor, im Kopf erscheint ein Parallelepiped. Der zweite erscheint mir attraktiver. Ein Quadrat. Der dritte findet in meinem Bewusstsein keinerlei Figur und bleibt unbenannt. Der vierte: Ich sehe eine Bogentür in einem Keller, dahinter ist es dunkel und leer. Dafür bildet der fünfte für mich eine runde Form. Dem Umfang nach eine Kugel. Eine angenehme Kugel zeichnet sich ab, und man möchte nirgendwo hingehen, die Kugel ist sich selbst genug, der Kreis – kreisrund. Der sechste … Hier ist der Ziegenkäse schon aufgegessen, und Jakobsmuscheln werden serviert – ich verstoße gegen sämtliche Regeln von Weinproben, denn ich bin Dilettant, und ich möchte eine rauchen, ich entschuldige mich. Mir auf dem Fuße folgt mein Wein-Rechercheur, als wollte ich flüchten.

Ich möchte flüchten. Ich rauche und kehre zurück. Esse Jakobsmuscheln. Der sechste Wein produziert keine mathematischen Figuren. Den siebten lehne ich auf der Stelle ab, nachdem ich daran genippt habe.

Nun die Resultate. Man bringt die Flaschen herein. Die Finnen drehen. Ich habe alle drei Weine aus dem Rhône-Gebiet erkannt und die Nachahmungen abgelehnt. Der Kugelwein ist ein Châteauneuf-du-Pape. Er wird mir als Geschenk überreicht. Ich nehme auch noch den quadratischen mit – die Nummer zwei. Ich bin ganz aus dem Häuschen ob meines Sieges. Im Freudentaumel rufe ich Sweta an.

»Ich hab alle Weine erkannt!«

Sie teilt mir mit, ich sei ein Arschloch im Quadrat.

Schick sie zum Teufel … Ich gehe ins Schwimmbad, um attraktiv zu werden, und beim Schwimmen denke ich auch darüber nach, warum sie mich entliebt hat und mit wem sie schläft. Ich bin ihr *hörig*. Sie, die Schönheit, schläft nackt neben mir, sie zuckt jedes Mal zusammen, wenn ich sie berühre, mit dem Fuß oder der Hand, und wenn sie mich nachts an der Schulter anstößt, dann bedeutet das, ich schnarche. Ich habe versucht, gegen das Schnarchen etwas zu unternehmen, und spezielle amerikanische Tabletten eingenommen, die ich aus den USA mitgebracht habe, aber es hat nicht geholfen. Ich habe in St. Moritz einen besonderen, mit Fichtenspänen gefüllten Kissenbezug gekauft. »Anti-Schnarch«. Mein Zahnarzt Nikolai Nikolajewitsch versichert mir, das Schnarchen könne man nicht abstellen. Sweta sagt, ich schnarche die ganze Nacht, es sei eine Qual, mit mir in einem Bett zu schlafen. Manchmal, beim Einschlafen, höre ich selbst meine Schnarcharien. Nachts gucke ich in der Küche Pornofilme an, und es gefällt mir wahnsinnig, mir vorzustellen, wie Sweta die Beine vor einem mir unbekannten Mann breit macht. Sie meint, ich sei eifersüchtig. Stark betrunken, schwört sie – im Beisein eines gerade angesagten Filmregisseurs – auf die Bibel, dass sie mit niemandem geschlafen hat, seit sie mit mir zusammen ist. Aber sie tut nur so, als würde sie mit mir zusammenleben. Sie lebt mit Telefon und Computer. Sie ist eine Autistin, aber sie steht auf Nachtklubs. Sie sagt, ich sei ein grottenschlechter Tänzer. Das Handy gibt einen nervösen Ton von sich – sie hat eine SMS bekommen. Sweta schickt unverzüglich eine Antwort. Ihr Telefon ist verschlüsselt, der Computer ebenfalls – Sweta ist zugesperrt. Das Handy fängt plötzlich mit einer idiotischen Stimme zu singen an – Sweta stürzt hin. Das Handy ruft sie an den Strand im Silberwäldchen. Ein sonniger Morgen. Sie ist faul. Sie sagt zu mir, sie würde mich verlassen, aber sie ist zu faul, ihre Sachen zusammenzupacken und irgendwohin zu fahren. Wir haben uns noch kein einziges Mal geprügelt, aber letztes Jahr haben wir viel Geschirr zerschlagen. Sie hat mit dem Trinken angefangen. Sie trinkt viel Whisky. Im Suff hat sie mir erzählt, sie wolle die dürre Ballerina Dussja haben – sie hat so eine Schwäche. Sie findet, unsere Wohnung sei *ein goldener Käfig*, und es zieht sie fort, nach Argentinien oder nach Feuerland, um Freiheit zu atmen.

Turgenjew hat mich beruhigt. Ich habe in seinem Brief an Konstantin Leontjew gelesen, dass eine glückliche Familie eine Gefahr für den Schriftsteller ist. Aber ist das wirklich so? Die ständigen Gedanken an sie lenken mich ab. Irgendjemand hat mir eine Falle gestellt, und ich bin ungeschickt hineingetappt. Irgendjemandem scheine ich nicht in den Kram zu passen.

Gut, dass meine Eltern leben, beide sind an die neunzig, haben sich gut gehalten, allerdings ist Papa verwirrt im Kopf, und meine Mutter ist fürchterlich reizbar geworden. Ich habe einen Sohn aus erster Ehe, Afanassi – er ruft mich nie an. Doch, er ruft an, wenn er dringend Geld braucht. Und einmal im Jahr zu meinem Geburtstag. Afanassi ist in Ordnung. Und mein jüngerer Bruder auch. Wir sind ja beide Aufrührer! Kurzum, wir sind alle in Ordnung. Gutmütig. Klug. Ich kann mich nicht beschweren. Gott hat mir ohnehin so viel gegeben wie keinem sonst. Ich kann schließlich nicht in jeder Hinsicht glücklich sein …! Ich stürze mich in eine Parallelwelt, ich schreite hindurch von einem Ende zum andern und sehe alles in wunderbarem Licht.

◇

»Ich suche die Versöhnung mit Sweta«, sagte ich zu Fink. »Das ist mein Stockholm-Syndrom. Ich bin nicht mehr eifersüchtig. Aber manchmal regt mich der Gedanke auf, dass sie mit anderen bumst.«

»Ich könnte sie bumsen«, schlug Fink vor.

»Versuch's. Je größer die Versöhnung, desto heller das Bild des Botschafters. Aber du hast recht, Fink. Vom Sieg über ein Weib bleibt nichts übrig außer einer falschen Erinnerung. Dafür kann ich mich an Niederlagen erinnern. Sie waren komisch. Sie haben den Ehrgeiz getroffen. Aber nachdem Zeit vergangen war, sind als Wegzeichen des Lebens nur Kinder und Bücher geblieben. Die Weiber sind verbrannt wie *das bewusste Stroh*.«

Der Stilist

Nachdem ich Ljadow mit seinen Kindern, die die ganzen Süßigkeiten verputzt hatten, verabschiedet hatte, ging ich ins Bad zurück. Ich wollte mich gerade rasieren, ein Durcheinander von Unsterblichkeit und Châteauneuf im Kopf, als es erneut an der Tür klingelte. Mein Hausfriseur Schora war gekommen, ein hübscher junger Schwuler – dumm, aber ein einfallsreicher Meister seines Fachs. Er nennt sich selbst *Stilist*.

Ich habe immer gedacht, ein Stilist sei ein Schriftsteller mit Sitzfleisch. Doch während es mit den Schriftstellern abwärtsgeht, fahren Friseure im Aufzug nach oben. Die Köche haben schon alle andern überflügelt. Sie führen inzwischen das Kommando nicht nur über den Magen, sondern auch über den Geschmack. Gleich danach kommen die Sommeliers. Und auch die Floristen. Sowie die Visagistinnen. Aus ihrem Mund riecht es beruhigend nach Pfefferminze. In der *à la mode* nicht zugeknöpften weißen Bluse kann man, wenn sie sich bücken, die rosa Brustwarzen sehen, die den Schnäuzchen kleiner Ratten ähneln. Immer weiter nach oben fahren sie, und die Schriftsteller sausen abwärts.

Schora schneidet mir gewöhnlich morgens am Tag der Aufzeichnung meiner Fernsehsendung die Haare, einmal im Monat. Ohne zu fragen, wer da sei, öffnete ich die Wohnungstür.

Auf der Schwelle stand ein Mann – ich kriegte vor Verblüffung den Mund nicht zu. Er sah aus wie ein bemerkenswerter Dichter, der vor nicht allzu langer Zeit gestorben war. Ich dachte sogar, er sei wiederauferstanden und zu mir gekommen, mit diesem gewissen verschmitzten Blick, leicht spöttisch, kahl rasiert, sich ein wenig räuspernd – er fehlte mir –, und nun sei er wieder da.

»Guten Tag!«, begann er mit beinahe exaltierter Stimme, »gestatten Sie, Ihnen eine Einladung zu überreichen!«

Wir waren immer per »Sie« gewesen. Ein schöner, ungewöhnlicher Umschlag.

»Wer sind Sie?«

»Ein Kurier. Von der Botschaft.«

»Echt?«

»Nein, Ehrenwort!«

Sein Russisch war tadellos, aber die Genauigkeit seiner Diktion hatte etwas Unrussisches. Hatte ich ihn verwechselt?

»Schreiben Sie Gedichte?«

»Ja.«

»Woher stammt Ihr Akzent?«

»Von dort.«

Mit meinem unvollständig rasierten Gesicht, halb nackt, nahm ich den Umschlag, auf dem ein mir unbekanntes Wappen prangte.

»Was ist das für ein Land?«

»Die Akimuden!«, rief der seltsame Kurier aus.

»Ich verstehe nicht«, sagte ich, leicht die Stirn runzelnd.

»Die Akimuden!«, wiederholte der Kurier.

»Ist das hier ›Versteckte Kamera‹, oder was?« Beinahe hätte ich ihn mit Vor- und Vatersnamen angesprochen.

»Das«, sagte der Kurier, »ist ein großes, göttliches Land. Unser Botschafter erwartet Sie. Hier, unterschreiben Sie.«

»Und wo befindet es sich?«, fragte ich, während ich den Empfang mit meiner Unterschrift bestätigte.

»Der Botschafter wird Ihnen alles erzählen. Auf Wiedersehen.« Der Kurier lächelte breit und stieg, leicht hinkend, die Treppe hinunter.

Ich ließ den Umschlag im Flur liegen, ging ins Bad zurück und begann mich fertig zu rasieren. »Was soll das sein, die Akimuden?« Ich stürzte zur Tür, öffnete sie und schrie ins Treppenhaus:

»Sie fehlen mir! Sehr sogar!«

Alexej, mein Nachbar aus der Wohnung unter mir, stand am Fenster zwischen unseren Stockwerken und qualmte seine übliche Zigarre. Er wollte etwas zu mir sagen, aber ich rannte zurück in meine Wohnung, schloss ab, langte nach dem iPhone und suchte in meinen Kontakten nach Ljadow.

»Hör mal, bist du zufällig auch zu dem Empfang in die Botschaft von weiß der Kuckuck was für einem Land eingeladen? Es hat einen ungewöhnlichen Namen: Akimuden.«

»So ein Land gibt es nicht«, sagte das Akademiemitglied barsch.

»Wie kann das sein, wo *die* mich doch eingeladen haben«, sagte ich.

»Vielleicht die Bermudas?«, sagte Ljadow zweifelnd in den Hörer. »Obwohl das auch kein Land ist … Vielleicht hast du ja was verwechselt, und das ist der Name von einem Restaurant? Ich kenne ein usbekisches Restaurant, das heißt ›Feierabend‹.«

»Wie isst man da?«

»Ganz ordentlich. Treibst du dich etwa noch in Botschaften herum? Zeitverschwendung. Da gehe ich höchstens hin, wenn sie mir einen Orden verleihen.«

»Wie viele ausländische Orden hast du denn schon so?«

»Ach, da kommt einiges zusammen ...«, sagte Ljadow träge. »Wann besuchst du mich eigentlich mal auf meiner Datscha? Komm doch nach der Fernsehaufzeichnung. Sonja macht Hammelkeule. Es gibt wunderbaren französischen Wein. Hab ich mitgebracht.«

»Samstag wär gut«, sagte ich.

Ich legte das Handy weg und begann mich sorgfältig zu rasieren, aber ich wurde durch Anrufe gestört. Verschiedene Leute riefen an und luden mich zu irgendwelchen Ausstellungseröffnungen, Filmpremieren oder Präsentationen ein. Sie rufen mich immer um diese Zeit an, nach elf. Ich antwortete liebenswürdig, aber dann wurde ich sauer, sie lockten mich, und ich wurde grantig, das war mir unangenehm, ich wollte den Hörer nicht mehr abheben, andererseits hätten mir finanziell interessante Aufträge durch die Lappen gehen können, und ich nahm wieder das Handy in die nasse Hand. Meine Bekanntheit machte mich rasend, und dass ich nicht ohne sie auskommen konnte, ebenfalls. Es machte mich rasend, wenn man mich auf der Straße erkannte und grüßte, mir in die Augen sah, aber ich war fassungslos, wenn man mich nicht erkannte. Nein, heute ließ man mich nicht mal meine Morgentoilette beenden! Die Produzentin rief an, ob ich auch nicht die Fernsehaufzeichnung verschlafen würde? Der Chefredakteur rief an, um dieselbe Frage zu stellen. Wieder ertönte ein sanftes Klingeln an der Tür.

Diesmal war es der *Stilist*. Er stand da in einem zu kurzen schwarzen Jäckchen – man sah gleich, dass er schwul war. Ich ließ ihn in die Wohnung und ging ins Bad, um mich fertig zu rasieren. Er wartete auf mich im »Papageien«-Zimmer vor dem Spiegel.

»Was für einen klasse Morgenmantel Sie da anhaben!«, rief Schora, als ich im Kimono das Zimmer betrat.

»Hat mir die Chakamada geschenkt.«

Er hob vieldeutig die Brauen. Ich setzte mich auf den schwarzen Stuhl vor dem Spiegel, schlug die Beine übereinander, ließ mich in ein weißes Tuch hüllen und begriff: *Na supi.* Ich geb hier vor dem Friseur mit dem Namen Chakamada an – und er zieht vieldeutig die Augenbrauen hoch.

»Entschuldigen Sie, es war dumm, das zu erwähnen!«

»Bitte siezen Sie mich nicht«, bat Schora gekränkt. »Wir haben uns doch letztes Mal darauf geeinigt.«

»Oh, entschuldige!«

Schluss, sagte ich zu mir, ich beginne ein *gerechtes* Leben. Ich treibe mich nicht mehr in Botschaften herum. Woher nur kommen diese Akimuden?

»Du weißt nicht zufällig …«, begann ich und fühlte plötzlich, dass ich mich beruhigte, denn ich beruhige mich immer, wenn man mir die Haare schneidet, und Schora schneidet gut, richtig zärtlich klapperte er mit der Schere hinter meinem Ohr. Ich blinzelte.

»Wahrscheinlich ist das eine Insel«, sagte ich. »Irgendeine schöne tropische Insel.«

»Was für eine Insel?«, fragte der Meister.

Ich blickte unzufrieden mein Gesicht im Spiegel an. Wie viele Jahre sehe ich mich schon im Spiegel an, während man mir die Haare schneidet! Mein ganzes Leben! Zuerst schnitt mir irgendwer die Haare, dann über eine lange Zeit Tolja aus dem Hotel »Peking«, jetzt schneidet er meinem Bruder die Haare, dann weiß ich nicht mehr wer, und nun ist Schora aufgetaucht, aus dem »Stakan«, wie er Ostankino nennt, aber da haben sie ihn rausgeworfen. Lieber Gott, warum ist es mir unangenehm, in mein Gesicht zu schauen? Warum ist es mir widerlich, meine Visage im Fernsehen zu sehen? Ich gucke mir das nie an, ich wende mich ab – na ja, fast nie, ich habe Angst: In der Glotze kommen alle meine Mängel ans Licht. Interessant, welche Sprache spricht man wohl auf diesen Akimuden? Ich geh hin. Dort gibt es wahrscheinlich Tintenfisch zu essen, der Koch ist ein Kreole wie in dem Lied. Meine Augen sind noch ganz klein, nicht richtig wach geworden seit heute früh.

»Weswegen hat man dich da eigentlich rausgeworfen?«

»Intrigen.«

Klar, dachte ich, du bist ja oberschwul. Von wegen Intrigen.

»Könnten Sie mir nicht bei der Arbeitssuche unter die Arme greifen? Sie haben doch Beziehungen.«

Sanft drückt er meinen Kopf nach vorn, rasiert mir den Nacken aus.

»Ich hör mich mal um. Bring mir ein Glas Wasser aus der Küche.«

Er geht in die Küche, er ist sehr diensteifrig, wieder klingelt das Telefon, sie laden mich ins Restaurant ein, *den Bauch ausführen*, ich trinke Wasser, er steht respektvoll daneben, nimmt das Glas entgegen, er rasiert mir die Ohren, an meinen Ohren wachsen Haare wie bei dieser fetten Schriftstellerin. Ich sehe mich im Spiegel an. Arschloch. Er arbeitet an meinem Kopf, ich verjünge mich langsam, ich verjünge mich immer, wenn man mir die Haare schneidet.

Ljadow ruft an.

»Mein Assistent hat im Außenministerium angerufen, aber da hat man sich aus irgendeinem Grund geweigert, am Telefon mit Informationen über *deine* Akimuden herauszurücken. Sie haben gesagt, wenn ich persönlich welche brauche, dann soll ich selbst anrufen. Hab ich nicht, aber wenn du willst …«

»Ach, die können mich alle mal! Ich geh gar nicht hin! So weit kommt's noch, irgendwelchen Akimuden hinterherrennen!«

Ljadow legt auf. Eine piepsige Stimme lädt mich ein zu einer Ausstellung von Kulik. In die »Winsawod«. Ich mag Oleg sehr, aber ich werde nicht hingehen. Keine Lust. Ich habe Lust, Milch zu trinken und an der frischen Luft spazieren zu gehen. Ich möchte die Apostelgeschichte lesen, ich habe sie immer noch nicht bis zu Ende gelesen, sie leichtsinnigerweise nicht gründlich studiert. Schora nimmt ganz vorsichtig den Umhang von meinen Schultern, wedelt, pustet die ergrauten Härchen weg wie den Flaum von einer Pusteblume.

»Sehr schön hast du das gemacht«, freue ich mich.

Er macht das gut: Er schweigt, während er Haare schneidet, ich kann geschwätzige Friseure nicht leiden.

»Waschen Sie mir den Kopf, bevor Sie mich kämmen.«

Ich gehe in mein geräumiges Badezimmer, nehme die Arme aus den Ärmeln des Kimonos, der Kimono hängt nur noch an dem schwarzen Gürtel an der Stelle, wo einmal meine Taille gewesen ist. Ich drehe die Dusche auf, schaue, wo ich das Shampoo hingestellt habe.

»Schora!«, schreie ich. »Komm mal her und massier mir ein bisschen den Kopf mit Shampoo.«

Er kommt herein wie in Ballettschuhen, nimmt das Shampoo, das er mir beim letzten Mal mitgebracht hat, ein teures französisches, und er beginnt mir den Kopf zu massieren. Meine Gedanken werden frischer. Er ist ein schmächtiger, aber nicht kränklicher Typ, er hat die flinken Hände eines Friseurs. Ich denke daran, dass ich am Samstag zu Ljadow fahren und mit ihm beim Hammelfleischessen über die Vergeblichkeit des Lebens reden werde, über die Versuchung und Sinnlosigkeit der Unsterblichkeit, ich will lebhaft reden, inspiriert, entlarvend, dass es nur so funkt.

Der Verlag

Als ich im Verlag ankam, war ich schlechter Stimmung. Dort lief die Arbeit auf Hochtouren. Heutzutage schreibt jeder Bücher, und dieser ganze menschliche, vor Eitelkeit strotzende Müll muss gedruckt werden. Eine Pest sind Memoiren! Sie ähneln der *Klagemauer*, mit Fotos beklebt: Da steht der Autor, Arm in Arm mit den Großen und weniger Großen, auf ein Plätzchen in der Ewigkeit schielend. Schauspieler schreiben. Regisseure schreiben. Witwen schreiben. Nutten schreiben. Medienfuzzis schreiben. Ich lese das nicht.

Ich schaute mir das Regal mit den Neuerscheinungen an. Nicht ein Buch weckte in mir irgendein Interesse. Das menschliche Leben in Bildern. Andererseits, wenn einem danach ist, warum nicht schreiben? Ist schließlich nicht die schlimmste Beschäftigung. Jedenfalls besser schreiben als mit einem *Stilisten* rummachen. Obwohl, wieso eigentlich besser?

»Also, was ist hier los?«, fragte ich unseren Direktor, als ich unser Büro in der Skatertny-Gasse betrat.

»Sie werden erwartet. Unser Autor.«

»Ärger? Habt ihr nicht gezahlt?«

»Doch.«

»Wo ist dann das Problem?«

»Ich weiß es nicht. Ehrlich nicht.« Der Direktor beugte sich zu meinem Ohr. »Er ist Oberst. Oberst beim Geheimdienst.«

»Was will er von mir?«

»Ein kühles Bier.« Der Direktor grinste.

»Ich hab keine Zeit. In zwei Stunden hab ich Fernsehaufzeichnung.«

Ich betrat mein Arbeitszimmer. Am Couchtisch saß ein Mann in Zivil und trank Tee mit Zitrone. Als er mich erblickte, erhob er sich leicht.

»Gestatten Sie, dass ich mich vorstelle. Ein Autor Ihres Verlags. Kurojedow. Oberst Kurojedow.«

Ein bulliger Mann mit breitem Gesicht und recht ehrlichen Augen. Kräftige kurze Hände. Ich schenkte ihm ein gleichmütiges Lächeln.

»Katja, für mich auch Tee mit Zitrone«, sagte ich zu unserer hübschen jungen Sekretärin, deren knappe Jeans ein Stück Po freilegten, und setzte mich an den Couchtisch, dem Oberst die kurze Hand drückend.

Er gefällt den Frauen, dachte ich, und das weiß er. Aber sein Aussehen ist doch irgendwie ziemlich bulldoggenhaft.

»Was gibt es, Herr Oberst?«

Er holte weit aus. Wir kamen von Hölzchen auf Stöckchen. Ich hörte mit halbem Ohr zu und dachte darüber nach, dass »Kurojedow« – Hühnerfresser – wahrscheinlich sein Deckname war. Hätte er sich nicht was Schneidigeres ausdenken können?

»Das Vaterland ist in Gefahr!«

»Es ist schon seit tausend Jahren in Gefahr«, wunderte ich mich kein bisschen.

»Wir brauchen Ihre Hilfe.«

Auf diese Stunde hatte ich schon lange gewartet. Im Traum und in der Wirklichkeit hatte ich darauf gelauert, dass sie zu mir kommen und sagen, sie brauchen meine Hilfe, sie kommen ohne mich nicht zurecht, sie sind am Ende mit ihrem Latein.

»Wir wissen, Sie mögen uns nicht. Lassen Sie uns offen miteinander reden. Sie haben mehr als einmal gesagt, wir hätten durch einen Staatsstreich die Macht ergriffen. Nicht wahr? So etwa, wie wenn nach dem Krieg in Deutschland die Gestapo an die Macht gekommen wäre und sich zum Retter des Staates erklärt hätte. Sie haben uns als Eintagsfliegen bezeichnet. Aber außer uns gibt es sowieso niemanden. Niemanden!«

Ich fühlte mich hin- und hergerissen zwischen Verachtung und Ehrgeiz. Zum ersten Mal im Leben ertappte ich die Staatsmacht in einem Moment unvorhergesehener Offenheit, aber ich verstand noch nicht, woher sie rührte.

»Wie heißen Sie?«, fragte ich friedfertig.

»Ignat Petrowitsch.«

Er griff rasch in die Innentasche seines Jacketts, zückte seinen Ausweis und zeigte ihn mir, ohne ihn mir in die Hand zu geben.

»Ignat Petrowitsch«, sagte ich, »ich bin überzeugt, dass Sie in Ihrer Wohnung eine große Sammlung kalter Waffen aus Damaszener Stahl haben. Auch ich mag schwarze Würmchen auf Metall, aber ich esse abends keine gekochten Fleischklopse mit Püree, ich trinke keinen Cahors und glaube im Unterschied zu Ihnen nicht, dass Ihre Frau lächelt wie die Mona Lisa.«

Ich trank einen Schluck Tee mit Zitrone und lächelte, während ich Ignat Petrowitsch ansah. Sein Hals war angespannt, er wirkte plump und ungelenk wie ein Tintenfisch.

»Woher wissen Sie das alles? Sind Sie Hellseher von Beruf?«

»Ich habe Ihr Manuskript durchgesehen«, sagte ich. »Sie haben Ihre Fleischklopsgeheimnisse auf Papier hinterlassen. Irgendwann nach Ihrem Tod werden Sie sich dafür verantworten müssen, dass Sie die Häuser in Moskau in die Luft gesprengt und mit einem nach Internationaler Konvention verbotenen Gas die Moskauer Geiseln vergiftet haben. Aber das sind Kleinigkeiten, zwischen den Zeilen gelesen. Warum sind Sie hier?«

Mit unverhohlenem Ärger griff er in seine Aktentasche und warf eine Mappe auf den Tisch:

»Und das«, sagte Ignat Petrowitsch, »ist kompromittierendes Material über Ihre verehrte Gattin *Swetlana*. Sie setzt Ihnen Hörner auf. Sie vögelt mit einem französischen Friseur und einer zweiundzwanzigjährigen Ballerina. Eine Lesbe, entschuldigen Sie den Ausdruck! Da sind Fotos und SMS mit Smileys. Sie macht Ihnen Schande. Wozu haben Sie das nötig? Jagen Sie sie zum Teufel. Die Atmosphäre bei Ihnen zu Hause ist wie im Kühlschrank. Niemand wird Ihnen eine helfende Hand reichen, wenn etwas passiert, was Gott verhüten möge!«

Ich nahm ungläubig die violette Mappe, klappte sie auf, sah mir die Fotos an. Sie hatten die Terroranschläge in Moskau, und ich hatte eine erstarrte Seele. Die popelige Wirklichkeit! Die Fotos wirkten überzeugend. Der französische Friseur schob mit seinen behaarten Händen resolut ihre Pobacken auseinander. Und hier tanzt sie auf einer mir unbekannten Party im schwarzen durchsichtigen Kleid.

»Sie hatten immer Angst vor dem Alleinsein«, sagte Ignat Petrowitsch. »Jeder hat seine Schwachstellen. Liberalismus in der

Familie, das funktioniert nicht. Und Sie wollen ihn auch noch auf den Staat ausweiten. Ich bin selbst im Tiefsten meiner Seele ein Liberaler! Aber man sollte sich keinen Illusionen hingeben. Bei mir gibt's immer sofort was aufs Auge! Sie bezeichnet Sie zu Recht als *Memme*. Sie sind eine Memme!«

Ich angelte ein Päckchen aus meiner Jackentasche, steckte mir eine an.

»Und wenn das eine Fotomontage ist?«, gab ich zu bedenken. »Oder eine Pornoseite im Internet?«

»Untreue beginnt nicht mit dem Sex, sondern mit der Liebe«, erwiderte Ignat Petrowitsch mitfühlend. »Nun ja, wer vögelt heutzutage nicht mal nebenher? Scheißfrage! Sie ist in einen anderen Mann verliebt. Sind wir uns einig?«

»Na ja«, sagte ich unsicher.

»Kommen wir zum Thema unseres Treffens zurück«, schlug Ignat Petrowitsch vor, die Initiative ergreifend. »Sie haben sich ja gut im Griff. Sie sind nicht einmal blass geworden. Sie können auf uns zählen. Auf dem Totenbett bekommen Sie von uns einen Schluck reines Wasser. Zu Ihrer Beruhigung: Pasternak zum Beispiel hat eine Diebin und eine Nutte geliebt, er hat sie in einem Roman besungen. Alternde Männer gehen leicht dem Geruch des Weibes auf den Leim. Das geht in Ordnung. Also, das Vaterland ist in Gefahr!«

»Hören Sie auf mit Ihrem Vaterland«, sagte ich.

»Na schön. Den Franzosen können wir des Landes verweisen. Wenn ja – drücken wir einander die Hand.«

»Verehrter James Bond«, sagte ich, »Sie haben so was ... so was *Ekliges* ... mit dem Händedruck ...«

Ich riss mich zusammen.

»Entschuldigen Sie ... Ich höre.«

»Ich würde noch einen Tee trinken«, sagte Kurojedow, der, ganz Profi, mein *eklig* überhört hatte. »Ich habe in meiner Aktentasche ein Hähnchen. Haben Sie Lust? Wir legen eine Zeitung drunter. Ein Fläschchen armenischen Kognak. Weiber sind Miststücke. Das ist nicht die Frage. Aber Dusjenka ist ein interessanter Fall. Sie will wieder zurück zu den Männern.« Er ließ die Schlösschen seiner Aktentasche aufschnappen und holte ein Hähnchen mit eng anliegenden Schenkelchen heraus. »Sie möchte verstehen, worin die Schönheit des Mannes besteht, warum sie unbedingt einen geblasen haben müssen. Sie will sich von ihren Liebhaberinnen erholen. Einfach eine Pest – dieses Moskauer Lesbentum!« Er riss ein Schenkelchen ab und führte es zum Mund. »Aber Sie, mein Teurer, haben es auch faustdick hinter den Ohren! Erst hieß es, Sie versöhnen sich mit Swetlana, und dann sind Sie zum Abendessen ins ›Turandot‹ gegangen, von da zum Nachtkonzert mit dem Pianisten Rosum und schließlich von dort nach Hause. Im Schlepptau hatten Sie – und zu der Zeit waren Sie mit Swetlana und Lanotschka schon zu dritt – ein *Mädelchen*, das war noch jünger als Ihre Frau. Zu Hause haben Sie dann noch lange gesessen und getrunken, bis Sweta endlich schlafen gegangen ist. Lanotschka ist mit den Blumen – für die sie von ihrem Ehemann später verprügelt wurde – nach Hause gefahren, und Sie? Sie haben, noch in Anwesenheit von Lanotschka, diesem *Mädelchen* an die Brust gegriffen, und Lanotschka hat gesagt, ich lass euch nicht allein, aber dann hat sie es doch getan, und während ihr Ehemann auf der Datscha schon im Begriff war, über ihrem Kopf einen Eimer eiskaltes Wasser auszuschütten, haben Sie noch ein Fläschchen Weißen …«

Er riss den zweiten Hähnchenschenkel ab.

»Es reicht!«, bat ich und riss dem Hähnchen mechanisch einen Flügel ab.

Kurojedow schwieg.

»Sie haben anscheinend eine Einladung aus der Botschaft erhalten?«, wechselte Kurojedow das Thema.

»Von irgendwelchen Akimuden …«, murmelte ich.

Kurojedow zog eine Flasche *Hennessy* hervor. »Katja, bringen Sie uns Gläser!«

Katja in ihrer etwas zu tief sitzenden Jeans kam herein. Kurojedow goss Kognak in die Gläser.

»Wir raten Ihnen, unbedingt zu dem Empfang zu gehen«, sagte Kurojedow nun in ernstem Tonfall.

»Zu Sowjetzeiten hat Ihre Abteilung mir abgeraten, zu Botschaften zu gehen.«

»Wann war das denn?«, winkte Kurojedow ab. »Damals hatten wir Totalitarismus, und jetzt kann jeder machen, was er will …! Und hier eine kleine Kostprobe für Sie.« Er zog ein Buch hervor. »Bei der Ankunft in Moskau erkrankte er an nervlicher Zerrüttung – er hörte auf zu schlafen, normal zu leben, weinte oft und sprach über den Tod …«

»Über wen soll das sein?«

»Raten Sie mal!«

»Ist das über mich?«, fragte ich unsicher.

»Nein, wo denken Sie hin! Schriftsteller sind zum Drama in der Liebe verurteilt. Das ist Nahrung für ihr Schaffen. Je schlechter sie lieben, desto besser das Buch! Nehmen Sie Nabokov …«

»Ein versnobter Adliger«, nickte ich.

»Nun ja …« Er ging über zum Flüsterton. »Die Akimuden sind unser Kopfschmerz. Woher, wie und was – niemand weiß das. Aber ich sehe, sie haben Kontakt zu Ihnen aufgenommen. Sie müssen hingehen. Lernen Sie den Botschafter kennen. Das ist eine Bitte. Von ganz oben.«

Er verstummte, nachdem er diese schwerwiegenden Worte ausgesprochen hatte.

»Erzählen Sie mir von den Akimuden. Ist das eine Insel?«

»Eine Insel? Eher ein neues Solaris! Oder etwas noch Schlimmeres! Wir haben uns die Hacken abgelaufen! Erlauben Sie, ich erzähle es Ihnen …«

Vom Hähnchen waren nur noch Knochen übrig.

◇

»Fink!« Eine Woge von Erinnerungen schwappte über Kurojedow zusammen. »Katjka mit dem Spitznamen Fink. Die Venus von Mytischtschi.«

Kurojedow stand im Stau auf der Brücke. Vorne war der Kreml zu sehen. Das Borowizki-Tor. Nach den Gesichtern der Moskauer in den Autos neben ihm zu urteilen, teilte niemand General Ryschows Ansicht über die Gefahr, die Russland drohte.

Fink war eine schöne Frau. Fink wurde seine Kollegin (Kurojedow hatte sie angeworben, um Oligarchen auszuspionieren) und unglückliche Liebe. Fink hatte zu Kurojedow gesagt:

»Einmal herzhaft lachen ist so gesund wie drei Flaschen Kefir trinken!«

Katjka mit dem hellen Haarschopf hatte noch vor kurzem in der *Fünf* die Schulbank gedrückt – in der Schule Nummer fünf. Ihr Sportlehrer mit dem Spitznamen Kefir war Quartalssäufer von Geburt an. Zu den Kindern sagte er immer:

»Trinkt abends keinen Kefir! Sonst brummt euch am nächsten Morgen der Schädel!«

Und damals hatte Kurojedow sie zum ersten Mal geküsst.

In Momenten der Erregung hatte sie ihr Kinn nicht mehr unter Kontrolle, das zu zittern anfing. Zusammen mit dem unechten Piercing-Brillanten. Kurojedow hätte Fink beinahe geheiratet, sie waren heimliche Geliebte, doch Kurojedow blieb bei seiner Ehefrau, und Fink verließ ihn für Denis.

»Sie – diese Akimuden – wollen, dass Russland wieder eine Großmacht wird.« Kurojedow stand immer noch im Stau auf der Brücke. »Möglicherweise haben sie mit dem Kreml eine vorläufige Vereinbarung. Der Kreml schweigt ja immer! Benckendorff sagt keinen Ton. Wer auch immer die Akimuden sind, sie sind ein befreundetes Land. Es gibt sie nicht auf der Landkarte? Wir finden sie schon! Schönes Atlantis! Das sind Weiße mit europäischen Umgangsformen. Der Botschafter hat vorgeschlagen, jeder Russe solle mindestens zweihunderttausend Dollar im Jahr verdienen. Ein konstruktiver Vorschlag. Da würde ich nicht nein sagen.«

Kurojedow öffnete sein Diplomatenköfferchen, nahm ein Päckchen Zigaretten heraus, steckte sich eine an. Was Kurojedow am wenigsten auf der Welt mochte, war Geld. Er fand es erniedrigend, eine Abhängigkeit von Geld zu spüren. Manchmal wollte er so richtig stinkreich werden, um die Möglichkeit zu haben, Geld nicht nur zu hassen, sondern auch zu verachten.

Ignat Wassiljewitsch nahm niemals Anhalter mit. Doch als er auf dem Boulevardring eine kleinwüchsige Frau sah, die die Hand raushielt, musste er einfach anhalten. Das war sein zweiter Fehler an diesem Tag.

»Wohin soll's denn gehen?«

»Nach Sokol.«

»Liegt auf dem Weg«, sagte Kurojedow, der auf dem Leningradski-Prospekt wohnte. Er warf das Diplomatenköfferchen auf den Rücksitz. Die Zwergin stieg zu ihm ins Auto.

»Von Frauen nehme ich kein Geld«, sagte Kurojedow für alle Fälle.

»Schön«, war die Frau gleich einverstanden. »Was meinen Sie, warum nehmen die Moskauer so gern fremde Leute mit?«

»Sie wollen jemanden kennenlernen«, log Kurojedow.

»Sie glauben wahrscheinlich, dass ich im Zirkus arbeite?«

»Ja, ich hatte so einen Gedanken.«

»Dabei bin ich noch nie im Zirkus gewesen. Meinen Sie, es lohnt sich hinzugehen?«

»Ich bin neulich mit meiner kleinen Tochter da gewesen. Mir hat's gefallen, ihr nicht besonders.«

»Warum nicht?«

»Alle lachen – und sie hat Angst.«

»Hatten Sie keine Angst?«

»Ich habe vor wenigen Dingen Angst.«

»Warum nicht?«

»Ich bin nicht ängstlich.«

»Wie interessant! Hätten Sie nicht Lust, mit mir in den Zirkus zu gehen?«

Kurojedow sah seinen Fahrgast aufmerksam an.

»Meinen Sie das im Ernst?«

»Absolut.«

»Haben Sie niemanden, mit dem Sie in den Zirkus gehen können?«

»Im Prinzip schon, aber ich würde gern mit Ihnen gehen.«

»Vielleicht verstehe ich da etwas nicht …«

»Mögen Sie Frauen nicht, die die Initiative ergreifen?«

»Ich bin nicht dagegen, aber ich habe wenig Zeit.«

»Miniaturfrauen gefallen Ihnen nicht?«

»Ich habe überhaupt nichts gegen Zwerge! Das heißt, das ist es nicht, was ich sagen wollte!«

Bei dem Versuch, seinen Fauxpas auszubügeln, ließ sich Kurojedow auf einen Small Talk ein und bemerkte nicht, wie sie in Sokol ankamen.

»Halten Sie bitte hier, an dem Fußgängerübergang.«

Die Zwergin griff in ihre Tasche.

»Sie brauchen nichts zu bezahlen«, wiederholte Kurojedow.

»Ich habe schon verstanden. Ich gebe Ihnen die Nummer meines Mobiltelefons.«

Sie greift in ihre Handtasche, zieht Papier und Stift heraus. Notiert. Kurojedow steckt den Zettel automatisch in seine Jackentasche.

»Rufen Sie mich an!«

Die Zwergin flattert aus dem Auto. Kurojedow fährt leicht befremdet los. Er fährt ein paar Sekunden, dann greift er in seine Jackentasche, fischt eine Hundertdollarnote heraus. Darauf steht die Telefonnummer. Ohne Namen. Er fährt rechts ran.

Er kramt in seinen Jackentaschen. Erinnert sich, dass die Zigaretten im Köfferchen liegen. Öffnet das Köfferchen. Da liegt ein in braunes Papier eingewickeltes Paket: in dem Paket Dollarbündel. Er zählt vorsichtig die Bündel. Zweihunderttausend!

Was kann man für zweihunderttausend Dollar kaufen? Vor Kurojedows geistigem Auge ziehen Konsumträume vorbei. Er sieht sich und Fink mit prallgefüllten Einkaufstüten glücklich aus einer Mailänder Luxusboutique kommen.

»Das Vaterland ist in Gefahr«, murmelte Kurojedow. »Und ich mit ihm.«

Er schaltete das Handy mit der Direktleitung ein.

»Konstantin Pawlowitsch«, erstattete Kurojedow Meldung. »Ich bin ausgeraubt worden. Das heißt, ich wollte sagen: im Gegenteil.«

»Haben sie viel gegeben?«

»Für ein paar Jahre reicht's …«

»Wer hat Sie mit Gold überschüttet?«

»Irgendeine Frau.«

»Besondere Merkmale?«

»Eine Zwergin.«

»Erinnern Sie sich an die DVD mit der Ankunft dieser *Akimuden*?«

»Ja.«

»Da war eine Konsulin dabei. Sie war eher klein.«

In dem Moment bemerkte Kurojedow, dass die DVD aus seinem DiplomatenkÖfferchen verschwunden war. Die Scheibe mit der Ankunft der Akimuden-Botschaft war gestohlen worden! Oder eher nicht gestohlen, sondern faktisch gegen zweihunderttausend Dollar ausgetauscht. Er beging den *dritten Fehler* an diesem Tag: Er sagte dem General davon nichts.

»Na, und wer hat nicht geglaubt, dass das Vaterland in Gefahr ist?«, fragte mit einem finsteren, spöttischen Lachen der General.

»Nein, das sind nicht die Amerikaner«, sagte Kurojedow nachdenklich.

»Und wer sonst?«, fragte der General.

»*Irgendeine gottverdammte Macht*«, sagte Kurojedow.

Kurojedow reckte die Schultern wie ein echter Supermann. Er war ja auch ein Supermann. Man hatte ihn lebendig begraben, auf einen Astraltrip geschickt, mitten in Afrika gepfählt – kein Problem! Und nun so eine kleine weibliche Vision ... Jetzt hatte er wieder einen Sinn im Leben. Konsulin, sei auf der Hut! Du weißt ja nicht, was das heißt – russische Revanche!

»Die Konsulin hat mich in den Zirkus eingeladen«, sagte Kurojedow. »Im Zirkus werden wir das klären!«

Wahl des Namens

Botschaft der Akimuden in Chamowniki.

Botschafter: Moskau ...

In seinem Arbeitszimmer schiebt der Botschafter lächelnd die Vorhänge auseinander. Aus dem Fenster der Blick auf den Moskauer September, die Moskwa, liegengebliebenen Bauschutt im Innenhof der Botschaft, auf einen Schwarm Spatzen.

Botschafter: ... In drei Tagen überreiche ich die Akkreditierungs-
schreiben, und Sie, Frau Konsulin, haben sich noch immer keinen russischen Vor- und Vatersnamen ausgesucht.
Konsulin: Ich möchte Iwan-Iwanytsch sein.
Botschafter (*streng*): Das ist ein männlicher Vor- und Vatersname.
Konsulin: Ich habe keine Lust mehr, eine Frau zu sein. Ich verstehe
überhaupt nicht, warum Sie beschlossen haben, mich als Frau
nach Russland zu schicken. Eine Frau zu sein ist kompliziert.
Botschafter (*runzelt die Stirn*): Was sind das denn für Launen –
typisch Frau!
Konsulin: Wieso Launen, Herr Botschafter! Überlegen Sie mal.

Unterm Rock zieht's, besonders hier in Moskau. Allein auf die Toilette zu gehen, ich kann Ihnen sagen, das ist ein Riesengedöns! Nichts, was man zum Pinkeln rausnehmen könnte …

Botschafter: Hören Sie auf, unanständige Sachen zu sagen!

Konsulin: Nichts zu machen! Eine Frau, Herr Botschafter, ist un-an-stän-dig. Slipeinlagen, Blut, Büstenhalter, Lippenstift, das ganze schwachsinnige Programm. Und außerdem sehen mich alle an, als ob sie was von mir wollten.

Kulturattaché: Man guckt Sie nicht an, weil Sie eine Frau sind, sondern weil Sie kleinwüchsig sind.

Konsulin: Papperlapapp! Iwan der Treue, wo bleibt Ihre Kinderstube? Wie wär's, Herr Attaché, wollen wir tauschen? Hier haben Sie mein Gesicht (*greift sich ans Gesicht wie an eine Maske*)!

Botschafter: Stopp! Das ist undiplomatisch.

Konsulin (*bitter*): Und außerdem, Herr Botschafter, sind einem immer die Brüste im Weg.

Botschafter: Unsinn. Bei jedem Geschlecht ist irgendetwas im Weg!

Dascha, ein junges russisches Dienstmädchen, anmutig, eine untergeordnete FSB-Agentin, serviert den Diplomaten Tee.

Konsulin (*zum Dienstmädchen*): Dascha, finden Sie als Russin Brüste nicht hinderlich?

Dascha (*greift sich erschrocken an die Brust*): Ist das eine Anspielung auf meine Körbchengröße?

Konsulin: Ach was, meine ist ja auch nicht gerade klein …! Wozu brauchen Sie die Brust?

Dascha: Um Kinder zu ernähren.

Konsulin: Haben Sie welche?

Dascha: Nein.

Konsulin: Na bitte! Wofür zum Teufel brauchen Sie dann Brüste?

Dascha: Soll ich ehrlich antworten? Wegen der Figur.

Botschafter: Zufrieden? Hören Sie auf, sich mit anthropologischen Fragen zu beschäftigen! Dafür sind wir nicht nach Russland gekommen! Wenn der Busen einen integralen Bestandteil des Menschen darstellt, dann bedeutet das, er braucht ihn. Klar?

Konsulin: Nein.

Botschafter: Klären Sie endlich die Frage Ihres Vor- und Vatersnamens.

Konsulin: Attaché, wählen Sie jemanden aus der russischen Literatur für mich aus.

Kulturattaché: Nehmen Sie Nastassja Filippowna aus dem »Idioten«.

Konsulin: Warum gerade aus dem »Idioten«? Ständig müssen Sie mich beleidigen. Vielleicht möchte ich ja Alla Borissowna sein, wie die Pugatschowa, oder Katharina die Zweite.

Kulturattaché: Katharina die Zweite – das ist kein Vor- und Vatersname. Das ist ein Titel!

Konsulin: Mir gefällt's. Katharina die Zweite!

Botschafter (kann nicht an sich halten): Mamma mia! Sie waren doch schon mal Katharina die Zweite!

Konsulin: Das ist ewig her!

Botschafter: Nehmen Sie diesmal was Bescheideneres. Zum Beispiel Maria Iwanowna.

Konsulin (tritt vor den Spiegel, dreht sich davor hin und her, richtet sich das Haar): Maria Iwanowna? Warum nicht? Klingt nicht schlecht.

Botschafter: Na, dann nehmen Sie das.

Konsulin: Maria Iwanowna passt nicht zu mir.

Kulturattaché: Zu Ihnen passt Klara Karlowna!

Botschafter: Wir hätten da noch Natalja Nikolajewna, wie Puschkins Ehefrau, oder Sofja Andrejewna, die Ehefrau von Tolstoi …

Konsulin: Ich will keine Schriftstellerehefrau sein. Ich möchte auch nicht Inessa Armand sein. Ich wäre gern …

Das Telefon klingelt.

Botschafter: Dascha, nehmen Sie ... wie heißt das gleich? ... den Hörer ab!
Dascha: Klara Karlowna, für Sie!
Konsulin: Aber ich bin doch noch gar nicht Klara Karlowna.
Botschafter: Doch, Sie sind schon Klara Karlowna. Das passt zu Ihnen!
Konsulin: Ich bin Klara Karlowna! Ich bin Klara Karlowna! (*in den Hörer*) Hier Klara Karlowna, ich höre!
Kurojedow (*mit tiefer Stimme*): Klara Karlowna, haben Sie immer noch Lust, mit mir in den Zirkus zu gehen?
Konsulin (*hält die Sprechmuschel zu, zum Botschafter*): Man lädt mich in den Zirkus ein.
Botschafter: Wer?
Konsulin: Geheimagent Kurojedow.
Botschafter: Gehen Sie, gehen Sie!
Konsulin: Herr Geheimagent, ich habe in die Zeitschrift »Afischa« geschaut. Der Zirkus hat heute geschlossen.

Arbeitszimmer von General Ryschow.
Der General und Kurojedow sehen sich an.

Kurojedow: Was heißt hier geschlossen? Dann machen wir ihn auf. Auch wir können Wunder vollbringen.
Konsulin (*mit glücklicher Stimme*): Das ist mein erstes Rendezvous! Treffen wir uns um halb sieben am Puschkin-Denkmal. Ach, wie romantisch das ist!

Freizeichen.
Der General und Kurojedow hören über Lautsprecher die Antwort der Konsulin ...
Pause.

Kurojedow: Sie weiß schon, dass ich Geheimagent bin, sie weiß alles, sie wissen alles. Sie wissen nur nicht, wozu Frauen Brüste brauchen. Aber auch das bekommen sie noch raus!

General: Zeig mir das Geld.

Kurojedow (reicht dem General das Diplomatenköfferchen): S'il vous plaît.

General (öffnet die Schlösschen, schaut zunehmend ungläubig): Selber silwuplä! Das gibt's doch nicht!

Kurojedow: Was ist denn?

General: Das sind keine zweihunderttausend Dollar.

Kurojedow (besorgt): Sondern?

General (dreht das Diplomatenköfferchen zu ihm hin): Hast du etwa was dazugetan?

Kurojedow: Ich? Wozu?

General (misstrauisch): Ich weiß nicht.

Sie zählen fieberhaft die Geldbündel.

Kurojedow: Zwei Millionen! Gestern waren es noch zweihunderttausend ...

General: Bist du sicher?

Kurojedow: Es vermehrt sich ...

Der General und Kurojedow schließen ehrfürchtig das Diplomatenköfferchen.

Kurojedow: Und was, wenn ...

General: Was meinst du?

Kurojedow: Und was, wenn ...

General: Ignat, keine *wenns*!

Kurojedow: Und was, wenn wir auf alles pfeifen ...

General (seufzend): Wir beide sind nicht käuflich.

Der General und Kurojedow sitzen im Arbeitszimmer, sie trinken Tee. Es dämmert schon merklich.

General (tiefsinnig): Ignat, du musst verstehen, wenn ein Mensch sich entschieden hat, Kamikaze zu machen, dann wird man schwer mit ihm fertig, stimmt's? Er hat vor nichts mehr Angst. Aber wenn ein Mensch – sofern man diese *Akimudier* als Menschen bezeichnen kann – alles kann, wie soll man da mit ihm fertigwerden?
Kurojedow: Nur mit Zärtlichkeit.

Klopfen an der Tür. Derschawin, der Adjutant des Generals, betritt den Raum.

Derschawin: Der Zirkus ist voll besetzt. Ausgesuchtes Publikum. Alles unsere Leute. Bloß der Elefant ist krank geworden.
General: Dann machen Sie ihn gesund!
Derschawin: Zu Befehl.
General: Oder kaufen Sie einen neuen! (*dreht sich zu Kurojedow um*) Nichts kriegen die auf die Reihe. Weißt du, was ich hier an meinem Schreibtisch mache? Ich kämpfe gegen die menschliche Dummheit, das ganze Leben mache ich nichts anderes, als gegen die menschliche Dummheit zu kämpfen, und jeder anständige Mensch in Russland kämpft gegen die menschliche Dummheit ... aber die ... (*mit weinerlicher Stimme*) die können nicht einmal einen Elefanten wieder gesund machen!
Derschawin: Wir machen das schon.
General: Wehe, es ist kein Elefant dabei ... ich warne Sie!

Derschawin verschwindet.

General: Zwei Millionen grüne Lappen ... Und bei denen da hinten auf den Akimuden sprießt jetzt gerade das Zuckerrohr.

Kurojedow: Genosse General, ohne Fink schaffe ich das nicht. Für den Kampf mit den Akimuden brauche ich Fink.

General: Beruhig dich mal! Erst gehst du in den Zirkus, und dann kannst du Fink abholen. Wo ist sie?

Kurojedow: Im Gefängnis …!

General: Wie – im Gefängnis?

Kurojedow: Ein *Boot* – das ist auch ein Gefängnis … Sie kreuzt auf einer Yacht im Mittelmeer herum.

General (*wiegt den Kopf*): Alle haben sich irgendwie eingerichtet, nur wir Trottel hocken hier und dienen dem Vaterland. Ignat, sollte da was laufen zwischen dir und Klara Karlowna, äh, dann vergiss nicht, ein Präservativ zu benutzen … Du könntest dir die Pestilenz holen … Womöglich, Gott bewahre, das ganze Land anstecken … Nimm am besten gleich zwei mit …! Derschawin!

Derschawin erscheint.

General: Na, wie geht's unserem Elefanten?

Botschaft der Akimuden.

Botschafter: Klara Karlowna, wenn Sie mit dem Agenten in den Zirkus gehen, denken Sie daran, Sie sind eine Frau.

Konsulin: Ich bin eine Frau … Ich bin eine Frau … Daran denken, in welchem Sinne?

Botschafter: In dem Sinne, dass Sie zufällig erfahren könnten, wozu Busen gut sind.

Konsulin: Ich erwarte Ihre Instruktionen, Herr Botschafter!

Botschafter: Ich sage Ihnen eines. Russland stellt für die Akimuden im Moment das Zentrum des Universums dar. Wir wollen, dass dieses Zentrum glücklich ist. Möglicherweise implantieren wir hier ein *neues Bild* Gottes. Ich träume von einem Neuen Testament. Einem ganz neuen!

Konsulin (entzückt): Super!

Botschafter: Handeln Sie je nach Lage der Dinge.

Konsulin: Beim ersten Rendezvous brauchen Frauen nicht einmal in Russland einen Busen!

Botschafter: Dascha, stimmt das?

Dascha nähert sich den Diplomaten.

Dascha: Soll ich ehrlich sein? Und wie sie den brauchen!

Konsulin: Sie sind alle Zyniker! Zirkus! Meine Seele singt! Verstehen Sie, ich gehe mit ihm in den Zirkus, und nicht ... ins Restaurant zum Beispiel!

Botschafter (nachdenklich): Ins Restaurant ... Merkwürdig, dass man auf der Erde essen muss ... Zähne putzen ... Alle möglichen Nägel schneiden ... (*er betrachtet seine Finger*) ... Niemals hätte ich gedacht, dass ich wieder diesen *Raumanzug* anziehen muss ... (*schlägt sich gegen die Brust, spricht nicht zu Ende*)

Konsulin: Waren Sie es nicht, der mir gesagt hat, dass die Russen mehr Seele als Körper haben? Dadurch, haben Sie gesagt, sind sie interessant für uns.

Botschafter: Die Russen sind in vielerlei Hinsicht interessant ... (*lacht*) Gehen Sie schon, Klara Karlowna, gehen Sie in den Zirkus!

Konsulin: Aber zuerst möchte ich mir ein wenig Mut antrinken.

Botschafter: Dascha! Kommen Sie her! Bringen Sie uns etwas zu trinken.

Dascha: Was wünschen Sie?

Botschafter (seine Augen blitzen): Gin Tonic!

Zirkus

Puschkin-Platz. Das Denkmal. Regen. Kurojedow läuft um das Denkmal herum, den Kragen des Regenmantels hochgeschlagen. Plötzlich ertönt von irgendwo oben die Stimme der Konsulin:

Konsulin: Ignat Petrowitsch!

Kurojedow dreht den Kopf hin und her. Begreift gar nichts. Um das Denkmal herum versammeln sich Menschen, schauen nach oben. Auch er hebt den Kopf. Die Konsulin sitzt auf Puschkins Schultern, den einen Arm um den Hals des Klassikers geschlungen, in der anderen Hand weiße Luftballons.

Konsulin: Na endlich! Endlich haben Sie mich bemerkt, Sie be-
   griffsstutziger Mensch!
Kurojedow: Ich? Begriffsstutzig? Sie Frau ohne Kopf! Was tun Sie
   da? Kommen Sie sofort da runter!
Konsulin: Stellen Sie mir eine Leiter hin – dann komme ich herunter!

Durch die Menge bahnen sich zwei mit Maschinenpistolen bewaff-
nete Polizisten den Weg.

Erster Polizist: Sie da, Frau!
Konsulin: Ja, ich bin eine Frau!
Erster Polizist: Sie sitzen auf einem Objekt von staatlicher Bedeu-
   tung!
Konsulin: Sturm verhüllt den düstren Himmel ... Hu-hu-hu!
   (*klopft Puschkin auf den Kopf*) Ein schönes Gedicht!
Zweiter Polizist: Hören Sie auf, Puschkin zu schlagen!
Konsulin: Und weshalb ist er Ihnen so teuer?
Erster Polizist: Er ist ein großer russischer Dichter.

Konsulin: Na, und was zum Beispiel hat er denn so Großes geschrieben?

Die Polizisten werden verlegen. Sie rufen Verstärkung. Die OMON, die Sondereinsatztruppe der Miliz, kommt angefahren.

Konsulin: Russland hat aufgehört zu lesen.
Junger Mann aus der Menge: Das ist nicht wahr! Puschkin hat den »Jewgeni Onegin« geschrieben!
Konsulin: Ach nee? Du hast ihn doch überhaupt nicht zu Ende gelesen! In der Schule hast du 'ne Fünf dafür gekriegt!
Älterer Intellektueller: Aber ich kann ihn auswendig!
Konsulin: Ihr Loser! Im Leben hat euch das nichts gebracht! Gestern hat man euch gefeuert …! Euer ganzes Elend, meine Herrschaften, besteht doch darin, dass ihr nicht vom Puschkin'schen Geist durchdrungen seid! In euren Seelen sieht es trübe aus! Unserm Puschkin hier würde es bestimmt gefallen, dass er mich am Hals hat!

Ein Feuerwehrauto fährt vor. Die Leiter wird ausgefahren. Ein Feuerwehrmann klettert nach oben.

Konsulin: Ich komm schon allein runter. Hier, halten Sie mal eben die Luftballons fest, Herr Feuerwehrmann!

Sie klettert herunter.

Konsulin (nimmt dem Feuerwehrmann die Luftballons ab): Danke. *(lässt die Luftballons in den Himmel steigen)* Na, wo stecken Sie denn, Kurojedow?
Kurojedow (an die Polizisten gewandt, zeigt irgendein Dokument): Lassen Sie sie laufen.

Kurojedow nimmt die Konsulin an der Hand, führt sie zum Auto. Die aufgeregte Menge blickt ihnen nach.

Kurojedow (vorwurfsvoll): Na, das fängt ja gut an mit Ihnen. Morgen steht es in allen Zeitungen ... Sie führen sich auf wie ein kleines Mädchen.

Konsulin: Habe ich Sie überrascht? *(klatscht in die Hände)* Eine Frau sollte beim ersten Rendezvous den Mann unbedingt überraschen. Sie sollte sich tief in sein Gedächtnis graben.

Kurojedow: Das ist Ihnen bereits gelungen ... Moskau ist eine schwierige Stadt. Die Polizei läuft mit Maschinenpistolen herum. Lassen Sie uns eines gleich vereinbaren: möglichst wenig Wunder! Benehmen Sie sich wie ein Mensch. Das ist die Regel Nummer eins. Das können Sie auch Ihrem Botschafter ausrichten.

Konsulin: Sagen Sie mal, sind Sie etwa ernsthaft beleidigt? Das ist doch geil – sich an Puschkin ranzuschmeißen! Fahren wir zwei jetzt in den Zirkus oder nicht?

In der Zirkusarena Pferde und Dschigiten. Sie vollführen waghalsige Kunststücke. Das Publikum applaudiert. In der Tür sehen wir Derschawin. Im Saal noch viele Personen von ähnlichem Aussehen.

Konsulin (zu Kurojedow): Wunderbar! Das könnte ich nicht. Sie sagen ja gar nichts!

Kurojedow: Ich liebe Pferde mehr als Frauen. Auf der Krim besitze ich einen Pferdestall ...

Konsulin: Ein Stallknecht!

Kurojedow: Ich finde, James Bond hatte es leichter als ich. Seine Feinde waren durch die Bank irgendwelche *Hanswürste*.

Konsulin: Aber wir sind keine Feinde.

Akrobaten arbeiten unter der Zirkuskuppel. Alle applaudieren.

Konsulin: Warum zeigen sich die Russen nur im Zirkus optimistisch?

Kurojedow: Wie meinen?

Konsulin: Die Zirkusartisten demonstrieren die lichte Zukunft des Körpers. Sie zeigen, wozu sie fähig sind. Ignat, warum ist ganz Amerika voll von chinesischem Kram, und alles, was die Russen verkaufen, ist Wodka. Das ist doch nicht richtig.

Kurojedow: Was schlagen Sie uns vor?

Konsulin: Ich weiß noch nicht. Wir arbeiten daran.

Kurojedow (flüstert): Sind Sie gekommen, um zu helfen?

Konsulin: Ihnen persönlich?

Kurojedow (flüstert): Russland!

Konsulin (vertraulich): Und wenn wir plötzlich Schaden zufügen?

Kurojedow: Soll das eine Drohung sein?

Konsulin: Hören Sie doch auf. Was sind Sie denn gerade: Mann oder Agent? Warum verwechseln Sie, der Mann, wen Sie gerade spielen?

Pause. Buffet.

Konsulin (isst ein Eis): Hu, ist das kalt. Die Zähne werden einem ganz taub davon … Aber lecker. Ich hab noch nie Eis gegessen.

Kurojedow (mit Nachdruck): Um Russland zu verstehen, muss man viel Eis essen.

Zu Kurojedow tritt Derschawin.

Derschawin (unbemerkt zu Kurojedow): Der Elefant geht klar, Ignat Wassiljewitsch. Wir haben ihn kuriert.

Konsulin (zu Derschawin): Besteht das Publikum ganz aus Agenten oder nur zur Hälfte?

Derschawin geht erschrocken ab.

Kurojedow: Klara Karlowna, Sie verletzen die Spielregeln.
Konsulin: Gefallen Ihnen meine Fingernägel?
Kurojedow: Warum schwindeln Sie?
Konsulin: Hier bei Ihnen schwindeln doch alle! Und glauben, von
außen betrachtet würde man das nicht merken.
Kurojedow: Sie reden genau wie die Nowodworskaja. Sie nehmen kein Blatt vor den Mund. Aber wissen Sie, bei uns herrschen byzantinische Traditionen, wir haben immer und bei allem Hintergedanken.
Konsulin: Verstehe. (*leckt sich die Finger ab*) Gehen wir und
schauen wir uns den Elefanten an.

Der dressierte Elefant.

Konsulin: Wissen Sie, warum die Menschen malen und Gedichte
schreiben?
Kurojedow: Nein. Das heißt, ich weiß es. Das ist eine Gottesgabe.
Konsulin: Und was ist Gott?
Kurojedow: Klara Karlowna, wir sehen uns gerade zusammen ei-
nen Elefanten an. Warum sprechen Sie jetzt von erhabenen Din-
gen?
Konsulin: Sind Sie schon einmal auf einem Elefanten geritten?
Kurojedow: Oft. In Afrika. In Indien. Überall.
Konsulin: Wenn Sie so ein toller Hecht sind, warum machen Sie
mir dann nicht den Hof? Warum drücken Sie nicht meine
Hand, warum berühren Sie nicht mein Knie?
Kurojedow (*trocken*): Ich liebe eine andere Frau.
Konsulin: Fink etwa?
Kurojedow (*nickt*): Ja, wenn Sie so wollen, Fink.
Konsulin: Dann bin ich also schlechter als Fink? Na schön …

Der Elefant wird weggeführt. Applaus der Zuschauer.

Konsulin (dem Elefanten nach): Der Elefant ist trotz allem noch nicht ganz gesund. Er schlurft. Jetzt gibt es was Interessanteres.

Conférencier: Und nun sehen Sie die furchtloseste Frau der Welt mit einer unglaublichen Nummer: DIE AKIMUDENTIGER! *(beginnt frenetisch zu klatschen)*

Die Arena betritt ... die Konsulin im Zirkuskostüm. Sie verbeugt sich vor den Zuschauern. Rasender Applaus. Nach ihr kommen riesige gestreifte Tiger hereingelaufen. Die Konsulin lässt geschickt die Peitsche knallen. Sie steckt einem Tiger den Kopf in den Rachen. Der Zuschauersaal erstarrt.

Kurojedow (sieht entsetzt seine Nachbarin an): Sind Sie das da?
Konsulin: Ja.
Kurojedow: Und wer ist das hier?
Konsulin: Stellen Sie keine dummen Fragen. Das bin auch ich.
Kurojedow (vollkommen von den Socken): Klar, verstehe.

Der Saal brüllt vor Entzücken. Rasender Applaus. Die Konsulin knallt triumphierend mit der Peitsche.

Im Auto von Kurojedow.

Konsulin: Danke für den Zirkus.
Kurojedow: Ich danke Ihnen. Sie können sich also verdoppeln.
Konsulin: Eine Frau sollte einfach beim ersten Rendezvous den Mann auf irgendeine Weise überraschen ...
Kurojedow: Klara Karlowna, darf ich offen mit Ihnen sprechen?
Konsulin: Ich warte schon den ganzen Abend darauf. Aber zuerst küssen wir uns.
Kurojedow: Ich sitze am Steuer.

Konsulin: Das hat noch nie jemanden gehindert. Am Steuer mit dem Handy telefonieren, das könnt ihr, aber küssen nicht? Küssen Sie mich.

Kurojedow küsst die Konsulin auf den Mund.

Konsulin: Das erste Eis. Der erste Kuss. Ein unvergesslicher Abend. Sie haben mir den Kopf verdreht.

Kurojedow: Darf ich Sie nach dem Kuss etwas fragen?

Konsulin: Seien Sie kein langweiliger Agent. Zu dem Geld etwa?

Kurojedow: Genau. Warum haben Sie mir Geld gegeben? Wollten Sie mich bestechen?

Konsulin: Ich hatte einfach Mitleid mit Ihnen!

Kurojedow: Das ist keine Antwort. Und dann hat sich das Geld auch noch vermehrt. Warum?

Konsulin (zuckt mit den Schultern): Ich hatte noch mehr Mitleid mit Ihnen. Die geliebte Frau hat Sie verlassen, Sie müssen sich mit den Akimuden herumschlagen …

Kurojedow: Wenn Sie wollen, dass wir gute Beziehungen haben, dann müssen Sie das Geld zurücknehmen.

Konsulin: Aber erst küssen wir uns noch mal.

Kurojedow: Erzählen Sie etwas von sich.

Konsulin: Die Heilige Familie. Es flogen einmal zwei Enten: Papa und Mama. Mama kam in verschiedenen Gestalten auf die Erde herab.

Kurojedow: Ich verstehe nicht.

Konsulin: Als Kaiserin und als Schauspielerin …

Kurojedow: Als Katharina die Zweite?

Konsulin: Ich hatte immer meinen Spaß daran. Von Zeit zu Zeit hab ich mich einquartiert … habe einen Briefwechsel mit Diderot geführt … Ignat, was ist mit dir?

Kurojedow: Ach nichts, nichts … der Pugatschow-Aufstand … und als welche Schauspielerin?

Konsulin: Jedenfalls keine russische … Du kennst sie nicht …

Kurojedow: Vielleicht doch?

Konsulin: Ach, du unersättlicher Agent!

Kurojedow: Nun komm schon, bitte!

Konsulin: Marylin Monroe.

Kurojedow: In echt? Du bist Marylin Monroe?

Konsulin: Das war so cool, Ignat! Ich habe eine derart weibliche Rolle gespielt. Alle haben geweint …

Kurojedow: Und warum hast du dich damals vergiftet?

Konsulin: Ein Idiot bist du, Ignat! Dir fallen immer nur solche Polizistenfragen ein!

Kurojedow: Und das am Anfang, das mit den Enten?

Konsulin: Ich frage den *Meinen*: Wie wär's, wollen wir Menschen erschaffen? Und er: Wozu?

Kurojedow: Du bist Mutter Erde?

Sie küssen sich.

Konsulin: Küsse ich gut?

Kurojedow: Ja.

Konsulin: Errege ich Sie?

Kurojedow: Nun ja ……

Konsulin: Ich finde es so schön, eine Frau zu sein! Sie können sich das nicht vorstellen! Warum fassen Sie mir nicht an die Brust?

Kurojedow: Beim ersten Rendezvous sollte man das besser nicht tun. Das gilt als vulgär.

Konsulin: In der Botschaft hat man mir genau dasselbe gesagt. Aber beim zweiten Rendezvous darf man? Oh, und erst beim dritten ……!

Kurojedow: Klara Karlowna, ich bin nicht so ein Postmoderner, wissen Sie, dass ich mich über Brüste auslassen würde. Ich bin Geheimagent, ein ernsthafter Mensch.

Konsulin: Na, endlich sind Sie aufrichtig! Ich finde Sie großartig.

Kurojedow (er hält vor der Botschaft der Akimuden): Nehmen Sie das Köfferchen. Zählen Sie nach. Darin sind zwei Millionen US-Dollar. Und geben Sie mir die DVD zurück, meine Teure!

Die Konsulin nimmt gehorsam das Diplomatenköfferchen. Die Schlösschen schnappen auf. Sie öffnet das Köfferchen. Es ist leer.

Konsulin: Da ist nichts, null Komma nichts.
Kurojedow: Machen Sie keine Witze, Klara Karlowna.
Konsulin: Sehen Sie selbst.

Die Konsulin wirft das Köfferchen aufs Trottoir. Es regnet.

Konsulin: Danke für den Abend.

Sie läuft schnell zur Tür der Botschaft. Sogleich ertönt im Auto das Klingeln der Direktleitung.

General: Warum hat sie das Köfferchen weggeworfen?
Kurojedow: General, da war kein Geld drin.
General: Und wo ist es?
Kurojedow (müde): Fragen Sie Puschkin.
General: Und, wie ist der allgemeine Eindruck, Ignat?
Kurojedow: Bond hatte es natürlich leichter, aber alles in allem läuft die Arbeit. Der Zirkus kann Brücken schlagen.

Die Akimuden und Kinder

Botschaft der Akimuden. Besprechung der Diplomaten.

Botschafter: Ach, Klara Karlowna, ich habe die Akkreditierungs-schreiben noch nicht überreichen können, während Sie ... Also wozu mussten Sie, verdammt noch mal, auf Puschkin draufklettern? Der »Moskowski Komsomolez« schreibt sogar schon darüber. Sie sollten wissen, dass den Russen ihre kulturellen Werte sehr teuer sind.

Konsulin: Ich bin da nicht so sicher.

Auslandsspion Jerschow: Das ist eine Untergrabung unserer Autorität.

Kulturattaché: Die Russen sind sehr zartbesaitete, sehr verletzliche Menschen …

Konsulin: Wo haben Sie das denn her? Die sind überhaupt nicht verletzlich, unter ihnen gibt es jede Menge Rüpel.

Kulturattaché: Unfug! Ein schlechtes Volk hat keine Tretjakow-Galerie! Ich gehe heute dorthin!

Botschafter: Geh nur, du Intellektueller!

Konsulin: Beleidigen kann man Sie dort *auch* …

Botschafter: Beleidigen … beleidigen … Hat Kurojedow Sie vielleicht beleidigt?

Konsulin: Über Kurojedow kann ich nichts Schlechtes sagen. Er küsst ganz toll. Wenn Sie wüssten, was das für ein Gefühl ist, wenn eine Zunge in Ihren weiblichen Mund kommt …

Botschafter: Ein russischer Kuss!

Konsulin: Ja! Aber ich möchte Ihnen sagen, als ich Puschkin auf dem Hals gesessen habe, da hab ich viel von Russland verstanden.

Botschafter: Schon wieder kommen Sie mit Ihrem Puschkin …

Konsulin: Ich habe verstanden, dass den Russen ein tanzender Gott fehlt!

Wissenschaftsberater: Klara, oder wie immer Sie heißen, Sie wissen sehr gut, was wir von Russland wollen. Ihretwegen wird noch alles platzen – unser Export russischer Kinder und andere wichtige Unternehmungen.

Konsulin: Was haben denn Kinder damit zu tun?

Wissenschaftsberater: Ich habe vor, mit Kinderheimen Verhandlungen über die Möglichkeiten von Adoptionen seitens unseres Landes zu führen, so wie das andere Länder auch tun. Wir brauchen Kinder.

Botschafter: Krass!

Konsulin: Wir werden von sämtlichen Geheimdiensten der Welt abgehört, und Sie posaunen hier heraus, dass wir Kinder brauchen. Sagen Sie am besten gleich noch, dass wir sie für unsere Opferrituale benötigen.

Dascha, die den Diplomaten Tee einschenkt, starrt die Versammelten entsetzt an.

Botschafter: Die Akimuden spielen mit offenen Karten, wir werden den Russen erklären, wozu wir ihre Kinder brauchen.

Lubjanka. Arbeitszimmer des Generals.

General (zeigt Kurojedow auf einem Monitor, was in der Botschaft vor sich geht): Wir müssen den Chef in Kenntnis setzen. Devisenmanipulationen, diese Verrückte auf dem Hals von Puschkin, und jetzt – Kinder. Ignat, deine Meinung?

Kurojedow: Ich habe gesehen, wie Klara Karlowna mit Tigern fertigwird. Mit den Akimuden ist nicht zu spaßen.

General: Das hat ja auch keiner vor! Wir antworten mit Provokation auf Provokation.

Kurojedow: Gestatten Sie, dass ich mich zu Fink begebe.

General: Na los. *(besorgt)* Hast du ... Klara geküsst?

Kurojedow: Jawohl.

General: Und?

Kurojedow: Passt schon.

General (explodiert): Was soll das heißen, passt schon?! Ist sie ein Mensch oder ein Unmensch?

Kurojedow: Eine Frau.

General: Kalt wie ein Frosch?

Kurojedow: Sechsunddreißig Komma sechs Grad, nach meinem Empfinden.

General: Und ... ist sie elastisch?

Kurojedow: Wie, elastisch?

General: Nun ja, ist ihr Körper auch keine Attrappe? Kein Gespenst?

Kurojedow: Glaub ich nicht, aber er kann sich verdoppeln, wie man im Zirkus gesehen hat.

General (vielversprechend): Schön, wir werden überprüfen, wie sie beschaffen sind. Ich werde ihnen diesen tanzenden Gott schon noch zeigen!

◇

Tretjakow-Galerie. Ausgang. Aus der Tür tritt der Kulturattaché mit beseeltem Gesichtsausdruck. Mittelscheitel, runde Brille. Er sieht aus wie irgendetwas zwischen einem zu Geld gekommenen Rasnotschinzen, der schicke revolutionäre Artikel schreibt, und einem verarmten jungen Herrn mit französischem Schal über der Schulter.

Kulturattaché (erspäht seinen russischen Chauffeur Witali, spricht mit leicht französischem »r«): Hier gibt es vielleicht Bilder! Rubljow ... Repin ... Wrubel ... Wahnsinn ... Sie schwirren mir immer noch vor den Augen herum.

Die Bilder schwirren vor seinen Augen herum.

Kulturattaché: Gehen Sie häufig in die Tretjakow-Galerie?

Chauffeur: I wo. Aber das Leben ist lang – ich geh schon noch rein.

Kulturattaché: Und wissen Sie, was einen beeindruckt: Bei den Franzosen ist alles Form, Form und noch mal Form, mit einem

Wort, Impressionismus, aber bei Ihnen, bei den Russen – die Macht des Inhalts!

Chauffeur: Ich war Zigaretten holen, und in der Zeit ist einer mit Ihrem Auto auf und davon.

Kulturattaché: Wohin denn?

Chauffeur (*spöttisch*): Über die sieben Berge zu den sieben Zwergen.

Kulturattaché: Witali, haben Sie das Johannesevangelium gelesen?

Chauffeur: Nee. Aber ich hab schon mal was davon gehört ... Ich geh jetzt zur Polente, und Sie fahren nach Hause.

Der Kulturattaché läuft durch die Gassen von Samoskworetschje. Die Bilder schwirren erneut vor seinen Augen herum. Plötzlich steht ein Halbwüchsiger mit Glatze vor ihm.

Halbwüchsiger: Opa, haste ma zwei Rubel?

Kulturattaché: Guten Tag, mein Junge. Gleich, ich schau mal.

Er wühlt in seiner Hosentasche nach Geld. Zieht ein riesiges Dollarbündel hervor. Blättert es durch.

Kulturattaché: Zwei Rubel hab ich nicht ...

Halbwüchsiger: Sind Sie Amerikaner?

Kulturattaché: Nein. Ich komme von den Akimuden.

Halbwüchsiger: Wohnen da Schwarzärsche?

Kulturattaché: Wer?

Der Halbwüchsige macht eine verstohlene Geste. Der Kulturattaché wird von Glatzköpfen umringt.

Halbwüchsiger: Kohle her.

Kulturattaché: Das hier? (*dreht das Geldbündel in der Hand*) Bitte, nehmen Sie.

Halbwüchsiger (misstrauisch): Hast du das ... Sind die gefälscht?
Kulturattaché (lacht): Alles Geld ist Falschgeld.
Zweiter Halbwüchsiger (etwas älter): Was lachst 'n so bescheuert? *(reißt ihm das Geld aus der Hand)* Soll wohl witzig sein, was? Unser Land raubt ihr aus, fuck you. Zusammen mit so Negern und den ganzen andern Kanaken.
Dritter Halbwüchsiger (noch älter, philosophisch): Stehst noch da, he? Na, dann fall mal um! *(schlägt dem Kulturattaché ins Gesicht)*

Die Brille des Kulturattachés ist zerbrochen, sie schlagen ihn zu Boden, treten bestialisch auf ihn ein.

Halbwüchsiger: Scheiße, dass Hitler kaputt ist!
Zweiter Halbwüchsiger: Los, wir machen ihn kalt!
Halbwüchsiger: Schwule Sau!
Dritter Halbwüchsiger: Stich ihn ab, fuck!

Der Halbwüchsige sticht mit dem Messer auf ihn ein, einmal, zweimal ...

Kulturattaché (am Boden liegend): Ich wusste nicht, dass der Körper so schmerzen kann ...

Der Halbwüchsige sieht die Klinge an: Das Blut kocht und verflüchtigt sich von der Klinge. Verwirrung. Der Kulturattaché springt auf die Füße, als wäre er nie geschlagen worden, trennt mit der flachen Hand dem Halbwüchsigen den Kopf ab, als sei es ein Kohlkopf. Er erhebt sich zu seiner ganzen Größe und beginnt, mit irgendwelchen unbekannten Griffen die Jugendlichen zu verprügeln, geschickt knöpft er sich jeden einzelnen vor, schlägt sie mit der Stirn gegeneinander.

Kulturattaché: Ich wusste auch nicht, dass der Körper sich so schön prügeln kann … (*ändert abrupt den Gesichtsausdruck, lächelt, reibt sich den Körper*)

Eine Menschenmenge versammelt sich ringsum.

Schrei aus der Menge: Warum schlagen Sie die Kinder?!
Kulturattaché: Ich habe verstanden! Sie brauchen ein Mobiltelefon!

Jeder Halbwüchsige hat plötzlich ein Mobiltelefon in der Hand.

Kulturattaché: Nutzen Sie die Dienste des Mobilfunknetzes!

Die Halbwüchsigen rufen sich gegenseitig auf ihren Handys an. Sie sprechen mit fiesen Stimmen, obszön fluchend.

Kulturattaché: Oder möchten sie lieber Mädchen sein?

Die Halbwüchsigen verwandeln sich in kreischende, aufgedonnerte Mädchen.

Kulturattaché: Nein, das macht sie nicht schöner. Was soll nur in dreißig Jahren aus ihnen werden?

Die Halbwüchsigen verwandeln sich in eine Horde hohlwangiger Personen.

Kulturattaché: Tolle Zukunft! Wer ist daran schuld? Überschlagen wir mal, wer ihr im nächsten Leben sein werdet.

Der Kulturattaché wird von kläffenden Hunden umringt.

Kulturattaché: Hündchen! Warum seid ihr so böse? Kehren wir in die Gegenwart zurück.

Er setzt dem Halbwüchsigen seinen Kopf wieder auf den Rumpf. Der Kopf wächst sofort wieder an. Der Kulturattaché stellt alle mit einer Geste wieder auf die Beine, das Blut ist verschwunden.

Kulturattaché: Jedem Herrn Schullehrer müsste man Minimum zweihunderttausend Dollar im Jahr zahlen ... Und wenn man den Jungs eine verbindende Idee vorgeben würde?

Halbwüchsige (skandieren): Russland den Russen!

Kulturattaché: Schlicht, aber mit Geschmack. Und eine andere?
Halbwüchsige (skandieren): Spartak, Spartak, Spartak!
Kulturattaché: Na, was ist, Freunde, wie wär's mit einer zweiten Runde?

Die Halbwüchsigen drucksen herum.

Kulturattaché: Ein bisschen mehr Mut! Ich glaube nicht, dass ihr Feiglinge seid!

Eine Polizeistreife taucht auf. Der Kulturattaché entwaffnet sie mit unmerklicher Geste, ein sehr langes Seil, das plötzlich weiß der Teufel woher gekommen ist, fesselt die Polizisten und die Halbwüchsigen. Der Kulturattaché hebt das Geldbündel vom Trottoir auf und entfernt sich die Gasse entlang.

Kulturattaché (nachdenklich): Die Brille haben sie mir kaputt gemacht ... Gut ... Palästina – Moskau ... Womit das Neue Testament beginnen?

III
EIN STAR NAMENS FINK

Mittelmeer. Sonne. *Ein Boot.* Auf dem langen Teakholzdeck liegt Fink im Badeanzug bäuchlings auf einem Handtuch und stochert lustlos mit der Gabel auf einem Teller herum.

Fink: Schon wieder Hummer! (*an den Kellner gewandt*). Kannst du nicht mal ein paar Kartoffeln kochen? Oder ... warte ... Buchweizen. Keiner da? Na, dann weiß ich auch nicht ... (*holt das Handy raus, ruft an*) Was machst du? Geld zählen? Nein, nein, es geht mir gut, wir haben viel Spaß hier! Denis! Schick mir mal Buchweizen rüber!

Am Horizont taucht ein Hubschrauber auf.

Fink (betrachtet den Hubschrauber, nachdenklich): Das ging ja fix mit dem Buchweizen!

Der Hubschrauber nähert sich der Yacht, schwebt darüber, aus dem Hubschrauber wird eine Strickleiter nach unten gelassen, an der Kurojedow auf die Yacht herabklettert.

Fink: Du? Du bringst den Buchweizen!
Kurojedow: Was für Buchweizen?
Fink: Vergiss es!
Kurojedow: Du lässt es dir gutgehen hier?

Fink: Magst du etwas Hummer?

Kurojedow (*trocken*): Warum nicht.

Fink: Warum so warm angezogen?

Kurojedow: In Moskau ist Herbst. Die Blätter fallen von den Bäumen.

Er zieht die Jacke aus, setzt sich aufs Deck, beginnt mit den Händen Hummer zu essen. Er hat sichtlich großen Hunger.

Fink: Warum bist du hergekommen? Du hast gesagt, du würdest mich in Ruhe lassen. Du hast eine Frau und Kinder – iss den Hummer auf und verschwinde von hier ... Magst du ein Glas Wein?

Kurojedow (*kauend*): Nein. Obwohl, doch.

Der Kellner schenkt ihm Wein ein.

Kurojedow: Wir fliegen zusammen.

Fink: Du hast sie wohl nicht alle! Einen Scheiß werd ich tun und mit dir fliegen ... Bin ich nicht zu braun gebrutzelt auf dieser Yacht?

Kurojedow: Sieht okay aus. Fink, in Moskau sind irgendwelche merkwürdigen Wesen aufgetaucht, sie haben einen Haufen Geld, kein Schwein weiß, woher.

Fink: Juden vielleicht?

Kurojedow: Juden? Das ginge ja noch! Das Land heißt Akimuden. Aber auf der Landkarte gibt es das nicht.

Fink: Vielleicht wurde es umbenannt?

Kurojedow erzählt Fink alles, was er über die Akimuden und ihre Bewohner weiß. Fink beginnt allmählich, ihm interessiert zuzuhören. Kurojedow fuchtelt mit den Händen, wird immer aufgeregter.

Kurojedow: Also, die Unsrigen sind schon zu kleinen Provokationen übergegangen. Ich bin beauftragt, für alle Fälle herauszufinden, wie man die Akimuden totkriegen kann …
Fink: Du bist ein Idiot, Kurojedow! Du bist und bleibst eben ein
Sowjetmensch. Wir sind eine Generation neuer Märchen. Auf
alles fluchen und sich über alles lustig machen, das ist total out.
Du lebst in zwei Dimensionen, du vergleichst dich mit deinem
General, dir geht's nur darum, wer die größeren Kapazitäten
hat.

Kurojedow sieht Fink völlig perplex an.

Kurojedow: Was für Kapazitäten denn?
Fink: Du – das ist die Generation der Panzer, dabei sind wir mit-
tendrin in der Epoche des Klonens. Die Menschen ändern ihr
Gesicht. Mensch, wach auf! Ich hab kapiert, was das ist, die
Akimuden.
Kurojedow: Nämlich?

Fink springt mit einem Satz auf die Füße. Sie beginnt auf dem Deck
zu tanzen, dreht sich, legt den Arm um den Mast.

Fink: Ich bin schon jetzt in den Herrn Botschafter verliebt! Und
der Kulturattaché, Iwan der Treue, mit dem möchte ich zum
Ballett ins Bolschoi-Theater gehen. Ich möchte Klara Karlowna
eine Liebeserklärung machen … Aber ich möchte nicht, dass
die Akimuden ihre Mission falsch verstehen.
Kurojedow: Ginge es vielleicht etwas konkreter?
Fink: Russland ist auch ein Märchen, ein verhexter Staat. Märchen
kann man nie genug haben, immer noch eins obendrauf! Märchen bringen uns einander näher.
Kurojedow: Also, was sind denn jetzt die Akimuden?
Fink: Die Akimuden? Die Akimuden – das sind Pellkartoffeln …

Kurojedow (leckt sich die Lippen): Mit Sonnenblumenöl.

Fink: Selber Sonnenblumenöl …! Die Akimuden sind das schlechte Gewissen Russlands. Endlich hat es sich zu Wort gemeldet.

Kurojedow: Du bist aber klug, Fink!

Fink: Ich weiß … Ich warte schon lange darauf, dass sie auf den Plan treten. Meine Freundinnen – Ex-Prostituierte aus Mytischtschi – haben mich oft gefragt, wann endlich Schluss ist mit diesen Demütigungen. Die Akimuden sind der Humus unserer Erniedrigungen.

Kurojedow (nickt nachdenklich, schluchzt plötzlich): *Akimudentum* – das sind wir …!

Fink: Die Akimuden – das sind die Blumen, die auf den Gräbern unserer Liebesgeschichten, auf der Grabstätte der Geschichte des russischen Staates blühen.

Kurojedow: Die Akimuden – das ist deine und meine Liebe?

Fink (hört auf zu tanzen): Ich liebe dich nicht, Kurojedow.

Kurojedow: Aber du hast mich doch geliebt …

Fink: Liebe – das ist der Verlust der eigenen Würde. Tatjana schreibt einen Brief an Onegin … Ein anschauliches Beispiel.

Kurojedow (ungeduldig): Das ist Literatur, und wir zwei, Fink, wir sind Geheimagenten von internationaler Klasse.

Fink: Kurojedow, du hast mich gequält! Du hast gezögert, hast dich nicht von deiner Frau scheiden lassen, die familiäre Situation vorgeschoben, in der Banja Bier getrunken, dich reichlich mit Nutten amüsiert. Du bist vielleicht der beste Geheimagent der Welt, Kurojedow. Aber in der Liebe bist du eine absolute Pfeife.

Kurojedow: Ich liebe dich immer noch, Fink, obwohl du mich gnadenlos sitzengelassen hast.

Fink: Ich habe Denis, meinen Oligarchen, eine Yacht, einen Luxuskörper, gestern bin ich im Maybach durch Rom kutschiert …

Kurojedow: Aber glücklich bist du nicht.

Fink: Warum bist du hierhergekommen?

Kurojedow: Das Zentrum fordert dich an, wir müssen nach Moskau.

Fink (lacht, droht mit dem Finger): Das Zentrum fordert mich an, weil du das angeregt hast. Du bist herumgelaufen und hast geflennt: Ruft sie her! Meine Rolle? Den Botschafter verführen? Als Geisha für ihn arbeiten? Alle Eingeweide der Akimuden aus ihm herausholen?

Kurojedow: Die Akimuden sind unnahbar.

Fink: Jedes Märchen hat seine Achillesferse. Wo ist ihr Schwachpunkt? Ein Perpetuum mobile gibt es nicht. Irgendwo müssen ja auch die Akimuden ihre Batterien aufladen!

Kurojedow: Du liebst Russland. Du musst uns helfen.

Fink: Komm mir bloß nicht so primitiv mit der Patriotismusnummer. Für mich ist Russland der Kopfschmerz wegen dir. Ich habe einen Schlussstrich gezogen. Ich habe dich abgewertet wie die argentinische Währung. Ich bin nicht mehr das Dummerchen, das du betrogen hast. Ich habe schon meine Tasse Tee mit der spanischen Königin getrunken.

Kurojedow: Bleibst du?

Fink: Nein, ich komme natürlich mit. Mir hängt dieser ganze Meeresfraß zum Hals raus! Und außerdem wusste ich nicht, dass es auf einer Yacht so doll schaukelt!

Kurojedow umarmt sie heftig.

Fink (wendet sich ab): Nur keinen Körperkontakt, bitte. (*zieht Socken an, bindet sich die Turnschuhe zu*) Am gefährlichsten ist es, wenn einer Russland glücklich machen will. Ignatik, das haben wir hinter uns ... Lenin wollte das auch ... Und jetzt die Akimuden ... (*blickt sich um*) Na dann, Ignatik, wo ist dein Hubschrauber?

Walzer

Im Hubschrauber erklärte Kurojedow Fink die Bedeutung der russischen Geschichte am Beispiel des Walzers. Fink hörte Kurojedow begeistert zu.

Ossip Mandelstam, sagte Kurojedow, hat das kühnste Gedicht in der Geschichte der russischen Literatur geschrieben. Mandelstam ist ein Meister! Der Schuss auf Stalin, sein Gedicht aus dem Jahr 1933 *»Wir leben, unter uns das Land nicht spürend ...«* war tödlich präzise. Bis heute ist Mandelstam der bedeutendste Dichter im Kampf gegen den Tyrannen.

»Krass!«, stimmte Fink zu.

Mandelstams Talent war ebenso stark wie Stalins despotische Macht. Ein Zusammenstoß zweier Giganten. Mandelstam vernichtete im Grunde das politische Charisma Stalins, er zog ihn nackt aus und zeigte den hässlichen Körper eines Monstrums. Stalin schätzte die Stärke des Gegners und legte ihm gegenüber eine einzigartige Nachsicht an den Tag. Er war bereits drauf und dran, den ukrainischen Holodomor, den Massenmord durch Hunger, auf die ganze Sowjetunion auszuweiten, aber die Herausforderung des Dichters rief bei ihm unwillkürlich Respekt hervor. Ich stelle mir Stalin vor, wie er dieses Gedicht liest.

»Orgasmus pur!«, stimmte Fink zu.

Hätte er Mandelstams Tod befohlen, so wäre das einer Zustimmung zu dessen Urteil gleichgekommen. Stalin, der in seiner Jugend selbst Dichter gewesen war, verstand die Dimension der Magie. Nach der an seine Adresse gerichteten Kampfansage wusste er: Je großmütiger seine Reaktion, desto schwächer die Mandelstam'sche Wahrheit. Mandelstam kam mit der Verbannung nach Woronesch davon. Vier Jahre später allerdings machte er ihm den Garaus – aber als einem *Geschmeiß*, das ein Jahr zuvor eine untalentierte Lobeshymne auf Stalin verfasst hatte.

Fink: Warum bloß ist die russische Kultur so schön und der russische Staat im Laufe praktisch seiner ganzen Geschichte so widerlich?

Kurojedow: Ich sage dir im Vertrauen, woran das liegt. Die russische Kultur und das russische literarische Wort sind gerade deshalb schön, weil sie sich dem russischen Staat widersetzen, indem sie alle ihre Themen, von Liebe bis Tod, mit der stolzen Grundhaltung angehen, jede Lüge abzulehnen. Der russische Staat seinerseits ist darum so schrecklich, weil er sich grausam der sich ihm widersetzenden Kultur widersetzt, mit der Absicht, seine eigene Wahrheit des obersten Paternalismus zu beweisen. Er hat sich schon längst in ein Dichter fressendes Monster verwandelt, und ihn zu ändern ist ebenso schwer, wie Mandelstam dazu zu zwingen, eine Ode auf Stalin zu schreiben. Stalin und Mandelstam – ein Paradebeispiel für die Tanzpaare, die sich im Walzertakt durch die Jahrhunderte unserer ruhmreichen Geschichte drehen, sich gegenseitig hervorbringen und umbringen!

Fink (zieht im Hubschrauber das Oberteil ihres Bikinis aus): Da, schau und genieße, Kurojedow ...! (*doch als sie den gierigen und unglücklichen Blick von Kurojedow bemerkt, wendet sie sich verschämt ab*) Hornochse!

Wenitschka Limonow

Wie jeder erfahrene Agent wollte Ignat Kurojedow unser erstes Kennenlernen an einem lauten Ort arrangieren. Wir trafen uns um Mitternacht vor einem vielbesuchten Klub an der Uferstraße der Moskwa.

Wer einmal die teuren exklusiven Nachtklubs Moskaus besucht hat, wird jene einzigartige Atmosphäre zwischen Ekstase und Schwermut, die eine überirdische Wirkung ausübt, nie vergessen. Wenn man den Kordon des Wachpersonals in den schwarzen

Bestattungsuniformen von Pförtnern des Jenseits überwunden hat, findet man sich wieder in einem Königreich, wo alles erlaubt ist und zugleich nichts gestattet. Die rigorosen Hausordnungen verbieten einem jedes aggressive Benehmen, doch das hemmungslos ausgelassene Ambiente provoziert einen praktisch dazu, alle möglichen Normen zu verletzen. Man tanzt nicht, um zu tanzen, der Tresen ist nicht zum Trinken da, man lernt nicht zufällig jemanden kennen, um jemanden kennenzulernen, nein, man muss wie ein Stachanowarbeiter den Plan nach allen Regeln des Exzesses übererfüllen, bis hin zum totalen Wahnsinn und Vergessen. Mädchen in maximal kurzen Miniröcken stampfen sich einem ins Unterbewusstsein, betrunken kreischend, vom Tanzen und den Cocktails verschwitzt, und lassen sich in Saunen, auf Datschas, in Bruchbuden und Höhlen verfrachten. Das ist wichtiger als Arbeit, Familie, Verstand und Lebensstrategie. Exzess – das ist die allerwichtigste Beschäftigung, die es wert ist, weitererzählt und geneidet zu werden.

Wir haben die alten heidnischen Bräuche noch nicht überwunden, wie früher springen wir johlend über ein Lagerfeuer und brüsten uns mit wirklichen oder erfundenen Eskapaden in Unzucht großen Stils. Keuschheit ist Frigidität, Zurückhaltung – Impotenz! Aber Schwermut entsteht auf dem Höhepunkt der Fröhlichkeit, sie nagt am Menschen auf unerklärliche Weise und verwandelt den Exzess in das Drama des Lebens.

Sogar jene, die niemals so richtig die Sau rausgelassen haben, verbergen diese Möglichkeiten in ihrem Innern und erschaudern hin und wieder bei diesen niederen Begierden. Wir haben in unserem Leben nicht die goldene Mitte gefunden – die Mitte erscheint uns als spießbürgerlicher Rülpser. Oligarchen, Politiker, Regisseure, Musiker, Bürgerrechtler, Geistliche, Geheimdienstler und Militärs – sie alle sind vom heidnischen Genusswahn gepackt. Mit der Zeit findet diese völlig überdrehte Leidenschaft in der Befriedigung der Eitelkeit, dem Bau von Luft- oder auch echten Schlössern ihren

Ausdruck. Der Traum vom Luxus – auch das ist unser nicht auszurottendes Heidentum.

Wir stapften also durch die überfüllte Bar, in der ohrenbetäubend laute Musik spielte und hübsche Mädchen in Arbeitskleidung, also in knappen Textilien, auf den Fensterbänken tanzten. Die Party war in vollem Gange.

»Hier kann uns nicht mal der Teufel abhören«, brüllte mir Kurojedow ins Ohr.

Fink trug ein kurzes kleines Schwarzes.

»Was ich von Ihnen will?«, sagte Kurojedow. »Erfahren, wo sich diese verfluchten Akimuden befinden. Zweitens. Erfahren, mit welchem Ziel sie bei uns aufgetaucht sind. Drittens. Wer sie sind: hell oder dunkel? Weiter. Ob sie nützlich für uns sein können?«

Fink bestellte den teuersten Whisky mit Eis.

»Sie nehmen sie als *Freundin* mit zum Empfang in die Botschaft. Ihr Ziel: Sie so nah wie möglich an den Botschafter herankommen zu lassen. Er hat hier keine Ehefrau.«

Fink orderte die zweite Ladung Whisky mit Eis.

»Ich trinke viel, aber ich werde kaum betrunken«, sagte sie zu mir. »Ignat, ich habe alles verstanden. Sei so gut, lass mir ’n bisschen Kohle aus der Staatskasse da und fahr nach Hause. Du wirst hier nicht mehr gebraucht.«

»Aber wart mal …«, sagte Kurojedow.

»Gehen wir tanzen«, sagte Fink zu mir.

Sie nahm das Geld von Kurojedow, steckte es in ihre Handtasche und ließ sie auf der Theke stehen.

»Ciao«, sagte sie zu Kurojedow.

»Auf Wiedersehen!«, schrie Kurojedow mir zu. »Sagen Sie dem Botschafter dort nichts davon, dass wir unter einem *blutigen Regime* leben …«

Er lachte.

»Zyniker!«, reagierte Fink. »Die wissen auch so alles.«

Wir gingen tanzen.

»Sie haben bestimmt ›Der Meister und Margarita‹ gelesen?«, fragte mich Fink. »Hat es Ihnen gefallen?«

»Und Ihnen?«

»Sehr. Die Akimuden stammen offenbar aus derselben Serie – Abteilung Kontrolle, richtig scharfe Hunde. Aber in Wirklichkeit ist das alles nicht so. Die Teufel spielen verrückt, die machen sich über alle lustig. Und dann stellt sich raus, dass sie für die Liebe und das Gute sind. Wenn das Böse nicht *ontologisch* ist, darf man auch nichts anderes von ihnen erwarten ... Halten Sie meinen Po! Ich liebe es zu tanzen, während man meinen Po hält!«

Ich sah sie erstaunt an. Eine großgewachsene zweiundzwanzigjährige Blondine räsoniert über Ontologie.

»Ich weiß nicht«, sagte ich, »ich bin kein großer Fan von ›Meister und Margarita‹.«

»Ach, hören Sie auf ... Das ist wahrscheinlich nur Neid ...! Fester!«

Ich gehorchte.

»Ich bin ein kluges Mädchen«, sagte Fink. »Ich habe mich mit russischer Philosophie von Anfang des 20. Jahrhunderts beschäftigt. Ich kenne übrigens auch Ihre Aufsätze über Rosanow und Schestow. Apropos, welche Betonung ist richtig, Schestów oder Schéstow?«

»Das hab ich schon vergessen. Aber ich glaube, Schestów.«

»Aber als Schriftsteller mag ich Sie nicht. Weder Sie noch Sorokin. Alles nur aufs Verkaufen aus. Sie haben zu viel westliche Literatur gelesen und wollen sie uns in Ihrer eigenen Interpretation aufdrücken. Ja, bei uns gab es das nicht, und Sie haben eine Lücke ausgefüllt. Bei uns gab es das nicht, und wir brauchen das auch nicht.«

Ich presste sie an mich und sagte:

»Sie sind ein *schrecklicher* Mensch.«

Sie sah mir in die Augen.

»Sie tanzen nicht übel.«

Sie nahm mich an der Hand und führte mich zum Tresen. Die Handtasche stand an ihrem Platz. Sie bestellte Whisky für sich und für mich, ohne zu fragen, was ich wollte. Sie zündete sich eine schlanke Zigarette an. Als der Barmann uns die Getränke brachte, stieß sie mit mir an, schaute mir in die Augen, kippte den Whisky runter und sagte:

»Hier ist es scheiße. Bringen Sie mich nach Hause. Ich wohne in der Studentscheskaja.«

Wir hielten ein total vergammeltes Taxi an, am Steuer saß eine Alte mit Brille, sie sah mich an und sagte:

»Ich kenne Sie. Sie sind Wenitschka Limonow! Ich fahre Sie umsonst.«

»Das nenne ich Ruhm!«, rief Fink entzückt.

Wir fuhren zu ihr nach Hause. Auf dem Weg dorthin sagte sie nichts. Dann plötzlich fragte sie:

»Wussten Sie, dass Goethe Jude war?«

»Das höre ich zum ersten Mal«, gab ich zu.

»Und Sie halten sich für einen Intellektuellen!«

Ich überlegte und sagte:

»Das war Heine, der Jude war.«

»Bingo!«, kicherte Fink. »Aber von den Dichtern liebe ich Puschkin. Lermontow hat ihm beigebracht, wie man Gedichte schreibt, und Puschkin hat gelernt, noch besser zu schreiben als Lermontow.«

»Interessanter Gedanke«, gab ich zu.

Als wir vor ihrer Haustür aus dem Auto stiegen, sagte sie:

»Wollen Sie nicht mit raufkommen? Ein wenig über Philosophie sprechen?«

»Gute Idee«, sagte ich.

»Ein andermal«, lächelte sie. »Ich bin müde. Gute Nacht.«

Zweifel

Die Venus von Mytischtschi. Alias Fink – eine *rohe Bulette* von zweiundzwanzig Jahren.

»Kuddelmuddel«, sagt die Venus von Mytischtschi über meine familiäre Situation.

Und fügt hinzu:

»Das muss man einfach rausrülpsen.«

Fink ist um ihre Gesundheit besorgt. Sie hat tausend Krankheiten. Sie hat mehr Angst vor Krankheiten als vor dem Tod. Permanent horcht sie in ihre Gebärmutter hinein. Sie ruft den Notarzt, stürzt Hals über Kopf runter zur Haustür, zwei Sanitäterinnen kommen herein, sie rennt mit gerafftem Rock zu Fuß hoch in den dritten Stock, während die zwei mit dem Aufzug nach oben fahren – sie betreten die luxuriöse Wohnung, drehen die Köpfe hin und her –, und sie verkündet, sie sei von Zuständen am Rande der Ohnmacht geplagt worden.

Glanz und Elend der Diplomatie

In der Nacht, kurz vor dem Einschlafen, ertappte ich mich dabei, dass ich an Fink dachte. Ich maß dem keine allzu große Bedeutung bei. Auch die Akimuden regten mich nicht sonderlich auf. Zur verabredeten Zeit holte ich Fink ab, und wir fuhren zur Botschaft. Zu meinem Erstaunen trug sie wieder dasselbe kurze kleine Schwarze.

»Wissen Sie«, sagte sie, »ich hatte keine Lust, was anderes anzuziehen. Das Einzige, was ich heute anders gemacht habe – ich hab keinen Slip angezogen. Wenn ich mich konzentrieren muss, trage ich keinen Slip.«

Wir betraten die Residenz des Botschafters. Wir stiegen hoch in den ersten Stock. Das Interieur des Hauses war im Kaufmannsstil der zweiten Hälfte des 19. Jahrhunderts gehalten. Etwas geschmacklos, aber geräumig. Im großen Saal drängte sich bereits das Volk.

»Ich mag Diplomatie nicht. Die Diplomaten sind Leibeigene«, sagte Fink, sich umschauend.

Ein Kellner bot uns Champagner an. Wir traten zur Seite, aneinander interessiert.

»Weiland«, bemerkte ich, »zu sowjetischen Zeiten, hat das diplomatische Korps in Moskau eine große Rolle gespielt. Die Botschafter luden verbotene Künstler und solche Leute, Dissidenten, zu ihren Empfängen ein.«

»Ja, ja, alle möglichen *Wyssozkis* ...«, seufzte Fink mitleidig.

»Ich finde das aufregend, dass ich heute als Ihr *Girlfriend* auftrete«, flüsterte Fink.

»Das ziehen wir jetzt ganz durch«, schlug ich vor.

»Das ist altmodisch«, lachte sie. »Besser, *wir lassen den Ausgang offen!*

»Übrigens sollten wir uns nicht betrinken ...« Fink lächelte unsicher, am Champagner nippend.

Ich verstand, dass meine nostalgischen Gefühle sich nicht vermitteln ließen, aber ich wollte ihr so gern erzählen, wie ich als junger Mann gleichsam berauscht zu den Botschaften gepilgert war. Genau da war meine verlorene Heimat. Auf den Empfängen zeichnete ich mich durch so heftigen Antisowjetismus aus, und das als Sohn eines Botschafters der Sowjetunion, dass die französischen Diplomaten mich für einen Provokateur und KGB-Agenten hielten.

»Und du ...«

»Ich habe die verbotenen Zeitschriften geschenkt bekommen und aus den Botschaften abgeschleppt. Diesen extrem antisowjetischen ›Russischen Gedanken‹ hab ich mir nach Hause liefern lassen – ein Mitarbeiter von der Kulturabteilung der amerikanischen Botschaft hat ihn mir regelmäßig gebracht, in einer Plastiktüte vom Devisengeschäft ›Berjoska‹. Die Tüte hat immer noch einen leckeren Wurstgeruch verströmt ... Ich war unersättlich und hab die wüsten antisowjetischen Texte bis zur Verblödung gelesen. Das war *meine Wurst*. Heute kommt es mir vor, als hätte ich unnötig viel Zeit mit diesen offensichtlichen Dingen vergeudet.«

»Man sollte sich generell kürzer fassen.« Fink nickte.

»Der KGB hat mich nicht angerührt, weil ich durch meinen Vater geschützt war.«

»Hat man dich angeworben?« In ihren Augen blitzte lebendiges Interesse auf.

»Diese Anwerbungsversuche habe ich mit solcher Empörung abgewehrt, dass sie kapiert haben: Ich bin immun.«

»Ich hab mich mit großem Vergnügen anwerben lassen! Mir kam es so vor, als ob ich einen Sinn im Leben gefunden hätte. Einfach super ...! Du warst irgendwie allzu *kopflastig*. Geradezu unangenehm ...«

»Ich hoffe, dass deine Kinder die Sowjetunion wieder hassen werden. Du wirst schon sehen: Sie werden sie hassen!«

»Du spinnst doch. Außerdem, hier zieht's, und ich hab keinen Slip an! An die Arbeit!« Fink knuffte mich vertraulich in die Seite.

Der Botschafter

Am Eingang zum Hauptsaal stand der Botschafter. Wie es Usus ist, drückte er Hände und sagte zu jedem einige Begrüßungsworte. Wir stellten uns an. Der Botschafter sah aus wie verkleidet. Er war sichtlich ungeübt im Tragen eines Jacketts. Seine Krawatte saß schief. Er fuchtelte mit den Händen, und alles, was er tat, wirkte irgendwie übertrieben. So benehmen sich lateinamerikanische Botschafter. Ich bemerkte, während ich in der Schlange stand, dass der Botschafter glänzende, leicht hervorstehende Augen hatte, wie sie oft die Menschen im mediterranen Raum haben, von den Spaniern bis zu den Israelis. Er hatte einen kleinen rötlichen Bart und lockiges Haar. Eine quirlige kleine Frau mit schwarzem Haar und ebenfalls hervorstehenden Augen flüsterte ihm etwas ins Ohr und flatterte davon, nachdem er ihr kurz zugenickt hatte. Im Nachhinein kam es mir merkwürdig vor, dass der Botschafter sich damals derart hölzern benommen hatte – er war ja nicht zum ersten Mal auf der Erde, und überhaupt war er ja ein großer Boss …

Die russische Seite hatte sich sorgfältiger als gewöhnlich auf die Bekanntschaft mit dem neuen Botschafter vorbereitet. Es waren einige Ranghöhere gekommen, und dadurch war alles etwas glanzvoller, aber auch trockener. Minister waren da, Kosmonauten, Duma-Abgeordnete, wichtige Kulturfunktionäre. In der Menge erkannte ich Kurojedow. Auch Minister Winogradow war da.

Ich stellte mich vor. Fink führte ich als meine *Freundin* ein.

Der Botschafter sagte:

»Ich freue mich, dass Sie gekommen sind. Wir müssen unbedingt miteinander reden …«

»Sehr gern.«

»Nach dem Empfang? Haben Sie Zeit?«

»Wir haben es nicht eilig«, sagte ich.

»Die Akimuden«, sagte Fink, »machen mich schon ganz verrückt. Ich weiß nicht warum, aber ich bin aufgeregt.«

»So ist es recht.« Der Botschafter lächelte und wandte sich an die nächsten Gäste.

Wir nahmen jeder einen Whisky.

»Duzen wir uns doch«, schlug Fink vor, »das wirkt glaubwürdiger.«

»Das tun wir doch schon. Hast du das nicht bemerkt?«

»Wie findest du ihn?«

»Ein Botschafter eben«, sagte ich.

»Nein«, sagte Fink. »Ein kosmischer Idealist. Als er meine Hand berührt hat, standen mir alle Haare zu Berge.«

»Nein!« Ich wollte es nicht glauben.

Wir suchten uns einen Platz am Fenster. Durch den Saal drängelten sich zwei bekannte Geistliche in Soutanen, zusammen mit einem zerzausten, obskuren Schriftsteller, der übrigens London liebte.

»Du glaubst, der Botschafter kapiert nicht, dass du ihn verführen willst? Wenn man danach urteilt, was Kurojedow über ihn sagt, muss er Gedanken lesen können.«

»Soll er doch. Männer fängt man mit anderen Ködern. Frag dich mal selbst, warum ich dich bereits verführt habe.«

Ich sah sie mit unverhohlenem Entzücken an.

◇

»Ich habe neulich eine Sendung mit Ihnen über die Rolle der Kirche gesehen.« Als die Gäste gegangen waren, lud der Botschafter Fink und mich ein, am Couchtisch mit ihm Tee zu trinken. »Sie wurden gefragt, wessen Interessen die Kirche in erster Linie vertreten solle. Und was haben Sie geantwortet?«

»Ich habe gesagt, dass die Kirche in erster Linie die Interessen Gottes vertreten solle.«

Der Botschafter lachte zufrieden.

»Ja wirklich«, fuhr ich fort, »eben dadurch sollte sie sich auszeichnen.«

»Die Interessen Gottes! Aber meiner Meinung nach befasst sich die Kirche mit allem Möglichen, nur nicht damit.«

Das klang nicht besonders diplomatisch. In den Worten des Botschafters hörte ich das ferne Murmeln irgendwelcher Grundsatzdiskussionen.

»Wissen Sie, wen ich gern kennenlernen würde? Ich habe ihn zum Empfang eingeladen, aber er ist nicht gekommen. Ljadow, das Akademiemitglied. Ich habe gehört, er soll Ihr Freund sein.«

Ich begann Ljadow über den grünen Klee zu loben.

»Wodurch ist er denn so berühmt?«

»Soweit ich weiß, steht er kurz vor der Entschlüsselung der menschlichen Natur.«

»Ich habe gehört, er habe eine *Karte der Unsterblichkeit* erfunden.«

Ich sah den Botschafter erstaunt an. Er hatte das beinahe zaghaft gesagt. Als fürchtete er, mich zu erschrecken.

»Woher wissen Sie von dieser Karte?«, stellte ich die im Grunde plumpe Frage.

»Wir auf den Akimuden interessieren uns dafür«, antwortete der Botschafter ungerührt.

Es war in der Tat unklar, was sie wussten und was nicht.

»Was? Die Nachricht von der *Karte der Unsterblichkeit* ist schon auf den Akimuden angekommen?«

»Um ehrlich zu sein, ist das einer der Gründe, warum ich hierhergekommen bin.«

»Warum?«

»Diese Erfindung ist gefährlicher als die Atombombe.«

… Eine Stunde später verabschiedeten Fink und ich uns vom Botschafter und stiegen ins Auto.

»In die Studentscheskaja«, sagte ich zum Fahrer.

»Er findet dich interessant«, sagte Fink.

»Entschuldige, aber mit dir hat er kein einziges Wort gewechselt.«

»Ich mag lakonische Männer«, spottete Fink.

»Aber mit dem Verführen hat es nicht so richtig hingehauen.«

Sie schwieg. Dann sah sie mir listig in die Augen und sagte:

»Der Botschafter und ich essen morgen zusammen zu Mittag. Um drei im Restaurant ›Puschkin‹.«

»Was?« Ich sprang sogar auf dem Rücksitz kurz hoch. »Wie hast du das denn geschafft?«

Sie lachte.

»Wie *er* das geschafft hat?«

Nächtliches Rendezvous

»Hör mal«, sagte Fink, als sie ihre Wohnung betrat, »du denkst wahrscheinlich, ich sei Alkoholikerin und Erotomanin?«

»So was denke ich überhaupt nicht!«, rief ich aus.

»Solltest du aber!« Sie warf einen kurzen Blick in den Spiegel. »Zieh die Schuhe aus!«

»Gibst du mir ein Paar Schlappen?«

»Die brauchst du nicht. Und schick den Fahrer weg. Den brauchst du auch nicht mehr. Wie sieht's aus, willst du was trinken?«

Ungesunde Gesundheit

Finks Mutter wollte ihre Tochter immer krank und müde sehen. Dann wäre die Welt in Ordnung gewesen. Sie erwartete Klagen von Fink. Als keine Klagen von ihr kamen, verdächtigte sie ihre Tochter der Geheimniskrämerei und des Schwindelns. Das Leben ist eine Form, Krankheiten zu beschwindeln. Feigheit ist ein Zeichen für spießige Tapferkeit. Du hast Angst, also lebst du. Eine Serviette, über den Bildschirm des erloschenen Fernsehers gehängt, bedeutet Kampf gegen Strahlung.

»Finklein, mein Töchterchen, wie fühlst du dich?«

»Alles in Ordnung, Mamilein!«

»Schwindelst du mich auch nicht an?«

Eine lecke Kloschüssel ist schlimmer als ein Tsunami in Indonesien.

»Bei uns zu Hause wurde eine *ungesunde Gesundheit* kultiviert«, lachte Fink.

Fink-1

Ich habe nie geglaubt, dass Sex unschuldig sein kann. Als sie sich erbot, mich auf meiner Datscha in der rostigen Wanne, deren Farbe einem angeschnittenen Antonowka-Apfel ähnelte, zu waschen, ging ich trotz allem darauf ein, wenn auch nicht mit schmutzigen Gedanken, so doch mit dem Gedanken an einen Sieg über Fink. Indessen … Als sie mir den Rücken einseifte und begann, ihn zunächst mit den Händen zu liebkosen, dann, sich auf den Zehenspitzen hebend und senkend, mit ihren Brüsten darüberzufahren und meinen Po mit ihrer piksenden, hell behaarten Scham zu berühren, ergriff mich eine irrsinnige Zärtlichkeit.

»Lieber Gott! Ich verliebe mich! Danke, lieber Gott!«

Sie nahm ihr langes Haar zusammen und begann die Schminke von ihrem Gesicht zu waschen. Plötzlich wurde sie blendend schön. Ihr Hals war perfekt. Ihre Ohren waren perfekt.

Wir fielen aufs Bett – sie begann mit solcher Lust zu atmen, dass ich beinahe vor Zärtlichkeit zu ihr in Tränen ausgebrochen wäre.

Fink-2

Als Fink sechzehn Jahre alt war, verlor sie ihre Unschuld. Ihre Freundin hatte große Angst, ihre Jungfräulichkeit zu verlieren. Sie zeigte Fink einen Pornofilm und sagte: Guck mal, wie groß der ist! Und das soll in mich rein?! Fink dachte: Wenn doch so einer in mich eindringen würde!

Fink-3

»Wie kannst du eine ernsthafte Beziehung zu mir haben, du mit deiner Million Geliebter? Hast du uns alle noch nicht satt? Gibt es etwa irgendwelche großen Unterschiede zwischen unseren Körpern?«

»Fink«, sagte ich, »du bist die beste von allen!«

»Als ich zwölf war, brachte meine Mutter einen Liebhaber mit nach Hause. Meine Schwester schleppte auch ihren Freund an, und sie haben in den Nebenzimmern gevögelt, und meine Mutter hat alle möglichen Laute von sich gegeben und meine Schwester auch, und ich habe im dritten Zimmer gelegen, und ich hatte solche Lust zu vögeln! Meine Hormone spielten verrückt! Aber das ganze letzte Jahr habe ich nicht gevögelt. Mit niemandem.«

Wer sind Sie, Mister Akimud?

Nikolai Iwanowitsch Akimud besaß die Verfügungsgewalt über drei Dinge: Liebe, Geld und Kreativität. So kontrollieren Präsidenten ihre drei wichtigsten Ministerien. Auf die Karriere der Leute, auf den Kleinkram des Lebens sowie alle übrigen Angelegenheiten erstreckte sich sein Einfluss nicht. Erfolg war nur auf die drei oben genannten Positionen anwendbar.

Nikolai Iwanowitsch Akimud war Herr über alle irdischen Wesen, den Menschen eingeschlossen. Er verfügte dazu noch über fliegende Untertassen, grüne Männchen, hungrige und kalte Geister, kurzum, über den ganzen Laden, ob in der Luft, auf der Erde, im Wasser oder unter der Erde. Auch war er teilweise Herrscher über den Tod, doch da verhielt er sich flatterhaft und pochte nicht auf seine Rechte, wohl wissend, dass der Tod so oder so einen jeden holt.

Das Ziel allen Strebens der Menschen auf der Erde unterlag nicht seiner Kompetenz, dafür gab es höhere Götter, und er schmollte ein wenig mit den Höhergestellten, dass sie ihm nicht alle Geheimnisse des Projekts Mensch offenbart hatten. Er war auch unzufrieden, was die Themen freier Wille und freie Wahl betraf. Die Kontrolle bei der Frage der menschlichen Entscheidungen hatte er eingebüßt und konnte nur noch zu Beschwörungen und heiligen Büchern Zuflucht nehmen – zum allgemeinen Thema Glauben. Ihm war *nicht gestattet*, den Glauben des Menschen in Wissen zu verwandeln.

In seinem tiefsten Innern hielt er die Menschheit für ein gescheitertes Projekt. Er meinte, bei einer gewissen Verlagerung von Akzenten aus den Menschen eine treu ergebene Armee guter Kämpfer machen zu können, aber die höheren Mächte hinderten ihn daran, und so entstand der Eindruck, der Kampf zwischen Gut und Böse sei ein Spiel, das keinen besonderen Sinn habe. Wie oft hatte er versucht, in direkten Kontakt zu den Menschen zu treten, doch man rief ihn zur Ordnung und verwehrte ihm jeglichen Fortschritt in dieser Richtung!

Nikolai Iwanowitsch lebte und arbeitete auf den Akimuden, woher er auch seinen Spitznamen hatte – Akimud. Er war außerdem verantwortlich für die Existenz der Seele nach dem Tod, doch hier traten unüberwindbare Widersprüche auf. Der Mensch konnte sie nicht auflösen. Sie lagen jenseits der Vernunft. Nikolai Iwanowitsch war bereit, äußerst behutsam mit Seelen umzugehen und sie zu sich zu nehmen, um seinen Ruhm zu mehren, aber der Aufrechterhaltung der Ordnung auf der Erde zuliebe musste er doch die Umsiedlung der Seelen vornehmen, was die Idee der Unantastbarkeit der Persönlichkeit verletzte. Die Persönlichkeit hatte durch den Verlust von zeitlichen und körperlichen Koordinaten furchtbaren Schaden genommen, und man musste sie notgedrungen in einen anderen Körper verpflanzen.

Nikolai Iwanowitsch kamen zudem einige Mystiker, Hysterikerinnen und Visionäre in die Quere, allerlei Poeten, Philosophen und Romanautoren, die in seinen, Nikolai Iwanowitschs, Geheimnissen regelrecht herumstocherten und ihm Geständnisse abnötigten. Er schätzte diesen Menschenschlag, mochte ihn aber nicht.

Seelen teilte er in mehrere Kategorien ein, damit das Leben auf der Erde eine gewisse Ordnung hatte. Da er verstand, dass der Mensch verbohrt und schwach wird, sobald er Fragen nach dem Zweck seiner Existenz stellt, auf die selbst Akimud keine Antwort wusste, betrachtete er sie als marginale Erscheinungen – diese Genies – und isolierte sie von der Öffentlichkeit.

In den Mittelpunkt stellte er Durchschnittsseelen und arbeitete an ihrer mäßigen Vervollkommnung. Sie sollten im Laufe der Zeit ihre Aggression abbauen, um schließlich die Sanftheit eines Haustiers zu erlangen. So seine Intention. Aber damit die Menschheit sich nicht in einen gleichförmigen Klumpen verwandelte, unterteilte er die Seelen in gewichtigere geistige Wesen einerseits und kleine, nachgiebige, formbare, initiativlose andererseits – Opfer der Umstände. Die Herren des Lebens und die Opfer der Umstände – darin bestand das schlichte Spiel. Außerdem erschuf er Menschen mit schwachem seelischen Potential für die Sklavenarbeit. Aber auch hier erwartete ihn eine Enttäuschung. Die Sklaven neigten zu Neid und Aufstand. Ihre massenhafte Meuterei, auch Revolution genannt, konnte die Ordnung der Welt auf den Kopf stellen und sie in den Untergang treiben. Die höheren Götter hatten Akimud verboten, die Menschheit zu vernichten. Das war ganz allein ihr Privileg. Akimud kannte nicht einmal immer die Absichten seines Vaters, aber ihm schien bisweilen, Vater betrachte die Menschen als sein Privatvergnügen und sehe die Geschichte der Menschheit wie eine Telenovela.

Deshalb musste Akimud auch Menschen mit *toten Seelen* erschaffen – und im Übrigen war Akimud auf Nikolai Wassiljewitsch Gogol schlecht zu sprechen, weil dieser sich ziemlich ausführlich über dieses Thema lustig gemacht hatte. Wie dem auch sei, selbst nach dieser partiellen Entlarvung von Akimuds Machenschaften, die ohnehin kaum jemand beachtete, existierten die toten Seelen weiterhin und waren Akimud bei seiner Arbeit mit der menschlichen Masse von Nutzen.

Die toten Seelen waren nur auf mechanische Weise *Menschen*, sie verdarben das allgemeine Bild, sie brachten die Sklaven auf falsche Gedanken, und sie wendeten eine globale Revolution ab, die insbesondere auch gegen Akimud selbst gerichtet war.

Wer waren die Gehilfen von Akimud, seine treuen Freunde? Man hätte meinen können, das wären Geistliche, die dazu aufriefen, Akimud unter verschiedenen Masken zu dienen. Doch Akimud war nicht zufrieden mit ihnen. Sie trieben ein falsches Spiel, verwandelten Dienen in Macht und genossen diese Macht. Manchmal, bei einem Wechsel der mythischen Generationen, wenn Akimud die Masken tauschte, um der Menschheit nicht auf den Geist zu gehen, gaben sich die Neophyten selbstlos und verdienten Respekt, aus ihren Reihen schlüpften sogar Heilige aus, die blinden Kätzchen gleich in die Wahrheit hineintapsten, indessen war all dies nicht beständig und ging wieder verloren.

Akimud musste bisweilen Skeptiker ins Leben hinauslassen und so manchen Ausbruch eindämmen. Umso mehr, als er wusste, dass solche Ausbrüche nutzlos waren. Nein, irgendwie waren sie natürlich doch nützlich. Die Märtyrer etwa spielten bei der Festigung der Regeln eines neuen Glaubens ihre Rolle, aber Übertreibungen waren zu vermeiden.

Des Weiteren war Akimud um die intellektuellen Qualitäten des Menschen besorgt. Der Mensch steckte seine neugierige Nase in verschiedene Spalten des Weltgefüges, entlarvte en passant alte, von Akimud in die Welt gesetzte Mythen. Natürlich war es bequemer, den Menschen herumzukommandieren, als er noch die Erde für das Zentrum des Universums hielt, doch der Mensch zog es vor, dies zu bestreiten, und selbst wenn er unrecht gehabt hätte, gab Akimud ihm das Recht, sich an neuem Spielzeug zu erfreuen.

Im Laufe der Zeit legte sich der Mensch immer mehr nutzloses und gefährliches Spielzeug zu. Hatte alles mit dem Rad begonnen? Oder mit Darwins Theorie, über die Akimud sich köstlich amüsieren konnte? Darwins Theorie war eine der dümmsten Ideen des Menschen. Akimud, der auf Anweisung seiner Vorgesetzten den

Menschen in Rekordzeit erschaffen hatte, hielt Darwin für einen ausgemachten Idioten, aber er widersprach auch nicht besonders. Er brauchte Darwin in gewissem Maße, um den Menschen zu verwirren und um Spuren zu verwischen.

Unter den zahllosen Gebeten, die Akimud erreichten, dominierten die Klagen über Krankheit, Alter und vorzeitiges Ableben. Akimud verhielt sich diesem Thema gegenüber nicht gleichgültig. Ja, das Ende des Menschen ist nicht lustig und beleidigt das Gefühl für Ästhetik. Wahrscheinlich musste man sich etwas anderes ausdenken, aber dieses Andere glückte nicht, denn man musste die göttlichen Neigungen des Menschen zügeln, der von Beginn an ein Gott sein wollte.

Um den Menschen zu verblüffen, erfand Akimud die Rolle des Satans, in die er heimlich schlüpfte. Allerdings meinte er human vorzugehen, wenn er den Menschen auf einen neuen Weg führte – weniger Aggressionen und mehr Medikamente, medizinische Hilfe. Als Antwort auf erboste Fragen zuckte Akimud nur mit den Schultern. Er schwankte stets zwischen humaner Gesinnung und Grausamkeit. Aber war er es nicht gewesen, der dem Menschen das Penicillin gegeben und das Leben verlängert hatte im Austausch gegen eine elende Moral? War er es nicht gewesen, der chirurgische Eingriffe und Magenspülungen erlaubt hatte? Obwohl – was heißt das, erlaubt? Er hätte die Chirurgen von wilden Bären zerreißen lassen können, so wie er es bisweilen mit Ungläubigen gemacht hatte (sogar mit dummen Kindern), aber er tat es nicht. Schwankend zwischen Glaubensfanatikern und Fortschritt, wählte er den Fortschritt, obwohl der Prozess selbst einen schrägen Verlauf nahm.

Der Fortschritt nahm einen schrägen Verlauf. Und hier und da lief überhaupt alles im Kreis. Nun, Russland zum Beispiel. Wie alle ungestümen Wesen liebte Nikolai Iwanowitsch Russland. Nicht zufällig besiedelte er Russland mit schönen Weibern und verantwortungslosen Kerlen. Nicht zufällig verwandelte er die russische Geschichte in eine Foltermaschine. Auf den ersten Blick hatte er aus Russland ein Idiotenland gemacht. Aber nur auf den ersten, unrichtigen Blick! In Wirklichkeit hatte er Russland in sein Übungsgelände verwandelt.

Gipfeltreffen

Jeder Zar wird auf seine Weise verrückt. Unseren Chef brachte ein Transvestit um den Verstand. Und Hundeköpfe, die ägyptischen Darstellungen ähnelten. Der Chef empfing den Botschafter der Akimuden im Kreml.

»Wir sind bereit, mit Ihnen freundschaftliche Beziehungen anzuknüpfen. Wir lieben ferne Länder, zuweilen auch rätselhafte wie Venezuela. Man sagt, auch Sie verfügen über große Energiereserven?«

»Unsere wichtigste Ressource – das sind Wunder«, räumte der Botschafter ein. »Unsere Möglichkeiten sind da unbegrenzt.«

Der Chef wollte den Botschafter fragen, was man mit Russland machen solle. Er kam jeden Tag später zur Arbeit – wie ein Arzt, der es nicht eilig hat, zu einem todkranken Patienten zu kommen, nichtsdestoweniger aber bemüht ist, dessen Ende seinen professionellen Pflichten entsprechend hinauszuzögern. Auf der Strecke geblieben war der liberale Übermut, der mickrige Zwerg aus liberalen Zeiten, der von einem Russland mit lächelndem Gesicht träumte. Der Chef wusste, dass Russland weder Ehefrau noch Ehemann ist, sondern ein Transvestit. Der schlich sich nachts in seinen Kopf und quälte ihn mit seinen verqueren Launen. Mal wollte er Schießpulver haben, mal druckste er herum und jammerte wie ein Weib. Der Chef stand auf und spazierte mit ihm bis zum Morgen auf seinem weitläufigen Anwesen herum. Die Wachleute wunderten sich über dieses Pärchen, erzählten flüsternd von einem Schneemenschen, der in Wahrheit der *Chef* sei. Bei Tagesanbruch war es

Zeit, zurück ins Haus zu gehen. Der Chef wusste, was ihn erwartete. Sie standen lange auf der Schwelle, unfähig, sich zu trennen, und dann traten sie ein in das halbdunkle Haus und gingen schweigend ins Schlafzimmer.

Wusste der Botschafter von diesen Treffen? Nach seinen Augen zu urteilen, ja. Sollte er ihn um Hilfe bitten, um sich von diesem Spuk zu befreien? Aber der Chef genierte sich für seine Beziehung zu einem Transvestiten. Er holte weit aus:

»Ist Ihnen bekannt, dass in unserem Land hinter dem Ural an einigen Orten Menschen mit Hundeköpfen leben?«

Der Botschafter nickte. Der Chef fuhr fort:

»Was soll ich mit ihnen machen?«

»Nichts. Leben lassen.«

»Sie stören mich.« Er ging zum Flüsterton über: »Vom Osten her breiten sich die Menschen mit Hundeköpfen aus.«

»Und der Transvestit?«

Der Chef schwieg eine Weile, seufzte:

»Er kommt jede Nacht. Er bricht mir alle Knochen. Er tut mir weh! Ich kann mich nicht einmal bei meiner Frau beklagen. Ich schäme mich!«

»Ich glaube, Sie beide haben Spaß miteinander.«

Der Chef blickte zur Seite.

»Er nötigt mich. Er drängt mich, Rache zu nehmen. Er verlangt, sie zu bestrafen, damit sie nicht aufmucken gegen mich. Im Grunde bin ich gutmütig, aber er verlangt es!«

»Das heißt, Sie beide sind lebendig. Aber trotzdem, seien Sie nicht so nachtragend und so wenig großmütig«, sagte der Botschafter. »Und alles wird sich zum Guten wenden.«

»Was meinen Sie damit?«

»Na das.«

Der Chef runzelte die Stirn.

»Wer sind Sie also?«

»Das wissen Sie doch.«

Der Chef sah den Menschen nicht gern in die Augen, aber jetzt, die Stirn gerunzelt, sah er den Botschafter an, und der gefiel ihm nicht.

Aus der Dienstpost
Brief Nr. 1

Papa!

Nur in Russland betet man voller Inbrunst und Hingabe. In Europa dagegen, sag, wer wartet da schon auf mich? In Amerika, da *besitzen* sie einen – sie heucheln Respekt, aber in Wahrheit benutzen sie einen wie ein Kondom.

Stroh

Ich schenkte mir Kognak ein und hielt die Flasche dem Botschafter hin.

»Nein, ich nehme Wodka«, sagte der Botschafter.

Er kippte ihn runter.

»Also, warum«, fragte ich, »ist die *Karte der Unsterblichkeit* gefährlicher als die Atombombe?«

»Das ist sehr einfach«, sagte der Botschafter. »Das Gleichgewicht des Weltgebäudes ist gestört. Die Götter haben ihre eigene Hierarchie. Die Griechen hatten auf ihre Weise recht, auf ihrem altgriechischen Niveau. Wir sind menschliche Götter. Was es da oben gibt, wissen wir nicht. Unser Gefilde ist das Sonnensystem. Sonnenaufgang, Sonnenuntergang. Im Sonnensystem ist die Menschenproduktion zum Wichtigsten geworden. Die Durchführung dieses Auftrags ist unsere Aufgabe. Wir haben ihn *mit Liebe* erschaffen«, unterstrich der Botschafter und fuhr fort: »Ja, möglicherweise ist genau die Liebe der Grund für unseren Fehler.

Der Mensch ist ein Systemfehler. Ein Widerspruch in sich selbst. Freier Wille minus Unsterblichkeit – das ist die Formel des Menschen.«

»Aber am Anfang war er doch unsterblich«, bemerkte ich.

»Bloß – aus Lehm. Die Liebe verlangt freilich nach einem Gegenstück. Er – sie, wir – sie. Um in dieser Frage eine Lösung zu finden, haben wir beschlossen, ihm einen freien Willen zu geben. Er hat die Egozentrik gewählt. Er hat auf unsere Macht gepfiffen. Wir haben ihn rausgeworfen, ihn exkommuniziert. Die Welt ist in zwei Teile zerbrochen. Wir haben allmählich den Kontakt zum Menschen verloren. Er liebt jetzt die Freuden der Welt mehr als uns. Das war echte Meuterei. Wir waren beleidigt.«

»Beleidigt?«

»Ja. Und wurden zornig!«

»Auf Ihr eigenes Spielzeug?«

»Er ist kein Spielzeug«, sagte der Botschafter. »Wir haben die Welt zu süß gemacht. Wir haben diese Süße reduziert, aber selbst das reichte nicht aus. Er hat sie trotzdem gefunden, so wie Tiere Heilkräuter finden. Aber für eine gewisse Zeit hörte er noch auf uns. Er spürte noch seine Wurzeln. Ich habe ein Rettungssystem erfunden. Es war unkompliziert und anschaulich. Ich habe diese Rolle gespielt. Und? Der Erfolg war groß, aber doch nicht durchschlagend. Wir sind zornig geworden. Wir haben verlangt, er solle sich von Vätern und Müttern lossagen, von Frauen und Kindern, und dies in unserem Namen zu tun, aber wir haben uns selbst widersprochen – wir haben von ihm verlangt, irdische und himmlische Liebe zu verbinden, wir waren gezwungen, ihm auf primitivstem Niveau Moralpredigten zu halten, wir haben eine Anzahl von Geboten erschaffen. Wir haben die Hölle erfunden. Wir liebten den Menschen, doch energetisch mit ihm verbunden, brauchten wir seine Liebe, seine Selbstaufopferung, wenn auch nur in symbolischer Form durch Opferdarbringung. Wir wollten, dass er die tötete, die er am meisten liebte, gaben uns dann aber mit der Schlachtung von Tieren zufrieden. Doch wir verloren an Gewicht – wir brauchten sein Blut.«

»Sprechen Sie vom Krieg?«

»Wir boten ihm eine Tragödie an. Er hat es praktisch nicht bemerkt. Er bemerkte es – aber wieder einmal nicht richtig. Es wirkte nicht auf ihn. Aber auch uns waren von Anfang an die Hände gebunden.«

»Und Wunder?«

»Was soll damit sein? Ein Wunder ist ein Unfall. Zunächst scheint es eine himmelschreiende Beleidigung jeglicher Gesetzmäßigkeit zu sein, dann aber findet sich dafür eine indirekte Erklärung, man klebt ein glaubwürdiges Etikett darauf, und schon wird es ad acta gelegt. Ein anschauliches Beispiel sind die Apostel. Sie waren anwesend, sie haben alles gesehen. Und was war? Sie glaubten nicht an die Auferstehung. Sie zweifelten. Wenn es auf der Erde irgendein Wunder gibt, dann ist es die Kleingläubigkeit.«

»Und die persönliche Unsterblichkeit?«, fragte ich mit einer gewissen Ungeduld.

»Die ist bei weitem nicht für alle interessant«, lachte der Botschafter spöttisch. »Neuerdings ist es in Mode, den Tod nicht zu fürchten. Selbst im Gefängnis schafft es der Mensch noch, seinen Spaß zu haben. Übrigens wundert mich das nicht. Wir kommen hierher und werden seither selbst fast verrückt vor lauter Lebensfreude.«

»Und trotzdem, Sie haben nicht auf die Frage nach der persönlichen Unsterblichkeit geantwortet ...«

»Das ist ein militärisches Geheimnis.«

»Sie verbergen was«, sagte ich.

»Anders geht's nicht«, lachte der Botschafter. Er stand auf, begann im Zimmer auf und ab zu gehen. »Die Hälfte der Menschheit besitzt keine unsterbliche Seele. Das ahnt man hier bei Ihnen von Zeit zu Zeit. Aber normalerweise hat man Angst, es zu sagen: Das wäre ja inhuman! Aber wer eine Seele besitzt, und wer nicht – dieses

Wissen ist niemandem gegeben. Die Hälfte der Menschheit, wenngleich voller Hoffnung, verbrennt im Tod lichterloh, wie *Stroh*.«

»Das heißt, sie ... wir ... sind nur Schaufensterpuppen?«

»So etwas in der Art.«

»Aber das ist ja himmlischer Faschismus!«

»Wer hat Ihnen denn gesagt, dass ...?« Er brach ab. »Egal, nicht so wichtig.«

»Moment«, sagte ich. »Und warum haben Sie das gemacht? Denn darüber haben sie nirgendwo je ein Wort verloren.«

»Na, etwas wurde doch gesagt ... jemand ist darauf gekommen.«

»Aber das war damals ... Alles ändert sich!«

»Was ändert sich?« Er tat so, als hätte er nicht verstanden.

»Es ändert sich!«, sagte ich überzeugt. »Wenn wir nur dem Anschein nach Menschen sind, dann kann man mit uns auch verfahren wie mit Stroh.«

»Das ist eine Überspitzung«, sagte der Botschafter. »Geht man denn etwa mit *Ihnen* anders um?«

»Wir sind ja daran gewöhnt, zu denken, dass die Letzten die Ersten sein werden. Zumindest nach Ihrer Lehre.«

»Stroh – das ist kein Standesbegriff«, wunderte sich der Botschafter über meine Worte. »Sie zum Beispiel scheinen etwas zu verstehen, und dann macht es peng und Sie verstehen überhaupt nichts mehr!« Er schenkte sich Wodka ein und kippte ihn hinunter. »Ich betrinke mich hier noch.«

»Ist auf Ihren Akimuden etwa Alkohol verboten?«

»Kommen Sie zu uns und sehen Sie selbst.«

»Danke! Ich hab's nicht eilig.«

Er sah mich aufmerksam an. Mir wurde ganz anders.

»Und die anderen fünfzig Prozent?«, wollte ich zum Thema zurückkehren.

»Die Übrigen haben ein klitzekleines Seelchen. Zum Umschmelzen.«

»Ich sehe, dass Sie die Menschen wirklich lieben.«

»Und Sie?«

»Sie wissen, wen ich liebe«, sagte ich.

»Sie weichen vom allgemeinen Thema ab.«

»Was bedeutet – zum Umschmelzen?«

»Nach dem Tod verwandeln sie sich in Fische.«

»Was?«

»Nach dem Tod verwandeln sich diejenigen, die nicht Stroh sind, in Fische. Das Zeichen des Fisches ist ein wichtiges Zeichen. Der Fisch ist die Zukunft des Menschen. Im Ozean ist Platz für alle. Da könnt ihr nach Herzenslust herumschwimmen.«

Eine solche Fischzukunft konnte ich nur schwer mit der allgemeinen Theologie zusammenbringen.

»Hat sich Dante auch in einen Fisch verwandelt?«

»Einen Moment … über *die* sprechen wir später … Aber der Mensch – das ist die Zukunft des Fischs. Wir fischen ihn heraus und lassen ihn erneut frei.«

»Und die Strohmenschen?«

»Die nehmen am Kreislauf nicht teil. Aber es gibt Auserwählte. Endlich sind wir bei ihnen angelangt. Haben Sie etwa nicht bemerkt, dass es davon nur wenige gibt? Sie sind notwendig, um den Kontakt zu uns aufrechtzuerhalten.«

»Sind das Bewohner der Akimuden?«

»Sie wollen aber auch alles wissen! Die Menschen – das ist unser Fernsehen. Vater schaut immer abends. Aber mit zunehmend finsterer Miene: Der Kontakt ist abgebrochen. Das Fernsehen geht allmählich zu Ende.«

Die Strafe

»Warum haben Sie uns Aids auf den Hals geschickt?«, fragte ich den Botschafter.

»Die Affenkrankheit? Nun ja.«

»Warum?«

»Mir ist die Geduld gerissen.«

»Aber sie rafft ganz Afrika dahin.«

»Du glaubst es nicht, aber wir waren in Tränen aufgelöst. Schade ist es nicht nur um Afrika, sondern auch um jeden einzelnen Schwulen.«

Mittagessen auf der Datscha

Ich rief Ljadow an.

»Ich werde nicht allein kommen«, sagte ich. »Ich komme mit dem Botschafter der Akimuden.«

Seltsamerweise reagierte Ljadow, ein Freund von Botschaftern und mondänen Events, säuerlich auf meinen Vorschlag.

»Wofür willst du den denn mitschleppen?«

»Du wirst es nicht bereuen.«

»Über die Akimuden sind verschiedene Gerüchte im Umlauf. Ich habe mit der Mode, diesen Blödsinn gut zu finden, entschieden nichts am Hut. Komm lieber allein.«

Ich bestand auf meinem Ansinnen. Der Botschafter und ich fuhren in das kleine Städtchen für Akademiemitglieder in der Nähe von Moskau – eine Art Peredelkino für Wissenschaftler, wo im Juni viele Faulbeerbäume blühen. Ljadow hatte das Haus seines Großvaters umgebaut; er hatte einen Architekten mit Sinn für Ästhetik engagiert, einen erklärten Feind von Datschas mit Türmchen. Dabei war eine Datscha herausgekommen, die zugleich bescheiden und luxuriös war, mit mehreren Ebenen, einem Panoramafenster über die ganze Wand im Esszimmer. Wir setzten uns zum Mittagessen. Bei Ljadow zu essen ist eine Mischung aus Feinschmeckerei und Völlerei. Wir begannen mit Piroschki sowie Pasteten und Mariniertem zum Wodka. Ljadow kredenzte uns Weine *vom Feinsten* – ihre Namen sind jedem ein Begriff. Der Botschafter aß mit Genuss.

»Wie schön, dass es noch ein Gefühl für Geschmack gibt«, bemerkte er. »Das verschönert das Leben!«

Ljadow sah ihn mit ironischem Gesichtsausdruck an, sagte aber nichts. Er respektierte seine Gäste, selbst wenn sie Unsinn von sich gaben. Aber er lud niemals ein zweites Mal Leute ein, die er beim ersten Mal nur mit Mühe ertragen hatte. Außer vielleicht solche, die besonders nützlich waren.

Der Botschafter begann ein Tischgespräch über die *Karte der Unsterblichkeit*.

»Hast du ihm das erzählt?«

Ich schwieg.

»Das ist die dümmste Entdeckung, die ich je in meinem Leben gemacht habe«, sagte Ljadow und verzog den Mund. »Sie ist eine potentielle Quelle für viele Übel. Aber wenn nicht ich sie gemacht hätte, dann würde sie in allernächster Zukunft jemand in Amerika machen. Zum Glück will kaum jemand reale Unsterblichkeit.«

»Unsterblichkeit – das ist faktisch der Tod des Menschen«, sagte der Botschafter. »Das muss verhindert werden.«

»Einverstanden«, sagte Ljadow, »aber ich fürchte, wir verstehen einander nicht. Meiner Meinung nach sind Sie besorgt, der Mensch könnte Gott ähnlich werden und die Religion aussterben.«

Der Botschafter nickte

»Sie sind ein scharfsinniger Mann, Akademiemitglied Ljadow.«

»Nicht so scharfsinnig, wie Sie glauben«, parierte dieser. »Ich verstehe zum Beispiel nicht ganz, wo sich Ihre Akimuden befinden.«

»Schauen Sie«, sagte der Botschafter, »ich fürchte, für Sie gibt es uns überhaupt nicht.«

»Genau.«

»An wen glauben Sie dann?«

»Über Unsterblichkeit spricht man heutzutage nur auf der

Rubljowka. Ich glaube an mein Vergnügen. Ich will mich selbst genießen. Meine Erfolge. Meine Macht. Ich will Spaß an meiner Familie haben. Ich will Spaß an den Mädchen haben, die mit mir schlafen.«

»Freiwillig mit Ihnen schlafen?«, versetzte der Botschafter.

»Mal so, mal so.« Ljadow lächelte spöttisch. »Ein Mädchen ins Bett zu zwingen – auch das ist ein großes Vergnügen. Ich arbeite an der Harmonie der Macht in mir. Das eine Mal brülle ich einen Untergebenen an, mir gefällt es, wie er vor Angst zittert. Das nächste Mal verspotte ich meine russisch-orthodoxe Hausangestellte aus einem ukrainischen Kaff. Das dritte Mal zerre ich irgendeine Schlagersängerin, einen Star, ins Bett und behandele sie wie meine Putzfrau. Ich will keine absolute Macht. Das geht zu weit, daraus entsteht Verantwortung. Und was Sie vorschlagen, das ist wieder nur die alte Leier vom Guten.«

Ich verfolgte mit Interesse die Reaktion des Botschafters. Er war überhaupt nicht irritiert über Ljadows offene Worte. Im Gegenteil, er hörte dem Mitglied der Akademie aufmerksam zu.

»Das heißt also, Grundlage Ihrer Religion ist die Liebe zum Vergnügen?«

»Das ist die Grundlage des menschlichen Lebens«, sagte Ljadow. »Es sollte erlaubte und verbotene Vergnügungen geben. Zu töten ist ja auch amüsant. Nicht umsonst existieren Kriege. Ja, aber ich bin von Natur aus kein Kämpfer. Ich liebe den samtenen Komfort der europäischen Zivilisation.«

»Das ist die Variante Sackgasse«, bemerkte der Botschafter.

»Ganz offensichtlich sind wir alle Sackgassenvarianten.«

»Genau aus diesem Grund bin ich hier«, gestand der Botschafter. »Man muss einen ganz neuen Weg finden ...«

»Die *Karte der Unsterblichkeit* – ist das ein Weg?«, hakte Ljadow nach.

»Das ist der Weg des Stolzes.«

»Aber der Mensch ist ja deshalb auf die Knie gesunken, weil er gemeint hat, von Gott in der Frage von Leben und Tod, in der Frage des Leidens abhängig zu sein. Wir werden nicht Swifts Vorstellung über Unsterbliche folgen. Wir machen sie jung, gesund, fröhlich.«

Ich fühlte, dass Ljadow den Botschafter allmählich in die Falle lockte.

»Das wird es nicht geben«, sagte der Botschafter.

»Warum nicht?«

»Das lasse ich nicht zu.«

»Aber was haben Sie denn dann vor?«, mischte ich mich ins Gespräch ein. »Sie sind ja selbst Ästhet. Sie wollen eine neue Religion erschaffen, die die ganze Welt umfasst und sich doch wieder auf Todesangst gründet?«

»Eine weltweite Religion – das ist schlimmer als ein Einparteiensystem«, empörte sich Ljadow. »Das ist absoluter Totalitarismus. Das ist ein solcher Einheitsbrei, einfach zum Heulen!«

»Aber heute, wo alle Entfernungen zusammengeschrumpft sind, auf der Erde verschiedene Religionen zu haben, das ist doch Nonsens!«

»Warum?«, wunderte sich Ljadow aufrichtig. »Wie viele Kulturen es gibt, so viele Religionen gibt es auch. Denken Sie daran, wie es unter der Leibeigenschaft war: Am St.-Georgs-Tag war es zumindest theoretisch möglich, von einem Grundbesitzer zum anderen zu wechseln. Ansonsten wird das die reinste Knechtschaft.

Sie haben die ersten Menschen aus dem Garten Eden vertrieben – aber warum haben Sie den Baum der Erkenntnis nicht mit einem Zaun umgeben, warum die Schlange losgelassen? Selbst wenn man das alles als Metapher versteht, was bedeutet dann diese Metapher? Ihr herrischer Zorn zieht sich durch alle sakralen Bücher. Wenn Sie allmächtig sind, dann befehlen Sie dem Menschen, gut zu sein in Ihrem Verständnis dieses Wortes. Befehlen Sie das! Aber Sie ziehen es vor, sich hinter der Vorstellung vom freien Willen zu verstecken. Der Mensch fürchtet Sie, aber er besitzt nicht die Fähigkeit zu glauben. Hier gibt es viele unüberwindbare Widersprüche.«

»Ich war schon immer auf der Hut vor den *sogenannten gescheiten Leuten*«, räumte der Botschafter ein. »Bei denen schweift der Kopf immer weit ab von den wichtigen Fragen des Lebens. Sie suchen Logik, wenn es den Sinn zu suchen gilt. Das sind zwei Paar Stiefel!«

»Wo enden eigentlich Ihre Vollmachten als Botschafter?«, ereiferte sich Ljadow. »Warum wütet Herodes? Warum muss das Kind nach Ägypten fliehen? Mh? Warum musste man Herodes andere Kinder töten lassen und so ein Sujet für die Maler der Welt schaffen? Das eine tun Sie – Sie retten das Kind, das andere aber tun Sie nicht – indem Sie zulassen, dass Kinder getötet werden. Entweder sind Sie allmächtig oder hilflos! Ihre heiligen Texte sind voller Energie geschrieben, aber sie sind nicht selbstgenügsam.«

»Ich gestehe«, sagte der Botschafter leise, »dass wir uns tatsächlich hier und da verheddert haben. Dafür hat dieses Modell aber zweitausend Jahre lang einwandfrei funktioniert.«

»Ich kann mir schon gut die Schlagzeilen in den Zeitungen vorstellen«, sagte ich. »Gott räumt Fehler ein!«

»Einwandfrei?«, konnte Ljadow sich nicht beruhigen. »Das sagen Sie mir, einwandfrei? Sie haben die Welt doch in Blut ertränkt! Einwandfrei!«

»Sie urteilen von der Position des gesunden Menschenverstandes«, sagte der Botschafter. »So kritisiert das europäische Bürgertum die arabischen Halbwüchsigen, die in Paris Autos anzünden.«

»Ach ja? Und woran sollen die Autos schuld sein?«

»Wozu das alles aufrühren?«, sagte ich besorgt. »Soll es sein, wie es ist. Was hast du da für Wein?«

»Einen ganz hervorragenden Wein«, antwortete Ljadow, dessen Bosheit dahinschwand. »Das ist ein Château Margaux, unser Jahrgang. Und gleich gibt's noch eine köstliche Zitronentorte.«

Als der Botschafter Richtung Toilette ging, fiel Ljadow über mich her. »Wozu hast du den bloß mitgeschleift? Bleib nachher hier! Er kann meinetwegen verschwinden, und du bleibst! Ich werd' die Mädels anrufen. Ein verlorener Abend! Wenn die Mädels schlafen, bestellen wir uns Prostituierte her!«

Der Botschafter kam zurück. Sie verabschiedeten sich freundschaftlich. Ljadow begleitete ihn zum Auto. Ich blieb bei Ljadow.

»Mir sind alle religiösen Beispiele eingerostet«, sagte Ljadow, während er die Mädels anrief. »Tanja, du kommst also?« Befehlston. »Nein? Na, sieh dich vor, das wird dir noch leidtun!«

Ich schwieg. Im Grunde war ich auf der Seite des Botschafters, mein sechster Sinn sagte mir, dass Ljadow unrecht hatte, dass sein Kampf gegen Gott oberflächlich war, um nicht zu sagen niederträchtig, aber auf einen Streit mit Ljadow hatte ich keine Lust.

Springmaus

Bei Georgi Iwanow (obwohl, was hat Lyrik hier zu suchen?) gibt es ein Gedicht darüber, dass Gott sich sehr wird anstrengen müssen, damit wir nach dem, was wir auf der Erde alles erlebt haben, das Paradies und den Garten Eden ad infinitum mit Begeisterung annehmen.

Und was haben wir alles erlebt auf der Erde?

Auf einem Spaziergang mit meinen Eltern durch Nizza (vor etwa dreißig Jahren), an einem sonnigen Januartag am heiteren, ruhigen Meer entlang, zwischen pastellfarben gefleckten Platanen und Kaffeedüften, wollte ich gern an die Vorstellung von einem anspruchslosen Glück im Alter glauben. Möglicherweise kamen auch Georgi Iwanow in jenem Südfrankreich mit ebenjenen pastellfarbenen Platanen seine Verse als leichte aufmüpfige Inspiration in den Sinn.

Aber warum die Menschen zwingen, nicht auf menschliche Art und Weise aus diesem Leben zu scheiden? Wer braucht diese Sternenkriege gegen Gott?

Irgendwo an der Schwelle zum fünfundachtzigsten Lebensjahr folgt ein Zusammenbruch nach dem anderen, gerade dann, wenn der Mensch großen Schutzes bedarf. Bei denjenigen, die anscheinend vital und gesund sind (die anderen sind längst nicht mehr da). Du kämpfst um die Rettung des Gehirns, des Herzens, der Augen deines Vaters, dessen Krankheitsgeschichte fatale Ausmaße annimmt, du bist damit konfrontiert, dass die zufälligen Ärzte wegschauen, und dann findest du, wenn du Glück hast, nicht-zufällige Ärzte, die ihr Bestes geben und sich auch mit den Details befassen – du begreifst, was für ein unendliches Glück das ist: die lebenserhaltenden Apparate mit dem Gefühl deiner Liebe zu verbinden. Warum sich also darüber wundern, dass uns undurchdringlicher Schrecken erwartet? In unserem Land gibt es nicht keinen Sex, sondern kein schönes Leben im Alter.

Du kommst zur Datscha der Eltern – du hast Mama und Papa für die paar Wochen deiner Meeresabenteuer unbeaufsichtigt gelassen – und siehst: Das Dach ist eingestürzt. Vater hat solche Atemnot, als ob er gerade zehn Kilometer gerannt sei wie ein Jagdhund. Vor deiner Abreise hat er noch konkret über einen Brief an den Chef nachgedacht, über die richtigen Worte, um seinen jüngsten Sohn (deinen Bruder) vor einer gerichtlichen Auseinandersetzung zu bewahren, und nun ist vom Chef und auch von den an ihn zu richtenden Worten keine Rede mehr.

Mutter holt die Pariser Alben hervor – Fotoarchive ihrer Reisen. Auf der Rückseite der Fotografien hingeworfene Notizen. Sie sitzen zu zweit in Vaters Arbeitszimmer und betrachten die Fotografien. In Vaters Hand eine Lupe als Navigator. Vater erkennt die Vergangenheit wieder. Auf einmal Panik: Seine dritten Zähne sind spurlos verschwunden. Man findet sie wieder, wenn auch überhaupt nicht an dem Platz, wo sie hätten sein sollen.

Abends ruft Mutter mich an und sagt, auf der Rückseite einer der alten Fotografien stehe geschrieben ... Also, als ich ein Baby war, da nannten sie mich *Springmäuschen* ...

»Verstehst du: Springmäuschen – Papa und ich hatten das schon ganz vergessen!«

Wackelpudding

Der Perestroika begegnete ich gerührt. Die Rührung lähmte meine Muskeln. Das war eine wenig fruchtbare Periode. Genauso eine wie die der letzten zehn Jahre, als ich um den Ruf eines glücklichen Mannes kämpfte. Je schlimmer es im Land um die Demokratie stand, desto schlimmer wurde es in meiner Familie mit der Liebe. Zu behaupten, Sweta habe mich nie geliebt, wäre ungerecht. Sie liebte mich als Retter. Aber gefallen tun ihr die mit brutal schwarzem Haar, solche mit Locken.

Ich habe immer Angst gehabt, allein zu leben. Ich brauche einen Spiegel. Jemanden, vor dem ich mich brüsten kann. Ich hätte gleich abhauen sollen, als sie vor fünf Jahren damit anfing, diesem *Portugiesen* SMS zu schicken, aber ich war zu schlapp.

Ich war echt verliebt und litt. Als sie mich nicht ranließ – sie ging schlafen, ließ mich nicht ran, kam mit plumpen Ausreden wie »bin müde« oder »hab Kopfschmerzen« –, konnte ich jahrelang die Frage nicht beantworten: Mag sie etwa keinen Sex? Oder mag sie keinen Sex mit mir? Das heißt, später wollte sie keinen Sex mit mir haben – aber wann ging das los? Und was war der Grund? Der Portugiese! Da unten, in diesen brutalen Gegenden, musst du als Mann knallhart sein; ich hingegen bin ein liberaler Wackelpudding!

Denunziation

Unter rätselhaften Umständen eröffnet in Moskau die Botschaft eines Landes, das auf dem Erdball nicht existiert. Uns steht bevor herauszufinden, was für eine Fahne da über dem Tor der diplomatischen Mission flattert, welche Ziele sich die Mitarbeiter der Botschaft gesetzt haben, wer sie sind oder für wen sie sich ausgeben.

Der selbsternannte Botschafter, der die Dreistigkeit besitzt, sich als Nikolai Iwanowitsch Popow vorzustellen, erklärt frevelhaft, er sei ein göttliches Wesen, ein Menschgott, seit ewigen Zeiten im Amt, Autor bekannter heiliger Bücher. Seine Ankunft in Moskau begründet er mit dem Wunsch, das Alte Testament umzuschreiben und frühere Vereinbarungen mit den Menschen zu überarbeiten, da die Welt sich verändert habe und er nicht wolle, dass die Menschen an Märchen glauben. Dieser Nikolai Popow versucht, aus seiner besonderen Liebe zu Russland Kapital zu schlagen, doch in Wirklichkeit macht er mit unseren Mädchen rum, gibt ungeheuerliche Gemeinheiten über die Menschen von sich und glaubt bei mehr als der Hälfte der Menschheit nicht an die Unsterblichkeit der Seele … Die Volksseele kocht.

Liberale Verteidigung der Akimuden

Wehe denen, die sich an alte Kutten klammern – besser an allem zweifeln als an längst verfaulte Idole glauben.

Sei gegrüßt, Fleisch!

»Alles hat damit angefangen, dass meine Lebensgefährtin Sweta auf einmal kostenpflichtiger Anhang zum Kind wurde, mit Interessen außer Haus. Ein familiäres Erdbeben. Seltsamerweise ist das mit deiner Ankunft hier zusammengefallen.«

Der Botschafter lächelte spöttisch.

»Wer hat gesagt, dass Ehefrauen ihren Männern treu sein sollen? Habt Vergnügen am irdischen Leben, so wie ich auch, denn wer das irdische Leben nicht genießt, der wird auch keine Freude am ewigen Leben finden. Ich hebe mein Verbot für Lebensfreude auf!«

»Hurra! Sei gegrüßt, Fleisch! Danke! Schaff Unglücksfälle und Katastrophen ab!«

»Nicht alles auf einmal. Spielt mit eurem Leben wie die Kinder, aber bleibt nach Möglichkeit anständige Menschen.«

»Was bedeutet anständig?«

»Sieh dich an«, sagte der Botschafter. »Hältst du dich etwa nicht für einen anständigen Menschen? In gewisser Weise sogar für den Prototyp der Anständigkeit? Der anständige Mensch handelt nicht mit seinen Wertvorstellungen. Du hast deine Wertvorstellungen nicht verkauft – du hattest Glück. Man konnte dich nicht zwingen, sie zu verkaufen, weil man es gar nicht richtig gewollt hat.«

»So ist das alles nicht!«, flehte ich.«Wertvorstellungen können auch schmutzig, abstoßend oder ohne Sinn sein. Weißt du das etwa nicht? Haben die Wertvorstellungen der Pharisäer bei dir etwa Begeisterung ausgelöst? Hat Hitler etwa nicht im Gefängnis gesessen für seine Ideale?«

Der Botschafter sah mich erstaunt an.

»Sie hatten falsche Werte.«

»Das sind nur schöne Worte.«

»Aber hast du etwa nicht mit fremden Ehefrauen geschlafen und dich dann geweigert, die zu heiraten, mit denen du geschlafen hast und die davon träumten, deine Frau zu werden? Hast du etwa nicht morgens schon diejenige vergessen, mit der du nachts geschlafen hast? Erinnerst du dich etwa an all die Namen derer, mit denen du geschlafen hast?«

»Nein«, sagte ich.

»Und schämen tust du dich nur flüchtig dafür.«

»Das stimmt.«

»Und jetzt jammerst du, dass deine Frau fremdgeht? Wenn du so willst, ist das deine Strafe. Aber es ist wohl eher einfach ein Spiegel, in dem du dich selbst siehst.«

»Aber ich habe Angst, dass die Familie zerbricht, dass unsere Tochter unglücklich wird.«

»Du hast Angst vor der öffentlichen Schande, wenn deine Frau dich verlässt.«

»Nein, davor habe ich keine Angst.«

»Ehrlich?«

»Das wird unangenehm. Aber das ist nicht der Punkt. Viele große Leute bei uns sind durch eine unglückliche Liebe gegangen. Angefangen bei Puschkin.«

»Das war auch eine Strafe. Unglückliche Liebe ist ein Glücksfall für den schöpferischen Menschen. Sie lädt die Batterien auf. Du hast Glück!«

»Für den schöpferischen Menschen? Und für die anderen?«

»Stroh.«

»Du bist ein Schuft … Entschuldige. Dann bleibt also nur ein Gebot bestehen: Du sollst ein anständiger Mensch bleiben?«

»Du hast Angst, einsam zu sein. Du hast Angst, dass dir niemand beisteht am Ende des Lebens. Beruhige dich! Einsam bist du ohnehin. Ungeheuer einsam. Oh, oh! Du bist selbst schuld. Du hattest nicht genug Geduld, die Natur der Frauen zu studieren. Man muss lernen, sie zu lenken wie ein Automobil.«

»Mag sein …«

»Willst du in allen Dingen glücklich sein? Reicht dir denn nicht, was du hast?«

Der ideale Text

Ich ließ mich bis zum Kinn ins warme Bad sinken, die Füße gegen die hell geflieste Wand vor mir gestemmt. Die Wanne war zwar bequem, aber nicht so lang wie eine Eilmeldung auf einem Nachrichtenticker. Mein Denken war vor dem Hintergrund des aus dem Hahn fließenden Wassers, in dem ich mich vieläugig als Karikatur spiegelte, nicht mit den leidigen anstehenden Dingen beschäftigt, nahm aber, in eine Parallelwelt abgleitend, die Form eines Traums an. Mir träumte der ideale Text.

Ich träumte von mir selbst, was schon viele Jahre nicht mehr vorgekommen war, jetzt, aber nicht in der Wanne liegend, sondern auf ihrem Rand sitzend wie am Wegesrand. Ich sah mich selbst, entkleidet, langbeinig, von der Seite, im Profil, leicht vornübergebeugt, etwas Buchähnliches in der Hand haltend, eher groß und nicht dick wie eine Aktenmappe, die linke untere Ecke umgeknickt, deren Bedeutung mich beunruhigte, mir aber entglitt.

Im Innern dieses von der Form her undefinierbaren Dings waren Reihen von Zeilen zu sehen, wohl mit der Maschine geschrieben, die eher angenehm nach einer Handschrift aussahen als nach typographisch gedruckten Zeilen, obwohl ich mich auch irren konnte, und das nicht, weil der Traum mir die Brille weggenommen hätte, als wollte er mit leichter Ironie meine naturgegebene Jugendlichkeit unterstreichen, sondern weil er wollte, dass ich die Buchstaben verschwommen sah. Von der geöffneten Mappe, wie ich das Dings der Kürze wegen nenne, ging ein bläuliches Licht aus, es strahlte nach oben, verzauberte.

Ich begriff sofort, so war es im Traum angelegt, dass ich den idealen Text vor mir hatte.

Das war nicht der goldene Traum des Hermeneutikers, der endlich mit dem Circulus vitiosus zu Rande gekommen ist und nun sowohl ohne Geheimnis als auch ohne Arbeit dasteht, nicht der Rückgriff auf bewährte Metaphern, einschließlich der international üblichen Verweise auf Dante, der dabei zu einer Briefmarke mit Nase schrumpft, nicht ein Aufruf zu magischem Geschwafel, zu bastschuhartigem Wortgeflecht, zu permanenter Meisterschaft, zu Selbstironie und Avantgarde, das war nicht einmal die übrigens durchaus angebrachte Erinnerung an die vernachlässigte Berufung, verschwendet an die ausgedachte Verlogenheit des Lebens, nein – das war die reine, mit nichts zu vergleichende Glückseligkeit.

Ich ging nicht unter. Ich verschluckte mich nicht einmal, ich räusperte mich nicht. Friedlich kam ich in der Wanne wieder zu mir und fuhr fort, Glückseligkeit zu empfinden. Doch parallel zur Glückseligkeit musste ich erneut an Dante mit seinem Riechkolben denken, an seine Komödie, die mich an eine große, durchsichtige Zeder erinnerte, an der jeder Zapfen an den breiten Ästen ein Held der Komödie und auch die Geschichte eines Helden war, und die Freude verletzter Eitelkeit, eine nahezu innige Schadenfreude in Bezug auf die Zeder, die ich nicht selbst gepflanzt hatte, näherte sich mir, ging aber an mir vorbei. Von der Komödie bewegte ich mich fließend zu den Texten des Neuen Testaments, die sich stellenweise tatsächlich fast jenseits menschlichen Talents befanden; ein naiver Junge, Jesus Christus, obwohl sich auch hier zufällige und ewige Momente miteinander verflochten. Es stimmt, dachte ich, eine mit Geschmack nicht zu vereinbarende Kombination ist obligatorisch für den idealen Text. Sonst trocknet er aus. Und Schönheit ist die Balance zwischen Gut und Böse, ist das Gleichgewicht der Kräfte, das keinen Sieg des einen über das andere zulässt. Wenn sich das Gute mit der Schönheit verbindet, wird das Böse kleiner, und die menschliche Natur wird zerstört, aber wenn das Böse sich die Schönheit zur Verbündeten nimmt, sieht das Gute abstoßend didaktisch aus, und diese Schaukel, die die Schönheit anstößt und ihr Schwung gibt – das ist, was die Welt im Innersten zusammenhält. Die Welt ist der Beschreibung zugänglicher, als ich es mir vorgestellt habe, in dieser Einfachheit bestehen ja ihre teuflische Kompliziertheit, die Bedeutungsdefizite und das Katastrophenroulette, in ihrer Spielzeughaftigkeit ist echte Grausamkeit angelegt, denn die erwartet man nicht in solchen Dekorationen, und darum tötet sie mit einem Schlag, und dabei lacht sie sich kaputt über dich, benebelt vom Leichengeruch, was im Übrigen teilweise die Kunst bewiesen hat, die in ihren Mitteln der Verspottung nicht wählerisch ist. Und da, als mein Denken, sich im Kreis drehend, bereits im Vollbesitz seines Wortschatzes, wieder zu der geheimnisvollen Mappe zurückkehrte, bewertete ich meine Vision als Angebot, nicht umsonst klugzuscheißen, nicht mich ablenken zu lassen von der Perlensammlung, sondern zu vertrauen, und wenn man dir im Badewannentraum das bläulich schimmernde Licht des idealen Textes gezeigt hat und nicht den ganzen Weltscheißdreck, dann stell den Verstand ab, lass den Vergleich mit der Gasflamme am Küchenherd und, wenn du dich für einen Moment löst von weltlichen Aufregungen, lausche der verlorenen Kindlichkeit der Welt und, unmerklich für dich selbst, lass sie sich aufs Neue erschaffen.

Zareneier

Ich war lange nicht im Kreml gewesen, hatte mich aus der Gegenwart vollkommen ausgeklinkt. Doch unsere Freunde von den Akimuden waren nach Moskau gekommen, unternehmungslustige Leute, und mir fiel nichts Besseres ein, als ihnen den Kreml zu zeigen.

Wir frühstückten erst einmal ordentlich bei mir zu Hause, danach nahmen wir ein Taxi. Das war die richtige Entscheidung, denn direkt am Kreml findet man keinen Parkplatz. Der Kreml ist so konstruiert: Je näher man ihm kommt, desto weiter stößt er einen ab. Aus der Ferne erinnert er an ein lustiges Kinderspielzeug, mit dem man spielen möchte, aber in Wirklichkeit befindet sich das Spielzeug in einer Vitrine, und wenn man die Hand danach ausstreckt, spürt man die Kälte des Glases.

Akimud und ich wollten über die Mauer klettern, aber es stellte sich heraus, dass das hier nicht üblich war. Wir klopften an verschiedene Tore, aber jedes Mal wurden wir weggejagt. Schließlich fanden wir irgendwo eine Öffnung und wollten schon hindurchkriechen, doch man erklärte uns, wir müssten uns in der allgemeinen Schlange anstellen. Da sahen wir eine Schlange, die wir zuvor nicht bemerkt hatten, denn sie stand so verzagt und schweigsam da, dass es schien, sie sei ein Gewebe aus schwarzer Luft. Da trat ich an die Öffnung und sagte, ich wolle nicht allein in den Kreml kriechen, sondern mit dem Botschafter der Akimuden, und deshalb könnten wir nicht jahrelang in der zaghaften Schlange stehen. Darauf antwortete man uns hinter der Mauer hervor, wir müssten die Öffnung für Ausländer suchen. Wir liefen um den Kreml herum, auf der Suche nach der Öffnung für Ausländer, aber niemand wollte sie uns zeigen, ja, jemand sagte, sie sei schon lange geschlossen. Da waren wir der Verzweiflung nah. Wir wären gewiss auch verzweifelt, doch da kam ein Mann auf uns zu und sagte, er kenne eine spezielle Öffnung in der Mauer und sei bereit, uns hindurchzuführen. Ich dachte, dass er bestimmt für diesen Dienst eine Menge Geld verlangen würde, was meinen sparsamen Akimud erschrecken werde, aber der Mann sagte, wir hätten ihm gefallen. Die Öffnung erwies sich als sehr eng. Wir mussten uns gegenseitig auf den Hintern hauen, um hindurchzukommen. Nur Klara Karlowna schaffte es ohne fremde Hilfe. Der letzte Tritt, unerwartet kräftig, kam von ihr und traf eben mich, so dass ich in den Kreml flog und auf den kurz geschnittenen Rasen purzelte.

Es stellte sich zu unserer Überraschung heraus, dass eine Menge verschiedenen Volks im Kreml herumspazierte. Da gab es Frischvermählte, Soldaten außer Dienst und einfach Leute. Alle schnupperten an den ewig blühenden Kirschbäumen. Eine Dame in roter Uniform kam auf uns zu und erklärte, sie sei unsere Führerin, sie erwarte uns schon seit dem frühen Morgen. Gemeinsam mit ihr bestaunten wir die Zarenkutschen in den Museen. Wir fanden uns damit ab, dass die Führung ewig dauern würde. Man zeigte uns wenig, aber dafür sehr ausführlich. Auf irgendeine Ikone oder lediglich die Beschreibung des Fußbodens in einer Kathedrale lenkte unsere Führerin eine dermaßen intensive Aufmerksamkeit, dass wir uns mal wie Auserwählte und mal wie Gefangene fühlten. Aber unsere Geduld wurde belohnt.

Ich habe, glaube ich, schon erwähnt, wann ich zum letzten Mal im Kreml war ... Ich weiß nicht mal mehr wann und als was. Vielleicht bin ich da noch Pionier gewesen. Oder vielleicht hat man mich im Kinderwagen dorthin gefahren. Doch alle anderen Informationen den Kreml betreffend gingen bei mir schon seit Jahren zum einen Ohr rein und zum anderen wieder raus.

Aber als ich auf den Hauptplatz kam, den allseits bekannten Iwanowskaja-Platz, auf dem jahrhundertelang die Ukase der Zaren verkündet wurden, da spürte ich, dass meine Vorstellungen vom Kreml nicht zutreffend waren.

»Und wo hat hier Bucharin gewohnt, bevor man ihn ...«

»Gedulden Sie sich!«, schrie mich die Dame in der roten Uniform an. »Ich zeige Ihnen etwas Lohnenderes.«

Ich nickte demütig.

»Ein einzigartiger Fund hat die Phantasie der Russen erschüttert«, erklärte unsere Führerin, als wir im Halbkreis um sie herumstanden. »Im Kreml – in den unterirdischen Gewölben – wurde ein neuer Schatz entdeckt«, fuhr sie fort, »der hier auf dem Platz speziell für Sie ausgestellt ist.«

Sie sah mich mit einem gewissen Vorwurf an und schüttelte den Kopf. Ich tat so, als ginge mich das nichts an.

»Schauen Sie«, sie fuchtelte mit dem Zeigestock herum, »zusammen mit der Zarenkanone und der Zarenglocke haben wir hier eine originelle Komposition. Die Zareneier, aus purem Gold, die größten der Welt! Die Zeiten sind vorbei, da wir uns von unseren Reichtümern distanziert haben. Zu den Zareneiern strömen seit neuestem massenhaft die Touristen, Moskauer und Gäste unserer Hauptstadt. Das entdeckte Kunstwerk, erschaffen von alten russischen Meistern, wurde durch den Patriarchen geweiht und von einem Kirchenchor mit Lobgesängen gepriesen.«

»Das ist Frevel, Lästerung und Blasphemie!«, rief ich aus. »Ich weigere mich, Ihnen weiter zuzuhören! Sie sind eine ungehobelte Person!«

»Junger Mann! Was verstehen Sie denn von Kunst?«

Die Diplomaten der Akimuden sahen uns erstaunt an.

»Aber uns gefallen diese Zareneier!«, sagte der Botschafter.

»Echte Brummer …«, sagte träumerisch der Kulturattaché Iwan Pospelow.

»Ich hätte gern solche Eier!«, sagte Jerschow, der Auslandsspion.

»Geht's noch?« Klara Karlowna zuckte mit den Schultern.

»Nichts wie weg von hier!« Ich flüchtete erschrocken aus dem Kreml.

»Die Frischverheirateten haben nun eine neue Pilgerstätte«, rief die Dame in der roten Uniform, mir nachrennend. »Statt auf den Sperlingsbergen und an heiligen militärisch-patriotischen Orten unserer Hauptstadt legen sie an den Zareneiern Blumen und Kränze nieder, um das Denkmal herum brennen Kerzen, Impotente und deren Lebensgefährtinnen knien davor nieder. Der Kulturminister hat neulich erklärt: ›Endlich gibt es neben der militärischen Zarenkanone und der religiösen Zarenglocke im Kreml etwas Menschliches‹ …«

Im Rennen hielt ich mir die Ohren zu, um nichts mehr zu hören. Nicht umsonst hatte ich Kremlbesuche gemieden. Bei denen ändert sich die Stimmung jeden Tag. Mal Kommunismus ohne Eier, mal ein Meer von Kerzen, mal Liberalismus mit Eiern!

»Nur so überwinden wir die demographische Krise!«, drang es an mein Ohr, als ich über die gezackte Mauer sprang.

Das Neue Testament

Als Fink dreiundzwanzig Jahre alt wurde, schenkte Denis ihr eine kleine Wohnung in der Studentscheskaja und trennte sich von ihr, denn er konnte aus *rein physiologischen Gründen* nicht mit Mädchen schlafen, die älter als dreiundzwanzig waren. Sie hielten eine freundschaftliche Beziehung aufrecht, und als Akimud in Moskau

auftauchte, lud Denis uns ein, seinen Bekannten Stjopa Machrow
zu besuchen.

»Und, stimmt es, dass der Mensch vom Affen abstammt?«

Stjopa Machrow, ein Krösus aus dem Moskauer Umland,
sprach die Frage aus, mit den Augen den Botschafter verschlin-
gend. Denis saß in ein weißes Handtuch gehüllt auf einer eigenen Bank und folgte ruhig der Diskussion. Er liebte es, sich mit
seltsamen, wüsten Leuten zu umgeben, nicht aber sich mit ihnen zu vermischen. Bevor wir uns ins Dampfbad setzten, schrit-
ten wir Machrows Anwesen ab. Er zeigte uns Bären, Strauße und
Pfauen. Am Eingang zu seinem Palast, von Meistern aus Archan-
gelsk aus Holz gebaut, hing ein Porträt des Chefs. Machrow wollte
mit uns eine Spritztour mit seiner englischen Yacht auf dem Moskauer Stausee machen, den er unter seine Kontrolle gebracht hatte, aber Denis, in der Oligarchenhierarchie über ihm, wünschte ins
Schwitzbad zu gehen.

Wir saßen da und schwitzten: der Botschafter, Fink, Denis und
ich. Stjopa erbot sich, unser Bademeister zu sein. Nicht einmal
Finks nackter Körper rief bei ihm das übliche Interesse hervor.
Weiber hatte er zur Genüge gehabt, und jetzt konnte er für sich die
letzten Fragen des Seins lösen.

»Kommt darauf an, welcher Mensch«, sagte nachdenklich der
Botschafter.

»Genau!«, rief Stjopa aus. »Ich weiß nicht, wie es bei anderen
Völkern steht, aber wir Russen stammen ganz gewiss nicht vom
Affen ab! Wir sind nach seinem Ebenbild geschnitzt, stimmt's?«

»Der Russe«, sagte der Botschafter, »wenn der eine Frage stellt,
weiß er schon die Antwort darauf. Und wenn deine Antwort nicht
mit seiner übereinstimmt, dann glaubt er dir nicht, egal wer du
bist, Vorgesetzter, Vater, der Herrgott persönlich. Er erwartet eine
Bestätigung seiner Gedanken und keine neue Erkenntnis.«

»Wer denkt, dass er vom Affen abstammt, der tut das auch.
Und wer das nicht denkt, der ist im Garten Eden geboren wor-

den«, erklärte Stjopa. »Euer Hochwohlgeboren! Also stammen wir nicht vom Affen ab? Habe ich Sie richtig verstanden?«

»Und was gefällt dir nicht am Affen?« Der Botschafter ging zärtlich zum »Du« über. »Ein gutes und friedliches Völkchen.«

»Aber sie benehmen sich unanständig! Ich hatte auch Affen hier! Aber meine Tochter Warja fand sie peinlich. Nackte, rote Hintern – fürchterlich!«

»Sie haben auch einen nackten, roten Hintern«, sagte Fink.

»Ich sitze ja auch im Schwitzbad!«, sagte Machrow beleidigt. »Aber sie leben in der freien Natur.«

Er blitzte Fink mit den Augen an und verließ das Dampfbad.

»Ich verstehe nicht, worum es bei eurem Streit geht«, sagte Denis. »Ist doch egal, von wem der Mensch abstammt. Meinetwegen vom Teufel persönlich!«

Akimud wandte sich an Denis:

»Wenn ein neuer Mensch geboren wird, braucht er einen neuen Gott. Der neue Mensch steht gegen den alten Menschen. Der neue stützt sich auf die Krücken der Technik, er selbst kann zur Fortsetzung dieser Krücken werden. Der alte Mensch verliert, wird verbittert, seine Welt liegt im Sterben, er trennt sich nicht von ihr. Russland ist ein Übungsgelände für die Konfrontation der Welten.«

»Stimmt«, freute ich mich.

»Ich hab irgendwie nichts verstanden«, gestand Denis.

»Sie sind ja solch ein neuer Mensch«, sagte der Botschafter leise.

»Und wer sind dann Sie?«, fragte Denis.

Müdes Monster

Würde man alle Vorstellungen von Gott, die heute auf der Erde existieren, auf einen Haufen werfen und kräftig durchmischen, um das arithmetische Mittel eines Gottes zu bestimmen, was für ein Ungeheuer käme dabei heraus!

Das wäre ein überirdisches Wesen, permanent auf Kriegsfuß mit seinen stets unerfüllten ursprünglichen Verpflichtungen, das die Begriffe Angst und Liebe durcheinanderwerfen würde, ein heimtückisches, ausweichendes, gegenüber Leiden und Gebeten gleichgültiges Wesen. Ein müdes Monster, das gelangweilt in seinem Sumpf hockte und manchmal, wenn es ein bisschen auflebte, ein paar Zirkusnummern aufführte.

Nehmen wir nur die Geschichte der Polen in Katyn. Man möchte meinen, nicht Gott, sondern Stalin sitze im Himmel oder vertrete ihn zumindest vorübergehend so lange, wie Gott eben mal rausgegangen ist. Stalin sieht, dass die Polen nach Katyn fliegen, die gesamte Generalität mit dem Oberbefehlshaber an der Spitze, und er denkt sich, wie wär's, wenn ...

Er lässt Morgennebel aufsteigen, und die Maschine zerschellt beim Anflug auf den russischen Militärflughafen, alle sterben ein zweites Mal, und man sammelt Beine und Arme wie Pilze, in dieser pilzreichen Gegend bei Smolensk. Und nur der Kranz, den die Polen nach Katyn bringen wollten, bleibt, wie absichtlich, unversehrt.

Mal angenommen, die Polen, die da anreisten, waren sehr stolz, es reisten stolze Polen an, und die Reise selbst machte vom Standpunkt der Moral einen etwas fragwürdigen Eindruck, andererseits, kann man denn jemanden für Stolz so bestrafen?

Oder nehmen wir zum Beispiel die Venus von Mytischtschi. Sie kann jederzeit philosophische Statements vom Stapel lassen, aber fragt man sie: »Wie heißt die Hauptstadt von Polen?«, dann kommt sie ins Schleudern.

Fink eierte herum:

»Wusste ich mal, hab's vergessen. Katyn?«

Mit vereinten Kräften hat der Mensch einen zweifelhaften Gott erschaffen – seine religiöse Phantasie hat ihm ein Bein gestellt –, aber Gott selbst hat die Schaffung eines solchen Images ja zugelassen und sich nicht dagegen gewehrt.

»Und die Hauptstadt von Österreich?«

Es lebte einmal ein gewisser Freud, man weiß nicht wo, in einer namenlosen Stadt, einem abstrakten Land ... Aber Stalin hat nicht umsonst Nebel aufsteigen lassen. Er hat sich zum zweiten Mal für seine Demütigung vor Warschau gerächt. Also ist Gott auf der Seite der Russen?

»Ihr braucht einen Gott«, wich der Botschafter einer Antwort aus, »der die Wissenschaft nicht behindert, einen ohne Pathos! Einen richtig coolen Gott. Für die alten Götter ist der Vorhang gefallen, ihnen sei Dank! Ihr braucht, Gott vergib mir, einen Diplomatengott, der Kompromisse sucht, der nicht wegen jeder Lappalie in Wut gerät und der nicht gleich mit der Apokalypse droht. Ihr braucht einen treuen Freund, einen Gott, der immer bei euch sitzt wie ein Krankenpfleger, der euch die Tränen und den Rotz abwischt, der all eure Schwächen versteht und nicht herumbrüllt, er habe der Welt nicht den Frieden, sondern das Schwert gebracht.

Damals war *das* vonnöten. Ich habe es verstanden. Und ich war bereit, diese Rolle zu spielen. Aber nun ist Schluss – die Zeit ist fortgeschritten. Und wer sich gegen Neue Testamente wehrt, gegen Gott und gegen die Menschen dient, der ist entweder dumm wie Bohnenstroh oder klammert sich an seine Macht. Ich bin hierhergekommen, um ein neues Wort zu sagen – ein ruhiges Wort. Es sind viele Fehler gemacht worden; dadurch, dass man die Gürtel enger geschnallt hat, ist dem Menschen endgültig jeder Glaube verlorengegangen. Ich bin gekommen, um zu sagen: Alles wird anders werden. Aber ihr wisst ... So ist das alles nicht! Ich bin ein Gauner. Ihr seid Gauner, weil ihr nach seinem Ebenbild erschaffen seid. Man muss euch streng halten! Ihr seid sowieso schon völlig außer Rand und Band geraten!

Gott ist nicht *nur* Liebe. Eine Erfindung der Popen! Na, was ist, ihr Großkopferten! Christus und der Antichrist – das ist eine Person, Gott und Teufel – das sind zwei Hälften eines Schöpfers. Gott kann kein Liberaler sein! Ich bin gekommen, um zu sagen, dass alle früheren Vereinbarungen zwischen Gott und den Menschen Lüge waren. Viel zu kraftlos war der Mensch, viel zu wenig weitsichtig. Dem musste man sich anpassen.

Christus sei Dank. Er war groß in seinem Wunsch, die alten Normen zu korrigieren. Doch auch er ist nach und nach gealtert – und die Fehler des früheren Glaubens haben zu Tragödien geführt. Ich ersetze die Hölle durch das Fegefeuer. Das klingt wie eine Wahlkampagne – aber ich werde ehrlich sein bis zum Ende. Es ist Zeit, mit den ewigen Qualen Schluss zu machen. Es gibt Schurken, mit denen werde ich nicht lange fackeln. Aber ich selbst habe den Menschen unvollkommen erschaffen und trage dafür die ganze Verantwortung. Ich habe nicht vor, eine Religion der politischen Korrektheit zu verbreiten. Aber einige Regeln sollte man sich aneignen. Nur nicht die falschen. Es gibt einfach dumme, tumbe, sture Menschen. Wir brauchen keine Extreme. Extreme waren nötig für unwissende Menschen – damit sie überhaupt etwas mitbekamen! Ich bin nicht gegen Wunder. Aber warum sollte ich Dummköpfe wiederauferstehen lassen! Ich will, dass ihr nicht Gottes Sklaven seid, sondern normale Menschen …«

»Das heißt, es gibt kein Paradies?«

»Aber woher denn! Es gibt ein Paradies. Die Akimuden – das ist das Paradies. Aber es ist für die Mehrheit von allzu kurzer Dauer. Nein«, unterbrach er sich selbst, »ich möchte nicht sagen, man solle umgehend aufhören, an Christus zu glauben. Schließlich muss der Mensch, solange wir den Glauben noch nicht reformiert haben, in Ruhe sterben können. Was macht es für einen Unterschied, welchen Namen er ausspricht! Hauptsache, dass er ihn ausspricht. Also, man kann ihn etwas korrigieren …«

»Warum ist das Paradies von kurzer Dauer?«

»Na ja, für den einen oder anderen dauert es lange. Für denjenigen, der die Prüfung bestanden hat. Das Paradies – das ist ein Aufschub. Eine Art Urlaub – und danach wieder auf in den Kampf.«

»Und die Heiligen?«

»Die meisten von ihnen gehen mit zugehaltener Nase durchs

Leben. Sie rennen auf direktem Weg zur Erlösung. Und verwechseln Erlösung mit Verneinung des Lebens.«

»Wie sieht deine Führung aus?«

»Alles teilt sich in zwei Hälften. Die eine Hälfte ist euer freier Wille, die andere Hälfte gehört mir und wird nach meinem Gutdünken zugeteilt.«

»Das ist alles?«

»Nein. Die Menschen sind die Nahrung der Götter.«

»Wie bitte?«

»Ihr züchtet Kühe, wir züchten Menschen. Wir verwenden euch als Nahrung.«

Die Auszeichnung

Seit einiger Zeit führte mein Vater neuerdings wichtige Treffen gern im Bett liegend durch. Natürlich konnte man nicht mehr von einem Schlafzimmer sprechen. Wer empfängt schon Leute im Doppelbett! Als Ort für wichtige Treffen wurde eine Liege im Arbeitszimmer ausgewählt. Der Verkehrslärm von der Twerskaja erzeugte ein Gefühl prallen Lebens. Nach dem Frühstück in der Küche mit dünnem Tee und einer Handvoll Tabletten drehte er zunächst seine Runden durch die Zimmer und begab sich, nachdem er auf der Toilette über den gegenwärtigen Augenblick gegrübelt hatte, zur Arbeit und zum Ausruhen unter sein Plaid. Auch am Tag seines runden Geburtstags zog er zwei dünne Pullover übereinander, einen hellblauen und einen grauen mit Umschlagkragen, setzte sich auf die Liege, die Beine auf Altmännerart gespreizt. Irgendwo in der Ferne summte der Staubsauger. Vater war kein Hausmann und befasste sich nicht mit den Einzelheiten des häuslichen Alltags. Der Staubsauger summte in der Haushaltswelt, weit weg und weiter unten. Seinerzeit in Dakar musste er sich allerdings mit dem Kauf eines als Botschaft geeigneten Hauses beschäftigen, und er bewältigte diese ökonomische Mission bravourös, doch ihm fehlte von Natur aus eine kaufmännische Ader. Vater rieb sich die erstarrten Handflächen und dachte, dass er bald wieder gesund und warm sein werde. Höchste Zeit, sich an die Arbeit zu machen! Er schlüpfte unter das gelb-braune Plaid und kniff die Augen zusammen. In liegender Position wurde sein Gesicht glatter, es wurde grau und ausdrucksstark. Das Herz, das zweimal geächzt hatte, war wieder zur Ruhe gekommen. Kaum waren ihm die Augen zugefallen, wurde er auch schon ins Kriegskommissariat gerufen, wo man ihm auftrug, im Hinterland des Feindes Brücken zu sprengen. In Vorbereitung auf die tödliche Mission sprang er zum letzten Mal mit einem Übungsfallschirm ab und stürzte in eine Fichte. Der Chirurg wollte ihm das Bein abnehmen. Er weigerte sich – und behielt sein Bein. Er war gerade erst aus dem Krankenhaus gekommen, da standen auch schon mit ihren Geburtstagsglückwünschen seine Eltern auf der Matte. Iwan Petrowitsch mit schwarzen Buchhalter-Ärmelschonern und Anastassia Nikandrowna im feinen Kleid gratulierten ihm zum erfolgreich gelebten Leben und luden ihn zu sich ein. Vater redete sich mit nichtssagenden Versprechungen, sie irgendwann einmal zu besuchen, heraus. Mit seinen Eltern verband er eine schmerzliche Kindheit in Petersburg und eine Katze, die in der kleinen Wohnung auf dem Sagorodny-Prospekt herumsprang. In den Ferien wäre er um ein Haar in der Wolga ertrunken, aber statt im Grab fand er sich im Smolny wieder, wo der Sekretär des Gebietskomitees ihm die Zeitung reichte. Stalin und Ribbentrop lächelten. Und wer ist das? Er erriet es: der Dolmetscher! Auf geht's! Anastassia Nikandrowna wusste genau: Alle Schriftsteller sind Säufer! Statt in den Krieg nach Spanien zu gehen, wohin er so gern wollte, stieg Vater am Kusnezki Most aus und verschwand im alten Gebäude des Außenministeriums.

»He, du sollst bei Molotow antreten!«, riefen sie Vater zu.

Vater war betroffen. So hatte man ihn noch nie zu Molotow gerufen! Er konnte es nicht leiden, wenn Außenstehende die Ordnung des Lebens zerstörten. Er sprang auf und rannte zur Obrigkeit, ganz aus der Puste, neunzigjährig. Im Leben meines Vaters gab es vier wichtige Menschen. Sie standen in den vier Ecken seines Bewusstseins und bewachten seine Lebenstätigkeit: Stalin, Molotow, die Kollontai, General de Gaulle.

Alles lief aus dem Ruder. Wjatscheslaw Michailowitsch Molotow entführte der Kollontai meinen Vater. Sie wehrte sich gegen seine Telegramme, mit denen Vater nach Moskau beordert wurde. Sie kannte den Wert des ehemaligen Restaurantgeigers, den sie seinerzeit mit seiner künftigen Ehefrau bekannt gemacht hatte. Vater kam in sein Arbeitszimmer gerannt. Irgendwo in der Ferne summte der Staubsauger. Irgendwo in der Küche ärgerte sich Mutter über die Hausangestellte, die nicht imstande war, frische Schtschi zu kochen. Molotow sah Vater mürrisch an. Draußen hinterm Fenster war es Nacht.

»Haben Sie Geld bei sich?«

Vater kramte etwas betreten nach seinem Portemonnaie. Er zog neu eingeführte Drei- und Fünfrubelscheine und Tscherwonzen hervor. Molotow nahm das Geld und drehte und wendete es lange in den Händen.

»Schönes Geld«, sagte er anerkennend, ihm die Scheine zurückgebend. »Mögen Sie Buchweizengrütze?«

»Ja.«

»Buchweizengrütze – das ist der Weg zur Unsterblichkeit. Glauben Sie an die Unsterblichkeit?«

»Nein.«

»Gehen Sie und berichten Sie mir über den Nutzen von Buchweizengrütze!«

Papa machte beinahe militärisch kehrt.

»Halt! Morgen werden Sie im Kreml für den Genossen Stalin dolmetschen. Keine Bange, aber denken Sie daran, dass er es nicht leiden kann, wenn man nachfragt.«

Papa fühlte sich wieder als heller junger Mann. Er war endgültig davon überzeugt, dass er bald wieder gesund sein und mit seinem Stock in den kleinen Park gehen würde. Mit dem Theaterglas würde er von der Fensterbank aus das nächtliche Leben in den Fenstern des Nachbarhauses beobachten. Ein halbes Jahr zuvor hatte er die Bilanz seines Lebens gezogen, während ich ihn in meinem Wagen das letzte Mal vom Krankenhaus nach Hause fuhr, und er kam nie mehr darauf zurück. Er war ein bescheidener, ruhiger Mitarbeiter und hielt sich nicht für berechtigt, über den Sinn des Lebens zu räsonieren. Wir stoppten an der Ampel auf dem Smolensker Platz und standen quälend lange an der Kreuzung. Vater blickte auf das geliebte Gebäude, dem er sein Leben geopfert hatte.

»Nun ja«, sagte er ruhig, »alles ist gut, für seine Kinder muss man sich nicht schämen. Für die Enkel auch nicht.«

»Wolodja!«, drang es an Vaters Ohr. »Heute ist dein Jubiläum! Die Kinder sind gleich da!«

Am Jubiläumstag fühlte sich Mutter schlecht, schlechter als gewöhnlich, und sie lehnte es ab, ein großes Familienabendessen zu veranstalten. Sie reduzierte die Gästeliste auf die zwei Söhne. Vater reagierte nicht. Als ranghoher Diplomat, außerordentlicher und bevollmächtigter Botschafter, Seine Exzellenz schließlich, hatte er das Recht, nicht einmal mit der Wimper zu zucken. Außerdem waren zwei finnische Journalisten, in weißem Hemd und Krawatte, mit Fernsehkamera zu ihm gekommen. Vater hatte solche Interviews mit Journalisten immer als feindliche Machenschaften verstanden. Auch am Tag seines Jubiläums hatte er sich nicht geirrt. Bis zu den Ohren in sein Plaid gehüllt, trat er vor die Journalisten.

»In der letzten Zeit, Wladimir Iwanowitsch«, begann der blonde Finne beherzt, »wird in Deutschland die Frage nach den Verbrechen der deutschen Diplomatie während der Hitler-Zeit gestellt. Was meinen Sie, ist diese Frage gerechtfertigt?«

Papa begriff sofort, worauf der Finne hinauswollte.

»Ich hatte immer ein gutes Verhältnis zum arbeitsamen finnischen Volk«, holte der Botschafter weit aus. »Mir war es beschieden, an den Verhandlungen über den Kriegsaustritt Finnlands teilzunehmen. Schwierige Verhandlungen, aber sie endeten mit der Unterzeichnung eines Vertrags, mit dem beiden Seiten gedient war.«

Papa fuhr sich mit der Zunge über die ausgetrockneten Lippen; er sah müde aus. Letzten Endes fühlte er sich als Diplomat eines auf der Landkarte nicht existierenden Landes.

»Aber der deutsche Botschafter in Paris während des Krieges – das war ein echter Diktator!«, fügte Vater hinzu.

Er wusste, dass der Finne gleich seinen Finnendolch zücken und ihm in den Bauch rammen würde.

»Und die sowjetischen Botschafter nach dem Krieg in Warschau und Budapest – das waren keine Diktatoren?«

»Ich erinnere mich an einen Vorfall«, lachte Vater gutmütig. »Lebedjew, unser Botschafter in Warschau, hatte ein Buch über den Aufbau des Sozialismus in Osteuropa geschrieben und es an Stalin geschickt mit der Notiz: ›Für Gen. Stalin zur Begutachtung‹. Stalins Reaktion: ›Abberufen!‹ Der impertinente Kerl wurde abberufen.«

Ob ich mich als Verbrecher fühle?, dachte Vater. Was für ein Unsinn! Ich habe immer für die nationalen Interessen Russlands gekämpft!

Die Finnen zogen ab.

»Wer liebt Stalin denn nicht?«, überlegte Vater laut. »Wahrscheinlich nur diejenigen, die nie mit ihm gearbeitet haben. Er war ein Mensch mit hypnotischer Kraft.«

Wer liebt Stalin denn nicht? Alle lieben Stalin. Sogar diejenigen, die Stalin hassen, hegen eine Hassliebe zu ihm. Aber wen liebte Stalin? Stalin liebte meinen Papa sehr. Wahrscheinlich hat er von der gesamten männlichen Bevölkerung unseres Landes keinen so sehr geliebt wie meinen Vater. Er wollte, dass im Kommunismus alle Menschen in etwa so wären wie mein Vater, dass alle so grauäugig, bescheiden und schön wären. Und dass alle so wie er französisch sprächen. Ach, wie fabelhaft Vater Französisch konnte! Er erlaubte sich nie, so französisch zu sprechen wie ein Franzose, damit man ihn nicht mit einem Franzosen verwechselte, aber er sprach französisch so handfest und konsequent, dass seine Aussprache der französischen Wörter mit jedem neuen Satz das Feuer der Weltrevolution näher brachte.

Stalin verliebte sich in meinen Papa buchstäblich auf den ersten Blick, bei der ersten Begegnung mit ihm. Vater war noch keine fünfundzwanzig Jahre alt. Stalin vergaß nie mehr, wie Vater ihn bis zu Tränen zum Lachen gebracht hatte. Er lachte, sich mit der rechten Hand den Bauch haltend, in seinem Arbeitszimmer neben Lenins Totenmaske stehend, und murmelte wie ein Weib immer wieder vor sich hin:

»Oh, ich kann nicht mehr! Oh, ich kann nicht mehr!«

Mein zu Tode erschrockener Vater stand vor ihm stramm.

»Direkt in der Universität sind Sie geboren?«

Es stellte sich heraus, dass Stalin, der mit breitestem kaukasischem Akzent sprach, Papa gefragt hatte, wo er geboren sei. Vater, der die Frage nicht genau verstanden hatte, sich aber an Molotows Befehl erinnerte, niemals nachzufragen, verlegte sich aufs Raten und kam zu dem Schluss, Stalin habe ihn gefragt, wo er studiert habe.

»In der Leningrader Staatsuniversität!«, erstattete er Rapport.

Und da musste Stalin sich den Bauch halten. Als Iossif Wissarionowitsch fertig gelacht hatte, gestand er schwer atmend:

»So habe ich lange nicht mehr gelacht. Das letzte Mal war noch vor dem Oktoberumsturz.«

Auf der Schwelle von Stalins Arbeitszimmer erschienen zwei Gestalten mit Zwicker: Molotow und Beria. Sie blitzten eifrig mit ihren Brillengläsern.

»Na, was ist, fliegen wir?«

Vater empfing mich im Vorzimmer in einem adretten braunen Mantel und braunem Hut. An den Füßen hatte er allerdings Schlappen. Er erhob sich langsam von seinem Stuhl, mit den Augen seinen Stock suchend. Offenbar wartete er schon lange auf mich. Neben ihm stand ein großer Koffer aus Krokodilleder, den er vor einem halben Jahrhundert in Paris gekauft hatte. Der Koffer aus Krokodilleder war lange nicht geflogen. Der Griff war abgerissen. Vater wusste nicht, welchen Blick er wählen sollte: stechend oder gutmütig. Er freute sich darüber, dass wir auf Einladung des Ministers in einer Regierungsmaschine mitfliegen würden, aber er hatte schon lange, über eine geschlagene Stunde, in Hut und Mantel auf dem weichen grünen Stuhl gesessen, seit der Friseur Tolja, ebenfalls in die Jahre gekommen, ihm vor der weiten Reise die Haare geschnitten hatte, und ich kam und kam nicht.

»Wie immer kommst du zu spät!« Mich traf sein stechender Blick.

Mutter im hellblauen Morgenrock voller Fusseln, krummer Rücken, steckte den Kopf aus der Schlafzimmertür.

»Du bist verrückt geworden!«, schrie sie mich an statt eines Grußes. »Guck doch: Er ist krank! Wo schleppst du ihn denn hin? Er ist seit dem letzten Herbst nicht einmal draußen im Hof gewesen!«

»Mama!«

»Lass uns in Ruhe! Geh weg! Verschwinde!«, schrie Mutter wütend.

»Mama! Er darf nicht hier bleiben! Wir fliegen!«

»Ja! Wir fliegen!«, stimmte Vater leichthin zu.

»In Schlappen! Guck nur, was für geschwollene Füße er hat!«

»Gib mir den Schuhanzieher!«, wandte sich Vater an mich, mit abwinkender Geste in Richtung seiner Frau.

In letzter Zeit fanden sie keine gemeinsame Sprache mehr.

»Ist es denn so schwer für dich, einen einzigen Menschen zu versorgen?«, sagte Vater befremdet, an seine Frau gewandt.

»Komm«, er hob den Blick zu mir, während er sich mühsam die

Schuhe anzog, »wir rufen vor unserm Abflug Oma an. Sie soll runterkommen und uns zum Abschied zuwinken.«

»Welche Oma denn!«, heulte Mutter auf. »Also nein, hörst du eigentlich, was er zusammenredet! Heute früh habe ich ihn gebeten, mir aus dem Badezimmer meinen Kamm zu bringen, und gebracht hat er einen Schwamm!«

»Mein Guter!«, sagte Vater versöhnlich; er wandte sich oft so an Mutter. »Mein Guter, beruhige dich!« Vater nahm die Pfeife in die Hand und wandte sich wieder an mich: »Wie war gleich ihre Telefonnummer?«

Meine Großmutter, Anastassia Nikandrowna, geborene Ruwimowa, war eine echte Schönheit gewesen. Auf Fotografien aus den dreißiger Jahren sah sie geradezu unanständig appetitlich aus. Durch das Urlaubskleid auf der Krim schimmerte ein nach Zärtlichkeit gierender Körper. Viele Jahre fuhr Vater zu Oma und blieb immer bis zum nächsten Morgen bei ihr.

»Papa …«, begann ich zaghaft.

»Wolodja!«, ertönte Mutters Aufschrei. »Deine Mutter ist seit vierzehn Jahren tot!«

Vater machte ein erstauntes Gesicht.

»Mein Guter! Ich habe gestern mit ihr gesprochen.«

»Nein! Sieh ihn dir an!«

»Papa!« Ich mahnte zur Eile. »Wir verpassen das Flugzeug!«

»Wohin fliegt ihr?«

»Wohin fliegen wir?«

»Wir fliegen nach Warschau, Papa!«

»Was sollen wir in Warschau?«

»Wir fliegen nach Warschau, um eine Auszeichnung zu erhalte«, sagte ich.

Papa kramte in seiner Manteltasche und holte die Brille heraus. Er begann das Telefonbuch durchzublättern.

»Was denn jetzt für eine Auszeichnung?«, fragte Mutter gereizt.

»Ein Ehrendiplom«, erklärte ich.

Vater hatte unterdessen angefangen, fieberhaft die Wählscheibe des Telefons zu drehen. Das Freizeichen war zu hören. Dann ein Knacken, und der Hörer begann schnell mit weiblicher Stimme usbekisch zu sprechen.

»Mama, bist du das?«, fragte Papa ungläubig.

Besetztzeichen.

»Gestern musste ich mich von meiner Haushaltshilfe trennen«, teilte Mutter mir mit. »Sie hat mir noch nie gefallen. Weißt du noch, was für abscheuliche Bliny sie an Ostern gebacken hat? Und nun stellt sich raus, dass sie Papa Geld gestohlen hat.«

»Mama!«, sagte Vater laut. »Mama, wir fahren jetzt los, komm in zehn Minuten runter!«

»Papa!«, rief ich aus. »Wir fliegen doch nicht von Scheremetjewo, sondern von Wnukowo-2. Wir kommen nicht bei Oma vorbei.«

»Moment«, sagte Papa in den Hörer und bedeckte die Sprechmuschel mit der Hand. »Was sagst du?«

»Wir fliegen von Wnukowo-2.«

»Ja und?«

»Oma wohnt auf dem Weg nach Scheremetjewo.«

»Oma ist seit vierzehn Jahren tot!« Mutter schüttelte verzweifelt den Kopf. »Ich renne jede Nacht so um die sieben Mal auf die Toilette.«

»Mama, du musst ins Krankenhaus.«

»Bist du verrückt, willst du meinen Tod? Krankenhaus!«

»Da«, sagte Vater und hielt mir den Hörer hin. »Sag Oma, wann sie runterkommen soll.«

»Hallo, Oma!«, stieß ich hervor. »Wir fahren heute nicht in deine Richtung.«

»Du rufst so selten an«, sagte Oma traurig.

»Ich denke oft an dich, Oma!«

»Mit wem sprichst du da?« fragte Mutter. »Du solltest besser *dein* Warschau bleiben lassen und stattdessen auf den Friedhof gehen und mit *deinem Mädel* Omas Grab sauber machen. Wann warst du das letzte Mal dort? Irgendwann ebnen sie das Grab ein – und wo willst du uns dann beerdigen?«

»Mama!«, sagte ich einigermaßen gekränkt. »Ich habe genügend Beziehungen …«

»Immer prahlst du mit deinen Beziehungen! Und was hast du für uns getan mit deinen ganzen Beziehungen? Da, Papas Koffer – der hat nicht mal mehr einen Griff!«

»Was hat der Koffer damit zu tun? Warum bist du so ungerecht? Hab ich etwa nicht Papas Augen wieder hinbekommen? Wer hat ihm einen Platz in der Klinik besorgt? Er guckt jetzt Fernsehen ohne Brille!«

»Stimmt, aber verstehen tut er nichts!«

»Warum liebst du es so, Gemeinheiten über alle zu sagen?«

»Unsinn! Du bist es, der es liebt, Gemeinheiten zu *schreiben*. Ich liebe *nur* deine frühen Erzählungen!«

»Mama! Aber man kann doch nicht sein ganzes Leben lang frühe Erzählungen schreiben!«

»Streitet doch nicht, meine Guten«, sagte Vater.

»Fahren wir«, sagte ich.

»Wohin fahren wir?«, wollte Vater energisch wissen.

»Nach Warschau!«

»Wie merkwürdig«, sagte Vater nachdenklich und zog sich in sich zurück. »Meine ersten Kindheitserinnerungen sind mit Trauer verbunden. Ich erinnere mich noch an rote Fahnen mit schwarzen Bändern. Da war Lenin gestorben.«

»Gut, dass bei dir wenigstens Lenin tot ist. Sonst würdest du den auch noch anrufen!«, konnte meine nachtragende Mutter nicht an sich halten.

»Alexandra Michailowna Kollontai war eine Person mit weitem Horizont«, erinnerte Vater uns. »Sie liebte Lenin mehr als Stalin.«

Ich griff nach dem Koffer. Er war tonnenschwer.

»Was ist da drin?«

»Ach … Nur mein Archiv.«

»Lauter Mist!«, schrie Mutter los.

»Lauter Mist!«, äffte Vater sie nach.

»Was äffst du mich nach! Das macht er in letzter Zeit immer wieder!«, beschwerte sich Mutter über Vater.

»Mein Guter …«

Die Eltern gingen aufeinander zu und umarmten sich zum Abschied wie einander ergebene Geliebte. Mutter wischte eine Träne weg.

»Passt auf die Schließmuskeln auf!«

Die Zufahrt zum Regierungsflughafen Wnukowo-2 war zur Tarnung wie leergefegt. In der Leere standen Tschekisten mit Listen herum. Papa fuhr, ganz Botschafter, mit größtem Vergnügen an der Gangway des wartenden Flugzeugs vor. Berühmte Musiker kamen heraus und stiegen die Gangway hinunter. Rostropowitsch küsste Papa auf den Mund. Mitte der fünfziger Jahre hatte Vater als Kulturattaché in Paris Konzerte sowjetischer Künstler organisiert. Die Konzerte hatten dermaßen großen Erfolg, dass einige Franzosen Vater für einen wichtigen Geheimagenten hielten.

An Bord der Maschine hießen uns freundliche Regierungsstewardessen willkommen. Schon im Flugzeug begann der Arbeitstag. Aus der Ministerabteilung, ausgestattet mit Liege und rundem Aschenbecher, kam, den blauen Vorhang öffnend, der Außenminister heraus, energiegeladen und schlank. Der Minister vergaß, Vater zu seinem Ehrentag zu gratulieren, fragte jedoch besorgt:

»Sie wissen, dass wir über Astrachan nach Warschau fliegen?«

»Über Astrachan?«, fragten Papa und ich.

Ich legte Vater den Arm um die Schultern. Er drückte sich an mich wie ein Kind. Ich war ehrlich gesagt etwas böse auf Mutter. Wegen ihrer Krankheit war Vaters Jubiläum ins Wasser gefallen. Zuerst hatte sie Order gegeben, die ganze Familie zu versammeln. Vaters Freunde dazu einzuladen war nicht einfach, denn so gut wie alle waren tot. Tot war Oleg Alexandrowitsch Trojanowski, Vaters wichtigster Tennispartner, ein Mann von wunderbar aristokratischen Manieren. Tot war Andrej Michailowitsch Alexandrow-Agentow, das nicht wegzudenkende Faktotum unter vier Generalsekretären, ein Freund von Vater aus schwedischen Zeiten, der es liebte, mit seiner Frau Margarita Iwanowna im Kleiderschrank Küsse zu tauschen.

Vater drehte sich zur Wand, gleichsam in sein Doppelleben eintauchend. Ich war gerade mit *meinem Mädel* in Kalifornien und Hals über Kopf zu Vaters Jubiläum nach Moskau gehetzt. Bereits am Flughafen New York hatte mich Mutters neue Order erreicht: Das große Jubiläum wird abgeblasen. Ich telefonierte mit Andrej, der Vater neuerdings mit Seife in der schmalen Badewanne einseifte, und wir entschieden, trotzdem mit den Kindern hinzufahren. Außerdem beschloss ich, heimlich zwei Jungs vom finnischen Fernsehen einzuschleusen, die den Film »Vater und Sohn« drehten.

Glauben Sie, dass die sowjetischen Diplomaten Verbrecher waren?

Vater verschlief den halben Jubiläumstag. Er träumte vom Autor von Onkel Stjopa. Man stritt über die eigenen Kinder. Wer ist besser? Vater mochte in der Regel die Intelligenzija nicht. Er war zum Beispiel voller Skepsis, was Ehrenburg betraf. Michalkow hielt er für einen Clown. Er hatte ihn auf Empfängen im Kreml gesehen. Rasch lief auf hohen Absätzen Asja aus dem Parallelleben durchs Bild. Sie war der einzige Mensch, der realistisch Vaters und meine Qualitäten hätte vergleichen können. Aber Vater wartete auf die geheimnisvolle Ärztin, zu der er öfter im hellblauen »Wolga« gefahren war. Nach drei Stunden landeten wir in Astrachan. Während der Minister sich mit Staatsoberhäuptern austauschte, schleppten wir uns zum Kreml von Astrachan. Dort empfingen uns eine erfahrene Reiseführerin und ein Heimatkundler, dem beide Beine fehlten. Die erfahrene Reiseführerin zeigte uns die großartige Mariä-Himmelfahrts-Kathedrale und, sozusagen als unmittelbare Beilage dazu, den Richtplatz. Stolz auf ihre russische Heimat, erzählte sie, wie Iwan der Große sein Heer nach Astrachan geschickt hatte, um die lokale Bevölkerung zu unterwerfen. Das war der Imperialismus in ihrem Blut. Wir gingen zum Ufer der Wolga und setzten uns in ein Restaurant namens »Schwimmer«. Man servierte Papa und mir Bier mit Trockenfisch, und Mutter schrie:

»Wolodja! Aufstehen! Jubiläum!«

Es dämmerte bereits, als wir zum Flugzeug zurückkehrten. In Erwartung des Ministers rauchte ich eine hinten im Flugzeug neben der Toilette, gegen alle Regeln, aber dort ist alles erlaubt. Erneut hoben wir ab. Die Diplomaten bestellten ihr korporatives Getränk. Jeder erhielt ein Glas Whisky. Papa, dem Mutter seit dem Infarkt das Trinken verboten hatte, trank einen doppelten Whisky mit Eis. Papa hat mir gegenüber kein einziges Mal das Wort »Infarkt« ausgesprochen. Er hat mich kein einziges Mal »Sohn« oder gar »Söhnchen« genannt. Er hat kein einziges Mal obszön geflucht, kein einziges Mal das Wort »Scheiße« benutzt. Wieder huschte Asja auf ihren hohen Absätzen vorbei. Jeder erhielt noch ein Glas Whisky. Wir landeten auf dem Militärflughafen in Warschau.

»Morgen findet die Verleihung statt!«, sagte der Minister und fuhr davon.

Papa und mich quartierte man in irgendeiner stinkenden Wohnung ein, die wahrscheinlich für zweitklassige Spione vorgesehen war. Im Kühlschrank hatte man uns Orangensaft, Schinken und Käse gelassen. Warschau ist der ideale Ort, um über de Gaulle zu sprechen.

»De Gaulle war der erste Mensch, der mich gewarnt hat, dass China eine Bedrohung für die Sowjetunion darstellt«, sagte Vater im Wegdösen.

»*Cud nad Wisłą* – das Wunder an der Weichsel!«, murmelte ich im Einschlafen.

Am nächsten Morgen weckte uns unsanft der russische Hausmeister. Das Auto wartete unten. Hals über Kopf stolperten wir in den Hof hinunter. Der Chauffeur, der erst seit kurzem in Warschau arbeitete, verfuhr sich im Łazienki-Park. Der Park beeindruckte uns mit seiner würzigen herbstlichen Pracht. Schließlich kamen wir zum Königspalast mit den Statuen der Könige. Der Chef des polnischen Protokolls führte uns in den Saal, der voller Journalisten war. Der bärtige Marcin von der »Gazeta Wyborcza« winkte mir schüchtern zu. Zwei Außenminister – unserer und *ihrer* – marschierten zielstrebig in den Saal.

Ich begann mit allgemeinen Betrachtungen:

»Die Kultur«, bemerkte ich, »ist eine Liebeserklärung an das Leben!«

»Kann man die sowjetische Diplomatie als Verbrechen gegen die Menschlichkeit verstehen?«, fragten die Polen.

Papa und ich wechselten Blicke und schwiegen.

»Ja«, sagte ich ganz leise, damit Papa es nicht hörte.

»Kann man Ihren Sohn für einen Feind der Sowjetunion und des Molotow-Ribbentrop-Pakts halten?«, fragten die Polen.

»Hu-hu-hu«, sagte Vater. »Es hat sich herausgestellt, dass mein Sohn einfach seiner Zeit voraus war. Hu-hu-hu-u-u-u!«

Die Polen gaben mir die Auszeichnung.

Die Geburt des Bruders

Alle lesen Bücher auf unterschiedliche Weise. Die einen sind geduldig. Andere überspringen Naturbeschreibungen und Adjektive. Wieder andere schauen sich zuerst den Schluss an. Und schließlich gibt es diejenigen, die das Impressum studieren – alles Übrige halten sie für pure Erfindung.

Sage mir, wie du liest, und ich sage dir, wie du lebst. Aber wodurch unterscheidet sich die Grundidee eines Buches von der Grundidee eines Lebens?

Am 25. Juni 1956 rannte ich mit anderen Knirpsen im Pionierlager über eine große Wiese. Meine kurze blaue Hose hatte beque-
me Taschen, in die man verschiedene Gegenstände stopfen konnte,
einschließlich der am meisten verbotenen: Streichhölzer. Ich war
ungefähr neun Jahre alt. Die Beine waren übersät von Schrammen,
besonders um die Knie herum. Ich trug kein Pionierhalstuch: Das
Halstuch hatte da, wo ich herumrannte, Seltenheitswert, es wurde
nur an Festtagen angelegt. An jenem Junitag befand ich mich auf
seltsamem Terrain.

Die Wiese war abschüssig. Wenn man den Kopf in den Nacken
legte, sah man auf einem Hügel ein großes graues Haus mit zwei
Stockwerken, es genauer zu betrachten wurde durch eine Balustra-
de behindert. Weiter vorn war ein schmiedeeisernes Tor zu erkennen. Die Erzieherinnen liefen in weiten Kleidern herum. Die junge
Direktorin trug eine Sonnenbrille.

Unter einer Vielzahl von Tagen blieb mir der 25. Juni wie eine
Fotografie im Gedächtnis haften. Kirilla Wassiljewna, die Direktorin, beobachtete mich durch ihre Brille. Nach dem Frühstück hatten wir eine *Pyramide* geprobt, die aussah wie ein sternförmiges
Emblem, zusammengesetzt aus mehreren Jungen. Danach hatten
wir uns auf ein Kriegsspiel mit Landkarten und Verstecken vorbereitet. Die Mädchen waren auch dabei gewesen, aber sie hatten
einen Höllenlärm veranstaltet, und ich fand sie alle anstrengend,
weil meine Auserwählte, Nadja, ein Jahr älter als ich, an diesem
Tag nicht nach draußen gekommen war.

Nachdem wir mit unseren militärischen Vorbereitungen fertig
waren, wurden wir belohnt – mit einem Fußballspiel. An meiner
Seite rannte Orlow – in jenem Frühjahr 1956 warf er mit kleinen Steinen nach mir und schlug mir einen Schneidezahn aus. Orlow junior war der Sohn eines Mannes von niederem Rang, mit
dem verglichen mein Vater ein König war, und die Orlows waren
furchtbar aufgeregt, aber meine Mutter verzieh ihnen.

Als der Ball in ein Gebüsch flog, kam Kirilla Wassiljewna, die

Füße sehr hoch anhebend, auf mich zugestelzt. Sie trat von hinten an mich heran und umfasste mich mit beiden Armen. Dann ging sie in die Hocke, und ich kam buchstäblich auf ihren Knien zu sitzen. Sie schob die Brille in die Stirn. Ich hatte die Direktorin noch nie von so nah gesehen. Aus der Nähe sah sie ganz anders aus. Sie hatte Sommersprossen. Ja, und überhaupt das rötliche Gesicht nicht einer Direktorin, sondern einer Privatperson. Große, etwas müde Augen. Katzenaugen, von grüner Farbe. Sie duftete nach warmen Bliny mit der leichten Beimischung eines Parfüms.

»Weißt du, dass du heute ein Brüderchen bekommen hast?«

Ich antwortete auf der Stelle. Ich kam gar nicht zum Nachdenken, sondern platzte heraus:

»Weiß ich.«

Sie war verblüfft. Ich ebenfalls. Dabei hatte ich keine Ahnung von einem Bruder. Ich wusste nicht nur nicht, dass er *heute* geboren worden war; ich wusste überhaupt nicht, dass er vorhatte, geboren zu werden. Obwohl ich fast neun Jahre alt war, kannte ich mich nicht so richtig in der Reihenfolge der Handlungen aus, die zur Geburt eines Bruders führten. Frauen sind manchmal schwanger – das war mir bekannt, aber wie sie gebären, durch welche Öffnung? Wäre ich in eine Moskauer Schule gegangen, hätte ich längst auf der Straße erfahren, wer wem was hineinsteckt: Da wohnten sie in Kommunalki, schliefen in einem Zimmer, hörten und sahen alles.

»Woher weißt du davon?«

Sie fasste mich noch fester mit ihren beringten Fingern um die Brust, und mir wurde ganz anders, als würde ich gleich mit ihr zusammen Kinder machen. Ich spürte ihre Brüste am Rücken, und als richtiger Mann musste ich sie einfach anlügen:

»Ich weiß es eben!«

Ich verstand vage, dass ich mir durch eine verneinende Antwort auf die Frage nach der Geburt des Bruders eine schlechte Schulnote einhandeln würde. Ich war gekränkt, dass sie von der Geburt des

Bruders früher erfahren hatte als ich. Sie hatte ihre Nase in die Geheimnisse unserer Familie gesteckt und trumpfte nun groß auf, ich aber war außen vor, als gehörte ich nicht zur Familie. Ich war besorgt um meine Mutter, denn wenn Vater mit Kirilla Wassiljewna sprach, rupfte sie immer einen Grashalm ab und lächelte geheimnisvoll.

Kirilla Wassiljewna war frustriert, weil sich ihr Pionierlager als nicht hermetisch abgeschlossen erwiesen hatte, ungeachtet des schmiedeeisernen Tors, und die Neuigkeit von der Geburt meines Bruders an ihrem Schreibtisch vorbei eingedrungen war. Ihr Mund öffnete sich in einer dümmlichen Grimasse, und ich glühte vor Scham, an meinem Rücken ihre Brüste spürend.

Aber am meisten empört war ich über meine Eltern. Sie waren mich noch vor einer Woche hier besuchen gekommen, wir hatten Butterbrote mit Schinken gegessen, der hier *jambon* heißt – und sie hatten kein Sterbenswörtchen gesagt. Vater hatte aus Mutters Schwangerschaft ein diplomatisches Geheimnis gemacht, und sie versteckte den Bruder in den Falten ihres gelb-grauen Rocks. Nach dem Geständnis der Direktorin allerdings, als ich das Ereignis mit den Augen eines großen Jungen betrachtete, der in die dritte Klasse kam, fiel mir im Nachhinein auf, dass Mutter in letzter Zeit viel im Bett gelegen und oft mit Vater gestritten hatte. Sie sagte zu ihm, sie habe genug von diesen Empfängen, sie könne nicht immer in denselben Kleidern dort auftauchen, nicht verstehen, warum er Stalin verteidige, sie wolle nach Moskau zurückkehren. Aber statt sich scheiden zu lassen, beschlossen meine Eltern schwanger zu werden ... Kirilla Wassiljewna stöhnte leicht auf: Ihr schien es plötzlich, als setzten bei ihr selbst die Wehen ein und sie würde mich gebären, den jungen Pionier, der auf ausländischem Boden als kräftiges, verlogenes, zerzaustes Kind geboren wurde.

◇

In liberalen Moskauer Kreisen ist es, wie einige Zeitungen schreiben, schick geworden, die Akimuden gut zu finden. Manche Mädchen nennen sich *Akimudowki*. Die Akimudowki zeichnen sich aus durch besondere romantische Kleidung mit einer ordentlichen Prise Erotik, hedonistisches Make-up und das rätselhafte Benehmen einer »geheimnisvollen Unbekannten«. Die Akimudowki mögen gern grüne Äpfel und drei Spiegeleier. Sie haben die Sitte eingeführt, sich bis zum Mittag mit einem Finger zu bekreuzigen und nachmittags mit fünf Fingern. Die jungen Leute verstehen die Akimuden als verwirklichte *Utopie der Leere*, welche sie mit eigenem Sinn füllen wollen. Die Kirche und die Beamten im Verwaltungsapparat des Chefs wenden sich energisch gegen diese Mode. Sie meinen, es handle sich um eine Sekte. In Wirklichkeit tragen die Akimuden, wie einige Zeitungen schreiben, zur Selbstorganisation des öffentlichen Lebens bei, zu seiner Befreiung von Stereotypen. Ein bestimmter Teil der jungen Leute hält es für sinnvoll, seinen festen Wohnsitz auf den Akimuden zu nehmen. Angeblich müsse man dafür nirgendwohin umziehen. Die Akimuden seien in uns. Ein anderer Teil der Jugendlichen meint indessen, es reiche aus, Selbstmord zu begehen, um direkt auf den Akimuden zu landen. Das beunruhigt die Staatsmacht besonders. Es entsteht der Eindruck, dass die ganze Angelegenheit sich zu einer Epidemie auswächst. Alle Sekten ähneln einander wie die glücklichen Familien bei Tolstoi. Die Botschaft enthält sich jeden Kommentars.

Es gilt als hip, das Wort »Akimuden« an die hundert Mal pro Tag auszusprechen, gleichsam als Mantra. Bei besonders leidenschaftlichen Akimuden-Verehrerinnen hängt im Schlafzimmer ein Foto des Botschafters an der Wand. Bei Auserwählten sogar eins mit Widmung! Es soll außerdem einige Fotografien geben, auf denen der Botschafter zwinkert und die Zunge herausstreckt.

Süße Lieder

»Ich habe einen Gehilfen für dich gefunden«, sagte Kurojedow am Telefon zu Fink. »Er heißt Samson-Samson. Ein Science-Fiction-Autor! Er kennt die jenseitigen Welten wie Daniil Andrejew. Er hat dreißig Science-Fiction-Bücher geschrieben. Allesamt Bestseller. Hat mal wegen Vergewaltigung gesessen. Hat im Lager zu schreiben angefangen. Er hatte dort mystische Visionen. Sieht aus wie ein charmanter Orang-Utan, solange er keine Wutattacke bekommt. Er wird dich anrufen. Merk dir den Namen: Samson-Samson.«

»Ich hab ihn in der Sendung ›Soll es kommen, wie es kommt‹ gesehen und noch irgendwo, bei einem Matinee-Konzert.«

»Und?«

»Ein Arschloch«, sagte Fink. »Ich schaff das auch allein.«

Fink erwies sich als starkes Mädchen. Ihre strahlenden Augen zogen mich an wie ein Magnet. Auch der Botschafter schien von ihrer Schönheit entwaffnet. Wenn sie den Raum betrat, erstrahlte alles, es gab gleichsam mehr Licht – aber für wen arbeitete sie? Für sich, zu ihrem eigenen Vergnügen – sie war verrückt in der Liebe –, zur Befriedigung ihres Hungers nach Macht über uns, für die Rehabilitierung ihres Selbstwertgefühls, das in ihrer Kindheit und Jugend in einem Moskauer Vorort zerstört worden war? Oder meinte sie, dass unser Dreieck tatsächlich ein Team der neuen Möglichkeiten, der Bewusstseinserweiterung war – und war es ihr nicht wichtig, wie lange das so weitergehen konnte, Hauptsache, es existierte? Oder aber sie arbeitete für Kurojedow, für die russische Staatssicherheit, für die Zukunft des Landes, in der Absicht, die Botschaft der Akimuden zu nutzen, damit Russland das Niveau einer Weltmacht erreichte? Möglicherweise wollte sie, dass Russland in den Besitz von alternativem Treibstoff gelangte. Dann würden wir der Welt die Spielregeln diktieren und uns an Europa und Amerika für ihre Verachtung uns gegenüber rächen. Aber in diesem Fall hätte sie eine außergewöhnlich gute Schauspielerin sein müssen, um die Rolle der großen Spötterin zu geben: So zu tun, als verachte sie Kurojedow, und sich über Russland lustig zu machen, in Wirklichkeit aber dem Land selbstlos zu dienen und mich als Interpreten der Worte des Botschafters an ihrer Seite zu halten? Oder aber sie hatte sich, alles Irdische vergessend, in die Akimuden als Geheimnis ewiger Seligkeit verliebt und bereitete sich zugleich, besorgt um ihre Erlösung, auf das ewige Leben vor? Die wahren Gründe für ihr Verhalten zu erraten stand nicht in meiner Macht – ich war zu sehr hingerissen von ihr. Ich vermutete, dass der Botschafter im Unterschied zu mir alle ihre Absichten kannte, aber er sagte, dass er ihr gegenüber eine Position des absoluten Gewährenlassens und der Selbstbeschränkung einnehme. Andernfalls sei es uninteressant.

»Wenn ich alles kontrolliere, seid ihr Marionetten in meinen Händen – wozu brauche ich das?«

»Und was brauchen Sie?«

»Ich will einen Neustart für unsere Beziehungen, einen neuen Vertrag abschließen«, sagte der Botschafter bei mir in Krasnowidowo während eines Spaziergangs an der Istra. »Ich habe Sie als Gesprächspartner ausgewählt, weil Sie darüber geschrieben und nachgedacht haben.«

»Nicht nur ich habe das.«

»Ja, aber bei Ihnen hat überhaupt nichts geklappt … ich meine, einen Freundeskreis der neuen Idee zu gründen.«

»Das ist ein Gebiet euphorischer Idiotie«, sagte ich. »Kaum spricht man darüber, ist man von lauter Idioten umgeben.«

»Was treibt Sie an?«, fragte Fink, am Flussufer Rotwein trinkend.

»Die Liebe«, sagte der Botschafter. »Ich liebe jeden, vom letzten Penner bis zum Präsidenten, ich will sie retten, aber mit jedem Jahrhundert wird das schwieriger. Die Menschen spüren ihre Verbindung zu uns nicht mehr so, wie es in alten Zeiten gewesen ist.

Sie sind vom rechten Weg abgekommen. Ja, und woran sollen sie auch glauben? Sie sind aus den traditionellen Religionen herausgewachsen wie aus Kinderschuhen. Da gibt es ja nur Gleichnisse und Belehrungen.«

»Ja, Sie haben uns nur die metaphorische Lesart hinterlassen«, sagte ich. »Alles Übrige sieht wüst aus.«

»Aber das soll nicht heißen, dass der neue Gott in Jeans und T-Shirt herumlaufen wird.«

»Sondern worin?«

»Diesmal wird er vielleicht ein Russe sein. Obwohl ich diese Frage noch nicht endgültig durchdacht habe.«

»Warum ein Russe?«

»Es existiert ein tiefgreifendes globales *Simulakrum* – das ewige Russland. Sentimentalität und Mystizismus, Schnee und Kälte … Irgend so etwas Nördliches … ein langer Kuss bei starkem Frost …«

»Warum machen Sie die ganze Zeit Front gegen den Sex?«, fragte Fink.

»Die Menschen sind dermaßen amoralisch, dass man sie permanent mit Moral vollpumpen muss.«

»Warum haben Sie sie so erschaffen?«

»Der Mensch ist ein Fehler der Natur. Es hat sich so ergeben.«

»Was heißt das, *ergeben*?«, mischte ich mich ins Gespräch. »Was wollen Sie dann vom Menschen? Sie verbergen Ihre wahren Absichten und wollen, dass der Mensch Ihnen in Glaube und Wahrheit diene?«

»Warum haben Sie den Menschen erschaffen?«, fragte Fink und leerte den Rotweinkelch.

»Ganz einfach: aus Liebe.«

»Höchste Zeit, nach Hause zu gehen«, sagte Fink. »Ich muss morgen zum Fitnesstraining.«

»Bitte den Botschafter, dass du immer in Form bleibst.«

Der Botschafter sah Fink an.

»Ich bin bereit, das zu erfüllen.«

Fink fauchte:

»Manchmal sagen Sie so lachhafte Dinge, dass ich mich weigern möchte, an Sie zu glauben! ›Ich bin bereit! Ich bin bereit!‹ Millionen von Frauen altern, sie haben Falten, schlaffe Haut, werden von ihren Männern verlassen! Helfen Sie doch den Weibern! Helfen Sie den Weibern der ganzen Welt! Sie machen schließlich auch Wasser zu Wein.«

»Fink«, sagte ich. »Was mischst du dich in fremde Angelegenheiten?«

»Ich habe Tote zum Leben erweckt«, sagte der Botschafter vorsichtig.

»Na und! Für was? Damit die Menschen an dich glauben? An ein Wunder glauben kann jeder! Ein Wunder ist das gleiche wie Folter, nur mit umgekehrtem Vorzeichen!«

Sie stand abrupt auf und lief den Pfad unter den weit ausladenden Weiden entlang.

»Sie pickt irgendwelche idiotischen Argumente heraus«, verteidigte ich Fink, bemüht, die Wogen zu glätten.

»Ein Kind!« Der Botschafter schmunzelte. »Ein wundervolles Kind.«

Abendgesellschaft

Es war gegen halb vier Uhr nachts. Die letzten Gäste beendeten, nach mehreren erfolglosen Versuchen zu gehen, entschlossen ihre letzten Gespräche, wie man zu Ende gerauchte Zigaretten ausdrückt, und begannen sich noch im Esszimmer stehend zu verabschieden. Fink und ich zählten bei diesem letzten Versuch den fünften *Absacker* und schenkten als Abschiedsdigestif einen Wodka aus. Der wurde von allen rasch hinuntergekippt, das männliche oder weibliche Kinn angehoben. Zum Küssen strömte man in den

Flur, nach russischer Sitte ein baldiges Wiedersehen verabredend, sich sorgend um die zarte Nabelschnur nicht abreißender Kommunikation, während Nastja, unsere silbrige Katze von undefinierbarer Rasse, an allen vorbei in das leere Zimmer schlüpfte, die heiße menschliche Luft, in der noch die Dünste des Kaninchenfleischs hingen, in ihre Lungen einsog, mit den verträumten Augen einer Schönheit die heruntergebrannten Kerzen betrachtete und aufs Fensterbrett sprang, um die Frische des anbrechenden Tages einzuatmen.

Das Kaninchen war Weltklasse. Es erhob sich über die triste Ausdünstung der Welt: duftend, hurtig, warm, treffsicher, fröhlich. Vor meinen Augen verwandelte es sich in die Ikone eines Kaninchens. Bei einer Abendgesellschaft muss man die Gäste mit der Verwandlung eines bekannten Gerichts überraschen. Wer weiß schließlich nicht, was ein Kaninchen ist! Wer hat auf dem Dorogomilowski-Markt noch nicht sein langes rosa Körperchen (ausgestreckt wie im Flug) mit den flauschigen grauen Kniestrümpfchen gesehen!

Ort der Handlung: Eine Wohnung in einer Gasse auf der Pljuschtschicha. Sofort rufen alle unisono: »Drei Pappeln auf der Pljuschtschicha!« Genau, die drei Pappeln aus dem berühmten Film! Aber wenn man das zum tausendsten Mal hören muss, möchte man diese Liebhaber des Sowjetkinos am liebsten erwürgen.

Zeit der Handlung: Abend, am besten nicht an einem arbeitsfreien Tag. Das hat seinen besonderen Sinn. Leute, die nach der Arbeit zu Besuch kommen, haben dringend einen Stimmungswandel nötig. So entsteht frischer Wind – die beste Voraussetzung für einen gelungenen Abend.

Epoche der Handlung: Ruhm und Ehre sei Russland!

Bei einer Abendgesellschaft sollte man möglichst die Anzahl der geladenen Gäste an die Anzahl der *Auserwählten* annähern: Die optimale Proportion ist eins zu eins. An jenem Abend erschien bei uns als erster Gast Akimud, der Botschafter. Als zweiter Denis, der Oligarch. Beide trafen pünktlich um neun ein, und die Übrigen kamen, wie in Moskau üblich, zu spät. Fink, Lana mit dem stets erstaunten Gesichtsausdruck und ich saßen da und tranken Weißwein: Gastgeber müssen ein wenig trinken, bevor die Gäste eintreffen. Denis kam, wie es sich für einen Russen gehört, mit einer Flasche. Das war allerdings keine einfache Flasche, sondern eine Megaflasche Rotwein. Ihm zufolge lebt Wein in einer Megaflasche ein weitaus richtigeres Leben als in einer einfachen Flasche, umso mehr, wenn es sich um Wein von Weltniveau handelt. Er brachte einen Wein von Weltniveau mit. Das künftige Kaninchen von Weltniveau bekam einen würdigen Begleiter.

Nach Denis kam Alexander Mamut mit einem großen Strauß gelber Rosen. Zunächst wunderte er sich, als er seinen Kollegen in der Küche sah, aber er ließ sich nichts anmerken und fügte sich in die Küchengesellschaft ein. Es ist wichtig, was die Leute zu einer Abendgesellschaft im privaten Kreis anziehen. Wenn man sich zu festlich kleidet und zum Beispiel in einem gestreiften Anzug auftaucht, dann riskiert man, zu sehr ins Auge zu stechen; der Blick wird an einem hängenbleiben. Sich nicht dem Anlass entsprechend anzuziehen ist ebenfalls nicht richtig. Man muss sich unauffällig kleiden, zeigen, dass man selbst zu Besuch gekommen ist und nicht die Kleidung. Beide waren vollkommen unauffällig gekleidet.

Als Dritter kam Kolja Uskow, zusammen mit seiner wohlüberlegten Unrasiertheit und seinem nicht weniger wohlüberlegten schmachtenden Blick. Nach seinem Eintreffen schickte die Gastgeberin alle Männer ins Esszimmer mit den rosa gestrichenen Wänden und der hohen rosafarbenen Doppeltür – Jugendstil à la Pljuschtschicha, Jahrgang 1911. Als die Lungins eintrafen, war die Unterhaltung in vollem Gange. Der nachdenkliche Mark Garber und seine bezaubernde Frau kamen erst zum Kaninchengang dazu.

Was ist wichtiger, das Gespräch oder das Kaninchen? Überflüssige Frage! Kaninchen und Gespräch sind zwei Paar Schuhe, aber auf einer Abendgesellschaft gehen sie einträchtig nebeneinanderher. Die Unterhaltung dreht sich darum, ob der *russische Arbeiter* seinem eigenen Begriffssystem entspricht. Die Zeit, als man sich darüber lustig machte, ist vorbei. Mit den Arbeitern kann man sich offenbar einigen, meint Denis, sofern man sich dies ernsthaft vornimmt. Schwieriger ist es, sich über den Sinn des neuen Kinos zu einigen. Alle waren sich einig, das russische Mädchen sei im Unterschied zum westlichen ein Auto mit selbsttätigem *Motor*; das westliche Mädchen sei schön, aber es stehe, und unseres fahre – es besitze Energie. Akimud fragte:

»Ist das Hausmacherwurst?«

Alle starrten Akimud an.

»Wenn *Sie* das nicht wissen ...« Fink lachte.

»Hausmacher.« Akimud nickte. »Warum hat eigentlich der Liberalismus in Russland so gar keine Basis?«

»Sie kommt vom Markt«, erklärte Fink. »Obwohl, es ist Hausmacherwurst, wie man's nimmt.«

Ausgestattet mit Westerfahrung, waren sich alle einig, dass die russische Emigration ein missglücktes Konzept sei, ohne lichte Zukunft, eines, das sich nicht lohne, auf Teufel komm raus auszuprobieren. Aber was sollte man zu Iwan dem Schrecklichen sagen? Der Schreckliche war Gegenstand der einzigen schrecklichen Diskussion (die fast in einen Streit ausartete) des ganzen Abends – zwischen Uskow und Lungin. Soll man ihn so zeigen, dass dieser Zar wie ein Schutzbrief für die ewige Skepsis gegenüber den potentiellen Möglichkeiten des Landes ist, Ursache dafür und Wirkung dessen, dass die Geschichte sich im Kreis dreht? Je furchterregender sein mittelalterliches Gebaren und seine bestialischen Hinrichtungsmethoden dargestellt werden, desto unbeweglicher der Zustand der modernen Geister, desto schwächer der Wille zur Modernisierung: Wer ist er – die Regel oder Höllenbrut? Und außerdem, musste sich die Kunst unbedingt durch den gleichen verdammten Teufelskreis der Geschichte schleppen, hat sie denn wirklich keinen eigenen Weg?

»Und was meinen Sie?«, wurde Akimud gefragt.

Akimud überlegte und sagte:

»So war das alles nicht.«

»Wie denn dann?«

»Iwan der Schreckliche hat es nicht in den Griff bekommen. Er wollte es, hat es aber nicht geschafft ...«

»Was hat er nicht in den Griff bekommen?«

»Friedliche Ackerbauern sind nun mal nicht geschaffen für ein Imperium ...«

»Und wie konnten Sie das zulassen?«, fiel man über ihn her.

»Wer? Ich?«

»Ja, Sie!«

»Sie waren doch da!«

»Sie übertreiben«, sagte Akimud leise.

Je intelligenter die Gäste, desto eingeschränkter der Kreis ihrer Trinksprüche.

Nietzsche hat einmal gesagt, man dürfe seine Feinde nicht mehr hassen als sein eigenes Leben lieben. Dieses Gebot kann als Grundlage einer neuen Küchenphilosophie gelten.

Die neue Küchenphilosophie unterscheidet sich von den alten Kanons des Einsiedlertums der Intelligenzija. In die sowjetische Küche kamen die Leute nicht zu Gast, sie *kamen vorbei*. Sie wurden nicht zum *Abendessen* eingeladen – das galt irgendwie als unrussisch. In der Küche wollte man sich etwas von der Seele reden; es hatte sich einiges angesammelt. Die Losung der sowjetischen Küche war der Trinkspruch: »Trinken wir auf unsere hoffnungslose Sache!«

In der alten Küche wiederholten sich die Gespräche:

Darüber, dass der faulende Westen in jeder Beziehung besser ist als wir.

Darüber, wer ein Spitzel ist.

Darüber, dass das Fernsehen lügt – doch das löste keine Kritik aus, sondern sorgte lediglich für Spott. Dafür glaubte man alles, was die »Stimmen« verbreiteten. Man schimpfte auf käufliche Literaten und Künstler. Man freute sich über jede Niederlage der Sowjetmacht auf internationaler Bühne. Oft weigerte man sich, beim Sport zu sowjetischen Mannschaften zu halten; im Eishockey beispielsweise fieberte man aus Prinzip mit den Tschechen oder den Schweden.

Frauen in der Küche hatten eine doppelte Bedeutung. Sie waren Kameraden und Frauen zugleich. Einen männlichen Kameraden nicht *ranzulassen* galt als unkameradschaftlich, ihn im Gegenteil *ranzulassen* bedeutete, danach als Frau nicht respektiert zu werden. Der unüberwindliche Konflikt wurde mit Hilfe von Wodka gelöst. Man wusste genau, dass sich niemals irgendetwas ändern würde; man war Fatalist.

Die neue Küchenphilosophie wurde im Gefühl der Klarheit geboren. Zu dieser Klarheit zu gelangen war schmerzlich – die Wiederholung quälend. Die Küche war lediglich eine Metapher für das, was vor sich ging. Sie wurde upgegradet und verwandelte sich in eine Abendgesellschaft mit geladenen Gästen.

Wir haben uns längst diesem Modell angepasst. Man wollte die Bedeutung des Wortes in der Kommunikation erhöhen, der Kommunikation einen komplexen Charakter verleihen. Das größte Übel solcher Abende – wie auch die Diskussion zwischen Lungin und Uskow zeigte – besteht im Abdriften eines Gesprächs in den Gedankenwirrwarr über die zyklische Entwicklung der russischen Geschichte. Prigow entwickelte, erinnert man sich, eine einfache Idee: Nach Frühling und Sommer kommt der Herbst, danach der Winter. Wir stehen am Anfang eines Winters. Wir kannten die klimatischen Gegebenheiten bei uns und wussten, wie lange russische Winter dauern. Alle waren bestürzt.

Ich habe ganz vergessen zu sagen: Auch der amerikanische Botschafter und seine Gattin waren bei unserem Abendessen anwesend und hatten nur Augen für Akimud. Als er einen Wodka getrunken hatte, nachdem das Kaninchen schon gegessen war, sagte John:

»Ich habe freundschaftliche Gefühle gegenüber Russland. Marlene und ich sind schon zum dritten Mal hier. Es hat sich wahnsinnig viel verändert. Wie sehen Sie das?«

Akimud schaute in die Runde und sagte:

»Einverstanden. Russland ändert sich. Darin besteht auch die Gefahr für Russland.«

»Wieso?«, schrien alle auf.

»Es gibt keine gemeinsamen Werte.«

»Dann helfen Sie uns!«, konnten die Gäste nicht mehr an sich halten. »Wir brauchen tatsächlich nicht so furchtbar viel. Wir brauchen eine starke und erleuchtete Führerpersönlichkeit.«

»Wir sollten gemeinsam Front machen«, meinte Denis.

»Wie sollen wir gemeinsam Front machen«, wunderte sich Akimud, »wenn Sie militanter Atheist sind?«

»Na und?«

»Und was mögen Sie besonders in Russland?«, setzte der amerikanische Botschafter nach.

»Ich? Die ewige Wiederholung.«

»Wie bitte?«, ächzten die Gäste.

»Der Bruch zwischen archaischem und neuem Bewusstsein macht mir Sorgen. Genau dort kann ein religiöser Umsturz entstehen.«

»Wozu? Wir brauchen eine normale Zivilisation. Helfen Sie uns!«

»Ich werde mich nicht an *liberalem Terror* beteiligen.« Akimud schüttelte den Kopf. »Bist du bereit, ein *liberaler Diktator* zu werden?«, wandte sich Akimud überraschend *per Du* an Denis.

»Ich denk drüber nach«, antwortete der Oligarch mit Würde.

Ich schließe nicht aus, dass genau mit diesem Satz seine Gedanken an eine politische Karriere begannen.

»Du hast in deiner Jugend zu wenig Bücher gelesen«, warf ihm Akimud väterlich vor.

»Meine Bücher – das sind meine Fabriken«, sagte Denis fest.

»Russland … Ein Knäuel aus Ohnmacht und Straffreiheit. Darin liegt sein Reiz!«

»Das bedeutet, Sie wenden sich von Russland ab?«, ging Kolja Uskow ihn an. »Warum sind Sie dann eigentlich hierhergekommen?«

»Hier lebt das Gottesträgervolk«, erklärte Akimud.

John griff sich an den Kopf. Die Gäste ächzten wieder. Sie sahen Akimud an wie einen Vollidioten.

»O Gott!«, rief Fink.

Akimud fuhr zusammen und sah sie streng an.

»O Gott!«, wiederholte sie. »Ich habe meine ganze Kindheit jenseits des Autobahnrings verbracht. Zweihundert Meter von Moskau entfernt. Dort hat es nicht mehr nach Moskau, sondern nach russischem Geist gerochen. Man musste Angst haben, auf die Straße zu gehen. Überall wimmelte es nur so von Gottesträgern!«

Akimuds Lachen war ansteckend.

»Während 1825 ein Häuflein *Auserwählter* in Russland den Umsturz geplant hat, sind heutzutage fünfzig Topmanager imstande, ihn endlich umzusetzen«, beharrte Denis.

»Das würden sie wohl machen. Wenn man sie lässt«, bemerkte Mark Garber.

»Teilen Sie großzügig Ihr glückliches zufälliges Leben miteinander – wir sterben vor Lachen!«, dankte Akimud mit fröhlichen betrunkenen Augen, als er um halb vier Uhr morgens in der Tür stand. »Was für bemerkenswerte Leute, Ihre Gäste! Ach, nehmen wir doch noch einen *Absacker*!«

An allem sind die Akimuden schuld

»Folgendes«, sagte der Chef zu seinen Leuten. »Wir entführen ihn, diesen Botschafter Akimud. Wir entführen ihn. Wir isolieren ihn. Und wir halten ihn hinter Schloss und Riegel, bis er gesteht, wo seine verdammten Akimuden sind und warum er hierhergekommen ist.«

»Man könnte alle Probleme auf die Akimuden schieben«, sagten seine Leute zum Chef.

»Tun Sie das.« Der Chef nickte.

Am Abend wurde über die Hauptsender die Information verbreitet, die Akimuden seien ein gefährliches Land. Die Botschaft der Akimuden in Moskau betreibe Aktivitäten, die mit einer diplomatischen Mission unvereinbar seien.

»Vielleicht sollten wir den Posten des Botschafters mit unserem Mann besetzen? Mit einem Doppelgänger?«

»Gute Idee«, befand der Chef.

Plötzlich ertönte im Arbeitszimmer des Chefs die höfliche Stimme des Botschafters von der Decke herab:

»Tun Sie das nicht!«

Der Westen und die Akimuden

»Welches Motto hat Ihr Land?«, fragte John, der amerikanische Botschafter in Moskau.

Wie alle herausragenden Botschafter der Welt trat er betont bescheiden auf, aber die Mitarbeiter der Botschaft hielt er kurz. Er besaß ein charmantes Lächeln, ähnelte ein kleines bisschen einem Operettenhelden. Botschafter sehen überhaupt immer irgendjemandem ähnlich. Einer Charlie Chaplin im fortgeschrittenen Alter, einer den drei Musketieren. Anfangs fiel John, wie auch den anderen Botschaftern der großen Länder, der Botschafter Akimud gar nicht auf. Er hielt ihn für einen unbedeutenden afrikanischen Diplomaten, den Abgesandten irgendeiner Bananenrepublik. Aber allmählich kam Bewegung in den CIA. Dem Weißen Haus wurde Bericht erstattet. Der Präsident der USA fragte:

»Warum sind die nicht zu uns gekommen?«

Der CIA-Chef zuckte mit den bejahrten und doch kräftigen Schultern.

»Sie wollen Russland helfen, zum Status einer Supermacht zurückzukehren. Sie wollen das Gleichgewicht der Kräfte auf der Erde wie im Weltall wiederherstellen.«

»Also, wer sind die denn jetzt?« In der Stimme des Präsidenten der USA klang Nervosität mit.

»Sie unterstützen die Ordnung auf der Erde.«

»Bisher dachte ich, das ist unser Vorrecht«, bemerkte der Präsident der USA.

Auf Kommando aus dem Weißen Haus fuhr John zur Kontaktaufnahme in die Botschaft der Akimuden.

»Unser Motto?«, wiederholte der Botschafter Akimud die Frage. »Unser Motto lautet: Wir sind Enten.«

John lächelte.

»Das erinnert ein wenig an russische Werte.«

»Jedenfalls sind wir nicht umsonst hierhergekommen.«

Der Botschafter musterte den amerikanischen Kollegen interessiert. Er und Marlene galten als ideales Paar. Sie unterstützte ihn immer und bei allem. Sie hatten drei Söhne. Schon erwachsen. Marlene würde bald Großmutter werden. Als sie heirateten, waren sie die glücklichsten Menschen auf der Welt. Vierzehn Jahre lang, ab dem ersten Jahr nach ihrer Hochzeit, reiste Marlene unter dem Vorwand der Liebe zur französischen Kunst ständig nach Paris, wo sie einen finnischen Liebhaber hatte. Sie liebte ihn leidenschaftlich. Sie gestand niemandem diese Liebe, doch einmal, in der Residenz, beschwipst, erzählte sie es mir aus irgendeinem Grund, aber dann kräuselte sie die Stirn:

»*Why?*«

»Natürlich brauchen wir Märtyrer«, sagte der Botschafter. »Aber nicht für lange. Letztes Mal hat das drei Jahrhunderte gedauert. Diesmal wird es schneller gehen, hoffe ich.«

»Wozu brauchst du Märtyrer?«, fragte Fink. »Geht es denn wirklich nicht ohne?«

»Die Kirche ist auf Blut gegründet. Das ist ein stabiler Zement.«

»Hör nur, was er redet!«, wandte sich Fink an mich. »Vielleicht könnte man diesmal eine Religion auf Sperma gründen?«

»Mit Sperma werden Kinder gemacht und keine Religion.« Der Botschafter winkte ab.

»Ach, zum Teufel mit euch allen!«, empörte sich Fink. »Kommen Sie, fahren wir lieber ein bisschen durch Russland. Kurojedow lädt uns ein!«

»Und wohin fahren wir?«, fragte ich.

»Ich möchte in die Ermitage«, sagte der Botschafter. »Ich liebe Kunst.«

»Die Ermitage – das ist noch nicht Russland«, sagte Fink. »Fahren wir in irgendeine alte russische Stadt. Zeigen wir dem Botschafter, wie man in Russland trinkt«, schlug mir Fink vor.

Wir bestiegen den botschaftseigenen Mercedes und fuhren los. Wir nahmen nicht einmal eine Straßenkarte mit. Wir fuhren aufs Geratewohl. Wir fuhren einen ganzen Tag lang. Wir fuhren durch dichte Wälder. Wir fuhren durch stadtähnliche Ansiedlungen mit abbröckelnden Balkonen. Wir hielten unterwegs ab und zu an, um Schtschi zu essen und Wodka zu trinken. Es schneite – wir fuhren weiter. In einem Hotel nahmen wir uns eine Suite im alten Sowjetstil.

Wer in Russland gereist ist, der weiß, wovon ich spreche. Eine Suite, das sind zwei Zimmer mit schweren Vorhängen und muffiger Luft, üppigen Kronleuchtern, einem Badezimmer mit kleinen weißen Fliesen und armseliger Ausstattung. Das Duschen ist riskant. Mal kommt kochend heißes, mal eiskaltes Wasser aus der Leitung. Fink nahm nichtsdestoweniger eine Dusche und kam im Bademantel aus dem Bad. Ich richtete mich mit meiner Liebsten im Schlafzimmer ein; Akimud musste sich mit dem ausziehbaren Sofa im Wohnzimmer begnügen. Warum wir nicht zwei Zimmer nahmen, weiß ich nicht. Wir setzten uns an den Couchtisch und begannen Whisky zu trinken.

Als wir drei Flaschen ausgetrunken hatten, ohne etwas dazu zu essen, hüpfte es nur noch vor meinen Augen. Es fing damit an, dass Katjkas Mutter plötzlich im Zimmer stand. Sie stand vor uns und schämte sich. In der einen Hand hielt sie eine Geige, in der anderen einen großen Putzlappen. Auf einmal warf sie die Geige in hohem Bogen aus dem Fenster, fiel auf die Knie und begann den Fußboden zu wischen. In ihren Augen standen dicke Tränen.

»Wenn es mich nicht gäbe, dann würde sie jetzt auf dem Markt in Kertsch Tomaten verkaufen!«, erklärte sie erhobenen Hauptes und mit stolzem Gesichtsausdruck. »Schlag sie nicht!«

Katjka war auf einmal viel kleiner, von der Fensterbank sprang ihr Vater in Militärhose und weißem Unterhemd. Er holte gegen sie aus, und auf einmal hatte er einen Gürtel in der Hand, mit dem er sie verdreschen wollte, aber dann war es nicht mehr Katjka, sondern ihre Schwester Lisaweta, die er mit einem Tritt in den Hintern aufs Sofa beförderte. Dann verprügelte er sie so besessen, dass es schien, als würde er sie totprügeln.

»Macht nichts«, sagte der Vater, »mit zwölf hast du's geschafft, und mit achtzehn ist alles wieder gut!«

»Bei ihnen hatten Worte nie irgendeine Bedeutung«, kommentierte Fink, erwachsener geworden, das Geschehen.

Die Mutter heulte auf. Den Vater brachten sie in Uniform auf die Krim, um ihn dort zu beerdigen. Ein Verwandter kam angereist, ein KGBler mit flottem Haarschnitt. Beim Leichenschmaus sagte er, der Vater sei vergiftet worden, und geschrieben habe man, es sei ein Schlaganfall gewesen. Feine Kameraden! Irgendjemand wollte seinen Platz einnehmen. Ein Major! Abteilung Chemieraketen. Der Kopf der Mutter wurde in der Hotelsuite durchsichtig wie ein Aquarium. Anstelle von Fischen waren Wasserpflanzen darin; sie bewegten sich sanft. Sie wischte in einer Musikschule den Fußboden. Fink und Lisaweta standen in Mytischtschi vor dem leeren Kühlschrank.

»Du bist ein Botschaftersöhnchen«, schleuderte mir Katjka ins Gesicht, »und wir haben uns um ein Stück Brot geprügelt. Wir kamen fast um vor Hunger. Aber geschlagen hat mich Vater nie. Sie hat er geprügelt, mich kein einziges Mal.«

So bildeten sich unterschiedliche Charaktere heraus. Die Schwestern gingen vom Kühlschrank weg, ohne sich geprügelt zu haben. Im Zimmer mit grauenhaften Teppichen an den Wänden marschierten sie zur Musik. Eine Tante hieb in die Tasten eines verstimmten Klaviers.

»Ich verstehe das nicht«, sagte Akimud. »Die kleinbürgerliche Weltanschauung gründet sich auf Argwohn. Zwischen dem Hammer der Bourgeoisie und dem Amboss der Arbeiterklasse. Man darf nicht vergessen, dass man die Pflicht hat, sich mit dem Kleinbürgertum zu verbrüdern!«

Die kleinen Schwestern hoben die Röcke und spazierten ohne Unterhosen durchs Zimmer. Die Tante geriet in helle Aufregung. Die Musik verstummte.

»Das Kleinbürgertum hat eine negative Meinung vom Menschen, *n'est-ce pas*?«, fragte Nikolai Iwanowitsch.

»Nun ja, stimmt«, sagte ich.

»Ausgezeichnet! Das ist genau der Punkt, an den ein intellektueller Schriftsteller oder ein enttäuschter Künstler erst am Ende des Lebens kommt. So eine Begegnung zwischen Künstler und Durchschnittsmensch begeistert mich als feine Persiflage auf den Menschen!«

Die Mutter brachte Kinderfotos der Töchter. Noch aus Kertsch. Lisaweta mit zusammengekniffenen Lippen. Sie sitzt da, die Majorstochter, mit spröder Schnute. Dafür krabbelt Katjka mit ihren blauen Augen auf den Knien durch die Schwarzweißfotografie, in der fotogenen Hoffnung, ein besseres Leben zu finden. Ich war beeindruckt von ihrer besonnenen Mimik. Der Unterschied zwischen den Schwestern lag auf der Hand.

»Katjka!«, freute ich mich.

Sie lief durch die Siedlung. Ein Wintertag. Es roch nach Fichten. Sie bemerkte an sich eine erstaunliche Eigenschaft: Ihre lange, aber schöne Nase witterte alles, auch auf große Entfernung, wie ein Hund. Schnell wurde sie zur Sitzenbleiberin, dann noch einmal, sie sang zur Gitarre. Aber sie fing schon an, Bananen zu essen. Die Altersgenossen tranken Bier und bumsten immer mal ganz schnell, ohne die Hosen auszuziehen.

»Ich hätte ganz einfach Prostituierte werden können«, bemerkte Katjka.

Die Mutter und Lisaweta sprachen eine unverständliche Sprache. Da, in der Sprache, waren Wölfe und Hühner und zerzauste Finken, und dann ging die Sprache in Stöhnen unter. Die Mutter und Lisaweta brachten Männer mit nach Hause. Katjka saß auf ihrem Bett. Vom Schrank herunter blickte eine Katzenspardose sie an und von der Wand Che Guevara. Zuerst dachte sie, Che sei ein Mädchen. Sie träumte, dass sie mit diesem Mädchen schlafe, mit Che, die bei ihr an der Tapete hing, links vom Bett. Sie bumse Che mit einem richtigen männlichen Schwanz und schnüffle dabei den Küchendunst, der nach Wäsche und gebratenen Klopsen roch. Aber als man ihr sagte, Che sei ein Junge, fuhr sie trotzdem fort, ihn nachts zu bumsen. Tagsüber erschienen wieder die Wölfe und Hühner, sie brachen mitten im Satz ab und kamen wieder angeschlichen, und sie wollte sich vor ihnen auf dem Dach verstecken, aber auch dort fanden sie sie, und da beschloss sie zu singen und sich hinabzustürzen, zusammen mit Che. Gegen Morgen packte man sie in einen fremden Mantel und brachte sie ins Krankenhaus.

Die Wölfe und Hühner zogen sie aus und untersuchten sie angeekelt auf Drogensucht. Die Wasserpflanzen im Kopf der Mutter bewegten sich. Katjka flehte:

»Wer auch immer du bist«, flehte sie, »schick mir Hilfe. Schick mir Hilfe, egal was für eine. Schick mir ein Mädchen oder einen Jungen, aber schick mir keine zerzausten Finken. Schick mir einen verfickten Ehemann, lass mich irgendwo was lernen, mach mich auf!«

»Die Hilfe ließ auf sich warten«, gestand sie stumpf und sah Akimud und mich an. »Aber dann beschaffte mir die Tante eine Arbeitsstelle in einem Designbüro.«

In der zweiten Woche wollte der ältere Direktor mit dem unfrohen, intelligenten Gesicht sie bis zur Metrostation begleiten, ganz ohne Hintergedanken, aber dann standen sie plötzlich in einem Hinterhof – da gab es ein Stundenhotel, in dem man dem Direktor einen Schlüssel aushändigte. Fink beschloss, dem Geschehen mit Neugier zu begegnen. Der Direktor entkleidete sie und begann sie zu betrachten, beinahe wie die Großmutter. Der Direktor war extrem nervös. Aber nicht wie ein Halbwüchsiger, der sofort kommt, sondern wie ein alter Sack, bei dem es nicht mehr klappt. Sie zogen sich wieder an und gingen, und sie verliebte sich in einen anderen. Glattrasiert und volle Lippen. Mit sporadischen Geistesblitzen. Und dann kam alles ins Rollen. Sie verliebte sich immer mehr, immer heftiger. Er vögelte sie auf dem Klo im »Majak«. Dann auf dem Geburtstag des Fahrers vom Büro. Er führte sie ins Bad, drehte sie zur Wand, riss ihr die Jeans runter. Sie kam erst auf einem Bett wieder zu sich, auf dem sich betrunkene Kerle herumfläzten. Er bumste sie weiter. Der besoffene Fahrer stand daneben. Er kam als Erster. Ihr Geliebter als Zweiter. Sie begriff, dass das ihr Ehemann werden würde, aber dann verlor er das Interesse an ihr, und als sie ihn im Büro ansprach, voller Verlangen, war er grob zu ihr und ging weg, um mit anderen Mädchen zu schlafen. Sie weinte.

»Ich habe wieder gebetet, um Hilfe gefleht«, fuhr Fink fort, mit einem unzweideutigen Blick auf Akimud.

Ein Poltern. Durch die Tür der Hotelsuite kam Kurojedow gestapft – der ehrlichste Tschekist Russlands. Was war das für ein Roman! Dieser Roman roch nach Hibiskus. Damit Fink nicht einrostete, hatte sich Kurojedow eine Aufgabe für sie ausgedacht: Oligarchen ausspionieren. Die Oligarchen hatten von dieser Aufgabe bereits Wind bekommen, noch bevor Fink davon erfuhr, und fügten sich darein.

Oligarchen sind verwandt mit alten sowjetischen Schriftstellern. Äußerlich demonstrierten sie ihre Ergebenheit, aber innerlich waren sie wurmstichig. Sie brachten ihre Familien ins Ausland, selbst Exfrauen und meilenweit entfernte Verwandtschaft, sie nörgelten, schnitten Grimassen, tuschelten und litten an stark ausgeprägtem Pessimismus in Bezug auf die Zukunft ihrer Heimat und an verschiedenen Nuancen von Pädophilie. Fink war infiziert vom Pessimismus, verwandelte sich in eine Doppelagentin, aber ihr Pessimismus erstreckte sich auch auf die Oligarchen selbst, auf deren manische Erotikbesessenheit, deren Launenhaftigkeit, die in Verblödung überging, in eine alles verschlingende Kauzigkeit, als würde Geld beim Menschen vor allem eine Abweichung von der Norm begünstigen, in eine Sammelmanie, dem prähistorischen Sammlertum ebenbürtig.

Kurojedow hatte sich verkalkuliert. Fink ließ ihn sitzen und begann eine Affäre mit Denis. Denis verfrachtete sie in eine bescheidene Wohnung auf der Studentscheskaja. Akimud und ich beeilten uns, sie zu trösten. Sie wollte sich nicht trösten lassen. Für mich unerwartet, begann sie mich zurückzuweisen und fragte, an Akimud gewandt:

»Warum haben Sie das so gemacht, Nikolai Iwanowitsch?«

»Was?« Akimud verstand nicht.

»Warum haben Sie einen Liebhaber von Minderjährigen aus ihm gemacht?«

Nikolai Iwanowitsch wurde schrecklich verlegen. Er fiel vor ihr auf die Knie, war im Begriff, ihre Zehen zu küssen.

»Ach, Sie ...«, sagte Fink, wollte ihn wegstoßen, überlegte es sich aber anders.

Dreieck

»He, Jungs! Jungs!« Fink klatschte in die Hände. »Zeigt mir auf der Stelle eure Schwänze.«

»Darf eine Frau etwa obszön fluchen?«, genierte sich der Botschafter.

»Papilein!«, rief Fink. »Der Mutterfluch – das ist die Benutzung von gewissen vier Wörtern, um zu schimpfen, zu fluchen, um aggressiv zu sein. Schwanz ist an sich noch kein Mutterfluch. Verfick dich – das ist obszönes Fluchen.«

»Hat dich noch nie einer in den Hintern gebumst?«, fragte mich Fink.

»Hat sich noch nicht ergeben«, gab ich zu.

»Männer«, sie drehte sich um und warf uns großzügig Kusshände zu, »sind schrecklich unentwickelte Wesen! Kurojedow hasst Sodomie. Denis ekelt sich vor allem. Bleibt nur, dich zu bumsen! Botschafter, bums ihn mal richtig durch!«

Der Botschafter errötete.

»Ich bin bereit«, sagte er. »Jaspers hat recht, ihr habt längst mit uns gebrochen. Wir haben den Menschen in zwei Hälften aufgeteilt: Die Mutter hat die Seele genommen und der Vater den Körper.«

»Also, wenn du ein Gott bist«, wurde Fink böse, »warum siehst du dann überhaupt nichts! Du bist umzingelt von Geheimdiensten!«

»Das ist mein ewiges Laissez-passer. Man darf nicht alles wissen. Sonst gelingt überhaupt nichts ...«

»Sie wollen dich vernichten!«, ließ Fink nicht locker. »Kann man dich vernichten?«

»Wenn sie auf die Unsterblichkeit verzichten, vergebe ich ihnen alles und gebe ihnen das ewige Leben. Uns ist von oben streng befohlen: *Auferlegt euren leibeigenen Menschen alle möglichen Arbeiten, erhebt Zins von ihnen und fordert die Einlösung persönlicher Verpflichtungen, damit sie hierdurch nicht die völlige gegenseitige Vernichtung erleiden und nicht unsterblich werden ...* Aber sie werden ...«

Fink nahm den Botschafter bei der Hand.

»Also wirklich, mein Lieber, wie du diesen ganzen Mist zulassen konntest! Papotschka, also echt!«

Akimud und ich nahmen Fink an Armen und Beinen und schleppten sie aufs Doppelbett.

Später, Fink war schließlich in Schlaf gesunken, saßen Akimud und ich bis zum Morgen da, aus dem Fenster in den Nebel schauend, voller Zärtlichkeit füreinander.

»Nun denn, wir beide sind jetzt Milchbrüder«, sagte der nackte Akimud und drückte mir fest die Hand.

IV
USURPATOR WIDER WILLEN

Endlich, es war bereits dunkel, waren wir angekommen. Wir stiegen auf dem Hauptplatz aus, warfen einen Blick auf das Lenin-Denkmal, gingen ins Hotel, nahmen eine Suite und gingen in den Nachtklub. Im Nachtklub aßen wir Steak mit Pilzen, tranken Wodka und gingen in die Bar, um zu gucken, was die Leute so machten. Sie drehten auf; sie zogen uns in ihre Truppe hinein, es war sehr warm und herzlich, unversehens begann eine Prügelei. Dem Botschafter gaben sie eins auf die Schnauze, schlugen ihm die Lippe blutig, erklärten, sein Tanzstil sei das Letzte. Fink und ich kamen dem Botschafter zu Hilfe, so gut wir konnten, sie schlugen uns auch, die Polizei kam, wollte uns mitnehmen, aber der Botschafter zeigte seinen Diplomatenausweis – man ließ von uns ab, wir tanzten weiter, Mädels hängten sich an uns, küssten uns, lüpften die Röcke, alle schrien wie verrückt, aber die Musik war stärker als wir.

Gegen Morgen lud der Botschafter alle Tanzenden zu uns in die Suite ein, um weiterzufeiern, aber man wollte uns nicht alle ins Hotel hineinlassen. Da schlug jemand vor, in die Sauna zu fahren, wir fuhren in die Sauna, kauften Wodka, machten laute Musik an, die Mädels sprangen in der Sauna auf den Sofas herum, schleuderten ihre Kleider von sich, schrien, schwitzten, stürzten sich mit Gekreisch ins eiskalte Tauchbecken – alle zusammen schliefen wir durcheinandergewürfelt auf dem Fußboden ein.

Am nächsten Morgen überraschte uns der Gouverneur mit seinem willensstarken, quadratischen Gesicht in der Sauna, mit seinen Leuten, Blumen und Champagner. Wir versuchten den Kater zu vertreiben. Wir aßen ein heißes Süppchen, kauten eingelegtes Kraut, ließen die Salzlake auf den Boden tropfen – dann gingen wir geschlossen auf den Hauptplatz: der Gouverneur, seine Leute, die Mädels, irgendwelche Unbekannten, und dort ein Riesenvolksauflauf und das Lenin-Denkmal.

Als das Volk den Botschafter erblickte, bleichgesichtig vom konsumierten Wodka, da sank es – groß und klein – auf die Knie, stürzte kopfüber in den Schnee. Das Volk verstummte. Der Botschafter stand da – Ohrenklappenmütze aus Wolfsfell, offener Pelz – und blickte wild um sich. Als Letzter sank der Gouverneur persönlich auf die Knie, ein jugendlich aussehender Mann mit erfahrenen Augen. Der Botschafter wartete schweigend darauf, was weiter passieren würde.

Aus der Menge des knienden Volks tat sich ein alter Mann hervor – um die neunzig, mit einer Schirmmütze in der Hand. Er erhob sich und kam von weitem auf uns zu, auf die niedergebeugten Menschen tretend. Als er vor dem Botschafter stand, kniete er erneut nieder und schrie gedehnt:

»Unser Herr!«

Der Botschafter sagte kein Wort. Der Gouverneur kroch auf Knien auf den Alten zu und schrie ebenfalls:

»Unser Herr!«

Zu unserer Rechten glänzten die Kirchenkuppeln. Es war ein kalter, sonniger Tag.

»Unser Herr!«, schrie der Gouverneur wieder.

»Herr …!«, fiel das Volk ein.

»Wir sind gekommen, dir die Ehre zu erweisen«, fuhr der Gouverneur fort. »Wir wissen, wer du bist – du bist unser Zar!«

»Unser Zar …!«, raunte der Platz.

»Der Tag fängt ja gut an«, flüsterte mir Fink ins Ohr.

Die wie ein lebender Zaun um den Platz herum stehenden

OMON-Leute und die einfachen städtischen Polizisten stürzten ebenfalls auf die Knie, die Gesichter wild, erleuchtet. Die flinken Hände des Volkes ergriffen den Botschafter und hievten ihn auf das Piedestal, direkt neben den steinernen Lenin. Die Kirche läutete Sturm – als das Glockengeläut verebbt war, hob das Volk die Köpfe und sah den Botschafter an.

Der Botschafter überlegte und sagte mit fester Stimme:

»Brüder und Schwestern, ich war mir sicher, dass ihr mich nicht im Stich lasst!«

Der Platz antwortete auf diese Worte mit einem dumpfen Freudengeheul und jahrhundertealter Erleichterung. Die Hymne wurde geschmettert:

»Gott schütze den Zaren ...«

»Guter Text«, billigte Fink.

Plötzlich, nach der Hymne, erschienen auf dem Platz Mädchen in weißen Schaffellmänteln und weißen Spitzenkopftüchern. Sie verteilten Wodka gratis an die Notleidenden. Ein allgemeines Volksfest begann. Der Gouverneur lud den Botschafter ins Gebäude der Städtischen Duma auf dem Hauptplatz ein – dem Lenin-Platz.

»Wie stehst du zu Lenin?«, fragte Fink den Botschafter.

»Lass mich zufrieden«, schnappte Akimud.

In der Duma war schon gedeckt. Die Tische brachen fast zusammen unter den verschiedenen eingelegten Gemüsen. Riesige Störe schwebten wie Vögel in der Luft. Der Gouverneur beugte sich zum Zaren hinüber.

»Heute Nacht kommen sie vom Gasthaus ›Zum Goldenen Etikett‹ zu mir gerannt, wecken mich und sagen, zu uns in die Stadt ist einer gekommen, der sieht aus wie der Zar.«

»Wie heißt Ihre Stadt?«, fragte Akimud.

»Großgängelband, Herr«, sprach der Gouverneur. »Eine der ältesten Städte der Rus. Eine heilige Stadt! Wir haben Ikonen von Andrej Rubljow. Nimm mich in deine Dienste. Ich werde dein ergebener Diener sein, unser Herr und Zar.«

Die Ehrenbürger der Stadt weinten vor lauter Überschwang der Gefühle. Alles verwandelte sich in eine Demonstration der Liebe zum russischen Zaren.

Überraschend tauchte zwischen den Gästen Kurojedow auf.

»Kann ich dich einen Moment sprechen?«, flüsterte er Fink zu.

»Liebst du mich?«, wollte Fink wissen.

»Hör auf! Was soll das, willst du die verfassungsmäßige Ordnung stürzen?«

»Ein verlassener Mann kann kein Geheimagent sein«, antwortete Fink grausam.

Theomachie

Zurück im Hotel, in dem mit Blumensträußen und Geschenken überhäuften Zimmer, wurde Akimud von großer Niedergeschlagenheit ergriffen. Als sei ein schlimmes Leiden ausgebrochen. Fink geriet in helle Aufregung. Er lag auf dem gelb-braunen buckeligen Sofa, ganz schlapp und blass. Mit einer Geste bat er darum, die Vorhänge unserer Suite zuzuziehen.

»Was ist mit dir los?«, konnte sich Fink nicht beruhigen.

Akimud sah mich mit trübem Blick an.

»Gehst du mit mir in den Libanon, Zedernholz holen?«

Fink und ich wechselten Blicke.

»Ich bin der Erfinder des Rades.« Der Botschafter nickte uns zu. »Früher wuchsen die Menschen unter der Erde, wie Gras. Du machst mit der Hacke ein Loch in die Erde – und da kommen Menschen heraus.«

»Er redet irre«, sagte Fink entsetzt.

»Sei still!«, flüsterte ich.

»Oder nehmen wir Baba-Jaga mit ihrem Schlangenschwanz …
Sie hat Dreck unter den rotlackierten Fingernägeln. Sie ist leicht wie eine Daune – sie ernährt sich von den Seelen der Toten. Ich

werde darum bitten«, die Stimme des Botschafters war voll gepei-
nigter Kraft, »die Toten, die die Lebenden fressen, frei zu lassen!«

»Du Lieber!«, schrie Fink.

»Ja«, sagte der Botschafter. »Wir sind grob, böse und grausam.
Unsere Entscheidungen erklären sich aus unseren Launen, Trunk-
sucht, Hemmungslosigkeit. Der Mensch wurde erschaffen, um für
uns zu arbeiten. Das ist alles.«

»Und was ist mit der Liebe?«, sagte Fink, verständnislos.

Er sah sie aufmerksam an.

»Hast du eine Nadel?«

»In meiner Handtasche.«

»Nimm sie raus.«

Fink begann mit zitternden Fingern in ihrer Handtasche zu kra-
men.

»In Damenhandtaschen findet man nie was«, erklärte der Botschafter.

»Gleich hab ich sie«, versprach Fink.

»Also, die Sumerer, die wussten, diese alten Sumerer, was die
Akimuden sind. Sie nannten unsere Insel auf ihre Art: Tilmun.«

»Die Sumerer?«, fragte ich nach.

»Tilmun«, wiederholte der Botschafter mit großer Mühe.

»Ich hab sie!«, rief Fink.

»Was hast du?«

»Die Nadel!«

»Gut«, begann der Botschafter mit sehr schwacher Stimme zu
sprechen. »Tu mir einen Gefallen. Stich sie dir durch die Zunge.«

»Wozu?« Fink sah ihn panisch an.

»Es muss sein.«

Fink erstarrte.

»Es ist so einfach«, sagte der Botschafter. »Kannst du das etwa
nicht für mich tun?«

»Was du dir immer alles ausdenkst …«

»*Immer, nie* – typisch Frau«, sagte der Botschafter deprimiert.

Fink streckte die Zunge heraus. Sie war rot, ganz ohne jeden Belag. Eine gesunde Mädchenzunge. Sie sah mich an.

»Nun mach schon!«, bat ich sie.

Sie durchbohrte sich die Zunge mit der Nadel. Finks Augen wurden weiß vor Schmerz. Helles Blut ergoss sich über ihr Kinn. Blut tropfte auf den Fußboden, auf das Hotelparkett.

Der Botschafter lehnte sich zurück und begann zu knurren.

Versuch der Eifersucht

Fink lag nicht neben mir. Ich stand auf und bewegte mich in Richtung Wasserrauschen, ohne mich anzuziehen. Fink stand unter der Dusche.

»Na, du Dorian Gray«, sagte sie, den Kopf hinter dem durchsichtigen Duschvorhang vorstreckend. »Warum hast du deinem Porträt keinen Bauch gegeben? Ohne Bauch wärst du gar nicht so übel!«

»Besten Dank!«, sagte ich. »Wenn du nicht so ein kleines Aas wärst, dann wärst du auch gar nicht übel!«

Fink schüttelte sich vor Lachen.

»Anscheinend habe ich gute Chancen, deine letzte Liebe zu werden.«

»Im Ernst?«

»Ich gehe als mondäne Hure demnächst in Rente. Ich gebäre dir ein Kind. Einen Jungen! Ich verspreche, dir eine gute Witwe zu sein.«

»Verlockendes Angebot.«

»Gib mir ein Handtuch!«

Sie trocknete sich ab, mich musternd.

»Ich werde mit dem Botschafter zu Mittag essen, ihm sein Geheimnis entlocken und zu dir zurückkehren.«

Die Vorstellung, dass sie mit dem Botschafter zu Mittag isst, erschien mir auf einmal nicht besonders sympathisch. Die Akimuden kamen mir vor wie ein schlechter Witz.

»Geh nicht zum Botschafter«, sagte ich. »Lass die Finger von dieser Geschichte.«

»Eifersüchtig? Das ist gut.«

Sie stand vor mir, spöttisch, die Hände in die Seiten gestemmt.

»Wenn du meine Muse werden willst, wofür zum Kuckuck brauchst du dann die Akimuden?«

»Feigling!«, erklärte Fink.

Sie kam nicht um fünf, nicht um sechs und auch nicht um zehn Uhr abends. Nach sechs Uhr begann ich sie auf ihrem Handy anzurufen – kein Netz … Ich rief sie unzählige Male an. Nach sieben hörte ich ein Freizeichen, aber sie lehnte den Anruf ab. Ich war schon drauf und dran, ihr eine wütende SMS zu schreiben, aber dann zögerte ich und ging mir die Schuhe anziehen. Und dann stellte sich heraus, dass die Tür verschlossen war – ich konnte nicht raus. Für eine Sekunde freute mich das, denn so war unser Wiedersehen unvermeidlich, aber ich wusste nicht, womit ich mich beschäftigen sollte – ich konnte weder lesen noch Musik hören. Ich wollte niemanden sonst anrufen. Ich verbot mir, über die vergangene Nacht nachzudenken. Ich begriff, dass ich mich idiotischerweise in diese dumme Gans verliebt hatte. Und in dem Moment rief sie an.

»Hör zu«, sagte sie mit ferner Stimme, »warte nicht auf mich. Du kannst nicht raus? Ersatzschlüssel liegen in der Anrichte. Du kannst sie mir später zurückgeben.«

»Ich kann doch auf dich warten.«

»Geh weg«, sagte sie. »Geh sofort. Ich brauche eine leere Wohnung.«

»Du willst ihn hierher zu dir mitnehmen?«

»Unwichtig«, sagte sie. »Ich erkläre dir alles später.«

»Sag es mir jetzt, oder ich gehe nicht!«

Das hätte ich nicht sagen sollen. Sie schwieg. Dann sagte sie mit eisiger Stimme:

»Ja, wir sind unterwegs zu mir. Geh augenblicklich.«

Ich verschwand aus ihrem Leben. Für immer, wie ich dachte.

◇

Die Boulevardpresse ließ Geschichten vom Stapel, dass die schöne Fink mich sitzengelassen habe. Wer hatte ihnen das gesteckt? Ich war befremdet. Kurojedow? Aber warum? Blogger griffen das Thema auf. Ich kenne meine Mängel, aber ich wusste nicht, dass sie dermaßen hervorstechen.

Eine gewisse **S.** schrieb

jetzt wird klar, warum er sich in der öffentlichkeit in dieser art und weise aufführt: provozierend flegelhaft, skandalös, unangenehm. Für eine beschmutzte liebe muss man eben zahlen.

Ihr sekundierte **Krevett**

Als die beiden zusammenkamen, hab ich mich gefragt, was dieses hübsche Ding mit so einem ungepflegten, rumstolzierenden, einen Kugelbauch vor sich hertragenden, alternden Typen will. Bis heute erinnere ich mich an die dichten, aus den Nasenlöchern ragenden Haarbüschel, die er im Fernsehen in Nahaufnahme groß und breit demonstriert hat.

Knacker

Die kleine Fink ist auf den hipsten Events in seiner Begleitung aufgekreuzt. Die Affäre zwischen der Schönheit und dem Schriftsteller ist kaputtgegangen, als das Mädchen Lust auf neue Gefühle gekriegt hat. Wenn eine Frau durchknallt, dann heißt es locker bleiben, Mann. In dein Haus regnet's eh schon rein.

Ein gebrochenes Herz!

Das tut weh, so weh.

Und wenn du den Mond anheulst.

Dafür kriegen wir demnächst (so hoffe ich) ein hervorragendes neues Buch. Starke Erschütterungen bringen neue Meisterwerke hervor. Wer weiß, vielleicht ist das jetzt DIE CHANCE für den Schriftsteller?

In dem Fall ist es um keine Liebe schade.

In die Diskussion klinkte sich **Sonne** ein

Mir scheint, er ist so schlapp und alt, dass da schon lange bloß Leere ist – null Gefühle für irgendwen. Alte Kerle brauchen Bequemlichkeit, sonst nichts.

Und all diese seine Zuckungen – das sind die Wechseljahre.

Und noch jemand

Irgendwas stimmt mit dem nicht, mit dem Mann, und ja, an den hängen sich genau die dran, bei denen auch was nicht stimmt, spiegelmäßig.

Unter ihnen fand sich auch ein anonymer Verteidiger

Verehrteste, in dieser Geschichte gibt es Nuancen, von denen nur Fink erzählen kann. Als vornehmer Mensch kommentiert man diese Geschichte besser nicht, sofern man die Einzelheiten nicht kennt. Ich kenne sie, und darum bin ich traurig.

Darauf reagierte S.

würde auf keinen fall eine geschichte kommentieren, wenn ich da auch nur die kleinste »privatheit« spüren würde.

in diesem fall riecht es nicht im entferntesten danach ...

sind Sie sich darüber im klaren, WELCHE reaktion beim leser die letzten publikationen des besagten herrn über die akimudierinnen hervorrufen können?

selbst in diesem fall würde ich mich nicht auf so ein verwichstes niveau herablassen.

aber der herr hat mehrmals hintereinander öffentlich provoziert und sich wie der letzte flegel benommen.

flegeleien kann ich rein körperlich nicht ertragen.

darum habe ich mir erlaubt ...

übrigens, ich bin bereit, mich bei Ihnen persönlich dafür zu entschuldigen, dass ich Ihnen anlass geboten habe, traurig zu werden ☺

Dieses ganze Gespräch endete mit einer Tirade, die zu mir höchstens eine metaphysische Beziehung hatte:

Ihr fangt alle an, über depressive Scheiße zu schreiben, seid ihr eigentlich auch in echt so? Oder rollt die Welt tatsächlich in die anale Ritze? Ihr redet auf einmal über irgendwelche Schwächen für Geld und für Drogen, über Glück und über Liebe, ist das denn so wichtig? Schaff dir ein paar verfickte Bälger an, eine Familie, das ist dein Ziel! SETZ DIR MEHR ZIELE, solange der Tod uns nicht scheidet! Du willst eine Alte! Fick Hackfleisch! Ich scheiß auf das, was gerade abgeht, Faschismus, Antifa, Straight Edge, Emo, Gothic, Punks, Rapper, Leute in geilen schwarzen Jacken, wisst ihr, fremde Ideologien und Klischees – ALLES KACKE! Das führt nirgendwohin, außer vielleicht guckt alle her: Ich bin das Zentrum der Welt! Fuck! Gebt mir alle eure Muschis und Schniepel! Ich bums euch alle durch! Scheiße!

Samson-Samson

Der letzte Text stammte (offensichtlich) aus der Feder meines früheren Schülers Samson-Samson. Er war mein treuer Epigone. Doch Samson hatte die Nase voll vom ewigen Geldmangel und dem Platz im Schatten. Diese Leisetreter von Avantgardisten gingen ihm auf den Sack. Kurojedow erklärte mir:

»Die Geheimdienste setzen auf einen ehemaligen Kriminellen, derzeit Science-Fiction-Schriftsteller, Autor von Bestsellern, den reichen Sadisten Samson-Samson. General Ryschow gibt Samson-Samson seinen Segen für eine neue Runde im Kampf mit den Akimuden.«

Solange ich schwieg und die Information sacken ließ, fügte er hinzu:

»Nehmen Sie es nicht so schwer!«

»Was meinen Sie?«

»Fink – sie lässt alle sitzen. Sie sind nicht der Erste und nicht der Letzte. Die Akimuden und der große Sport, in dem Samson-Samson die Finger drin hat, das ist ein ausgezeichneter Cocktail. Fußballfans sind auch Fans von Samson. Er schlägt vor, mit den Akimuden aus einer Position der Stärke Politik zu machen. Samson hat sich schon mit Fink getroffen. Er hat sie in seine Wohnung gelockt. Sie hat mich angerufen und sich beschwert.«

Das Ende der Welt

Ich kaufte mir ein Ticket auf die Krim, fest entschlossen, mein altes Leben zu beginnen. Ich war selbst an allem schuld – von Anfang bis Ende. Aus einem gekränkten Mann hatte ich mich in einen hingebungsvollen Familienvater verwandelt. Zumindest theoretisch, in Gedanken. Nach drei Tagen rief Kurojedow an.

»Ich muss Sie umgehend treffen!«

Zum Teufel mit ihm! Ich lehnte ab. Ich sagte, ich sei nicht in Moskau.

»Aber Sie sind doch in Moskau!«

»Stimmt, aber nicht für Sie.«

»Die Angelegenheit ist von größter Wichtigkeit.«

»Ich bin aus allem ausgestiegen, was mit den Akimuden zu tun hat. Ich finde es geradezu albern, darüber nachzudenken! Ihr seid doch alle durchgedreht, ihr steht allesamt unter irgendeiner kollektiven Hypnose!«

»Das ist keine Hypnose!«

»Das ganze Universum hat sich in Ihrem Kopf breitgemacht. Hören Sie auf, den Narren zu spielen!«

Ich knallte den Hörer auf. Eine Stunde später rief mich Fink an. Das Display zeigte ihre Nummer. Ich stellte einfach den Ton ab und steckte das Telefon in die Tasche; da vibrierte es ziemlich lange. Wieder sie. Ich reagierte nicht. Eine Stunde später rief sie mich von einem unbekannten Anschluss auf dem Festnetz an.

»Leg nicht auf!«, brüllte sie. »Ich brauche dich mehr als das Leben.«

»Was ist passiert?«

»Das Ende der Welt!«

»Was?«

»Ich sag doch: das Ende der Welt!«

König Anno Tobak

»Manchmal lege ich mich neben ihn, umarme ihn und sage: ›Jetzt sag mal, was du willst, warum bist du gekommen?‹« Fink sah mich ausdrucksvoll an. »Und er antwortet: ›Ich weiß es nicht, ich habe es noch nicht ganz verstanden.‹ Ich sage zu ihm: ›Mit Russland hast du eine unglückliche Wahl getroffen. Es hat seine Rechtgläubigkeit noch nicht ganz überstanden, und schon willst du hier was anderes erfinden.‹ ›Meinst du, Palästina war bereit?‹ ›Komm, ich sag dir, was man in Russland ändern muss, ich schreib eine Liste.‹ ›In Russland will ich nichts ändern.‹ ›Warum nicht?‹ ›Das ist mein Experimentierfeld.‹ ›Dein was?‹ ›Sieh mal, Fink … Nein, ich sag's nicht! Du wirst mich auslachen!‹« Fink streichelte mir über den Kopf: »Mich beschleicht manchmal der Gedanke, dass ich stärker bin als er!«

Genau dafür hatte sie mich als ihren Liebhaber engagiert. Dafür, dass ich seine Gedanken interpretierte.

»›Ich bin es so satt, über globale Dinge nachzudenken‹, sagt er zu mir«, fuhr Fink fort. »›Lass uns über etwas Unbedeutendes sprechen. Komm, wir sprechen über Bonbonpapierchen! Sammelst du gern Bonbonpapierchen?‹ Was meinst du, Lieber, was könnte das bedeuten?«

»Schläfst du mit ihm?«

Fink überlegte.

»Wirst du auch nicht eifersüchtig?«

»Nun sag schon!«

»Ich mache es ihm französisch!«

»Geht's noch?«

»Was denn, darf ich das nicht? Französische Liebe – das ist kein Grund zur Eifersucht. Wir streiten uns, aber er gefällt mir. Als Mann. Das ist Grund genug für französische Liebe.«

»Er ist kein Mann«, wurde ich sauer. »Er ist König Anno Tobak!«

Der Tod des Akademiemitglieds

Ljadow haben sie auf der Datscha umgebracht. Die Version Raubüberfall schied sofort aus: Von der Datscha wurde nichts entwendet. Sie haben ihn in der Nacht getötet. Er war aus Moskau gekommen, hatte die Tür der Datscha aufgeschlossen – möglicherweise hatte man ihn schon erwartet. Möglicherweise hatte zwischen dem Verbrecher und seinem Opfer ein Gespräch stattgefunden, das mit dem Mord endete. Kurojedow fuhr raus auf die Datscha. Er sagte mir, der Körper von Ljadow weise Spuren von Folter auf. Kurojedow brachte Kostjas Körper ins Leichenschauhaus.

Frühstück

Früh am Morgen rief ich den Botschafter an und bat ihn um ein Treffen. Er empfing mich zum Frühstück in seiner »Kaufmanns«-Residenz. Er saß an einem runden Tisch mitten in einem großen Zimmer mit hoher Gewölbedecke und aß drei Spiegeleier. Dascha bediente.

»Kaffee?«, fragte er mich aufgeräumt lächelnd.

»Gern.« Ich nickte.

»Mit Milch?«, fragte Dascha.

»Gern.« Ich nickte.

»Warum so finster?«

»Sie wissen nicht, warum?«, fragte ich beinahe herausfordernd.

»Nein«, antwortete der Botschafter aufrichtig.

»Heute Nacht haben sie Ljadow umgebracht.«

»Was Sie nicht sagen!«, rief der Botschafter aus. »Bei Ihnen in Moskau wird alle naselang irgendjemand umgebracht«, fuhr er griesgrämig fort.

»Er wurde auf der Datscha ermordet«, sagte ich stirnrunzelnd.

»Ach so? Dort, wo wir den Château Margaux getrunken haben?« Seine Augen füllten sich mit aufrichtigen Tränen. »Der arme Ljadow!«

»In der Tat.«

Dascha brachte den Kaffee.

»Möchten Sie ein Croissant?«, wollte der Botschafter schluchzend wissen.

»Nein danke«, lehnte ich ab.

Der Botschafter reichte mir die Zuckerdose mit braunem Zucker und silberner Zuckerzange.

»Er war ein enger Freund von mir«, sagte ich und warf ein Stück Zucker in den Kaffee.

»Ich weiß.«

»Was *wissen* Sie?«

»Ein guter Mensch.« Der Botschafter nickte.

»Dann tun Sie was …«

»Sie werden es schwer haben dort … Unreines Zeugs essen, kein frisches Wasser bekommen … Hatte er viele Kinder?«

»Zwei.«

»Er ist nicht auf dem Schlachtfeld gefallen? Wie ein Krieger?« Ich schwieg.

»Wenn nicht, dann … dort sind praktisch alle Urteile Todesurteile.«

»Das ist mir klar«, bemerkte ich.

»Nun, ich kann trotzdem versuchen, etwas zu erreichen … Der Tod ist ja noch in seinem Anfangsstadium.«

Er läutete ein Glöckchen.

»Dascha …! Daschenka, wo ist Klara Karlowna? Ist sie noch nicht fortgegangen?«

»Anscheinend nicht.«

»Rufen Sie sie.«

Solange Dascha weg war, fragte ich:

»Wer hat ihn denn eigentlich umgebracht?«

»Weiß ich nicht«, sagte der Botschafter. »Keine Ahnung.«

Dascha schwebte in weißer Schürze ins Esszimmer.

»Klara Karlowna ist doch schon weg«, sagte sie.

»Na gut!« Der Botschafter stand vom Tisch auf, faltete die Serviette zusammen und reichte sie Dascha. Ich stand auch auf. Die Audienz war beendet.

»Ich rufe sie auf dem Mobiltelefon an«, sagte der Botschafter und gab mir die Hand.

»Ein Usurpator!«

Dem Chef lagen zwei Berichte vor. Einer darüber, dass in Russland ein Usurpator aufgetaucht sei. Von Kaliningrad bis Wladiwostok sprächen alle von dem neuen Zaren.

Der zweite über den Mord an Ljadow.

Der Chef las beide Dossiers und kam zu dem Schluss, zwischen ihnen könnte eine Verbindung bestehen.

»Sprechen Sie mit ihm, äh, und möglichst höflich«, sagte der Chef nachdenklich zu Benckendorff und zu seinen anderen Leuten. »Sonst fährt er noch hier in Moskau herum wie ein Usurpator.«

Am nächsten Tag, als der Botschafter im Wagen das Tor seiner Stadtvilla passierte, gab es eine Explosion. Dem Chauffeur wurde der Kopf abgerissen. Doch der Botschafter konnte sich aus dem brennenden Auto retten. Er lief, sein Pelzmantel brannte. Es war Moskauer Winter. Nur, dass kein Schnee lag.

Erwachen

Ljadow erwachte irgendwann gegen Abend in der Leichenhalle. Er setzte sich auf, blickte sich um und legte sich stöhnend wieder hin. Einige Minuten später schoben sie ihn auf die Intensivstation.

Als der Chef im Bericht gelesen hatte, sein Berater in Sachen Biologie sei in der Leichenhalle wieder »aufgewacht«, ließ er den Gesundheitsminister rufen und bat ihn zu erklären, was das zu bedeuten habe. Obwohl der Minister, wie auch die gesamte Regierungsriege, zu den Mönchen auf den Athos gereist war und die Fastenzeiten einhielt, war er doch im Grunde seiner Seele Positivist.

»Soll vorkommen«, sagte er.

»Gut, du kannst gehen«, sagte der Chef.

Er rief Benckendorff.

»Wer befasst sich mit diesen Akimuden?«

»Kurojedow. Fink.«

»Tolle Truppe!«, sagte der Chef ironisch. »Sonst haben wir wohl niemanden, oder was?«

»Der Botschafter wollte persönlich Kontakt aufnehmen ...«

»Lassen Sie die beiden dringend herbestellen. Und rufen Sie Winogradow im Außenministerium an.«

»Das ist genau der Schwachpunkt von diesen verdammten Akimuden; sie fürchten, dass wir unsterblich werden«, referierte Kurojedow dem Chef.

»Aber wollen denn viele Russen Unsterblichkeit?«

»Es hat sich herausgestellt, dass es so viele gar nicht sind.«

»Und was ist mit der Botschaft?«

»Die Konstellation in der Botschaft ist nicht so einfach«, erklärte Kurojedow bereitwillig und atmete aus. »Nach Meinung unserer Analytiker besteht sie aus höheren Wesen – aus körperlosen Seelen, die sich auf dem Weg zur Vollendung befinden und sich an ihre vorhergehenden Inkarnationen erinnern.«

»Buddhisten, oder was?« Der Chef runzelte die Stirn.

Brief Nr. 2

Papa, wie angenehm es ist, auf die Erde zu kommen! Wie angenehm, die Heilige Rus zu besuchen – unser liebstes Kind! Wie schön, sich in einen Körper zu hüllen. Fink sagt zu mir, die Gegend um Moskau sei besonders *physiologisch*. Nur hier, zwischen Moskau und dem Dorf, hören die Leute auf die Stimme des Fleisches. Es zerreißt sie in Stücke – das hat uns beiden immer schon gefallen. All diese Plumpsklos, unbequemen Badewannen, lausigen Banjas – welch ein Glück! Wir fahren nach Mytischtschi wie in eine Physiologie-Ausstellung! Nur hier wird kommentiert, wie das Glied nach dem Koitus erschlafft – ach, wie klein es geworden ist!, sagen sie dann, diese lieben Mädchen, so rührend, dass man heulen möchte. Moskau ist verlockend, das Dorf verschlafen, und nur in diesem Zustand zwischen beidem, in der Vorstadt, da kann man die Schönheit eines hässlichen Lebens spüren.

Papa, wie wunderbar sind die Nuancen des Körpers. Wie er von der Nahrung angezogen wird, wie er Wasser schluckt, wie er Nahrung verdaut, wie er mit den Augen schaut und mit den Ohren hört, wie wunderbar wir uns das alles ausgedacht haben! Papa, ich liebe es, mein Glied herauszuholen und einfach zu pinkeln. Es gefällt mir, wie mein Urin an einen Zaun in Mytischtschi plätschert. Und wie es nach Kletten riecht! Papa, Mimosen sind auch schön. An den Fenstern hängen Gardinen – die haben diese Traumtänzer da aufgehängt! Sie schützen ihren Schlaf vor dem Morgenlicht – an alles haben sie gedacht, meine Kleinen! Papa, was ist das bloß für ein Glück, ein Zweibeiner zu werden, zu gehen, einen Fuß vor den anderen zu setzen! Ich beneide diese Zweibeiner – sie haben die Unsicherheit des Wissens, das Glück der Ahnungslosigkeit, sind eingehüllt vom Nebel der Zukunft! Sie leiden, und am Ende lieben sie! Papa, fabelhaft sind wir, dass wir die Liebe für sie erfunden haben!

Der Chef las den abgefangenen Brief. Na, das war's dann, sagte er. Das ist der *Feind*.

Brief Nr. 3

Papa!
Ich liebe Moskau, so wie man ein großes grunzendes Wildschwein lieben kann. Moskau ist ein schönes Ungeheuer. Wenn man davon ausgeht, dass die Architektur der Spiegel der kollektiven Seele ist, dann befindet sich die Seele der Stadt im Chaos und ist vollgestopft

mit geschmackloser Eklektik. Ich stolpere über Moskau. Die Moskauer Häuser stoßen aneinander wie billige geriffelte Wassergläser und zerbersten in tausend Splitter.

Mein Bekannter X. X. hat mir seine Geschichte erzählt:

Irgendwann im Winter, auf dem Gartenring bei der Metrostation »Smolenskaja«, rutschte ich aus und stürzte, auf dem Arm meine kleine Tochter. Die Pelzmütze flog mir vom Kopf. Um mich herum eine Menge Menschen. Niemand kam mir zu Hilfe. Die Tochter weinte. Ich kroch über den vereisten Asphalt. Niemand reichte mir die Hand.

◇

Im Fernsehen – auf allen drei wichtigen Kanälen, zur Hauptsendezeit, unerwartet, eine Bombe fürs ganze Land, ein Riesenschock, Hilfe! – wurde kompromittierendes Material über unseren Retter, Sportler und Kämpfer, über unseren Chef gezeigt.

Wir sahen mit eigenen Augen seine Liebe zu einem Transvestiten, der ihn des Nachts mit Schokolade einschmierte. Aber ist das bloß Schokolade? Irgendwie ein bisschen flüssig für Schokolade.

◇

»Wer hat das bezahlt?«, fragte der Chef die Intendanten der Fernsehsender.

»Wir sind nicht schuld!«, schrien sie im Chor.

◇

Der Chef präsentierte den Plan für den Krieg gegen die Akimuden. Kurojedow tauchte bei mir auf.

»Wissen Sie nicht zufällig, wo sich die Akimuden befinden? In welchem Teil der Welt? Sie stehen dem Botschafter doch nahe.«

»So nah nun auch wieder nicht!«

»Sie sagen sich los? Sie sind eifersüchtig? Ich weiß, ich weiß, sie hat Sie seinetwegen verlassen. Aber wo sich die Akimuden befinden – weiß sie das? Na, wieso sagen Sie denn nichts? Fink hat Sie verraten. Wir beide sind Leidensgenossen.«

»Ob Fink es weiß? Vielleicht.«

Imperiale Krücken

Ich sitze da und schreibe mein Leben nieder. Der reinste Roman. Macht aus mir keinen literarischen Dimitrow! Ich habe euren Reichstag nicht angezündet! Alles fing damit an, dass der Kreml verkündete: Russland wird sich von den Knien erheben. Doch damit sich ein großer Körper von den Knien erhebt, braucht es offenbar Hilfsmittel – in diesem Fall imperiale Krücken. Aber woher nehmen? Alle Nachbarländer der ehemaligen UdSSR wollten diese Rolle nicht nur nicht spielen, sondern sie stoben wie Kinder in der Schulpause in alle Himmelsrichtungen auseinander. Die Rus war eingeschnappt und zog sich in sich selbst zurück.

Blog-Bobok

Krevett

Hier gibt's zum Beispiel so einen, der ist fast total vermodert, aber einmal die Woche um sechs murmelt er immer noch plötzlich ein Wörtchen, ein sinnloses natürlich, über irgendeinen Bobok: »Bobok, Bobok«, also glimmt auch in dem noch unbemerkt ein Fünkchen Leben …

Penner

Ziemlich beknackt. Aber wie soll das gehen, ich habe keinen Geruchssinn, aber den Gestank nehme ich wahr?

Volguin

Das ist ... ha-ha ... Na, da verläuft sich unser Philosoph aber im Nebel. Er hat ja gerade vom Geruchssinn gesprochen, dass man hier einen Gestank wahrnimmt, also, einen moralischen Gestank – ha-ha! Einen Gestank der Seele sozusagen, damit man innerhalb von zwei, drei Monaten einen Rückzieher machen kann ... und dass das sozusagen die letzte Gnade ist ... Bloß mir scheint, Baron, das ist alles mystischer Schwachsinn, wenn auch in seiner Situation entschuldbar ...

Baron

Es langt, auch dann ist das Quatsch mit Soße, da bin ich sicher. Hauptsache, zwei oder drei Monate leben und letzten Endes – Bobok. Herrschaften! Ich schlage vor, sich für gar nichts zu schämen!

Krevett

Ach, ja, ja, kommt, wir schämen uns für gar nichts!

Avdot'ya Ivanovna

Ach, wie sehr möchte ich mich für überhaupt nichts schämen!

Klinevich

Hört ihr, wo schon Avdot'ya Ivanovna sich für nichts schämen will ...

Avdot'ya Ivanovna

Nein, nein, nein, Klinevich, ich hab mich geschämt, ich hab mich dort trotz allem geschämt, aber hier will ich mich schrecklich gern für überhaupt nichts mehr schämen!

Dostojewski ist der Schöpfer des Internets. Soziale Netze entstanden in seiner Erzählung »Bobok«. Von da ist alles aus- und weitergegangen ... Dostojewski hat das ewige *Trolling* erfunden. Halb verweste Leichen purzeln und stochern überall herum. Ihre Worte strotzen vor romantischem Eiter. In der Bobok-Kloake regen sich die Blogger. Sie machen vor nichts Halt und diskutieren alles – und zudem mit giftigem Eifer. Sie sind Schlange und Opfer ihres Bisses.

Sie beißen mich, aber letzten Endes verbrennen sie sich den eigenen Schwanz. Giftiger Speichel fließt. Hier tritt jeder auf, als wäre er ein Shakespeare.

◇

Das ganze Land glaubte an unseren Chef, und er glaubte an sich, aber an das Land glaubte er nicht. Übrigens war er unter den Zaren damit nicht allein. Kaum einer der Zaren glaubte an das Land. Genauer gesagt, anfangs glaubten vielleicht einige daran, aber später kaum noch.

»Wie das Volk – so die Lieder«, sagte sich der Chef.

Letzten Endes verstand er, dass man Russland besser nicht anrührt, dass es ein Organismus ist – er lebt irgendwie von selbst, kriecht, stirbt aber nicht, und wenn man versucht, ihn zu heilen, kann er auch sterben.

Als man dem Chef das erste Mal von den Akimuden berichtete, wurde er sehr nachdenklich. Dann sagte er etwas, das seine Umgebung erschütterte:

»Merkwürdig, dass sie nicht schon früher zu uns gekommen sind.«

Er sagte, ohne seinen Beratern in die Augen zu sehen, ohne den Patriarchen um seinen Segen zu bitten, dass er den Botschafter noch einmal treffen wolle.

Die Götter des Sonnensystems

So etwas kommt manchmal vor: Man meint, dass man einen Menschen nie wiedersehen wird, dass Schluss ist, die Beziehung aus und vorbei, und am nächsten Tag sitzt man mit ihm beim Essen im Restaurant. So war es auch bei mir und Fink. Wir saßen im Restaurant. Ich war nicht gesprächig.

Ein Mann muss lakonisch sein. Andernfalls kann alles, was er sagt, gegen ihn verwendet werden.

»Wie kommst du darauf, dass ich mit ihm geschlafen habe?«

»Was hast du denn sonst mit ihm bei dir gemacht?«

»Mich unterhalten. Es ist wahnsinnig interessant mit ihm.«

»So reden Frauen über einen Mann, in den sie verliebt sind.«

»Wir haben von dir gesprochen.«

»Ach ja?«, staunte ich.

Wie vorteilhaft, in einem Buch unter dem Deckmantel des lyrischen Helden abzutauchen! So haben sie es alle gemacht. Sie haben sich verkleidet und sind dann aufgetreten. Über den lyrischen Helden lässt sich sagen: Er war gottbegnadet, aber seine Aufgaben hat er nicht erfüllt. Aber wehe, du sagst so etwas über dich selbst – dann schreien alle auf: Und wer hat dir das ins Ohr geflüstert, dass du gottbegnadet bist? Ein Psychopath bist du und größenwahnsinnig dazu. Über sich selbst muss man besonnen und miesepetrig schreiben, sonst erleidet man zusammen mit seiner Geschichte Schiffbruch.

»Du bist mir böse! Dabei brauche ich dich. Ich habe nicht mit ihm geschlafen.«

»Du lügst!«

»Ich hatte Angst, mit ihm zu schlafen. Versteh doch, er ist der Urheber von allen möglichen menschlichen Religionen. Er hat sie alle verordnet. Also, so eine Art Polittechnologe. Nur eben viel cooler. Ich habe ein Angebot für dich. Ich erkläre es dir. Ohne dich werde ich mit ihm nicht fertig. Und ohne ihn langweile ich mich. Einverstanden?«

»Und Kurojedow?«

»Entlassen.«

»Was hat er noch gesagt?«

»Anscheinend gibt es dort haufenweise Götter.«

»Und wo ist sein Vater?«

»Auf den Akimuden.«

»Und wo sind die Akimuden?«

»Überall und nirgends. Hier diese Gabel – sie ist auch ein Teil der Akimuden.«

»Eine Art Pantheismus.«

Fink zuckte die Achseln.

»Alle Wunder, die seit der Ankunft des Botschafters bei uns geschehen, können zumindest auf zweierlei Weise interpretiert werden.«

»Was meinst du damit?«

»Entweder ist das eine Aktion von übernatürlichen Kräften oder die Folge unserer gesellschaftlichen Defizite, der Übergang ihrer Quantität in eine neue Qualität. Die Metamorphose der Geschichte in Metaphysik.«

»Du meinst ...«

»Jeder versteht diese Geschichte auf seine Weise. Die einen sagen, es handele sich um ein Märchen, die anderen halten es für eine Einmischung in die inneren Angelegenheiten nicht nur unseres Landes, sondern auch unserer Seelen, und wieder andere denken wie üblich von vornherein, das gehe sie nichts an ...«

»Die schweigende Mehrheit?«

»Aber sie werden unrecht behalten«, nickte Fink, »denn irgendwann mussten die Akimuden auf den Plan treten, und jetzt ist es so weit, ich weiß zwar nicht, in welcher Dimension, aber dafür bestimmt hier und jetzt, sie wollen mit uns einiges regeln.«

Die genialen Toten

Bei Einsetzen des Winters traf sich der Botschafter Akimud, so wie es die russische Führung zu tun pflegte, im Restaurant des Schriftstellerhauses mit den ersten Schriftstellern des Landes. Die Begegnung fand in jenem Saal im ersten Stock statt, in dem seinerzeit heftig über unsere Textsammlung »Metropol« diskutiert worden war, mit dem Ergebnis, dass ich aus dem Schriftstellerverband flog. Um einen ovalen Tisch mit weißer Tischdecke, vollgestellt mit Sakuski, hatten sich fünfzehn Schriftsteller versammelt, die einander widerwillig ansahen. Da waren Prokreml- und Antikreml-Prosaiker, ein paar Lyriker (ein depressiver Freund von Brodsky, mit einem großen Fundus an literarischen Anekdoten über die Achmatowa, sowie die still und leise in den Katholizismus abgerutschte Lyrikerin Simaschko), eine Krimiautorin, von der es hieß, sie kommandiere ein ganzes Heer für sie schreibender Sklavinnen, die aber in Wirklichkeit alles selbst mit Lichtgeschwindigkeit und in rosa Tinte schrieb, der junge Schriftsteller Samson-Samson, ein Moderator des Fernsehsenders »Kultura«, der über alles und jedes auf der Welt Bescheid wusste, und ein weitsichtiger Kritiker in Kutte, der sich nach einer *orthodoxen Zivilisation* sehnte. Diskutiert wurde die Frage der nationalen Idee Russlands. Das Gespräch driftete etwas ab: Soll man im Fernsehen die Zensur einführen? Ein alter Kinderschriftsteller mit feuchten Augen schlug vor, ein moralisches Schutzschild einzurichten. Die Anhänger der Zensur waren in der Mehrheit. Der Botschafter aß mit Genuss Bliny mit schwarzem Kaviar. Dann baten alle Schriftsteller der Reihe nach den Botschafter, ihnen eine Wohnung im Zentrum und mehr Geld zu geben.

»Jetzt seien Sie mal nicht so knickrig!«, fielen die Schriftsteller über den Botschafter her.

Doch da geschah ein Unglück. Koslow-Radischtschew, der linker Hand vom Botschafter saß, dick und markant, ein funkensprühender Schriftsteller, Kosmopolit und Nationalist, berühmt für seine ungeheure Schaffenskraft, fing nach einigen Gläschen Wodka an, so stark nach Schriftstellerschweiß zu duften, dass der Botschafter ohnmächtig unter den Tisch sank. Der Schriftsteller Koslow-Radischtschew wurde hinausbegleitet – der Botschafter wiederbelebt. Nach dem Treffen sagte der Botschafter zu Fink, man tue wohl besser daran, die heutigen Schriftsteller zu lesen, anstatt sie zu treffen.

Unzufrieden mit den zeitgenössischen Literaten, wandte er sich an seinen Kulturattaché, Iwan den Treuen:

»Laden Sie andere Schriftsteller in unsere Botschaft ein.«

»Tolstoi und Dostojewski?«

»Gott behüte! Die zermürben mich mit ihrer Autorität! Bitten Sie die Gesandten des Silbernen Zeitalters und den einen oder anderen aus der Sowjetzeit zu Gast ... Zum abendlichen Teetrinken.«

»Laden wir auch Ausländer ein?«

»Zum Beispiel?«

»Joyce.«

»Er ist natürlich ein Genie, aber ich hab ihn nie zu Ende lesen können.«

Der Kulturattaché sah seinen Boss vorwurfsvoll an.

»Herr Botschafter, ich habe mit eigenen Augen gesehen, wie Sie ihn zwei Monate lang beim Frühstück mit Vergnügen gelesen haben.«

»Na und?« Der Botschafter errötete leicht. »Das besagt überhaupt nichts!«

»Na ja, wenn man bedenkt, dass Sie ein Werk eines neuen Genres erschaffen haben, indem Sie Ihren Helden aus vier verschiedenen Perspektiven beleuchtet und dabei innere Widersprüche nicht gefürchtet haben, dann ist doch nicht klar, wer den Leuten den größeren Furz in den Kopf gesetzt hat: Joyce oder Sie?«

»Beruhig dich«, sagte der Botschafter. »Ich habe den Leuten keinen Furz in den Kopf gesetzt.«

»Dann laden Sie Dante und Goethe ein. Rufen Sie diejenigen, die jenseitige Welten beschrieben haben. Sie können Ihnen besser als andere die Frage beantworten, welche Religion der moderne Mensch braucht.«

»Sie haben keine jenseitigen Welten beschrieben, sondern bloß mit anderen oder mit sich selbst abgerechnet. Ist das etwa nicht klar?«

Iwan der Treue organisierte ein mystisches Treffen des Botschafters mit seinen Lieblingsschriftstellern: Michail Bulgakow, Andrej Platonow, Boris Pasternak, Anna Achmatowa und Michail Scholochow.

Als Moskauer Gäste lud der Botschafter Fink und mich zum Empfang in die Residenz ein.

»Und in welcher Form werden sie kommen?«, fragte ich.

»Was heißt: in welcher Form?«, wunderte sich der Botschafter.

»Sind sie lebendig?«

»Nein, mariniert!«

»Nein, im Ernst!«

»Sie kommen wie lebendig.«

»Und trotzdem wie Tote?«

Ich hatte trotz allem nicht begriffen, in welcher Form sie kamen. Sie sahen aus wie lebendig. Ich platzte fast vor Stolz, aber ich ließ es mir nicht anmerken, und Fink war wie immer. Sie fand, es gehöre sich so. Sie wunderte sich über gar nichts, so wie auch Kurojedow. Die Schriftsteller schenkten ihren langen Beinen besondere Beachtung.

»Die erotische Komponente des Schriftstellers ist gleichbedeutend mit seiner schöpferischen Komponente«, flüsterte mir der Botschafter zu.

Er stellte den toten Genies die Frage, ob in Russland ein neuer Gott geboren werden könne.

»Warum haben Sie mich verleumdet?«, fragte Michail Afanassjewitsch, an mich gewandt. »Sehen Sie etwa nicht, dass ich ein mystischer Schriftsteller bin?«

»Michail Afanassjewitsch! Verzeihen Sie! Also wirklich, was für ein Mystiker sind Sie denn schon! Sie rechnen lediglich mit Idioten und mit der Sowjetmacht ab. Aber Sie sind ein großartiger Humorist. Danke!«

»Schon gut. Und außerdem: Sie haben mich beschuldigt im Zusammenhang mit der GPU.«

»Ach so, war da nichts? Geschickte Burschen sind das – sie haben alle *beschissen* mit ihrer Großmachtpolitik. ›Wir sind für Russland, und was mit dem Kommunismus wird, schauen wir mal.‹ Das hat alle angezogen. In den zwanziger Jahren. Alle haben sich dem ergeben ... Alle sind darum herumgeschlichen ... Majakowski, Babel ...«

»Ach was«, winkte Bulgakow ab. »Ich war einfach schlauer als sie. Sieht man das nicht am *Meister*?«

Anna Achmatowa erschien als junge Frau, mager und sehr geschmeidig.

»Ich hatte kein Glück in der Liebe«, sagte sie. »Ich habe mein Leben von A bis Z erfunden.«

»Sie, Anna Andrejewna, haben die Literatur zur ersten Macht im Land gemacht«, sagte ich. »Sie haben sich gehalten wie eine Königin. Ist es wirklich wahr, dass Sie es mochten, wenn die Männer Sie schlugen?«

»Ich mag es bis heute. Soll ich Ihnen meine blauen Flecken zeigen? Wo ist eigentlich Puschkin?«

»Ich weiß es nicht.«

»Und wer ist das?« Sie zeigte auf Platonow.

»Haben Sie ihn etwa nicht erkannt?«

»Er ist gekleidet wie ein Handwerksbursche.«

»Das ist Platonow. Vor ihm müssen Sie sich verstecken.«

Bulgakow kam mir allzu theatralisch vor. Mandelstam in erfundener Gestalt. Alle traten in einer bestimmten Gestalt auf, außer Platonow. Platonow schien mir sehr verschlossen. Ich fand es schade, dass er *verrückt* war nach Dampfloks, er hatte tatsächlich etwas von einem Handwerker, aber er war auch gerade deshalb Platonow, weil er nach Dampfloks verrückt sein konnte. Ich sah Gogol. Ich verehre Gogol über alles. Bei ihm gibt es kein einziges unrichtiges Wort, keinen einzigen falschen Ton.

»Nikolai Wassiljewitsch! Jetzt wird viel darüber gestritten, wer Sie sind – ein russischer oder ein ukrainischer Schriftsteller. Meiner Meinung nach ist das Kokolores. Sie kommen von Gott. Aber trotzdem …«

»Ich bin ein Schriftsteller des Russischen Imperiums«, war die Antwort.

»Brauchen wir einen neuen Gott?«, fragte ihn der Botschafter.

Gogol sah den Botschafter an.

»Wir brauchen einen neuen Teufel«, sprach er.

Die Schriftsteller wurden lauter.

»Verstehe.« Der Botschafter wiegte den Kopf.

Ich glaube, Gogols Antwort hatte ihn ins Mark getroffen.

»Meiner Ansicht nach lebt Russland in Erwartung seiner Toten«, bemerkte Akimud prophetisch.

»Ich geh dann mal«, flüsterte Gogol.

»Boris Leonidowitsch, warum haben Sie so etwas Schreckliches getan: Ihre frühen Gedichte korrigiert? Denn gerade unter ihnen findet sich ›Meine Schwester, das Leben‹. Wie kein Dichter von den unseren haben Sie das Leben geliebt. Schade, dass sich das Buch über den Doktor als unaufrichtig erwiesen hat. Warum ist das passiert?«

»Ich war ein nicht ganz kluger Mensch«, sagte Pasternak.

»Warten Sie, warten Sie!« Ich stürzte auf Michail Scholochow zu, der jovial mit Platonow plauderte. »Ich wollte Ihnen schon lange eine Frage stellen. Sie ahnen, welche?«

»Nein«, antwortete freundschaftlich der Schriftsteller mit der Haartolle.

»›Der stille Don‹ … – sind Sie das?«

»Kommen Sie, reden wir lieber über Weiber.« Scholochow lächelte. »Ich spreche nicht gerne über Literatur.«

»Was macht das für einen Unterschied: er oder nicht er?«, mischte sich Kafka ein.

Den Saal betrat Nabokov. Hochmütig begrüßte er Akimud.

»Mir scheint«, zwitscherte Nabokov wie ein Vögelchen, »das letzte Mal sind wir uns unter Platanen in Lhasa begegnet.«

»Dort wachsen keine Platanen«, sagte Akimud.

»Nun, dann war das eine platonische Begegnung«, bemerkte Wladimir Wladimirowitsch.

»Ein Meister missglückter Wortspiele«, flüsterte ich Fink zu.

»Und ›Lolita‹?«

»Ja«, gab ich zu.

»Ich hoffe, Puschkin ist nicht hier«, sagte Nabokov. »Das letzte Mal hat er sich mir gegenüber Frechheiten erlaubt.«

»Wo ist eigentlich Puschkin?«, fragte Fink.

Lieber Gott, mein ganzes Leben lang habe ich versucht, ihre Geheimnisse zu lüften – ein müßiges Unterfangen! Sie sind nur Begleiter ihrer Texte. Viel Zeit habe ich völlig umsonst verloren, während ich mich in ihr Dissidententum vertieft habe. Das ist wie mit der Liebe zur Pornographie. Pure Zeitverschwendung. Aber vielleicht sind Ausländer etwas interessanter? Ich sah Joyce vor mir. Einen merkwürdigen Ruf hat er. Wirklich gelesen hat ihn niemand, aber alle haben ihn im Bücherregal stehen. Welche Kühnheit in der Wortschöpfung! Von den Ausländern war er der Einzige, mit dem ich es schaffte zu reden.

»Mir scheint, ein Schriftsteller muss Verräter sein, um Schriftsteller zu werden.«

»Ich weiß nicht, wie es andere halten, *but I am a fucking traitor …!*«

Ich bat den Botschafter, Charms und Wertinski einzuladen.

»Wen?«

Ich bin geneigt, bei allen Schwächen zu sehen. Aber wie sich die Zeit gewandelt hat! Sie hat sich so verbogen, dass diese zwei im russischen Pantheon gelandet sind, während die Zeit jene ausgemustert hat, die nicht einmal ihren Namen gehört haben. Und warum gerade sie? Sie sind ja nicht schuld an ihrem heutigen Ruhm. Und bleibt der ihnen auch morgen noch erhalten? Oder wer wird morgen an ihre Stelle treten?

Gegen Ende des Abends kam ein junger Mann dazu. Lermontow.

»Liebe Freunde!« Fink war ans Mikrofon getreten. »Sie sind der Stolz unserer Wortkunst. Aber erlauben Sie mir, den ersten Tanz Michail Lermontow zu gewähren.«

»Er hatte schon immer ein allzu leichtsinniges Verhältnis zu seinem Talent«, sagte Gogol. »Wo ist eigentlich Puschkin?«

»Heute fragen alle: Wo ist eigentlich Puschkin?«

»Und Sie, haben Sie Puschkin gestraft für seine ›Gabrieliade‹?«, fragte ich.

Der Botschafter wandte den Blick ab.

»Wie ich euch alle liebe!«, rief Fink in den ganzen Saal. »Die russischen Klassiker – meine große Liebe! Meine Teuren, ihr seid das Musical meines Lebens!«

»Ich bin eifersüchtig«, gab der Botschafter zu.

Ziemlich verärgert über diese Eifersucht, fuhr Fink schnell mit dem Taxi nach Hause ... Mich zupfte jemand am Ärmel. Den hatte ich nun wirklich nicht erwartet, hier zu sehen! Übrigens hatte er alle Chancen, nicht weniger groß zu werden als sie alle. Er riss sich von Pasternak los, kam auf mich zu in seinem ewig seidenen Cardin-Schal, sein irgendwie verblüfftes, verschwommenes Lächeln lächelnd.

»Eben noch den Fuß auf der Wagenplattform, lebt wohl ...«

Andrej Wosnessenski war nicht nur einfach gestorben, er war im Nichtsein verschwunden.

In diesem erstaunlichen Gedicht von 1961, »Herbst in Sigulda«, erklärte er sich selbst zum Genie: »In meine durchsichtigen Schulterblätter fuhr das Genie, wie in einen Gummihandschuh die rote Männerfaust ...«

Ein Geheul hob an. Er machte aus »Genie« »Erleuchtung«: »fuhr Erleuchtung, wie ...« Ein Aufschrei der Verachtung. Er hatte es geändert, damit es damals gedruckt werden konnte. Wahrscheinlich hätte er das nicht tun sollen. So wie er es verändert hat, ist es dann geblieben. Beziehungsweise untergegangen. »Erleuchtung« und »entfernt Lenin von den Geldscheinen« reimen sich nicht.

Schade bloß, dass Pasternak ein Jahr zuvor verstorben war und den »Herbst in Sigulda« nicht mehr erlebt hat – er hätte ihn gewürdigt.

Wosnessenski starb genau ein halbes Jahrhundert nach Pasternak. Auf der großen Bühne im Schriftstellerhaus lag er mit Märtyrergesicht, als habe er noch keinen Abstand zu seinem jahrelangen Kampf gegen den Tod gewonnen. Er lag da, sich selbst so unähnlich, dass irgendein »Volksvertreter« in einem bunten Idiotengewand – solche laufen bei uns reichlich herum, und das nicht nur auf wichtigen Beerdigungen – auf mich zutrat und sagte: »Das ist nicht er. Er hatte eine Kartoffelnase, ich kannte ihn.« Aber während der Aussegnung, als das »Ewige Gedenken« gesungen wurde und die Leute weinten, hellte sich Andrejs Gesicht plötzlich auf.

Das abgehörte Gespräch

Beim Abendessen, an einem separaten Tisch außer Sichtweite von Akimud, begannen Kafka und Platonow darüber zu streiten, wer von beiden der Bessere sei.

Kafka sagt:

»Du bist besser.«

Platonow zu ihm:

»Nein, du!«

Kafka geniert sich und fragt:

»Warum soll ich besser sein?«

»Weil du ein Genie bist!«, antwortet Platonow.

»Was bin ich schon für ein Genie!«, erschrickt Kafka. »Du bist das Genie!«

»Nein, du bist das Genie«, brüllt ihn Platonow an. Aber bei sich denkt er: »Überhaupt kein Genie bist du, bloß ein abgewichster Jud.«

Hier denkt Kafka bei sich: »Er hat schon recht – ich bin ein Genie!« Und kopfschüttelnd erklärt er Platonow:

»Nein, Platonow, ich bin kein Genie! Ich bin bloß ein abgewichster Jud!«

Platonow wird es schlecht, und er fällt bewusstlos unter den Tisch. Kafka schlägt Platonow links und rechts auf die Wangen, fröhlich vor sich hin murmelnd:

»Schönes Genie! Na mach schon, aufwachen, du russischer Trauerkloß!«

Die Nacht mit Fink

»Er bringt uns doch um, wenn er das erfährt.«

Selber schuld

Er tritt auf die Bühne – und flucht. Bei der Vertreibung der Händler aus dem Tempel spielt er sich auf wie ein kleiner Rüpel. Überträgt man die Moral aus dem Neuen Testament auf die Moral unserer Tage, dann erscheint Christus als eine nicht besonders gut erzogene, ziemlich chaotische Persönlichkeit. Unter seinen Aktiva – die Wunder und die Auferweckung des Lazarus. Doch diese Handlungen haben vor Kleingläubigkeit keinen Bestand. Dafür gefällt den Menschen Strenge: nicht Frieden, sondern Schwert.

Strenge gepaart mit Grobheit – so sehen die existentiellen Formen von Erfolg aus. Nicht irgendeine intellektuelle Soße.

Eine Nacht mit Kleopatra

»Na, und wen aus dem Jenseits würdest du gern treffen?«, fragte er mich.

»Wen könnte man denn?«

»Du hast die freie Wahl.«

Ich überlegte. Von den Malern liebe ich Leonardo und Vermeer. Von den Philosophen – Nietzsche. Von den Komponisten – Schnittke. Nein, natürlich wäre es interessant, Puschkin zu treffen oder Dmitri Alexandrowitsch. Aber das Schlimme ist: Kaum fand ich mich im Epizentrum des Geheimnisses wieder, wurde mir klar, das Wichtigste im Umgang mit großen Persönlichkeiten ist der Versuch, miteinander dieses Geheimnis zu entschlüsseln oder seine eigene Bestimmung zu finden. Und wenn Akimud das Geheimnis nicht ganz kennt oder es nicht teilen will – dann werden alle anderen Kontakte sentimental oder fallen unter die Kategorie Neugier. Ich kann d'Anthès fragen, ob er mit Natalja Nikolajewna geschlafen hat, oder von Scholochow erfahren, ob er tatsächlich den »Stillen Don« geschrieben hat ... Aber jetzt interessierte mich etwas anderes.

»Warum bist du hierhergekommen?«

»Ich bin in einer Zwickmühle. Entweder muss ich darauf bestehen, die Menschen zu vernichten, oder ich muss neue Werte für sie finden, sie zur Quelle des Lebens zurückführen. Die Religion soll alle vereinigen, aber dafür muss man durch ein Blutbad gehen.«

»Und die Methode der Suggestion?«

»Das ist ein Eindringen in den Bereich des freien Willens.«

»Ich verstehe deine Logik nicht.«

»Die Satten bleiben in ihrer Mehrheit unter sich, sie gehören nicht mehr dazu. Und was Afrika betrifft, das sind Wilde.«

»Na und? Ich war in Afrika, die sind dir dort näher als die Menschen hier.«

»Hast du in der Welt viele kluge Menschen gesehen?«

»Nein. Und? Die Welt verblödet – das ist offensichtlich.«

»Kluge Menschen brauche ich nicht. Waren die Apostel etwa kluge Burschen? War Mohammed etwa ein Intellektueller? Ich brauche einen Volksglauben.«

»Ich weiß nicht, wen du brauchst.«

»Der Mensch hat sich als Fehler der Natur erwiesen. Das hat sich jetzt herausgestellt, wo er seine elektronischen Krücken erfunden hat. Aber mir gefällt dieser Fehler.« Der Botschafter stand auf. »Ich gehe schlafen. Wenn du willst, kannst du hier in der Residenz bleiben. Man führt dich zu den Gästezimmern.«

»Könnte man ein Rendezvous mit Kleopatra arrangieren?«

»Wozu brauchst du Kleopatra?«

»Wie wozu?«

»Eine Nacht mit Kleopatra?«

»Genau!«

Man brachte sie nicht in einem Teppich und nicht in einem großen Wäschesack – sie kam selbst: knapp über dreißig, Mutter von vier Kindern, Aktivistin im »Bund der Todeskandidaten«. Ich habe nichts gegen feurige östliche Schönheiten mit großen Nasen im Gesicht, aber was soll ich mit diesen dicken Lippen, den ungekämmten Haaren, dieser Arroganz einer erfahrenen Abenteurerin anfangen? Sie erschien im Chiton über dem nackten Körper und machte auf mich etwa so einen Eindruck wie die schmuddelige »Mamotschka« aus dem Nachtklub in Perm (ich hatte dort zu tun), die mir vorschlug, mit ihr mitzugehen, um »sich ein bisschen hinzulegen und zu entspannen«. Beschämt wurde mir klar, dass ich über das Leben meiner nächtlichen Besucherin beinahe nichts wusste, mit Ausnahme irgendwelcher Hollywooddetails über ihr Make-up mit dem charakteristischen Lidstrich und über einen allgemeinen Hintergrund von Abrechnungen mit Verwandten, Zechgelagen mit Cäsar und Marcus Antonius. Vage erinnere ich mich an eine prachtvolle Fahrt auf dem Nil mit vierhundert Schiffen, auch noch an das luxuriöse mit silbernen Rudern, auf dem sie fuhr. Mir fällt ein, dass sie eine Zeitgenossin von Herodes war und nicht lange vor dem christlichen Umsturz gelebt hat. Aber noch beschämter war ich, als ich verstand, dass meine Verbindung zur antiken Welt allzu lückenhaft und kaum wiederherzustellen war. Alles geht unter in Mythen über den Tod feuriger Liebhaber, die bei Morgengrauen hingerichtet werden, über die Verunglimpfungen aus Rom, die sie in ihrer Lasterhaftigkeit mit Messalina verglichen. Lediglich ein Detail war mir teuer: Sie und Marcus Antonius liefen nachts durch Alexandria, unter einfachen Menschen, in Sklavenkleidern, erschöpft von ihren Gelagen ... Sie hing über mir, schlackerte schweigend mit den Brüsten und drückte mich mit ihrem dicken Hintern nieder. In welcher Sprache sollte ich mit ihr, der notorischen Polyglotten, kommunizieren? Auf Ägyptisch oder in der Berbersprache?

»Cäsar, Brutus, Herodes, Actium, Cäsarion, Octavian ...«, stöhnte ich, während sie in ihren Händen mein taub gewordenes Zeugungsorgan quälte.

Irgendwann gegen Morgen hatten wir endlich schwitzend, schlecht gelaunt und müde ein bescheidenes Resultat erreicht. Sie hatte allen Grund, mich zu töten. Aber sie strubbelte mir mütterlich mit der Hand durchs Haar, gab mir einen Schmatz auf die Wange und – ließ mich am Leben.

Ich frühstückte mit dem Botschafter. Wir saßen an dem ovalen Tisch. In der Mitte stand ein Strauß dunkelroter Tulpen. Fink nahm auch an unserem Frühstück teil.

»Na, wie war Kleopatra?«, fragte Fink. »Ich möchte kein Omelette, Dascha«, sagte sie zu dem Dienstmädchen.

»Sie beißt«, sagte ich.

»Sie beißt?« Fink kniff die Augen zusammen. »Mehr nicht? Sie hat dich nicht aus dem Fenster geworfen, nicht gewürgt?«

»Beruhige dich, du bist besser«, sagte ich.

»Das wundert mich nicht. Im Bett ist jede Moskauer Nutte besser als Kleopatra. Was war denn das, ein Hologramm?«, wollte sie vom Botschafter wissen.

»Nicht doch. Die ganz normale, lebendige Kleopatra«, sagte der Botschafter.

»Herr Botschafter«, sagte Fink spöttisch. »Lass die Menschen leben, so wie sie leben. Was Besseres erfindest du nicht!«

»Schreib mir was über Sotschi«, wandte sich plötzlich Akimud an mich.

»Über Sotschi? Wozu?«, wunderte ich mich.

»Die Stadt wird es bald nicht mehr geben.«

»Warum nicht?«

»Schreib erst mal. Ich sag's dir später.«

Der Tod des Metallarbeiters

Für Lenin war Eisen eines der Fundamente der Zivilisation. Mich hat immer die eiserne Logik des Lenin'schen Denkens beeindruckt. Jetzt ist es moosbedeckt und von Unkraut überwuchert wie der Pfad, auf dem ich spazieren ging. In dem subtropischen Park spürte ich eine luxuriöse Verwilderung. In der Sowjetunion tobte damals der Kampf um Metall. Die Hochöfen waren unsere Aschrams. In Fernsehnachrichten und Liedern wurden Walzstraßen besungen. Auf den Bildschirmen erschien immer wieder das prächtige Gesicht des Stahlgießers mit Schutzhelm, einen langen Stab in der Hand, wie die Teufel ihn haben, mit dem er im Feuer Zauberkunststücke vollbrachte. Das Gesicht war schwarz von Ruß und nass von Schweiß und von Millionen Funken erleuchtet. Er war der Held des Tages. Nachts jedoch, nachdem er mit Freunden einen halben Liter Wodka getrunken und sich eine Weile auf alten Laken mit seiner Ehefrau abgemüht hatte, verwandelte er sich in einen müden Mann, der von Erholung träumte.

Die verdiente Erholung erwartete ihn in Sotschi. Den Metallarbeiter erwarteten das Schwarze Meer, eine leichte Brise und ein Strand, heiß wie eine Bratpfanne. Den Metallarbeiter erwartete ein großes Sanatorium mit Säulen, Mosaiken, hohen Zimmerdecken und Balkonen mit schmiedeeisernen Geländern. Den Metallarbeiter erwarteten Ärzte und Krankenschwestern, die parat standen, ihm den Schweiß abzuwischen und sein Arbeiterherz abzuhorchen.

Im geräumigen Speisesaal erwarteten den Metallarbeiter Gemüse-salat, Borschtsch, gefüllte Fleischklopse und süße Milchbrötchen. Den Metallarbeiter erwartete ein Sanatorium, das seinen Namen trug. Das Sanatorium »Metallurg«.

In der sowjetischen Erholungsindustrie gab es einen bemer-kenswerten Begriff, der sich eingebürgert und bis heute erhalten hat. Es ist ein Wort, das sich nur schwer in andere Sprachen über-setzen lässt. Beschäftigt man sich näher mit dem russischen Erho-lungssystem, wird deutlich, dass es sich nicht weit vom sowjeti-schen entfernt hat. Nach wie vor spielt der *Erholungsuchende* die Hauptrolle.

Man kann die Erholungsuchenden nicht als Touristen bezeich-nen, obwohl viele von ihnen gern an Ausflügen teilnehmen. Man kann sie sich kaum vorstellen ohne Ausflüge, sei es mit dem Bus oder dem Boot. Man kann sie auch nicht als Hotelgäste bezeich-nen, denn das ist eine andere Kategorie von Menschen. Der Er-holungsuchende ist ein Mensch, der sich seine Erholung durch ei-gener Hände Arbeit verdient und ein Recht auf Erholung hat. Der Werktätige hat Urlaub bekommen und sich in einen Kurort be-geben, um seine Arbeitskraft für die anschließende Arbeit wieder-herzustellen. Der sowjetische Erholungsuchende neigte indessen oftmals zu schlechten Angewohnheiten. Morgens ließ er sich in der Sonne braten, zu Mittag aß er für zwei, und ab Sonnenunter-gang trank er und ging auf Schürzenjagd. Bisweilen kehrte der Er-holungssuchende erschöpfter aus dem Kurort zurück, als er hinge-fahren war.

Ich lief den Pfad entlang, der mit kleinen Fliesen ausgelegt war, und dachte, wie merkwürdig sich in mir diese süßlichen, vom Zer-fall der Sowjetunion hervorgerufenen Gefühle verschlungen hat-ten. Die Sowjetunion ist bis heute nicht vollständig enträtselt. Die Frage, warum sie existiert hat, lässt sich nicht leicht beantwor-ten. Diejenigen, die einen mit Gerede über eine untaugliche Utopie abspeisen, die bei der Gründung der UdSSR Pate stand, konnten keinesfalls die russische Rückkehr zu sozialistischen Träumen vorhersehen. Ich befand mich in der idealen Welt der Nostalgie. Die hohen, standhaften Zypressen ließen soldatische Kränkung erahnen, hervorgerufen durch eine plötzliche Niederlage. Die russischen Kommunisten liebten Palmen über alles. Die Trauerfeier für Lenin fand in einem Palmenwald statt, in den sich der Trauersaal im Haus der Gewerkschaften verwandelt hatte. Auch der Kommunismus ist ja ein Palmenwald, in den sein geheimnisvoller Führer nach dem Tode eingegangen ist.

In der UdSSR liebte man das Wort »Palast«. Diese Liebe entstand aus dem Klassenhass auf die Zarenpaläste, doch in der folkloristischen Tradition lebte die Liebe des Volkes zu den Palästen aus den russischen Märchen weiter. Kulturpalast, Pionierpalast, die *unterirdischen Paläste* der Moskauer Metrostationen – all das sorgte für ständige Aufregung im russischen Unterbewusstsein. Am Rande des Palmenwaldes erblickte ich einen mit nichts vergleichbaren Palast, welcher die Rolle eines Sanatoriums spielte. Das Sanatorium in der sowjetischen Bedeutung des Begriffs war nicht einfach eine Heilanstalt. Das war ein Treffpunkt mit dem eigenen »Ich«, das der Rehabilitation bedurfte. Im Sanatorium traf der Sowjetmensch endlich auf seinen eigenen Körper und erkannte dessen Bedürfnisse und Freuden. Hier fühlte er sich sterblich und unsterblich zugleich.

»Metallurg« – Metallarbeiter –, der monströse Name faszinierte mich und stieß mich zugleich ab. Ich begab mich auf die Suche nach dem Metallarbeiter persönlich, einem Mann mit funkelnden Augen und blitzenden Zähnen. Die Mythologie der Schwarzmetallurgie hatte ihre Genies und ihre Bösewichter, Stachanowarbeiter und Saboteure.

Ich betrachtete die Fassade des Palastes, die *irgendwie* im Stil des klassischen Barock gehalten war, und erkannte den kolossalen, stümperhaften Kitsch des sozialistischen Realismus. Anstelle von Marmorsäulen ragten Betonkolosse mit undefinierbarem Anstrich auf. Die Rückseite des Palasts, den ersten Blicken verborgen, erwies sich als hastig zusammengeschusterte Konstruktion. An den Abenden erstrahlten im Inneren des Palasts der Stachanowarbeiter verschiedenartige Art-déco-Kronleuchter. Woher stammten die? Kriegstrophäen aus Deutschland?

Alles begann mit einem Satz von Stalin. Bald nach dem Sieg über Deutschland zeigte ihm Woroschilow in Sotschi ein neues Sanatorium von blassem Aussehen. Angewidert betrachtete Stalin die Gesundheitskaserne und sprach: »Arbeiter haben sich in Palästen zu erholen!«

1951 begann man mit dem Bau des »Metallurg«. Einbett- und Zweibettzimmer. »Luxus«-Zimmer. Ein separates zweistöckiges Gebäude für Minister-Luxuszimmer. Die gesamte *Kojenanzahl* betrug zweihundertfünfundzwanzig.

Koje ist ein großes sowjetisches Wort. Auf Kojen schlief das gesamte Land – in Pionierlagern, Krankenhäusern und Sanatorien. Ihre metallenen Sprungfedern quietschten fürchterlich, und ihre Matratzen waren hart und schwer, als seien sie mit Wasser vollgesogen.

Zu beiden Seiten des wasserlosen Schwimmbeckens, auf dessen Grund Kinder herumtollen, ragen zwei gigantische Skulpturen in die Höhe. Links ein Mann. Rechts eine junge Frau. Links unser teurer Metallarbeiter. Das ist wohl eher die Figur seiner reinen Seele, dargeboten in einer perfekten körperlichen Hülle. Das ist das Ideal des Metallarbeiters. Ein Mutant. Eine Komposition von antiker Schönheit und sowjetischen Anforderungen an Tapferkeit und Edelmut. Das ist der Metallarbeiter der Zukunft, der bereits alle möglichen Produktionsnormen übererfüllt hat und in den seligen Astralleib übergegangen ist. Auf einem Sockel hat sich ein großer lockiger Jüngling von sportlichem Körperbau niedergelassen. Er blickt auf ein halb entblößtes Mädchen, das auf der rechten Seite liegt und den Betrachter mit enormen Brüsten beeindruckt, die jeden Büstenhalter sprengen könnten. Das ist das ewig weibliche

Pendant zu unserem Metallarbeiter – seine Metallarbeiterbraut. Nicht weniger bedeutsam ist ihr unbedeckter Hintern – Bewahrer des heimischen Herds.

An den Abenden verwandeln sich die Patienten des Sanatoriums in Tänzer. Die Diskothek lädt ein, mit leichten alkoholischen Getränken und Tee. Schwerfällige Frauen in engen Blusen und Pumps mit silbernen Absätzen tanzen miteinander. Die Zeit ist stehengeblieben und die Frauen mit ihr. Wenn sie genug getanzt haben, laufen sie übers knarrende Parkett der Palastkorridore auf der Suche nach dem Metallarbeiter. Der Metallarbeiter versteckt sich in seinem Zimmer. Sie zerren ihn auf den Korridor hinaus und küssen ihn leidenschaftlich. Eine Orgie. Plötzlich erlischt das Licht. Sotschi hält den Kurausschweifungen nicht länger stand und entlädt sich in bestirnter Dunkelheit.

In der Sowjetunion war das Sexualleben ungeduldig. Alles entschied sich in der ersten Nacht, denn jede Nacht konnte ja die letzte sein. Wir haben in einem unberechenbaren Land gelebt, in dem man heute hoch gelobt und morgen umgebracht werden konnte. Am nächsten Morgen erscheinen die Erholungsuchenden in aller Herrgottsfrühe zum Frühstück im großen Speisesaal, als gingen sie zur Morgenandacht. Sie essen Brei und Schmalzgebäck, und danach schlurfen sie alle zu ihren Ärzten.

Die sowjetischen Ärzte zeichneten sich stets durch Strenge aus, die bisweilen in Ruppigkeit überging. Das war eine ganz besondere Heilkunst, da Kranksein peinlich war, im Grunde nicht erlaubt, und jeder Patient praktisch als Deserteur galt. Doch die Ärzte verstanden ihr Geschäft. Hier wurden bis vor kurzem noch Wunder vollbracht. Metallarbeiter, die im Rollstuhl hierhergekommen waren, konnten mit Hilfe manueller Therapie in ihre Brigade zurückkehren und dem Vaterland weiter dienen.

Stalin konnte Ärzte prinzipiell nicht ausstehen. Vielleicht war ebendas der Grund dafür, dass die medizinische Versorgung in der Sowjetunion gratis war und die Ärzte schlecht verdienten:

Wozu Mörder noch mit viel Geld ermuntern? Diese Gepflogenheiten werden im »Metallurg« sorgfältig beibehalten. Fahren Sie ins »Metallurg«! Dort habe ich endgültig begriffen, dass die Sowjetunion eine große Theaterbühne war, wo Verbrechen und Liebe in jedem Augenblick miteinander verflochten waren. Während ich durch die bemoosten Alleen des Sanatoriums spazierte, verstand ich endlich, warum sich die westliche Intelligenz so zur Sowjetunion hingezogen fühlte und warum so viele Spione für die UdSSR spionierten. Wer liebt denn nicht das Theater? Wer liebt denn nicht die abrupten Wendungen einer theatralischen Handlung? Wer liebt denn nicht die Dramen voller Blut und Tränen? Je schrecklicher, desto interessanter.

In Sotschi geht das Theater weiter. Das reale, nicht erfundene Sotschi ist eine ziemlich scheußliche Stadt. Wahnsinnig lang. Die längste Stadt Russlands, an die 150 Kilometer lang. Sotschi ist nicht reich, streckenweise sogar ärmlich. Nahezu die Hälfte der Einwohner wohnt in sogenannten »Garagen«-Häusern ohne Heizung – Garagen mit nachträglich daraufgesetzten Wohnräumen –, im Winter versucht man sie mit Hilfe von Klimaanlagen warm zu bekommen.

Der erholungsuchende Metallarbeiter ist vor meinen Augen gealtert. Gestern noch gab es Orgien, heute nur noch Kränkungen. Ich begab mich in das nächstliegende Lokal und wurde Zeuge einer prächtigen Prügelei. Auf der offenen Veranda des armenischen Etablissements saßen am Nebentisch zwei russische Männer. Sie hatten bereits ordentlich einen sitzen. Der Ältere von ihnen war ein Patient aus dem Sanatorium – mein teurer Metallarbeiter. Er beschwerte sich lauthals, seine Frau wolle ihm keinen blasen. Der Jüngere nickte schweigend. Der Metallarbeiter war bis zum Stehkragen voll mit Wein und Aggression. Seine Haupttugend war jetzt russischer Nationalismus. Auftritt: drei Personen. Ein hübscher, muskulöser Bursche und zwei braungebrannte junge Frauen in leichten Strandkleidern. Dem angetrunkenen Metallarbeiter gefiel diese Troika überhaupt nicht. Er begann den Burschen anzupöbeln und forderte ihn auf, er solle gefälligst sein T-Shirt mit Ami-Aufdruck ausziehen. Der versuchte das höflich mit einem Scherz abzutun, aber unser Nationalist gab keine Ruhe. Er sagte etwas Beleidigendes über das »abartige« Äußere des Burschen, woraufhin der vom Stuhl aufsprang und ihn mit einem grandiosen Schlag zu Boden streckte. Da sprangen alle im Lokal auf und fuchtelten mit den Händen herum wie bei einem Rockkonzert, um die Fortsetzung des Kampfes zu verhindern. Der niedergestreckte Metallarbeiter kam unter dem Tisch hervorgekrochen. Seine Nase blutete stark, aber die Rachsucht stand ihm ins Gesicht geschrieben. Da schickte ihn der Adonis gekonnt mit einem gezielten Stiefeltritt ins Knockout. Das war beinahe wie Ballett. Die erhitzten Mädels stürzten sich auf ihren Typen, um ihn abzuknutschen. Der Nationalismus hatte an jenem späten Abend in Russland eine vernichtende Niederlage erlitten.

Mein Metallarbeiter ist gestorben. Nicht etwa wegen schlechter medizinischer Behandlung. Nicht etwa, weil er zu viel getrunken hätte. Nicht etwa, weil er sich am Essen vergiftet hätte. Er ist als Erscheinung gestorben. Jetzt stellt er einen Störfaktor für die gesellschaftliche Entwicklung dar. Er ist die Emanation aus korrodiertem Metall. Aber er wird wiederaufleben, sobald er wittert, dass der Obrigkeit die Kräfte ausgehen. Der Metallarbeiter schläft einen lethargischen Schlaf. Er ist tot, bis auf weiteres.

Zeit zu scheißen, aber wir haben nichts gegessen

Der Videoclip mit Fink, auf einer öffentlichen Toilette scheißend, wurde ins Internet gestellt. Den entsprechenden Link schickten mir Unbekannte per E-Mail. Die Mädels hängten der Reihe nach ihren Hintern in die Kloschüssel, aus der heraus gefilmt wurde, und unterhielten sich durch die Trennwände.

»Da taucht doch dieser Oleg bei uns im Wohnheim auf, mit 'ner Flasche Wodka ...«

»Nee, echt?«

Knirschen.

»Und, ist ihm die Olle abgehauen?«

Gelächter.

Die Mädels standen vom Klo auf und schüttelten possierlich ihren Allerwertesten, bevor sie den Slip wieder hochzogen; in der Toilettenkabine gab es kein Klopapier. Die eine Hälfte trug Stringtangas, die andere gewöhnliche Slips. Hier begann die Arbeit des Soziologen.

Ich schlug vor, den Schweinigel zu finden, der die Aufnahmen aus der Kloschüssel heraus gemacht hatte, und ihm die Eier abzureißen.

»Wieso?«, wunderte sich Fink.

»Das ist eine Polizeifalle!«, regte ich mich auf. »Wir leben in einem Polizeistaat.«

»Lass mal gut sein.«

»Aber jetzt werden alle wissen, wie dein Arsch aussieht!«

»Na und?«

»Die letzten geraubten Geheimnisse. Wie traurig sie letztlich doch sind – diese Mädchenärsche ...« Ich schüttelte den Kopf.

»Haben sie dich denn nicht erregt?«

»Doch«, gab ich zu.

»Wie tief kann man vordringen, ohne die Wahrheit zu beleidigen? Jeder hat seine dunkle Stelle – man muss nur genau hingucken«, philosophierte Fink, ihren Hintern betrachtend.

»Ich weiß jetzt, warum der klassische Roman ausgedient hat«, sagte ich. »Er besteht aus Selbstzensur. Er hat die globale menschliche Unanständigkeit versteckt. Er hat Details ausgelassen, aus denen sich das Wesentliche zusammensetzt. Wir wissen nicht, wie frenetisch sich Robinson Crusoe vor dem tropischen lila Sonnenuntergang einen runtergeholt hat. Wir wissen nicht, ob Anna Karenina beim Orgasmus geschrien hat. Wir haben das Interesse verloren am Menschen als gesellschaftlichem Phänomen, an gesellschaftlichen Unzulänglichkeiten. In uns regt sich eine neue Sicht des Menschen. Wir brauchen nicht die korporative Wahrheit Tolstois und Dostojewskis, der Taliban und der Zionisten. Für uns ist Akaki Akakjewitsch mit seinem Mantel uninteressant geworden. Für uns ist es uninteressant geworden zu wissen, ob er Münzen oder Zinnknöpfe sammelt. Für uns ist der Mensch als Schweinehund interessant geworden. Seine abgrundtiefe Dummheit. Sein metaphysischer Infantilismus. Seine faulenden Zähne. Sein verfaultes Gedächtnis ...«

»Seine teure Armbanduhr«, versetzte Fink. »Und neuerdings finden wir auch scheißende Frauen interessant.«

»Hm, ja! Im Gebüsch pinkelnde Weiber mit Unterhose in den Kniekehlen – das war gestern. Wir wollen den Blick aus der Öffnung einer öffentlichen Kloschüssel.«

»Still! Zwei Nachtigallen zanken sich im Wald.«

Wir saßen bei mir in Krasnowidowo in der Küche. Es war tiefe Nacht.

»Klasse ...«

»Nachtigallen ...«, seufzte Fink. »Tja. Wir schnuppern gierig den Gestank. Für uns ist der Mensch als sich zersetzender Leichnam interessant geworden. Die Toten fallen über uns her.«

»Ach was!« Ich konnte nicht an mich halten.

»Für uns ist die entwaffnende Untreue des Menschen interessant geworden.«

»Für uns ist der Mensch uninteressant geworden«, sagte ich.

»Interessant, wer mich wohl aus der Kloschüssel aufgenommen hat? Warst du das vielleicht?«

»Vielleicht«, lachte ich.

◇

»Herr Botschafter! Warum haben Sie sich Stalin für uns ausgedacht?«

Der Botschafter antwortete:

»Wieso?«

»Millionen Tote …«

»Nun ja … Millionen …«

»Sie reden ja wie ein Kommunist …«

»Ich finde nichts Skandalöses daran, dass Stalin als Hauptfigur
in die russische Geschichte eingehen wird.«

Und da sagte ich:

»Beleidige niemals einen Menschen, der Stalin liebt. Schrei ihn
nicht an, stampf nicht mit den Füßen auf, sei nicht verzweifelt, ver-
lange nicht Unmögliches von ihm. Er ist schwerkrank, hat eine un-
menschliche Krankheit – eine Art geistiger Verstauchung. Bemit-
leide ihn nicht – dein Mitgefühl macht ihn rasend. Versuch nicht,
ihn umzustimmen – das wird dir nicht gelingen. Schalte alle deine Emotionen aus, zeige keine Regung, betrachte ihn mit kühlem,
gleichgültigem Blick – seine Krankheit nährt sich von deinen Emotionen, seine Seele ist gierig nach deinem Zorn. Kauf ihm lieber ein
Stalin-Porträt und nagle es zärtlich an die Wand.

Wie gut, dass das halbe Land Stalin liebt! Es wäre schlimmer,
wenn das ganze Land ihn liebte. Das halbe Land liebt Stalin nicht –
wenn das keine Hoffnung für die Zukunft ist!

Ich liebe Stalin nicht. Die Hälfte des Landes liebt Stalin. Was
soll ich machen mit der liebenden Hälfte?

Die Liebe der Hälfte meines Vaterlandes zu Stalin – das ist ein
guter Grund, sich von so einem Land abzuwenden und das Volk
endgültig abzuschreiben. Stimmen Sie für Stalin?

Ich lasse mich von meinem Land scheiden! Ich spucke dem
Volk ins Gesicht und beginne, wohl wissend, dass diese Liebe un-
abänderlich ist, mein Volk zynisch zu sehen. Ich betrachte es als
Hammelherde, die ich zu meinen Zwecken benutzen kann. Und je
tiefer ich im Zynismus verwurzele, desto mehr gehe ich selbst auf

Stalin zu, nähere ich mich ihm in seinem Doppeldenk und werde ich ihm ähnlich. Für den Sieg tut es mir um Millionen Köpfe nicht leid, ich weiß, dass die Überlebenden mir die Stiefel lecken werden.

Lange Zeit habe ich diejenigen verachtet, die Stalin lieben. Mir schien, Stalin könnten nur Idioten lieben. Aber dann habe ich meine Meinung geändert. Ich habe mein Verhältnis zu Idioten geändert. Ein Idiot zu sein – daran ist nichts Beschämendes. In der russischen Intelligenzija hat man die Bedeutung des Menschen immer leichtsinnig überschätzt. Die Liebe zu Stalin ist die Quittung für diesen Leichtsinn.

Wer hat gesagt, Stalin sei tot? Stalin lebt unter uns. Er lebt in den Herzen kranker alter Weiber, die von Gerechtigkeit träumen, in den Erniedrigten und Beleidigten, die das Recht auf Leben verloren haben; er lebt in Banditen und Kriminellen, die nicht davor zurückschrecken zu töten; er lebt in groben Polizisten und Beamten, die fest daran glauben, dass sie nicht bestraft werden können; er lebt in den oberen Etagen der Macht, die meint, dass sie fähig sei, das Land zu regieren, in der Vertikale der Macht von oben nach unten. Er lebt in den jungen Leuten, denen Verantwortungsgefühl fremd ist; er lebt in den Faschisten, die meinen, wir seien besser als alle anderen; er lebt in denen, die von einer Wiedergeburt des Russischen Imperiums träumen, arrogant auf ihre Nachbarn herabschauen und hernach hysterisch reagieren, weil sich die Nachbarn angewidert von Stalin abwenden. Stalin lebt – er lebt in der umgeschriebenen Sowjethymne, in käuflichen Journalisten, in unseren kirchenslawischen Kommunisten, in der klösterlichen Nostalgie nach byzantinischer Heimtücke. Stalin lebt – er lebt in Schülern, die ihre Mitschülerinnen vergewaltigen, in den Machtministerien, die Ordnung mit dem Verhaltenskodex im Knast verwechseln. Stalin lebt, weil wir Opfer unserer unglückseligen Geschichte sind, von der wir nichts wissen wollten. Stalin lebt, weil Sadomasochismus unser Volksvergnügen ist. Oh, wie viel Stalin sich bei uns angehäuft hat! Stalin zu lieben – das bedeutet vor allem, sich höhnisch an jenen zu rächen, die einem nicht ähnlich sind. Stalin ist ein stinkender Zuber, in dem unsere Propheten blubbern.

Ich weiß, dass ich niemals meine Meinung über Stalin ändern werde: Das ist meine endgültige Meinung. Doch einige denken, dass die überwältigende Mehrheit der Menschen, die Stalin lieben, aufhören werden, ihn zu lieben, wenn man sie von Grund auf verändert: ihre Ignoranz beseitigt, ihnen die Augen öffnet, sie ernährt und ihnen beibringt, die Menschen zu achten. Ein naiver Fehler! Man kann nicht aufhören, Stalin zu lieben, wo doch Stalin der Garant für unsere Integrität ist, die Basis für unsere Idiotie. Stalin, ein Mann aus einer für Russen unverständlichen Kultur, ein von weit her Zugereister, hat nichts Gutes für Russland getan. Nichts. Alles Gute, das der Volksmund Stalin zugeschrieben hat, vom satten Leben bis zum Sieg über Deutschland, ist unglaubwürdig. Doch wir sind nicht nur Söhne und Töchter Stalins, wir sind auch seine historischen Eltern. Nur auf unserem Boden konnte Stalin seine Wurzeln schlagen und Früchte tragen. Man liebt ihn dafür, dass wir nichts von allein können. Mal brauchen wir einen georgischen Diktator, mal einen holländischen Trainer. Wir verstehen nicht zu leben. Wir brauchen Glockengebimmel mit Wodka, Peitsche und Fruchtgelee, sonst verlieren wir unsere Ursprünglichkeit. Die Peitsche stört uns nicht weiter, und der Wodka hilft uns, Wyssozki zu lieben. Beleidige niemals einen Menschen, der Stalin liebt: Er hat sich selbst für sein ganzes Leben beleidigt.«

Krankenschwester forever

»Schau tiefer in dich hinein«, sagte ich zu meinem Spiegelbild. »Wir sind aus Bauklötzchen zusammengesetzt, aus einfachem, hölzernem Kinderspielzeug. Die Phantasmen saugten wie Löschpapier die schamhafte Süße der Erniedrigung auf. Du warst vierzehn Jahre alt, du kamst zu einer Ärztin zur Vorsorgeuntersuchung. Die Chirurgin prüfte deine Gelenke, die Kniescheiben, sagte, du solltest dich auf eine kühle Pritsche legen – weißt du noch? –, die Pritsche stand rechter Hand von der Tür – im Behandlungszimmer war es frisch – und sie ließ dich deine Unterhose bis zu den Knien herunterziehen. Du warst ein sehr schamhafter Halbwüchsiger. Die Achselhöhlen schwollen an vor kaltem Schweiß. Woher hattest du diese durchdringende Schamhaftigkeit? Wäre sie nicht gewesen, hätte es dich vielleicht nicht gegeben.

Wie alt die Ärztin war? Um die vierzig? Du wusstest damals nicht, wie man das Alter einer Frau bestimmt. Jenseits der fünfundzwanzig erschienen sie dir wie *unwiderrufliche* Tanten. Du schämtest dich fürchterlich, wagtest nicht, ungehorsam zu sein, und schobst deine weiße Unterhose bis zum Knie herunter. In dem Moment stand eine junge Krankenschwester vom Tisch auf, auf dem ein Stapel handgeschriebener Krankengeschichten lag, und bewegte sich in Richtung Waschbecken, das sich in der Mitte des Behandlungszimmers befand, gerade gegenüber der Pritsche, auf der du ohne Unterhose lagst. Die Ärztin begann, deine Eier abzutasten. Was sie da wohl suchte? Einen Leistenbruch? Zu dem Zeitpunkt hattest du da natürlich schon Haare. Die junge Krankenschwester drehte den Hahn auf und hielt die Hände unter den Wasserstrahl. Das war eine Art Ablenkungsmanöver. Sie wollte im Spiegel, der über dem Waschbecken hing, deinen jungen, vielversprechenden Schwanz angucken. Sie begann sich die Hände zu waschen und deinen Schwanz zu betrachten. Dir war das unerträglich … nicht mal jetzt kannst du verstehen, was das eigentlich war. Ein zerplatzter Stern. Du warst erregt, weil sie sich zum Spiegel begeben hatte, um deinen empfindsamen Schwanz zu betrachten; gleichzeitig war das eine homerische Schmach.

Du erhaschtest ihren Blick. Sie war entlarvt. Sie zeigte ihr weibliches Inneres – es zieht sie so natürlich zum Schwanz hin wie weißen Rauch zum Fenster hinaus. Eine schweigsame, langsame Szene. Du warst noch zu unerfahren, zu klein, um unter ihren Blicken eine Erektion zu bekommen und die Ärztin, die deine Eier abtastete, in Erstaunen zu versetzen. Später natürlich stelltest du dir deinen gerade unter ihrem Blick wachsenden Schwanz vor.

Als du sie entlarvtest, nachdem du ihren Blick aufgefangen hattest, und sie überführt war, drehte sie den Hahn zu, ohne mit der Wimper zu zucken – du erinnerst dich an ihre Augen –, trocknete sich die Hände ab – sie hatte auf einmal schmutzige Hände, stellen Sie sich vor, und sie wollte sie waschen, wahrscheinlich hatte sie das nicht zum ersten Mal so gemacht, aber gerade du hast sie als Erster entlarvt, so war dein Gefühl – was für eine Metapher! –, und ruhig, ohne Eile, ging sie zurück, um sich links vom Tisch mit dem Stapel handgeschriebener Krankenberichte hinzusetzen, gelangweilt die Wange in die Hand zu stützen und zu schweigen. Die Ärztin betastete noch ein Weilchen deine Eier und hörte dann damit auf. Du zogst deine weiße Unterhose hoch. Standst auf. Zogst dich an. Sie schrieb, du seist aus ihrer Sicht praktisch gesund. Du hast das Behandlungszimmer verlassen. Du hast diese Krankenschwester dein Leben lang nicht vergessen. Du hast eine unglaubliche Menge an sexuellen Details aus deinem Leben vergessen. Aber mit dieser Krankenschwester haben deine Phantasien ihren Anfang genommen. Du hast dich unzählige Male an sie erinnert. Du wurdest erregt. Du wusstest nicht, wohin mit dir. Die Szene wiederholte sich. Du hast dich unzählige Male an sie erinnert. Du wurdest erregt. Du wusstest nicht, wohin mit dir. Die Szene wiederholte sich immer wieder. Du hast dich an ihre dunklen, auf frischer Tat ertappten Augen erinnert. Eure Kommunikation durch Blicke war einen ganzen Roman wert. Sie fuhr in dich hinein, wie sich ein Flugzeug in die Erde rammt. Sie wurde deine Schwester.«

Auferstehung

Ljadow trat aus dem Tor des Moskauer Zentralkrankenhauses. Er
stieg ins Auto und fuhr zu mir.

»Was ist eigentlich passiert?«, sagte er.

»Wer hat dich umgebracht?«, fragte ich.

»Niemand hat mich umgebracht«, antwortete er.

»Man hat dich auf deiner Datscha überfallen«, beharrte ich.

»Keine Ahnung, wer das gewesen ist«, antwortete Ljadow.
»Hör mal, ich wach in der Leichenhalle auf! Ich denk, mich trifft
der Schlag! Kann froh sein, dass sie mich nicht aufgeschnitten haben! Idioten!«

»Man hat dich wieder zum Leben erweckt!«

»Wer?«

»Der Botschafter! Nur hat er mich gebeten, es niemandem zu
sagen. Aber er hat angedeutet, du solltest jetzt, wo er dich auf-
erweckt hat, deine Versuche zur Unsterblichkeit doch bitte schön
einstellen!«

»Schwachsinn«, sagte Ljadow. »Totaler Schwachsinn! Das
war ein Fehler der Ärzte. Guck mal, was ich mitgebracht habe!
Die Flasche war bei mir im Auto! Château Margaux! Unser Jahrgang!«

Er trank schon lange nur noch Wein seines Geburtsjahrgangs,
was ihn jedes Jahr teurer zu stehen kam.

Die Akademie

Nachts fanden beim Botschafter merkwürdige Treffen statt. Der
Botschafter versammelte bei sich in der Residenz eine rätselhafte
Gruppe von Personen. Als intime Freunde, die wir waren, lud er
Fink und mich wieder ein.

»Der ewige Jude – das ist kein Modell«, erklärte er uns. »Unsterbliche können auch jung sein. Sie haben hier bei euch tausend Jahre ununterbrochen gelebt. Volkszählungen waren in Russland nie präzise. Sie leben sowieso, von Generation zu Generation. Heute werden wir in Gesellschaft solcher Menschen zu Abend essen. Die einen sind Holzfäller, die anderen Aristokraten. Die einen wohnen in Russland, die anderen sind für unser Abendessen mit dem Flugzeug aus dem KA angereist.« (Der Botschafter hielt es für notwendig, hier den sowjetischen Ausdruck zu benutzen.)

Der Saal füllte sich allmählich mit Gästen. Äußerlich unterschieden sie sich kaum von normalen Menschen. Ein Teil der Männer trug Abendanzüge, viele kamen im Pullover wie zu einer beliebten Fernsehsendung. Die Frauen hatten sich nach der letzten Mode gekleidet, jedoch nicht überkandidelt. Die Gäste kannten einander und freuten sich überschwänglich über das Wiedersehen. In ihren Gesichtern weder Niedergeschlagenheit noch Langeweile aufgrund des endlosen Lebens – alle waren munter. Aber es schien, sie führten etwas im Schilde. Es roch nach Konspiration.

Der Botschafter seinerseits kannte sie alle offensichtlich gut. Klara Karlowna wurde von ihnen mit einer gewissen Ängstlichkeit beäugt; sie war vermutlich zuständig für ihre Langlebigkeit. Neugierig beobachtete ich Akimuds Agenten, seine irdischen Hebel. Zuerst tranken wir Cocktails mit Whisky und Kognak und hörten Livemusik. Ich kam mit einem Mann mittleren Alters ins Gespräch, der aussah wie ein nachdenklicher Buchhalter.

»Ich heiße Wadim Kotschubej, obwohl, das ist nur so zum Schein. Ich spiele die Rolle des Rechnungshofs. Langlebigkeit verleitet zu schlampigen Verallgemeinerungen. Was regiert die Welt? Der Wille zur Macht oder *Amouren*?«

»Zuallererst – Flugzeuge«, vermutete ich.

»Zuallererst – Fehler! Die Welt wird von Fehlern regiert. Und dann werden die Fehler korrigiert ...«

»... was wiederum zu neuen Fehlern führt, ja?«

»Natürlich, Sie sind alle Zentauren«, sagte Kotschubej spöttisch. »Wenn man Sie lange beobachtet, wird die zwiespältige Natur sichtbar. Der Mensch ist ein Widerspruch in sich.«

»Haupteigenschaft?«, wollte ich von dem »Buchhalter« wissen.

»Kleinmut«, antwortete er, ohne zu zögern.

»Da bin ich nicht sicher«, wandte ich ein. »Wenn man den Menschen aufs übelste beschimpft, kommen Beispiele für seine großen Taten zum Vorschein. Wenn man ihn jedoch lobt, zerfällt alles in kleine Teile.«

Kotschubej sah mich überheblich an.

»Ich war häufig Zeuge von Leben und Ableben. Alle mögen Maler, Dichter, Fürsten! Aber wie die Leber einer Straßburger Gans leiden sie an krankhaft ausgeprägter Eitelkeit.«

»Ich habe bescheidene große Persönlichkeiten gesehen.«

»Eine Illusion!«

»Ganz und gar nicht!«

»Entschuldigen Sie, aber Ihre Erfahrung ist begrenzt!«

»Aber es gibt Bücher!«

»Bücher, Bücher! Bloß ein weiterer Müllhaufen schriftstellerischer Eitelkeit.«

»Nicht alle!«

»Nun, Sie zum Beispiel ...« Er sah mich leicht verächtlich an. »Warum schreiben Sie? Sie wollen gefragt sein! Sie sind innerlich beleidigt, wenn sie nicht zu den Festen des Lebens eingeladen werden. Aber heute strahlen Sie: Sie dürfen auf einer seltenen Veranstaltung sein. Und nachher werden Sie sich damit wichtigtun.«

»Ich schreibe ...«

»Es ist mir wurscht, was Sie schreiben.« Kotschubej winkte ab. »Die Menschen sind für mich durchsichtig wie Drops. Ich fahre mit der Metro und durchschaue alle. Ich muss mich im Gedränge der Metro bewegen, das ist mein Job, ich bin Beobachter.«

»Erschießen Sie sich«, schlug ich Kotschubej vor.

»Klara Karlowna, wie sie heute heißt, erlaubt es nicht.«

»Sind Sie Klara Karlownas Leibeigener?«

Kotschubej fixierte mich.

»Ich habe schon ganz andere Polemiker als Sie kennengelernt! Dostojewski hat geschrien: Sei demütig, stolzer Mensch! Weil er schon alles erreicht hatte. Er hatte allen Grund«, kicherte der Buchhalter, »demütig zu sein! Ich mag nur kleine, wie Mäuschen wuselnde Menschen ...«

Wir gingen zur großen Festtafel hinüber.

»Wir haben heute einen Themenabend«, sagte der Botschafter, als alle Platz genommen hatten. »Es ist interessant, die Evolution des Menschen zu verstehen. In welche Richtung entwickelt er sich weiter?«

»Es ist sehr einfach, Pessimist zu sein«, sagte ein charmanter Mann, der dem Botschafter gegenübersaß.

Er kam mir bekannt vor. Und wirklich! Das war ein ziemlich bekannter Moskauer Politikwissenschaftler, Stas Pestrow. Wir hatten schon mal ein paar Worte auf Empfängen gewechselt. Aha, so ist das!

»Er ist ein Meister im spurlosen Verschwinden.« Akimud zwinkerte mir zu.

»Misanthropie ist unsere kollektive Krankheit.« Pestrow breitete die kleinen Hände aus. »Wenn man die Menschheit im Ganzen nimmt, wirkt sie absurd. Die allgemeine Geschmacklosigkeit ist ärgerlich. Verfall, wohin man schaut. Aber wenn man einzelne Menschen nimmt, sind sie immer amüsant und empfindlich. Jeder hat seine eigene Wahrheit. Außerdem sind die vielen Entdeckungen beeindruckend.«

»Nehmen wir die *Mitgestaltung*, dann handelt es sich dabei um genau das Gute, von dem die Moral träumt«, sagte eine gelehrte Dame mit Familiennamen Fok. »Aber wo gibt es sie? Wohin ist sie entschwunden? Der Mensch verliert sein Wesen. Wenn du einen teuren Wagen fährst, spürst du, dass nicht er dich fährt, sondern dass du ihn in der Rolle eines Gehirncomputers bedienst.«

Die Ansichten der Gäste waren etwa zur Hälfte geteilt. Die eine

Hälfte fand, der Mensch habe den Punkt, an dem es *kein Zurück* mehr gibt, schon überschritten – er sei dazu verdammt, *immer weiter abwärtszugehen*. Die anderen meinten im Gegenteil, es gebe eine Verbesserung.

»Fortschritt ist kein Schimpfwort«, behaupteten sie.

»Jede Generation erschreckt man mit dem Ende der Welt«, sagte ein japanischer Regisseur mit kurz geschorenem Haar.

»Es ist gerade mal einhundert Jahre her«, erklärte eine Frau mit gutmütigen polnischen Augen, »da sind die besten Vertreter der Menschheit auf Pferden herumgeritten, um ...«, sie erhob sich zu voller Größe und vollführte einen Hieb mit einem unsichtbaren Säbel, »dem Gegner den Kopf abzuschlagen oder ihn zu vierteilen – und waren mächtig stolz darauf! Heute ist es undenkbar, sich so etwas in aufgeklärten Kreisen vorzustellen.«

»Trotzdem sticht man sich gegenseitig ab!«, rief ein mondgesichtiger marokkanischer Geschäftsmann aus.

»Das sind doch Barbaren!«, wurden Stimmen laut.

»Dafür ist der vollkommene Verfall der Frau offensichtlich«, erklärte Kotschubej.

»Wohl eher die Enthüllung ihrer Natur«, sagte die Polin und kniff die Augen zusammen.

»Genau, genau, die Enthüllung!«, ertönte die Stimme eines zerbrechlichen, poetisch angehauchten Männleins. »Die Frau wird zur emsigen und gierigen Verkäuferin ihrer Ware.«

»So wird da kein Schuh draus!«, sagte ein Professor aus Amsterdam. »Die Hauptmotivation weiblichen Verhaltens in der Jugend ist und bleibt die romantische Suche nach der Liebe. Erst bei der Begegnung mit einem realen Mann erfährt sie eine ernsthafte Enttäuschung ...«

»Die Enttäuschung beruht auf Gegenseitigkeit!«, versetzte Pestrow.

»Aggressivität stirbt nicht aus, sie nimmt andere Formen an«, begann der amerikanische Arzt Craig Reschke. »Der technische

Hyperfortschritt wirft den Menschen aus der Bahn. Er ist voll von seiner Selbstgenügsamkeit. Warum haben Sie zugelassen, dass er den Computer erfindet?«, wandte er sich an Akimud. »Dieser ganze Internetkram ist außer Kontrolle geraten.«

»Das Internet ist ein schamloses Mittel der Selbstdarstellung«, beharrte Kotschubej. »Unser Freund«, er zeigte mit dem Finger auf mich, »behauptet, Dostojewski habe das Internet erfunden.« Donnerwetter, gut informiert!, dachte ich. Dabei hat er doch von Anfang an seinen Totengräber gespielt! Keinerlei Schamgefühl. Das ist Gleichmacherei von etwas, das nicht gleichzumachen ist. Der Sieg der Quantität über die Qualität.

Das Essen wurde serviert. Als Vorspeise gab es einen hervorragenden Krabbensalat. Dascha schenkte Weißwein aus.

»Lieber Gott! Wenn Sie wüssten, wie ich genug habe vom Essen und Trinken. Immer ein und dasselbe, ein und dasselbe. Die reinste Zeitverschwendung!«, flüsterte mir die Polin zu.

»Wohin haben Sie es denn so eilig?« Ich verstand nicht.

»Sie haben recht. Polen ist unerträglich langweilig geworden. Stellen Sie sich vor, die Polen mögen auf einmal die Deutschen! Aber ich mag Bäume ...«

»Das war schon immer so«, setzte Steve, der kanadische Holzfäller im teuren hellblauen Jackett und schwarz gepunkteten Hemd, die Diskussion über das Internet fort. »Zum Glück ist das ans Licht gekommen und kann analysiert werden ...«

Der Botschafter ergriff das Wort. Die unsterbliche Versammlung verstummte.

»Das Verbot ist die wichtigste Form der Organisation des Menschen. Vom Inzest bis zum Tötungstabu. Die Evolution geht in Richtung der Profanierung von Verboten. Nach dem Holocaust und dem Gemetzel in Ruanda (wer erinnert sich schon noch daran?) ist ganz klar geworden, dass der Mensch nicht das Maß aller Dinge ist. Ein Menschenleben ist zugleich teurer und billiger geworden ...« Der Botschafter verstummte und wartete, bis Dascha ihm Wein eingeschenkt hatte. »Dascha!«, fragte sie der Botschafter, »Sie wissen doch, was der Holocaust ist?«

Dascha wurde schrecklich verlegen, bekam Flecken im Gesicht.

»Na, genieren Sie sich nicht!«

»Holocaust? So heißt ein Mittel zur Bekämpfung von Kakerlaken!«, platzte sie heraus, die Flasche umarmend.

Alle ächzten.

»Sie widerliche Antisemitin!«, schrie der kanadische Holzfäller quer durch den ganzen Saal.

»Oder dumme Gans!«, versetzte meine polnische Tischnachbarin.

Dascha brach in Tränen aus. Dicke Tränen rollten ihr die Wangen herunter. Fink sprang vom Tisch auf und führte sie in die Küche.

»Warum tun Sie das?« Fink sah Akimud vorwurfsvoll an.

»Mir hat sie gefallen«, erklärte Kotschubej. »Ich mag so kleine, wie Mäuschen wuselnde Leute ...«

»Protestbewusstsein ist charakteristisch für einen kleinen Teil der Menschheit ...«, gestand Akimud.

»Konformisten«, sagte der Politologe Pestrow.

»Und Revolutionen? Und Meutereien?«, ertönte es von verschiedenen Seiten.

»Zu viel Ästhetik heutzutage«, murmelte Iwan der Treue, der Kulturattaché.

»Wir lieben Revolutionen«, sagte der Botschafter friedfertig. »Das ist wie Menstruation, eine Erneuerung des Organismus. Aber wer hat Ihnen denn gesagt, der Mensch sei das Maß aller Dinge? Der Mensch selbst hat das erklärt. Was er nicht alles will! Unter euch gibt es nicht wenige, die den Menschen für ein absolutes Fiasko halten. Das ist die Ungeduld des Gedankens.«

»Wozu wurde er erschaffen?«, fragte eine Frau in Rot. »Ich lebe schon fast zweitausend Jahre hier und verstehe nicht, wozu das alles gut sein soll. Auf diese Frage hätte ich gern eine klare Antwort.«

»Und wozu Kühe und Schafe, wozu Affen?«, rief jemand.

»Mir sind Kühe verständlicher als der Mensch.« Kotschubej nickte.

»Der Mensch – das ist eine Laune von uns«, sagte der Botschafter. »Unser höchstes Vergnügen.«

»Ich hätte eine Bitte an Sie«, sagte ein wichtiger Herr (ich glaube, er war ein Anwalt aus Jerusalem), an Akimud gewandt. »Wir bitten Sie, unsere Mission zu beenden. Sie hat ihren Inhalt eingebüßt. Die Zeit der Beobachter ist zu Ende. Wir würden uns gern auf die Akimuden verabschieden.«

»Was ist der Grund für Ihre Bitte?« Akimud hatte ein so radikales Ansinnen nicht erwartet.

»Wir haben markante Persönlichkeiten auf dieser Erde gesehen. Es war interessant für uns ...«, sagte der Mann aus Jerusalem.

»Und?«, versetzte Akimud. »Wollen Sie künftige Zivilisationskriege nicht erleben? Die werden Sie haben – versprochen!«

»Alles ist verflacht. Alles plätschert so vor sich hin.«

»Recken – nicht Schwächlinge wie ihr.« Der Botschafter lachte traurig.

»Die systematische Aushöhlung des Menschenbildes ist im Gange«, präzisierte der Politologe Pestrow. »Die grundlegenden Gefühle sind offengelegt – nun hat die Farce begonnen.«

»Gut, ich denke darüber nach«, sagte der Botschafter. Er suchte mit den Augen Klara Karlowna. »Klara Karlowna! Das ist Meuterei ...«

»Ach wirklich?« Klara Karlowna warf ironisch die Arme in die Luft.

Jerschow, der Spion, hielt es plötzlich nicht mehr aus und wandte sich an alle:

»Schämen Sie sich nicht? Sie leben tausend Jahre und sind dieselben undankbaren Untertanen geblieben ...«

»Jerschow, hör auf!«, schrie ihn Akimud an. »Schrei meine *Akademiemitglieder* nicht an!«

Nach dem Abendessen liefen Fink und ich durch das nächtliche Moskau.

»Na, was meinst du?«, fragte Fink.

»Mir hat ihre allgemeine Bescheidenheit gefallen. Niemand hat historische Beispiele angeführt. In der Art: ›Zu meiner Zeit, im Rokoko, da gab es noch galante Manieren. Heute gibt es sie nicht mehr ...‹«

»Und ich habe plötzlich verstanden, dass Klara Karlowna in Wirklichkeit die Konsulin des Todes ist.«

»Oder ...«, fuhr ich fort, ohne auf die Bemerkung zu Klara Karlowna einzugehen, »oder: ›Als ich Garibaldi begegnet bin ...‹«

»Eine verkorkste Perspektive!«, lachte Fink. »Früher war die Scheußlichkeit der Welt weniger sichtbar, sie zeigte sich an vereinzelten Beispielen. Und irgendwo anders schien alles besser zu sein. Nach Moskau! Nach Moskau! Aber jetzt ist alles sichtbar. Darum meutern sie ja auch. Aber wenn man von Geburt an daran gewöhnt ist, will man ewig leben. Der Mensch ist möglicherweise ein Dreck, aber leben möchte er ewig!«

Brief Nr. 4

Papa, warum hast du mich verlassen?

V
DEM KRIEG ENTGEGEN

Land des Teufels

Donnerschlag aus heiterem Himmel ... Die russisch-orthodoxe
Kirche erklärte die Akimuden zum Land des Teufels. Der Patriarch
der ganzen Rus versammelte die Seinen und ergriff das Wort. Sein
hochgewachsener, stattlicher Pressesekretär, großer Brustkasten,
selbst Verseschmied, der gern still und heimlich dem Tabakgenuss
frönte, schrieb jedes Wort mit:

»Wir lieben unsere buddhistischen Brüder, obwohl sie nicht besonders weitsichtige Heiden sind; wir lieben die Juden, möge es für
sie auch kein Glück im Jenseits geben und mögen sie auch deshalb
so traurig und gierig nach Leben sein. Wir lieben auch unsere muslimischen Brüder, die wie Pfeile in den Tod fliegen und mit denen
wir keine Meinungsverschiedenheiten haben. Ich kann sogar die
Protestanten verstehen ... Aber diese Usurpatoren, die verfluchten
Akimudier – sie sind schrecklicher als katholische Latein-Missio-
nare. Die Akimuden sind das Land des Teufels.«

Alle stimmten freudig der Meinung des Patriarchen zu. Dann
trat er im ersten Fernsehprogramm auf und sagte:

»Die Akimuden trifft der kirchliche Bannfluch.«

Der Botschafter erstarrte vor dem Fernseher. Am nächsten
Morgen traf er sich heimlich mit dem Oberhaupt der russisch-orthodoxen Kirche. Das Gespräch fand unter vier Augen statt.

»Wer bist du?«, fragte der Patriarch den Botschafter.

»Ich bin der Botschafter«, antwortete der Botschafter Akimud.

»In welcher Beziehung stehst du zu *ihm*?«

»Ich habe früher einmal seine Rolle geschrieben und gespielt«, erklärte der Botschafter.

Der Patriarch sah ihn ungläubig an.

»Beweis es!«

»Wie denn?«

»Vollbringe ein Wunder!«

»Die Zeit ist noch nicht reif.«

»Und wann ist sie reif?«

»Bald.«

Der Patriarch erschauderte.

»Was hast du vor auf der Erde?«

»Ich will, dass alle ein und dieselbe Religion haben. Dafür bin ich nach Russland gekommen. Ich denke an die Schaffung einer neuen Religion, mit neuen Symbolen.«

»Wozu brauchst du neue Symbole?« Der Patriarch sah den Botschafter mit erstauntem Blick an. »Schau dir die Orthodoxie an. Ist sie etwa nicht genug? Mach sie zur Weltreligion, dann wirst du noch größer sein.«

Der Botschafter hüllte sich in Schweigen.

»Och, bitte!«, sagte der Patriarch.

»Die Orthodoxie hat sich durch ihre Verbindung zum Staat befleckt.«

»Alle haben sich befleckt, jeder zu seiner Zeit.«

»Na schön, ich denke darüber nach«, sagte der Botschafter konziliant.

Worüber sie hinter geschlossenen Türen sprachen, wurde der Presse nicht mitgeteilt, niemand weiß es, doch der Patriarch vergaß den Bannfluch, und eine Woche später lobte er die Akimuden im zweiten Fernsehprogramm.

Trennung

Im Bett gestand Klara Karlowna Kurojedow, sie liebe Gott in jeder Form ...

»Gebraten, gedünstet ...«, sagte Kurojedow angeödet. »Fühlst du dich gut mit mir? Nimmst du mich mit auf deine Akimuden? In welchem Teil der Welt liegen sie?«

»Mir ist so wohlig mit dir«, flüsterte Klara Karlowna zärtlich. Sie prophezeite, dass es auf der Erde bald einen neuen einzigen Gott geben werde.

»Ja, ja, den Hühnergott.« Kurojedow spielte mit einer ihrer Locken. »Mit Loch in der Mitte.«

Die Konsulin des Todes maß ihn mit einem Blick.

»Mein kleiner Hühnerfresser, dir kann ja nichts anderes als der Hühnergott einfallen!«

Wozu braucht man Kinder?

Nein, trotz allem ist das Blut unschuldiger Kinder nicht umsonst geflossen, dachte ich, während ich den Bekenntnissen des verliebten Kurojedow zuhörte.

»Die Akimuden und russische Kinder«, wiegte Kurojedow den Kopf. »Diese lustigen Gesellen führen irgendetwas im Schilde. Was steckt hinter dem Interesse der Akimuden-Botschaft, besonders des Wissenschaftsattachés, an russischen Kindern? Mich macht das sehr nervös.«

»Schalten Sie Amerika ein.«

»Amerika verfolgt die Entwicklung der Beziehungen zwischen Russland und den Akimuden mit größter Aufmerksamkeit. Des Atheismus überführt, hat John eilig eine Depesche losgeschickt, die das Weiße Haus in Verwirrung gestürzt hat: ›Wenn die Akimuden sich mit ihnen zusammentun, dann kann niemand garantieren, dass wir unsere strategische Position in der Welt halten können.‹ ›Wir sind natürlich Freunde Russlands, aber so gute dann auch wieder nicht!‹, hat der US-Präsident gemurmelt. Der amerikanische Präsident will es nicht mit einem starken Russland zu tun haben«, fuhr Kurojedow fort. »Er spekuliert mit dem Thema Kinder. Amerika will beweisen, dass die Akimuden russische Kinder rauben, um ›ihre Akkus aufzuladen‹, und dass Russland dabei mitmacht.«

»Und in Wirklichkeit?«

»Russland treibt auf einen Skandal zu. Bist du im Bilde über die Ausmaße von Kindersex in Russland? Sie sind hierhergekommen, um Kinderblut zu saugen!«

»Hat Klara Karlowna dir das gesteckt? Die lügt doch! Sie sind keine Bestien.«

»Das ist ihre Natur! Durch das Zutun der amerikanischen Geheimdienste, die auf die Zerschlagung der russisch-akimudischen Verbindung aus sind, verschlechtern sich die Beziehungen zwischen Russland und den Akimuden zusehends.«

»Ihr seid alle vollkommen krank im Kopf vor lauter Antiamerikanismus!«, heulte ich auf. »Amerika! Ich war hundert Mal in Amerika! Das ist das friedliebendste Land der Welt!«

»Der Chef hat ja ebenfalls eine merkwürdige Schwäche für Amerika …«, sagte Kurojedow mürrisch. »Ich übrigens auch …«

Spielkasino

Kurojedow lud Klara Karlowna in ein illegales Moskauer Spielkasino ein. Aufgrund eines Missverständnisses wurde die Zwergin am Ausgang von der Polizei für eine minderjährige Prostituierte gehalten. Die Streife führte sie mit auf den Rücken gedrehten Armen aus dem Gebäude ab. Klara Karlowna kicherte kläglich.

In resolutem Ton befahl Kurojedow den Bullen:

»Loslassen!«

Als Klara Karlowna sich zu Kurojedow ins Auto setzte, sagte sie entzückt zu ihm:

»Euer ganzes Land sieht aus wie ein illegales Spielkasino!«

Offener Brief

Doch die Versöhnung des Botschafters mit der russisch-orthodoxen Kirche, kurz ROK, konnte den wutentbrannten Chef nicht aufhalten. Die Presse schimpfte. Das Fernsehen drehte endgültig durch. Ein Umschmelzen der Gehirne begann. Kurojedow verwandelte sich in einen ausgemachten Nationalisten. Selbst Ljadow neigte neuerdings zur Ablehnung gemeinsamer Werte. Spaltung. Viele Liberale orientierten sich um. In der Botschaft der Akimuden wurde ebenfalls gemeutert. Iwan der Treue, Kulturattaché, brach eine Lanze für Russland:

»Wir sind Söldner und Saboteure«, sagte er zum Botschafter.

Und da entschloss sich unsere Intelligenzija, ihr Verhältnis zu den Akimuden in Worte zu fassen. Sie schrieb dem Chef einen Brief. Sie sammelte wochenlang Unterschriften.

Der unbedeutende Teil der Intelligenzija wollte unterschreiben, aber man ließ ihn nicht. Die großen Namen wollten sich nicht an einer gemeinsamen Erklärung beteiligen, da sie dies als ihres Namens für unwürdig hielten.

Es gab ein paar Intellektuelle, die bereit waren, aus Ehrlichkeit alles zu unterschreiben – aber alle hatten von ihrer Ehrlichkeit schon die Nase voll, und niemand beachtete ihre Unterschriften. Diese *Ehrlichen* wurden gebraucht, um der Außenwelt zu zeigen, dass bei uns mit den Ehrlichen alles in Ordnung war, und sie, die sie die Feinheiten des Alltags nicht kannten, dienten treu ihrem Land in der Funktion der Ehrlichen.

Es gab solche, die vehement forderten, den Brief umzuschreiben, da sie ihn für nicht loyal genug oder im Gegenteil für zu loyal hielten. Im Endeffekt bremsten sie den ganzen Vorgang, aber einige von ihnen unterschrieben dann doch. Es gab auch solche, die die Regierung großartig fanden und überhaupt nichts unterschreiben wollten. Es gab Feiglinge, die glaubten, die Regierung würde ihnen wegen des Briefs den Kopf abreißen, eine Provokation inszenieren und sie nach Sibirien schicken. Dabei verwiesen sie auf jene, die dort bereits saßen. Diese Feigheit hatte eine gewisse Logik, denn wenn sie anfingen, bei einem von uns herumzuschnüffeln, dann fanden sie auch garantiert was. Entweder hatte man seit seiner Geburt keine Steuern bezahlt, oder man surfte nachts auf Pornoseiten, oder man hatte gerade bei der Regierung um irgendwas angesucht und wartete auf Antwort und durfte deshalb keinen Brief unterschreiben.

Zu sowjetischen Zeiten wurde man für einen offenen Brief bestraft, aber geschrieben wurden sie trotzdem. In der heutigen Zeit verliefen sie im Sand. Man hatte gelernt, mit ihnen umzugehen; man beachtete sie einfach nicht. Zu sowjetischen Zeiten war das Wort das Monopol des Staates, und darum stellte es einen unglaublichen Skandal dar, wenn das Wort in Form eines offenen Briefs außer Kontrolle geriet. So ein Vorgang lenkte die Aufmerksamkeit der Weltöffentlichkeit auf sich, was wiederum diejenigen schützte, die unterschrieben hatten. In der heutigen Zeit erhob der Staat keinen Anspruch auf das Monopol des Wortes, aber er hatte gelernt – in flexibler Form –, es für sich arbeiten zu lassen oder es zu entwerten, falls nötig, bis auf das Niveau eines völlig unbedeutenden Vorgangs.

Der Chef las den Brief, den niemand brauchte, und ließ den Kulturminister rufen. Als der in seinem Arbeitszimmer erschien, saß der Chef am Schreibtisch und schrieb. Ohne den Minister mit seiner eiförmigen Statur anzusehen, sagte der Chef:

»Warum willst du Krieg mit den Akimuden?«

»Ich?«

»Ja, du. Es wird keinen Krieg geben! Das kannst du weitergeben.«

»Wem denn?«

»Deiner beschissenen Klientel.«

»Der Intelligenzija?«

Brief Nr. 5

Lieber Papa!

Es gibt nichts Schöneres, als mit Sündern zu arbeiten. Davon können sie in Moskau ein Lied singen.

Du fragst mich, warum ich mich als auf die Erde entsandter Beobachter auf Aktivitäten eingelassen habe, die mit meinem Status nicht vereinbar sind?

Papa, *die machen mich fertig!*

Ich habe es mir zum Ziel gesetzt, Bedingungen zu finden, unter denen es möglich ist, das menschliche Leben fortzuführen, für das wir die Verantwortung übernommen haben. Wir haben Zorn für eine Todsünde gehalten, aber sie haben unseren Zorn wirklich verdient. Jedes Insekt haben wir mit Liebe erschaffen, haben ihm wie ein Vorschulkind seine Flügelchen ausgemalt. Sie demolieren unsere Werkstätten. Je mehr sie von den Geheimnissen der eigenen Natur begreifen, indem sie unsere Kodes entziffern, desto raffinierter werden von Jahr zu Jahr ihre Erfindungen, deren Sinn sich in der Jagd nach immer Neuem verliert, und desto weiter schweifen sie vom grundlegenden Kurs der Schöpfung ab.

Wir haben auf Russland gesetzt, und das nicht zufällig. In Russland – jedenfalls in dem Russland, wie wir es uns vorstellen, genauer gesagt, wie ich jetzt erst weiß, da ich vor Ort bin, im *imaginären* Russland – ist eine paradoxe Situation entstanden. Ewig und drei Tage haben wir geglaubt, dass einige Länder in Afrika sich in etwa der gleichen Situation befinden, ich denke da zum Beispiel an Nigeria. Aber Russland, mit *Imagination* begabt, vermochte uns die ganze Widersprüchlichkeit der menschlichen Natur nicht einfach nur in der Realität, sondern auch im Wort zu bieten, ergo konnte Russland mitbeteiligt werden an der Schöpfung. Unglücklicherweise erwies sich das bei näherem Hinsehen nur als Hypothese.

Wir haben Russland bewusst in eine Folterbank verwandelt. Wir haben den Russen suggeriert, es gebe auf Erden kein Glück. Ihre Antwort war eine utopische Metapher. Wir waren einverstanden. Es war uns wichtig zu verstehen, wie sich die Illusion vom Glück in eine wahre Hölle verwandeln kann. Aber sie haben keinerlei Schlüsse gezogen! Statt sich auf die Rettung zu konzentrieren, sind sie auf das pure Überleben unter übelsten Bedingungen heruntergekommen. Wir haben das Ziel verfehlt. Wir dachten, dass sie, unmenschlichen Bedingungen ausgesetzt, die richtige Wahl treffen würden. Doch sie preisen ihre Henker und ziehen erneut die Schrauben an. Am lebensfähigsten sind diejenigen, die als Blutsverwandte zusammenhalten.

Wir haben dem Menschen eine zerrissene Welt angeboten. In dieser Welt hat er sich abgemüht, unfähig, das zu wählen, was ihn von nicht beseelten Wesen unterscheidet. Keine Zeichen unsererseits zeitigten irgendeine Handlung. Die früheren Religionen sind zerstört oder erstarrt. Neue Gesetzestafeln müssen geschrieben werden. Doch daran besteht keinerlei öffentliches Interesse. Eine radikale Verwandlung des Menschen ist im Gange. Er entwickelt sich zu einem selbstgenügsamen Wesen, das uns in Bausch und Bogen ablehnt. So etwa kann ein betrunkener Lakai, der den vom Gast nicht aufgegessenen Salat verschlingt, sich einbilden, der Hausherr zu sein – genau das tun sie, Papa!

Wir sind nur Schutz, ein Ort der Zuflucht. Bestenfalls wenden sie sich an uns mit ihren Fürbitten um ein erfolgreiches Leben, aber im Gegenzug geben sie nichts. Wir müssen dringend unseren Kurs ändern. Wollen wir eine liberale Welt?

Nein!

Welche Ordnung auf der Welt war uns am liebsten?

Vielleicht die Ordnung der *Azteken*.

Da gab es Sonne und Harmonie und Fontänen von Blut uns zu Ehren. Dort wurden wir verehrt.

Aber genau deshalb, weil sie uns wirklich verehrten, erwiesen sie sich als lebensunfähig.

Also, Papa, es ist an der Zeit, neue Masken anzulegen! Manchmal denke ich, ein tadschikischer Gastarbeiter mit seinem mittelasiatischen Käppchen, auf einem Esel ... der Großstadtdschungel Moskaus ... das wäre ein schöner Beginn für eine Geschichte – denn Sujet und Komposition, darin sind wir stark! Aber wird dieser Tadschike nicht eine Wiederholung oder gar eine Farce sein?

Wäre es nicht besser, sich an den Moden des Jahrhunderts auszurichten und einen eleganten, wie man hier sagt, *coolen* Gott mit Reminiszenzen an Oscar Wilde, mit den zynischen Verhaltensweisen eines Dorian Gray zu erschaffen? Man muss dem Menschen Leidenschaftlichkeit einflößen. Sonst wird die Welt schlaff wie die Prostata eines alten Mannes, dem eine rabiate Urologin mit Dragonergesicht ihren mit Vaseline eingeschmierten Finger in den Anus steckt, mitleidig und angewidert zugleich.

Die neuen Gebote:

Sei *eventvoll, flexibel, herausragend.* Zynismus ist nur das Gewürz. Das wird die notwendige Spannung schaffen, Konkurrenz, Spiel – das Fernsehen, das du, Papa, so gern guckst.

Und außerdem:

Du sollst ehebrechen – denn es gibt nichts Süßeres als Untreue. Großartig der Ehemann, der die Ausschweifung seiner Frau begrüßt. Papa, kehren wir zu einem Sex zurück, der für uns akzeptabel ist. Wir haben das schon einmal in Indien versucht, aber dort geriet das Ganze allzu süßlich. Mehr Brutalität.

Erschaffe dir ein Idol aus Schönheit! Wir haben sie schließlich nicht umsonst erfunden!

Lass uns ihnen erlauben, das Leben zu lieben!

Öffne die Seele entsprechend deinen Wünschen. Versage dir nichts.

Oder so:

Verbote sind der beste Zünder für den Genuss. Wenn sie Verbote überwinden, werden sie zu Menschen. Wir haben ihnen Dinge verboten, aber das Leben hat alle Dämme durchbrochen. Wir werden ihnen alles verbieten. Wir werden sie ein wenig einfrieren! Wir werden ihnen verbieten, amoralisch zu sein, damit sie uns nicht allzu ähnlich sind.

Ihr sollt lachen. Ironisieren. Tanzen. Fußball lieben! Die Fans der anderen Mannschaft hassen! Bier trinken! Schokolade fressen! Na, was denn noch? Sie tun das alles auch so schon, ohne dass wir es ihnen vorsagen.

Antwort des Vaters

Lieber Sohn, bleib in Moskau.

Globus

»Ganz einfach«, sagte der Generalstabschef. »Wir geben eine Erklärung ab, dass die Akimuden uns überfallen haben. Zu diesem Zweck bombardieren wir mit Flugzeugen ohne Kennzeichen vier Stunden lang irgendeine unserer Städte am Meer.«

»Und welche?«, fragte der Chef.

Der General überlegte eine Minute. Er konnte seinen Generalstab nicht leiden; immer musste er sich alles selbst einfallen lassen. Der Generalstab bestand aus lauter Einfaltspinseln, die harte alkoholische Getränke bevorzugten. Aus Prestigegründen respektierten sie Whisky, aber eigentlich mochten sie nur Wodka. Sie lebten grobschlächtig, mit mürrischer Ehefrau, hatten sich im Moskauer Umland niedergelassen, quälten sich auf langen Fahrten mit der Vorortbahn und verstanden wenig von militärischen Dingen. Der

Generalstabschef wusste, dass ein Krieg unweigerlich eine Niederlage bedeuten und die Welt rasch seine Strategie durchschauen
würde, aber er erlaubte sich, auf die Welt zu scheißen. Er ahnte
schon, wie in den »Meldungen« böse durchdringende Stimmen
über die ersten Hunderte Kriegsopfer berichten würden.

»Sotschi«, sagte der General nach kurzem Nachdenken.

»Sotschi?«, wunderte sich der Chef. »Schade drum.«

»Schade? Ebendeswegen Sotschi, weil es schade drum ist.«

»Vielleicht besser Noworossisk? Es wird mehr mit dem Großen
Vaterländischen Krieg assoziiert. Obwohl der Hafen … Auch schade drum. Bombardieren Sie Tambow.«

Der Chef dachte daran, wie er als Junge mal in Tambow gewesen war. Auf dem Bahnhofsvorplatz hatte man ihm im Autobus die
Geldbörse geklaut.

»Ja«, sagte der Chef kalt. »Tambow.«

»Tambow geht nicht«, sagte der Generalstabschef. »Das würde
heißen, wir haben feindliche Flugzeuge tief in unseren Luftraum
gelassen. Es muss was an der Küste sein. Erlauben Sie, dass wir
Sotschi bombardieren.«

»Bist du verrückt, weißt du nicht, dass wir mit Sotschi unsere
eigenen Pläne haben!«, fiel der Chef über ihn her. »Liest du keine
Zeitungen, hörst du kein Radio? Lass Anapa bombardieren.«

»Anapa ist Kleinkram, das beeindruckt keinen. Das erregt Ver-
dacht. Nicht kleckern, klotzen lautet die Devise. Sotschi zu bombardieren – das heißt, gegen unsere eigenen Interessen zu handeln.
Das wiederum heißt, man wird uns die Aggression seitens der Akimuden abnehmen.«

»Na schön!«, sagte der Chef mit Essigmiene. »Leg los.«

»Heute um sieben Uhr früh Moskauer Zeit hat ein heimtücki-
scher Überfall des Staates Akimuden auf die Russische Föderation
stattgefunden. Im Zusammenhang mit diesen Ereignissen …«

»Schicken Sie mir noch mal den Generalstabschef rein!«, schrie
der Chef nicht sehr laut, dem plötzlich etwas eingefallen war.

Der Generalstabschef trat ein.

»Hören Sie«, sagte der Chef. »Wo werden wir den Gegenschlag durchführen? Haben Sie darüber nachgedacht?«

»Ist doch egal!«, sagte der Generalstabschef. »Wir bombardieren das Meer. Aus allen Rohren.«

»Was für ein Meer?«, fragte der Chef streng.

»Das Weltmeer.«

»Genauer?«

»Welches Sie wollen.«

»Was soll das heißen, welches ich will? Wozu sollen wir zum Spaß Wasser bombardieren?«

»Und was befehlen Sie noch zu bombardieren?«

»Die Akimuden!«

Der General sah den Chef bedeutungsvoll an, der Chef den General.

»Ich habe Sie verstanden«, sagte der General. »Wir werden die Akimuden bombardieren!«

»Die sind ja nicht weit weg von Kuba?«

»In gewissem Sinne ja«, versicherte der erfahrene Militär dem Chef. »Nicht sehr weit weg, obwohl auch nicht sehr nah.«

Zurück in seinem Arbeitszimmer, rief der Generalstabschef Leutnant Kurojedow an:

»Kommen Sie schnell!«

Zwanzig Minuten später stand Kurojedow, so wie er war, im Trainingsanzug, vor dem General.

»Morgen ist Krieg«, sagte der General besorgt. »Wer weiß, wo sich die Akimuden befinden?«

»Fink«, sagte Kurojedow. »Sie sollte es wissen.«

»Wer um Himmels willen ist Fink?« Der General hob die schütteren Augenbrauen.

»Ah!«, sagte nachlässig Kurojedow, der an nicht überwundener Eifersucht litt. »Die Geliebte des Botschafters Akimud.«

»Na, dann fragen Sie sie!«

»Sie fragen! Sie ist von uns zu denen übergelaufen.«

»Na, dann verhaften Sie sie! Verhören! Foltern! Dass ich heute Abend weiß, wo diese Akimuden liegen.« Der General stülpte die Lippen vor.

Kurojedow fuhr los, um Fink zu verhaften. Er fand sie in der elterlichen Wohnung in Mytischtschi. Der Treppenaufgang war mit derben Liebeserklärungen vollgeschmiert. Kurojedow warf einen finsteren Blick auf die Graffiti. Maskierte Männer drangen in die Wohnung ein und schleiften Fink im Morgenrock, mit nackten Beinen strampelnd, heraus. Die maskierten Männer legten ihr Handschellen an und packten sie ins Auto zu Kurojedow. Der Wagen raste mit eingeschaltetem Blaulicht und Tatütata zum Gefängnis des Innenministeriums.

»Was soll das, bist du jetzt endgültig durchgeknallt?«, fragte ihn Fink.

»Im Gefängnis klären wir das«, antwortete Kurojedow finster.

Den ganzen Weg über sagten sie nichts.

Am Gefängnis angekommen, brachte Kurojedow Fink in den Verhörraum, schloss die Tür ab und fragte:

»Wo befinden sich die Akimuden?«

»Weiß ich nicht«, antwortete Fink gleichgültig.

»Was heißt das: Weiß ich nicht!«, empörte sich Kurojedow. »Als ob dir das der Botschafter nicht gesagt hätte!«

»Hat er.«

»Na, und wo?«

»Sag ich nicht!«

»Hör mal, spiel hier nicht die Soja Kosmodemjanskaja! Wo liegen die Akimuden?« Kurojedow lief knallrot an.

»Wozu willst du das wissen?«

»Ich muss es wissen!«

»Wozu?«

»Fink, ich bring dich um, wenn du es mir nicht sagst!«

»Mach doch!«, sagte Fink.

»Liebst du ihn?«, fragte Kurojedow misstrauisch.

»Nö«, sagte Fink schnippisch.

»Nun gut!«, sagte Kurojedow unheilverkündend. Er rief über die interne Leitung jemanden an. »Schicken Sie Samson-Samson her!«

Fünf Minuten später betrat ein schrecklicher Mensch mit einem großen Globus den Raum.

»Auf Wiedersehen, Fink«, sagte Kurojedow. »Ich wasche meine Hände in Unschuld.«

Er verließ türenschlagend den Raum.

»Guten Tag, Fink«, sagte Samson-Samson förmlich und stellte den großen Globus auf den Tisch. »Zeigen Sie mir bitte, wo sich die Akimuden befinden, und dann können Sie nach Hause fahren.«

Fink schwieg.

»Wo liegen die Akimuden?« Samson-Samson schlug mit der Faust auf den Tisch.

Fink zuckte zusammen, so unerwartet war das, und blickte Samson-Samson in die Augen

»Im Himmel.«

»In welchem Himmel?« Samson-Samson maß sie mit einem Blick.

»Im siebten«, sagte Fink.

Marke Eigenbau

Samson-Samson war in meinem Aquarium zur Welt gekommen. Er hielt sich für meinen Schüler und war bemüht, *seinen* Lehrer zu übertrumpfen. Aber er riss sich aus meinem Herzen, als ich es wagte, gegen eine ganze Generation neuer Schriftsteller aufzutreten. Als die Auflagen seiner Bücher dreihunderttausend Exemplare erreichten, schleuderte er mir ins Gesicht, ich sei schlicht und einfach neidisch auf ihn. Übrigens wird der aufmerksame Leser bemerken, dass ich Samson-Samson aus der allgemeinen Liste der neuen Generation hervorgehoben habe:

… Der Schriftsteller ist nicht einer, der schreibt, denn schreiben tun alle, sondern einer, durch den geschrieben wird. Der Schriftsteller ähnelt einem alten Röhrenradio mit grünem Auge (so welche stehen bis heute auf staubigen Datschadachböden herum), auf dessen Anzeige die Namen großer Städte prangen, aber zu hören ist keine dieser Städte, nur Rauschen und Knistern, Zischen und Blubbern. Das Ohr fest an den Lautsprecher gedrückt, muss man aus all den Störgeräuschen das merkwürdige Gewirr von Stimmen herausfiltern, sich in diese hineinhören und sie niederschreiben.

Woher diese Stimmen kommen und was sie zu bedeuten haben, ist unklar, es ist wohl besser, sich da gar nicht erst hineinzudenken. Doch wenn es dir gegeben ist, sie zu hören, dann setz dich hin und schreib. Wahrscheinlich ist es so: Je genialer der Schriftsteller, desto weniger Knistern und desto klarer die Niederschrift. Manchmal aber, müde von dem Geknister und dem schwachen Gehör, gerätst du allmählich in Verzweiflung und tust so, als hörtest du, schreibst aber von dir aus, ohne Einwirkung von Radiowellen, und dabei heraus kommt Marke Eigenbau.

Eigenbau – das ist dein eigenes freies Schreiben. Du schreibst, so viel du kannst, erzählst, schilderst. Doch wenn du den alten Radioempfänger mit dem grünen Auge nicht nur vom Hörensagen kennst, dann wird dir dein Eigenbau, der von dir selbst ausgedachte Text, am nächsten Morgen grauenhaft vorkommen, als Selbstbetrug oder, wie man im 19. Jahrhundert sagte, als *Platitude*.

Der Radioempfänger ist eine von vielen Metaphern. Gogol nannte seine nicht niedergeschriebenen Werke »himmlische Gäste«. Es gibt viele Fälle, in denen der Radioempfänger zunächst funktionierte und dann für immer verstummte, die »himmlischen Gäste« nicht mehr herabstiegen, und dann imitierte der Schriftsteller seinen eigenen Stil in der Hoffnung: So geht's doch auch.

Der Schriftsteller kann seinen Radioempfänger unabhängig von den gesellschaftlichen Bedingungen hören. Weder Kommunismus noch Marktwirtschaft – nichts davon hilft und nichts stört. Entweder ist einer Schriftsteller oder er ist es nicht.

In unserer Literatur hat es stets nicht wenige »himmlische Gäste« gegeben. Wir waren sehr verwöhnt vom Gold und Silber der literarischen Epochen. Auch zu sowjetischen Zeiten haben einige Schriftsteller ihre Lautsprecher gehört – echte Schriftsteller.

Werke aus dem Lautsprecher haben eine Besonderheit: Sie machen den Text autonom. Sie machen ihn unabhängig vom Sujet, vom Charakter der Figuren, vom Handwerk. Denn der Handwerker schreibt Eigenbau. Der Schriftsteller ist kein Handwerker. Er erschafft einen Text, der vor allem unabhängig von ihm selbst ist, von seinen moralischen Eigenschaften, letztlich sogar von seinem Verstand, einen Text, der *mehr* ist als der Autor, interessanter und kühner und philosophischer als er. Solche Texte leben ein Eigenleben und nehmen den Schriftsteller mit. Andrej Platonow wirkte selbst im Kreise nicht besonders aristokratischer Sowjetschriftsteller in ihren neuen Pelzmänteln wie ein Klempner, wie eine graue Maus, aber er besaß einen mächtigen Lautsprecher.

Diesem unabhängigen, autonomen Text begegnet man heute bei uns immer seltener. Wir befinden uns in einer Ära des Eigenbaus. Wir wollen sie jedoch nicht beleidigen. Nicht jeder ist ein Gogol oder Platonow. In der russischen wie auch in jeder anderen Literatur hat es immer Eigenbau gegeben, der bisweilen zeitkritisch, interessant, thematisch amüsant war. Der Leser kann bei weitem nicht immer echte Literatur von Eigenbau unterscheiden. Er hat eine Vorliebe für die Widerspiegelung der Gegenwart, und diese Art Literatur ist auch bei uns angekommen. Sie pfeift auf konzeptuellen Hokuspokus und sagt:

»Ich bin ehrlich! Ich bin aufrichtig!« Mehr noch, sie sagt: »Ich bin ich selbst.«

Seit Mitte des 18. Jahrhunderts hat es keine so lange Pause in der literarischen Tradition mehr gegeben. Und jetzt ist sie eingetreten. Daran ist niemand schuld. Auch nicht unsere ruhmreichen Spieler. Mögen sie übers Spielfeld rennen, wenn es keine anderen gibt. Mögen sie Eigentore schießen. Mag man ihnen für diese Tore Preise verleihen. Mögen sie schreiben. Der Leser verfolgt mit Interesse, wie sie hin und her rennen. Reicht das etwa nicht?

An der Schwelle des Krieges

Ein kritischer Moment ist eingetreten. Wir stehen an der Schwelle des Krieges. Zerstörer heben ab, Panzer dröhnen – wohin sollen sie fliegen, auf wen schießen? Eine Sondereinheit stürmt die Botschaft der Akimuden und findet dort nur weiße Mäuse. Aber wo ist die Liebesgeschichte? Keine Zeit für die Liebe.

Am Samowar ich und meine Mascha. Teetrinken in Mytischtschi. Eine einfache Familie, Finks Eltern, Marja Wassiljewna und Waleri Dawlatowitsch vor dem Fernseher.

»Mascha, guck mal, Krieg!«, sagte Waleri Dawlatowitsch.

»Das sehe ich, ich bin ja nicht blind«, schnappte Maria Iwanowna.

Die Münze

Fink erwachte gegen Morgen durchgeprügelt in einer Zelle. Sie trat vor den Spiegel. »Meine Fresse, wie ich aussehe! Ein Dreckskerl bist du, Samson-Samson!« Auf dem Fußboden lag eine goldene Münze. Fink bückte sich, nahm sie in die Hand. Die Münze funkelte auf der Handfläche. Fink begriff, dass sie alles konnte. Sie richtete den Strahl der Münze auf die Zellentür. Quietschend öffnete sich die Tür. Fink trat in den Korridor hinaus. Es stank nach Chlor. Sie ging die Treppe hinunter. Die Wächter sahen sie an, hielten sie aber nicht auf. Sie trat aus dem Gefängnistor und winkte auf der Straße nach einem Taxi.

»Wohin wollen Sie?«

»Zum Generalstab.«

Den Strahl der Münze auf das Gebäude des Generalstabs gerichtet, betrat Fink das große Haus.

»Wo finde ich hier den Generalstabschef?«, fragte sie einen Soldaten.

Der Soldat erbot sich, sie bis zur Tür des Vorzimmers zu begleiten. Sie trat in das Vorzimmer. An einem Schreibtisch saß eine hübsche junge Frau mit vollem Gesicht.

»Junge Frau«, sagte Fink, »ich muss Ihren Vorgesetzten sprechen.«

»Gehen Sie durch, bitte«, sagte die Sekretärin liebenswürdig.

Fink stieß die Tür auf. Trat ein. Der General sah fern. Die Nachrichten. Sotschi zerbombt. Fink blieb vor dem Fernseher stehen, schaute auf den Bildschirm. Sie erkannte den Ferienort nicht wieder ... Russische Bomber kreisten über dem Meer. Sie bombardierten irgendeine Insel. Fink empörte sich, an den General gewandt:

»Was bombardieren Sie denn da! Das sind doch nicht die Akimuden!«

»Wer hat Ihnen denn gesagt, dass das nicht die Akimuden sind!«, parierte der General.

»General«, sagte Fink spöttisch, »also wirklich, schämen Sie sich denn nicht? Stoppen Sie den Krieg!«

»Was?«

»Stoppen Sie den Krieg, General!«, brüllte Fink ihn an. Sie richtete den Strahl der goldenen Münze auf ihn.

»Verstanden«, sagte der General.

»Wie verständig Sie sind!«, lachte Fink.

»Wollen Sie Tee oder Kaffee?«

»Stoppen Sie zuerst den Krieg!«

Der General nahm den Telefonhörer ab.

»Ich befehle, die Kriegshandlungen einzustellen!«

Fink setzte sich in einen Sessel.

»Ich nehm' mal einen Kaffee mit Sahne. Wie viele Menschen sind in Sotschi umgekommen?«

»Etwa zwanzigtausend«, sagte der General.

»Ich hätte mehr geschätzt.« Fink lächelte den General an.

»Alles in Ordnung«, sagte der General, »aber ich fürchte, dass unsere Geheimdienste Ihnen nicht mehr vertrauen werden.«

»Die können mich mal am Arsch lecken« Fink gähnte. »Rufen Sie mir einen Wagen. Ich muss ins Bett!«

Im Auto dachte sie: Irgendwie versinke ich immer tiefer im Mystizismus, ich fühle mich wie ein gequälter Fink. Sie öffnete das Fenster einen Spalt und warf die goldene Münze auf die regenbogenfarben schillernde, regennasse Fahrbahn.

Der Wahrtraum

In derselben Nacht hatte Fink in der Studentscheskaja einen prophetischen Traum. Sergi von Radonesch sagte zu ihr:

»Der General konnte den Krieg nicht stoppen.«

»Und was soll ich jetzt tun?«, erschrak Fink.

Der heilige Sergi sagte:

»Ich rate dir, triff dich mit deiner Schwester, aber ich warne dich, dass Lisaweta dir den Botschafter ausspannen wird.«

»Lass mal gut sein!«

Sergi von Radonesch sagte nichts.

Fink stieg in die Vorortbahn nach Kaluga und fuhr los. Am Tor zum Kloster stritt sie mit einem jungen Messdiener, weil der ihren Rock zu durchsichtig fand.

»Deine Augen sehen, was sie nicht sehen sollen!«

Sie drohte ihm, sich beim Patriarchen der ganzen Rus zu beschweren:

»Ich rufe ihn jetzt gleich auf dem Handy an!«

Der Messdiener erschrak und bat sie, nicht anzurufen. Sie stöckelte auf ihren hohen Absätzen den Pfad zwischen orangenen Ringelblumen (lat. *Calendula officinalis*) entlang. Sie liebte teure italienische Schuhe. In der Werkstatt der Kirche traf sie ihre Schwester, die fünfzehn Minuten älter war als sie, Jungfer Lisaweta, die Ikonen restaurierte.

»Katja!« Lisaweta fiel der Schwester um den Hals.

Beide brachen vor lauter Aufregung in Tränen aus.

»Mich hat schon so lange keiner mehr bei meinem Namen genannt«, heulte Fink.

Marja Wassiljewna hatte sie beide an einem Tag geboren. Als Erste erblickte die dunkle Lisaweta das Licht der Welt – und seitdem war sie die große Schwester und kommandierte Fink. Lisaweta wog bei ihrer Geburt zweihundert Gramm mehr als die helle Katja, aber dann überholte Katja sie, und keiner wusste mehr, wer gerade vorn war. Man wusste nur, dass Katja als Zweite zur Welt gekommen war – sie war immer die *Kleine*.

Lisaweta interessierte sich als Studentin für Spiritismus, aber als Nikolai Wassiljewitsch Gogol ihr während einer Séance vorschlug, Gift zu nehmen, floh sie in die Kirche und beichtete einem Priester. Sie trank Tee aus einem Blechbecher. In ihrem Kopf verband sich bescheidenes Hausgerät mit der Rettung der Menschheit. Sie schlief praktisch ohne Matratze. Das Kissen war hart und schwer.

»Na, setz dich erst einmal«, sagte Lisaweta. »Du bist sicher müde von der Fahrt. Wir trinken Tee.«

Sie schaltete den alten elektrischen Wasserkocher ein. Blickte aus dem Fenster, vor dem eine billige Gardine hing. Hinter der Gardine liefen in Reih und Glied die Mönche. Das nenn ich Disziplin, dachte Fink.

»Lisa«, sagte Katja, »glaubst du stark an Gott?«

»Tu ich, ja«, antwortete Lisaweta nachdenklich. »Obwohl man

an Gott nicht stark glauben darf. Wenn man glaubt, ist man ganz von ihm durchdrungen. Was ist da los bei euch in Moskau, Krieg?«

»Ja, Krieg«, sagte Fink.

»Sind viele Menschen umgekommen?«

»Was soll ich sagen …«, antwortete Fink. »Viele!«

»Ich habe keine Angst vorm Sterben«, sagte Lisaweta.

»Echt nicht?«, rief Fink verwundert. »Ich hab Angst davor! Lisa, du musst den Krieg stoppen!«

»Wie soll ich das denn machen?«

»Hast du eine wundertätige Ikone?«

Jelisaweta sah die Schwester erstaunt an.

»Katja, für mich ist jede Ikone wundertätig.«

Sie nahm eine noch unfertige Ikone vom Regal und stellte sie vor sich hin. Sie hob ein wenig den Saum ihres langen grauen Kleids und kniete nieder.

»Herr!«, sagte Lisaweta, ohne sich vor ihrer Schwester zu genieren, und streckte zur Bekräftigung die rechte Hand vor. »Sie haben den Verstand verloren, Herr! Sie kämpfen gegen Dich! Sie zerbomben sich selbst bis zum letzten Menschen.« In Lisawetas Augen stiegen Tränen. »Dummköpfe, wirklich! Bitte, bring sie zur Vernunft und lache nicht über ihren Wahnsinn!« Sie schwieg eine Weile, erhob sich von den Knien. »So, das war's«, sagte sie. »Scheint geklappt zu haben.«

Fink sah sie ungläubig an.

»Ich dachte, du würdest einen ganzen Tag lang beten. Hast du einen Fernseher?«

»Nein.«

»Radio?«

»Auch nicht.«

»Internet?«

»Wer hat heutzutage kein Internet?«, wunderte sich Lisaweta.

Die Schwestern öffneten, über den Tisch gebeugt, eine Nachrichtenseite. Unter *breaking news* gab es die Meldung:

»Krieg gestoppt!«

Die Bomber waren umgekehrt und flogen zu ihren Flugzeugbasen zurück.

»Das hast du toll gemacht«, sagte Fink und streichelte Jelisaweta über den Kopf. »Du hast dir lange nicht den Kopf gewaschen. Möchtest du, dass ich ihn dir wasche?«

Lisa verschwand in einen Nebenraum und kam mit einer verbeulten dunkelgrünen Schüssel zurück.

»Kann losgehen«, sagte sie. »Ich bin es müde, eine Heilige zu sein.«

Lisa warf das graue Kleid ab und stellte sich mit nackten Füßen in die Schüssel. Fink wusch ihr den Kopf und sagte:

»Mit deinen schwarzen Schamhaaren siehst du aus wie ein Stachelschwein. So trägt man das schon lange nicht mehr.«

»Ich muss mich mit deinem Botschafter treffen«, antwortete Lisaweta. »Er hat meine Vorstellungen vom Leben zerstört. Ich hasse ihn.«

»Du täuschst dich«, sagte Fink.

»Wenn die Wahrheit außerhalb von Christus ist«, sagte Lisaweta, »dann will ich …« Sie blickte auf das Heiligenbild in der Ecke, das von einem Lämpchen erleuchtet war. »Bei Christus bleiben, nicht aber bei der Wahrheit.«

»Das ist dasselbe, wie den Zerfall der Sowjetunion zu beklagen«, sagte Fink. »Hast du einen Rasierer?«

»Ich habe ein Küchenmesser.«

»Ein Küchenmesser? Das wird wehtun.«

»Meinetwegen. Obwohl, wozu mich rasieren? Die Mönche mögen mich auch so. Sie linsen gern durch die Bretter vom Klohäuschen. Danach laufen sie den ganzen Tag mit seligen Gesichtern herum.«

Fink kam mit dem Küchenmesser zurück.

»Wir Mädels«, sagte sie, »müssen unseren Schamhügel pflegen. Das ist Ehrensache.«

»Die Mönche sind Mistkerle«, sagte Lisaweta nachdenklich.

Fink schüttete das Wasser mit den Haaren im Hof aus und zog ein schlichtes Leinennachthemd an. Lisa atmete ihr gegen die linke Wange.

»Ich will Spaß haben«, flüsterte sie. »Ich will eine Hauptstadtgöre sein. Ich surfe gern nachts in den Blogs und murmele unanständige Wörter vor mich hin.«

»Wie schön du bist!«, sagte Fink. »Du musst dich besser ernähren. Du bist ja voller Pickel und Stiche.«

»Wanzen«, sagte Lisaweta. »Unser ganzes Kloster ist voller Wanzen.«

»Und Flöhe?«

»Hier bei uns gibt es auch Flöhe, aber noch mehr Filzläuse.«

»Aber wie gut, wie natürlich du riechst! Du Schöne, du hast den Krieg gestoppt!« Sie schlug der Schwester schmerzhaft auf die rechte Hinterbacke.

»Noch mal«, bat Lisaweta.

»Die Bewegungen dürfen nicht ungeduldig und eilig sein – das ist der größte Fehler der Männer vor dem Sex. Wir Mädchen wissen's besser. In der weiblichen Liebe sehe ich die Zukunft der Liebe. Die Männer schieben wir beiseite und benutzen sie nur noch als Phalloimitatoren.«

»Fink!«, murmelte Lisaweta. »Ich will kommen. Ich will kommen und nach Armenien gehen. Ich will nach Armenien!«

»Trotz allem habe ich nichts Aristokratisches an mir«, bemerkte Fink und pupste gedehnt. »Wenn ich einen fahren lasse, riecht es immer nach saurer Schtschi. Als wenn die ganze Zeit welche in meinem Bauch köcheln würde. Es ist schrecklich, eine Intellektuelle der ersten Generation zu sein!«

Lisaweta gegen alle

»Endlich habe ich begriffen, wo er eigentlich herkommt, dieser Botschafter«, sagte Lisaweta leise, als sie bei mir in Krasnowidowo bei Kerzenschein zu Abend aß – wir waren zu dritt. »Von der Summe an Kleingläubigkeit. Vom Zerfall der Kulturen und des Glaubens. Er ist die Materialisierung billiger Esoterik. *Sie* waren es, der ihn erzeugt hat!«, warf sie mir vor.

»Das ist der pure Supersolipsismus!«, rief ich. »Akimud ist real, Lisaweta, nicht weniger als Sie. Oder habe ich Sie auch erfunden?«

Sie fauchte verächtlich:

»Dafür sind Sie eine Nummer zu klein, um mich zu erfinden! Aber der Botschafter – das ist *Ihre* Krankheit. Ihre Halbbildung. Nur weil sich Ihr Papascha im Botschaftersein versucht hat, stellen Sie auch unseren Herrn in dieser Form dar. Kindisch.«

»Aber er tut nur so, als wäre er Botschafter. Christus wurde auch für den König der Juden gehalten!«

»Unterstehen Sie sich! Zwecklos!« Sie schnappte nach Luft.

»Botschafter ist kein Schimpfwort.«

»Aber der Posten eines Botschafters eignet sich nicht für einen Prediger! Er muss aus dem einfachen Volk kommen!«

»Warum? Buddha kam auch nicht aus dem einfachen Volk. Ein Prinz ist auch ein Mensch!«

»Was hat Buddha damit zu tun!«

»Der Botschafter ist für alle verantwortlich!«

»Auch für Perun, den Donnergott? Was soll dieser Ökumenismus!«, echauffierte sich Lisaweta. »Sie würden auch noch behaupten, der Papst sei unfehlbar!«

»Der Botschafter ist ein gütiger und gutmütiger Mann. Wie es sich gehört«, versicherte ich.

»Ich werde ihn entlarven! Geben Sie mir bloß etwas Zeit!«, rief Lisaweta. »Denken Sie nur an andere Pseudogötter!«

»Essen Sie doch, Lisa!«, flehte ich.

Lisaweta wandte sich abrupt zu mir um:

»Sie haben Fink in einen goldenen Käfig gesperrt und führen mit ihr ein teuflisches Experiment durch. Der Botschafter sitzt in Ihrem Kopf! Sie gehören in Behandlung! Sie sind ein Verrückter. Ich rufe den psychiatrischen Notdienst, die werden Sie fesseln und aus dem Leben meiner Schwester entfernen! Sie haben den Botschafter erfunden – geben Sie zu, dass er nicht existiert!«

In dem Moment war ein Motorengeräusch zu hören. Vor dem Haus hielt der Wagen des Botschafters. Er stieg mit einem Blumenstrauß in der Hand aus. Er trat durch die Tür, blieb auf der Schwelle zum Esszimmer stehen. Lisaweta sah ihn wild an.

»Sehr erfreut«, sagte der Botschafter. »Nikolai Iwanowitsch.«

»Lisaweta«, sagte sie schroff.

»Willkommen!« Er überreichte ihr die Blumen.

Lisaweta kniff die Lippen zusammen, nahm die Blumen aber an.

»Danke! Das wäre nicht nötig gewesen. Ich mag keine Schnittblumen. Das sind Leichen. Im Grunde eine heidnische Opferdarbringung. Und ich bin Christin.«

»Das glaube ich«, sagte der Botschafter. Worauf sich das bezog, blieb unklar. Entweder auf die heidnische Opferdarbringung oder auf Lisawetas Christentum. »Verzeihen Sie, dass ich mich verspätet habe«, sagte der Botschafter. »Ganz Moskau steckt im Stau. Und ich habe kein Blaulicht.«

»Warum haben Sie denn kein Blaulicht?«, fragte Lisaweta provozierend. »Sie halten sich für weiß Gott wen und fahren wie ein normaler Sterblicher herum, ohne Blaulicht.«

Nikolai Iwanowitsch schlug bescheiden die Augen nieder.

»Ich bin gegen Blaulicht«, sagte er.

»Warum?«

»Nun, so ist meine Philosophie.«

»Eine wahre Höllenbrut sind Sie, jawohl!«, schrie Lisaweta.

»Die Hölle – das sind Sie«, antwortete der Botschafter undiplomatisch.

»Wer sind Sie?«

»Russland.«

»Abschaum!«, stöhnte Lisaweta.

»Ein Wunder gefällig?«

»Davon haben wir selbst genug, die neuen Jesus Christusse vermehren sich nahezu täglich. Russland steht unter dem Einfluss von Sekten.«

»Neulich ist eine neue Sekte aufgetaucht«, meldete sich Fink zu Wort. »Die Anusrosette!«

»Sie existieren nicht«, sagte Lisaweta zum Botschafter.

»Ljadow ist derselben Meinung.« Der Botschafter nickte.

»Sie sind ein Sack, vollgestopft mit vergleichender Religionswissenschaft!«, schrie sie plötzlich los.

»Noch nie hat mich jemand so angeschrien«, freute sich der Botschafter. »Sie sind eine interessante junge Dame. Wollen Sie etwas Wein?«

»Frauen dürfen keinen Wein trinken«, antwortete Lisaweta. »Besonders russische Frauen nicht.«

»Warum nicht?«

»Raten Sie mal!«

»Ich weiß es nicht.«

Lisaweta triumphierte:

»Wenn Sie das nicht wissen, dann sind Ihre Akimuden bloß Fassade!«

»Nun sagen Sie schon!«

»Bei russischen Frauen geht auch ohne Wein schon alles drunter und drüber im Kopf! Sehen Sie sich bloß meine Schwester an!«

Ach, du Miststück!, dachte Fink. Warte nur! Dich bring ich schon noch zum Trinken!

»Trotz allem verstehe ich nicht ganz«, sagte Fink nachdenklich zu mir gewandt, »wozu es diese Szene mit der Vertreibung der Händler aus dem Tempel gegeben hat. Woher dieser Wutanfall?

Du hättest doch alles mit einem einzigen ruhigen Wort auf den Kopf stellen können! Stattdessen – Hysterie. Show. Zudem bist du für die Händler ein Niemand. Du inszenierst ein richtiges Pogrom. Du bist ein Terrorist!«

»Er ist ein junger, zorniger Mann ... Ein Revolutionär!«, sagte ich.

»Revolutionär!«, schrie Lisaweta. »Wie können Sie es wagen! Sie haben das alles erfunden! Sie sind einfach ein Dämon.«

»Ich bin kein Dämon.« Der Botschafter lächelte.

»Doch, ein Dämon! Sie wollen alles zerstören!«

»Wir haben in unserer Botschaft unseren eigenen Dämon«, flüsterte der Botschafter. »Den Wissenschaftsattaché. Der ist ein Dämon. Dämonen werden auch gebraucht. Wie sollte es auch ohne gehen? Soll ich Sie miteinander bekannt machen?«

»Sie sind ein Computerfehler«, fuhr Lisaweta fort. »Ich habe keinerlei Vertrauen zu Ihnen.«

»Karl Marx hatte doch recht mit seinem Opium fürs Volk«, versetzte Fink, »genauer gesagt, für Dummköpfe. All deine Gleichnisse und Wunder ... In Gleichnissen sprechen Leute, die nicht klug sind.«

»Und wo hast du kluge Leute gesehen? Ja, und was soll das überhaupt?«, wollte der Botschafter wissen. »Befassen wir uns lieber mit der Garderobe deiner Schwester.«

»Was für Garderobe denn jetzt!«, heulte Lisaweta wie von der Tarantel gestochen auf. »Ich brauche von euch überhaupt nichts! Was soll das, bin ich vielleicht schlecht angezogen?«, wandte sie sich erschrocken an die Schwester.

Konservatorium

»Mögen Sie klassische Musik?«, fragte der Botschafter Fink und Lisaweta.

»Ja«, sagten die Mädchen.

»Dann gehen wir zu Baschmet.«

Lisaweta mochte Baschmet noch mehr als Paganini. Sie zog ein graues Kleid an, aber keine Ordenstracht, sondern ein flottes italienisches Modell.

Der Botschafter sagte zu ihr:

»Musik, das ist für mich das Größte. Alles Übrige ist Zugabe.«

»Aber Musik kann so unterschiedlich sein«, erwiderte Lisaweta.

Der Botschafter sah sie mit reinen Augen an.

»Ich mag nur göttliche Musik«, sagte er.

»Ich habe im Kirchenchor gesungen«, sagte Lisawta.

»Ich weiß«, antwortete der Botschafter. »Sie haben schön gesungen.«

»Woher wissen Sie das?«

»Von Ihrer Schwester«, sagte der Botschafter listig und sah sie wieder mit reinen Augen an.

Zum Abendessen gingen sie mit Baschmet ins »Green«, wo Starkoch Anatoly Komm sie schon erwartete. Es wurde marmoriertes Fleisch aus dem Herzen Frankreichs serviert.

»Ich esse sehr selten Fleisch«, sagte Lisaweta.

»Dann vielleicht Meeresfrüchte?«, fragte Komm.

»Ist das Fleisch gut?«

»Köstlich.«

»Also, dann …«, Lisaweta senkte den Blick. »Bringen Sie mir Buchweizengrütze!«

»Mit Milch?«, fragte der Kellner, ohne mit der Wimper zu zucken.

Baschmet schwieg bescheiden. Lisaweta holte wieder zum Angriff aus, und der Botschafter ließ sich an Ort und Stelle, im Restaurant, in Anwesenheit Baschmets, auf ein Streitgespräch ein.

»Erinnerst du dich an Calvins Worte?«, fragte Akimud Lisaweta. »Die Menschen werden in Auserwählte und Verdammte eingeteilt: Das ist Vorsehung und nicht zu ändern. Aber wer zu welcher Kategorie gehört, erfahren sie niemals. Allein der Glaube kann ihnen helfen, und Unglaube richtet sie zugrunde.«

»Wie soll das denn helfen, wenn man sowieso nichts ändern kann?«, mischte ich mich ein.

»Was hat Calvin überhaupt damit zu tun?«, schrie Lisaweta. »Ich bin eine russische Nonne. Calvin ist mir vollkommen wurscht.«

»Aber Calvin hatte richtige Gedanken, mein Kind.«

»Ich bin nicht Ihr Kind!«

»Ihr seid alle meine Kinder!«, sagte Akimud versöhnlich. »Warum streitest du eigentlich mit mir? Schau mal – siehst du den Wagen da draußen? Schau genau hin.«

Der Jeep begann zu schmelzen und verwandelte sich in eine Pfütze.

»Bitte sehr …«

»Das ist ein Trick! Wunder gehen anders!«, erklärte Lisaweta nervös.

»Voilà …«

Die Pfütze verwandelte sich in ein Automobil und begann auch noch in voller Lautstärke zu hupen.

»Hypnose!«, zuckte Lisaweta mit den Schultern.

»Na schön … Sieh mich an!«

Akimud verwandelte sich vor unseren Augen in Christus. Christus – im Stil Caravaggios, mit immenser Strahlkraft – saß auf dem Stuhl und sah uns schweigend an.

Er begann plötzlich zu sprechen.

»Ich habe euch, Freunde, keinen Schild, sondern das Schwert gebracht!«

»Du lügst!«, wetterte Lisaweta los. »Was denn für einen *Schild*!«

»Das ist eine der möglichen Varianten«, räumte Christus ein.

»O Gott!«, ächzte Lisaweta.

»Ich mag keine Wunder«, gestand Akimud, seine eigenen Züge zurückgewinnend. »Das ist schweres Geschütz. Man weiß nie, wo es einschlägt.«

Lisaweta sah sich nach der Schwester um.

»Na, was sagst du dazu?«

Katja antwortete gereizt:

»Ich glaube, er verliebt sich in dich. *Nika*, hör auf!«

Sie war es, die als Erste Akimud *Nika* nannte, obwohl sich später alle einig waren, dass gerade Lisaweta diesen zärtlichen Namen eingeführt hatte. Doch Nika hörte und hörte nicht auf. Er kam noch dazu, sich in einen dickbäuchigen Buddha, in Mohammed und in irgendwelche uns völlig unbekannten Götter mit Hörnern und grellbunten Federn zu verwandeln.

Schließlich sagte er:

»Das war eine Göttermaskerade.«

Und verbeugte sich.

Lisaweta war beeindruckt. Zuerst hatte sie gemeint, Gott sei die stärkste Droge, sie hatte alle ihre Empfindungen in Zweifel gezogen, aber dann hatte sie den Botschafter ein für alle Mal angenommen.

Fink, von Gott verlassen, sagte verzweifelt zu mir:

»Einen Scheiß brauch ich dich noch, wenn er mich sitzenlässt!« Und Lisaweta schrie sie an: »Na, du dumme Gans! Hast du endlich kapiert, wie Götter mit Menschen umspringen! Ich geh jetzt, und zwar ins Kloster.«

Aber aus dem Restaurant ging nur Baschmet.

»Nun, Freunde, ihr habt offenbar was zu klären zwischen euch«, sagte Baschmet und verließ das Lokal.

Er war noch nicht ganz draußen, da kam der aufgewühlte politische Berater Akimuds hereingerannt.

»*Erlöser!*«, schrie er in heller Aufregung. Offenbar hatte er vergessen, dass der Botschafter Nikolai Iwanowitsch hieß. »Krieg! Krieg!«

»Wir waren so ins Gespräch vertieft, dass wir den Krieg vergessen haben«, sagte der Botschafter spöttisch. »Dabei hatten sie versprochen, nicht zu kämpfen.«

»Aber das sind wir ... Das sind wir! Wir bombardieren Sotschi!«

»Welches Sotschi?«

»Na, Sotschi, die Stadt am Schwarzen Meer!«

»Und?«

»Wir bombardieren die Stadt.«

»Wer – wir?«

»Die Akimuden!«

»Merkwürdig«, sagte der Botschafter. »Warum Sotschi? Du warst doch erst neulich in Sotschi?«, fragte er mich.

»Stimmt«, sagte ich.

»Erzähl uns von Sotschi«, sagte der Botschafter.

»Das habe ich schon getan«, erwiderte ich aufgeregt. »Erinnerst du dich? Ich habe vom *Tod des Metallurgen* in Sotschi erzählt.«

»Da kann man mal sehen!«, sagte der Botschafter. »Man ist noch nicht fertig mit Erzählen, schon passiert irgendein Blödsinn. Vielleicht bist du das, der Sotschi bombardiert?«

»Warum sollte ich einen Kurort bombardieren?«

»Du hast ihn mit deinem *Wort* zerbombt«, erklärte Akimud. »Mit dem Wort muss man vorsichtiger umgehen!«

»Warten Sie! Sie waren es doch, der mich gebeten hat, nach Sotschi zu fahren, und der gesagt hat, dass es die Stadt bald nicht mehr geben wird.«

Der Botschafter runzelte die Stirn.

»Du kannst doch alles vorhersagen!«, rief Fink.

»Nagel mich nicht fest!«, sagte der Botschafter. »Vorhersagen treffen nicht immer ein. Hier arbeiten andere Kräfte ...«

»Stoppen Sie die Bombardierung!«, flehte der Politikberater.

»Hör mal, Apostel! Nicht wir bombardieren hier, also kann ich das auch nicht stoppen!«

»Aber Sie können doch auch die Bombardierung durch andere stoppen!«

Der Botschafter überlegte.

»Aber er hat doch nicht einmal die Bombardierung unschuldiger Säuglinge gestoppt!«, rief plötzlich Fink.

»Für diese Worte wirst du dich noch verantworten müssen!«

»Vor wem?«

»Vor den Enten!«, sagte der Botschafter drohend.

Kaum hatte er die Worte »vor den Enten« ausgesprochen, kam ein Dutzend maskierter Männer ins Restaurant gestürmt, und drei weitere tauchten plötzlich in den Fensterrahmen auf. Uns krümmten sie übrigens kein Haar. Nicht einmal den Attaché nahmen sie mit. Aber den Botschafter führten sie ab.

Kapitulation

Auf dem Höhepunkt des Krieges, während unsere Luftstreitkräfte fortfuhren, massive Angriffe auf die Akimuden zu fliegen, wurde der Botschafter aus seiner Folterkammer außerhalb der Stadt nach Moskau zurückgebracht. In der Folterkammer war er übrigens gut ernährt worden. Die Untersuchungsrichter wollten wissen, wo sich die Akimuden befanden, aber es war zu sehen, wie sie vor Angst zitterten. Der Botschafter gab nichts preis über die Akimuden.

Der Botschafter blickte durch das vergitterte Fenster des Gefangenentransporters und erkannte Moskau nicht wieder. Vor den leergefegten Geschäften standen kilometerlange Schlangen. In dem Gedränge wuselten Spekulanten herum. Von Zeit zu Zeit waren Sirenen zu hören. Die Menschen flüchteten in die Metrostationen – kollektive Luftschutzbunker.

Der Botschafter wurde mit gefesselten Händen in den Kreml gebracht. Alexander Christoforowitsch Benckendorff, der Stadtkommandant von Moskau, sagte auf Französisch zu ihm:

»Willst du Frieden haben, unterschreib die totale Kapitulation. Andernfalls bomben wir bei euch alles zusammen!«

»In Ordnung!«

Der Botschafter unterschrieb das Dokument über die totale Kapitulation.

Moskau spielte verrückt nach dem Sieg. Als hätte man noch einmal die Holländer im Fußball geschlagen! Die ganze Nacht hindurch zogen alle betrunken durch die Straßen und küssten einander. Auf dem Smolensker Platz wurde ich vom Volk erkannt und entlarvt:

»Du warst ein Freund von Akimud!«

Ich sagte mich los von Akimud.

»Sag: Russland den Russen!«

»Wieso? Ich bin kein Papagei!«

»Du bist schlimmer! Du bist *ein Stück Scheiße*! Wer ist der beste Schriftsteller in Russland? Du etwa, du Mistkerl? Nein, Samson-Samson!«

»Samson-Samson hat als mein Schüler angefangen«, murmelte ich. »Ich weiß noch, wie er zu mir nach Hause gekommen ist. Er war auch in meiner Fernsehsendung … Ich erinnere mich an ihn, er hatte die Haare mit einem schwarzen Band zusammengebunden …«

Man hörte mich an und ließ mich laufen.

»Es lebe Russland!«, hallte es über den Platz.

Ich hatte den Platz noch nicht ganz überquert, da entlarvte man mich schon wieder:

»Du warst ein Freund von Akimud!«

In den nächtlichen Himmel stiegen Feuerwerksraketen.

»War ich nicht«, antwortete ich.

Aber im Geschäft »Wodka« auf der Pljuschtschicha packten sie mich und schleiften mich auf die Polizeiwache. Der »Volksbund« reichte Klage gegen mich ein. Voller Entsetzen und Schmerz fiel ich vor dem Kreml auf die Knie:

»Hilfe! Ich will's nie wieder tun!«

Eishockey

Akimud saß mit dem Chef in der Residenz auf der Rubljowka, schlürfte Tee und löffelte Himbeermarmelade.

»Davon kommt man zwar schnell ins Schwitzen«, sagte Akimud. »Aber nichts zu machen, ich liebe Himbeeren!«

»Und haben Sie keine Angst, mit mir zusammenzusitzen?«, fragte der Chef spöttisch.

»Warum sollte ich?«

»Ich werde nicht geliebt in der Welt. Man schimpft mich Diktator. Sie ruinieren sich Ihren Ruf!«

»Sie sind *unschuldig*. Unschuldig wie ein kleiner Junge. Ausgehend von Ihrem Wertesystem, haben Sie keine einzige schlechte Tat begangen. Ich weiß noch, wie Sie im Kreml einen kleinen Buben auf den nackten Bauch geküsst haben. Sie haben sich hingehockt und ihn geküsst. Wissen Sie, wen Sie da geküsst haben? Sie haben sich selbst geküsst.«

Sie schwiegen eine Weile.

»Der Unschuldige ist schlimmer als der Schuldige«, murmelte Akimud.

Der Chef tat so, als habe er nichts gehört.

»Möchten Sie, dass ich vor Ihnen Eishockey spiele?«, fragte er.

»Ich möchte Ihnen zeigen, wie ich Eishockey spiele!«

Sie betraten eine riesige Eissporthalle. Der Chef zog sich um und begann, nun schon in voller Montur, den Puck übers Eis zu jagen und ins leere Tor zu schießen. Nach zwölf Treffern fuhr er zu Akimud und nahm den Helm ab. Er atmete schwer. Sein schütteres Haar stand ihm um den Scheitel herum zu Berge.

»Ich bin ein bisschen ins Schwitzen gekommen.« Er wischte sich mit dem Ärmel das Gesicht ab.

»Ich habe vollkommen vergessen, dass ich Ihr Gefangener bin«, Akimud saß wieder am Tisch und verputzte Himbeermarmelade.

»Machen Sie sich nichts draus!«, sagte der Chef. »Ich würde

einfach gern mal darüber sprechen, was die Akimuden für Russland tun können.«

»Ich habe einen Vorschlag«, sagte Akimud.

»Und der wäre?«

»Gehen Sie durch diese Tür!«

»Und dann?«, fragte der Chef misstrauisch.

»Nur keine Angst!«

Und der Chef trat über die Schwelle.

Vor seinen Augen tat sich ein glückliches Land auf.

Von den Akimuden hatte man zum Wohle Russlands viel Gutes übernommen. Die Akimuden hatten in kürzester Zeit Produktionsbetriebe und Fabriken errichtet. Sie hatten Sotschi wieder aufgebaut. Die ganze Welt verfolgte neidvoll die Entwicklung der Ereignisse in Russland. Der Traum von Iwan dem Dummen war Wirklichkeit geworden! Die Akimuden hatten Russland vergoldet. Allerdings begann man die Verdienste der Akimuden beim Wiederaufbau Russlands und deren *Marshallplan* allmählich wieder zu vergessen – wie schon einmal beim amerikanischen *Lend-Lease Act* –, als hätten wir alles mit eigener Hände Arbeit erreicht. Der Reichtum führte nicht in die Demokratie. Das Regime verhärtete. Man schaute von oben herab auf den Botschafter. Der Botschafter ertrug schweigend das schlechte Benehmen der Russen. Er teilte mir seine Bitterkeit kaum mit. Nur manchmal griff er sich an den Kopf und sprach in den Raum hinein:

»Gottesträger!«

Lisaweta befasste sich mit Wohltätigkeit. Sie war immer mehr in das gesellschaftliche Leben des siegreichen Landes involviert. Fink dachte ernsthaft darüber nach, ins Kloster zu gehen. Sie hatte sich übernommen. Sie fand, sie habe in Moskau nichts mehr verloren. Der Botschafter hielt sie nicht zurück. Fink begann, viel zu trinken.

»Sag, dass du das Böse bist!«, schleuderte sie dem Botschafter entgegen.

Lisaweta war empört.

»Guck dir doch an, wie unser Land floriert!«, zischte sie.

»Sie haben eine geheime Vereinbarung zur Vernichtung von Kleinkindern unter einem Jahr«, sagte Fink.

»Die Kleinen haben es gut im Paradies«, antwortete Lisaweta.

Die hohe Moral Lisawetas hatte dem Botschafter den Kopf verdreht. Er befand, Lisaweta stehe seiner diplomatischen Vertretung »sozial nahe«. Zum ersten Mal sah er sich genötigt anzuerkennen, dass sein moralisches Potential schwächer war als das seines Gegenübers – einer jungen Russin!

»Nun, und?«, fragte Akimud, als der Chef vom Spaziergang in das andere Zimmer zurückkehrte.

»Toll!«

»Warum?«

»Russland regiert die Welt.«

»Ja«, lächelte Akimud. »Das macht mich vorsichtig.«

◇

»Was sind hungrige Geister? Hat mich immer schon interessiert …«

»Guck im Internet nach.«

»Nein, wirklich!«

»Später …«

Akimud wandte sich ab von Lisaweta und sah mich an:

»Ich möchte dir etwas sagen …«

Lisaweta stand auf und verließ den Raum.

»Verstehst du, mein Freund«, sagte der Botschafter. »Wie man es dreht und wendet, Fink hat ausgedient, sie ist verbraucht. Ja, sie ist hübsch! Ja, sie ist klug! Aber es qualmt regelrecht aus ihr heraus! Ihre Schwester dagegen …« Der Botschafter bekam einen verschwommenen Blick. »Sie glaubt vielleicht stärker als ich!«

»Beleidige mir Fink nicht …«

»Ich habe genug von dieser Maria Magdalena«, knurrte er. »Ich habe genug von ihr.«

Fink kam herein mit einer Schüssel in den Händen.

»Hör auf, mir die Füße in der Schüssel zu waschen!«, sagte der Botschafter ärgerlich. »Hör auf, sie mir mit deinen hellen Haaren zu trocknen! Es reicht!«

Fink stellte die Schüssel auf den Fußboden und brach in Tränen aus.

Brief Nr. 6

Papa, nimm mich zurück zu dir.

Die Mission ist beendet.

Russland ist wieder eine Supermacht.

Klara Karlowna möchte auch zurück nach Hause. Zusammen mit dem Kriegshelden Kurojedow. Und ich, lieber Papa, möchte mit Lisaweta nach Hause kommen, einer einfachen jungen Russin mit rabenschwarzem Zopf.

Die Karte der Unsterblichkeit

»Erst wenn sie auf die *Karte der Unsterblichkeit* verzichtet haben«, leuchtete die Antwort auf.

Der Botschafter griff sich an den Kopf: In diesem ganzen Tohuwabohu hatte er das mit der Karte vergessen.

Kurojedow hatte letztlich entschieden, Klara Karlowna zu heiraten – als Mann und als Geheimagent.

»Wir werden die Akimuden in Sachen Wunder noch überflügeln«, sagte er zu seiner Braut.

Der Botschafter fuhr zu Ljadow auf die Datscha. Ljadow war ergraut und ging gekrümmt, seit er zum ersten Mal dem Botschafter begegnet war. Er saß in seiner Datscha auf dem Fußboden und betrachtete chinesische Vasen.

»Womit kann ich dienen?«

Der Botschafter setzte ihm seine Bitte auseinander.

»Ich werde darüber nachdenken«, sagte Ljadow höflich.

»Verehrtes Akademiemitglied«, sagte der Botschafter, »ich habe Sie unter einer Bedingung wiederauferweckt.«

»Moment mal! Sie haben mich wiederauferweckt?«

»Wer sonst?«

»Das war eine Fehldiagnose.«

Last Supper

»Wenn man den Worten von André Maurois glauben will, dass der Gentleman das attraktivste Wesen in der Evolution der *Säugetiere* ist«, sagte Akimud beim zweiten Abendessen, zu dem wir nach Hause geladen hatten, »dann sollte jeder Mann bestrebt sein, ein Gentleman zu werden, da er darin sein Ideal und seine Pflicht vor Natur und Gesellschaft sehen sollte.«

»Erinnern Sie sich«, sagte ich, ganz in meiner Rolle des gastfreundlichen Hausherrn aufgehend, »dass Maurois einen vorbildlichen englischen Gentleman zitiert, der nicht gern Hechte fing? Hechte seien gefügig und ergäben sich dem Haken. Ganz anders die Lachse: Sie kämpften, selbst wenn es keine Chance gebe zu überleben.«

»Mann«, schnarrte Akimud, »sei kein Hecht!«

Ich starrte den Botschafter an. Mir schien, dass etwas an ihm nagte. Um nicht der einsame Masturbator des Gentleman-Themas zu sein, hatte ich ein Abendessen bei uns zu Hause organisiert. Ich lud *kluge* Gäste ein, deren freundschaftlicher Zuneigung ich mich glücklicherweise erfreue. Die Zutaten für das Abendessen fanden meine Frau Katja (die einige unserer Gäste bezüglich ihrer Schönheit mit Jeanne d'Arc verglichen, ungeachtet des Fehlens genauer Darstellungen der Letzteren) sowie die unersetzliche, kulinarisch bewanderte Freundin des Hauses, Lanotschka, die gerade Vizepräsidentin einer internationalen Finanzgesellschaft geworden war, auf dem Dorogomilowski-Markt. Sie hatten dort inzwischen zuverlässige Lieferanten von Spanferkeln, Hammelkeulen, Weißlachs und sonstigem Essen. Ich dachte über die Getränke nach, deren Auswahl zum Abendessen eine Herausforderung für den Gentleman darstellt, und ich entschied mich für *Whisky*. Er wird dem Gentleman als Lebenselixier verschrieben; ohne ihn büßt er die Hälfte seiner Qualitäten ein. Vor einigen Jahren bin ich am Herstellungsort von *Chivas Regal* in Schottland gewesen, und nun bereitet mir jedes Mal das lebhafte Apfelaroma meiner schottischen Erinnerungen großes Vergnügen. So *reifen* Gedanken und Glieder.

»Oh …! Trinkt viel, trinkt ordentlich, und allein soll man nicht trinken!«, sagte Akimud höhnisch, während er sich einschenkte.

Erster Trinkspruch
Auf den Edelmut

Als *konservativstes* Mitglied unserer Runde tat sich Ljadow hervor. Die improvisierte Tischrede des Akademiemitglieds hatte ständischen Charakter und setzte den menschlichen Möglichkeiten der *Ausdruckspalette des Gentlemans* strenge Grenzen.

»Gentlemanverhalten ist dem Adel eigen und auf diese Kaste beschränkt«, erklärte er.

Ein Mensch, der in erster Generation die soziale Leiter hinaufgestiegen sei, so das Akademiemitglied, könne kein Gentleman sein: Nach dem langen Aufstieg sei er noch nicht wieder zu Atem gekommen und blicke sich die ganze Zeit nervös um. Für den Gentleman aber sei Gelassenheit charakteristisch. Das bestimme seine *Lebenskenntnis*, die aus der Perspektive des Emporkömmlings als völlige Ignoranz erscheine, denn für den Emporkömmling sei das Leben ein Kampf. Für den Gentleman dagegen sei das Leben grundsätzlich Urlaub, den man so verbringen solle, dass man

Segen und Süße der Existenz begreife. Natürlich sind im Leben dramatische Momente unausweichlich, aber damit sie nicht die Lebensfreude verstellen, solle man ihnen stolz Paroli bieten. Aristoteles' Worte über den »zu Recht stolzen Menschen«, die Krone der Schöpfung, seien zum historischen *Ideal* des Gentlemans geworden.

Von vornherein stutze der Gentleman das religiöse und militärische Pathos des Rittertums. Er gerate in Widerspruch zur christlichen Doktrin der Demut und des Gehorsams. Er gehorche sich selbst. Der Gentleman liebe die Frauen *auf irdische Art*, ohne zu vergessen, dass er bei seiner Geburt in England zu der Ansicht neigte, die Frau könne Gut und Böse nicht voneinander trennen – dieses Thema blitze immer wieder in seinen scharfsinnigen Bemerkungen auf. Der Gentleman zolle zwar der Leidenschaft zu den Frauen seinen Tribut, fühle sich indessen zu Männerfreundschaften hingezogen: Möglich seien verschiedene Wendungen der Ereignisse. Der Gentleman sei tolerant in seinen Liebespräferenzen.

Mit der Zeit habe die Rolle der Bildung den Adelsstatus zu verdrängen begonnen, und bereits der Autor des »Robinson Crusoe« habe gefordert, hochgebildete Männer anderer Schichten als Gentlemen anzuerkennen; und genau hier habe der »Schmutz« begonnen, der allmählich das klare Bild des Gentlemans verwische.

Der Gentleman habe das Ideal des Mönchtums abgelehnt (es sei in England nie populär gewesen) und sei auch als Gegner eines anderen Ideals aufgetreten: Er habe die Autorität des Militärs untergraben, das Ideal des *Kriegers*. Doch der Gentleman habe auch zur Waffe gegriffen und sei stets ein standhafter Verteidiger des Vaterlands gewesen, er habe sein Leben nicht geschont – aber das sei erzwungenes Heldentum.

»Hältst du dich für einen Gentleman?«, wollte ich wissen.

»Nein«, antwortete Ljadow. »Aber mein Sohn könnte ein Gentleman werden. Aus irgendeinem Grunde hat er allerdings beschlossen, Faschist zu werden ...«

»Kann denn ein Faschist kein Gentleman sein?«, wunderte sich

Akimud. »Die geschniegelten SS-Männer hielten sich für Gentlemen.«

»Für was die sich nicht alles hielten!«, protestierte Kostja. »Mein Sohn ... Er ist kein Gentleman.«

Die Sache der Gentlemen fand also in der nachkommenden Generation des Akademiemitglieds keine Fortsetzung, und wir stießen mit unterschiedlichen Gefühlen an:

»Auf die edle Gesinnung!«

Zweiter Trinkspruch
Auf die Samurai

Kann ein Russe überhaupt ein Gentleman sein? Und braucht er das? Wir können Elemente dieser Figur entlehnen. Wir können uns (nicht ohne Mühe) *korrekt* kleiden, von einem Gentlemen's Agreement haben wir schon mal gehört. Aber weiter?

Im heutigen Russland hat sich ein *diffuses* Gentlemanverhalten eingebürgert und verlangt nach Zufütterung in Form von speziellen Zeitschriften, Mode und Boutiquen. Unsere Regierung kleidet sich nach Gentleman-Art. Unsere Opposition lässt sich ebenfalls nicht lumpen. Die da oben verstehen aufzutrumpfen. Niemand schreit einen an, man sei ein stilloser Vollpfosten. Einen anderen erlesenen Stil als das Gentlemanverhalten konnten die da oben nicht finden. Aber sie haben sich wohl eher Splitter der Doktrin einverleibt. Bisweilen ihre Abfallprodukte.

Wir waren gerade dabei, die ukrainische Hausmacherwurst zu vertilgen, als Mark Garber, ein Kenner Londons, das Wort ergriff.

»Auch wenn der Gentleman eine internationale Erscheinung geworden ist«, sagte Mark, »ist er doch ein zutiefst nationaler Typus. Den Gentleman charakterisiert der Stil, nicht die Moral.«

Mit der Zeit, so entwickelte Mark Garber seinen Gedanken, habe sich die Moral des englischen Gentleman radikal geändert: Hier ist er – der Gutsherr und gute Gastgeber im libertären

18. Jahrhundert. Er lädt eine große Schar Gäste *zum Übernachten* ein – Gästezimmer sind mehr als genug vorhanden. Tanz bis in den Morgen, frivole Liaisons. Er toleriert die Liebhaber seiner Frau, protestiert nicht, wenn sie mit dem Hausarzt schläft. Er ahnt, dass eines seiner Kinder nicht von ihm ist, aber er zieht sie alle seelenruhig groß. Was sonst? Er hat ja selbst Geliebte in Hülle und Fülle. Das Leben war ein Spiel – auch die anderen hat er spielen lassen. Duelle wurden ausgetragen. Der Gentleman liebte den englischen Staat nicht. Er liebte seinen Schachkönig mehr als den König auf dem Thron. Er liebte das Schachspiel über alles, war musikalisch – und er duellierte sich, weil er die Gerichte nicht als Ort für die Klärung von Streitigkeiten für sich ansah.

Die Regierungszeit von Königin Viktoria brach an. Zunächst war auch sie ein Freigeist, doch der preußische Geist des Ehemannes drehte sie um hundertachtzig Grad – und der Gentleman wurde zum Puritaner. Oh! Der Gentleman ist kein Dissident. Der Gentleman ist ein Frondeur. Er bewegt sich immer im Getümmel der leichtsinnigen Opposition, aber er liebt sich selbst zu sehr – er wird sonntags in die Kirche gehen und sogar an Gott glauben, wenn nötig. Dafür wird er vehement für die Fuchsjagd kämpfen. Sein Gentlemandasein besteht in stilvollen, schlichten Stiefeln, die ihn vor dem ländlichen Schmutz schützen. Er ist Bewahrer und *penibler* Fortsetzer des Stils.

»Theoretisch befindet sich der russische Adlige exakt auf der Linie zwischen Gentleman und Samurai«, erklärte plötzlich Akimud. »In ihm ist Treue zum Herrn und kriegerische Kühnheit, wie bei einem Samurai. Aber treu ergeben ist er dem *ewigen Urlaub*.«

Alle verstummten, nachdem sie den göttlichen Blödsinn im Quadrat zu Ende gehört und den Odem höheren Dilettantismus gespürt hatten.

Der russische Adlige entdeckte bei sich selbst keine ritterlichen Ursprünge und erlebte keine einheimische Renaissance, fuhr Mark Garber nach einer kurzen Pause fort, als sei nichts gewesen. Er kämpfte gegen die Grundprinzipien des Gentlemandaseins auf der Seite der Regierungstruppen, obwohl die Dekabristen auch keine zufällige Erscheinung waren. Er wollte ein stolzer Mensch sein, aber man ließ ihn nicht. Die russischen Ideologen spotteten immer über die polnische *Arroganz* – über das gesamteuropäische Prinzip des Nachbarlandes. Der Adlige wollte die eigene Ehre verteidigen. Aber man bläute ihm ein, die Hauptsache sei die Ehre der Uniform. Bis zur Revolution war er fest davon überzeugt, dass als wichtigste moralische Stütze der Adelsgesellschaft die Offiziere dienten, die *tadellosen* Mörder anderer Völker.

An der Tafel wurde die Wurst aufgegessen, zusammen mit einem Salat aus Chicorée, Bananen und Walnüssen (französisches Rezept), und man erhob das Glas:

»Auf die Samurai!«

Dritter Trinkspruch
Auf den Verstand

Nikolai Uskow rauchte viel an diesem Abend. Er rauchte übrigens immer viel, er hatte gleich mehrere Schachteln Zigaretten in den Jackentaschen. Das Spanferkel wurde schon aufgetragen, als Nikolai sagte, als Analogon für den englischen »Gentleman« diene das russische Wort »Mann«. Gemeint sei nicht die bei uns geläufige Anrede »Mann«, sondern der Mann, der dem ewigen Ruf nach dem »*Kerl*« gegenüberstehe, wie expressiv auch immer diese Anrede ausgesprochen werde.

Der Gentleman aber, so Nikolai, könne unmöglich nicht klug sein. Der Gentleman solle in seinem Herangehen ans Leben absolut vernünftig sein. Er solle sachlich erklären, warum er diese Armbanduhr (Nikolai betrachtete seine modische quadratische Uhr) mehr mag als jene. Dasselbe betreffe auch Automobile, Pferde, Mitglieder der königlichen Familie, das russische Chaos.

Die junge jakutische Schamanin Sarina unterbrach Nikolais

Rede. Sie kam mit einer Schamanentrommel in der Hand in unser *rosa* Zimmer und begann so schön Dämonen zu vertreiben und Bilder der jakutischen Landschaft zu malen, dass wir still jeder ein Gläschen *Chivas Regal* tranken, sogar ohne Eis, und in Gedanken den Toast ausbrachten:

»Auf den Verstand!«

Die Männer wandten sich der vollbusigen Schamanin zu und fotografierten sie mit ihren Handys, und Sarina wand und bog sich zum Zeichen ihrer Dankbarkeit. Die Hammelkeule wurde aufgetischt. Meine Jeanne d'Arc zerteilte sie.

Vierter Trinkspruch
Auf die Dilettanten

Die Reihe war an meinen jüngeren Bruder gekommen. Je mehr wir aßen und tranken, desto kürzer fielen die Reden aus, denn das ist eine russische Eigenart: sich dem Essen und Trinken hinzugeben ohne Wenn und Aber. Doch an den Sinn der Rede meines Bruders erinnere ich mich genau.

Mein Bruder sagte, die wichtigste Besonderheit des Gentlemans sei immer Dilettantismus gewesen. Der Gentleman habe die Künste geliebt. Er sei Sammler, Liebhaber der Literatur, Kenner der Musik gewesen. Er habe Genuss an der Kunst gefunden. Aber er habe sich ihr nie bis zum Ende hingegeben. Ebenso habe es mit militärischen Dingen gestanden. Ein Halt auf halber Strecke. Nicht, dass er träge gewesen sei – er habe einfach nicht bis zu Ende gehen wollen: Das wäre das Ende des *ewigen* Urlaubs gewesen, das Ende eines leichten Lebensspiels.

Mehr noch, der Gentleman sei einem anderen Idealtypus prinzipiell feindlich gesinnt gewesen – dem *Künstler*. Der Künstler sei, mag er es auch unfreiwillig sein – ein *Provokateur* der öffentlichen Meinung. Er sei eine neue Lesart des Lebens, die bislang nicht ernst genommen oder überhaupt nicht verstanden worden sei. Im

Grunde provoziere er auch den besagten Gentleman. Der moderne Gentleman fürchte Provokationen nicht, denn er sei klug, wie Uskow schon sagte. Aber er sei nicht talentiert. Er sei kein Genie. Der Gentleman – das sei ein Harnisch. Der Künstler habe keinen Harnisch.

Und da hoben alle Gäste und auch wir, die Herren der Hammelkeule, unser Glas und tranken. Den Trinkspruch sagte diesmal Fink:

»Auf die Dilettanten!«

Fünfter Trinkspruch
Auf den Schein

Unter allen Gästen war einzig Akimud wie ein Gentleman gekleidet. Die anderen waren gut angezogen, aber eben bloß irgendwie. Akimud war tadellos gekleidet, von Kopf bis Fuß. Als er am Couchtisch saß, bestaunten wir seine schöne dunkle Schirmmütze. Aber er nahm die Schirmmütze ab und saß am Tisch ohne Schirmmütze.

Akimud unterstützte meinen jüngeren Bruder bei seinen *kritischen* Improvisationen. Die Zeit der Gentlemen gehe zu Ende, sie verwandele sich in etwas Nebulöses, das einen einhülle. Eine Entwertung des Gentlemanverhaltens gehe vor sich. In England selbst sei das schon seit Ende des Zweiten Weltkriegs zu beobachten. Der Gentleman wiederhole sich, und darum komme er aus der Mode. Das Gentlemanverhalten bleibe ohne den Gentleman. Aber das sei der notwendige *Schein*.

Wir tranken schnell, ohne zu diskutieren, auf den *Schein*, denn wir hatten Lust zu trinken.

Sechster Trinkspruch
Auf die Gentlemen

Kaum hatten wir auf den *Schein* getrunken, mischte sich Anna Feltsman ein, Mitglied der Musikerdynastie der Feltsman. Sie hatte ihre Memoiren unter dem Titel »Das schwarze Plakat« veröffentlicht und war zu diesem Anlass aus New York gekommen, wo sie schon lange lebte.

»Von *Schein* kann nicht die Rede sein!«, sagte sie streng. »Die Gentlemen sind unter uns! Und du« – Anna zeigte auf mich – »bist der erste!«

»Nein!«, wehrte ich mit beiden Händen ab. »Wie kommst du darauf?«

»Aber ich bin dir in vielem Dank schuldig!« Sie wandte sich an Akimud. »Und Sie, Nikolai Iwanowitsch, Sie sind ein vortrefflicher Gentleman!«

»Danke für die Blumen«, sagte Akimud.

»Sind Sie nicht verheiratet?«, fragte Lanotschka leise, seine Hand haltend und heimlich streichelnd.

»Ich würde Sie heiraten, aber ich fürchte, ich würde völlig aus dem Leim gehen!«

»Nikolai Iwanowitsch! Ein Trinkspruch!«, unterbrach ich ihr Privatgespräch.

Anja brachte einen Toast auf die Gentlemen verschiedener Länder aus. Sie sagte, außer dem Botschafter Akimud sei auch der amerikanische Botschafter in Moskau, Arthur Hartman, ein Gentleman gewesen, der ihr und ihrem Mann bei der Emigration geholfen habe.

»Das war der erste Gentleman, der mir im Leben begegnet ist. Er hat mit Präsidenten und Bediensteten im *gleichen* höflichen Ton geredet.«

»In Afrika«, griff ich das Thema auf, »habe ich auch mit den Schwarzen mit großem Respekt gesprochen und sie die ganze Zeit *messieurs* genannt, und dafür wurde ich beinahe verprügelt. Man hat geglaubt, ich mache mich über sie lustig.«

»Na, das ist was anderes!«, parierte Anja nonchalant. »Aber Reagan war ein echter Gentleman.«

»Die Russen«, sagte Akimud, »haben eine Menge böse Witze über Gentlemen. Als ob sie neidisch auf sie wären.«

»Unsere Gentlemen bewegen sich gewöhnlich auf dem Niveau von Gentlemen-Gaunern wie in dem berühmten Film«, sagte Nikolai Uskow und zündete sich eine neue Zigarette an.

Da sagte Fink:

»Gute Idee. Trinken wir auf die Gentlemen an diesem Tisch!«

Auf perfide Art unterstützte sie Anja, und wir wussten nicht, was tun, denn es ist nicht gerade gentlemanlike, einem Menschen zu widersprechen, der einen gerade erst mit Hammelkeule verwöhnt hat. Sarina, die Schamanin, hob ihr Glas, wobei sie sich aufreizend mit ihren jungen Brüsten zu uns herüberbeugte, und auch Lanotschka, aus deren Öhrchen romantischer Eiter tropfte, und sogar Anjas Sohn Danja, der kein Sterbenswörtchen gesagt hatte, aber amerikanisch aussah und ebenfalls schön war wie Akimud.

»Auf euch, *Jungs*!«, sagte Anja.

Wir erhoben uns und atmeten tief durch. Aus Gentlemen hatten wir uns wieder in *Jungs* verwandelt ...

»Insgesamt gesehen, sind mir die Männer nicht sehr geglückt«, sagte Akimud, sich im Flur im Spiegel betrachtend und seine Schirmmütze zurechtrückend, wobei seine Lippen ein schmatzendes Geräusch machten. »Na schön ... Das ist mein letztes Abendmahl«, fügte er hinzu, als er sich von mir verabschiedete.

»Reisen Sie ab?«, wunderte ich mich.

»Ich fliege, kann man sagen, in die Tonne«, spottete Akimud.

»Wie jetzt?«

»Mir ist bang, schrecklich bang«, sagte Akimud fest, wandte sich zu Fink um und küsste ihr gentlemanlike die Hand.

Einladung zur Enthauptung

Die Frage der Urteilsvollstreckung wurde in einem Kindergarten diskutiert. Das schien sicherer zu sein. In einer Ecke türmten sich Plüschbärchen und bunte Spielzeugpyramiden. An der Wand hing eine Ehrentafel: In der Mitte der Direktor des Kindergartens höchstpersönlich. Eine der *ehrenvollen* Erzieherinnen im weißen Kittel hatte ein sehr schreckliches Gesicht.

Die Führung des Landes nahm auf kleinen Stühlchen an den kleinen Tischchen Platz. Als der Chef mit seinem schnellen Sportlerschritt hereinkam, sprang die Regierung auf und verneigte sich tief. So verlangte es das Protokoll. Der Chef sah den Finanzminister scharf an, der sich eine Spur weniger tief als die anderen verbeugt hatte. Der Chef quetschte sich in ein zart hellblaues Kindersesselchen. Der Direktor des Kindergartens, noch kein alter Mann, wie von der Ehrentafel herabgestiegen, schlug der Regierung mit gutmütigem Lächeln vor, die Kindernahrung zu probieren.

»Bei uns kocht man sehr leckeren Grießbrei!«, prahlte er.

In den Katakomben der Lubjanka hatten drei Richter in beinahe gleichen dunkelblauen Anzügen und gelben Krawatten den Botschafter zum Tode verurteilt. Jetzt, bei der Besprechung im Kindergarten, wurde die Frage diskutiert, wie man ihn ins Jenseits befördern sollte. Durch Erhängen?

Der Chef, über den Grießbrei gebeugt, sagte:

»Tatsächlich, sehr lecker!« Und schlug vor, ihn zu vierteilen.

Schweigen. Nur die Löffel stießen gegen die Schüsselchen mit dem Grießbrei. Der eine aß mit Appetit, der andere würgte: Nach dem, was der Chef über den Grießbrei gesagt hatte, war es unmöglich, ihn nicht zu essen. Nach dem Grießbrei brachte man als Nachspeise Kissel. Leicht trüb, blassrot. Der Chef kostete von dem Kissel, indem er mit der Zunge daran leckte. Der Kissel schmeckte ihm nicht. Der Chef hatte einen engen Kreis von Gleichgesinnten versammelt. Einige von ihnen waren dem Land völlig unbekannt.

Die Gleichgesinnten konnten sehen, dass Akimud dem Chef ordentlich in die Suppe gespuckt hatte.

»Na, was für Vorschläge haben wir noch?«, fragte der Chef mit Blick auf Benckendorff.

Das Schweigen zog sich in die Länge. Benckendorff hob die Augen zur Decke und brachte kühn seinen Vorschlag ein. Er schlug vor, das Vierteilen durch eine humanere Maßnahme zu ersetzen:

»Pfählen!«

Der Chef nickte.

»Das ist eine volksnahe Strafe.«

Indessen bildete sich unter den Anwesenden die Meinung heraus, Pfählen sei *stärker* als Vierteilen. Jemand erinnerte an ein Beispiel aus dem 18. Jahrhundert unserer Geschichte, als im Gegenteil Anna Ioannowna den Pfahl humanerweise gegen das Vierteilen ausgetauscht hatte. Außerdem könne eine solche Urteilsvollstreckung unanständig wirken. Der Chef zuckte die Schultern.

»Vielleicht aufhängen?«, schlug der etwas kauzige Finanzminister zaghaft vor.

Die Teilnehmer an der Beratung grinsten.

»Mit den Füßen nach oben«, schlug der Außenminister mit dem schlauen Pferde-Affen-Gesicht teilnahmsvoll vor.

»Vielleicht lassen wir ihn überhaupt laufen?«, wollte der Chef von ihm wissen.

»Bisher haben wir keine Möglichkeit, öffentlich Häretiker zu verbrennen«, beteiligte sich der Patriarch nachdenklich am Gespräch. »Wir haben nur ihre Bücher verbrannt ...«

»Wieso denn nicht, haben wir doch«, sagte der Chef und sah ihn scharf an.

»Nun ja, wenn das so ist ...« Der Patriarch senkte den Kopf.

»Ich bin gegen die heilige Inquisition«, sagte Benckendorff. »Daran ist etwas Fremdes, Katholisches, unserem Volk nicht Eigenes ...«

Es gingen Gerüchte um, dass Alexander Christoforowitsch selbst dem Katholizismus nicht abgeneigt war, ungeachtet dessen, dass er offiziell die Lutherische Gemeinde der Heiligen Katharina in Petersburg unterstützte.

»Und ob es ihm eigen ist.« Der Patriarch lächelte.

»Ich schlage vor, ihn zu kreuzigen«, rief Benckendorff sanft aus.

Der Chef richtete den Blick auf ihn.

»Kreuzigen?«

»Eine Provokation«, sagte der Patriarch streng. Im Grunde war er ein herzensguter Mensch, und nur Atheisten konnte es in den Sinn kommen, verleumderische Gerüchte über ihn zu verbreiten.

»Das hat aber was«, stimmte der Chef zu. »Ein Scheiterhaufen brennt schnell nieder. Aber eine Kreuzigung – das ist ein *Longdrink*. Das bleibt in Erinnerung.«

»Man könnte den Eindruck haben, für einen Moment hätten sich Dämonen in Ihnen eingenistet«, entschlüpfte es dem Patriarchen.

»Das sollten Sie lieber nicht denken«, parierte der Chef kalt.

Wieder beriet man sich, und die Versammlung verurteilte den Botschafter zur öffentlichen Kreuzigung.

»Ich denke, unser Volk wird das zu schätzen wissen«, nickte der Chef.

Der Direktor des Kindergartens brachte, als er sah, dass der Kissel keine Begeisterung ausgelöst hatte, ein Tablett mit einem gelblichen Kompott.

»Erinnern wir uns unserer Kindheit«, sagte der Chef. »Ich habe Kompott aus Backpflaumen geliebt, als ich klein war.«

»Und dennoch«, der Patriarch gab nicht auf, »lässt diese Bestrafung nicht falsche Parallelen entstehen?«

»Man soll unterschiedliche Dinge nicht vergleichen!«, sagte der Chef. »Man soll nicht lästern«, sagte er stirnrunzelnd und bekreuzigte sich mit großer Geste, wobei er seine teure schwere Armbanduhr am rechten Handgelenk schüttelte.

»Na schön«, stimmte der Patriarch zu, doch er stand auf und verließ die Beratung mit zitternden Knien.

»Halt!«, rief ihm der Chef hinterher. »Ich hab's mir anders überlegt!«

◇

Am festgesetzten Tag wurde frühmorgens auf dem Roten Platz, in der Nähe des Richtplatzes zwischen GUM und dem halb vergessenen Mausoleum, ein Kreuz aufgestellt. Dafür musste man nicht wenige Pflastersteine aufreißen. Doch plötzlich und unerwartet lagen um das Kreuz herum Reisig und eine große Menge Birkenholz. Dreimal durfte man raten ...

Zur öffentlichen Hinrichtung waren zahlreiche Gäste geladen. Angesagte Fotografen, die normalerweise auf keiner mondänen Party fehlten, lichteten eine große Anzahl prominenter Persönlichkeiten ab. Bei der öffentlichen Hinrichtung waren zugegen: Mitglieder der Regierung, namhafte Duma-Abgeordnete, verschiedene Fraktionsführer, hohe Militärs, Sängerinnen unterschiedlichen Alters, andere Kunstschaffende, Vertreter von Jugendorganisationen. Man hatte einen bekannten Porträtmaler der realistischen Schule mit langen schwarzen Locken eingeladen, die Hinrichtung auf einem Gemälde festzuhalten. Vor Beginn der Hinrichtung sang auf einem Podium ein beinahe legendärer Sänger innig ein russisches Volkslied. Man ließ einen Humoristen mit nationaler Weltanschauung auftreten, der sich dadurch hervortat, dass er den Botschafter kühn mit einer Ratte verglich. Der Platz brach in Gelächter aus.

Die Militärtrommler des Kremls schlugen ihre Trommeln. Auf den Roten Platz wurde der Botschafter herausgeführt. Unter Trommelwirbeln kam er durch das Spasski-Tor, den Oberkörper bis zur Taille mit Stricken gefesselt. Seine Augen funkelten wild. Das Kreuz wurde erneut auf den Boden gelegt, und man begann den Botschafter anzunageln.

Da in Moskau die Hinrichtung durch Kreuzigung zu den eher seltenen Hinrichtungsarten zählt, erlaubten sich die Henker – es waren ihrer drei – einige ärgerliche Fehler. So zum Beispiel schafften sie es nicht, beide Füße mit einem einzigen Nagel anzunageln: Der Nagel erwies sich als nicht lang genug. Die bangen Schreie des Botschafters hätte man abstellen können, wenn man ihm irgendeinen Knebel in den Mund gesteckt hätte, aber daran hatte niemand gedacht …

Der Tag versprach sonnig zu werden. Frühlingshafte Wölkchen eilten rasch über den frühlingshaften Himmel Richtung Osten. Ein Polizeihubschrauber schwebte schüchtern irgendwo abseits über der Moskwa. Man hatte den Botschafter bis auf die Unterhose entkleidet. Er trug, nebenbei gesagt, eine schwarz-weiß gestreifte Unterhose einer modischen italienischen Marke, mit breitem Gummizug.

Für meinen Einlass auf den Platz hatte Denis gesorgt – mit schwarzer Sonnenbrille stand er in der Reihe der Oligarchen und sah provozierend blass aus. Er hatte für mich einen auf meinen Namen ausgestellten Passierschein ergattert, was einem echten Wunder gleichkam. Ebenfalls von ihm organisiert waren die bezahlten Eintrittskarten für Fink und Lisaweta. Ich staunte über den hohen Preis für diese Vorstellung. Wir standen zusammen nicht weit entfernt vom Kreuz, und als man den Botschafter mit dem Kreuz aufstellte, schien mir, dass er uns bemerkte und schwach mit dem Kopf nickte.

Im Moment der Aufrichtung des Kreuzes brach der Platz in Applaus aus. Das einfache Volk war froh, dass ein Schurke hingerichtet wurde. Doch das wechselhafte Moskauer Wetter machte an diesem Tag der Führung einen Strich durch die Rechnung. Während zunächst die Sonne geschienen hatte, blies plötzlich ein Nordwind, und der Himmel verfinsterte sich. Daraus ergoss sich nichts, aber er war unheilverkündend. Das wirkte auf die Bevölkerung, umso mehr, als man sehen konnte, dass der Botschafter am Kreuz litt und sich quälte.

Da brachte man Holzscheite und Reisig – und man zündete das Ganze an, nachdem man es ein wenig mit Benzin besprengt hatte. Bald roch es nach verbranntem Menschenfleisch. Zum letzten Mal hatte ich so etwas im Herbst 2001 in New York gerochen – drei Wochen nach dem Terroranschlag.

Der Chef stand da, den sehr kahl gewordenen Kopf hoch erhoben. Alle verstanden, dass er für unser Land seine Haare opferte. Der Scheiterhaufen brannte lichterloh. Akimud brannte am Kreuz. Eine interessante Hinrichtung. Während die Regierung mit steinernen Gesichtern dastand, während Benckendorff als künstlerische Natur angewidert blinzelte, als würde ihm persönlich der Fuß angesengt, während die Hofintelligenzija und die wichtigsten Persönlichkeiten der Hauptfernsehsender und Zeitungen undurchdringliche Gummimasken aufgesetzt hatten, geriet das russische Volk zunehmend in Verwirrung. Doch die Stimmung kippte erneut, als ein weiterer, beim Volk noch beliebterer Humorist die Bühne vor dem brennenden Kreuz betrat. Der Humor arbeitete der Obrigkeit in die Hand. Vereinzelte Lacher waren zu hören, dann einmütiges Gelächter. Die Regierung kam ebenfalls in Stimmung. Das brennende Kreuz hatte man praktisch vergessen. Und erst als der Botschafter plötzlich laut aufstöhnte, beachtete man ihn, doch dazu sonderte der Humorist einen lustigen Spruch ab – und der ließ die Stimmung des Volks endgültig kippen.

»Es gibt keine Grausamkeit, die dem Volk als zu böse erscheinen würde«, sagte Fink.

»Ja, diesmal ist das Volk nicht besonders sentimental.« Lisaweta nickte.

»Der Lauf der Zeit kam ihm zugute«, fügte Fink hinzu.

Da erschallte der wilde Todesschrei Akimuds. Der Chef bekreuzigte sich mit großer Geste und verbeugte sich in Richtung des Scheiterhaufens.

VI

DIE OKKUPATION DES BEWUSSTSEINS

Zu Besuch bei Nika

»Du lebst!«

Lisaweta stürzte Fink entgegen und fiel ihr um den Hals. Sie tasteten einander zärtlich ab, küssten sich mit warmen Lippen und überzeugten sich davon, dass sie beide am Leben waren. Tränen flossen bei den Schwestern. Lisaweta bedeutete dem Chauffeur in weißen Handschuhen, der uns zu ihr gebracht hatte, mit einer unauffälligen Geste:

»Sie können fahren ...«

... Schon drei Monate waren vergangen seit Beginn des *Totenkrieges*. Die Besatzung ging weiter. Wir lebten in einem anderen Leben. Die ganze Zeit hatten wir es nicht geschafft, uns zu sehen. Und nun endlich! Lisaweta empfing uns an der Paradetreppe eines prächtigen Palastes außerhalb der Stadt. Bis zur bolschewistischen Revolution hatte er einem der berühmtesten Namen in Russland gehört.

Sprühend vor Gesundheit, wie ausgewechselt, stark, stand Lisaweta auf hohen Absätzen in einem eleganten lachsfarbenen Kleid da, die Hände unterhalb des Bauches ineinander verschränkt. Ihre schwarzen Haare waren von der Hand eines Meisters frisiert. Die Sonne ging unter, die Luft war getränkt von einer septemberkühlen Erregung. Lisaweta tat alles nur Mögliche, damit wir nicht meinten, sie sei uns fern, unerreichbar geworden. Zuerst winkte sie uns freundlich mit der Hand zu, eher auf englische als auf russische Art, dann lief sie die breiten Stufen hinunter und umarmte die Schwester. Sie erdrückte sie nicht in ihrer Umarmung, presste sie nicht verkrampft an sich – sie umarmte sie herzlich und erfreut.

»Du lebst! Endlich! Wie froh ich bin, dass du lebst! Und, wie geht es dir?«

»Ganz okay«, antwortete Fink. »Und dir?«

»Ich habe viel um die Ohren! Ich war den ganzen Monat mit dem Palast beschäftigt. Renovieren! Renovieren! Nika hat mich gebeten, den Palast in Ordnung zu bringen ... Hallo!« Sie reichte mir stilvoll die Hand und drückte dann kräftig die meine. »Ich verstehe euch so gut ... Was haben wir nicht alles durchgemacht! Unser Land kommt nicht zur Ruhe. Die *armen* Toten, sie können sich überhaupt nicht an das Leben gewöhnen.«

»Kann man wohl sagen«, versetzte Fink.

»Alles wird sich finden ... Gehen wir ins Haus! Nika wartet ...«

Nika wartet ... Was war denn nach *seiner eigenen* Hinrichtung auf dem Roten Platz passiert?

Am dritten Tag nach der Hinrichtung war es in Moskau fast so heiß wie im Juli gewesen. Akimuds Stadtvilla war umstellt von OMON-Leuten. Der Botschafter kam aus der lärmenden Tiefe der Metrostation Somlenskaja, bog auf den Gartenring ab und spazierte, sich an dem sonnigen Tag erfreuend, in Richtung des Platzes. Seit seiner Hinrichtung hatte er sich kein einziges Mal rasiert und sah allmählich aus wie der französische Botschafter in Moskau. Der Bart wies einige graue Haare auf. An den Händen waren die Spuren der Nägel zu sehen.

Von der Straße aus rief er mich auf dem Mobiltelefon an. Zuerst glaubte ich es nicht, ich dachte: Ein idiotischer Ulk. Und als ich es dann glaubte, erschrak ich. Denn er tauchte mitten in einer feindlichen Stadt auf, eine klare Kampfansage. Für mich war es kein Geheimnis, dass er sich der Hinrichtung freiwillig unterzogen hatte, in einem Anfall von extremer Selbstbeschränkung und von hemmungslosem Masochismus – andernfalls hätte er sie alle hinweggefegt und in Stücke gerissen auf seinem Golgatha. War es ein Befehl von oben? Aber wer war er dann – ein gefügiger Körper zur Korrektur *unserer* Moral? Oder hatte er selbst entschieden, *uns* zu korrigieren, aber wir waren diesmal zu weit gegangen und hatten nicht einmal seine Absichten verstanden? Jedenfalls stimmte hier etwas nicht. Er spielte mit uns »Verkehrte Dame«, und dann war er beleidigt, dass wir ihn geschlagen hatten. Wusste er etwa nicht, dass es in unserem durch den Fleischwolf gedrehten Land, das jede Vorstellung vom Wert eines Menschenlebens verloren hatte, nur eine bedingte Moral geben konnte? Aber wenn es so war, warum trank er dann, amüsierte sich, interessierte sich für allen möglichen Quatsch wie zum Beispiel *Gentlemanverhalten*? Die beiden Schwestern hatten auf dem Roten Platz seine Absichten ja auch nicht ganz verstanden – er hatte sie zu nah an sich herangelassen, als dass sie seine Allmacht nicht erahnt hätten. Ihnen schien, er trüge einen feuerfesten Schutzanzug, beherrsche jedenfalls seinen Schmerz, und deshalb enthielt ihre Trauer einen geheimen Zweifel. Oder rächte er sich für das menschliche Scheitern?

Als er mich anrief, sagte ich ihm das auch:

»Warum bist du erschienen? Ich verstehe deine Logik nicht. Was soll das – beginnt jetzt die Zeit der Bestrafung?«

Er legte sofort auf. So begann zwischen uns ein wortloses Zerwürfnis. Offensichtlich war Denken schädlich. Ganz einfach deshalb, weil es für einen selbst nicht von Vorteil war … Enttäuscht von mir, überlegte er, wen er anrufen sollte: Fink oder Lisaweta. Er wusste, dass Fink nach der Hinrichtung in ein Kloster gehen wollte. Er wusste, dass Lisaweta nur einen Satz gesagt hatte: »Das werde ich rächen!«

Er rief Lisaweta an.

»Ich grüße Sie!«

»Wer ist denn da?«

»Erkennen Sie mich nicht? Sie waren es doch, die mich angeflht hat, den Krieg zu beenden. Sagen Sie nicht nein. Ich habe Ihre Bitte erfüllt.«

»Dann sind Sie das also«, sagte Lisaweta und begann zu weinen.

Akimud betrachtete aus der Ferne das umstellte, nach dem Brand verwüstete Gebäude. Er blieb unentschlossen stehen, doch dann bewegte er sich mutig auf den Eingang zu. Die OMON-Leute stürzten sich auf ihn, er zischte sie kurz an – sie rannten davon wie kleine Kinder, die sich in die Hose gemacht haben. Der Botschafter betrat den Innenhof des Botschaftsgebäudes, gab noch einen Laut von sich, ebenfalls einem Zischen ähnlich – das Gebäude erstrahlte, renoviert nach letztem europäischen Standard.

Mein Gott, dachte in diesem Moment der Botschafter, ich kann alles, zumindest innerhalb des Sonnensystems, und hier verzettle ich mich mit Kleinkram.

Er betrat sein Arbeitszimmer, ihm nach lief Dascha mit einem Freudenschrei: »Sie sind wieder da!« Er setzte sich an den Schreibtisch und rief im Kreml an.

»Ich biete einen Waffenstillstand an«, sagte er.

Dort glaubte man ihm nicht. Der Chef weigerte sich, Kontakt aufzunehmen. Der Botschafter wartete drei Wochen, ohne die Stadtvilla zu verlassen, ohne sich zu offenbaren. Lisaweta zog bei ihm ein, heimlich, ohne uns etwas zu sagen. Fink und ich wussten nichts. Die Machthaber waren nervös, bereiteten sich auf Krieg vor, aber auf Verhandlungen wollten sie sich nicht einlassen. Da taten sich die Gräber auf.

Nachdem Nika die Macht übernommen hatte, war eine metaphysische Doppeldeutigkeit entstanden. Darüber sprach ich mit ihm beim Abendessen. Er hatte sich in Archangelskoje niedergelassen. So wollte es Lisaweta. Wir aßen gut. Delikatessen. Von behaarten Krabben aus Hokkaido bis hin zu Walderdbeeren. Bedient wurden wir von Lebenden. Fink erlaubte sich eine ungeheuerliche

Taktlosigkeit. Sie weigerte sich zu glauben, dass Akimud Akimud war.

»Sind Sie nicht zufällig sein Doppelgänger? Der andere war weniger blutrünstig.«

Akimud tat so, als hätte er nicht verstanden.

»Früher hat Lisaweta nicht an Sie geglaubt. Jetzt bin ich an der Reihe.«

Lisaweta schüttelte den Kopf.

»Unsinn! Ich habe immer an ihn geglaubt. Red keinen Quatsch. Ich habe Küken auf den ersten Blick geliebt.«

Sie nannte Akimud nicht nur Nika, sondern auch Küken.

Fink runzelte die Brauen.

»Nein! Christus ist genau richtig für mich. Ich gehe ins Kloster!«

Akimud zeigte ihr seine von den Nägeln durchbohrten Handflächen.

»Aber jener ist doch auch noch verbrannt …«, ließ Fink nicht locker.

Ich begriff, dass wie früher aus ihren Worten mehr Eifersucht als Kleingläubigkeit sprach.

»Hör auf«, wies Lisaweta die Schwester zurecht. »Auf die Weise werden wir nur alle miteinander herumstreiten!«

»Aber wenn Sie der sind, für den Sie sich ausgeben, dann sollten Sie sich nicht mit direktem Regieren beschäftigen«, sagte Fink.

»Das habe ich ja auch gar nicht vor«, sagte Akimud gekränkt.

Er teilte uns mit, der Chef habe seinem Leben eigenhändig ein Ende gesetzt und sei im Anmarsch, um unsere kleine Gesellschaft zu besuchen – nun bereits *in toter Gestalt*. Er hatte auch den toten Jungen Slawa zum Tee eingeladen, der in meiner Wohnung wohnte und mich beinahe mit dem Messer aufgeschlitzt hatte.

»Selbstmord – ein guter Anlass, ihn wieder zum Chef zu machen.«

»Wozu brauchst du den Chef?« Fink verzog das Gesicht. Sie

hatte Akimud wieder als Akimud akzeptiert. »Haben wir denn sonst keinen?«

»Was ist denn schlecht an ihm?«, setzte sich Lisaweta für ihn ein.

»Na mindestens, dass er ihn verbrannt hat!«

»Ach, so was kommt vor!« Lisaweta zuckte die Schultern.

Ich fühlte, dass Lisaweta vor unseren Augen verblödete. Sie gab eine Banalität nach der anderen von sich: Nicht rauchen ist besser als rauchen … Schönheit liegt im Auge des Betrachters … Übrigens, Banalität ist das Attribut aller Machthaber, und je dicker aufgetragen die Banalität, desto blutiger das Regime.

Zum Tee kam der Chef angefahren. Ich sah ihn zum ersten Mal im Leben aus der Nähe. Es war schwer zu sagen, ob er tot war. Er wirkte lebendig, aber sein Gesicht war seltsam verjüngt und entstellt zugleich. Nika stellte mich dem Chef vor. Der tat so, als freue er sich über die Bekanntschaft, aber in den Augen blitzte das ihm eigene Misstrauen auf.

»Ich habe gehört«, sagte Akimud bei einer Tasse Tee – die Schwestern hatten sich inzwischen entfernt –, »dass du in deiner Kommission vorgeschlagen hast, unsere Operation abzublasen und die Toten in ihre Gräber zurückzuschicken. Was stört dich denn an ihnen?«

»Nika«, sagte ich eindringlich, »ich habe nichts gegen die Toten. Meinetwegen können sie ruhig leben! Aber man muss sie absondern. Die Toten und die Lebenden sollten getrennt voneinander leben.«

»Das ist ja Apartheid!«, wunderte sich Akimud. »Wie im alten Südafrika.«

»Ich sehe keinen Unterschied zwischen Toten und Lebenden«, mischte sich der ehemalige Chef ein.

»Klar, weil Sie tot sind!«, konnte ich mich nicht beherrschen.

Der Ehemalige zuckte zusammen.

»Ich bin stolz darauf, tot zu sein! Lebendig sein – das ist nur für eine kurze Zeit …«

»Dann lassen Sie uns doch für eine kurze Zeit in Ruhe.«

Akimud genoss offensichtlich unseren Streit.

»Es steht dir, Revolutionär zu sein«, sagte Akimud zu mir.

Da trat Slawik durch die Tür. Er war erwachsener geworden. Zu dem Zeitpunkt kommandierte er bereits die ganze Jugendbewegung der Toten.

»Schon wieder rebellieren die Lebenden«, sagte der junge Politiker gereizt. »Und der da ist unheimlich froh darüber!« Slawik nickte in meine Richtung.

»Alle mal herhören«, sagte Akimud. »Ich schlage vor, ein Großes Russland nach iranischem Modell zu erschaffen. Dann werden hier die Lebenden und die Toten gebraucht.«

»Haben wir denn wirklich nicht unsere eigenen Modelle?« Slawik verstand nicht.

»Nika«, sagte ich, »schick die Toten in ihre Gräber zurück.«

»Ein Gedanke zur Unzeit«, sagte Akimud finster.

Sieg ohne Sieger

»Wir verlieren den *Menschen*!«, sinnierte der Botschafter in Archangelskoje, während wir Tee tranken und fette Torte aßen. »Jungs, demnächst werdet ihr den Fußball als politisch inkorrektes Spiel abschaffen. Unser Fernsehen zeigt nichts als Langeweile. Na schön, in Russland gibt es noch Dinge, die anzuschauen sich lohnt. Oder in Nigeria – da kochen die Leidenschaften. Aber alles Übrige – die pure Ödnis!«

»Fußball abschaffen kommt nicht in die Tüte«, sagte Slawik nervös.

»Für wen sind Sie eigentlich?«, fragte der Chef befremdet.

»Ich? Für einen Sturm der Emotionen! Ich bin für ein Theater der Leidenschaften! Ihr werdet Schauspieler ohne Talent sein! Krieg als Fest habt ihr abgeschafft!«

»Das stimmt nicht«, tönte es von der Schwelle.

Den Saal betrat Samson-Samson, der sich hier allem Anschein nach ganz wie zu Hause fühlte.

»Setz dich, du Halsabschneider!«, begrüßte ihn Akimud.

»Was willst du? Zurück in den Blutrausch?«, wollte ich wissen.

»Oh! Oh! Oh!«, jammerte Samson-Samson los.

In der Sekunde schlüpfte Fink in das Arbeitszimmer mit den grün gestreiften Tapeten, und während Samson-Samson noch jammerte, das Gesicht zur Decke erhoben, trat sie auf ihn zu und verpasste dem Schriftsteller mit Schmackes eine Ohrfeige. Die Ohrfeige geriet außergewöhnlich schallend. Samsons Kopf flog nach rechts – und er kassierte noch eine Ohrfeige auf die rechte Wange. Er klammerte sich mit beiden Händen an die Sessellehnen, wollte sich erheben, aber Fink schlug ihn ein weiteres Mal, diesmal auf die Nase. Aus Samsons Nase tropfte Blut.

»Ich würde dich umbringen, aber ich hab keinen Bock drauf, dass du hier rumläufst und als Toter deine Grimassen schneidest. Wie der da«, sie nickte zum Chef hinüber.

Fink spuckte Samson in die Fresse und ging zur Tür.

»Entschuldigen Sie, dass ich Ihre Unterhaltung gestört habe«, warf sie Akimud im Hinausgehen zu.

»Das lasse ich nicht so stehen!« Samson sprang mit brennenden Wangen vom Sessel auf. »Ich werde mich beschweren! Ich schreibe an *Sie*!«, wandte er sich an Akimud.

»Zu spät!«, sagte Akimud. »Ihr derzeitiger Gott ist Diplomat … Zu spät! Sie hat gesiegt …! Wischen Sie das ab!« Er reichte ihm eine Schachtel mit Papiertüchern.

Samson-Samson wischte sich beleidigt das Gesicht ab.

»Was ist der wichtigste Feiertag in Russland?«, fragte Akimud listig die Anwesenden.

»Der Tag des Sieges!«, rief der Chef.

Der Botschafter runzelte die Brauen:

»Eine einzige Heuchelei!«

»Der Tag des Sieges ist heilig und über jedwede Kritik so erhaben wie in der christlichen Dogmatik der Heilige Geist«, sagte der Chef im Brustton der Überzeugung. »Das ist ein Feiertag für die Kraft des russischen Geistes, für den weltweiten Triumph Russlands über das Heer des Bösen.«

Der Botschafter schwieg einen Moment, dann sagte er:

»Ich verrate Ihnen im Vertrauen, dass Russland ohne Stalin Hitler nicht besiegt hätte. Es brauchte das Training von 1937, um derart tollkühn Millionen von Soldaten vor die deutschen Panzer zu werfen, ein lebendes Verteidigungsschild zu erschaffen und danach ein lebendes Schwert des Sieges.«

Er redet daher wie Kurojedow, dachte ich und sagte:

»Für mich persönlich ist der Tag des Sieges ein historischer Einschnitt in der europäischen Geschichte schlechthin. Im Jahre 1945 endete die Geschichte der Kriege.«

»Das heißt?«

»Bis dahin hielt man Kriege für einen natürlichen Zeitvertreib des Menschen neben anderen Beschäftigungen. Die Kritik der Pazifisten am Krieg war eine marginale und willensschwache Erscheinung. Der Homo bellicus war das soziale und geschlechtsspezifische Modell. Der Schrecken des Zweiten Weltkriegs übertraf alle Erwartungen und zerstörte völlig das positive Bild des Krieges als Erscheinung. Du hast diesen Krieg zugelassen, und nun wunderst du dich, dass Kriege eine allergische Reaktion hervorrufen.«

»Das war nicht ich.«

»Wer dann?«

»Na schön! Ich liebe Männer in Uniformen!«, schrie Akimud.

»Ich auch«, sagte der zur Strecke gebrachte Samson.

»Ich betrachte den Tag des Sieges mit gemischten Gefühlen«, sagte ich zum Botschafter. »Die ganze Stadt ist zugepflastert mit Plakaten vom heldenhaften Sieger: Einem gutmütigen Burschen von slawischem Äußeren, lächelnd, intellektuell etwas unterbelichtet. Solch ein Bursche konnte im Europa der vierziger Jahre nur seinen behelmten Kopf hin und her drehen und in den Feuerpausen über die wunderbaren Gegebenheiten staunen ...«

»Mein Gott!«, rief Samson-Samson aus, seinen blutigen Rotz hochziehend, »und ich habe ihn seinerzeit für meinen Lehrer gehalten. Sie sind ja ein Waschlappen!«

»Ich will Folgendes«, sagte ich, ohne auf den *Möchtegernhalsabschneider* zu hören. »Ich will mit Stalin sprechen. Vielleicht ist das der einzige Mensch, mit dem zu sprechen mich interessieren würde. Wenn alle Denker und führenden Schriftsteller nach dem Sinn des Lebens gesucht haben und wenn du, Nika, die Inkarnation des Lebenssinns bist – wonach dann noch suchen? Das ist eine Sache der Vergangenheit. Aber es gibt Rätsel des Herzens wie Stalin. Was hat er letzten Endes gewollt? Die Macht oder den *neuen Menschen*? Shakespeare ist natürlich auch interessant, da gibt es ebenfalls Rätsel zu lösen, aber das ist nur was für Literaturwissenschaftler, Stalin dagegen – der ist für alle.«

»Reise auf die Akimuden.«

»Ist er dort?«

»Wo denn sonst?«

Reisebüro Klara Karlowna

Klara Karlowna befestigte eine Annonce an der Tür ihres Arbeitszimmers:

»Organisiere Ferien für russische Bürger auf den Akimuden. Flüge nach Nirgendwo oder in die eigene Phantasie. Jeder Tourist bringt seine Idealvorstellung vom Glück mit. Jeder Tourist kehrt mit seinen eigenen Phantasien zurück.«

»Ich will auch«, sagte ich.

»Kein Problem«, antwortete der Botschafter. »Klara Karlowna, schicken Sie ihn auf die Akimuden.«

»Für länger? Für immer?«

»Nein, nein«, protestierte ich.

»Wieso denn nicht?«, kicherte Karla Karlowna.

»Ich hab noch nie Moosbeeren im Sumpf gepflückt. Es gibt Sachen, die ich hier noch machen muss ...«

»Moosbeeren!«, lachte Klara Karlowna.

»Da hat er recht«, sagte Akimud. »Wir haben keine Moosbeeren ... Fahr halt für zwei Wochen oder so.«

»Was muss ich mitnehmen?«

»Das Paradies ist ein Spiel«, sagte der Botschafter. »Schönen Urlaub.«

In Richtung Paradies

Der Skandal ist der Gott des heutigen Lebens. Kein Skandal – kein Mensch. Der Skandal ist das letzte Ventil für den Ruhm. Alles andere ist von Gleichgültigkeit überwuchert. Ein anständiger Mensch hat sich von Skandalen fernzuhalten, doch wen interessiert schon so ein Unsichtbarer?

Ich hasse Skandale. Daran denke ich, nachdem ich mich im Epizentrum eines Skandals befunden habe. Ich kehrte von den Akimuden zurück, überzeugt davon, gerade dort das Wesen des russischen Lebens durchschaut zu haben. Ich brach die Abmachung mit Akimud und sagte ihnen allen am Schluss, das sei ein faschistisches Projekt. Ihnen gefiel das scharfe Wort nicht, und mir gefiel es nicht, dass sie nicht einmal verstanden, worum es mir ging.

Der Sinn des Spiels »Komm ins Paradies« besteht darin, die Konkurrenten auszuschalten und als Erster im Paradies anzukommen. Im Projekt »Komm ins Paradies« muss der neue Robinson Crusoe siegen, indem er die anderen Robinsons frisst und sie mit allen erdenklichen Mitteln aus dem Spiel hinauswirft.

Symbol für diesen Wahnsinn war seltsamerweise die russische Flagge. Unsere Projektteilnehmer wurden mit kleinen Flugzeugen von Panama auf eine recht bewohnbare Insel in der Karibik verfrachtet, von wo aus es weitergehen sollte, um »Komm ins Paradies« zu *spielen*. Am Flughafen wurden wir von zahllosen Fernsehkameras empfangen. Am Himmel tanzte ein Hubschrauber, aus dessen Kabine der Kameramann im nächsten Moment herauszufallen schien. Das Wichtigste aber war: Wir sollten nicht in Bussen oder Lastwagen weiterfahren, sondern in *Viehtransportern*, schmal und hoch, mit schwarzen Gittern für Schweine, Ziegen und Schafe.

Welchem Idioten es in den Sinn gekommen war, das *Spiel* mit einer üblen Verhöhnung frischer Seelen beginnen zu lassen, gilt es noch zu klären. Als die *Viehtransporter* sich in Bewegung setzten, hisste jedenfalls über einem davon eine im Denken ungeübte frische Seele stolz die russische Flagge. Sie flatterte zur Freude und Verwunderung der einheimischen Bauern, die noch nie in ihrem Leben die Seelen von Weißen – Drogensüchtigen oder Waffenhändlern? – in solch einer rechtlosen Lage gesehen hatten.

Die Viehtransporter waren nur der bescheidene Anfang. Als die Teilnehmer der Todesshow an dem von Stacheldraht umzäunten Punkt X ankamen, wo sie vor der lustigen *Robinsonade* übernachten sollten, wurden sie von den Paradiesagenten in bester Tradition eines Konzentrationslagers empfangen. Von Polizisten in tropischen panamaischen Uniformen gefilzt, nur die Rangabzeichen fehlten. Aus einem Lautsprecher zischte eine Stimme dumpfe Drohungen. Wertsachen auf den Tisch! Kurzerhand wurden Rucksäcke durchwühlt. Die Fotografin, eine langhaarige junge Frau mit Zahnfleischpiercing, machte Frontal- und Profilaufnahmen von den Teilnehmern vor einer Messlatte, mit der die Größe bestimmt wurde.

Und nun der nächste Schritt: Jetzt müssten sich alle ausziehen und unter die Dusche und dann auf die Holzpritschen. Da war sie, die Dusche, und einige Seelen von Männern und Frauen begannen sich schon auszuziehen, aber da hielten wir es nicht mehr aus. Rebellierten tatsächlich alle? Nachdem sie Todesqualen ausgestanden hatten? Dieses »wir« beschränkte sich auf zwei Personen. Die eine war ich, die andere der Schauspieler Nikola Burda.

Wir hatten uns schon in Scheremetjewo kennengelernt. Ins Paradies fliegt man auch von Scheremetjewo. Angeblich als ganz normaler Passagier. Über Amsterdam. In Amsterdam hatten wir sechs Stunden Aufenthalt. Alle blieben im Flughafen, nur wir fuhren mit dem Taxi in die Stadt. In der Stadt wollte Nikola Burda Marihuana rauchen.

»Ich weiß nicht, ob es im Paradies Marihuana gibt.«

Davor gingen wir in einen Pornoshop, und Burda kaufte sich ein Parfüm. Er wollte, dass im Paradies alle weiblichen Seelen auf ihn fliegen. Er sprühte sich großzügig damit ein, und dann liefen wir an den Kanälen entlang, auf der Suche nach Marihuana.

»Schauen wir mal, wie sie gleich an mir kleben werden!«, sagte Burda über die Frauen.

Wir betraten einen Coffee-Shop. Die Chefin, eine jugendlich wirkende Polin in schwarzer Hose, bot uns was zu rauchen an. Die Männer musterten mit Interesse den Rotschopf Burda. Einige versuchten mit ihm ins Gespräch zu kommen, aber er beherrschte keine einzige Fremdsprache. Die Männer berührten Burda am Hemd, und einer küsste ihn sogar auf den Hals.

»Was baggern die mich alle so an?«, versuchte er sich der Männer zu erwehren. »Stimmt schon, was man so hört, dass hier alle schwul sind.«

»Die Stärkeren oder die Normalen?«, fragte die Chefin des Coffee-Shops.

Wir nahmen die Stärkeren.

»Warum riechst du nach Frau?«, wollte Krysia wissen.

»Wie, nach Frau?«

»Du riechst nach Frau!«

Burda zeigte ihr das betörende Parfüm.

»Pornoparfüm für Frauen«, las Krysia.

»Wie, für Frauen?«

Wir sahen genauer hin. Tatsache! Burda hatte das falsche Parfüm gekauft. Er rannte aufs Klo, um den Geruch abzuwaschen, kam aber noch mehr nach Frau riechend zurück. Selbst mich machte der würzige Geruch verrückt, in dessen Dunst Burda als appetitliches rothaariges Weib riesigen Ausmaßes erschien.

Burda rauchte sich zu vor lauter Kummer und wurde grün im Gesicht. Grün wie er war, setzte er sich auf die Schwelle des Coffee-Shops und starrte dumpf auf den Kanal. Eine halbe Stunde verging – er starrte immer noch. Ich wurde unruhig. Wir mussten bald nach Panama abfliegen, von wo aus wir weiter auf die Akimuden geschickt werden sollten, und Burda stank nach Frau und war unzurechnungsfähig. Ich wusste nicht, wie ich mit ihm fertigwerden sollte. In seinem Mund steckte eine ausgegangene Kippe. Ich bezahlte bei Krysia, verfluchte die ganze Welt und schleifte Burda hinter mir her. Ich dachte: Er wird sich schon *auslüften*. Burda steckte die Kippe in die Jackentasche und fing an, seine selbst verfassten Lieder dermaßen laut zu schmettern, dass es die ganze Stadt hören konnte. Die Amsterdamer Passanten und Radfahrer blickten uns argwöhnisch an.

Wir stolperten eine Stunde lang durch die Straßen, bis wir auf das Van-Gogh-Museum stießen. Burda zog es dorthin. Wie sehr ich ihn auch zurückzuhalten versuchte, er blieb unerbittlich. Na schön, dachte ich, wer weiß, vielleicht kommt er ja beim Anblick der genialen Bilder wieder zur Besinnung. Ins Museum wollte man uns erst nicht hineinlassen, aber der Geruch nach Frau, den Burda verströmte, stimmte die Wärter zu unseren Gunsten um.

Wir betraten den ersten Saal. Das waren schwarze, depressive Bilder. Auf den Bildern aßen deprimierte Menschen deprimiert Kartoffeln. Angesichts der Kartoffeldepression wurde Burda still. Aber als wir weitergingen, ergoss sich plötzlich, unklar woher, das van Gogh'sche Licht über uns. Alles sah auf einmal vollkommen anders aus. Der Saal erstrahlte in allen Farben. Beeindruckt vom Überfluss an Licht, dem Sturm der Farben und dem Triumph über den Pessimismus, stürzte Burda auf das sonnendurchflutete Bild zu, fing an zu gackern und tippte zum Zeichen der Begeisterung mit seinem Raucherfinger darauf. Zuerst blickte ich in die erschrockenen Gesichter der Besucher, dann heulte wie verrückt die Alarmanlage auf. Es war ein Wahnsinnslärm, aber Burda stand vor dem Bild und kriegte überhaupt nichts mit. Sein Finger lag auf dem Meisterwerk. Polizisten stürzten sich auf uns. Sie drehten uns die Arme auf den Rücken. Handschellen klickten. Sie schleiften uns in einen Kellerraum. Aber die Polizisten waren ebenfalls betört von dem Geruch nach Frau und sahen Burda mit Befremden an, das allmählich in Begierde überging. Den Moment nutzend, bat ich um ein Gespräch mit der Verwaltung. Zehn Minuten später stieg der Museumsdirektor zu uns in den Keller hinunter. Er drohte uns mit einer langjährigen Gefängnisstrafe. Ich meinerseits begann ihm zu erklären, Burda sei ein großer russischer Sänger, ein neuer Schaljapin, und er habe einfach den Verstand verlieren müssen, als er vor seiner Nase das Werk seines ebenfalls gottbegnadeten Bruders erblickte. Der Direktor schnüffelte Burdas Geruch – so etwas hatte er noch nie gerochen. Ein Strom von Phantasien riss ihn mit sich. Fünf Minuten später setzte man uns vor die Tür.

Ich stoppte ein Taxi und stieß Burda in den Wagen. Nach Schiphol! Der Fahrer sah uns scheel an, fuhr aber los. Im Auto begann Burda erneut zu stinken. Das Gras wirkte noch, und er kriegte absolut nichts auf die Reihe. Offensichtlich war Amsterdam für ihn nur ein Traumgebilde.

»Wer sind Sie?«, fragte der Fahrer, der uns zum Flughafen brachte. »So eine Riesenschwuchtel mit roten Haaren hab ich überhaupt noch nie gesehen! Von dem Geruch alleine platzt mir gleich die Hose!«

Er tätschelte Burda die Wange.

»Wer ich bin?«, öffnete Burda den Rachen. »Gestatten, ich bin die zwölf Heldentaten des Herakles!«

Und mit diesem Mann flog ich auf die Akimuden.

Beim Rendezvous im Paradies gab es unter den Agenten genügend Männer und Frauen, die in die Rolle von Arschlöchern geschlüpft waren, aber wir pickten uns für ein Gespräch den Regisseur namens Igor heraus, der hinter einem Tisch thronte und alle der Reihe nach anbrüllte.

»Was führst du dich hier auf wie ein KZ-Aufseher?«

Nikola ist ein Schrank von einem Kerl; der Regisseur fing an zu blinzeln.

»Kapiert?«

Er blinzelte wieder, wollte aber von seiner Macht so schnell nicht lassen. Mir riss der Geduldsfaden, ich schlug ihm den Deckel des Koffers auf die Finger, in den er gerade die unserer Gruppe abgenommenen Wertsachen legte. Er heulte auf.

»Ist ja gut, hab kapiert.«

Die Macht zeigte Risse. Die armen, ins Paradies geschickten Schatten baten uns um Unterstützung. Ein ganzes Leben leben – um sich dann den Verhöhnungen irgendwelcher Agenten auszusetzen! Und dann ihre plumpen Entschuldigungen, ihre leeren Versprechungen, es künftig »nicht wieder zu tun«.

Mit warmen Gefühlen erinnere ich mich der Teilnehmer unseres – nein, absolut *nicht* unseres – Projekts. Zusammengewürfelt aus unterschiedlichsten Menschen unterschiedlichen Alters aus unterschiedlichen Städten und Schichten, mit unterschiedlichen Lebensläufen, zusammengewürfelt aus bei uns bekannten und unbekannten Personen, die ins Jenseits übergegangen waren, fand unsere Gruppe schon in Panama-Stadt eine gemeinsame Sprache.

Infolge der chaotischen Organisation der paradiesischen Helfershelfer saß die Gruppe der frisch verstorbenen Seelen ein paar Tage in Panama-Stadt fest. Verbotenerweise freundeten wir uns untereinander an; das war im paradiesischen Drehbuch nicht vorgesehen. Vor der Abreise auf die Insel fuhren wir sogar zum Panamakanal, und danach tranken wir in einem spanischen Restaurant darauf, dass wir uns nicht in Kameradenschweine verwandeln würden.

Das Spiel »Komm ins Paradies« besteht im Kampf der Seelen um die Erlangung der Glückseligkeit. Das Ausscheiden von Paradieskandidaten, das verlangt ist, um einen Sieger zu ermitteln, vereinbarten wir dem Los zu überlassen. Ich bekam den Eindruck, dass sich – jedenfalls nach unserer Gruppe zu urteilen – die Menschen in unserem Land eigentlich wunderbar miteinander verständigen könnten, dass dies jedoch von den Paradiesagenten bewusst verhindert wird.

Ich denke an Ljuda, die bei einer Militärbehörde arbeitet und mir half, meinen Rucksack zu packen und im Paradies verbotene Dollars und Zigaretten zu verstecken; an den Humoristen Mischa (ihn kennt das ganze Land), an den Fernfahrer Andrej. Ich erinnere mich auch an Anja, ein ganz liebes Mädchen aus Saratow – von solchen Leuten müsste es mehr geben!

Nach der ersten Nacht am Punkt X fühlten sich die Teilnehmer – typisch russisch! – buchstäblich wie nahe Verwandte an. Um halb sechs in der Früh riss der Lautsprecher die nahen Verwandten aus dem Schlaf, und los ging das Spiel: Die Moderatorin war angekommen, sie sah Xenia Sobtschak ziemlich ähnlich. Angezogen war sie wie eine Gummipuppe: Der sadomasochistische Charakter des Projekts war offensichtlich. Dann wieder die Viehtransporter – sie karrten uns kilometerweit zu einem menschenleeren Strand. Die Viehtransporter blieben im Sand stecken – das nächste russische Ritual begann: endloses Warten. Dann Gewaltmarsch mit Rucksack durch feinen Sand – und unter der Androhung: Wer als Letzter am Hubschrauber ankommt, fliegt raus. Burda und ich kamen absichtlich als Letzte an – niemand flog raus. Hubschrauber verfrachteten die frischen Seelen auf einen rostigen Kahn. Wie es in den Tropen oft vorkommt, schlug urplötzlich das Wetter um, es schüttete wie aus Eimern, die Paradieskandidaten waren bis auf die Haut durchnässt.

Die Aufseher in Regenmänteln sahen uns gleichgültig an. Die Aufseherin Tatjana erlaubte niemandem, sich vor dem Regen in Sicherheit zu bringen. In einem alten Kahn kam »Ksjuscha Sobtschak« mit Harpune angeschippert: Sie spendierte den bibbernden Seelen je ein Gläschen Fruchtsaft … Ich hatte gehört, dass früher Paradiesanwärter ins Wasser springen (in den Piratengewässern ist es milchwarm) und dann zweihundert Meter schwimmen mussten. Wer als Erster am Ufer ankam und eine Fahnenstange abklatschte, erhielt ein symbolisches Totem, das ihm die Macht gab, andere vor dem Ausscheiden aus dem Spiel zu bewahren. Diesmal wäre der Paradiesanwärter, der als Letzter das Ufer erreichte, eine vernichtete Seele, die sich in einen Fisch verwandeln würde. Alle schwammen wie verrückt zum Ufer und versuchten einander zu überholen.

Da sagten Burda und ich: Feierabend! Wir steigen aus diesem Projekt aus, dieser Erniedrigung des Paradieses! Wir werden unsere neuen Freunde nicht grob zur Seite drängen, um schneller ans Ziel zu kommen. Das ist unmöglich!

Wir stiegen in ein Boot und verließen den Ort der Schande. Auf der Insel, wo wir auf den Abflug nach Panama-Stadt warteten, erholten wir uns im Restaurant eines Amerikaners, der hier die letzten vierzig Jahre verbracht hatte. Auf seine Art ein Hemingway, nur nicht Schriftsteller, sondern Restaurantbesitzer. Der Psychologe Kirill tauchte auf und versuchte uns davon zu überzeugen, dass wir im Unrecht seien. Nach ihm Ilja, der junge Paradiesproduzent, der mich jähzornig anschrie, er habe in seinem Leben *auch* einiges geleistet.

»Was denn zum Beispiel?«

»Ich war gut in der Schule.«

»Sie sind nicht nur Produzent« – ich zuckte die Schulter – »sondern auch ein Idiot!«

Er war eingeschnappt.

»Na bitte, selber sind Sie eingeschnappt wie ein kleines Mädchen, aber Ihre Agenten dürfen ungestraft Seelen beleidigen. Eben erst haben sie die Schwelle des Todes überschritten – und man spielt mit ihnen, ohne Rücksicht auf die Jahre gelebten Lebens. Man schickt sie ins Paradies, und unterwegs verhöhnt man ihre Seelen!«

Ich schickte Ilja zum Kuckuck. Doch er kam zurück, um neue Vertragsbedingungen anzubieten. Dann forderten mich die Paradiesfuzzis auf, vor laufender Kamera zu sagen, weshalb ich ihr Projekt nicht mochte, und ich sagte:

»Das Projekt ist faschistoid.«

Der junge Ilja begann auf mich einzureden, er habe weder in der Sowjetunion noch in Hitlerdeutschland gelebt und darum wisse er gar nicht, was das bedeutet …

Ich war ins Paradies gefahren, um mich selbst zu erproben und mich von schlimmen Gedanken abzulenken. Doch auf der Insel fühlte ich mich nicht Robinson näher, sondern Robin Hood. Ich sah mein Land in Gestalt einer tropischen Insel. Ich glaube nicht, dass die Paradieswächter bewusst faschistische Zustände herbeiführen wollten. Die haben sich von allein eingestellt. Der letzte Faschist in unserem Land – das ist Zukunftsmusik. Der letzte Faschist wird noch lange darin herumgeistern …

Brüder und Schwestern

Nach dem Sieg über die Lebenden spalteten sich die Toten in Parteien. Vielen mochte es scheinen, die Parteien nähmen die Konturen traditioneller russischer Modelle an. Doch in Wirklichkeit war alles ganz anders. Es vollzog sich eine Aufteilung in drei Gruppen.

Die erste gesellschaftliche Bewegung der Toten war die *Partei der Vernichter*. Ihre Hauptaufgabe war die Liquidierung aller lebenden Menschen in Russland und deren Überführung in einen toten Zustand. Das Ziel des Militärprogramms lautete: RUSSLAND

DEN TOTEN. Das hatte was von jenseitigem Trotzkismus. Dafür entstand die Möglichkeit eines unitären Staates. Die Vernichter waren der Ansicht, dass die lebenden Menschen für alle Katastrophen verantwortlich seien, die sich in Russland ereignet hatten, und daher keine Partner sein konnten.

Die zweite Partei nannte sich *Partei der Bewahrung*. Die Bewahrung bestand darin, die Lebenden am Leben zu lassen, sie aber auf das Niveau von Dienstpersonal herabzusetzen, von Untermenschen, denen man technische Funktionen übertragen konnte. Diese Partei argumentierte, die Lebenden seien nicht reif gewordene Tote, welche ihre Aufgabe noch nicht erfüllt hätten und auf Gedeih und Verderb dem Zufall ausgeliefert seien.

Diese Partei galt als eher liberal, sozusagen gemäßigt, und an ihr orientierten sich die alten Parteien von Kadetten und Sozialisten. Sie schlugen vor, die militärische Losung RUSSLAND DEN TOTEN philosophisch zu interpretieren.

Die dritte Partei nannte sich *Brüder und Schwestern* und basierte darauf, dass es keinen wesentlichen Unterschied zwischen Lebenden und Toten gebe: Wir alle seien russische Brüder und Schwestern. Da es den Lebenden ohnehin vorbestimmt sei, zu Toten zu werden, sei alles nur eine Frage der Zeit. Die dritte Partei erfreute sich großer Unterstützung bei den Lebenden.

Meine Aufgabe, das Gleichgewicht zwischen den Lebenden und den Toten zu fördern, wurde mir einigermaßen dadurch erleichtert, dass unser russisches Volk sich relativ rasch an die Toten gewöhnt und sich darauf eingestellt hatte, mit ihnen zu leben. Mich verblüffte das Fehlen selbst eines *Kurzzeitgedächtnisses* bei der Bevölkerung. Erst ein halbes Jahr war seit Beginn der Besatzung vergangen, die absichtlich blutig gewesen war, und in der Gesellschaft war es bereits verpönt, daran zu erinnern. Vielleicht war weiland das mit dem tatarisch-mongolischen Joch ähnlich abgelaufen. Die Lebenden wollten nicht sterben, aber dass die Toten durch die Straßen streiften, überzeugte sie davon, dass sie eine Zukunft hatten. Kaum jemandem gingen philosophische Fragen über das Wesen des Geschehens durch den Kopf. Am meisten Angst hatte man davor, die Toten könnten einem alles wegnehmen. Alles wegnehmen und unter sich aufteilen. Die Lebenden waren bereit, sich mit wenig zu begnügen. Sogar die Partei der Vernichter wurde von Lebenden bedient, die in deren Thesen eine gewisse Logik fanden. Eine reale Opposition gegen die Toten existierte faktisch nicht. Es gab vereinzelte Auftritte, geheime Zirkel, aber hauptsächlich – Küchengespräche. Das Interesse am Roman »Doktor Schiwago« lebte wieder auf; vor allem wegen des Titels, denn Schiwago kommt von »schiwoj« – lebendig. In dem Namen entdeckten die Intellektuellen etwas Prophetisches. In den Küchengesprächen kam das Thema Vorkriegszeit nostalgisch wieder auf. Selbst ich erinnerte mich nicht ohne Wehmut an unseren *Vorkriegs*-Chef und machte mir Gedanken um sein Schicksal. Erst zu Gast bei Akimud erfuhr ich von seinem Selbstmord. Sein Selbstmord war ein Staatsgeheimnis. Niemand wusste, wer er war – ein Lebender oder ein Toter. Wenn er tatsächlich jetzt ein Toter war, dann war seine sensationell rasche Rückkehr ins Leben eine Ausnahmeerscheinung. Die Toten, schien mir, mussten eine Probezeit durchlaufen, ähnlich dem buddhistischen *bardo*, um zurückzukehren.

Eine offene Zusammenarbeit mit den Verstorbenen des aufgeklärten Teils der Gesellschaft wollte man nicht eingehen. Doch es tat sich etwas, die Kompromisse wurden größer. Die Lebenden beteiligten sich am Totenfernsehen, an den Totenpublikationen. Ein lebender legendärer Liedermacher pries in seinen neuen Liedern inspiriert die Toten und hatte zum Zeichen seiner Liebe zu Indien Schellen umgehängt. Zu Bekannten sagte er, die Toten hätten sein Talent wiedererweckt und seine Erleuchtungen verlängert …

Übrigens hatten sich die Toten im Verlaufe der irdischen Zeit einigermaßen verändert. Wie ich schon sagte, hatten sie sich aus Skeletten in feste Körper verwandelt, ausgestattet mit allen Neigungen, sich zu amüsieren. Die Hundeköpfe ägyptischen Schlages beobachteten ihr Tun, aber in den vier Wänden ihrer Wohnungen zersetzte sich ihre Moral: Sie fraßen und soffen, als wären sie lebendig. Die ägyptischen Kommissare straften schuldig gewordene Tote, sofern ihre Vergehen ans Tageslicht kamen, indem sie sie grausam und endgültig vernichteten. Die Toten hatten panische Angst vor ihnen, aber dessen ungeachtet fraßen und soffen sie, und sie fickten auch mit lebenden Nutten. Darin sah ich eine Hoffnung für die Zukunft. Wie dem auch sei, hätten die Amerikaner Russland erobert, wäre die Empörung des Volkes unvergleichlich größer ausgefallen als im Jahr des *Totenkrieges*.

»Immerhin sind das unsere Leute!«, waren Stimmen zu hören, trotz der in Moskau sich verbreitenden Losung RUSSLAND DEN TOTEN.

Der Vater der Lehre über die Auferweckung der Väter, Nikolai Fjodorow, war nicht wiederauferstanden. Wir mussten an seiner Stelle philosophieren. Natürlich haben die Toten bei uns in Russland eine größere Bedeutung als in westlichen Ländern. Doch es gab auch schlicht alltägliche Freuden. Das russische Volk war besonders gerührt und den Toten gegenüber versöhnlich gestimmt, weil diese, zumindest einige von ihnen, dem Wodka nicht gleichgültig gegenüberstanden. Es entwickelte sich sogar ein besonderer Zeitvertreib. Man machte einen Toten extra betrunken, und dann rief man fröhlich, er sei *tödlich betrunken*. Dieses nachsichtige Verhalten gegenüber den Toten wuchs sich letztes Endes zu einem nationalen Problem aus.

Der Befehl

Jedem *Lebenden* steht es frei, entsprechend seinen Schwächen und Neigungen zu kriminellen Handlungen gegen sich selbst ein Strafverfahren anzustrengen. Der Antrag auf Einleitung eines Strafverfahrens gegen sich selbst ist bei den Polizeiorganen am Wohnort einzureichen. Es wird gebeten, sich seinen kriminellen Neigungen gegenüber verantwortungsvoll zu verhalten und keine nichtigen oder unpersönlichen Varianten aufzutischen. Die Angst vor dem Gefängnis bildet die Basis für unsere staatliche Entwicklung, die Vorahnung auf eine lichte Zukunft. Vergiss nicht: Prügel, Demütigung, Folter, verfaultes Knastregime und die stets weit offenen Arme des Todes sind keine zufälligen Begleiter der Gerechtigkeit, sondern vielmehr unsere gemeinsamen Verbündeten. Schau in dich selbst hinein! Lausche aufmerksam deinen kriminellen Gedankenströmen! Wenn du nicht selbst sehen kannst, was für ein Scheißkerl du bist, frag deine Frau oder deine Verwandten, sie sollen dir ins Gesicht sagen, was sie die ganze Zeit über dich denken.

Zeig dich selbst an! Hab keine Angst, dich selbst zu bezichtigen! Jede Selbstbezichtigung enthält ein gerüttelt Maß an Wahrheit. Schlag selbst die angemessene Strafe für dich vor.

Nach dem Spiel »Komm ins Paradies« zurück in Moskau, versuchte ich gar nicht erst, Akimud telefonisch zu erreichen, um mich über Klara Karlownas Reisebüro zu beschweren; stattdessen erzählte ich beim illegalen Radiosender »Aplomb« den Zuhörern, was uns nach dem Tod erwartet.

Akimud rief mich exakt eine halbe Stunde nach der Sendung an. Er konnte seinen Zorn kaum im Zaum halten:

»Warum legst du meine Karten offen? Dafür habe ich dich nicht dorthin geschickt!«

»Aber so geht man mit Menschen nicht um!«

»Das ist ein Naturgesetz! Wer nicht bis zum Paradies schwimmt, der verwandelt sich in einen Fisch!«

»Ich weigere mich, da mitzumachen!«

»Ganz wie du willst.« Akimud knallte den Hörer auf.

Fink sagte, ich sei ein Trottel. Statt zu rebellieren, hätte ich bis zum Paradies schwimmen und alles darüber auskundschaften müssen und nicht auf halber Strecke den Zwergenaufstand proben. Sie rief ihre Schwester an. Lisaweta hüllte sich in Schweigen. Später ließ Akimud durch seinen Iwan den Treuen meinen beiden Gehilfen ausrichten, ich solle mich bereitmachen. Offenbar war es ihm doch aus irgendeinem Grund wichtig, dass ich seine außerirdischen Besitzungen sah. So kam ich das erste Mal ins Paradies.

Die Nord-Akimuden

»Also dann: Bringen Sie mir als ersten Gang einen ukrainischen Borschtsch, aber ordentlich dick und heiß! Borschtsch muss richtig heiß sein! Dampfen muss er, so dass einem die Schweißperlen auf der Stirn stehen wie Tautropfen, und zwar nach dem dritten Löffel! Etwas mehr Sauerrahm wär' auch nicht schlecht! Und Pompuschki mit Knoblauch! Davon riecht man aus dem Mund? Ich habe nicht vor, nach dem Essen irgendjemanden zu küssen! Als zweiten Gang bringen Sie mir von der Gans! Gans mit Äpfeln! Ich liebe Gänsefleisch ... Was für Weine haben Sie da? Nur süße? Dann bringen Sie mir Gorilka! Wie viel? So dreihundert Gramm! Wie viele Scheiben Brot? Was denn: Werden bei euch die Scheiben abgezählt? Na, dann seien Sie mal nicht knickrig! Aber nur Schwarzbrot! Das duftet bei euch im Paradies so herrlich, Irina!«

Die Kellnerin trägt ihr Namensschildchen an die weiße Bluse geheftet.

»Irina, wo sind wir hier?«

»Was?«

»Wie heißt dieser paradiesische Ort?«

»Nord-Akimuden.«

»Wie, gibt's denn auch Süd-Akimuden?«

»Weiß nicht.«

Im Paradies redet man die Kellnerinnen mit ihrem Vornamen

an. Eine namenlose Kellnerin – das wäre blanker Unsinn. Sie müssen in persönlichen Kontakt zu ihr treten, Sie sind geradezu verpflichtet, ihr Herz und Seele anzutragen, dann wird sie losrennen und Sie flink bedienen. Und wenn sie losrennt, müssen Sie ihr unbedingt hinterhergucken und ihre Beine begutachten. Alle Kellnerinnen hier tragen unglaublich kurze Röcke, die so knapp ihre Hüften umspannen, dass alles Verborgene offenbar wird. Irina weiß das, und wenn Sie ihr nicht auf die Beine schauen, wird sie Sie für einen unhöflichen Mann halten. Doch der Rückzieher folgt auf dem Fuße. Wenn Sie aufdringlich werden oder – noch schlimmer – ihr einen Klaps auf den Po geben, wird sie Sie für einen Flegel halten und Sie keines Blickes mehr würdigen.

Puh, ich werde mich überfressen …, setzte ich meinen inneren Monolog fort, Irinas Beinen versonnen hinterherschauend. Aber zum Abnehmen ins Paradies zu fahren, das wäre wie nach Hawaii reisen, um Schneestürme zu erleben.

Wir waren an die Küste gefahren. Die Fotografin Oxana, deren ungewaschener schwarzer Pony ihr in die Augen hing und die mir zur Seite gestellt worden war (später sollte sie das Material über meinen Aufenthalt in der lokalen Wandzeitung aushängen), wollte mir das beste Restaurant der Nord-Akimuden zeigen. Das Meer in Miniaturformat umspült mit seinen kleinen Wellen den großen Staub der Steppe. Die Ufer der salzigen Erde sind mit schmalblättrigen, silbrigen Ölweiden bepflanzt. Doch die warmen Wellen des Meeres plätschern türkisfarben unter südlicher Sonne, und die Strände auf den Nord-Akimuden sind übersät von winzig kleinen, ganz hellen Muschelsplittern: Es knirscht so schön beim Laufen … Doch was, mit Verlaub gefragt, soll hier eigentlich so toll sein? Ein elendes Kaff! Es stimmt schon, in den Vorgärten wachsen Pflaumen, groß wie Veilchen nach einer Prügelei, verschiedenfarbige

Äpfel und Birnen, es duften Rosen, Gladiolen, Chrysanthemen, aber hier gibt es gar keine Villen, keine Klippen ... Es stimmt, auf den Nord-Akimuden gibt es keine Villen, und überhaupt glänzt die Stadt nicht durch Architektur; die Häuschen sind, um es geradeheraus zu sagen, Schrott, aber dafür werden auf dem Markt unglaublich leckere Kartoffeln verkauft. Wenn man die kocht und ein paar Kräuter drüberstreut – einfach köstlich! Oder nehmen wir die Süßkirschen von einer Farbe wie die dunklen Augen der örtlichen Schönheiten – ein Geschmack und eine Saftigkeit, unbeschreiblich! Nicht umsonst sagen die Händlerinnen auf dem Markt: Superauthentisch! Retro-Schick! Endgültig überzeugt war ich, als ich ein Wunderwerk der Technik auf der Straße erblickte: einen quietschgelben Saporoschez. Mein Gott, wie winzig der ist, der reinste Kinderwagen! Die Leute fotografierten sich gegenseitig, an den Saporoschez gelehnt, mit ihrem Handy – eine Dauerattraktion! Vor einem Ferrari hätte sich keiner so ablichten lassen. Übrigens, Ferraris sieht man auf den Nord-Akimuden nicht. Noch nicht.

Paradies mit Wobla

Jedes Paradies hat einen Abglanz von Ferienort an sich. Die Zeit ist stehengeblieben. Die Uhr zeigt den Morgen meiner Kindheit an: das Horn der Pioniere und Haferbrei Marke »Herkules«. Die Besonderheit der Nord-Akimuden besteht darin, dass sie kein bisschen prätentiös sind. Sie sind einfach nur da. Im Unterschied zum Fünfsterneparadies irdischer Hotels, aufgebaut auf Luxus, Prestige und Eitelkeit, ausgestattet mit außerirdischer Schönheit, sind die Nord-Akimuden – ein Schmutzfink, eine Wilde, ein süßes Aschenputtel im billigen Badeanzug, mit sich schälender Nase.

Hierher kommen denn auch, wie mir klarwurde, hauptsächlich wunderbare unscheinbare Leute, die sich durch nichts Besonderes im Leben auszeichnen, die irgendwie über die Runden kommen, unauffällige Leute sehr lokalen Kalibers. Sie kommen in altersschwachen Bussen, die schwarzen Qualm durch ihre Auspuffrohre ausstoßen, über eine schmale, holperige Straße hierhergerumpelt. Unterwegs fahren diese *Seligen*, die sich in ihrem unspektakulären Äußeren alle ähnlich sehen, an weißem Akaziengebüsch vorbei, der Fahrer hält an, und der ganze Bus stapft geschlossen zum Pinkeln hinein, wobei alle die Füße ganz hoch heben. Danach stehen sie an der Bustür, rauchen gierig inhalierend noch schnell eine Zigarette. An der Einfahrt zum Paradies werden sie von Holzgestellen mit dazwischengespannten Schnüren empfangen, die an große Musikinstrumente erinnern, ein ländlicher Verwandter der Harfe, der einem anstelle von Tönen Dörrfisch in verschiedensten Größen anbietet. Hauptsächlich handelt es sich um die Meergrundel, einen kleinen Fisch mit steiler Stirn. Die Paradiesbewohner bezeichnen alle zu Dörrfisch verarbeiteten Fische mit einem einzigen Wort – Wobla.

Die Holzgestelle mit dem in der Sonne baumelnden Imbiss zum kalten Bier sind die ersten Anzeichen des nahenden Paradieses. Trinken und heiter werden! Auf niedrigen Hockern, fast am Boden, sitzen die Fischverkäufer, von kleinen Jungs bis zu schwergewichtigen Weibern und alten Männern in weiten gestreiften Matrosenhemden. So niedrig sitzen sie offenbar aus Bescheidenheit; keiner würde seine Sitzgelegenheit gegen einen bequemen Korbsessel tauschen.

Dienstleistungen und Trägheit

Die Nord-Akimuden bestehen aus zwei Kategorien von Seligen: Die einen geben ungern Geld aus, die anderen verdienen gern welches. Das Paradies brodelt wie ein Kochtopf. Cafés, Imbissstuben, Restaurants sind geöffnet, Taxis und Fahrradrikschas kurven durchs Paradies. An den Straßenkreuzungen wird Obst und Gemüse verkauft. Am Ufer reiht sich eine Bude an die andere. Gehandelt wird hier mit allem. Mit Handtüchern und Wassermelonen. Man kann auf Kamelen reiten. Ein pensionierter irdischer Oberst hat einen mobilen Schießstand aufgemacht.

Am Straßenrand (»Danke für saubere Straßenränder!«, bedanken sich im Voraus große Tafeln bei den Seligen) tauchen kurz vor Einfahrt ins Paradies Makler für die ewige Immobilie auf: »Ewiges Leben am Meer!«, tönen die Aufschriften. Hotels gibt es im Paradies so gut wie keine. Am Straßenrand locken Frauen ihre potentiellen Untermieter an. In ihren einfachen Sarafanen schleppen sie ihre »Kunden« ab und zeigen ihnen schmale Betten.

Die Seligen quartieren sich in diesem »Privatsektor« ein, wohnen ihren Ansprüchen gemäß bescheiden und billig zu mehreren in einem Zimmer mit stillem Örtchen auf dem Hof. Ein blecherner Wasserspender ist an einen Baum genagelt. Der Selige hält sich Abenteuer vom Leib; er träumt davon, am Strand alle viere von sich zu strecken und Jahrhunderte in der Sonne zu braten. Der müde, heruntergekommene, dickbäuchige Körper mit seinen Speckfalten, voller Narben und Schrammen, Zellulitis und angeschwollenen Venen nimmt ein Sonnenbad: Bräune, so lautet das Ziel wie weiland bei uns in Russland der Kommunismus.

Auf den Nord-Akimuden wird dem trägen ewigen Leben gefrönt. Wer hier zur Arbeit verdonnert ist, arbeitet (der Kochtopf brodelt), aber für die Seligen ist es praktisch Ehrensache, in Schlappen träge daherzuschlurfen, einander träge ein paar Worte zuzurufen, träge die Preise für einen Borschtsch in den Imbissstuben am Strand zu vergleichen, träge die Kinder zu schimpfen, sich träge vor herrenlosen Hunden zu fürchten und träge ein Eis zu schlecken, um die Rettungsringe um den Bauch zu halten. Woher kommt diese Anhäufung von Trägheit? Ist die Trägheit aus der Erschöpfung nach wackerer Arbeit im Laufe des Lebens entstanden? Eher erklärt sie sich aus der Gleichgültigkeit des endlosen Existierens: Bloß keine Hektik aufkommen lassen. Der Selige wird seinen Blick auf dem paradiesischen Himmelszelt ruhen lassen und – für tausend Jahre erstarren …

Das Restaurant »Maxim«

Die Fotografin Oxana und ich saßen also in einem leeren Restaurant. Das Restaurant hieß schlicht »Maxim«. Irina brachte den dampfenden Borschtsch.

Ich fragte:

»Wissen Sie, wo es auf der Erde auch ein Restaurant namens ›Maxim‹ gibt?«

»In Melitopol vielleicht?«, nannte sie zweifelnd den Namen offenbar ihrer Heimatstadt.

Mit jeder Minute hatte ich die Nord-Akimuden noch lieber.

Irina ist blond. Hier haben die Frauen entweder Haare schwarz wie ein Rabenflügel, oder sie sind blond. Blondinen sind in der Überzahl, im Paradies wimmelt es nur so von Blondinen. Die Trinkgelder werden mit jedem Jahr spärlicher, die örtlichen Banditen, die Irina zwar in den Po gekniffen, aber stets großzügig bezahlt haben, sind verschwunden, das Spielkasino im Saal nebenan wurde geschlossen; Spielkasinos sind inzwischen im ganzen Paradies verboten! Manchmal, beklagt sich Irina bei mir, werde sie nachts von stiller Verzweiflung übermannt. Sie wohnt in einer Gartenlaube hinter dem »Maxim«: Da kann man sich nicht mal vernünftig waschen und herrichten! Irinas Bitterkeit kommt stärker zum Vorschein, je besser wir uns kennenlernen.

»Die Bräute von den Banditen verdienen in einer Nacht mehr als ich in einem halben Monat Plackerei im Restaurant! Aber im Paradies werden überhaupt keine Prostituierten gebraucht! Junge Mädchen haben wir genug hier! Wer eine haben will, der kriegt sie nachts am Strand für 'ne Flasche Bier …«

Nicht alles ist so bitter! Wir lernen auch andere Kellnerinnen kennen. Zum Beispiel Nastja und Katja, zwei hübsche Kellnerinnen aus dem Restaurant »Meeresbrise«. Ehemalige Studentinnen – beide Opfer ein und desselben Unglücksfalls. Nach ihrer Schicht gehen sie mit uns am nächtlichen Strand spazieren. Lachend ziehen sie sich aus, baden, planschen. Eine neue Generation.

Die »Erbsünde«

Der »Privatsektor« stellt jedoch bis heute nicht die wichtigste Bleibe der Seligen dar; in erster Linie kommen sie in »Heimen ewiger Erholung« unter. Oxana und ich zum Beispiel waren in einem Heim mit dem poetischen Namen »Erbsünde« einquartiert. Unsere »Erbsünde« hatte die übrigen in Sachen Komfort weit hinter sich gelassen: Während in den anderen Erholungsanlagen die Seligen hauptsächlich in Blechcontainern zusammengepfercht hausten, die sich in der Sonne buchstäblich rotglühend aufheizten, stellte man uns ein eigenes Holzhäuschen mit Klimaanlage und Badezimmer zur Verfügung. Die schlanke Hausherrin in Shorts und runder Sonnenbrille war außerdem froh über so einen teuren Gast wie mich und versprach, fürs kommende Jahr Blumenbeete anzulegen und Rosensträucher darauf zu pflanzen.

»Bleiben Sie bei uns!« Sie lächelte.

Frischer Fisch

Meiner Meinung nach brachte der alte Fischer Kolja den Sinn des ewigen Lebens auf den Nord-Akimuden von allen am besten auf den Punkt. Mit brennender Kippe zwischen den Fingern, im Begriff, noch vor Sonnenaufgang mit seiner Barkasse zum Fischen hinauszufahren, sagte er:

»Der ganze Fisch im Paradies ist illegal!«

Ein Traktor hatte mit einem Drahtseil seine tonnenschwere Barkasse, die halb auf dem Strand lag, an den Haken genommen, und ein Lkw drückte mit der Stoßstange gegen das Heck. Kolja kam nicht mehr dazu, sich zu verabschieden, und schipperte mit seinem Gehilfen und einer Ladung Eis den verbotenen Fischen entgegen. Und was ist mit der Fischereiaufsicht? Was soll schon sein. Wenn sie uns erwischen, winden wir uns da schon irgendwie raus. Das macht ja das Paradies aus, dass man sich mit jedem irgendwie auf menschliche Art einigen kann. Und wie dann diesen frischen Fisch verkaufen? Auf dem Markt fällt man doch auf. Aber es gibt besondere Stellen: Am Zaun vor dem Haus, wo der Kwas-Wagen steht, hängt ein Zettel mit der Aufschrift: »Frischer Fisch«. Wer Lust auf frischen Fisch hat, geht einfach durch den Vorgarten, und am Haus hocken der imposante Onkel Sascha und ein paar zerzauste Bengel.

»Was darf's denn sein? Fischchen?«

Der Kühlschrank ist bis oben hin voll mit dem frischen Fang.

Am Abend gehen wir auf die offene Terrasse des »Maxim«. Wir sitzen, trinken Bier, die Musik dröhnt fürchterlich. Eine junge Sängerin und ein junger Sänger tragen abwechselnd alle möglichen Schlager und Hits vor, mal auf Russisch, mal auf Englisch. Sich zu unterhalten ist unmöglich. Das ist eine Pest in praktisch allen Restaurants paradiesischer Gefilde. Irina gestand mir, dass die hiesigen Restaurantbesitzer absichtlich den Gästen die Möglichkeit rauben, miteinander zu sprechen: Selige, die sich miteinander unterhalten, essen weniger, und wenn sie tanzen, trinken sie mehr.

Der Strand wird den ganzen Tag lang von Händlern mit Eimern und Tabletts abgegrast.

»Salzstangen, süße Hörnchen, Baklava«, ruft eine Händlerin.

»Heiße Maiskolben!«, bietet eine andere in singendem Tonfall an.

»Kaltes Bier! Kaltes Bier!«, schreit ein Bürschchen.

Die Verkäufer wuseln zwischen den Leibern herum. Die Leiber erheben sich ein wenig, kaufen Bier.

»Garnelen! Gekochte Garnelen!«, kommt raschen Schritts ein Verkäufer angelaufen. Er stolpert fast über mich. Er hat was zu erzählen. »Ich bin Alexander Sergejewitsch! Wie Puschkin«, stellt er sich vor. »War Bergmann. Aus Donezk. Hab das ganze Leben auf'm Pütt malocht. Ich hab den Tod vor Ort gesehen. Es war schrecklich. Die Zeitungen haben nie ein Wort drüber geschrieben, nur bei ganz schweren Gasexplosionen. Aber sonst, da brauchte man nur mal bisschen unvorsichtig sein mit der Technik, und es hat einem die Beine oder die Arme weggerissen. Oder einen Mann in der Mitte durch. Hab ich alles gesehen.«

»Haben Sie denn anständig verdient?«

»Hab mich nicht beklagt.«

»Alles Gute!«

Markt. Hitze. Auf einem Tisch stehen in Reih und Glied Flaschen in Krugform mit schlankem Hals. Hinter dem Tisch sitzt ein älterer Verkäufer auf einem Schemel. Anstelle einer Schirmmütze oder eines Panamahuts trägt er – beinahe provozierend – auf dem Kopf als Schutz vor einem möglichen Hitzschlag ein Kohlblatt. Das sieht komisch aus, doch sein Gesicht ist bedeutsam und sympathisch. Probieren Sie mal! Wein aus eigener Herstellung. Halbsüß. Weiß und rot. Mit Weinbau habe er sich schon auf der Erde beschäftigt. In seinem Garten wächst Wein. Georgi Petrowitsch ist ebenfalls bereit – frei von der Leber weg –, seine Lebensgeschichte zu erzählen. Und nicht nur seine. Sein Vater war Vorsitzender einer Sowchose auf der Krim. In dieser Eigenschaft erlebte er den Beginn des Krieges. Die Deutschen kamen auf die Krim. Sie befahlen ihm weiterzuarbeiten. Doch zugleich war der Vater Partisanenführer im Untergrund. Sie haben viele Deutsche getötet!

»Ich habe als Kind mit eigenen Augen gesehen«, sagt Georgi Petrowitsch und kratzt nachdenklich an seinem Kohlblatt, »wie sich nachts bei uns zu Hause in einem Raum – der war durch einen Schrank abgeteilt – Leute versammelt haben. Wie dem auch sei, Vater ist am Leben geblieben. Aber als die Sowjetarmee kam, da ist er vom NKWD wegen Kollaboration mit den Besatzern verhaftet worden, und die hätten ihn auch erschossen, aber irgendjemand hat ihn wiedererkannt – er hat überlebt.«

Ich kaufe: eine Flasche roten Likörwein von der »Moldowa«-Traube für seine Geschichte, wie »die eigenen Leute« um ein Haar seinen Vater getötet hätten! Woher diese Leichtigkeit beim Erzählen von derart persönlichen Sachen? Der Mann mit dem Kohlblatt bietet mir einen Rabatt auf den Wein an. Ich lehne vorsichtig ab. Ich koste. Man kann ihn trinken.

Der Fakir

Gegen Abend – bei Sonnenuntergang – taucht ein Fakir am Strand auf. Magerer nackter Oberkörper, knielange Badehose. Er klappt einen Massagetisch auseinander und lässt eine einfältig aussehende Frau in Badebekleidung sich bäuchlings darauf legen. Er stürzt sich erst mit festem Griff auf ihren Rücken, und danach beginnt er mit der Dehnung der Beine, indem er ihren Fuß in Richtung Nacken drückt. Beunruhigt von den akrobatischen Drehungen ihres nicht sehr biegsamen Körpers, greift die Kundin panisch nach ihrem Slip, der verräterisch seitwärts verrutscht ist, doch alle ihre Bemühungen, ihn zurechtzuziehen, sind vergeblich, daher lässt sie allen Widerstand fahren und wird still, im Vertrauen auf den Fakir. Aber der Fakir bemerkt die peinliche Situation nicht einmal. Sein Blick, in die Ferne gerichtet, erlangt eine metaphysische Dimension. Das gesundheitsfördernde Verbiegen des mütterlichen Körpers durchbricht der zehnjährige Sohn:

»Was macht der Onkel denn da mit Mama?«, fragt er erstaunt seinen Vater.

Der angetrunkene Vater mit kurzgeschorenem Kopf und Stiernacken fängt an zu gackern, doch irgendwo unterschwellig scheint bei ihm das Gefühl aufzukommen, sein Recht auf Eigentum an der Ehefrau werde verletzt. Er schnaubt missbilligend. Seine Frau empfindet Enttäuschung und klettert, ebenfalls missbilligend schnaubend, vom Tisch herunter, wobei sie dem Fakir einen Geldschein in die Hand drückt.

Der Masseur ist der erste Mensch hier, der mir seinen Familiennamen nennt: »Ignat Kurojedow«. Offenbar ist für die anderen der Familienname ein allzu formelles Element ihrer Persönlichkeit, das zum ewigen Leben wenig passt. Sie beschränken sich auf Namen und Vatersnamen. Doch Kurojedow – das ist ein okkultistisches Markenzeichen, und während andere Strandgeschäftsleute ihre Lebensgeschichten erzählen, versucht er unverzüglich, wie es bei okkultistisch Erleuchteten öfter passiert, mich zu seinem Glauben zu bekehren, wobei er Begriffe wie Chakra, das Wesentliche, böse Geister, Schutzengel einfließen lässt. Überwältigt von mystischer Intuition, beginnt er aus eigener Initiative meinen Hals zu kneten und verkündet, irgendjemand stehle mir permanent Energie und er müsse bei mir den Kanal dieses schamlosen Diebstahls verschließen. Zu diesem Zweck erwarte er mich morgen früh. Ich ziehe Zigaretten aus meiner Jackentasche. Und da fällt bei mir der Groschen – das ist ja *der* Kurojedow!

»Und bei Ihnen? Was macht der Krieg?«, fragt er verlegen.

»Warum sind Sie denn hier? Im Auftrag?«, frage ich meinerseits flüsternd.

»Anordnung von Klara Karlowna.« Er breitet resigniert die Arme aus.

»Auf welche Weise?«

»Ich habe mich vergiftet.«

»Wie denn das?«

»Nein, nein, nicht mit *Polonium*, mit Giftpilzen!« Er sah mir aufmerksam in die Augen. »Und wie geht es Fink?«

»Wir werden heiraten.«

Kurojedow wiegte den Kopf.

»Ich habe gehört, Sie lieben Pferde.«

»Stimmt«, nickte Kurojedow. »Wir haben hier eins, so einen golden schimmernden Fuchs, eine reinrassige Stute mit trockenem Maul voller gesunder Zähne, schwarzen, hervorstehenden Augen, Beinen wie ein Hirsch, etwas hager, aber schön und feurig …«

»Und?«

»Ich liebe es aus der Ferne.«

»Warten Sie«, überlegte ich, »irgendwo ist mir so eine Stute begegnet. Vielleicht bei Turgenjew?«

»Möglich«, sagte Kurojedow.

»Aber wo? Im ›Adelsnest‹?«

»Keine Ahnung. Aber ich habe gehört, dass literarische Pferde manchmal zu uns verlegt werden.«

»Sind Sie schon darauf geritten?«

»Warteliste. In ein paar hundert Jahren bin ich dran.«

Kurojedows Sohn – ein schöner, seltsamer junger Mann mit einem romantischen Umhang – gibt uns bei einbrechender Dunkelheit Feuer. Kurojedow reißt überraschend weit den Mund auf, streckt die Zunge heraus und löscht daran die brennende Kippe. Das sieht beeindruckend aus. Doch der Effekt wird durch den Auftritt einer Frau etwas verdorben, die den Zigarettenauslöscher anbellt, weil er sich mit seinem Massagetisch auf dem von ihr gemieteten Stück Strand breitgemacht hat.

»Du Scheißkerl du, schäm dich was! Kannst wohl Mein und Dein nicht unterscheiden, du Drecksack!«

Kurojedow ist peinlich berührt von diesem Skandal. Er ver-

spricht, entweder nicht mehr hierherzukommen oder aber seine
Einkünfte zu teilen. Die Frau bellt noch ein wenig herum und zieht
ab. Hier verstehen die Leute *auch* zu fluchen und dabei derbe Wörter zu benutzen.

Die Landzunge

Aber wenn Sie meinen, das Paradies beschränke sich auf das Restaurant »Maxim« und den Strand, an dessen einem Ende ein tsche-
chischer Rummelplatz und am anderen ein paar Nachtklubs zu
finden sind, dann liegen Sie falsch. Die Nord-Akimuden eröffnen
sich mir unerwartet als Vorhof zu einem Naturschutzgebiet. Man
braucht nur ein paar Kilometer zu fahren und es beginnt eine Land-
zunge, die der berühmten Kurischen Nehrung an der Ostsee ähnelt. Nach dem überlaufenen Strand ist es hier überraschend leer.
Sanddünen, Gebüsch, kaum Autos. Am Schlagbaum vor der Land-
zunge steht ein Wächter, aber der winkt mich durch. Auf einer vi-
brierenden unbefestigten Landstraße fährt man über die Landzun-
ge, links das Meer, rechts der Liman, Reiher im Schilf. Der Liman
hat flaches Wasser, aber das Meer hier – schaut nur! –, da kann
man gleich schwimmen. Es hieß, hier seien Nudisten, aber es gibt
keine. Händler ebenfalls nicht. Oxana und ich fuhren dann immer
wieder zum Baden hierher. Hier kommen einem klare Gedanken
in den Kopf ... Ein Stückchen weiter, jenseits des Stacheldrahts,
findet man ein Naturparadies für die Tierwelt der Steppe, wilde
Ziegen und Rehe, Hasen natürlich, und noch etwas weiter steht
die geheime, streng bewachte Villa von Akimud persönlich (aber
er kommt selten hierher).

Ein Fest der Pädophilie

Die Auswahl der Paradiesanwärter nach Alter findet auf den Akimuden ohne Beteiligung des Anwärters selbst statt. Damit es nicht zu einer Dominanz alter Männer und Frauen kommt, orientiert man sich gewöhnlich am Höhepunkt des besten Alters anhand von Fotos und dem eigenen Befinden, aber es kommen auch eine Menge Ausnahmen vor. Die Alten werden ebenfalls gebraucht – der Ausgewogenheit wegen. Und außerdem gibt es viele Junge, die das beste Alter noch gar nicht erreicht haben.

Auf den Nord-Akimuden begegnen einem Mädels, die schön sind und – arm. Die aber davon träumen, ewig schön zu leben. Zudem ohne Hemmungen. Schaut man sich das Paradies an, dann erscheint das möglich. Dort blüht das Nachtleben. Dort gibt es Festivals. Dort finden Body-Art-Wettbewerbe statt. Auf den Nord-Akimuden steckt das alles noch in den Kinderschuhen. Um nicht zu sagen, im Stadium der Unschuld.

In der Tat! Ein unschuldiger Ort! Nach Sonnenuntergang liefen Oxana und ich am Strand entlang. Plötzlich trafen wir in einem heruntergekommenen Lokal auf eine merkwürdige Tanzveranstaltung. Minderjährige *Akimudierinnen* – hierhergeschickt in ein ewiges Jugendferiencamp – außer Rand und Band, leicht bekleidet, tanzten so leidenschaftlich, dass sie sogar eine ganze Weile ohne Hilfe von Flügeln in der Luft schwebten. Irgendwelche erwachsenen Gäste des Lokals erhaschten sie hin und wieder an den Füßen und tanzten mit diesen rosawangigen Akimudierinnen, die wiederum ihrerseits sehr bemüht waren, mit den nicht mehr ganz nüchternen Männern eine gute Figur abzugeben. Im Unterschied zu irdischen Lolitas, die zu reifen Jahren verdammt sind, verlieren die Akimudierinnen tausendmal ihre Jungfräulichkeit und stellen sie auf natürliche Weise wieder her, wie Laubbäume im Frühling ihre Blätter. Die hiesigen Humbert Humberts begriffen allerdings aufgrund ihrer paradiesischen Schlaffheit wohl kaum, was sie taten, und auch die Akimudierinnen selbst hatten vermutlich keinerlei lolitahafte Neigungen. Doch alles zusammen wirkte wie mitreißende Pädophilie, die auf der sündigen Erde zu Recht verurteilt wird.

Auch in den folgenden Lokalen beobachteten wir die Tänzerinnen, sehr viel ältere Mädchen um die zwanzig, zweiundzwanzig, und ich muss gestehen, dass ihrem Tanz jene unverfälschte, unschuldig lasterhafte, bezaubernde Leidenschaft fehlte. Jene Dreizehnjährigen tanzten in ewigem Vorgeschmack, sie gaben sich dem Tanz hin wie der Liebe. Diese Älteren hier hatten ein völlig anderes Verhältnis zum Tanzen: Auf ihnen lastete die bleierne Schwere der sich eröffnenden Perspektiven, gesichert durch die Intimität mit ihren Tanzpartnern.

Striptease oder Beichte

Was ist das also für ein Volksstriptease auf den Nord-Akimuden? In den Nachtklubs »Texas« und »Eldorado« wurde er uns als Highlight des Abends angekündigt. Voraussichtlich würden die Jugendlichen ausflippen, sich die Kleider vom Leib reißen, und die Ekstase würde zu verblüffenden Resultaten führen.

Um das Publikum anzuheizen, schickte man eine professionelle Stripperin auf die Bühne. Sie betrat den Saal mit einer überdrehten Exaltiertheit, als handle es sich nicht um einen Striptease, sondern um eine Selbstverbrennung. Den schönen Busen entblößt, tanzte sie ordentlich und beherrschte die Stange, doch sie steckte niemanden mit ihrem Tanz an. Die Jugendlichen vollführten weiter ihre nichtssagenden Beinbewegungen. Ein Volksstriptease fand während der ganzen Zeit meines Aufenthaltes auf den Nord-Akimuden nicht statt.

Später, als ich über die Reise nachdachte, spürte ich plötzlich, dass ein Striptease eben doch stattgefunden hatte. Ein Volksstriptease. Er hatte in den Erzählungen all jener Leute stattgefunden, die auf die Nord-Akimuden gekommen waren, um für immer zu bleiben und ihr Leben noch einmal in Gedanken Revue passieren zu lassen. Das war kein physischer, sondern ein verbaler Striptease, bei dem man von einem anderen Menschen in dessen Leben hineingezogen wurde und verblüfft war über die Intimität des eigenen Eindringens in eine fremde Existenz. Die Beichte als Striptease – der Striptease als Beichte.

Nacht. Ein Himmel voller Sterne. Die Milchstraße hängt buchstäblich über dem Nachtklub »Texas«. Im Naturschutzgebiet schlafen die wilden Ziegen und Rehe. In der prachtvollen Villa schläft Akimud nicht – einfach weil er nicht dort ist, dafür brennt Licht bei den Wächtern. Barkassen fahren vor Sonnenaufgang hinaus aufs Meer. Zum Fangen verbotener Fische.

Ein echter Ritter!

Bei den Wahlen gewann die niederträchtigste Partei – die *Brüder und Schwestern*! Natürlich behaupteten viele, die Partei der *Vernichter* sei schlimmer, aber die Partei der *Vernichter* war von Anfang an eine virtuelle Partei mit unerfüllbarem Auftrag gewesen; man hatte sie zu den Wahlen lediglich als Ballast zugelassen.

Andererseits ist Russland nicht dafür bekannt, dass es maßvolle Entscheidungen liebt. Die Partei der *Bewahrung* konnte per definitionem nicht gewinnen, welchen vernünftigen gemäßigten Standpunkt auch immer sie vertreten mochte. Wir sind natürlich gottergebene Leute, aber auf gemäßigte Standpunkte sehen wir als Narren in Christo von oben herab … Die Lebenden und die Toten verbrüderten sich. Ihre Vereinigung fand feierlich im großen Kremlpalast statt. Eigentlich hätte ich als Vermittler Akimuds für die Verbindungen zwischen beiden Gemeinden mich beruhigen müssen. Aber ich befand mich im Schockzustand. Der einheitliche nationale Geist erwies sich als höher und stärker als der Tod!

»Na, wie war's auf den Nord-Akimuden?«, fragte Akimud nach einem vielstündigen Konzert, während er von der letzten Etage eines Bauwerks aus der Chruschtschow-Ära das nächtliche Moskau betrachtete.

»Nika«, sagte ich, »ist das alles ernst gemeint?«

»Wie jetzt, ernst gemeint?«

»Ist das kein Scherz?«

»Was heißt Scherz?«

»Da gibt es köstliche Pflaumen …«

»Ich wusste, es würde dir gefallen.«

»Nika, wie kann einem so etwas gefallen?«

»Hör auf! Du bist ein Intellektueller! Du verstehst überhaupt nichts. Alles, was du sagst, muss man rückwärts lesen. Alles, was du genießt, ist scheiße. Alles, was du nicht magst, ist Nektar für die Menschen. Mit Ausnahme vielleicht der Pflaumen … Hast du etwa nicht verstanden, dass du ein *Wendehals* bist? Genau für diese Eigenschaft mag ich dich.« Er schwieg eine Weile. »Noch.«

Ich fühlte, wie mir der Schweiß den Rücken hinunterlief.

»Ach, so ist das …«

»Hast du wenigstens Wobla mit Bier probiert?«

»Nein …«

»Aber er ist wirklich ein toller Hecht«, Akimud wechselte das Thema. »Sich unter Hausarrest umzubringen. Er hat sich erhängt.« Akimud zwinkerte. »Wie Judas! Aber«, er fuchtelte mit den Händen, »das ist nicht der Punkt!« (Ich wusste, dass er den Chef nicht mehr leiden konnte, seit der ihn auf dem Roten Platz hatte kreuzigen lassen.) »Er ist auf natürliche Weise auf die Seite der Toten übergewechselt. Und er wird bei uns wieder der Chef sein. Ein echter Ritter!«

Familie

Auf der Woge meiner idyllischen Beziehung zu Akimud fasste ich einen Entschluss. Die ganze große Familie quartierte sich in meinem Holzhaus ein. Das Haus war groß. Der Platz reichte für alle. Mama wollte nicht umziehen – aber es gab keinen anderen Ausweg.

»Wenn du möchtest«, rief mich freundschaftlich Akimud an, »kann dein Vater uns besuchen. Zu Besuch kommen ...«

»Wie geht es ihm da?«

»Er hat sich ganz gut eingerichtet ... Er wohnt sozusagen im weißgoldenen Palast. So in der Art wie der Facettenpalast ...«

Er verstummte.

»Ist was nicht in Ordnung?«, fragte ich.

»Doch, doch. Warum habt ihr ihn eigentlich verbrannt?«

»Mama wollte das.«

»Warum?«

»Sie wollte nicht, dass der Körper verwest ...«

»Ästhetik hat hier nichts verloren«, sagte Akimud und legte auf.

Am Sonntag versammelten sich Erwachsene und Kinder im großen gelben Salon. Unsere Versammlung erinnerte an absurdes Theater. Alle redeten viel, niemand hörte zu. Die Dienstboten konnten Mutter auf keine Weise zufriedenstellen. Mal verlangte die »alte gnädige Frau«, wie sie sie untereinander nannten, dass man ihr roten Kaviar brachte, mal lehnte sie ihn angewidert ab, als handle es sich um ein Gott weiß wo gestohlenes Lebensmittel. Sie tadelte uns für unser mangelndes Interesse an den Sendungen auf dem Fernsehkanal »Kulturelles Leben«, den die Toten betrieben, als lebende Menschen geschminkt. Sie glaubte nicht an die Besatzung durch die Toten. Mutter fand, das könne nicht sein. Wir versuchten erst gar nicht, sie eines Besseren zu belehren. Dafür hatte sie ein ausgezeichnetes Gedächtnis für Telefonnummern, literarische Sujets und Farben von Kleidern, die ihre Freundinnen vor fünfzig Jahren getragen hatten.

»Was ist das für eine Erscheinung?«, fragte sie mich zornig, als meine Gehilfin Stella zu ihr kam, um sie zu begrüßen.

Die Kinder spielten mit fröhlichem Geschrei Fangen.

»Wessen Kinder sind das?«, ertönte plötzlich eine bekannte Stimme.

Alle drehten sich um. Diese Frage hatte Vater schon in seinem letzten Lebensjahr nicht nur einmal gestellt. Er erkannte seine Enkel und Enkelinnen nicht. Ihre Namen hatte er kein einziges Mal laut ausgesprochen.

Mama erhob sich rasch und beeilte sich, mit Hilfe ihrer zwei Krücken das Zimmer zu verlassen.

Ein Automobil für Nabokov

Das Unglück unserer Demokraten besteht darin, dass sie aufrichtig an die Volksmassen glauben. Das Unglück unserer Obskuranten besteht im Gegenteil: Sie verwandeln die Volksmassen in eine Masse von Kot. Der *Totenkrieg* hat mich vieles gelehrt. Aber ungeachtet dessen, dass im Land der siegreichen Toten alles zum Teufel gegangen ist, habe ich noch versucht, nicht den Kopf hängen zu lassen und meinen Humor zu bewahren. Wieder einmal, wie schon in meiner Jugend, zieht mich plötzlich Nabokov an. Auf der allgemeinen Versammlung der literarischen Genies hatte er mir nicht gefallen. Arroganter Größenwahn! Den hatte ich schon früher empfunden, in seinen Büchern, zum Beispiel in dem seinerzeit von mir hochgelobten Roman »Einladung zur Enthauptung«, einem doch recht papierenen Werk. Doch nicht umsonst hatte ich die Nabokovisierung des ganzen Landes initiiert. Ich schätzte an Nabokov seine ästhetische Stellung *au-dessus de la mêlée*. Der Hass auf die Bolschewiki verwandelte sich bei ihm in Liebe zu Schmetterlingen.

»Bring mich mit Nabokov zusammen!«

»Brauchst du das denn?«, fragte Akimud.

»Ich möchte auch Falter fangen.«

»Wohl eher *Frauen fressen*«, kalauerte Akimud à la Nabokov.

»Jetzt hör mir mal zu!«

Als Folge unserer tragischen Geschichte sind wir dermaßen in der Ästhetik des Hässlichen verwurzelt, dass jeder von uns aussieht wie ein mit giftigen Gasen vollgepumpter Luftballon. Der Wind bringt unsere Luftballons ins Schaukeln. Wenn sie sich berühren, reiben sie sich mit dem quietschenden Geräusch aneinander, das wir seit der Wiege kennen. Es ist uns nicht gegeben, die Uneindeutigkeit der Erscheinungen zu sehen: Wir sind geschaffen, entweder zu verfluchen oder zu loben. Aber auch diese Aufgabe erfüllen wir mittelprächtig; Ausbrüche von Hass und Liebe wechseln ab mit lebenslanger Gleichgültigkeit, die Kröte des Überlebenmüssens würgt uns, wir sterben vor dem Tod. Wenn uns Gegenstände der Kultur in die Hände fallen, die aus anderen Gefühlen gewebt sind, aus scharfen Offenbarungen, dann sehen wir komisch und blöd aus – uns fehlen sowohl die Worte als auch die Vorstellungskraft, um sie uneigennützig zu benennen. Wir sind bemüht, sie uns entweder durch ungeduldige Domestizierung anzueignen oder uns neidvoll und befremdet zurückzuziehen. Die Entsprechungen der Welt sind für uns unwichtig.

Aus Mitleid mit den Fußgängern lese ich nicht am Steuer, doch nun las ich mich unwillkürlich fest. Die Bullen verfolgten mich, und das offenbar lange, erst bei Nowaja Riga hielten sie mich an. Sie näherten sich mir höflich, allerdings mit einer »Kalasch« im Anschlag. Sie stellten einen Haufen Fragen. Was das für ein Auto sei. Und was für ein Buch.

Das Auto, sage ich, heißt *GT*, das habe ich zum Ausprobieren von Christian Kremer bekommen – der hat sein Büro in Chimki –, ich will es gar nicht mehr hergeben, man bekniet mich schon, es wieder abzugeben, aber ich zögere es hinaus: Ich hab mich verguckt! Das Buch, antworte ich, ist von Nabokov. Ein neues. Nun ja, er ist zwar schon tot, aber das Buch ist neu, ein unvollendetes – und nun lese ich es und freue mich für ihn. Wieso mir das Auto gefällt? Aus demselben Grund wie das Buch – wegen seiner Freiheit, sage ich, man braucht keinen Schlüssel. Man drückt einen Knopf und fährt los – es ist, als ob man sich in einem Schaumbad rekeln würde. Die Welt scheint eine ganz andere zu sein, das ist keine verdreckte russische Straße, das ist ein ganz anderes Sujet. Ein Buch – ein Automobil – ein Meisterwerk! Das lässt die misstrauischen Bullen stutzig werden. Aber mich freut es, dass Nabokov sich selbst treu bleibt und keine ausgetretenen Pfade sucht, dass er gegen sich selbst spielt und gewinnt. Ich habe nichts anderes von ihm erwartet, und er hat es getan. Die Geschichte ist frivol, die Ehefrau lasterhaft, aber die Schönheit ihrer *Lenden* (ein Nabokov'sches Wörtchen!), ihres Gangs, der *Knospe ihres Charakters* gleicht die Lasterhaftigkeit mit dem Gefühl für das Wort aus. Nabokov hat seinen GT nicht zu Ende gebracht – er ist gestorben. Die Kultur dreht sich wie ein Rad, Unten und Oben haben sich auf gefährliche Weise vereinigt: Man sieht keinen Unterschied zwischen dem Panoramablick aus einem GT mit seinem dreidimensionalen Navigator (man fährt und liest dabei Nabokov ohne Risiko für die Umgebung) und literarischen Kompositionen. Ob es einem gefällt oder nicht, so ist die Zeit, und die Hauptsache ist – keine Angst zu haben.

Doch den Bullen sagte ich am Schluss zur Warnung: Seien Sie auf der Hut. Essen Sie nicht zu viel. Schauen Sie, was Nabokov geschrieben hat: »Ich hasse meine Wampe, diese mit Gedärm vollgestopfte Truhe, die ich gezwungen bin, zusammen mit all ihren Begleitern überallhin mitzuschleppen: schwerverdauliche Speisen, Sodbrennen, bleischwere Ablagerungen von Verstopfungen und dann noch Bauchgrimmen und die erste Portion einer heißen Scheußlichkeit, die auf einer öffentlichen Toilette drei Minuten vor einer Verabredung aus mir herausbricht.«

Die Bullen im Chor: Stark!

Nabokov würde heute noch in Zimmer vierundsechzig seines Hotels in Montreux wohnen, wäre nicht seine Leidenschaft für Schmetterlinge gewesen. Denn in Davos – kennen Sie Davos? – rannte er nicht den Perspektiven der Weltwirtschaft hinterher, sondern wie stets vor allen davon: Vor den dicken reifen Frauen zu Lolita, vor den Menschen zu den Schmetterlingen. Und – stürzte ab, flog kopfüber einen Berg hinunter, blieb in komischer Körperhaltung mit Schmetterlingsnetz in der Hand im Gebüsch hängen.

Ich höre: Er ruft um Hilfe.

Ich sehe: Touristen, die langsam in der Seilbahngondel über ihn hinwegschweben, denken, das sei ein Clown. Und – lachen. Unter den Touristen – Marx, Lenin, Freud – seine Erzfeinde.

Macht euch nicht zum Affen, ihr Bullen! Verschluckt euch nicht am Geld! Fangt Schmetterlinge und seid nicht eifersüchtig auf eure lasterhaften Frauen – das bringt nichts. Und was den GT betrifft, so ... Ich drehte mich um und zuckte zusammen: Er hockt zusammengekauert auf dem Rücksitz ... mit Schmetterlingsnetz ... in weißen, vom Alpengras befleckten Shorts ... hm, stimmt, das ist in der Tat das richtige Automobil für Nabokov:

»*Welcome home*, Vladimir Vladimirovich!«

Und für die Zukunft – ein Volksautomobil, und unser rechtgläubiges Volk wird damit, bis an die Nase im Badeschaum, im Paradies herumkurven.

Verlassen der Heimaterde verboten

Stella sagte mir im Vertrauen, retten könne mich nur der Iran. Stella sagte, ich müsse unbedingt in den Iran reisen. Die beiden Gehilfen, die Doppelgänger Platon der Lebende und Tichon der Tote (oder umgekehrt?), kletterten lachend durchs Fenster in mein Arbeitszimmer, hockten sich auf die Fensterbank, in Pionierhalstüchern und kurzen Latzhosen, bliesen Blechtrompeten und deuteten an, dass von meinem Gutachten nicht nur mein eigenes, sondern auch ihr Schicksal abhänge:

»Fahren Sie, die Luftveränderung wird Ihnen gut tun …«, suggerierte Platon. »Umso mehr, als dort Ihr Buch erschienen ist!«

»Auf Farsi!«, bemerkte Tichon.

»Sie bekommen eine Einladung von iranischer Seite! Fahren Sie …«

»Denn es wird ja niemand rausgelassen, und zu Ihnen hat man so großes Vertrauen … Der Günstling der Nummer Eins!«, zwinkerte Tichon. »Ha-ha-ha!«

Offenbar wollte Akimud, dass ich als Beispiel Teheran auswählte. Ich willigte ein zu reisen …

Die Zukunft in der Vergangenheit

Die Perser sind schön. Wunderschön! Der Iran ist kein Land, sondern ein Laufsteg, über den Menschen mit schwarzen Augenbrauen defilieren, Kinder, Frauen, alte Menschen. An einem sonnigen Tag in Teheran kann man ihren stolzen Gang bewundern. Da gehen lebendige Studentinnen und tote Jungen, Märtyrer des iranisch-irakischen Krieges, deren Fotos an den bunten Laternenmasten der Hauptstraßen kleben.

Während man in den USA nolens volens am großen amerikanischen Film des Lebens teilnimmt und in Manhattan bei jedem Schritt vor die Tür in eine Massenszene hineingerät, findet man sich im Iran mit den Persern zusammen auf dem Laufsteg wieder. Man geht, sich mit der Hand vor der Sonne schützend. Verbote fördern Erfindungsreichtum. Alles, was man nicht zeigen darf, steigt im Preis. In jedem Perser steckt ein Stückchen Kyros und Dareios, die Erinnerung an das Imperium sitzt in den Genen.

Und doch, das romantische Profil Alexanders des Großen mit

welligem Haar, der aussieht wie ein Diskuswerfer oder ein junger Mann von heute, der geradewegs aus dem Fitnessclub kommt, ist *uns* – nicht nur in Europa, sondern auch in Russland – von vornherein lieber. Schon in der Schule hat man uns im Geschichtsunterricht beigebracht, dass wir in einer bipolaren Welt leben und zu Alexander dem Großen und seiner altgriechischen Fußballmannschaft halten sollen, die das persische Reich des Bösen zerschlagen haben. Wir, die Moskauer Zöglinge Stalins, johlten und trampelten auf den Tribünen im Namen des historischen Liberalismus. Was machte die Griechen besser als die Perser, was brachte uns dazu, ihre treu ergebenen Fans zu sein? Wir haben einfach überhaupt nicht begriffen, wer uns diesen naiven Eurozentrismus eingeimpft hat. Die vorrevolutionären Altphilologen lassen grüßen …? Findest du dich aber jäh im Süden des Iran wieder, am Schauplatz einer lange zurückliegenden Katastrophe – in den Ruinen von Persepolis, der Zitadelle der Könige, beim Untergang einer dunstig weißen Sonne (so weiß wie das Gesicht eines schlagartig erbleichten Menschen), überwältigt von einer Ruinen-Kolonnade, bei deren Anblick du gleichsam eine Artillerie-Kanonade zu Ehren der mächtigen Zivilisation hörst, dann fragst du dich unwillkürlich:

»Alexander, wozu nur musstest du das hier vernichten? Was hat dich geritten? Rache für die niedergebrannte Akropolis?«

Unsere Führungsspitze regiert nach ihren *eigenen* Interessen, flüstern mir anonyme liberale Teheraner ins Ohr, aber es gibt auch ein *mystisches* Element. Sie halten sich für die Vollstrecker des Willens des zwölften und letzten Imams, Nachfolger des Propheten, der unsichtbar geworden ist. Verantwortung lehnen sie ab – sie sind ja lediglich Vollstrecker. Daher ihre Irrationalität. Ihre Handlungen sind unmöglich vorherzusagen. Was der letzte Imam von der modernen Welt versteht, ist schwer zu sagen.

Die Anhänger der islamischen Theokratie wollen die Zukunft des Iran in seiner vergangenen imperialen Größe und in muslimischen Dogmen finden. Die andere Hälfte des Landes, einschließlich meiner iranischen Dissidentenfreunde, will die Zukunft mit einer *anderen* Vergangenheit verbinden: Sie besingt die Freiheit und den Hedonismus des poetischen mittelalterlichen Erbes von Hafiz und Saadi (diese mittelalterlichen Dichter sind die Idole aller *Klardenkenden*, wie im Iran die Intelligenzija heißt).

In den Iran tritt man ein wie ins Jenseits, in tiefen Schlaf, in ein Computerspiel mit obskuren Regeln. Vor der Landung in Teheran verwandelt sich das Flugzeug. Trotz des Ausreiseverbots, das von der Akimudenregierung erlassen wurde, fliegen vereinzelte *Lebende* (Fachleute, Funktionäre) von uns mit (so was Ähnliches gab es in der Sowjetunion). Das Abendessen mit Wein und lebhaften Unterhaltungen macht leichter Panik Platz. Die Frauen rennen auf die Toilette, um ihre Haare unter Kopftüchern zu verbergen, als handle es sich um Schmuggelware. Nackte Beine verschwinden zusammen mit dem Lippenstift. Aus der Toilettenkabine kommen andere Menschen heraus – mit verkniffener Miene. Die Männer setzen ein konzentriertes Gesicht auf. Schluss mit lustig. Das Jüngste Gericht scheint kurz bevorzustehen. Hier stellt sich heraus, dass Fink darauf nicht vorbereitet ist.

Sie mit ihren blonden Locken einer Botticelli-Nymphe hat ihren Hidschab in den Koffer gepackt, das junge dumme Huhn. In Moskau ist sie in einen muslimischen Laden gerannt und als arabische Sklavin nach Hause zurückgekommen, aber hier bleibt sie barhäuptig. Bereits beim Aussteigen aus dem Flugzeug wird sie von den russischen Stewardessen vollkommen entgeistert angestarrt. Vor der Zollkontrolle in der Flughafenhalle drehen sich alle nach ihr um. Die Anspannung steigt. Wir stellen eine offensichtliche Provokation dar. Wir sind nackt! Ja! Aber wir sind nicht gegen die iranischen Gesetze! Wenn wir es bloß bis zum Koffer schaffen! Doch zuvor müssen wir durch die Passkontrolle. Wir warten in einer langen Schlange. Ich schaue nach vorn. O Schreck! In den Büdchen sitzen keine Zollbeamten in Uniform. Die Passkontrolle wird von Frauen in schwarzen Gewändern durchgeführt. Sie sind von Kopf bis Fuß schwarz. Solchen begegnet man bei uns nur auf dem Friedhof. Alte Friedhofsweiber. Sie schleppen sich durch die Alleen, man weiß nicht, ob sie tot oder lebendig sind. Und hier schnüffeln sie in Reisepässen herum. Sie werden uns nicht durchlassen! Wie Katjas Scham bedecken? Ein mittelgroßer Iraner in weißem, zerknittertem Hemd und zu kleinem Anzug nähert sich uns. Sein Äußeres ist unauffällig wie bei einem Spion. Offenbar ist das zu kleine Jackett hier der Chef. Professionell begegnet er meinem Blick. In seinen Augen sehe ich kühle Höflichkeit und aufkeimenden Hass wegen meines Ungehorsams. Er macht eine Schauspielergeste: Mit beiden Händen, ohne ein Wort zu sagen, scheint er sich etwas über den Kopf zu werfen und sieht mich abwartend an. Gespielt gutmütig antworte ich:

»*In the luggage!*«

Das scheint ihn zufriedenzustellen. Man gewährt uns einen Aufschub. Der Zusammenprall der Kulturen fällt aus. Die Abschiebung findet nicht statt. Er nickt und begibt sich zu dem Büdchen. An die Frau in Schwarz gewandt, flüstert er ein paar Worte. Die schielt zu uns herüber. Als wir an der Reihe sind, kann sie ihren stillen Zorn nicht verbergen. Alles geschieht schweigend. Wir bekommen die Stempel in unsere Pässe. Wir eilen zu unserem rettenden Gepäck.

Im Iran ist es Nacht. Zunächst erlebst du das Gefühl äußerster Einsamkeit, du bewegst dich in einer geistigen Enge, alles erscheint dir fremd und bedrohlich. Es ist dir nicht so sehr angst und bange als vielmehr unheimlich, du siehst niemanden, der dir ähnlich wäre, alle verständlichen Orientierungspunkte sind ausgelöscht. Allmählich strecken sich irgendwelche Hände nach dir aus, um dich herum bilden sich Schatten, sie mustern dich ängstlich und neugierig. Die Neugierde wächst. Und du wächst in deinen eigenen Augen. Du beginnst dich wie André Malraux oder Bernhard Shaw zu fühlen, die in den 30er Jahren die Sowjetunion besuchten … Plötzlich – grelles Licht: Du siehst dich selbst auf der

Sonnenseite einer lauten Teheraner Straße gehen. Du atmest die dünne Luft der Hochebene, du fühlst um dich herum lebendige, gesunde Menschen, Sport ist beliebt hier, Basketball, Fußball, es drehen sich die Reifen von Fahrrädern und Mopeds mit aufmontiertem Sonnendach über dem Kopf des Fahrers, Samoware werden durch die Stadt transportiert, als hätte man sie aus russischen Volksmärchen stibitzt. Autos rasen vorüber wie eine Herde aufgezogener Hammel, ohne irgendwelche Regeln zu beachten, die Verkehrspolizisten haben anderes zu tun. Sie sind Selbstdarsteller mit Sonnenbrille, die auf Hollywoodschauspieler machen. Bei all dem lässt dich das Gefühl nicht los, betrogen zu werden. Überall gucken einen Doppelporträts an, die nach dem Gesetz der Diktatur Leben und Tod fest in einer Hand halten. Aber während Stalin, ein politischer Reim auf Lenin, früher bei uns über Leben und Tod herrschte, wollen die Apostel des Iran auch über das Leben nach dem Tod herrschen. Die Hälfte des Landes betrügt sich selbst, ob freiwillig oder unfreiwillig, die andere Hälfte fühlt sich betrogen. Was also soll man tun mit seinen Eindrücken? Mit Shaw während des Holodomor die Sowjetunion lobpreisen? Oder sich in André Gide verwandeln, der seine sowjetischen Gesprächspartner beunruhigt nach den Rechten der Homosexuellen in der UdSSR befragte und dann, zurück in Paris, ein hasserfülltes Buch schrieb?

Bevor du dich auf die Reise in den Iran machen kannst, wirst du an der Hand festgehalten, deine am Leben gebliebenen Freunde schreien auf:

»Was tust du! Halt ein! Fahr nicht dorthin! Sie werden sich eine Provokation ausdenken! Das sind doch Bolschewiken! Sie werfen dich ins Gefängnis! Werden dich foltern! Amerikanische Bomben werden auf dich herabfallen. Morgen beginnt dort der Krieg!«

Du wirst gewarnt:

»Tu's nicht! Sie stecken den Häftlingen Flaschen in den After!«

»Bei uns machen sie das nicht?«

»Du förderst die Tyrannei!«

Du bekommst einen mächtigen verbalen Tiefschlag verpasst. Einer sagt dir mit Sicherheit: Nach Teheran zu fliegen, ist unmoralisch! Das ist nicht *comme il faut*!

Aber wenn für einen Schriftsteller das Leben eine Menagerie ist, warum dann immer nur dahin gehen, wo es Kaninchen gibt?

Du gerätst in eine Dimension des Lebens, die durch Angst und Gehässigkeit entstellt ist. Du fliegst mit verzerrtem Gesicht nach Teheran. Die Flasche schon im Arsch. Du hört bereits das Dröhnen der israelischen Bomber über dir. Du fällst auf den dürren Boden einer Halbwüste. Auf den Lippen der verbotene Geschmack von iranischem Uran.

Angst kriecht in dir hoch. Du hast die Hosen voll. Umso mehr, als das Ganze sowieso eine wacklige Angelegenheit ist: Du bist zwar in den Iran eingeladen, aber die Einladung ist noch nicht da, Mails von dort sind langsam, ungefähr wie normale Post vom Mond. Wer ist daran schuld: der Orient oder die Diktatur?

Noch drei Tage bis zur Abreise. Kein Visum, kein Selbstvertrauen. Ich versuche, Zeinab, meine Übersetzerin, telefonisch zu erreichen. Diese vierzigjährige Frau ist mein Verbindungsoffizier. Ein paar Jahre vor unserem *Toten Krieg* stieß sie im Moskauer »Haus des Buches« auf mein Buch. Sie las es und beschloss, es ins Farsi zu übersetzen. Im Iran gibt es kein internationales Copyright. Dort kann man alles übersetzen, was man will, oder es bleiben lassen. Zwei Jahre lang »lebte sie mit mir«. Ich wusste nichts davon. Ich wusste nicht, dass ihr Mann eifersüchtig auf mich war. Ich wusste nicht, dass sie die Tochter des ehemaligen Innenministers ist. Ich wusste überhaupt nichts. Erst nachdem sie das Buch übersetzt hatte, erreichte mich ihre erste Mail. Ob ich mit der Veröffentlichung des Buchs im Iran einverstanden sei? Ein freundschaftlicher Schritt. Sie hätte auch nicht fragen können. Ja! Ich bin einverstanden! Sie stellte mir einige Fragen zum Text. Ich beantwortete sie höflich. Doch das ist noch nicht alles! Das Buch musste durch die Zensur im Ministerium für Kultur und islamische Bildung. Danach

Schweigen im Walde. Dann – es ist durch! Allerdings nicht ohne Verluste. »Erotik« und »frivole Passagen« flogen raus. Diktatur – das ist, wenn man den Menschen ständig vor die Wahl stellt. Man kann sie zum Teufel schicken, und man kann zustimmen. Aber die Diktatur frisst auch diejenigen, die zustimmen.

Einige Zeit ist vergangen – Zeinab kommt nach Moskau gereist, mit zwei Exemplaren des Buchs im Gepäck. Guten Tag! Möchten Sie nicht in den Iran kommen? Ich? Na klar möchte ich!

Und so kam die Sache ins Rollen. Aus dem Iran stellt man mir Fragen: Ob ich ein Feind der Religion und Gottes sei? Ob ich einer radikalen zionistischen Organisation angehöre? Ich schwieg mich aus. Ich antwortete nicht auf die Fragen …

Ich beeile mich, meine Übersetzerin zu lobpreisen, aber ich fürchte, ihr einen Bärendienst zu erweisen.

»Ich will frei sein, aber iranisch leben«, erklärt sie mir in Teheran.

»Was heißt das?«

»Respekt vor den Alten haben, unser Essen essen.«

Im Iran gesteht sie mir, dass sie ohne Wissen ihres Mannes auf die Demonstrationen gegen Wahlfälschungen gegangen sei, dass sie ihn belogen und behauptet habe, sie gehe zu Veranstaltungen in die Universität, stattdessen ging sie zusammen mit Freunden auf die Straße und schrie Parolen heraus, und obwohl sie Angst hatte, kam sie jedes Mal guter Dinge nach Hause. Der Ehemann bemerkte an seiner Frau eine ihm unerklärliche Dosis Adrenalin und fragte sie misstrauisch aus. Er flehte sie an, sich vorsichtig zu verhalten, denn er ist Führer einer kleinen unabhängigen Partei, die im Parlament vertreten ist. Sie ging auf die Demonstrationen wie in die Diskothek, so lange, bis sie anfingen zu schießen. Neben ihr wurde ein Student erschossen.

»Stell dir vor, da liegt er in einer großen Blutlache …«

Die Opposition wurde zerschlagen, einen Teil steckten sie ins

Gefängnis, andere reisten aus, wieder andere – wie ihr Vater – versteckten sich zu Hause.

Zeinab umgibt sich mit jungen Freunden. Die Diktatur lässt starke Freundschaften entstehen! Wir sitzen in einem Teheraner Café, die Meinungen der jungen Leute gehen auseinander. Ali, der als Regisseur beim Staatsradio arbeitet, ist sicher, Optimismus sei angebracht. In dreißig Jahren werde das Land frei sein. Sein Freund ist Skeptiker: Die hohen Ölpreise würden das Leben des Regimes bis ins Unendliche verlängern.

»Werden die iranischen Mädchen in dreißig Jahren das Kopftuch ablegen?«, frage ich.

»Wozu denn das?«, wundern sich die jungen Leute.

Sie wollen nicht in die Emigration gehen. Ali: Hier sind meine Freunde. Ein anderer: Hier gibt es so tolle Mädchen! Was für welche? Mit Pfeffer! Süß oder scharf? Scharf natürlich!

Ich reise durch das Land der Geheimpolizei und des relativ freien Marktes, der politischen Gefangenen und der Rudimente eines akademischen Pluralismus, der Heuchelei und der Erinnerung an eine verlorene Freiheit. Wird das Regime zum Massenterror übergehen oder einlenken?

Meine Gesprächspartner, die ich wegen ihres Patriotismus, ihres stolzen arischen Bewusstseins und ihres betonten Respekts gegenüber Frauen als *Polen des Orients* bezeichnen würde, haben lange in der Hoffnung auf Reformen gelebt. Doch seit den Erschießungen auf offener Straße ist die wichtigste Frage des Tages:

»Wie findet man in dieser Situation zu sich selbst?«

Viele Zeitungsredaktionen und Kulturzentren sind geschlossen, kulturwissenschaftliche Projekte wurden eingestellt. Gemäßigte Oppositionelle suchen die Schuld bei den Demonstranten, die Radikalen halten die Regierenden für Abtrünnige vom »wahren Islam«. Der Iran ähnelt der Sowjetunion, allerdings nicht der Breschnjew-Zeit, sondern der NÖP der 1920er Jahre. Der Terror von 1937 steht noch bevor; noch ist man nicht ernsthaft in Angst und Schrecken versetzt. In Mode sind politische Witze wie seinerzeit bei uns in Russland. Aber für sein eigenes 1937 hat der Iran nicht genug Kraft.

»Man treibt die Menschen in den Konsum«, erklären mir die jungen Leute im Café unter Platanen. »Es gibt immer mehr westliche Geschäfte – Hauptsache, wir mischen uns nicht in die Politik ein.«

»Das derzeitige Regime brauchen wir für die Zukunft, damit die Leute begreifen, was sie wollen«, sagt Ali. »Und damit sie Lust bekommen auf Freiheit!«

Aber alle Mienen verfinstern sich, sobald es um Israel geht. Israel hält man für ein Produkt Englands, geschaffen für die Destabilisierung des Nahen und Mittleren Ostens. Positiv über Israel zu sprechen, ist gefährlich. Auf die leiseste Andeutung, dass sie Arabern ähnlich seien, antworten sie zornig. Auch die Opposition ist nicht gegen den Besitz von Kernwaffen – zur Stärkung des Landes. Warum dürfen Pakistan und Israel die Bombe haben und wir nicht? Atomwaffen einen das Land eher, als dass sie es entzweien.

Von Russland halten die Iraner nicht viel. Von der russischen Kultur schon! Dostojewski? In Teheran wurde ich von Leuten belagert, die ihre Dissertation über Dostojewski geschrieben hatten. Tschechow! Gorki! Die werden heiß geliebt. Zugleich sagt mir in Isfahan der Besitzer eines Möbelgeschäfts, womit er *Volkes Stimme* zum Ausdruck brachte:

»Ich habe mit der Regierung weniger Probleme als mit Russland.«

»Warum das?«

»Russland hat uns den Kaukasus weggenommen!«

Als wäre es gestern gewesen … Die Russen kann man auch deswegen nicht leiden, weil sich die Soldaten bei der Besetzung des Nord-Iran während des Zweiten Weltkriegs übel aufgeführt und Frauen vergewaltigt haben. Außerdem glaubt man hier, dass die Technologie für die Wahlfälschungen aus Russland importiert wurde.

»Russland hat die Wahlen und die Zerschlagung der Demonstrationen unterstützt.«

»Kein Wunder«, gebe ich zu. »Einige unserer Regierenden würden gern in die gleiche Richtung gehen wie Teheran. Die *orthodoxe Zivilisation*: eine Allianz des Patriarchen, der im Handumdrehen zum geistigen Führer unseres Landes wird, mit dem Chef – das ist eine Bedrohung für mein Land, für mich persönlich. Dann wird aus mir ein echter Feind des Volkes.«

VII
DIE REVOLUTION

Lisaweta lernt, ihre Rolle zu spielen

Es gab keine einzige Zeitung, die Lisaweta nicht in königlichen Gewändern auf der Titelseite brachte. Sie war zur einflussreichsten Frau Russlands geworden. Die *First Lady* Moskaus. Bei allen ihren Unternehmungen war Lisaweta auf der Seite der Toten, kämpfte unermüdlich gegen alle und jeden, auch gegen die geringfügigsten Erscheinungsformen von Nekrophobie, und half den Toten, sich an das Leben zu gewöhnen. »Die Toten sind meine Kinder«, sagte sie. Lisaweta organisierte festliche Konzerte, Fackelzüge, Kostümbälle für sie. Zusammen mit Klara Karlowna untergrub sie die Grundlagen des Gesundheitssystems, vernichtete Krankenhäuser und Apotheken, war bemüht, die Sterblichkeit der Bevölkerung zu erhöhen, und verlangte, dass jede Beerdigung wie ein glückliches Ereignis arrangiert wurde. Doch dem Botschafter schmerzten des Nachts die durchbohrten Hände.

»Irgendetwas habe ich aus dem Blick verloren«, gestand er mir. »Sag, worin besteht das Ziel der Menschheit?«

»Es gibt keines«, sagte ich. »Kein bestimmtes.«

»Wie, kein Ziel? Und Seligkeit zu erlangen?«

Ihm juckte es in den Fingern, sich an die Arbeit zu machen und eine neue Religion zu erschaffen.

»Das ist nichts für Russen.« Diesmal schlüpfte ich in die Rolle des Pessimisten. »Hier bei uns glauben sie nach wie vor an allen möglichen Humbug. Ein großer Teil des Volks hängt dem Heidentum an. Das ist eine Dimension für sich. Sie glauben an Waldgeister und Teufelchen. Tu ich ja auch. Neulich hat unser Hausgeist ein Kleid von Katjuscha in einer leeren Bücherkiste versteckt. Wir haben uns halb verrückt gesucht!«

Akimud lachte herzlich. Er sah mich interessiert an.

»Der Hausgeist? Durchaus möglich.«

»Sie geben ihre Rückständigkeit als Ursprünglichkeit aus«, fuhr ich fort.

»Ja, aber früher standen die Menschen mir sehr viel näher«, sagte der Botschafter. »Erst später haben sie sich von mir entfernt.«

»Nicht alle«, sagte Lisaweta. »Die Russen haben sich nicht entfernt. Sie haben sich genähert.«

Ich biss mir auf die Zunge. Ich hatte keine klare Vorstellung davon, was besser war – Modernisierung oder Nähe zu den Wurzeln. Ich schwankte zwischen diesen beiden Polen.

Aus einer marginalen Missgeburt von einem Schriftsteller mauserte sich Samson-Samson zum ersten Schriftsteller des neuen Russlands.

»Ich bin ein großer faschistischer Schriftsteller«, sagte er mit breitem Grinsen.

Wie besessen schrieb er einen kruden Text nach dem anderen, voller Hass auf die *ehemaligen Menschen*. In seinen Träumen wollte er den Chef stürzen, oder wenigstens den geschäftigen Benckendorff, und eine Schlüsselstellung einnehmen. Samson-Samson erklärte mich zum *Feind des Volkes*.

Ich verlor die Unterstützung im Kreml. Ich wollte mit Akimud verhandeln. Der konnte nicht gegen Lisawetas Meinung vorgehen, die der Ansicht war, Samson sei eine für das Land nützliche Erscheinung. Doch nach einer Reihe geheimer Verhandlungen beschloss man, mich in Ruhe zu lassen.

Einmal begegneten Samson und ich uns auf einem Empfang. Er stand da, Arm in Arm mit Michalkow. Mutant, dachte ich,

Knechtherr. Er weiß das und freut sich. Wir müssen alle Knechte unseres Zaren sein. Samson sagte mir, wer in Russland ein Liberaler sei, müsse sich schämen.

»Ich war selbst ein Liberaler. Ich weiß Bescheid«, sagte er.

»Ich bin kein Liberaler«, widersprach ich.

Er fixierte mich.

»Ich habe im Leben viele Liberale gesehen«, sagte er. »Sie sehen Ihnen wirklich nicht ähnlich. Und wer sind Sie in Wirklichkeit?«

»Ein russischer Schriftsteller.«

»Wir haben Sie nicht ernannt.«

»Ernannt wird man anderen Orts.«

Er ging an die Decke:

»Es gibt keinen anderen Ort!«

Das Kerosin ist serviert

Eine Hydra mit sieben Köpfen. Sie wackeln an langen dicken Hälsen. Diese Köpfe haben etwas extrem Anziehendes, Verzauberndes an sich, so wie Blut verzaubert: Sie sind albern, aber sie sind zärtliche, reizende, gutmütige Irre, Schluckspechte und Wirrköpfe, sie lassen ihre Zungen heraushängen, stoßen gegeneinander, ziehen sich mit urkomischer Empörung zurück, streiten lustig miteinander, und dann lecken sie sich gegenseitig wieder einträchtig mit ihren Zungen. Sie haben etwas von Teletubbies, die sich solide Bärte haben wachsen lassen oder im Gegenteil kahl rasiert sind und die Farben Schwarz-Weiß-Rot und erkennbare Muster lieben. Aber die anfängliche natürliche Plumpheit schütteln sie ab und werden stark, über ihr Äußeres läuft ein Zucken zunächst des Unverständnisses – was machen die mit uns? –, dann der Bitterkeit und Verzweiflung – wie lange das alles durchgehen lassen! Sie multiplizieren natürliche Schlichtheit mit Bosheit, Heiligkeit mit Hass, und dann beginnen sie die schädlichen Insekten zu jagen, die über ihren Körper krabbeln.

Banditen – Opritschniki – Faschisten. Das Rad dreht sich schnell. Es schien, noch gestern sei das Land im Mafiasumpf ertrunken und dieses schlechte Wetter sei ihm, zusammen mit dem Brandgeruch der Außenbezirke und den Knastliedern, auf Jahre hinaus verordnet, aber wie im Märchen hat sich alles von einem Moment auf den anderen verwandelt. Die Mannen des Zaren Iwan gehen mit eiserner Faust der verelendeten und in den flotten Jahren reich gewordenen dekadenten Gemeinschaft an die Gurgel und schicken Horrornebelwolken auf die Pop-Bühne. Buchstäblich noch heute Morgen hatte es den Anschein, das sei jetzt die letzte Haltestelle, schlimmer könne es nicht werden – Feierabend. Doch o Wunder! Die eiserne Faust erweist sich als Widerspruch in sich: Sie gehört immer weniger zum Halsabschneider und Blutsauger – sie stopft Geld in die Taschen des Besitzers, aber zu dem Zweck muss die Faust geöffnet werden. Statt einer Faust bleibt der Anschein einer Faust: eine strenge, strafende, aber nicht tadellose Behörde.

Und da hebt der Faschismus den Kopf. Bis dahin stand die Hydra mit den sieben Köpfen wie ein Panzerschiff auf einem Abstellgleis – sie wurde mit den utopischen Früchten des Marxismus-Leninismus gefüttert. Ihr wurde übel von dieser Nahrung, sie magerte ab. Man vergaß sie. Dabei wurde sie vor hundert Jahren nicht nur vom Tisch der Herren, sondern auch von dem der Zaren gefüttert. Zar Nikolai liebte diese Leutchen vom Ochotny Rjad, zärtlich flüsterte er: Meine Schwarzhundertschaft.

Historische Parallelen haben sich zu einem stabilen System verbunden. Wir haben den dritten Weltkrieg verloren, den wir aus Unverstand für einen kalten hielten. Wie den Deutschen Elsass-Lothringen, so hat man uns die Leckerbissen sonniger Halbinseln gestohlen. Man erniedrigte und beleidigte uns mit unglücklichen Reformen, ukrainischen Schikanen wegen der Schwarzmeerflotte. Wir begruben das Produkt westlicher Abtreibung – die Demokratie – unter dem zustimmenden Lärm der Menge. Wir gingen in den

Tempel, um Buße zu tun – in diesem Tempel hat man mit der Buße nicht auf uns gewartet.

Seinerzeit pickte sich Rosenberg von den Ideen der Schwarzhundertschaft das Thema der reinen Rasse heraus. Jetzt sind wir an der Reihe zu lernen, wie man das Blut reinigt, kämpferische Mannen zusammenstellt. Bei uns ist es bis zu Gott näher als woanders. Wir schaffen das! Im Streit zwischen dem Russen und dem Nichtrussen musst du dich auf die Seite des Russen stellen, selbst wenn er im Unrecht ist. Heilige Rus über alles in der Welt.

Einleuchtend. Einfallsreich. Einwandfrei. Endlich werden die Fremden geschlagen. Rassismus, der von Herzen kommt. Den Leuten gefällt's. Die Polizei schaut voller Verständnis zu und lächelt.

Sie haben Kerosin bestellt? Das Kerosin ist serviert.

Der Mythos Russland und seine Zerstörer

Aus dem Innern meiner Behörde, zuständig für Verbindungen zwischen den Lebenden und den Toten, kam bald ein Dokument, das der *ehemalige schüchterne Auslandsspion* Gennadi Jerschow bei mir bestellt hatte. Seinen Brief überbrachten mir Wesen mit Hundeköpfen aus Akimuds Behörde. Aus verständlichen Gründen konnte ich die Annahme nicht verweigern. Jerschow wollte wissen, warum die Eroberung Russlands durch die Akimuden so erfolgreich verlaufen war und ob es sich hier nicht um einen üblen Trick handele. Ihn beunruhigte die Frage, wie man die Werte der Toten mit den ureigenen russischen Werten vereinbaren könnte …

Ich war entschieden anderer Meinung als der ehemalige akimudische Auslandsspion, der bei uns ein mächtiger Minister geworden war. Die Eroberung Russlands war keineswegs erfolgreich verlaufen, im Gegenteil. Sie hatte eine Vielzahl an Problemen erzeugt.

Die Toten lehnten unsere Clip-Mentalität ab. Wir sind eine

neue Gattung von Menschen, die ihnen unverständlich ist. Eine Ausnahme stellen lediglich archaische Menschen dar, die bei uns in der Provinz noch nicht ausgestorben sind und die sie wie Verwandte empfangen. Aber das ist nur die äußere Schicht. In Wirklichkeit sind ihre Schrecken für uns eine Gruselgeschichte für Kinder.

Die russischen Werte sind seit eh und je mausetot. Darin liegt die Gewähr für die Hälfte unseres nationalen Erfolgs, des Rätsels Lösung dafür, warum Russland gegen jede Logik weiterlebt. Das Eindringen der Toten friert *unsere* Werte ein und dient der vorübergehenden und trügerischen Stärkung des Staates.

Russland kann nicht ohne Konflikt existieren, es nährt sich davon, erzeugt und frisst seine Feinde. Wer ist gegen wen? Ich hole weiter aus. Bei entfernten Verwandten meiner Frau wurde das Töchterchen Olja geboren. Meine Frau fuhr hin, um das Neugeborene zu bewundern. Seine Mutter sagte, die Kleine dürfe nicht fotografiert oder Außenstehenden gezeigt werden: Die Seele der kleinen Olja sei noch nicht stark genug und könne durch den bösen Blick behext werden. Auf die Frage, wie diese Philosophie mit dem orthodoxen Glauben in Einklang zu bringen sei, kam keine Antwort.

Meine Frau glaubt nicht an den bösen Blick. Genauer gesagt, sie möchte nicht daran glauben. Wo ist hier der Krieg? Die Sache ist die, dass die russische Provinz ängstlich an den auf ein Kind gerichteten bösen Blick glaubt und mit allen möglichen Methoden für seine Bekämpfung ausgestattet ist. Zum Beispiel muss man dem Kind einen schwarzen Fleck hinters Ohr malen. Wünschenswert ist auch ein roter Wollfaden am linken Handgelenk, der erneuert wird, wenn er abreißt. Oder eine in der Kleidung versteckte Nadel, die den bösen Blick aufspießen soll.

Wer daran nicht glaubt, gehört nicht zu uns. Der ist kein Russe. Oder jedenfalls nicht ganz. Der Glaube an den bösen Blick ist eines der zahlreichen Elemente, die zum Mythos unter dem Namen Russland gehören.

Der Mythos Russland ist kein Mythos, sondern glaubwürdige Realität. Ähnliches passiert auch in Afrika, aber Russland vergleicht sich nicht mit Afrika. Das wäre ihm unangenehm. Es zieht vor, sich mit den USA oder mit Europa zu vergleichen. Und durch diesen Vergleich besser dazustehen!

In Russland ist der Bürgerkrieg nie zu Ende gegangen, aber zeitweise wurde er eher in den Köpfen geführt, spiegelte sich in Worten und nicht in Taten, obwohl er sich immer wieder in schlimmen Jahren der Gewalt ausdrückte. Als unser Chef an die Macht kam, nahm der Bürgerkrieg erneut die klassische russische Gestalt an. Die Staatsmacht versuchte den Krieg in den Untergrund zu verbannen, und das war ein gefährlicher Fehler. Anstelle von verbaler Polemik entwickelte sich unversöhnlicher Widerstand.

Da erschuf der Chef JEMAND und rief ein »Tauwetter« aus, das eine traurige ungeschönte Landschaft offenlegte. Der Westen zuckte angewidert zusammen und schrieb das Geschehen der autoritären Natur des Regimes zu. Doch das ist eine oberflächliche Meinung.

Der Mythos Russland hat sich im Laufe der Geschichte herausgebildet. Er basiert auf der Apologie des Wahnsinns. Der Mythos Russland ist ein radikales Produkt, das seinesgleichen sucht, man muss es lieben ohne Wenn und Aber, aber man kann es beleidigen und erniedrigen – darum muss man es verteidigen.

Der Mythos Russland erträgt keine Modernisierung. Ein Mythos ist nicht zeitabhängig. Der Westen stört Russland allein durch die Tatsache seiner Existenz; seine einzige Rechtfertigung ist die Lieferung neuer Autos an uns. Die Modernisierung kann den Mythos Russland zerstören, ihn deformieren. Der Mythos Russland leidet an der Amputation der Sowjetunion, ihn schmerzen des Nachts die abgeschnittenen Stücke. Er verschluckt die Sowjetunion als sein positives Element und wirft aus der sowjetischen Geschichte offensichtliche Ungereimtheiten, etwa den Kampf gegen die Orthodoxie, nur ungern heraus, billigt aber durchaus den

Molotow-Ribbentrop-Pakt. Der Chef ist ein Verteidiger des Mythos Russland, er verfolgt sensibel diese Linie, während JEMAND selbst in der Gestalt eines fiktiven Zerstörers Russland in Angst und Schrecken versetzt.

Der Mythos Russland ist wichtiger als das Land mit dem Namen Russland. Wie jeder Mythos besitzt er eine geheimnisvolle Natur und hegt eine große Aversion gegen jeden Versuch, ihn zu analysieren. Der Mythos Russland schenkt mit äußerster Naivität den Interessen der Nachbarn, die er instinktiv für seine Vasallen hält, keinerlei Beachtung. Der Mythos Russland macht nicht halt vor anarchischer Freiheit. In diesem Sektor des Mythos erholt sich der Russe von seiner göttlichen Bestimmung, doch selbst dort achtet er aufmerksam darauf, dass er bei einem Gläschen Wodka oder im Dampfbad nicht etwa zum Objekt einer Provokation der Vernunft wird.

Der Sieg der Toten *als Aberkennung aller Rechte der Vernunft* wird vom Volk begrüßt.

Der Russe, der über die Interessen des Mythos Russland wacht, besitzt ein tief archaisches Bewusstsein. Der Schriftsteller Koslow-Radischtschew preist »unsere synkretistische Weltauffassung«. Mit tierischem Instinkt errät das russische Volk seinen Platz. Je mehr Mitgefühl für die Opfer, je fordernder die Mitfühlenden, desto weniger Mitleid mit den Geschlagenen und Umgekommenen.

Ein angeschlagener Mythos entfacht eine *Revolution*. Die Revolution endet mit der Rehabilitierung des Mythos, alles beginnt von vorn, allerdings mit einem Start aus der Hocke.

Das Volk liebt den Aufruhr der aufgeklärten Schichten. Es hat großes Vergnügen daran, ihre hilflosen Schreie nach Gerechtigkeit zu hören. Es ist wie in der Grundschule: Der Dumme ist der, dem man die Mütze geklaut hat! Wir sind ewige Sitzenbleiber, wir wissen, wen man hänseln muss.

Das Volk hat gelernt, vor der Macht zu katzbuckeln, und verbrämt dabei seine Schwäche mit grimmigem Hass auf alles Fremde. Wer Salz in die Wunden streut, der hat per definitionem un-recht. Notwendig ist die ewige Ruhe des Gewissens. Vorsicht bei jedem Versuch, eine rationale Wurzel des Lebens zu finden! Das Pugatschowtum des Unterbewusstseins fordert rituelle Opfer. Zwischen einem Opfer und einem Ganoven wählt man besser den, der Herr der Lage ist – also den Ganoven. Altgläubige sind uns lie-ber als Modernisten. Der Zerfall des Staates kommt vom Wechsel der Werte. Grausamkeit ist der Freund des Menschen. Alles Übrige ist einfältiges, seichtes Gewäsch.

… Im Anhang zu meinem Papier schlug ich vor, mich als Ent-larver des Mythos zu benutzen, zugleich nötig und schädlich für das Land. »Mir reicht ein Toter für mystische Erfahrungen. Mas-sen von aufgewachten Leichen – das ist extrem krankhaft.« Ich versprach, auch in Zukunft Konflikte zwischen Toten und Leben-den zu lösen, aber ich empfahl, die Toten endlich auf den Friedhof zurückzuschicken.

Ich sandte das Papier ab und erwartete meine Verhaftung.

Kategorie B

»Der Passierschein wurde Ihnen verweigert!« Meine tote Gehilfin Stella sah mich mitfühlend an.

»Das gibt's doch nicht!« Ich war empört. »Das muss ein Miss-verständnis sein.«

»Leider nicht.« Stella schüttelte den Kopf.

Der lebende Tichon und der tote Platon stießen mit heraushän-gender Zunge auf der Schwelle zum Arbeitszimmer heißen Atem aus.

Wir hatten einige Tage auf diesen Passierschein gewartet. Da-mit hätte man an den Hunderttausenden von Moskauern vorbei zum Heiligtum gelangen können, um sich davor zu verneigen und einen Stempel im Pass zu erhalten. Wenn man sich nicht vor dem

Heiligtum verneigte, kam man in die Kategorie B und verlor faktisch das Recht, an der *Einheitszivilisation* teilzunehmen. Die Folgen eines solchen unüberlegten Schrittes waren unabsehbar. Ich wägte das Für und Wider gegeneinander ab.

»Wir reservieren für Sie einen Platz in der Schlange«, schlug Stella vor.

»Und wie lange muss man da stehen?«

»Die Lebenden haben zu mir gesagt, plus minus zwanzig Stunden. Aber dort wird Haferschleim gekocht, es gibt Toiletten, man kann sich in Bussen aufwärmen. Immerhin ist es auch eine gute Gelegenheit, sich mit dem Volk auszutauschen. Das Volk geht sich ohne jeden Zwang vor dem Heiligtum verneigen, freiwillig, mit Enthusiasmus, mit Inspiration. Andernfalls …«

Hingehen oder nicht? Wenn du nicht hingehst, wirst du zum öffentlichen Penner. Du wirst schlicht obdachlos – man nimmt dir deine Wohnung weg. Du bist beleidigt, dass man dir keinen Passierschein ausgestellt hat, obwohl du alles für die Versöhnung zwischen Lebenden und Toten tust? Aber sie wissen doch, dass du gegen die Toten bist, dass du versuchst, die Toten hinauszudrängen, deine Zukunftsversion durchzudrücken, und erst da begreifst du, wie selbstgefällig du bist.

Hast du diese endlose Schlange an der Uferstraße gesehen, die abgeriegelte Stadt, die Freude in den Gesichtern, weil wir endlich eine Einheitszivilisation geworden sind? Überall, auf allen Fernsehkanälen, zeigen sie den Enthusiasmus des Volkes. Selbst die Toten stehen Schlange, obwohl für sie die Verneigung vor dem Heiligtum nicht verpflichtend ist. Sie sind selbst Reliquien. Aber sie stehen dort. Wenn ich gehe, was wird man über mich denken? Wer wird was denken? Wird man denken, ich hätte mich von Grund auf verändert, ich hätte mich verraten? Was bedeutet es, dass ich eine silberne, mit Edelsteinen verzierte Schatulle von der Größe eines Sargs küsse? Alle küssen sie, dann küsse ich sie auch. Und wenn Katja sich weigert? Wenn meine Familie nicht hingeht? Ich werde dort in der Menschenmenge vollkommen einsam im Wind stehen. Ich werde gehen ... ach was ... Natürlich ist das ein Treueschwur ... Auf all das, was ich hasse ... Habe ich eine Wahl? Kategorie B. Ein elendes B. Nein, besser, ich bin A.

Katja betrat mein Arbeitszimmer.

»Passierschein abgelehnt«, sagte ich spöttisch.

»Ich hab's gewusst.«

»Ja.«

»Wie, ja?«

»Nichts.«

»Willst du hingehen?«

»Und du?«

»Erstens friert mir da der Arsch ab ...«

»Da gibt es Busse«, ließ sich Stella vernehmen.

»Schön, Stella, lassen Sie uns ...«

Stella sprang auf und verließ mein Arbeitszimmer. Katja sah ihr hinterher.

»Woher hat sie diese hochhackigen Schuhe?«

»Keine Ahnung.«

»Dafür weiß ich es: Du hast sie ihr geschenkt!«

Der Eifersuchtsanfall gönnte mir eine Verschnaufpause. Sie will nicht hingehen! Was tun? Lisaweta wird das sofort erfahren. Stella wird es ausplaudern. Eine Doppelagentin.

»Sie hat sie im *Leichenhaus* gekauft.«

So nannten wir die Verteilerstellen der Toten, die so ähnlich waren wie die sowjetischen Devisenläden.

»Möchtest du, dass sie dir auch so welche kauft?«

»Und dann stöckeln wir in den gleichen Pumps rum! Supi Idee!«

»Aber wieso denn in den gleichen? Wahrscheinlich gibt es da verschiedene Modelle.«

»Ich hab keine Lust, in Leichenhauspumps rumzulaufen!«

»Schon gut.«

»Hattest du vor, dieses Irrentheater mitzumachen?«

»Ich habe mich noch nicht entschieden.«

»Wenn du gehst, dann ziehe ich zu Mama!«

»Hat sie sich schon vor dem Heiligtum verneigt?«

»Ist doch wurscht! Sie ist ein *schlichtes Gemüt*!«

»Na bitte … Sie gehört jetzt zu Kategorie A. Und du zu B. Sie wird von oben auf dich spucken.«

Meine Argumentation machte auf Fink einen schlechten Eindruck.

»Im Untergrund gibt es Leute, die die Toten rausschmeißen wollen … Wir werden einen Aufstand anzetteln.«

»Und du glaubst, Akimud weiß nichts von diesem Untergrund? Er braucht doch böse Menschen, er garantiert den freien Willen …«

»Er hat keine Ahnung von den Dimensionen des Widerstands.«

»Er weiß alles.«

»Aber du hast mir doch selbst gesagt, dass er sich hier auf der Erde eine Selbstbeschränkung auferlegt … Weißt du noch, du hast vom Prügeln der Säuglinge gesprochen …«

»Das Heiligtum wird noch eine Woche lang in der Stadt sein … Ich will was essen! Was gibt's zu Mittag?«

»Nudeln auf Matrosenart.«

»Spitze!«

Wir setzten uns zu Tisch, um Nudeln auf Matrosenart zu essen. Und wenn sie einen Passierschein geschickt hätten? Was hätte ich dann gemacht? Aber sie haben ja keinen geschickt …

Kesseltreiben

Das war keine Zarenjagd. Da sind die *Naziki* – ein Wort von Benckendorff – durchgeknallt. Ich wollte meinem Bruder helfen und ging bis nach ganz oben, tauschte meine Freiheit gegen staatlichen

Schutz. Da oben wurde der Zynismus in Fässer gefüllt, er wurde gelagert. Er war ein Produkt der geistigen Verzweiflung, sie lachten selbst über ihr *blutiges Regime.*

Die Oberen hielten ihre Rundumverteidigung aufrecht. Zu ihnen gelangten widersprüchliche und zugleich in ihrer Widersprüchlichkeit richtige Informationen zur Lage der Dinge. Sie hörten auf, die Leichen zu zählen und sich von Kleinkram ablenken zu lassen, sie verwesten. Doch ihr Plan, das Regime in eine *Wechselstube* zu verwandeln, war kurzsichtig. Geld spielte in unserem Land nicht dieselbe Rolle wie oben, bei ihren Eliten. Es entstand ein neuer satter Muff – und dieser Muff von Ordnung und Säuberung begann mich zu jagen, mir bis dato virtuelle Fristen aufzuerlegen und mich mit wildestem Hass zu beschenken. Wir hatten uns verrechnet: Wir dachten, dass die heimischen vier Wände die letzte Station unseres Falls sein würden, aber es stellte sich heraus, dass sie einen Weg in eine Zukunft eröffneten, der sowohl uns als auch sie verschlingen würde. Wir waren unfreiwillige Verbündete geworden.

Pariser Oper

»Lass uns nicht am Telefon darüber sprechen!«

Aus dem Ausland zurückgekehrt, wollte mein alter Freund Nikolai bei mir vorbeischauen. Er war aus ideellen Erwägungen auf die Seite der Toten übergewechselt, als Historiker, der den Sinn des Universums begreifen wollte:

»Ich habe genug Material zusammen für eine Habilitation!«

Konfrontiert mit dem alltäglichen Alptraum, leitete er lieber die Nachrichtensendungen auf dem Hauptsender, als sich die ganze Zeit zu verstecken, er fand eine Erklärung für den Alptraum, und dann schaffte er den Alptraum als Thema ab. Mir sagte er im Vertrauen, hätte man nicht ihn, sondern einen anderen bestimmt, wäre die Situation noch schlimmer. Er begutachtete mein Holzhaus.

»Du lebst in Saus und Braus! Und dabei kritisierst du die ganze Zeit herum! Und dann heißt es noch, bei uns gäbe es keine Freiheit!«

»Du warst in Europa?«, fragte ich. »Was schreiben sie über uns?«

»Sie verstehen unser großes Projekt nicht. Sie meinen immer noch, dass unsere wiederbelebten Vorfahren Kreaturen der Geheimdienste seien. Mein Vater ist übrigens nach Hause zurückgekehrt.«

»Gratuliere!«

»Du kannst dir nicht vorstellen, wie das gelobte Europa heruntergekommen ist!«, rief Nikolai aus. »Wir schimpfen auf uns, aber dort …! Mascha und ich waren auf einer Opernpremiere in Paris. Wir haben uns selbstverständlich in Schale geworfen, aber das Publikum kam in schwarzen Jacken und Jeans … Im Bauch von Paris, ich meine die Pariser Metro – das reinste Afrika. Das Ende der Welt! In Italien Korruption und Streiks. Wir waren ganz erleichtert, als wir nach Hause fahren konnten. Ich muss los und mich auf die Sendung vorbereiten.«

Aufzeichnungen aus dem Keller

Vor der Abreise auf die Akimuden stieg ich, um eine Flasche Wein zu holen, in den Keller meines Holzhauses, in dem seinerzeit der Maler Wassili Fokin gewohnt hatte. Er lebte hier unbehelligt vom Beginn des 20. Jahrhunderts bis zum Jahr 1953, zeichnete Illustrationen für Kinderbücher und bemerkte den Wandel der Zeiten nicht. Im Keller vernahm ich ein unheimliches Stöhnen. Ich tastete mich leise durch die Dunkelheit. Irgendwo flackerte das Licht einer Kerze auf. Nicht möglich!

Meine Gehilfen, der lebende Tichon und der tote Platon (oder umgekehrt?), versetzten sich gegenseitig schreckliche Schläge. Sie heulten und stöhnten wie Tiere, sie prügelten sich mit Knüppeln, mit einem Schüreisen, sie griffen zu sämtlichen verbotenen Methoden. Schließlich konnte sich Platon herauswinden, warf Tichon zu Boden und begann ihn gnadenlos zu treten. Der wand sich am Boden und brüllte:

»Lebender Leichnam!«

Platon war gnadenlos. Tichons ganzes Gesicht war voller Blut. Plötzlich packte er den Kollegienrat am Bein und warf ihn geschickt zu Boden. Jetzt erhob sich Tichon über Platon und versetzte ihm Fußtritte.

»Fleeeegel!«, heulte Platon.

Er richtete sich etwas auf, erwischte Tichons Fuß und biss ihm in den Knöchel. Tichon schrie auf, griff nach einer Flasche und wollte seinem toten Gegner gerade den Schädel zerschmettern, aber da brüllte ich los:

»Untersteh dich!«

Tichon erstarrte, als er meine Stimme hörte, aber der niederträchtige Tote nutzte das aus und versetzte ihm einen vernichtenden Tritt in den Bauch. Tichon krachte zu Boden. Beide lagen da, blutüberströmt. Ich näherte mich ihnen.

»Was soll das?«

Sie schnauften und schwiegen, sich das Blut abwischend.

»Was soll das, habt ihr die Toten und die Lebenden nicht getrennt?«, brüllte ich.

»Nein.« Der untröstliche Tichon spuckte einen Zahn aus. »Mir ist das wurscht, wer tot und wer lebendig ist.«

»Was soll das dann?«

»Wir haben uns wegen Stella geprügelt.« Platon stand auf und klopfte sich ab.

»Wegen Stella?«

»Nun ja«, nickte Tichon.

»Die Liebe besiegt den Tod!« Platon verzog den Mund.

»Die Liebe?«, hakte ich nach.

»Und was ist daran erstaunlich?«, ließ sich eine weibliche Stimme vernehmen.

Stella trat aus dem Schatten heraus. Sie hatte grellrot geschminkte Lippen und trug ein aggressives sexy Kleid in Schwarz.

»Mir gefällt es, dass diese zwei Machos sich wegen mir prügeln.«

»Kommt das öfter vor?«, wunderte ich mich.

»Einmal pro Woche«, nickte Stella. »Ich schlafe dann mit dem Sieger.«

»Und wer ist der Sieger?«, fragte ich.

Platon und Tichon machten lange Hälse.

»Platon«, antwortete Stella. »Er hat recht. Die Liebe besiegt den Tod!«

Neutralität

Wie das bei den Russen so ist, kamen meine Gehilfen nach der Schlägerei ins Gespräch. Wir blieben im Keller. Ich stellte eine Flasche »Beluga« auf den halb kaputten Tisch. Wir knipsten die elektrische Lampe mit dem orangen Schirm an. Platon trank den Wodka nicht wie wir. Er trank ihn mit Genuss, als handle es sich um köstliches Quellwasser, er nahm ihn froh zu sich, ohne jedes Schuldgefühl, und darum bekam er einen gutmütigen Rausch, er erstrahlte förmlich im Wodkalicht. Tichon dagegen leerte sein Glas mit einem Grunzen, als müsste er ihn sich durch die Kehle drücken, ein Vorgang, den er sich zum Vorwurf machte. Was mich betraf, so trank ich den Wodka neutral, zur Gesellschaft. Platon erwies sich als gar nicht dummer Mensch.

»Ich verstehe die Wut der toten Menschen«, sagte er, über den *Totenkrieg* räsonierend. »Wir sind in eine fremde Zivilisation auf die Erde gekommen. Ihr habt euch herausgestellt als Menschen mit langen Armen, die mit Hilfe von allerlei *Gadgets* ausgefahren werden, und mit einem zusammenraffenden, aber wenig inhaltsreichen Bewusstsein. Wir sind in einer *perfiden Zivilisation* gelandet. Worte bedeuten hier nichts. Ich würde euch auch mit Vergnügen an den Laternenpfählen aufhängen.«

»Aber unsere Leute haben sich schnell am Geruch erkannt«, widersprach Tichon.

»Das Land war immer schon von einer Ideologie der Deklassierten infiziert, darum sind sie sich auch einig geworden.«

»Aber wir beide sind uns ja auch einig geworden«, beharrte Tichon.

Platon lächelte fein.

»Eure Sprache erzeugt Brechreiz«, sagte er.

»Aber es gibt trotz allem viel Gemeinsames«, mischte ich mich ein. »Das ist der allgemeine Appell nicht an die Vernunft, sondern an den verschwommenen Geist. Das ist die ewige Wiederholung leerer Worte. Aber ihr habt euch als starrsinniger herausgestellt. Euch kann man schlecht eines Besseren belehren.«

»Mag sein«, stimmte Platon zu. »Wir sind einfacher gestrickt, deshalb glauben wir an das, was wir sagen.«

»Aber ihr seid hart bis hin zur Grausamkeit«, sagte ich. »Ihr seid sentimental, aber grausam.«

»Und ihr seid lasterhaft, in euren Gedanken, Sitten, Taten.« Platon trank mit Genuss noch ein Gläschen Wodka. »Warum ist denn keiner von den *toten Säcken*« – er gebrauchte genau diesen Ausdruck –, »die hierhergeschickt wurden, vor den achtzehnhundertachtziger Jahren geboren? Die würden den Kulturschock nicht aushalten, der ist mit dem Leben nicht kompatibel!«

»Aber ihr seid bereit, den Tod als etwas Zulässiges hinzunehmen, bei euch sind die Kinder wie die Fliegen weggestorben ...«, wollte Tichon loslegen.

»Stawrogin aus den ›Dämonen‹ hat sich bei uns wegen der Übertretung von Verboten gequält. Ein Einfaltspinsel! Hat sich erhängt! Eure Lebenden sind gefühllos.«

»Wir sind auf verschiedene Weise unmenschlich«, sagte Stella, nachdem sie einen Wodka gekippt hatte.

Ich bewahrte Neutralität: Ich wusste nicht, ob die Menschen physische Unsterblichkeit brauchen – der Tod diszipliniert. Aber ist es wirklich möglich, dass so ein *Ideechen* alles ist, was ich bei meinem ganzen kulturellen Rüstzeug zustande bringe? Ich bin primitiv wie ein Dorfpope oder ein Straßenköter. Ich renne mit dem Kopf gegen die Wand, aber wenn die Wand zusammenbricht, tut sich dahinter Leere auf. Ljadow indessen lehnt physische Unsterblichkeit nicht ab.

»Unsterblichkeit – das ist mein Beruf. Wenn irgendwelche mickrigen Götter mich dahin bringen, die Unsterblichkeit abzulehnen, dann höre ich einfach auf, an sie zu glauben.«

Meine Akimuden

Ich habe geträumt. Die Akimuden bestehen aus einhundertvierundfünfzig Inseln. Ich besuchte die russische Insel. Da fahren Autos herum, die Kokosmilch tanken. Kokosnüsse sind immer viel wert. Die Mächtigen haben die Kokosplantagen mit Stacheldraht umgeben. Wer den Kokosnüssen und der Kokosregierung nahesteht, ist selbst viel wert. Die Insel wird vom Kokosnusskönig regiert. Einem kleinen, bösen Mann, der als Sexsymbol der Insel gilt, Sport und Sportlerinnen liebt. Von den Sportlerinnen hat er viele Kinder, doch er leugnet seine Vaterschaft. Er beschenkt die örtlichen Priester mit Kokosnüssen – er träumt von einer Symbiose der Kokosreligion und des Kokosstaates. Das Volk bekommt vor allem die Schale ab. Das Volk erhält die Schale als königliches Geschenk. Das Volk versucht daran zu knabbern, davon fallen ihm die Zähne aus. Die Beamten der Insel stehlen sich gegenseitig Kokosnüsse. Die Rechtsorgane der Insel leben, indem sie Kokosalkohol herstellen. Kokoswodka heißt die Akimudenwährung.

Alle haben sich dem Suff ergeben, tun keinen Schlag, knabbern Schale. Die Priester bauen Tempel aus Kokospalmen. Sie haben ihren Kokosgott. Sie wissen nur nicht, wer er ist – dieser Geist der Kokosnuss.

Die Beamten der Akimuden begrüßen einander mit einem herzhaften Kokoslachen. Es ist zum Erkennungszeichen der Kokosregierung geworden. Die Regierung lacht lauthals. Sie strebt eilig irgendwohin. Der Beste ist derjenige, der am schnellsten fährt. Sie setzen sich hin, fressen und lachen laut, frotzeln übereinander. Das bedeutet – einen schönen Kokosabend verbringen. Die schönen Akimudierinnen laufen in Kokosgewändern herum. In Kleidern aus Kokospalmenblättern. Sie benutzen Kokostampons. In den Kinos laufen Kokosfilme. Nichts anderes gibt es auf der Insel.

Benckendorffs letzter Tag

Benckendorff: Wenn sie den Glauben über das Geld stellen, dann haben wir verloren. Man hätte sie nicht unterschätzen dürfen. Jeden Tag sterben bedeutende Menschen. Wissenschaftler. Ärzte. Künstler. Die von uns geschickten Sicherheitsleute verraten sie und bringen sie eigenhändig um. Diese Strafmaßnahmen kommen so gehäuft vor, dass wir sie nicht mehr kontrollieren können. Das ist nicht mehr zu stoppen.

Ich: Sie müssen bis zum Ende gehen, bis zu einem neuen Nürnberger Prozess. Die Schwarzhundertschaft wird zum Symbol Russlands. Der finstere Blick auf die menschliche Realität.

Samson-Samson – mein ehemaliger Schüler mit dem Pferdeschwanz – hat mir vorgeschlagen, entweder Buße zu tun oder auszureisen. Er sprach mit mir in einer speziellen Mischung aus Wohlwollen und Verachtung.

»Für Wenitschka errichten wir ein Denkmal – er ist der Urvater des russischen Faschismus. Ein hochverehrter Mann.«

»Du bist verrückt geworden! Er ist ein Protestschriftsteller!«

»Stimmt! Er ist ein Feind des Liberalismus.«

»Samson, er ist Alkoholiker. Wie du auch! Das ist das Einzige, das euch verbindet.«

»Ich bitte darum, nicht in diesem Ton mit mir zu sprechen! Die Zeiten haben sich geändert. Jetzt stelle ich die Fragen, und auf meiner Seite ist die Volkswahrheit. Benckendorff ist ein Stinktier. Ein Jiddensöhnchen. Ich bin für seinen Posten vorgesehen.«

Benckendorff wurde sein *Nickname* entzogen, und unter diesem Mantel tauchte ein nichtssagender Name und Vatersname auf, so was wie Iwan Matwejewitsch oder Ruslan Sowenowitsch. Innerhalb eines Augenblicks war sein Roman nichts mehr wert. In völliger Einsamkeit, im Auto sitzend, wählte er meine Nummer, denn es gab bereits sonst niemanden mehr, den er hätte anrufen können, also rief er mich an und sagte:

»Ich bin's! Auf Wiedersehen.«

So wird sich irgendwann auch der Chef bis auf den längst verlorenen Namen und Vatersnamen ausziehen, und auf einmal wird unter dem Mantel irgendein fickeriger Name wie zum Beispiel Analson hervorgucken.

Ich: Ich dachte, der KGB sei das Äußerste, und jetzt trauere ich ihm nach. Die haben zwar im Westen spioniert, sich aber der dortigen Kultur angenähert. Die *Brüder und Schwestern* haben amerikanische Jeans verboten.

Samson-Samson: Viele Intellektuelle sind schon auf unsere Seite übergelaufen. Uns folgen die besten Schauspieler, Schriftsteller, Regisseure! Und einige KGBler wie Derschawin sind in den Westen abgehauen. (*Er lacht.*) Stalin und Hitler sind Zwillingsbrüder! Was sich neckt, das liebt sich. Wir schreiben die Geschichte des Großen Vaterländischen Kriegs um. Das war Liebe bis aufs Blut!

Ich: Aber wie wollt ihr ohne den Westen durchkommen?

Samson-Samson: Mit links! Sie brauchen uns – wir haben Gas. Sie waren immer schon Feiglinge. Sie werden ein bisschen herumschreien und dann die Klappe halten. Außerdem hat Akimud versprochen, ein paar Wunder zu vollbringen. Gott ist auf unserer Seite!

Ich: Samson, das ist nichts für mich!

Samson-Samson: Unsere Leute wollten Ihnen ans Leder, aber ich hab gesagt: Rührt ihn nicht an!

Ich: Besten Dank.

Samson-Samson: Die Demokratie ist ein prinzipielles Zugeständnis an die Ignoranz. Außerdem ist sie nicht pittoresk. Die Demokraten waren noch nie gute Schriftsteller. Nehmen Sie Tschernyschewski!

Ich: Na schön, der liberale Turgenjew ...

Samson-Samson: Demokratische Weicheier!

Ich: Sie wollen, dass ich das blutige Regime besinge?

Samson-Samson: Blutig? Es ist volkstümlich blutig. Spüren Sie den Unterschied? Wir werden sowieso Gerüchte über Ihre Feigheit verbreiten und Sie zum Teufel schicken. Wir tauchen Sie in die Scheiße! Darauf können Sie Gift nehmen! Das wird für Sie Höchststrafe und Rettung zugleich. Wir brauchen keine leidenden Misanthropen. Vor aller Augen schon gar nicht. Haben Sie gehört? Das Symbol unserer Finsternis, der dichtende Beamte Benckendorff, hat sich das Leben genommen? Die Schleusen sind offen.

Als ich nach Hause zurückkam, rief Lisaweta an.

»Ich bin's, die *Elende*«, sagte sie. *So* nannte sie sich jetzt. »Warum geht Katja auf Protestdemonstrationen? Was soll das! *Nika* bittet euch beide, unter dem Vorwand einer *Hochzeitsreise* zu ihm auf die Akimuden zu kommen.«

»Ich war schon da. Ich habe Pflaumen gegessen ...«

»Das sind *andere* Akimuden.«

»Ich ... Bedeutet das Emigration?«

»Das ist seine letzte Bitte ... Du kannst sie als Befehl verstehen.«

Das nichtparadiesische Paradies

Im Himmel gibt es einen Staat mit einer einzigen Ampel. Das bedeutet nicht, dass die anderen Ampeln dort kaputt wären, obwohl so etwas hätte passieren können, da dieser himmlische Staat irgendwann einmal durch eine sozialistische Revolution gegangen ist, die keine Ampeln mochte. Aber so war es nicht: Es hat einfach nie andere Ampeln gegeben. Allerdings habe ich gehört, es werde bald eine zweite Ampel geben – bloß weiß man bisher noch nicht, wo man sie montieren soll.

Jeden Morgen wird die einzige Ampel von einer vollbusigen Kreolin mit Spuren von Matriarchat und damit einhergehender Polygamie im Gesicht angezündet, und der Wind des himmlischen Ozeans bläst sie nachts wieder aus. Die Ampel hängt auf dem zentralen Platz, ihr Licht wird von den Fenstern der Souvenirläden reflektiert, durch die massenhaft verstorbene *Jungvermählte* schweifen. In den Cafés nebenan sitzen ebenfalls Jungvermählte, die hierhergeflogen sind, um Eis zu essen und die Flügel auszubreiten. Merkwürdig, aber so ist es: Hier, im Klärbecken des polygamen Glücks, wimmelt es von monogamen Schwärmen – sommersprossige britische Jungvermählte aus aristokratischen Familien, Amerikaner schlichten Gemüts mit der Aufschrift *»Just Married«* auf dem Rucksack, australische Provinzler, Pariser, Japaner, Scheichs sowie unsere heimischen Visagen vom Typ Banker, hoher Beamter oder Bandit. Jungvermählte mit Gedächtnisverlust, die die Familiengeschichten vom Schrecken der Monogamie vergessen haben, fliegen sorglos von Insel zu Insel, turteln und fangen Fische. Im Kalender dieses Staates heißt jeder Monat Honeymoon. Das sind die Akimuden-Inseln.

Pilgerreisen von Jungvermählten sind auf den Akimuden Routine. Davon zeugt ein Punkt auf dem Einreisefragebogen. So einer ist mir noch nie untergekommen: Auf die Frage, womit man die Seligkeit verdient hat, setzt man ehrlich ein Kreuzchen für den Grund der Reise: umgekommen, Unfall, vorzeitig aus dem Leben geschieden während des *Honeymoons*.

In der bescheidenen VIP-Lounge rissen Katja und ich uns erst mal die irdischen Kleider vom Leib, und dann gestanden wir mit einiger Verlegenheit, die Russen bisweilen eigen ist, den akimudischen Behörden den intimen Hintergrund für unseren Besuch. Doch die Akimuden hatten mit mir anderes vor. Sie wollten mich in meiner Eigenschaft als russischer Schriftsteller sehen. Und ein russischer Schriftsteller, der auf die Akimuden gerät, vertieft sich brav in philosophische Wahrnehmungen. Schon beim Anflug auf die Hauptinsel, wenn er sieht, wie die Maschine vor Sonnenuntergang im rosa Wasser des Ozeans aufsetzt, wie vor seinen Augen die grünen Berge mit tropischen Wäldern erstehen, denkt er:

Ist es das …?

Handelte es sich hier um einen schreibenden Anfänger, hätte seine Frage wie kindische Freude erscheinen können, auf die er sich ja selbst eingestimmt hätte. Da aber metaphysische Abschweifungen bei seinen Erkundungen Priorität hatten, fragte er sich:

Was ist eigentlich das Paradies?

Puschkin schreibt in lüsternen Briefen an Anna Kern, er könne sich ihren Ehemann nicht vorstellen – ebenso wenig wie das Paradies. Jeder ist anders, aber in der »Göttlichen Komödie« bin ich immer über den letzten Teil des Buchs gestolpert. »Das Paradies« wurde für mich zum unüberwindlichen Hindernis. Mit Leichtigkeit tritt man in die »Hölle«, da fühlt man sich gleich wie zu Hause, man lässt sich mitreißen von all den Leidenschaften und Verbrechen, das insgesamt pittoreske Bild beeindruckt, man erfreut sich an den schwindelerregenden Kurven der Unterwelt und sieht dem Autor die florentinische Subjektivität in den Bewertungen, den lebendigen Hass auf die Propheten gerne nach.

Den zweiten Teil – das »Fegefeuer« – trinkt man wie kalten Tee: Er erfrischt, doch es ist kein russisches Getränk. Aber mit dem »Paradies« fangen die Probleme an. Die Worte funkeln, glänzen wie Parkett, doch die Luft wird immer dünner. Man möchte das Buch am liebsten zur Seite legen.

Und das ist nicht nur bei Dantes »Paradies« so. Jede Beschreibung des Paradieses, sei es in der Bibel oder im Koran, erinnert an Bilder von Niko Pirosmani oder Henri Rousseau. Ein schöner stehender Sumpf. Nichts bewegt sich. Die Uhr zeigt Stillstand. Die Zeitung *The Timeless*, das erste Presseorgan des himmlischen Paradieses, taugt nicht für die Gattung Mensch. Alles ist flach und öde. Nichtssagende Rechenschaftsberichte über Gipfeltreffen, orientalische Versprechungen von Wein, Speisen, ewigem Harem – zugunsten der Armen.

Andererseits sind die mystischen Vorstellungen vom Paradies, erzeugt von Offenbarung oder Verstand, voller Seligkeit, die zu einem selbst keine unmittelbare Beziehung hat, und darum wärmen sie die Seele nicht, wenn diese irdische Erinnerungen bewahrt. In der Hölle braten sie *uns* und niemand anderen. Im Fegefeuer, selbst wenn die Orthodoxen dort nichts zu suchen haben, befinden wir uns im Wartesaal, und das ist *unser* persönliches Warten: Wir warten auf unsere Stunde, um den Weg ins Paradies zu finden wie eine *schwierige Kugel* in ein Billardloch … Das Paradies ist gegenstandslos, ungeachtet der Details. Lässt sich vielleicht so erklären, dass der Mensch sich nicht genügend vom Paradies angezogen fühlt? Ist das nicht der Grund dafür, dass ungeachtet aller Versprechungen, er werde die ewige Seligkeit erlangen, der unvollkommene Mensch, der in seiner Vorstellung das Bild eines unvollkommenen Paradieses erschaffen hat, auf dem Weg zu seiner Erlösung die Bremse anzieht?

Die Idee des Paradieses ist schwächer als die entzündeten Wünsche des Menschen, ihr fehlt das Hauptgericht irdischer Glaubwürdigkeit: Fleisch und Blut. Dort wird nicht geraucht, und ordentlicher paradiesischer Sex, der Traum jedes irdischen Sexologen, ist jedes Sieges und jeder Konkurrenz beraubt. Genauso wie die niedere Ebene des Paradieses mit ihren Apfelsinen und Weintrauben, so ist auch der Höhenflug der Mystiker deshalb nicht überzeugend, weil das Bild des Paradieses im Laufe der Zeit ebenso altert wie Übersetzungen alter Texte, und was uns bleibt, ist ein blasses Symbol.

Vom irdischen Paradies hat indessen jeder seinen eigenen, von der Phantasie gepflegten Begriff. Wen man auch fragt, jeder kann ein Bild des irdischen Paradieses malen. Im Unterschied zum himmlischen ist das irdische Paradies eher eine Videosequenz als eine Fotografie. Darin bewegt sich ständig irgendetwas. Dort gibt es weiße Strände, die aussehen wie gemahlene Erdnüsse. Dort trifft das Meer auf die Erdnüsse und perlt ganz leicht von ihrem transparenten, ein wenig getönten Glimmer ab. Dort brüllen die Tiger, und die Affen tanzen Cancan. Aber auf den Akimuden gibt es keinen einzigen Affen – man hat nie welche hierhergebracht. Im irdischen Paradies haben wir die Intrige von Reiz und Versuchung, Lust und Erkenntnis. Doch allein schon die Aktivität des irdischen Paradieses tritt in einen Widerspruch zur Idee der Unsterblichkeit. Adam und Eva leben im Paradies. Sie leben – das heißt, sie verändern sich, sie sammeln Erfahrung, entwickeln sich. Sie brauchen nicht einmal eine Schlange, um sich die Frage zum Zweck ihres Daseins zu stellen.

Die Akimudier sind sicher, dass Adam und Eva unter ihnen leben und das Paradies selbst auf Hunderte von Inseln verteilt ist. Aber unsere eigene Vorstellung von den Wegen Adams und Evas ist wohl eher in Hunderte unterschiedliche Meinungen zerfallen.

Wir neigen dazu, uns das Himmelreich mit der Aureole mittelalterlicher Theologie vorzustellen. Aber Thomas von Aquin war ein großer Aufschneider. Dante ebenfalls. Alles ist schlichter. Alles ist viel schlichter. Obwohl das Paradies für die Flitterwochen erschöpfend schön ist. Da gibt es nichts herumzukritteln. Gott ist Demokrat. Ein enttäuschter Demokrat.

Flitterwochen

Meine ersten Flitterwochen habe ich seinerzeit im Militärlager bei Tambow verbracht. Aber davor fuhr ich mit meiner jungen polnischen Frau für zwei Tage nach Leningrad – im transparenten Monat Juni. Diesmal ging es auf die Akimuden.

Die Flitterwochen muss man so verbringen, dass es möglichst viele Beschäftigungen nebenbei gibt. Der wichtigste Schritt ist getan. Die sexuellen Premieren sind über die Bühne gegangen. Alles ist erlaubt, die verbotenen Früchte sind gegessen. Das bedeutet, man sollte sich ein Ablenkungsmanöver organisieren. In dieser Hinsicht sind die Akimuden hilfreich.

Was wollen Sie – das sind doch die Akimuden! Sie sind aus Ihrer Phantasie gewebt. Auf den Akimuden hindert Sie niemand daran, sich mit Glücksmalerei zu befassen. Sie zeichnen alles, was Sie wollen, und dann – malen Sie es bunt aus. Sie sind schon einmal auf den Akimuden gewesen – im Bauch Ihrer Mutter. Bemühen Sie Ihr Gedächtnis: Sie sind schon einmal in einer warmen Brühe geschwommen, haben die rosafarbene Glätte des Ozeans vor dem Morgengrauen schon gesehen, sind Riesenschildkröten begegnet, die mit listigem Mäulchen im Namen des Schildkrötenglücks aufeinanderklettern. Die Schildkröten laufen, wobei sie mit den vorgestreckten vorderen Extremitäten scharren. Nur im Mutterleib leben diese Schildkröten. Wie sie da Platz finden, versteht jedes Kind. Der Mutterleib – das sind hundert Inseln von Lebensmöglichkeiten. Kaufen Sie eine Insel, treffen Sie Ihre Wahl, finden Sie Ihre Bestimmung. Nur im Mutterleib springen die Fische aus dem Wasser heraus und fliegen silbrig glänzend am Himmel. Nur im Mutterleib kann man das Jenseits umarmen.

Dort, auf den Akimuden, begegnen Sie, falls Sie Glück haben, unserem russischen *Repräsentanten*, Michail Iwanowitsch Kalinin. Er ist es, der »Allunionsälteste«, der Vorsitzende des Präsidiums des Obersten Sowjets! Doch wie jung er geworden ist, wie er aufgeblüht ist, welches Glück er hat mit seiner Frau, der schönen Tatjana im azurblauen entzückenden Kleid! Und wie bemerkenswert der französische *Repräsentant* dort ist, *Monsieur* Philippe! Ich weiß nicht, wer er in Paris gewesen ist, aber hier in diesem jenseitigen Leben strahlt und glänzt er von Kopf bis Fuß. An seiner Seite Attaché Rémi: Da steht er, schwarzer Leinenanzug, schrillrote Socke am rechten und flieder-weiß geringelte am linken Fuß, verwegener Schnurrbart. Um einen solchen Schnurrbart hätte ihn Budjonny beneidet. In diesem Schnurrbart ist das gesamte französische 19. Jahrhundert versammelt, von Balzac bis Mallarmé. Auf den Akimuden streiten sich Frankreich und England wie eh und je. Hier ist der englische Einfluss größer; das Rechtssystem, der Linksverkehr – alles wie in England, auf dem zentralen Platz steht außer der Ampel eine bescheidene Big-Ben-Kopie, aber Sprache und Croissants sind eher französisch.

Im Paradies existiert ein reiches gesellschaftliches Leben. Ich rotiere von einem Empfang zum nächsten. Einer der wichtigsten Teilnehmer ist ein irischer Detektiv von internationalem Rang mit nachdenklichem Gesicht, der auf den Inseln gegen das Drogengeschäft kämpft. Selbst im Paradies gibt es Probleme mit Drogen. Diese Infektion ist aus dem sündigen Leben zu ihnen ins Paradies gekommen und hat sich festgesetzt. Die Paradiesbewohner haben eine Leidenschaft für diese Pest entdeckt. Früher konnten sich die hiesigen Polizisten nicht erinnern, wann wer wen das letzte Mal umgebracht hat, hier wurde überhaupt niemand umgebracht, Arme gab es keine, jeder half jedem: Die Familien unterstützten die Armen; heute will man mit den Drogenabhängigen nichts zu tun haben, sie sind die Ausgestoßenen.

Die Sprache der Akimudier ist die vogelartigste, die ich je gehört habe. Eine parodistische, komische Sprache, etwa so wie das Ukrainische für die Russen. Sie ist ländlich. Sie gründet auf französischer Mundart, ist aber vereinfacht wie alles, was nicht überflüssig kompliziert sein muss. Tatsächlich hat es im Paradies keinen Sinn, über Probleme zu sprechen, die gelöst sind. Gelöst ist das Problem von Leben und Tod, gelöst ist das Welternährungsproblem. Aber damit sich die lichten Seelen dort nicht allzu sehr langweilen, hat ein guter Gott das Kokain auf die Akimuden gebracht.

In den Flitterwochen raufst du dir wegen jeder Kleinigkeit die Haare. Sie beginnt dich genauer anzuschauen. Bist du echt oder nicht? Ist es auch nicht zu spät? Früher wollte sie dich heiraten, jetzt ist das Ziel erreicht, man kann sich mit der Frage befassen, ob sich der ganze Aufwand gelohnt hat.

In den Flitterwochen lebst du über deine Verhältnisse, wirfst dein Geld zum Fenster hinaus, badest im Luxus – all das muss man gekonnt tun, andernfalls machst du dich lächerlich. Aber das Gefährlichste ist, dass du nichts tust, du bist leer. Du bist abgeschnitten von deinen Freunden, du bist entwaffnet. Die Akimuden sind bereit, dir ein emotionales Obdach zu gewähren. Die Akimuden sind leer wie du.

Aber sei vorsichtig! Wenn du ständig herunterleierst, bei euch sei alles wunderbar, dann wird sie denken, du seist ein Papagei. Wenn du auch nur eine Minute für dich bist, das ermüdende Begeistertsein abschaltest, dann schlägt dir Unzufriedenheit entgegen. Frauen in den Flitterwochen sind fürchterlich kapriziös. Sie sind weinerlich, und wenn sie weinen, unattraktiv. In der trauten Zweisamkeit begreifst du, dass die Gemeinsamkeit der Interessen eine Kerze ist, die ständig im Wind ausgeht. Um nicht anzufangen, deine Auserwählte zu hassen, versuche, du selbst zu bleiben. Doch kaum nimmst du ein Buch in die Hand, sagt sie, sie sei wohl für dich uninteressant. Wenn sie dich aber von morgens bis abends umarmt und abknutscht, dich in die Badewanne lockt, die Aktive ist, dann verkrampfst du dich, tust so, als sei es das Beste, was dir in deinem Leben passieren konnte, aber in Wirklichkeit fürchtest du nur eins: Du könntest schlappmachen bei der ganzen Knutscherei!

Namhafte Leute, die in diesem Paradies in Milch und Honig

baden, wohnen hier im Hotel am Berghang mit Blick auf die friedliche Bucht. Wie seltsam es auch sein mag, es hat einen irdischen Namen: das *Four Seasons* der Akimuden. Zweifellos ein Tribut an die Nostalgie. Michail Iwanowitsch ist, wie ich schon sagte, ein klasse Typ. Er stellte uns seine Gästewohnung zur Verfügung. Aber uns zog es ins *Four Seasons*! Also zogen wir dort ein. Damit uns nicht langweilig wurde, nahmen wir unseren verstorbenen Kiewer Freund mit, ein echtes Original, sowie seine momentane zwanzigjährige Freundin. Ukrainer sind die besten Begleiter auf Reisen. Mitunter etwas raubauzig, aber im Grunde großherzig. Unsere Ukrainer stritten oft miteinander, während sie sich vor dem Hintergrund der Natur groben sexuellen Handlungen hingaben, und das verschönerte jedes Mal unser Flitterwochenglück.

Um nicht an den Hängen herumklettern zu müssen, gab es in unserem Luxushotel Elektrowagen mit Robotern – den trägen, aber dienstfertigen Angestellten chinesischer oder indischer Herkunft. Der Tag beginnt damit, dass du in deinem persönlichen Schwimmbecken badest und deine Frau bei der gleichen Beschäftigung antriffst. Jedes Paar hat sein eigenes Haus – einen Glasbunker mit zahlreichen Terrassen, Veranden, Balkonen und weiteren ausziehbaren Plätzen, ausgestattet mit Badewannen, Duschkabinen und Musikanlagen. Am wichtigsten Platz im Haus befindet sich ein Bett von überirdischer Zärtlichkeit, in welchem du schläfst wie in besagtem Mutterleib. Du fällst in einen Schlaf, und du träumst von Schildkröten, die aufeinanderklettern.

Die Glasbunker nebenan werden bewohnt von Tyrannen und Blutsaugern. Sie schauen wie die Eidechsen auf die untergehende Sonne. Sie haben das Ihre getan, waren nützlich für Akimud als Katalysatoren des Fortschritts und ruhen jetzt aus. Zwischen Propheten und großen Bösewichten gibt es keinen Unterschied, was die Dimensionen ihrer Taten angeht. Hitler, wo bist du?

An einem Abend erblickte ich ihn. Im weißen Anzug, auf einer Spazierfahrt mit dem Elektrowagen. Aber er war trotzdem nicht meine Priorität. Ich wandte mich an meinen begleitenden Roboter:

»Gibt es eine Möglichkeit, Stalin zu sehen?«

Ohne etwas zu sagen, ließ mich der chinesische Roboter in den Elektrowagen einsteigen, und wir sausten den Berghang zum Meer hinunter. Wir gingen an den Strand. Etwas entfernt spielte eine Gruppe von Leuten Volleyball. Wir näherten uns ihnen. Mein Roboter erklärte, dass hier jeden Tag zwei Mannschaften spielten. Die Mannschaft der Gerechten und die Mannschaft der Großen Sünder. Als ich dem Spielfeld aus Sand mit dem gespannten Netz schon ganz nah gekommen war, bemerkte ich, dass beide Mannschaften durchaus professionell spielten. Die Aufschläge waren stark und selbstsicher. Die Abwehrblöcke standen gut. Die Spieler beider Mannschaften schlugen den Ball leidenschaftlich und zielstrebig. Aber Stalin bemerkte ich nicht, bis ich darauf kam, dass der schmächtige junge Mann in der grauen Uniform genau der war, den ich suchte. Er spielte in der Mannschaft der Gerechten, aber man sagte mir, dass er eingewechselt worden sei. Ich wartete das Ende des Spiels ab, das die Gerechten zusammen mit dem jungen Sosso gewannen, und ich trat auf ihn zu.

»Gamardschoba«, sagte er lächelnd.

»Jossif Wissarionowitsch …,« begann ich.

Er winkte ab.

»Nennen Sie mich einfach Jossif.«

Ich traute mich nicht, ungeachtet meines ganzen Liberalismus. Ich verstummte.

Stalin: Gibt es Fragen? Dann stellen Sie sie!

Ich: Wer sind Sie in Wahrheit?

Stalin: Ich bin und bleibe ein treuer Schüler Christi.

Ich: ???

Stalin: Lenin war eine Übergangsfigur der Revolution.

Ich: Was heißt das, treuer Schüler?

Stalin: Ist das etwa nicht verständlich?

Ich: Aber … das ganze Blut?

Stalin: Der Kommunismus – das ist die Schale. Man musste Blut fließen lassen. Um den Organismus der Menschheit zu säubern. Wer das begriffen hat, hat mich geschätzt. Churchill. Roosevelt. Truman. Sie alle. Sie haben verstanden, dass ich tief grabe. Tiefer als sie. Sie haben das verstanden, und sie hatten Angst.

Ich: Aber in der christlichen Tradition ist der Mensch das Ebenbild Gottes …

Stalin: Der einzelne Mensch ist ein Nichts. Die Geschichte geht nicht von ihm aus, sondern zu ihm hin und zerdrückt ihn, wenn er im Weg steht. Andernfalls füllt sich alles mit Eiter. Man muss das säubern. Den Eiter ablassen und säubern. Wie ein Arzt. Der Mensch hat sich mit Schmutz umgeben. Man muss ihn reinigen.

Ich: Aber Sie haben den Waschgang ja nicht beendet. Wo lag der Fehler?

Stalin: Noch ist es nicht gelungen. Aber es wird gelingen! Mir ist es nicht gelungen – einem anderen wird es gelingen. Ich war allzu wählerisch bei den Mitteln. Man hätte weiter gehen müssen. Weiter! Man darf nicht so maßvoll sein wie ich. Aber egal. Wer Phantasie hatte, der hat begriffen. Die Dichter haben begriffen. Die Wissenschaftler haben begriffen. Alle haben sich meinem Einfluss unterworfen. Sogar die Polen. Aber alle haben ihrem eigenen Leben einen zu großen Wert beigemessen.

Ich: Und wer in Ihrer Umgebung hat Ihr Ziel verstanden?

Stalin: Niemand. Dserschinski als begabter Tschekist hat gegen Ende ein kleines bisschen verstanden. Sonst keiner.

Ich: Bucharin?

Stalin: Kolja war ein begabtes Parteimitglied. Aufgeweckt. Aber es war ja nicht der Kopf. Man muss das Pulsieren spüren … Kolja war ein ziemlicher Simpel.

Ich: Und wie wollten Sie Ihren Traum verwirklichen?

Stalin: Durch das Wort. Ich habe in langsamen Gleichnissen ge-sprochen. Die haben meine Worte in Magie verwandelt.

Ich: Haben Sie auf Befehl von Akimud gehandelt?

Stalin: Er tritt immer für Säuberungen ein. Er hat mich nicht be-hindert. Er hat die Dimension verstanden.

Ich: Aber Sie haben immer um Ihr Leben gefürchtet!

Stalin: Nicht um mein Leben. Um die Sache habe ich gefürchtet.

Ich: Hat man Sie umgebracht?

Stalin: Ich bin von allein gestorben. Ich habe mich übernommen.

Er wurde gerufen, um noch eine Partie zu spielen.

Stalin: Ich gehe …

Ich: Erinnern Sie sich an meinen Vater?

Stalin: Hier ist alles sichtbar wie in einem offenen Buch. Ist das der Bursche, der mich zum Lachen gebracht hat? Toller Kerl!

Ich bemerkte, dass seine beiden Arme gleich gut entwickelt waren. Na klar! Wie hätte er sonst Volleyball spielen können?

Ich: Bei uns gibt es viele Stalinisten.

Stalin: Grüßen Sie sie. Aber sie verstehen mich nicht.

Ich: Ich werde das alles ausrichten.

Stalin: Vergessen Sie nicht zu sagen, dass ich nichts als ein treuer Schüler Christi gewesen bin … *(Er verstummte.)* Was denn, gehen bei Ihnen in Russland die Leute immer noch so grob miteinander um: NICHT DRÄNGELN, DU ARSCHLOCH!

Stalin fing wie verrückt zu lachen an.

◇

Im Paradies ist Trinken erlaubt. Einmal ließ ich mich dermaßen volllaufen, dass ich anfing, meiner Frau den eben erst gekauften paradiesischen Schmuck, gefertigt aus den Zähnen paradiesischer Tiere, herunterzureißen, und wir freuten uns darüber, dass unser Glück frei von Lethargie war.

Ich hatte geglaubt, in diesem Paradies würden auch berühmte *schöpferische* Menschen leben: Dostojewski und Tolstoi und ihr jüngerer Bruder im Geiste, Tschechow. Wie erstaunt war ich, als man mir sagte, die Genies seien an einem anderen Ort untergebracht. Wo? Was kann besser sein als das *Four Seasons* auf den Akimuden?

Zuerst aber die Kokospalmen. Nicht zufällig habe ich von den russischen Akimuden geträumt. Doch im Traum ist alles durcheinandergeraten. Tatsächlich sind der Hauptfetisch des akimudischen Universums die Nüsse, die aussehen wie weibliche Hintern mit üppigem Haarwuchs zwischen den Beinen. Das ist natürlich eine Herausforderung an die Unschuld der wuchernden Natur. Die pornographischen Nüsse wachsen auf einer besonderen Insel, in einem Tal mit schwarzen Papageien. Der schwarze Papagei mit roten Schwanzfedern, der aussieht wie Rémi, nur ohne Schnurrbart, bringt den hiesigen Seelen Glück. Glück, multipliziert mit Glück, ist ja eine Papageienangelegenheit. Aber genau dort, unter den Palmen mit den Pornonüssen, zwischen Fledermäusen und schwarzen Papageien, haben sich auf ewig unsere Genies, inklusive Tschechow, einquartiert.

Im großen Speisesaal mit Buffet, das viel Artischocken, Fisch, kleine Austern, Hammel und Krabben zu bieten hat, sitzen die Phantome unserer Literatur – die großen Hersteller und Vertreiber unserer einheimischen Droge. Betritt man ihren Saal, kann man bemerken, dass sie hauptsächlich schweigen. Sie diskutieren höchstens darüber, à la Tschechow, was heute besser schmeckt: das Hammelfleisch oder das Schweinefleisch. Schriftsteller im Paradies sind berufsunfähig. Das Leben im Paradies verstimmt alle Russen – nicht nur mich.

Welche Russen haben wir dort noch getroffen? In einer viktorianischen Villa am Strand ist auf alle Zeiten der Held von Beslan gemeldet, der die Schule gestürmt hat, ein Major namens Wadik mit einem Loch in der Stirn. Wir unterhielten uns mit dem Major.

Ich wollte von ihm hören, ob die Erstürmung zwingend notwendig war. Aber Wadik war in solch einer patriotischen Rüstung gefangen, dass man von ihm überhaupt nichts erfahren konnte. Er wiederholte immer wieder, dass alles bis zur letzten Kugel korrekt ausgeführt wurde. Möglich, dass seine Anwesenheit im Paradies diese Version bestätigte, aber mir gefiel besonders sein schlapper, enttäuschter Händedruck. In diesem Händedruck lag der Zweifel des Majors an sich und seinen Äußerungen.

Aber was interessiert ein Major, wenn das ganze Meer ringsum von Fischen wimmelt! Michail Iwanowitsch nahm uns mit zum Fischen aufs offene Meer. Zwei braungebrannte Burschen mit Körpern, die selbst einen eingefleischten Homophoben auf neue Ideen gebracht hätten, waren unsere Vergils des Meeres. Wir fuhren bei hohem Seegang hinaus, wurden hin und her geworfen. Aber das Wasser, das uns ins Gesicht spritzte, war so frisch und duftend, dass nicht einmal das beste Parfüm es damit hätte aufnehmen können. Das paradiesische Klima fesselt mit seiner Beständigkeit. Wasser und Luft haben eine gleichbleibende Temperatur von einunddreißig Grad, und ungeachtet dessen, dass die Sonne direkt über unserem Kopf stand, empfanden wir nicht das geringste Unbehagen und fühlten uns auf dem Ozean wie in einem Moskauer Birkenwäldchen. Wie auf Kommando beruhigten sich die Wogen, und wir begannen, Fische aus dem Wasser zu ziehen, die von silbriger Energie phosphoreszierten. Wir, die Frischverheirateten, fingen so viele Thunfische, dass wir gar nicht mehr wussten, was wir damit machen sollten. Die Burschen mit den bis zur Taille entblößten Luxuskörpern bereiteten aus einigen Thunfischen Carpaccio zu, gaben jedem von uns einen göttlichen Weißwein wohl eher italienischer als französischer Herkunft, und wir verputzten im Nu zusammen mit dem Allunionsältesten der jenseitigen Welt diese Speise, sie mit Zitrone beträufelnd. Danach zog man uns, die Frischverheirateten, nackt aus und warf uns über Bord, damit wir herumschnorchelten zwischen den Korallenriffen, die mir mit ihren vielfältigen Formen reicher als Joyce' »Ulysses« erschienen.

Die nicht gegessenen Thunfische brachten wir zur Fabrik, die Thunfischfleisch verarbeitete. Deren Produktion – das ist *off the records* – können Sie sogar in Moskau im Geschäft gleich nebenan finden. Wir lernten den italienischen Direktor kennen, einen anerkannten Meister der Thunfischkonserve, und ließen uns von ihm die Werkshallen zeigen. Das paradiesische Proletariat seiner Fabrik war, wie sich während der Exkursion herausstellte, nach wie vor dem Marxismus zugeneigt.

Paradiesischer Gulag

Ich habe nicht zufällig »nach wie vor« gesagt. Ich habe immer vermutet, dass es im Paradies etwas vom Sozialismus geben muss. Und tatsächlich. Die Akimuden sind durch die Feuerprobe des Sozialismus gegangen. Ich hatte schon früher bemerkt, dass mit den Akimuden etwas nicht stimmte. Aber ich hatte nicht gewusst, dass sie durch die Gulag-Ideologie geschädigt waren. Denn die Akimudier und wir sind Brüder im Unglück! Auch sie haben den Sozialismus aufgebaut und es geschafft, ein rigides Einparteiensystem zu begründen, inklusive Zensur und allgemeiner panischer Angst. Allerdings ging es bei ihnen, wie mir einige Offizielle erzählten, nicht bis zu den Kerkern eines Stalin'schen Gulag, doch die traditionelle kommunistische Mangelwirtschaft betraf auch sie: Die Bevölkerung ernährte sich vorwiegend aus Konserven. Die Akimuden-Inseln weisen deutliche Spuren von Sozialismus auf. Das sind schlechte Straßen mit tiefen Rinnsteinen an beiden Seiten. Das sind schlechte Geschäfte mit Körben voller Mangos, die aussehen wie Steckrüben, Säcken mit Reis und unappetitlichem Fleisch. Das ist das Fehlen normaler Bekleidungsgeschäfte. Die Damen klagen: Man kann sich hier nicht vernünftig einkleiden, Schuhe aus Übersee sind nicht aufzutreiben. Die Schaufensterpuppen mit *lachenden* Gesichtern sehen erschreckend aus; ihre Kleider sind grotesk. Das ist außerdem ein langweiliges Nachtleben.

Allerdings gibt es ein russisches Hotel voller Landsleute. Da geht selbstverständlich bis zum Morgen die Post ab. Aber das allgemeine Nachtleben findet auf den Straßen statt. Nachts riecht es nach Bier. Alle haben Flaschen in der Hand und warten auf etwas. Glühende Augen – das ist das Nachtleben. Und üppige Lippen bei den Frauen. Einer der Regisseure des Nachtlebens ist ein junger Russe mit stolzem, aber leicht beleidigtem Blick. Als wir zu ihm kamen, tanzte niemand im leeren Saal. Wir begaben uns ins Büro des Direktors. Im mit leeren Pappkartons vollgestellten Büro leuchteten die Bildschirme zur Videoüberwachung der Toiletten. Es entstand eine Diskussion: Muss man dort Kameras anbringen? Auf dem Höhepunkt der Debatte platzten irgendwelche Leute mit langen Affenarmen herein. Sie schleppten den Landsmann ab.

◇

»Hast du dich mit Vater getroffen?«

»Mit wem?«

Ich verstand nicht gleich. Akimud hatte, als er mich auf die Süd-Akimuden schickte, *seinem* Vater einen Brief geschrieben.

»Ich habe ihn nicht gefunden. Er ist nicht dort.«

»Wie, nicht dort? Er lebt auf dem Berg.«

»Da wohnt irgendein arabischer Scheich.«

»Vater lebt auf dem Berg!« Akimud sah mich misstrauisch an.

»Ich habe ihn nicht gefunden. Oder ist er … der arabische Scheich?«

Akimud schüttelte den Kopf.

Ich habe mich übrigens mit Stalin unterhalten!«

»Oh! Na, und, hat er dich eingewickelt?«

»Er war jung … Mager … Das habe ich nicht erwartet …«

»Sei ein bisschen vorsichtiger mit ihm.«

»Er hat gesagt, er sei ein treuer Schüler Christi!«

»Und du hast ihm das geglaubt?«

Lisaweta betrat den Prunksaal des Schlosses von Archangelskoje.

»Grüß dich!«

»Grüß dich!«, freute sich Katja über ihr Erscheinen. Doch die *Elende* fiel ihr diesmal nicht um den Hals.

»Na, was ist, habt ihr Vater nicht gefunden?«, bemerkte sie feindselig.

»Lisa! Da gibt es überall *Dämonen*!« Katja riss ihre blauen Augen weit auf.

»Die kannst du hier auch haben«, erwiderte Lisaweta.

»Lisaweta hat zum Volksglauben gefunden«, verkündete Akimud stolz.

»Gratuliere!«, antwortete ich säuerlich.

»Es sieht nur so aus, als seist du ein oberflächlicher Kompromissler.« Akimud verfinsterte sich. »Man vertraut sich dir an ... Aber in deinem Innern ...« Er sprach nicht zu Ende.

»Bringen Sie ihnen Tee!«, sagte Lisa zum Dienstmädchen und fügte hinzu: »Nur wenn wir uns mit dem *einfachen* Volk vereinigen, werden wir uns unsterblich fühlen. Die Menschen beginnen mit der Idee; davor sind sie Konsumenten. So haben wir auch eine neue Religion gefunden – wir verbreiten den Volksglauben in der ganzen Welt.«

In dem Moment tauchte Samson-Samson auf. Er machte einen Bogen um Katja und sagte:

»Nachsicht müssen wir vergessen. Die Intelligenzija hat Russland verkauft. Wieso hat man Sacharow so schnell vergessen? Er ist im Nichts verschwunden. Das Gewissen Russlands lebt mit uns. Stimmt's, *Elende*?«

Komm zurück auf die Akimuden

Lieber Sohn, besinne dich!

Papa, hier ist es so toll!

Lieber Sohn, besinne dich! Sie werden sich gegenseitig abstechen! Deine Mission ist beendet. Die Toten sind verdorben, seit sie sich lebendes Leben eingehaucht haben. Nicht nur, dass sie viel essen und Wodka trinken. Sie konkurrieren bereits mit den Lebenden in geschlechtlichen Beziehungen! Das kann mit einem Weltkrieg enden. Uns steht das nicht zu – die Menschheit zu vernichten. Komm nach Hause. Zu den *gefälschten Menschen* gibt es nichts mehr zu sagen.

Unzerstörbares Bündnis

Jour fixe.

Im Kreml waren alle wichtigen Ressorts der Staatsmacht versammelt, vor den Augen von Millionen Fernsehzuschauern reichte der Chef dem Patriarchen die Hand. Erstarrt in der Pose von Muchinas Arbeiter und Kolchosbäuerin, verkündeten sie die Gründung eines Großen Russlands und verwandelten uns alle in null Komma nichts in eine *Einheitszivilisation*.

Akimud übergab ihnen die Zügel der Regierung. Süßliche Reden plätscherten dahin, mit Drohungen gewürzt. Zwei bekannte Ideologen ewiger Werte, der eine ein Verehrer der Pskower Starzen, der andere bloß ein Mann mit dicken Backen und komischem Familiennamen, predigten ohne Unterlass. Am selben Abend gab es noch ein Feuerwerk in Nationalfarben. Es dröhnten Militärorchester, auf dem Chorplatz wurde schön gesungen ... Dann wurden diverse Dekrete erlassen. Eine obligatorische Kleiderordnung wurde eingeführt, vor allem für Frauen. Kopftücher aufsetzen! Weg mit langen Hosen! Weg mit Stringtangas! Nur noch Unterhosen bis zu den Knien! Röcke bis über die Knöchel! Ab sofort ist Schluss mit der Schminkerei, ihr Luder!

Das tot-lebende Volk jubilierte. Auf den Straßen waren viele Betrunkene zu sehen. Nachts gingen teure Autos in Flammen auf. Es hagelte geistige Verbote. Immer radikalere. Kirchliche Zensur wurde eingeführt. Die Kunstgalerien wurden geschlossen. Computerspiele wurden verboten. Für Ironie und Selbstironie wurde man bestraft. Konziliarität verwandelte sich in eine neue Kolchosbewegung. Katja weigerte sich, auf die Straße zu gehen. Die Muslime waren zu Brüdern erklärt worden, aber es war klar, dass sie kleinere Brüder waren.

In Russland herrschten klösterliche Vorschriften. Deutlich sichtbar waren nun die Feinde des Staates und der neuen Zivilisation. Die Grenzen waren seit Beginn des Krieges geschlossen. Es gab kein Entrinnen. Alle Ungetauften galten als unzuverlässig. Schon tauchten die ersten Konzentrationslager auf. Sie wurden befehligt von Gennadi Jerschow. Akimud triumphierte. Die Energie Russlands begann zu funktionieren! Fieberhaft baute man an einer Autobahn Moskau–St. Petersburg. Der Chef bat Akimud um Hilfe bei der Entwicklung einer neuen Waffe zur globalen Vernichtung von Feinden. Akimud dachte bereits darüber nach, einen bestimmten Teil der Toten zurück in ihre Gräber zu schicken. Doch die Russen hatten sich so brüderlich mit den Toten versöhnt, da hätte man das falsch verstehen können.

Akimud warf Russland *hinter* Teheran zurück. Er verlor jegliches Interesse an mir. Er reagierte nicht auf meine Anrufe. Meine Gehilfen, ein Lebender und ein Toter, sprachen nicht mehr mit mir. Stella sah mich mit den traurigen Augen einer Wasserleiche an und bot mir keinen Nekroservice mehr. Meine Behörde stand kurz vor der Schließung wegen Entbehrlichkeit. Im Fernsehen traten nur noch Kirchendiener und namhafte Tote auf. Werbung war verboten. Popmusik war verboten. Meine Bücher waren verboten. Ich begriff: Das ist das Ende.

Die Malerin

Nika hatte mich einen ganzen Monat lang nicht empfangen, aber dann lud er selbst mich zu sich ein. Auf der Straße las ich ein Transparent: »Es ist besser zu heiraten, als sich in Begierde zu verzehren!«

Nika sagte:

»Schlechte Neuigkeiten. Ich hätte es dir durch meine Mitarbeiter übermitteln lassen können, aber wir beide sind ja Freunde. Ich sehe keinen Sinn in unserer weiteren Zusammenarbeit.«

»Nika!«, rief ich aus. »Selbst Stalin zwang die Schriftsteller, Gogols und Schtschedrins zu sein. In jeder Gesellschaft muss es die Illusion einer Opposition geben. Verschaff mir ...«

»Keinerlei Illusionen«, sagte Nika. »Die Illusionen sind beendet. Gibt es wieder Illusionen – geht das Land unter. Das Volk unterstützt uns. Bist du getauft?«

»Nein.«

»Dann ab in die Kirche mit dir. Beeile dich, solange es nicht zu spät ist!«

»Und du meinst, man glaubt mir?«

»Das ist schon unwichtig.« Er schwieg. »Willst du einen Rat? Setz dir neue Augen ein. Sieh alles mit den Augen der rechtgläubigen Zivilisation.«

»Ach nee – so einfach?«

»Wir sind Enten.« Er zuckte mit den Schultern.

Währenddessen zeigte Gennadi Jerschow, was er konnte. Massenhaft wurden Leute verhaftet. Journalisten, Wissenschaftler, Homosexuelle, Schauspieler und einfach nur Lustmolche. Man verhaftete Prostituierte, Nutten, Katholiken. Inzwischen begann man auch Leute zu erschießen. Gennadi Jerschow wurde zum allmächtigen Bestrafer. Seine popelige Unterschrift mit dem Schnörkel dran setzte er unter schicke Erschießungslisten. Kleingewachsen, mit einem füchsischen Lächeln, verbot er das Abdrucken seines

Porträts in den Zeitungen. Es gefiel ihm, den Illegalen zu spielen. Erschossen wurden Bestechliche, Korrupte, Banditen, auch einfach nur reiche Leute. Man erschoss sie in Wäldern oder in Kellern im Zentrum Moskaus. Wieder traten Erschießungsfanatiker auf den Plan, Henker ohne Ruhetag, wieder tauchten in der Unterwelt Sadistinnen auf, die einem mit ihren goldenen Schühchen in die Eier traten. Aber am meisten Angst machte man allen damit, dass man Menschen aus dem Flugzeug ins Eismeer warf. Das Volk war zufrieden mit der starken Staatsmacht. Kostja Ljadow wurde eingesperrt. Weshalb?

»Nika«, sagte ich. »Du bist doch nicht nach Russland gekommen, um zu den alten Göttermasken zurückzukehren? Ja, dieses Land ist bei näherem Hinsehen zähes Material, aber warum sollte es kapitulieren?«

»Mögen sie zuerst durch die Konziliarität gehen! Hier hat man euch noch nie bis zum Ende gehen lassen. Immer wurde euch in die Parade gefahren. In ungefähr dreihundert Jahren wird das alles zusammenbrechen. Aber bis dahin wird es sich kräftig erholen.«

»Und was ist mit der neuen Religion?«

»Die kann man an einem anderen Ort suchen.« Nika verzog das Gesicht. »Platz gibt es genug … Ach, ich habe gehört, dass Katja und du über eure Ausreise diskutiert. Wozu es also aufschieben?«

»Nika, ich will hier leben.«

»Na, dann leb hier«, sagte Nika matt.

… Am nächsten Tag versammelte sich auf dem Hof unseres Hauses ein Häuflein bärtiger Männer. So etwa zwanzig bis fünfundzwanzig Leute.

»Herr!«, rief mich Serafim Michailowitsch, mein mir ergebener Toter. »Die kommen wegen Ihnen. Verstecken Sie sich im Keller!«

Ich trat auf die Vortreppe hinaus.

»Nun, was ist, ihr Rechtgläubigen?«, fragte ich. »Guten Tag miteinander! Was verschafft mir die Ehre?«

»Deine Seele holen, Ungläubiger! Und die Seele von deiner Schlampe ...«

»Na, na, mal sachte, doch wohl nicht bei mir zu Hause!«, schrie ich die Bärtigen an.

Sie erschraken ein wenig.

Später, schon gegen Abend, kam ein Gefolgsmann mit glattem, abgelecktem Hundekopf zu mir. Solche wie ihn nannte man im Volk Totenfresser.

»Ihnen wird befohlen«, sagte der Totenfresser auf Tschekistenart leise, »das Haus zu verlassen und in Ihre alte Wohnung zu ziehen.«

»So ist es immer«, sagte ich leicht gekünstelt. »Kaum haben wir einen Umsturz, werden gleich Körper umgesiedelt.«

Statt einer Antwort reichte der Gefolgsmann mir die Schlüssel.

»Keine Angst. Die Wohnung ist sauber. Dort ist niemand!«

Als er gegangen war, erschien schüchtern Stella.

»Nimm zum Abschied meinen toten Körper«, sagte sie.

Wir stiegen in den leeren Keller hinunter.

»Wo wirst du arbeiten?«

»Ich weiß es nicht«, antwortete Stella, den Blick abwendend.

Sie zog sich aus, und ich betrachtete traurig die ewigen Totenflecken ihres Fleisches.

»Was ist, gefalle ich dir nicht?«

»Doch!«

Herrgott, wie oft in meinem Leben habe ich Frauen angelogen! Aber wie auch nicht?

»Nun, dann *stoß* mich ein bisschen!«

»Warte! Was wird aus dir?«

»Ich sag es dir ... später. Katja sollte auf Tote nicht eifersüchtig sein.«

Ich lachte:

»Tolle Ausrede!«

Später sagte sie zu mir:

»Ich liebe deine großen helllila Eier. Die Farbe Renoirs!«

»Du sprichst wie eine Malerin ...«

»Ich bin doch Malerin! Was denn, hast du nichts begriffen? Ich habe dir in der Metro das Leben gerettet. Ich war das, die die Show abgezogen hat. Wir sind ins Restaurant gegangen ...«

Ich griff mir an den Kopf.

»Stella! Aber damals warst du ein richtiges Skelett ... Ich ... warte! Und dieses: *Je suis d'une famille noble, mais pauvre ...?* Weißt du noch, was du zusammengeredet hast?«

»Kleiner Scherz am Rande, mein Teurer! Ich hab auf Silbernes Zeitalter gemacht ...«

»Ich weiß nicht, was ich glauben soll ...«

»Aber du weißt doch, dass ich Französisch spreche.«

»Hast du dir die Pulsadern aufgeschnitten? Du hast zu mir gesagt, das sei ein süßer Tod.«

»Ich wollte bei meinem Sohn sein ...«

Vor mir stand eine Mutter, halb von Sinnen, die ihren achtzehnjährigen Sohn während einer Hollandreise verloren hatte.

»Er ist in meinen Armen starr geworden ...«

»Und hast du ihn gefunden?«

»Ich habe die gesamten Nord-Akimuden abgesucht ... Dort ist er nicht.«

»Was?! Du warst dort?« fragte ich erstaunt.

»Nun, ja ...«

»Ich kann ja mal mit ihm sprechen ...«

»Ja, tu das. Und du ... Mit wem bist du zusammen? Mit einer *rohen Bulette*! Was findest du eigentlich attraktiv an Prekariatsweibern?«

»Du kennst sie schlecht.«

»Sie ist argwöhnisch, nicht wohlwollend ... Zuerst hat sie mir gefallen, aber dann ... Sie hat schönes Haar ...«, gab Stella zu.

Ich erinnerte mich daran, wie sie neulich wegen eines Fotos in einem Bildband von *National Geographic* gestritten hatten. Fink hatte die Fotografie eines Tigers gefallen, der ein frisch gejagtes, noch lebendes Äffchen mit irrem Blick schön zwischen den Zähnen hielt.

»Wie harmonisch hier alles ist!«

Stella meldete Protest an:

»Das ist unmenschlich.«

»Was ist unmenschlich?«

»Sich am Sieg des Starken über den Schwachen zu entzücken.«

»Aber dann dürfen wir auch kein Fleisch essen …!«

»Wir entzücken uns ja auch nicht an der Tötung einer Kuh! Dann könnte man ja auch über Vergewaltiger sagen, sie seien harmonisch.«

Ein Schlag unter die Gürtellinie. Fink schluckte die Kränkung runter. Dieser ewige Streit rief bei mir Sodbrennen hervor. Ich war gegen *beide*. Wir bestehen aus einem gespaltenen Bewusstsein. Aber ich habe Äffchen immer gemocht … Jetzt im Keller spürte ich Stellas Grausamkeit. Weibliche Feindseligkeit ist voller Gift.

»Sie wird sich bessern«, wandte ich ein.

»Die erste Generation bessert sich nicht … Mein Lieber, du hättest mich heiraten sollen … Dann … Vor vielen Jahren … Du hattest plötzlich Angst …« Sie zog die Worte in die Länge. Sie war stolz auf ihr schön geformtes aristokratisches Gesicht.

»Hör auf … Das war alles nicht so … Wohin schicken sie dich denn nun?«

»Wohin? Ins Grab.«

»Was?«

»Zurück ins Grab! Wir, deine ganze Mannschaft, wir werden in die Gräber zurückgeschickt. Wir werden hier nicht mehr gebraucht.«

◇

Ich bin kein Prophet, aber ich war bereit, um was auch immer zu wetten, dass die orthodoxe Zivilisation bei uns Schiffbruch erleiden wird. Die Beteiligung der Toten an der Volkswirtschaft des Landes brachte keine spürbaren Ergebnisse. Ich irrte mich im Zeitraum. Ich dachte, zwei bis drei Generationen würden reichen. Nika nannte einmal einen Zeitraum von dreihundert Jahren; er irrte sich gewaltig, aber auch ich irrte mich. »In den Adern unserer Leute fließt kein rechtgläubiges Blut«, behaupteten die eingefleischten Liberalen, »sondern eine archaische Brühe. Kratzen Sie ein wenig an einem Russen, und wen finden Sie da? Nein, keinen Tataren, sondern einen Verschnitt aus Rechtgläubigkeit und Heidentum.«

Als Augenzeuge meiner Zeit sind mir voreilige Schlussfolgerungen fremd. Doch der tote Junge Slawik war wohl eher ein Heidenkind. Obwohl er andererseits auch einer unserer christlichen Jungen war. Oder trotz allem ein Heidenkind mit rechtgläubigem Einschlag. Oder umgekehrt. Ich weiß es nicht. Aber er hat gesiegt. Er hat die rechtgläubige Zivilisation erstickt. Er hat einen Aufstand betrogener Menschen, beleidigter Raupen, erniedrigter Geschöpfe initiiert. Und das einfache Volk glaubte an ihn.

Slawiks Aufstand lässt sich nicht logisch analysieren, denn Slawik lehnt jede Logik ab. Slawik tritt mal abwechselnd, mal gleichzeitig für und gegen die Kirche auf, für die da oben und gegen die da oben, für die Sonne und gegen den Mond, für den Mond und gegen die Sonne, er ist für Fußballschuhe und gegen Joggingschuhe, für Joggingschuhe und gegen jedes andere Schuhwerk. Mal ist er für Wodka, mal für Bier. Wenn man ihn nach einer Straße fragt, die man sucht, schickt er einen in die entgegengesetzte Richtung. Er ist seiner Fußballmannschaft treu, aber sich selbst ist er nicht treu. Er fährt mit dem Aufzug im selben Moment rauf und runter. Er lehnt seinen eigenen Aufstand im Namen der Ordnung ab, aber er hasst es, seinen Abfall in den Mülleimer zu werfen. Er hasst es, sich zu rühren, aber an einer Schießbude rumballern, das macht er mit Vergnügen.

Slawiks Aufstand geht in die Geschichte ein als Aufstand des Schwarzen Lochs gegen alle. Selbst Akimud war es müde, den Kopf hin und her zu drehen bei dem Versuch, die Flugbahn dieses Aufstands vorherzusagen. Slawik ging allen auf die Eier, und damit schreckte und weckte er überraschende Schichten der gebildeten Bevölkerung auf.

Slawiks Aufstand führte dazu, dass die rechtgläubige Revolution auf dem Weg zur rechtgläubigen Zivilisation stockte und zurückruderte. Was nicht bedeuten soll, dass das Land zu den allgemeinen Werten zurückkehrte und aufhörte, sich selbst aus Flugzeugen ins Eismeer zu stürzen. Es fuhr fort, sich hinunterzustürzen, aber der Verstand des Landes war mit Knastliedern beschäftigt.

Unwichtig, wer Slawik zu Lebzeiten war. Ob er Gassenjunge oder Fußballfan war, ob er gern das Georgsbändchen trug (»Danke, Großvater, für den Sieg.«) – all das hat keinerlei Bedeutung. Er ist von den Toten als wandelndes verletztes Gerechtigkeitsgefühl auferstanden, als Rächer. Er hat sich darauf gestürzt, die Feinde Russlands aufzuspüren, und er hat sie in allen russischen Menschen gefunden, inklusive sich selbst. Aber statt Verzweiflung erwachte in ihm das dringende Bedürfnis nach vollkommener Säuberung vom Denken. So wie die leuchtend rote Farbe und die Säulchen vieler orthodoxer Kirchen den europäischen Reisenden an indische Ashrams erinnern, drangen Slawiks Ideen in den auch ihm unbekannten Osten ein und fanden einen Widerhall in russischen Herzen. Er verschonte niemanden. Er versammelte Mitstreiter für eine solche Säuberung um sich, und offenbar gab Akimud ihm einen Teil seines Wesens ab, denn er wurde unbesiegbar. Statt süßlicher Hymnen von Kirchenleuten schlug er vor, die Seele zu röntgen. Das Land klirrte vor Reinheit – vor der Reinheit dieses atemberaubenden Wahnsinns.

◇

»Sie demonstrieren und demonstrieren, mir reicht's!« Der Taxifahrer, ein Typ um die dreißig, zog eine Grimasse und gähnte.

»Und finden Sie das alles gut?«, konnte Katja sich nicht beherrschen zu fragen.

»Hör auf«, flüsterte ich.

»Wozu der Aufstand? Völlig sinnlos! Russland wird immer Russland bleiben. Und Sie, gehen Sie etwa auf die Demo?«

»Genau das hab ich vor!«, erklärte Katja.

»Sind Sie lebendig oder *ewig*?«, fragte ich.

Neuerdings waren wir verpflichtet, die Toten politisch korrekt als *Ewige* zu bezeichnen.

»Nun ja, lebendig ...«, reagierte der Fahrer widerwillig.

»Ich kann Grobiane nicht ab!« Fink knallte die Tür zu, als sie am Puschkin-Platz aus der alten Karre ausstieg.

»Ey, bisschen sachte mit der Tür!«, bellte der Fahrer sie an und sprang aus dem Auto. »Dir gehört doch der Arsch versohlt!«

Ich war perplex, wusste nicht, ob ich ihm eins in die Fresse geben sollte oder lieber Geld, doch dann steckte ich ihm einen Tausender neuester Machart zu, mit dem farbigen Abbild der Familiengruft darauf. Zuerst wollte er ihn nicht annehmen, aber dann nahm er ihn doch, knallte stinksauer die Tür zu und brauste davon.

Am Eingang zur Grünanlage begegneten wir meinem *ehemaligen* Gehilfen Tichon. Ich winkte ihm freundlich. Er kam zu uns und sagte leise:

»Ich rate Ihnen ab, sich hier aufzuhalten. Das Gesetz des Genres. Eine Provokation wird vorbereitet ...«

»Selber Provokation«, zischte Fink ihn an.

Tichon löste sich in Luft auf.

Wir standen auf dem Puschkin-Platz, an die zweihundert Leute, nicht mehr, und hielten selbstgebastelte Fahnen mit Totenkopf und gekreuzten Knochen, die ihrerseits mit roten Kreuzen durchgestrichen waren, über unseren Köpfen.

Wir – das waren die Überreste noch nicht mundtot gemachter

Blogger, eine Handvoll Journalisten, ein paar ärmlich aussehende Frauen mit intelligenten Gesichtern, lebenslange Dissidenten, die immer und bei allem gegen alle Regimes waren, ein Dutzend mir aus alten Zeiten bekannter Schreibwütiger, einige müde Berühmtheiten der Vorkriegszeit. Besonders gefielen mir Studenten und Studentinnen, unserer Sache ergeben, aber mit lockerem jugendlichem Zynismus.

»Nieder mit den Leichen!«, skandierten die jungen Radikalen.

»Ihre Nekrophobie hat einen leicht rassistischen Einschlag«, bemerkte Fink missbilligend.

»Stimmt«, nickte ich. »Aber ich bin gegen einen Leichenhedonismus, der dann in Verhöhnung der Lebenden übergeht.«

Reden wurden gehalten, die das Regime der Toten verdammten. Auch Fink ergriff das Wort. Als sie zu sprechen anfing, verstummten alle, denn man wusste, dass sie Lisawetas Schwester war. Fink nahm das Mikrofon in die Hand und sagte:

»Leute! In den Untergrundlaboratorien von Moskau ist bereits ein Spray entwickelt worden, das die Toten in Staub verwandelt. Wir werden sie ansprühen wie Kakerlaken und sie alle bis auf den Letzten ausrotten!«

Um sie herum wuselten Fotojournalisten. Studenten und Studentinnen hüpften wie die Hasen auf und ab. In den Pausen zwischen den Auftritten schrien wir:

»Russland den Lebenden! Russland den Lebenden! Russland den Lebenden!«

Und außerdem bis zur Heiserkeit:

»Weg mit den Toten!«

»Weg mit den Toten!«, schrie Fink wütend.

Ein wenig zögernd beschlossen wir, über die Twerskaja zum Roten Platz zu gehen, aber kaum hatten wir uns ungeordnet in Marsch gesetzt, erhob sich vor uns eine Wand von Toten mit kosmischen Helmen. Wir dachten, alles würde enden wie immer: Man würde uns verprügeln, in Affenkäfige verfrachten, noch mal verdreschen, für zehn Tage wegen geringfügigen Rowdytums wegsperren und wieder nach Hause schicken. Doch statt Knüppeln hielten die kosmischen Polizisten Maschinenpistolen in den Händen.

Leider hatten wir keine einzige Dose mit Antitotenspray dabei, wir hätten sie alle vollgesprüht. Außerdem wussten wir nicht, dass in der letzten Nacht die Totenpolizei alle drei Untergrundlaboratorien, die das Antitotenspray herstellten, ausgehoben hatte. Später erfuhr ich, dass die Erstürmung des illegalen Laboratoriums im Bezirk Schabolowka wirklich gefährlich für die Toten gewesen war, denn die Wissenschaftler hatten sie angesprüht, und sie hatten sich in Luft aufgelöst. Doch trotz allem waren die heldenhaften Wissenschaftler erschossen worden.

Über dem Platz ertönte die allseits bekannte Melodie »Willkommen auf dem Friedhof …!«, in der Interpretation des Vokalensembles der freiwilligen Panzergrenadiere. Seit kurzem war das die Hymne der Antitotenkämpfer. Plakate mit »Willkommen auf dem Friedhof!« tauchten auch an den Haupttoren der Moskauer Friedhöfe auf. Die Toten rissen sie eigenhändig wieder ab. Wir aber schrien den Toten ins Gesicht: »Tote auf den Friedhof!«, und lachten, und das war ihnen besonders unangenehm. Die Melodie brach ab. Maschinenpistolensalven waren zu hören.

Das war ein neuer Blutsonntag. Studenten wurden erschossen. Studentinnen wurden erschossen. Wir alle warfen uns zu Boden, und da erblickte ich Slawik. Er kommandierte den Aufmarsch. Er war es, der uns tötete.

In der letzten Zeit war Slawik ein bedeutender Politiker geworden. Er wuchs wie ein Hefeteig, er hatte bereits den Chef verdrängt, er hatte ihn aus dem Anwesen auf der Rubljowka verjagt und ihm alle Hunde weggenommen. Samson-Samson hatte er zum Vizepremier befördert und in einer Hundehütte einquartiert. Slawik mochte neuerdings einsame Fahrradtouren am Ufer der Moskwa. Er stürzte sich mit Hanteln auf seine Wachleute, dann wieder spielte er mit ihnen Domino und trank russisches Bier. Slawik war jetzt der Oberbefehlshaber, trug das Atomköfferchen mit sich herum, löste die Duma auf, verbannte den Patriarchen auf die Solowki und ordnete an, auch ihn an die Kette zu legen. Slawik ließ die Regierungspartei *Brüder und Schwestern* verbieten und regierte Russland höchstpersönlich.

Er regierte Russland despotisch, willkürlich, aber gerecht. Den Bau der Autobahn Moskau–Petersburg ließ er stoppen, niemand brauchte sie. Petersburg wurde in Petrograd umbenannt. Unter seiner Regentschaft befasste sich das Volk mit volkstümlichem Handwerk. Es schnitzte Holzlöffel. Es produzierte natürlich allen möglichen Mist, jedoch mit großer Fertigkeit, ich würde sogar sagen, mit einer gewissen Raffinesse. Slawik trug einen Brillantohrring im rechten Ohrläppchen, schlug im Pferdestall Mädels von Modelagenturen, ging mit der Axt auf Bären los.

Das Volk verehrte ihn und erkannte sich in ihm wieder. Solch eine Einigkeit hatte die Geschichte noch nicht gesehen. Aber am meisten liebte er Fußball. Er organisierte Spiele zwischen Mannschaften der Lebenden und der Toten, und die Lebenden gingen stets als Verlierer vom Platz, denn sie spielten schlechter als die Toten.

Und dann trat er höchstpersönlich in schönen dunkelgrünen Stiefeln auf Fink zu, verbeugte sich und setzte ihr die Pistole an die Schläfe. Da sagte Fink zu ihm:

»Bist du das, glückloser Rächer?«

Slawik drehte durch und begann, ihr die Kleider vom Leib zu reißen, er wollte ihre weibliche Würde zerstören, aber da kam ich rechtzeitig dazu und schlug Slawik mit einem Knüppel auf den Kopf. Slawiks Kopf reagierte überhaupt nicht. Da schlug ich mit dem Knüppel noch einmal und noch einmal zu: Der Kopf krachte, Slawik fiel vornüber und schaffte es noch, Fink exakt zwischen die Brüste zu treffen.

Man hätte gar nicht zur Demo zu gehen brauchen – es war

klar, dass man unseren ganzen liberalen Haufen zerschlagen würde, aber Fink war trotzdem hingegangen – und ich mit ihr, nicht aus ideellen Erwägungen, sondern einfach aus Angst um sie.

Sie starb im Krankenhaus in meinen Armen.

◇

Ich rannte zu Akimud und flehte ihn an, sie wiederauferstehen zu lassen. Ich war aus irgendeinem Grund überzeugt, dass er es nicht ablehnen würde. Akimud sagte unwillig:

»Was kann ich da schon machen?«

»Nika!« Ich packte ihn am Jackett. »Du hast doch Lazarus auferstehen lassen und Ljadow auch!«

»Jetzt haben wir andere Zeiten …«, winkte Akimud ab. »Lass mich! Mag Lisaweta entscheiden.«

»Ich bitte dich …«

»Der Mensch kann nicht das Maß aller Dinge sein. Das ist Heuchelei. Es gibt wichtigere Dinge!«

Lisaweta war dagegen.

»Sie war immer schon verrückt. Ich finde nichts Schlechtes daran, dass sie tot sein wird. Wir haben hier schon ein ganzes Land voller toter Menschen. Jetzt wird sie die Unsere sein!«

»Aber ich brauche sie lebendig!«

»Wenn du sie so sehr liebst – dann lieb sie als Tote!«

»Aber …«

»Und wer hat mit einem *Knüppel* unserem Slawik den Kopf zertrümmert? Warum bittest du nicht für ihn?«

»Aber er war ja auch so schon tot …«

»Genauso bist du! Du bist gegen die Toten! Aber warst du es nicht, der mal zu meinem Mann gesagt hat, in Russland seien die Toten stärker als die Lebenden, es sei eine besondere Ehre, in Russland tot zu sein? Denn alle wissen, dass wir nur die Toten wirklich und wahrhaftig lieben!«

Zuletzt

Tigris, lass mich gehen ... Tigris ... ich bin ein selbständiges Mädchen ... Tigris ... Ja. Als ich auf dem Puschkin-Platz herumwirbelte und alle in verschiedene Himmelsrichtungen davonrannten, dufteten auf einmal süß die Himbeertomaten vom Kertscher Markt, und ich begriff, das war's. Alles war auf einmal unbedeutend, auch der Name des Platzes. Polizisten und demokratische Intrigen riefen bei mir die Panik gestohlener Zeit hervor, ich begann mich an Erinnerungen zu klammern, konnte mich aber an nichts erinnern, an freche Aktionen, an Bücher, ich begann mir selbst leidzutun, eine Leere tat sich auf, aber man wollte mich in dieser schwindenden Bedeutungslosigkeit festhalten, man klammerte sich fest, als wollte man mir ausdrücklich meine Nichtigkeit zeigen, das Fehlen von Edelmut, elementarer Anständigkeit, das Unvermögen, Freundschaften zu pflegen, ich wand mich, wollte ausbrechen, aber im Krankenhaus ließ man mich nicht. Man wollte mich zurückschicken, durch die schwarze Tür. Tigris! Bist du da, hinter der schwarzen Tür? Und er – der, mit dem ich zusammen war, Tigris, du, den ich angeblich liebte, wurde ebenfalls unbedeutend, einer von vielen, egal wer, aber unbedeutend, und du hast mich geärgert mit deiner Hartnäckigkeit, mich als dein Eigentum zu bewahren und mit mir auf ewig zusammenzubleiben. Ich fühlte den schrecklichen Wunsch, mich von dir zu befreien und dich wegzustoßen, aufzuspringen und dich wegzustoßen. Ich fühlte eine Eiszeit. Die irdische Liebe erwies sich als einlullend und verräterisch. Die Leiden sahen dumm aus. Ich strengte mich an, dir das zu sagen, ich öffnete die Augen, und du erschrakst bei meinem Blick, aber es gelang mir nicht, und da sah ich vor mir eine niedrige weiße Tür, und ich streckte die linke Hand vor, um abzubremsen.

Mir tat Tigris leid, weil er unbedeutend war und nicht verstanden wurde. Aber dann schien er all seine Kraft zusammenzunehmen, und ich drehte mich noch einmal um, ich wirbelte herum – und auf meiner Beerdigung beobachtete ich alle schon etwas ruhiger, ich kicherte sogar ein bisschen. Es war komisch zu sehen, wie die Revolutionäre Tigris zur Seite drängten. Es war komisch, Mama und meinen Stiefvater anzusehen, der alles fotografierte, und Denis, der das Kommando über den Aufmarsch führte, den traurigen Tigris – mit dem ich zusammengelebt und der mich immer überschätzt hatte. Und den Strauß weißer Rosen, »Von der Schwester« stand daran – der Hochzeitsstrauß, den sie gebracht hatte, war mit demselben Satz versehen gewesen, nur mit einer ungeraden Anzahl Blumen, dafür aber viele, viele, die von Herzen kamen, und hier waren es auch viele, der Satz war derselbe, aber ich verstand, dass man nicht so mit Vergangenem um sich werfen soll, dass das ein Reichtum ist, den man nicht einfach abtun kann, und ich schämte mich plötzlich für mein Leben. Und kaum schämte ich mich, kam Akimud schon weiß gekleidet auf mich zu, nach Rosen duftend, als wollte er mit mir an der Uferstraße spazieren gehen.

»Warum nennst du ihn Tigris? Du hast ihn doch nie so genannt!«

»Dieser idiotische Name kam mir nach dem Tod in den Sinn. Ich weiß noch nicht, ob ich ihn auf ewig benutze. Vielleicht ja nicht?«

Akimud lachte. Er sah aus wie ein Kapitän in der weiße Uniformjacke mit den goldenen Knöpfen. Es fehlte nur noch die Pfeife.

»Dir fehlt noch die Pfeife.«

Er lachte wieder, und mir wurde ruhig ums Herz, nur konnte ich überhaupt nicht begreifen, wie er eigentlich für alle da sein, auf alle zugehen konnte, aber er sagte mir alles darüber, ohne Worte zu benutzen. Da sagte ich, es sei nicht richtig zu denken, dass ich nichts verstünde, ich bereute natürlich, und da kam Klara Karlowna zu mir, und auch Iwan der Treue kam zu mir und noch einige andere, auch Jerschow. Als ob alle an einer Uferstraße spazieren gingen, und das ist das eine Ufer, und dort gibt es irgendwo ein anderes. Du möchtest wahrscheinlich zurückkehren? – fragte Akimud, und ich sagte sofort »nein«, aber dann sagte ich »ja«, und ich sah Nika an, weil er freudig und bedrohlich zugleich aussah. In mir regte sich der Gedanke, ihm meine Liebe zu gestehen, denn ich liebte ihn ja von Kindheit an, als ich noch nicht wusste, dass er – er ist, und ich bekam zum Lohn das, was kaum jemand hatte, aber sie fuchtelten mit den Händen, um mir zu bedeuten, ich solle nicht weitermachen, und ich verstummte. Jerschow gab mir plötzlich zu verstehen, dass ihn meine idiotischen Filme aufregten, in denen ich ganz jung gewesen bin, aber ich glaubte es gar nicht, denn wie viele von uns werden gefilmt, und das ist unwichtig, na und? Als ob diese idiotischen Filme mich gehindert hätten, im Leben was Wertvolleres zu machen, aber ich sagte, es sei ein Fehler der Männer zu glauben, wir seien alle gleich und nur als Falle erschaffen, in die sie tappen könnten. Nein. Ich begann nach Worten zu suchen, denn ich begriff, dass ich so wenig getan hatte, aber Akimud sagte, dass ich die Triebfeder für die Handlung sei. Du bist ein großer Fluss, sagte Akimud, in den Bäche und kleine Flüsse münden, du bist die Vereinigung verschiedener Leben, und in dem Moment wollte ich schrecklich gern zurückkehren. Aber Akimud lachte: Warte. Worauf soll ich denn warten? Ich bin schon auf den Akimuden gewesen. Dorthin habe ich es nicht eilig. Und wieder schlug alles um. Warum hast du dich gegen die Toten gestellt? Aber ich wollte doch keinen Stillstand des Lebens! Was verstehst du davon?, fragt Jerschow. Und wer versteht was davon?, wundere ich mich. Vielleicht mein Schwesterchen? Na bitte. Alle waren bekümmert, als ob ich was Falsches gesagt hätte. Und warum bist du nicht ins Kloster gegangen? Ach, daher weht der Wind! Mich hat das Leben abgelenkt, ich habe begonnen, mit ihm zusammenzuleben, mit Tigris, ich nenne ihn so, damit er nicht weiß, wer gemeint ist, und ich habe angefangen, mich zu verändern, lass mich los! Und an was erinnere ich mich? Du hast mir die Süße des Lebens gegeben, diesen Saft, der das Leben vorwärtstreibt, diesen Saft, der ja der Saft des

Lebens ist, und wozu mich danach fragen, wenn ich ihn irgendwo nicht am rechten Ort verschüttet habe? Ob ich mich schäme?
Aber dort ist alles dermaßen zugenagelt! Kein einziges Fenster!
Man bewegt sich tastend vorwärts, die Philosophie hilft nicht, es
gibt sie schon lange nicht mehr, sie hilft nicht, allein aus dir selbst
kommt Licht. Sie hat mich geliebt, sagte Akimud. Und alle nickten.
Dort. Auf der Uferstraße. Wo es nach weißen Rosen duftete. Und
ich sagte: Entschuldigt, dass ich eine Trödlerin war! Verzeiht mir
bitte.

◇

Zu Finks Beerdigung kamen viele Protestler. Fink lag in einem
offenen Kristallsarg, den Denis bezahlt hatte. Er wollte Fink als
Schneewittchen sehen. Der sündhaft teure Sarg war eine Sensation.
Denis versteckte sich hinter den Protestlern. Einige waren so heftig
in ihrem Hass auf die Toten, dass sie bei der Beerdigung wichtiger
in Erscheinung traten als ich und mich sogar vom Sarg wegdräng-
ten. Doch als ihnen dämmerte, dass Fink durch ihren Tod aus den
Reihen der Lebenden desertierte, waren sie in ihren Trauergefüh-
len irritiert und ließen mich betreten nach vorn.

»Ich hau dich da raus, versprochen«, flüsterte ich, über das Gesicht meiner toten Freundin gebeugt.

Lisaweta erschien nicht auf dem Friedhof, schickte aber einen
Kranz aus Sonnenblumen mit einer weißen Schleife und dem Aufdruck »*Der Schwester von der Schwester*«.

Plötzlich brüllte unter den Leuten jemand aus vollem Halse und
fröhlich in ein Megafon:

»Die Leiche eines Feindes riecht gut!«

Denis' Leute stürzten los, um den Mistkerl aufzustöbern, aber
sie fanden ihn nicht. Finks Mutter, Maria Wassiljewna, und ihr
Stiefvater, Waleri Dawlatowitsch, wussten nicht, wie sie sich benehmen sollten. Maria Wassiljewna spielte bescheiden die Rolle

der trauernden Mutter, heulte ein paarmal wie ein altes Weib, und dann wandte sie sich zu mir um und fragte trocken:

»Und was jetzt?«

Waleri Dawlatowitsch glotzte die Societyfotografen an. Über Beziehungen hatte Fink ein Grab auf dem Wagankowo-Friedhof zugewiesen bekommen. Finks Beisetzung wurde überraschend zu einem Wendepunkt. Auf einmal kam im öffentlichen Bewusstsein etwas ins Rollen. Russlands Geschichte nahm eine neue Wendung ...

Nach der Beerdigung rannte ich wieder zu Akimud, drang jedoch nicht bis zu ihm vor, lediglich bis zu Lisaweta, die mich kühl und verächtlich empfing.

»Was kommst du ständig hier angerannt wie ein Idiot! Siehst du wirklich nicht, dass wir deine Werte nicht teilen?«

»Lisaweta, Fink liegt schon im Grab!«

»Ich weiß. Das hat sie verdient.«

»Ich kann nicht ohne sie.«

»Beruhig dich. Sie kommt als Tote zu dir. Ich bin sicher.«

»Kannst du nicht Nika bitten ...«

»Nein. Und außerdem, was macht das schon für einen Unterschied! Die Lebenden und die Toten haben sich vermischt. Wenn du willst, erschieß dich. Dann seid ihr ein totes Pärchen.«

Da betrat Nika den Raum. Auf seinem Gesicht lag ein besorgter Ausdruck.

»Lissi! Vater ruft mich zu sich.«

»Was!«

»Er sagt, es sei zu viel Blut vergossen worden.«

»Ohne Blut geht's bei uns doch nicht«, wunderte sich Lisaweta.

»Er schlägt mir vor, alle Toten in ihre Gräber zurückzuschicken.«

»Alle?«

»Mmh.«

»Und wer soll dann hier regieren?«

»Der Chef. Er wird wieder Chef. Im äußersten Fall kann man ihm ein anderes Gesicht verpassen. Ihn verjüngen. Übrigens, es geht ja auch so.«

»Aber er ist doch auch tot!«

»Das merkt keiner.« Plötzlich richtete er seine Aufmerksamkeit auf mich und sagte spöttisch: »Na, wie sieht's aus? Da haben wir uns wohl alle was eingebrockt.«

»Der Chef ist moralisch veraltet! Alle haben genug von seiner Unersetzlichkeit«, sagte ich. »Wir brauchen keinen ewigen Chef! Das ist der Weg zur Revolution!«

»Jetzt hör aber mal auf, mich immer mit Revolutionen zu erschrecken.« Akimud winkte ab. »Ich sag dem Chef, dass er die Schrauben kräftiger anziehen soll. Das wird reichen!«

»Nika, lass Fink wiederauferstehen.«

»Tu das nicht!«, schrie Lisaweta.

»Schön, ich denke darüber nach«, sagte Akimud zu mir.

»Ach ja ... Noch was ... Nika, meine Assistentin Stella ...«, begann ich ziemlich stockend, »kann ihren Sohn nicht finden ... auf den Nord-Akimuden ... Und überhaupt, könnte man für sie nicht einen anderen, besseren Ort finden ...?«

»Misch dich bitte nicht in meine Angelegenheiten«, war die Antwort.

◇

Und plötzlich, von einem Moment auf den anderen, schlug alles um. Ob es das blutige Niederknüppeln auf dem Puschkin-Platz war oder Finks von heftigen Protesten begleitete Beerdigung, ob es die Rückkehr des Chefs war oder die gewalttätige rechtgläubige Zivilisation mit den Toten, ob es Slawik war oder die Auflösung der Toten selbst im lebendigen Leben ... jedenfalls schlug eines Tages alles um.

Ich fürchte mich nicht gern

»Sie nennt dich Tigris«, flüsterte Akimud. »Warum Tigris? Klingt irgendwie dumm. Fühlst du dich einsam? Schlecht ohne sie?«

»Tigris?«

»Fühlst du dich schlecht ohne sie? Einsam?«

In der Luft hing der Geruch von Revolution. Das ist ein mit nichts zu vergleichendes Gefühl. Und obwohl die wesentlichen Ereignisse schwerlich in puncto Zeitraum und Bedeutung vorherzusehen sind, ist das Gefühl vorhanden, dass eine unsichtbare Wasserscheide überschritten ist und der Wagen der Geschichte wieder einmal abwärtsrollt – zuerst langsam und dann immer schneller und schneller, mit Pfeifen und wildem Gepolter. Auf so einem Wagen mitzufahren ist beängstigend, sehr viel beängstigender, als sich über eine endlose Ebene zu schleppen und dabei lediglich in lähmende Lethargie zu verfallen. Aber es gibt eine Menge Leute, die sich gerne fürchten. Ob darin das Rätsel unseres Landes besteht?

Einmal, im Pariser Disneyland, bin ich in ein Wägelchen gestiegen und damit in eine künstliche Unterwelt gefahren, die mich ordentlich zu erschrecken versprach. Mit mir fuhren Erwachsene und Kinder, und mir war klar, dass der ganze Horror banal und billig sein würde. Aber etwas ging mir doch unter die Haut. Als mich in der Dunkelheit irgendwelche unbekannten knochigen Hände berührten, begann ich trotz des Bühnenzaubers am ganzen Körper zu zittern. Neben mir lachten hysterisch Eltern und Sprösslinge verschiedener Nationalitäten, sie beschworen die Angst herauf und reagierten vollkommen begeistert darauf, so wie es auch auf Achterbahnen und dergleichen schwindelerregenden Attraktionen der Fall ist. Ich dagegen, ich weiß nicht warum, zog mich in mein Inneres zurück. Ich versuchte den Unterschied zwischen ihnen und mir zu begreifen, der sich in dem offenen Wägelchen gezeigt hatte, und ich wurde mir bewusst, dass eine Seite zweifellos unrecht hatte.

Damals, in der Unterwelt des Disneylands, fiel mir ein, dass es eine Menge Leute gibt, die Horrorfilme mögen und denen der Nervenkitzel Vergnügen bereitet, der von kostümierten Draculas oder menschenfressenden Gespenstern ausgeht. Ist gerade kein Kino in Reichweite, kann man auch nach alter Manier nachts einen verwahrlosten Friedhof aufsuchen und zwischen den Gräbern spazieren gehen. Egal wer du bist, du wirst ein merkwürdiges mulmiges Gefühl haben, das mit deiner Weltanschauung am helllichten Tag überhaupt nichts zu tun hat. Was ist das? Eine Fitnessübung zur Herausbildung von Furchtlosigkeit, metaphysische Kniebeugen oder nur ein unseriöses Verhältnis zum Schrecken des Lebens, das dir von oben gegeben wurde?

Mein Graupapagei hat tödliche Angst vor Besen. Wenn man zufällig mit einem Besen in die Nähe seines Käfigs kommt, gibt er einen markerschütternden Schrei von sich, der keiner anderen seiner Lauthervorbringungen ähnelt, und er fällt verängstigt, wie tot auf den Boden des Käfigs. Man kann ihn nicht an einen Besen gewöhnen. Wie oft man auch einen Besen an den Käfig hält, so oft wird er auf den Boden fallen. Schwer zu sagen, was genau er in dieser Bedrohung sieht, für was oder wen er den Besen hält, aber er nimmt den Besen ernst, und es ist besser, ihn von dem Vogel fernzuhalten, um ihn nicht zu traumatisieren. Ganz offensichtlich bin ich lächerlich, denn ich ähnele meinem Papagei.

Kann man mein Verhalten und das Verhalten meines Papageis als Feigheit verstehen? Vom Standpunkt eines Horrorfans vermutlich schon. Aber mein Papagei und ich antworten auf den Vorwurf der Feigheit mit einem verantwortungsvollen Verhältnis zur Angst. Doch gerade hier hacken die Anhänger einer fröhlichen Lebenseinstellung auf uns ein. Der Papagei Shiva (zu Hause nennen wir ihn Shivotschka) besitzt ein reiches genetisches Gedächtnis. Er hält den Besen für ein Raubtier. Nein, er wird mir nicht erzählen, was für ein Raubtier das ist, aber es gibt noch ein anderes, mir verständlicheres Beispiel. Er fürchtet sich auch vor dem Staubsaugerschlauch, überhaupt vor allem Röhrenförmigen – hier handelt es sich offensichtlich um Schlangenersatz. Wie dem auch sei, Shiva fürchtet sich nicht gern. Und da bin ich mit ihm solidarisch. Auch ich fürchte mich nicht gern. Und das kann man ja nicht nur als Ausdruck von Ängstlichkeit verstehen, sondern auch als Statement eines furchtlosen Menschen. Ich fürchte mich nicht gern! Mit anderen Worten, wenn ich die Angst ernst nehme, dann spaße ich auch nicht gern damit.

Angstfans pflegen ein leichtsinniges Verhältnis zur Angst wie zu einem treuen Blindenführer. Aber noch nie hat jemand die Frage beantwortet, ob die Angst Teil des Lebens ist oder das Leben Teil der Angst. Ganz am Anfang war vielleicht diese Angst des Nichtseins, die das Leben selbst hervorgebracht hat und es weiterhin dominiert. Diese Vermutung ist begründet durch das Eindringen der Angst in alle Sphären, und unser Verhalten im Leben ist lediglich eine klägliche Antwort auf die Allmacht der Angst. Wovor haben wir nicht alles Angst?

Wir haben Angst vor der Einsamkeit und dem Kollektivismus, vor der Ehe und der Ehelosigkeit, vor Hitze und Kälte, vor Hass und Liebe. Wir haben bei weitem mehr Angst vor dem Leben als vor dem Tod, denn in jeder Lebensäußerung steckt eine lästige Bedrohung unserer Sicherheit. Die Angst vor dem Tod ist die konsequente Schlussfolgerung aus der Angst vor dem Leben. In der Angst formen wir die Bilder unserer Götter, und nur der Schoß der Mutter erweist sich für uns als ganz sicherer Ort.

Im Pariser Disneyland habe ich den Aufstand des Menschen gegen die Gewalt der Angst erlebt, aber in diesem lachlustigen Aufstand steckt die Unvollkommenheit der menschlichen Natur, die das Problem eher verdrängt oder, wie Blaise Pascal sagte, davon *ablenkt*, statt seine Lösung anzustreben. Und im Übrigen, lohnt es, sich auf ein Problem zu fixieren, das unlösbar ist?

Wenn ich sage, dass ich mich nicht gern fürchte, dann gehe ich aus von der Voraussetzung einer globalen Bedeutung der Angst, schmälere ihre Bedeutung nicht und rebelliere auch nicht dagegen, sondern drücke meine emotionale Beziehung dazu aus. Umso weniger gern fürchte ich mich, wenn die Angst von Leuten zur bewussten oder unbewussten gegenseitigen Unterdrückung benutzt wird. Gerade die Angst und nichts anderes unterdrückt den Menschen in höchstem Maße, führt zum Zerfall seiner Persönlichkeit. Das leichtsinnige Verhältnis zur Angst (wird schon vorbeigehen!) bedeutet Zustimmung zur Fortsetzung der Angst im alltäglichen Leben, Sublimierung der eigenen versklavten Lage in der Gesellschaft und im Staat, ein Karnevalstag, auf den der übliche Trott folgt. Der Vorgesetzte rächt sich am Untergebenen für seine Ängste, und die oberen Etagen, die staatliche Angst verkörpern, halten mittels animalischer Ängste das Volk in Abhängigkeit. Doch in einem bestimmten Moment wird das Volk es müde sein, sich zu fürchten, und dann geschieht eine Explosion. Die Revolution ist die Befreiung von den früheren Ängsten und die Entstehung von neuen.

Der Staat ist nötig, um die menschlichen Ängste zu minimieren, und nicht, um sie aufzublasen. Wir in Russland sind Meister im Produzieren von Ängsten, und das bei fast völligem Fehlen der *Angstforschung*. Als Ergebnis landen wir irgendwo in der Mitte zwischen Natur- und Gesellschaftsmensch.

Einmal bin ich auf weit entfernte Inseln in der Beringstraße geflogen. Das war eine gefährliche Reise, aber sie hat sich gelohnt. Zwischen dem Eismeer und dem Stillen Ozean liegen zwei Inseln. Die eine ist kleiner, die andere größer. Vom Hubschrauber aus betrachtet, ähneln sie zwei Kuchen, einem länglichen und einem runden. Die runde Insel heißt Kleine Diomedes-Insel und gehört den amerikanischen Eskimos, die längliche gehört uns, die Große Diomedes-Insel oder Ratmanow-Insel. Ich flog Anfang Juni auf die amerikanische Insel und sah Eskimos, die ungeachtet der Temperaturen um den Gefrierpunkt und trotz Nebel in Shorts und T-Shirts herumliefen. Auf dem T-Shirt eines schlaksigen Eskimojungen der Aufdruck: *NO FEAR*. Die Kinder aßen Eis und tollten im nassen Schnee herum …

Auf der großen Insel herrschte die gleiche Temperatur, obwohl sich die benachbarten Inseln auf verschiedenen Erdhalbkugeln befinden, aber die Garnison unserer wackeren Grenzsoldaten dort trug Wintermäntel, Pelzmützen und Filzstiefel. Alles andere als *NO FEAR*. Befiehl deinem Herzen, den Sommer zu verkünden, und es wird Sommer sein, aber hier – Winter … Winter … Winter …

Ich bin unter dem Zeichen der Angst geboren. Mein erster bewusster Eindruck – *ein Totenkopf mit gekreuzten Knochen* an einem Strommast im Sommer in Rasdory, einem Ort, der damals noch verschlafenes Moskauer Umland war. Manchmal denke ich, dass gerade diese meine kindliche panische Angst, den Mast zu berühren, mir die Kraft gegeben hat, Schriftsteller zu werden. Literatur befindet sich in einer fließenden Wechselwirkung mit der Angst. Ich bin dem Mast dankbar. Die Literatur hat mich gelehrt, dass ich mich nicht gern fürchte. Darin sehe ich meine bescheidene Furchtlosigkeit.

Blick von der Tribüne

Wie ein Eisbrecher stapfte ich durch eine unübersehbare Menschenmenge und erklomm die Tribüne. Denis, Finks Ex-Liebhaber, Besitzer von Fabriken und Yachten, hielt eine Rede. Er schrie revolutionäre Losungen heraus. Die anderen Revolutionäre – bekannte *Opas* und auch ganz junge Leute – beäugten und musterten einander kühl. Es schien, als wollten sie bereits die revolutionären Posten unter sich aufteilen. Ich trug Jeans in Ziegelrot, und die mir freundschaftlich gesinnten Revolutionäre fanden, sie stehe mir sehr gut. Andere wandten sich von mir ab, da sie mich für Akimuds Protegé hielten.

»Weg mit den Toten!«

»Weg mit ihnen!« Die vieltausendköpfige Menge mit verschiedenfarbigen Fahnen, je nach Zugehörigkeit zum jeweiligen Gewissen, brüllte so laut »Weg mit ihnen!«, dass sich der Himmel mit vor Schreck auffliegenden Vögeln bedeckte und ganz schwarz wurde.

Ich erinnerte mich an jenen Tag, als die Moskauer Sirenen heulten und die Menschen unter die Erde jagten. Jetzt war für die Toten der Zeitpunkt zum Heulen gekommen.

Wer ist schuld, dass das *lebende* Russland aufgewacht ist? Noch vor kurzem hat es friedlich geschnarcht, und das Leben in Russland schien auf Jahre hinaus gestorben zu sein. Wer hätte vorhersehen können, dass im Schneetreiben Massen von *lebenden* Menschen auf die Straße gehen? Kein Mensch auf der ganzen Welt.

In Russland misst man die Zeit mal in Ewigkeit, mal rast sie in irrem Tempo dahin. Ich dachte, ich wüsste, was in zehn Jahren mit Russland sein wird, und jetzt weiß niemand mehr, was morgen passiert. Wir haben unter zaristischer Autokratie gelebt, unter Stalin'scher Autokratie, und wir glaubten, die Toten würden uns überleben. Als der Chef zurückkehrte, um die Toten anzuführen, gewöhnten sich alle mehr oder weniger an den Gedanken, das sei eben das Schicksal unseres Landes. Und da plötzlich entstieg die russische Demokratie der Erde, so wie die Toten in der Metrostation »Majakowskaja«, und ihr Auftauchen schockierte nicht nur die Staatsmacht, sondern auch die russische Demokratie selbst.

Die Staatsmacht ist selbst schuld daran, dass das Volk massenhaft auf die Straße geht und demonstriert. Die Ideologie des Chefs *vor dem Totenkrieg* war ein Deal: politische Loyalität der Bürger gegen Freiheit im Privatleben. Wir erhielten die in Russland nie gekannte Möglichkeit, den eigenen Lebensstil zu bestimmen. Im Laufe der Regierungszeit des Chefs verdrehte uns diese Freiheit den Kopf. Wir wollten auf einmal mehr als nur Freiheit im Privaten. In Autostaus stehend und in Cafés sitzend, hingen wir schädlichen Gedanken darüber nach, was wir eigentlich *wollen wollten*.

Aber stellen wir uns vor, der Chef wird verrückt und gibt uns Freiheit. Will jemand in Russland Liberalismus haben, dann muss das durch Machtergreifung geschehen und nicht durch Wahlen. Und nach der Machtergreifung braucht es ein strenges Regime des Liberalismus. Unter Katharina der Großen wurde die Kartoffel nach Russland gebracht. Niemand wollte sie pflanzen. Die Bauern rebellierten. Die Kartoffel war eine gute Sache, aber sie war unbekannt. Die Zarin führte die Kartoffel zwangsweise ein. Dasselbe erwartet im Grunde den russischen demokratischen Liberalismus. Bislang kann er nur zwangsweise eingeführt werden.

»Hallo, Alter!« Auf dem Höhepunkt meiner Überlegungen zum Schicksal der Heimat erreichte mich auf der revolutionären Tribüne per Handy die Stimme Ljadows.

»Hallo!«

»Alter, sie haben mich gerade eben aus dem Knast entlassen!«

»Gratuliere! Wie war's da so?«

»Ich hatte ein regelrechtes *Déjà-vu*! Wir haben so oft auf unsere Gefängnisse geschimpft, mit denen wir immer kokettiert haben, dass es mir so vorkam, als hätte ich schon gesessen. Alles eins zu eins. Keinerlei Abweichungen vom Horror.«

»Führen die Toten auch im Gefängnis das Kommando?«

»Was für Tote? Nur so krasse Mystiker wie du glauben an Märchen aus dem Jenseits. Als Biologe sage ich dir: normale lebende Sadisten!«

Ich stand auf der Tribüne und sah das Unmögliche: Zehntausende von Menschen. Wer seid ihr? Künftige Emigranten, künftige Lästermäuler am Küchentisch, schon bald zerquetschtes Ungeziefer oder die Sieger von morgen?

»Wirst du sprechen?«, fragte Denis.

Ich bereitete mich auf meinen Auftritt vor. Was will ich dem Volk sagen?

Alles oder nichts

....
....
....
....
....
....
....
....

Abberufen!

»Papa beruft uns doch ab!« Akimud kam sehr schlecht gelaunt ins
Schlafzimmer zu Lisaweta.

Lisaweta im purpurnen Bett auf hohen Kissen. Halb liegend,
halb sitzend, unbekleidet, las sie »Mein Kampf«.

Sie legte das Buch zur Seite und sah ihren Mann an.

»Abberufung? Was soll das, ist er jetzt völlig durchgeknallt? In
so einem Moment!«

»Genau das habe ich ihm auch geschrieben!«

»Merkwürdig. Auf wessen Seite steht dein Papa?«

Akimud schwieg eine Weile.

»Lisa, was redest du! Das ist Gotteslästerung.«

»Mein Küken! Die russische Idee verlangt nach einem russischen Gott und nicht nach einem von auswärts, aus dem Sonnensystem. Das ist alles zu abstrakt und riecht nach liberalem Huma-
nismus.«

»Mit Frauen lässt sich schlecht diskutieren«, seufzte Akimud.
»In Wirklichkeit bin ich einfach müde.«

»Mein Küken!«

»Ich bin eine Ente und kein Küken!«, präzisierte Akimud.

»Nika, lass Fink wiederauferstehen«, sagte ich, auf der Türschwelle stehend.

»Jetzt hab doch etwas Geduld!«

Lisaweta, die keine Anstalten machte, ihre Nacktheit zu verbergen, warf mir vor, an allem seien meine Ängste schuld.

»Wären nicht deine Ängste, gäbe es auch keinen Akimud«, sagte sie. »Kommst du mit uns?«

»Wozu? Was soll ich in der akimudischen Wüste?«

»Du hast verkehrte Vorstellungen.«

»Ich bevölkere die Hölle nicht mit meinen persönlichen Feinden, ich rechne nicht mit ihnen ab. In Russland ist das Leben wie im Krieg – beängstigend, aber man muss in jedem Moment imstande sein, eine Wahl zu treffen. Wenn Russland dich linkt, dann gehst du, um eine Erfahrung reicher.«

»Fink hat es schlicht und ergreifend für ein rüpelhaftes Land gehalten.«

»Es ist eine Menagerie. In Südafrika gibt es einen riesigen Zoo …«

»Du bist schwer russlandkrank.«

»Nika«, sagte ich, »wir brauchen einen neuen Peter den Großen …«

»Einen strammen liberalen Diktator mit Sinn für Gerechtigkeit, der nicht kleckert und an alle gleich viele mit Öl gefüllte Pralinen verteilt … Wo soll ich so einen hernehmen?«

»Wer suchet, der findet!«

»Na gut, womit bitte schön soll ich beginnen – mit der Rettung Russlands oder mit der Auferweckung unserer Venus von Mytischtschi?«

Vom Sofa her schallendes Gelächter der *Elenden*.

»Wir haben bei euch eben eine kleine Apokalypse inszeniert.« Nika lachte seinerseits. »Aber das ist nicht so schlimm! Eure Generäle haben sich geirrt: Wir sind keine Krähen. Wir sind Enten. Wir fliegen zurück in unseren Sumpf.«

Lisaweta lauschte seinen Worten.

»Du bist eine Ente, Liebster?«

»Auch Papa ist eine Ente. Und du wirst eine Ente sein.«

Sonnenaufgang … Am Himmel schmale nördliche Wolken. In ungeordneten Reihen gingen die Toten zurück auf die Friedhöfe. Mit gebeugtem Rücken, wie Gefangene. Ohne Lieder. Ich erinnerte mich plötzlich, wie sie drohend und fröhlich an den Tagen des Sieges gesungen hatten:

Erheb dich, toter Bruder, schnapp dir die Schippe!

Sie begannen mir ein kleines bisschen leidzutun. Zum zweiten Mal mussten sie sich vom Leben verabschieden. Die Nord-Akimuden erwarteten sie mit Wobla. Das heil gebliebene Volk betrachtete sie aus den Fenstern und sagte nichts. Über den Friedhofstoren waren Spruchbänder gespannt: »Willkommen auf dem Friedhof!« Ob dies als Begrüßung oder als Verhöhnung zu verstehen war, blieb unklar.

Lisaweta packte vier Koffer und dreißig große Kartons. Sie wusste, dass man auf den Akimuden nicht groß einkaufen konnte.

»Nika, und was gibt es noch bei euch nicht?«

»Lass mich in Ruhe!«

Nika lief im Zimmer auf und ab und gab dem Chef Anweisungen. Der Chef hatte ein *neues* Gesicht, aber es war trotzdem zu sehen, dass er unser alter Chef war.

»Halte Russland in Angst, halte das Volk an der Kandare, aber mach weiter auf Demokratie«, sagte Akimud, im Zimmer auf und ab gehend.

Der Chef, beleidigt, DA MAN IHN NICHT LIEBTE, nickte devot: Das wusste er auch ohne Akimud.

»Du musst sie kleinkriegen. Wenn nötig, einsperren. Denis lass unverzüglich verhaften! Lass keinem etwas durchgehen! Bei allem Übrigen sei ein beispielhafter Demokrat!«

Der Chef nickte.

»Ich werde Kleinholz aus allen machen!«

»Sag irgendetwas Liberales!«

»Ich will dem Volk Internet und Toilettenpapier zurückgeben«, sagte er mit ratsuchendem Blick.

»Das geht«, stimmte Akimud zu. »Aber nicht übertreiben. In der Politik muss man viel und ehrlich lügen. Wer wenig lügt und ohne Inspiration, der ist kein Politiker.«

»Und was kommt danach?«

»Danach werden sie dich verfluchen ... Aber das ist danach ... danach ...«

»Wann?«

»Das hängt ganz von dir ab.«

»Aber Sie nehmen mich zu sich, auf die Akimuden – *danach*?«

Akimud hatte es nicht eilig mit einer Antwort.

»Bin ich *Stroh*?«, fragte der Chef.

»Du hast so eine hysterische Angst um dich selbst, dass du dich vor lauter Schreck an Russland geklammert hast ... Du bist entflammbares Reisig!«

»Das mit dem Scheiterhaufen war keine gute Idee ... Verzeihen Sie!«

Der Chef bat zum ersten Mal in seinem Leben um Verzeihung. Er war trotz allem ein merkwürdiger Mensch. Mal verschlossen bis zu einem Maße, dass er immer zusammenzuckte, wenn man ihn beim Vor- und Vatersnamen ansprach, als hätte man ihn entlarvt, und mal unerklärlich offen. Dem nächstbesten auf Besuch weilenden Franzosen konnte er anvertrauen, dass seine Gattin die zweite Frau in seinem Leben sei und er sie nur deswegen geheiratet habe, weil seine erste »Liebe« ihm den Laufpass gegeben habe und diese deren Freundin gewesen sei ...

Der Chef wollte gern irgendeine andere Regierungsform für Russland erfinden, mochte sie auch exotisch sein, aber er wusste, dass ihm nichts Neues einfallen würde. Tief im Innersten hatte er nicht einmal immer der Chef sein wollen, aber er wusste, dass das Land ohne ihn untergehen würde.

»Wenn du etwas Besonderes willst, dann bau in Russland Wein an und produziere Bonsai-Wein.«

»Der erfriert«, sagte der Chef.

»Ach was!«

»Und was ist Bonsai-Wein?«, fragte der Chef.

»Wie, das weißt du nicht?«

»Na ja, ich kann's mir vorstellen«, sagte für alle Fälle der Chef.

»Nikolai Iwanowitsch, Sie könnten mir irgendeine alternative Energiequelle zur Verfügung stellen, zum Überleben.«

»Russland wird noch umkommen vor lauter Wundern«, sagte Akimud streng. »Na dann, leb wohl!« Er trat auf den Chef zu und küsste ihn auf die Stirn.

»Nikolai Iwanowitsch!«

»Was ist?«

»Wie sollen wir denn weiterleben?«

Akimud zeigte ihm eine Faust.

Grüß dich, Mama

Als die Toten verschwunden waren und das Leben sich allmählich wieder normalisierte, schlug Mama in der Toilette ihrer Wohnung auf der Majakowskaja hin und lag dort fünf Stunden lang, bis wir was mitkriegten. Wir riefen den Katastrophenschutz, es kamen drei erfahrene Jungs, brachen die Tür auf, ohne Mama zu verletzen, und als sie Mama aus dem Klo herausschleppten, sagte sie leise:

»Ich gebe auf.«

Fünf Jahre lang hatte sie sich geweigert, in ein Krankenhaus zu gehen, denn sie genierte sich für ihre Unpässlichkeit im Bereich der Ausscheidungen, und diese althergebrachte Scham bescherte ihr einen Haufen Krankheiten. Am folgenden Morgen kam der Notarztwagen und brachte sie ins Zentrale Krankenhaus. Das war an einem Samstag, im Krankenhaus wurde Mama nicht beachtet, die alten Frauen in ihrem Zimmer bemerkten allerdings den fauligen Geruch, der von ihr ausging, und beschimpften sie wüst. Was sie in diesen Stunden fühlte, kann ich schwer sagen. Als die alten Frauen eingeschlafen waren, griff sie in ihre Handtasche und schluckte zwölf Schlaftabletten. Am nächsten Morgen fand sie der behandelnde Arzt, Andrej Nikolajewitsch, mit schwachen Lebenszeichen im Bett liegend vor. Sie hatte trotz allem die Schlaftabletten verkraftet. Man verlegte sie auf die Intensivstation und rief mich an. Ich eilte ins Krankenhaus und ging direkt zur Intensivstation, einem Wunder der Technik. Mama lag in einem hydraulischen Bett mit um fünfundvierzig Grad angehobenem Kopfteil, ihre bloßen Schultern schauten aus der Bettdecke hervor. Sie war an eine Unmenge von Schläuchen angeschlossen. Ihr Gesicht hatte sich furchtbar verändert. Ich erkannte auf einmal gewisse östliche Wurzeln. Ich würde sagen: nordöstliche. Das Gesicht war rund wie ein Pfannkuchen. Wie das Zifferblatt einer Wanduhr.

Ich sagte:

»Guten Tag, Mama!«

Sie trat aus dem Nichtsein heraus und sah mich mit einem nie dagewesenen Gefühl an. Es war zu sehen, dass sie eine für sie wichtige Tat vollbracht hatte und jetzt stolz auf sich sein konnte. Mit einundneunzig Jahren zwölf Tabletten zu schlucken war allerhand. Und es war allerhand, zwölf Tabletten auch noch zu überleben.

»Sehe ich schlimm aus?«

»Nein«, sagte ich mit ruhiger Stimme.

»Nimm meine Hand.«

So hatte sie vielleicht schon fünfzig Jahre nicht mit mir gesprochen. Ich nahm ihre Hand, die Hand war voller blauer Flecken, wie nach einer Prügelei.

»Sag niemandem ...«, sagte sie. »Im Fieberwahn habe ich ineinander verschlungene, schreckliche, nackte Körper gesehen ... Dann kam *deine* Katja eine Treppe zu mir herunter ...« Sie fuhr sich mit der Zunge über die ausgetrockneten Lippen und fiel erneut ins Delirium.

»Herr Präsident!«, sprach sie mit einem würdigen Lächeln.

»Mama!« Ich streichelte ihre Hand.

»Geh nicht weg. Bleib ein bisschen bei mir«, sagte Mama.

»Gut«, sagte ich ernst.

»Nächstes Mal bring mir Bonbons mit«, brachte Mama fest hervor.

»Gut«, nickte ich.

Die Hochzeit des großen Provokateurs

Vor dem Heiraten hat jeder Angst, besondere Angst vor dem Heiraten hat der Chef. Die übrigen Männer heiraten fröhlich, wer ihnen gerade über den Weg läuft, nicht einmal nackte Mädels auf hohen Absätzen können sie abschrecken, aber der Chef, er kann sich nicht irren, er muss jene Einzige heiraten, der er vertrauen kann und die sich ihm leidenschaftlich hingeben will.

Der Chef heiratet zum dritten Mal. Das ist eine wahre Heldentat für einen Geheimagenten – man hätte ihn besser ins Hinterland des Feindes zum Brückensprengen schicken sollen; er ist Meister im Brückensprengen, aber er schickt sich selbst ins Hinterland seiner Zukünftigen. Der Chef heiratet zum dritten Mal ein und dieselbe Braut – eine unermesslich umfangreiche Braut mit wirklich großem Hinterland, keine östliche und keine westliche, sondern ganz die Unsrige.

Aber hier traten Probleme auf.

Als er zum ersten Mal die Unsrige heiratete, geschah das auf Befehl von ganz oben, und als man sie ihm vorführte, war er zu Tode erschrocken. Er wusste nicht, wo er eine so lange Leiter finden sollte, um mit seinem Kuss an ihre Lippen zu gelangen, es fehlte ihm an Geschick, um auf sie draufzuklettern und die Welt von oben zu betrachten. Aber von ganz oben hieß es stur: heirate – und er zog sein Jackett über, rückte die lausige Krawatte zurecht, befolgte den Befehl und hielt bescheiden Hochzeit.

Es vergingen etwa vier Jahre. Er begann die Rolle des Hausherrn in diesem riesigen Körper auszufüllen, er lernte darin herumzukriechen, zu schießen und zu schwimmen, er war eifersüchtig auf die Liebhaber der Schönheiten seiner unermesslichen Auserwählten mit den großen Knöpfen am Mantel und hasste alle ihre Lehrer außer sich selbst. Doch kaum hatte er sich an sie gewöhnt, sagt man ihm: Heirate sie noch einmal. Jetzt sagen das schon nicht mehr die von ganz oben, denn er hat niemanden mehr über sich, sondern vertraute Freunde – heirate ein zweites Mal! Sonst wird sie womöglich von anderen geheiratet. Und wer sind die anderen? Plötzlich bekam er Angst, sie könnte irgendeinem Schuft zur Frau gegeben werden, und das zweite Mal heiratet er ohne jedes Heldentum, ganz automatisch, weil er schon an sie gewöhnt ist und sie teilweise auch an ihn.

Natürlich kommen in Familien Konflikte vor, etwas explodiert, etwas fällt vom Himmel, aber er drängt die frechen Usurpatoren zur Seite und heiratet locker – ist ja nicht das erste Mal. Eine komplizierte Frau hat der Chef da abbekommen, mit einer großen Menge an natürlichen Ressourcen. Steckst du den Finger in eins ihrer Löcher, schon sprudelt Öl in hohem Bogen. In ein anderes – bedeutsame Gase kommen heraus. Guckst du ihre Zähne an – da blitzt das Gold nur so, und viele teure Tiere krabbeln auf ihrem Körper herum. Er spielte ein wenig mit ihr, gewöhnte sich an sie – und da sagen sie ihm aus dem Ausland: Deine Zeit ist abgelaufen.

So bestimmt es das Familiengesetz. Nicht öfter als zwei Mal.

Wie, nicht mehr als zwei Mal, wo ich doch für ewig will? Für ewig! Leckt mich doch am Arsch! Doch dann überlegte er einen Moment, fand sich damit ab und entschied, seine Frau dem kleinen Bruder abzutreten, denn ein gesetzestreuer Chef ist ein Vorbild für die ganze Welt. Wenn man nur zwei Mal darf, dann mache ich eben Platz. Auch das – eine Heldentat!

Der kleine Bruder trat an, irgendwie kein Iwan der Dumme, aber besser wäre er ein Dummkopf gewesen, denn nur Dummköpfe haben keine Angst vor dem Chef. Natürlich half der Chef dem kleinen Bruder, mit der Frau zusammenzuleben, er half ihm mit aller Kraft, und niemand hat bis heute verstanden, wer mit ihr lebte und wer nur so tat. Aber trotz allem hat der kleine Bruder diese Ehefrau ein bisschen verdorben. Genauer gesagt, nicht verdorben, sondern von der Leine gelassen. Er versprach, nachsichtig zu sein, rief dazu auf, die Freiheit zu lieben – ein Scherz natürlich, aber sie glaubte ihm, driftete völlig ab in soziale Netzwerke und war drauf und dran, den treulosen Amerikanern zuzuzwinkern.

Schreckliche Angst bekam der Chef um die unermessliche Frau. Er strengte sich an und machte sich an eine neue Heldentat – er beschloss, sie zurückzugewinnen. Niemand wird mir das verbieten!

Auf die dritte Hochzeit bereitete sich der Chef gut vor, brachte sein Gesicht in eine jugendlich wirkende Form, verfasste sieben eidesstattliche Erklärungen, seiner Braut Beschützer, Gönner, Oberkommandierender und dreister Liebhaber zu sein. Zur Hochzeit lud er alle kleinen Provokateure ein, Hunderttausende kleine Agenten, die OMON, alle Truppen des Inneren, ein Häuflein hoher Kirchenväter und Kunstturnerinnen, verteilte Siegesfahnen an sie und versprach, ihnen für lau und großzügig zu essen und zu trinken zu geben.

Und nun das Unglück: Die Braut selbst hatte sich in zwei Hälften gespalten! Der Chef lief um sie herum, betrachtete sie von verschiedenen Seiten und überzeugte sich von der entsetzlichen Tatsache: Ein Teil von ihr – besonders der untere – erwartet aufgeregt den Bräutigam und ist bereit, sich ihm, wenn auch nicht für immer, so doch zumindest für lange Zeit hinzugeben. Was für Kinder sie haben werden, das ist die Frage. Ob diese gespaltene Braut überhaupt etwas Vernünftiges gebären wird, ist ebenfalls unklar. Aber der Chef verspricht ihr das Blaue vom Himmel und tut so, als glaube er seinen Versprechungen. Er verteidigt diese untere Hälfte vor den Amerikanern und lässt nicht zu, dass sie sie entehren. Er dreht sie in Richtung Asien und erzählt ihr, dass dort, in der östlichen Schatulle, ihre neuen Kostbarkeiten liegen. Er beeilt sich, sie zu retten, wenn ihr Kleid aufplatzt, bedeckt ihre Scham, bringt sie selbst ins Krankenhaus und befiehlt, sie gut zu kurieren. Wenn sie eine Krise durchmacht, wird er eigenhändig, sie beim Rockzipfel fassend, Pflaster auf die Schnittwunden kleben und Blutegel ansetzen. Mehr noch, er wird sie heiß lieben, denn beide haben ähnliche Neigungen. Natürlich wird er als klassisches Mannsbild das eine oder andere vor ihr verbergen: sein Einkommen möglicherweise und einige seiner Freunde, die seinen inneren Kreis bilden, die aber nicht gern ans Licht der Öffentlichkeit treten. Er wird seiner Braut erzählen, warum sein *Erzfeind* im Gefängnis sitzen muss, doch es ist nicht ausgeschlossen, dass er vor lauter Übermut dem *Erzfeind* irgendeine Vergünstigung gewährt und ihn aus Sibirien in ein Gefängnis am Schwarzen Meer verlegt.

Aber was sollte er tun mit der oberen Hälfte seiner Braut, die ihn nicht zum dritten Mal heiraten wollte und vom Traualtar weggelaufen ist? Der Chef stand unter schwerem Schock.

Er hatte nicht erwartet, dass ihn die obere Hälfte nicht liebt, überhaupt ist er nicht gewohnt, nicht zu gefallen. Die obere Hälfte – das sind nicht einfach der Kopf und der Hals, das ist das *Gehirn*. Und der Chef kann sehen, wie es in diesem Gehirn von Würmern wimmelt: Wissenschaftler, Journalisten, Schriftsteller, Schauspieler, Regisseure, Popstars, alle möglichen frechen Blogger.

Jungs, das ist eine Krankheit! Ja, flüstert der Chef, diese Leute sind von den westlichen Werten verrückt geworden und haben sich an Europa verkauft. Gebt mir eine Zange! Ich reiße diesen ganzen Mist aus dem Kopf der Braut heraus.

Also denn, die Braut ist in zwei Hälften gespalten. Und diese Hälften lassen sich nun nicht mehr zusammenkleben. Versuchen kann man es. Aber wie? Man kann die obere Hälfte der Braut *nötigen*, den Chef zu heiraten, ihr Angst einjagen und sie zwingen, sich unterzuordnen. Aber dieser Teil der Braut hat sich als gar nicht ängstlich erwiesen. Sie hat plötzlich den Mund aufgemacht. Sie brüllt auf allen Straßenkreuzungen aus vollem Hals, dass sie den Chef nicht heiraten will.

Was tun? Der Bräutigam soll ja nicht mit Hilfe der Polizei die Braut aufs Bett werfen! Wir brauchen keinen Bürgerkrieg. Wir brauchen keine wahnsinnigen Erschütterungen! Derselben Meinung ist auch die obere Hälfte der Braut. Sie ist ein gebildetes, gern lächelndes, ironisches Mädchen. Aber ihr gefallen andere Kavaliere: mal der hochgewachsene Mann, er ist reich und wird ihre Ehrlichkeit nicht missbrauchen, mal einfach Randalierer von der Straße.

Ich bin besser!, schreit der Chef. In seinen Augen stehen Tränen. Er muss sich beruhigen. Verstehen, dass Liebe sich nicht erzwingen lässt. Irgendetwas stimmt hier nicht. Der kleine Bruder hat vorgeschlagen, zur Braut etwas zärtlicher zu sein, mehr zu lächeln, kurzum, anziehender zu sein. Aber wer hört schon auf ihn? Und überhaupt, wo steckt er eigentlich jetzt? Er lässt sich nicht mehr blicken.

Die untere Hälfte der Braut – ob sie bis zum Ende der Amtszeit treu bleibt? Wird sie nicht schmelzen wie Speiseeis, wird sie der oberen Hälfte womöglich nach dem Mund reden? Auf sie muss man auch ein Auge haben – sonst zettelt sie noch was Schlimmes an, so etwas wie eine eigene Revolution der besonderen Art. Sie sagt zum Chef: Du bist nicht so richtig einer von uns! Ich will einen echten russischen Kerl mit Knüppel!

Der Chef steht zwischen den zwei Hälften derselben Braut. Er

probiert das Festgewand an. Er steckt sich eine Nelke ins Knopf-
loch. Er heiratet. Küsst euch! Küsst euch!

◇

Ich begleitete Akimud zum Flughafen. Lisaweta benahm sich mir
gegenüber merklich netter.

»Komm uns besuchen. Den Weg kennst du.«

Die Mitarbeiter der Botschaft drückten mir die Hand. Mit einigen hatte ich mich nicht mehr anfreunden können. Und ich hatte
das Rätsel der heimlichen Liebe der Akimuden zu kleinen Kindern
nicht gelöst. Ich hatte sogar vergessen, wie der Kulturattaché hieß.
Doch da fiel es mir wieder ein: Iwan der Treue!

Iwan der Treue drückte mir kräftig die Hand.

»Ich werde beschreiben, was ich gesehen habe«, sagte er vieldeutig.

Der Auslandsspion Jerschow verhielt sich allen gegenüber bescheiden. Man konnte zusehen, wie er sich wieder in einen schüch-
ternen jungen Mann verwandelte und auf seine Füße blickte.

»Behalten Sie uns nicht in schlechter Erinnerung«, flüsterte er,
als er sich von mir verabschiedete.

Klara Karlowna zwinkerte mir zu und sagte, sie sei tatsächlich
der Heilige Geist.

»Das bleibt unter uns!«

»Ich sag's niemandem!«

Nun ja, ich wusste, dass der Heilige Geist eine Frau sein konnte,
aber ich hatte nicht gedacht, dass es Klara Karlowna war.

Zur Verabschiedung waren wenige Leute gekommen. Viele von
denen, die seinerzeit Akimud auf dem Flughafen Wnukowo empfangen hatten, waren in Kellern erschossen oder aus dem Flugzeug
ins Eismeer geworfen worden. Kurojedow hatte man vergiftet …
Diesmal war kein roter Teppich ausgerollt. Der Abflug ähnelte
teilweise einer Flucht. Der nicht unterzukriegende Außenminister

mit dem Pferdeaffengesicht beobachtete den Abflug aus einem Geheimzimmer durch ein Fernrohr.

Akimud umarmte mich und blickte sich nach den Wäldern in der Ferne um.

»Ich liebe diesen verwundeten weiten Raum«, murmelte er.

Sie stiegen in ihr seltsames Flugzeug und flogen davon, verwandelt in einen hellen Punkt.

Invalide der Oberliga

Als ich sechzig geworden war, beschloss ich, eine achtzehnjährige, blendend aussehende Blondine in weißen Strümpfen und mit Aprikosenwangen zu heiraten. Ich wollte mich ausgiebig an jungem Blut betrinken und dann schon vollkommen betrunken ins Grab sinken. Nun ja, nichts zu machen, ich bin eben ein Blutsauger! Ich wühle auf dem Müllhaufen blutiger Energien. Ich nähre mich von Mollusken, fauligen Blättern, Metastasen der russischen Politik, ich verdaue Scheiße, Wale mit Wasserfontänchen, süße Granatäpfel, Antonowka-Äpfel, Skandale, Autoreifen, den Himmel Kaliforniens. Ich esse New York und Schanghai. Ich, ein jugendlicher Pensionär, verspreche feierlich, alles in meinem Speichel aufzulösen und die ganze Welt in ein einziges großes Feld von Meisterwerken zu verwandeln. Ich bin ein Allesfresser, aber Jungfrauenblut ist mir lieber als alles andere.

Ich konnte meiner Braut nicht die ganze Wahrheit über meine Wünsche sagen, um das Mädchen nicht unabsichtlich zu verschrecken, obwohl – unsere Mädchen lassen sich kaum verschrecken. Und außerdem, ist es etwa moralisch, sich in der Hochzeitsnacht schon als Vampir zu outen? Im Gegenteil, damit unser Altersunterschied sie nicht irritierte – obwohl sich unsere Mädchen davon nicht irritieren lassen –, hüllte ich mich in erhabene Geschichten. Nein, ich bin nicht der fürstliche Nachfahr von Suchowo-Kobylin, dass ich meinen uninteressant gewordenen Gefährtinnen mit einem Kandelaber eins überbraten und ihre Leichen jenseits des Presnenski-Stadttors verscharren würde. Ich sammle schlicht und ergreifend verschiedene Charaktere, und dann entledige ich mich ihrer vorsichtig mittels leichtsinniger Seitensprünge und zermürbender Aussprachen. Das ist der beste Weg in die Freiheit. Also, als ich sie wiedererlangt hatte, wandte ich mich meiner entzückenden Jungfer zu.

Höre, sagte ich zu ihr, im Laufe meines Lebens habe ich meine Jahre weniger multipliziert als vielmehr sie verschleudert und bin dabei ein großes Kind geblieben, mit einer großen bunten Rassel. Oder nehmen wir Tolstoi. Also, der war doch Bengel und Donnergott in einem! Und so gehe auch ich niemals in Pension, sofern man darunter nicht den Tod versteht. Obwohl, wenn ich zurückblicke, muss ich dir sagen, dass ich immer und beständig ganz auf Kosten der Pensionskasse, als Invalide der Oberliga, gelebt und mich an den Futterkrippen der Inspiration bedient habe.

Ich habe nicht gesät und nicht gepflügt, war weder Arbeiter noch Offizier. Nun ja, irgendwann bin ich mal Student gewesen, aber danach bin ich sofort in Pension gegangen. Ich habe die Welt bereist und am Ganges Haschisch geraucht. Ich bin froh, dass ich niemals Minister war und kein einziges Mal Untergebener. Die haben sich abgerackert, Angst gehabt, und ich schwebte über allem. Ich habe sie nur lässig beobachtet und dann Satiren über sie geschrieben. Ich bin nie um halb sechs in der Früh aufgestanden, denn zu dieser Uhrzeit bin ich meistens erst schlafen gegangen. Je mehr ihr euch auf der Arbeit zerreißt, je glänzender eure Karriere, desto schrecklicher ist das Gespenst des Ruhestands, die Schlinge der Pension.

Pension? Das ist der wirre Blick durch die Vergrößerungsgläser einer Brille, das ist die vergebliche Suche nach der eigenen mickrigen Bedeutung. Irgendwo hinterm Horizont tanzen Vollblutpensionäre amerikanischen Kalibers miteinander Krakowjak oder fliegen mit Touristengruppen in der Welt herum, Glückskinder des Aufschubs, bei uns aber triumphiert wie immer die ungeschminkte Wahrheit. Das ist ein prämortales Experiment, vor dem die jungen Generationen, die zum gleichen Schicksal verdammt sind, erschauern. Aber der Künstler lebt von Kindheit an mitten auf dem Friedhof, unter den alten Linden von Wagankowo. Er steht mit den Toten auf gutem Fuß.

Du bist die Blondine, ich bin der ewige Pensionär, ich habe geschrieben und geschrieben, ohne Anstrengung, aus purem Vergnügen. Lieblingen der Götter steht alles offen. Wir können uns aus jedem Kehricht erneut erheben. Wenn ein Beamter trinkt, ist er Alkoholiker, trinken wir, heißt das, wir übernehmen die volle Verantwortung. Ein Oberst stellt sich als schwul heraus – man reißt ihm den Kopf ab. Aber wenn wir uns auf schwules Terrain begeben, wäscht man uns rein: Ein Künstler muss eben alles ausprobieren. Bisweilen geht das bis hin zu Schweinereien. Da gesteht beispielsweise unser Kollege Fjodor Dostojewski seinem Kollegen Turgenjew, er habe in der Banja mit einem fünfjährigen Mädchen verkehrt. Und? Hat er deshalb aufgehört, Dostojewski zu sein? Und auch Suchowo-Kobylin ist längst freigesprochen, niemand würde es wagen, ihn als Mörder zu bezeichnen. Natürlich gibt es auch in unserem Metier Einschränkungen. Nun, sagen wir, man sollte die von ganz oben besser nicht loben, sondern sie im Gegenteil anfauchen. Man kann sich auch bei ihnen einschleimen, aber bloß nicht vor aller Augen, sonst geht das gegen unser Gelöbnis, alles zu entlarven, ohne Rücksicht auf Verluste.

In meiner Jugend habe ich wie ein Alter, du wirst es nicht glauben, für die Moral gefochten, ich wollte, dass ihr alle besser, wertvoller, menschlicher wärt. Ich dachte, ich könnte euch läutern mit meinem Fabulieren. Also, das konnte sich bis ins Lächerliche steigern! Aber ich bin froh, kein Heiliger geworden zu sein: Ein zweifelnder Kirchendiener ähnelt einem Verräter, und der Künstler ist seit Ewigkeiten ein Kämpfer gegen Gott. Nachdem ich die Rigorismus-Krankheit überstanden hatte, betrat ich im reifen Alter den breiten Weg der moralischen Vielfalt und seelischen Nachsichtigkeit. Alle geben zum Pensionsalter hin klein bei und werden konservativ, aber ich rudere gegen den Strom.

Vorgesetzte, jedenfalls die Klügeren unter ihnen, werden zu Misanthropen. Sie steuern diejenigen, die sie verachten, und je größer die Verachtung, desto mehr halten sie sich selbst für die Elite, und wir, die Künstler, trinken einen mit jedem Penner, jeder Prostituierten in weißen Strümpfen tragen wir Herz und Hand an. He, was bist du gleich eingeschnappt, verstehst du keinen Spaß?

Wo wir zwei schon mal ordentlich einen im Tee haben, da kannst du auch rasch in die Badewanne steigen, und ich schau zu, wie du dich wäschst. Was denn, Opa darf nicht zugucken, wie du dich wäschst? Er ist doch ganz still, rührt dich nicht an. Aber dann legen wir uns hin, na, jetzt lass mich doch mal, warte!, ein bisschen mehr Respekt vor dem Alter!, was für superfranzösische Titten du hast!, he, jetzt wart halt mal, kriech doch nicht unter den Tisch, du dumme Gans! Wir legen uns hin (hörst du mich?), und du streichelst mir über den Kopf. Ich werde einschlafen und fürchterlich schnarchen, und du wirst mich streicheln und streicheln. Dann schläfst auch du ein, mit Vollmondmustern auf dir, und im Morgengrauen weckt mich die Altersschlaflosigkeit, und ich stürze mich auf dich mit meinen scharfen schweizerischen Implantaten, ich werde dein Blut trinken, bis ich satt bin. Ein glücklicher Pensionär, trinke ich dich bis auf den Grund leer, du schenkst mir Inspiration, und ich werde erneut ein großer Schriftsteller. Na, was zauderst du, zieh den Slip aus!

Doch die Blondine hatte weder einen Slip unter dem Kleid, noch existierte das Mädchen selbst. Wo bist du, Missjus?

Halt! Wer da?

Wir gingen nach dem Abendessen spazieren. Die Sonne war schon untergegangen, es war aber noch nicht ganz dunkel. Wir liefen zu der alten Hängebrücke überm Fluss. Die Mädels rannten voraus, ich blickte ihnen durch den warmen Nebel nach. Auf dem Rückweg rannten sie wieder, und ich staunte, wie schnell sie rannten, die Kleine und die Große, sich an den Händen haltend. Dann blieben sie stehen, warteten auf mich, und als ich bei ihnen war, sagten sie:

»Jetzt haben wir dich!«

»Wer seid ihr?«, fragte ich.

»›Halt! Wer da!‹«, antworteten sie.

Es nieselte. Die Blätter der Trauerweide entrollten sich. Sie standen da mit fröhlichen Augen.

Im Feld knallten Schüsse. Wir fielen ins Gras. In Russland wird ständig auf irgendjemanden geschossen.

Fin Fin Fin